田闻一 著

赵尔丰

雪域将星梦

四川人民出版社

图书在版编目（CIP）数据

赵尔丰：雪域将星梦/田闻一著. -- 成都：四川人民出版社，2024.7. -- ISBN 978-7-220-13713-6

Ⅰ. I247.5

中国国家版本馆CIP数据核字第2024MT8597号

ZHAOERFENG XUEYU JIANG XING MENG
赵尔丰：雪域将星梦
田闻一　著

出 版 人	黄立新
责任编辑	王定宇
特约编辑	梁　明
装帧设计	李其飞
责任校对	舒晓利
责任印制	祝　健
出版发行	四川人民出版社（成都三色路238号）
网　　址	http://www.scpph.com
E-mail	scrmcbs@sina.com
新浪微博	@四川人民出版社
微信公众号	四川人民出版社
发行部业务电话	（028）86361653　86361656
防盗版举报电话	（028）86361653
照　　排	四川看熊猫杂志有限公司
印　　刷	成都蜀通印务有限责任公司
成品尺寸	170mm×240mm
印　　张	25.75
字　　数	392千字
版　　次	2024年7月第1版
印　　次	2024年7月第1次印刷
书　　号	ISBN 978-7-220-13713-6
定　　价	98.00元

■版权所有·侵权必究

本书若出现印装质量问题，请与我社发行部联系调换

电话：（028）86361653

目录
CONTENTS

引子：密林深处的较量 / 001

第一章　开杀戒，"赵屠夫"由来 / 008

第二章　藩篱破，衔命西征 / 035

第三章　巴塘亮新招，杀戮攻心相交替 / 055

第四章　一夜白头的战争 / 076

第五章　爱美之心，人皆有之 / 097

第六章　"西天双柱"，玉垒默契 / 117

第七章　受挫都在春风得意时 / 136

第八章　惊心动魂大角逐 / 162

第九章　堪布登珠火中涅槃 / 189

第十章　亘古未闻：兵送兵 / 210

第十一章　回关夜，雪落无声 / 236

第十二章　历史夹缝中的抉择 / 264

第十三章　图穷匕首现 / 291

第十四章　赵大帅以退为进 / 305

第十五章　成都在暴乱中呻吟 / 320

第十六章　跳出来的中流砥柱 / 332

第十七章　动人春色何须多 / 346

第十八章　雨城大决战 / 361

第十九章　扬眉剑出鞘 / 376

第二十章　雪域将星，今晨陨落 / 391

修订再版后记 / 404

引子：密林深处的较量

傍赤水河，在川南地图上隆起一带褐红。这里有古蔺、叙永等二十五县，沟渠纵横，岭簇峰拥，浩瀚无垠，形势险要，苗汉杂居。

清光绪二十九年（1903）冬天。

难得的冬阳冉冉升起。葱茏秀丽的苗山如同一位刚刚出浴丰满合度的美丽村姑，处处散发着健康、清新、甜润的气息。一只苍灰色的山鹰，平展长长的双翼，像枚铁钉，静静地钉在苗山白云缭绕的晴空中。

盘山道上出现了东一屯民团一行五人。他们一律身着窄袖紧身的黑衣黑裤，头戴瓜皮帽，脑后拖根毛根①，肩着枪，走得一摇一晃的，在这难得的冬阳里满是惬意。看得出来，他们惯走山路，神情凶狠，衣着规整，武器也好，绝不同于川内一般意义上

---

① 毛根：四川俚语，即辫子。

的民团。但不知为什么，四个肩着枪的团丁，慢慢腾腾、磨磨蹭蹭地走在后面，与前面的那个斜挎连枪，雄赳赳走路连风都刮得起来，像是要去赶什么盛会似的小头目模样的人走得离山吊水，越吊越远了。

"哎——竹竿、螃蟹，走快点，麻糖粘着胯了吗？！"快步走在前头筋蹦蹦的小个子头目停下步，转过身来，横眉吊眼地看着与他吊了一截路的团丁，叫着其中两个人的绰号，大声骂起来："清早白晨的，咋一个二个害了瘟似的，昨天晚上是爬到哪个烂婆娘的身上，是整多了，还是咋的，这就来不起了？"

他叫杨八，绰号杨格蚤[①]，东一屯民团的小队长。他虽长得又矮又瘦又小，却生性凶暴好斗，深得上司喜欢，是个远近闻名的亡命徒。他的打扮很滑稽，黑纱包头，额前打个英雄结，外罩一件青布滚衫，腰系黄绸缎带，斜挎一支枪把上飘着红绸飘带的连枪，恍然戏台上的武生，却又是不中不西，不今不古。

"哎，队长！"被杨八唤作"竹竿"的团丁又瘦又高，听喊咳咳耸耸紧走两步，肩上那支九子快枪似乎不堪重负。"恼火哟！"竹竿嘟囔道："傅大爷发话，要你我今天去苗沟，非把税钱给他收到不可。他倒是说得轻巧，挼根灯草——有那么容易？队长，你也晓得，苗沟头那些人是抱成团的，鸭子头上的毛——不好打整。虽说今天队长你亲自出面，我怕也是去猫抓糍粑——脱不了爪爪。去，就要惹到大老圈、小老圈兄弟这两个煞星！"说着摇头，叹气，一副苦不堪言的神情。

"对头！"跟在竹竿后面那个又矮又胖，横起走路，被唤作"螃蟹"的团丁，瘪了瘪阔嘴，对要他们去苗沟收税的傅华封表示了不满，"他傅华封原来是我们的团总，对苗沟的凶险又不是不晓得。咋个一当上赵道台的师爷，口气就变了，架子也大了，像撵狗一样把我们朝苗沟里撵？为了巴结赵道台，立功，傅华封简直就不把你我弟兄当人对待！"

走在后面的两个团丁也发泄了同样的不满。

"你几个咋个说起苗沟就这样虚？"杨格蚤边走边提劲，"今天老子亲自出

[①] 格蚤：跳蚤。

面,你们还虚,虚啥子?我今天倒要看看大老圈、小老圈兄弟有好凶?看是他们凶,还是老子凶?不怕那些虾子横扳顺跳,未必他们就不怕掉脑袋?自赵道台来以后,辣手定乾坤,几板斧砍下来,哪个还敢不皈依服法?傅大爷说了,苗沟的税收不收得起来,所有的干人①都站在一边看。今天苗沟的税,无论如何,多多少少总要收一些,决不能虚火。傅大爷还说了,弄得巴适,回去后重赏你几个。要钱给钱,要大烟给大烟。"

竹竿是个烟鬼,听杨八这样说,烟瘾犯了,又抹鼻子又挤眼睛,赶紧给队长粉起:"杨队长你今天亲自出马,还有啥子说的,保证弄得巴适。"

"螃蟹"们也不落后,纷纷恭维杨八:"杨队长是对红心。不然,傅大爷咋个点你的将呢!"

"队长你咋说咋做,一会儿见了大老圈、小老圈兄弟,我们保证不得拉稀摆带扯怪叫。"

"你几个跟着老子不得拐!"杨八听了这些恭维,更得意了,他边走边拍着屁股上的连枪,大话连天,"你们以往一说到大老圈、小老圈兄弟,脚杆都打闪闪。老子今天就要看他们有好歪②?如果他们在老子面前横扳顺跳,不听招呼,看老子不把他们的脚筋抽了!"

说时他们下了山,进到了苗沟。

逶迤的苗沟纵横百里,两边是渐渐起伏开来伸向远方的山岚和山岚上黑苍苍的森林。在起伏的山岚和苗沟交接间是一带缓坡,缓坡上有稀稀落落的庄稼地。寥落的茅草屋破败,星星点点地隐没在幽篁翠竹中,像是一朵朵黑色的蘑菇,在金阳照射下,显得越发没有生气。风吹过,林涛滚滚呼啸。苗沟处处散发着一种博大、悠远、亘古、深邃、凄凉的气息。

过藤桥,越黑龙溪,爬上一个陡坡就是罗家寨了。

"那就是大老圈、小老圈彭汉章、彭友章兄弟的家了吧?"杨格蚤停下步来,在金阳下眯起一双金鱼眼,指着林木深处隐约可见的一间板壁茅草屋问。

"就是。"竹竿说时,谈虎色变地嘘了口气。

---

① 干人:穷人。
② 歪:厉害。

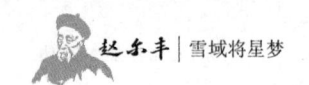

在川黔交界处的赤水河一带，彭家兄弟可谓鼎鼎有名，令官家头痛不已。他们兄弟是当地"龙会"①首领，有胆有识，侠肝义胆，敢带千人抗官家下达的苛捐杂税。杨八一行人说时来到一棵虬枝盘杂的大榕树前。这棵大榕树很有些树龄，很是苍老了。它一身长满淡绿色的苔衣，寄生的藤蔓从枝丫间垂下来，像一个饱经岁月沧桑的老人。

影子一晃，一个人倏地挡在了路前。

"你们是来找我的吗？"人到声到。来人四十来岁，身材高大，声音洪亮，黑红面庞，漆眉，亮目，身上穿件光板羊皮袍，说时顺手将背在背上的一支双筒猎枪抄在手中。

"是大老圈！"螃蟹团丁被蛇咬了似的一声惊叫，杨八一行赶紧闪到大树后。

"哈哈哈！"彭汉章仰头大笑起来，那笑声似乎要把心中对官家的仇恨和轻蔑都倾泻出来。

"大老圈！"杨八看彭汉章并没有动武的意思，他镇定了下来，色厉内荏地说，"老子今天就是来找你，问问你东西有几个脑袋，竟敢带头领起人抗捐抗税？以往我们派来收税的人，被你杂种带人像撵狗一样撵。老子今天亲自来，看你咋说？如果说是再不交，老子今天将你家的锅儿砸了当铁卖！"

"杨格蚤，我就是等你来！"彭汉章说时指着闻讯赶来的乡亲们，"是我们不交税吗，还是你们烂刮地皮？你让乡亲们说说，你们的税都收到哪年了？"

围拢上来的乡亲们义愤填膺，议论纷纷：

"现在是光绪二十九年，你们的税都收到光绪一百年了。"

"鸡骨头上剐油，还要不要人活了？……"

杨八退后一步，鼓起眼睛，指着彭汉章威胁："好，大老圈，你跟我走。"

"走？可以。"小老圈彭友章站了出来，指指周围的穷乡亲们，"你们说，杨格蚤平白无故就要把人弄走，大家答不答应？"

"不得行！"千人百众齐声答应，吼声如雷。

---

① 龙会：哥老会。

"杨格蚤,你今天不把话说清楚,怕是想走也走不脱啊!"

双方僵持起来了。

太阳高高地挂在苗沟上空,血色就要涌出来了。杨格蚤一行来苗沟强行收税,还要抓人的消息像是长上了翅膀,顷刻间传遍了百里苗沟。先是罗家寨骚动起来,继而整个苗沟都骚动了,男女老少喧嚷奔腾而来……快中午时分,百里苗沟成千上万的干人个个眼里放射出仇恨的火焰,将杨八一行围了个里三层外三层。

杨八不愧是个亡命徒。他不惊不诧,用手指着大老圈恶狠狠地说道:"俗话说,人多为强,狗多为王。大老圈,我也不怕你们人多。我只问你一句,今天的税,你究竟是交,还是不交?"

"钱,没有!"彭汉章说时,用一只大手在胸上啪地一拍,"今天我是人一个,命一条,你说咋办吧?"

"你硬是矮子过河——淹(安)了心!"杨八说时偏着头,盯着彭汉章转圈,像头随时要扑上去吃人的嗜血的狼。

"这样子!"杨八自恃仗勇斗狠,想出了一个恶毒的主意,"你实在不交,也可以。那我们就来打个死赌,不晓得你敢不敢,有没得这个胆子?"

"笑话,你都敢,我还不敢?敢!打啥子赌,活赌还是死赌?你说,我随便你。"

"你我背过身去,同时朝前头走。数到一百步,转过身来朝对方各打一枪,三枪为结,打死哪个哪个遭,敢不敢,有没有这个胆子?"

"算事。"彭汉章毫不犹豫,斩钉截铁地说。

"哥,要不得!"彭友章首先反对,"官家的心比锅烟还黑,晓得他们要搞些啥子名堂!"

"汉章,你不要那么傻!"乡亲们纷纷劝阻。彭汉章却毫不理会,执拗地大步走过去,同杨八背靠背站在一起,然后,口中数着数,朝正对着自己那丛绿油油的箭竹走去。

场上顿时清风雅静,大家全都凝神屏息,注视着决斗双方的一举一动。

"一百!"彭汉章老老实实数到一百,转过身来时,杨八已抢先一步转身、

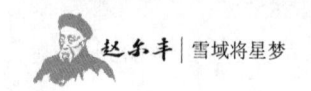

出枪，狞笑着将黑洞洞的枪口对着了彭汉章。

"杨格蚤不要脸！"

"这不公平，该汉章打第一枪！"……千人百众打抱不平的呼声，将围在中间的五个持枪团丁吓得团团转。

"你打——！"不意彭汉章挥手制止了为他打抱不平的乡亲们，"唰"地一把拉开衣襟，亮出结实的黑黝黝门板似的胸脯，用手在胸膛上拍得咚咚响，"杨格蚤，你朝这里打。哪个眨一下眼睛，哪个是龟儿子！"彭汉章轻蔑地看着东一屯民团这个一向估吃霸赊，以争强斗狠出名的杨格蚤，扬起一副浓眉，方正黑红的脸庞因为激动而变得通红，显出格外的自信、刚愎、剽悍和不可摧折的意志。

杨格蚤的脸倏地一下吓黄了，端着枪，抖着手，红着眼，像一个急欲得手的赌徒，"砰、砰、砰！"对彭汉章连发三枪。

三枪过后，彭汉章毛都没有掉一根。

"杨格蚤你说话算数，不准再打，该我哥打了！"小老圈彭友章不想杨格蚤如此无耻无赖，哥哥命大福大，躲过一劫，心中暗喜，喝住先开枪的杨格蚤。

"汉章，该你了。"乡亲们提醒兀自站在那里，岿然不动的彭汉章。

乡亲们话未落音，小老圈彭友章见哥哥还不动手，急了，将手中的猎枪一举，只听"噗"的一声，将一只从他头上飞过的麻雀打了个对穿角，落在地上。

小老圈这一枪示警，将杨格蚤和他的团丁们镇住了，吓住了。

"杨格蚤，看枪！"大老圈一笑，只手举起枪来。

"哎呀！"杨八杨格蚤知道大老圈枪法厉害，怪叫一声，撒腿想跑时，彭汉章手中那杆蓝莹莹的猎枪枪管在阳光下一闪，冒起一团火光——"砰！"杨格蚤倒在地上立毙，连哼都来不及哼一声。团丁们吓得扑通一声跪在地上，举起枪来连喊："大爷饶命！"

"留枪不留命，留命不留枪！"小老圈同乡亲们一拥而上，将吓昏了的团丁们的枪一一缴了。

"给你们赵道台带个话回去。"大老圈指着跪在地上的团丁们，"我们苗沟人穷得叮当响,要他不要将我们这些干人往死路上逼。俗话说,兔子逼慌了都要咬人,希望赵道台放我们干人一条生路!"

"一定,一定!"

"好好好。"

"算事,算事。"

团丁们跪在地上,叩头如捣蒜。

"把杨格蚤的尸体抬回去。"被缴了枪的团丁们拔腿要溜时,小老圈彭友章喝住他们,嗤笑一声,"我们是要你们手中的枪,不要杨格蚤的尸体在这里沤蛆。"

"是是是。"在苗沟人的嘲笑中,团丁们连连点头,砍下两根楠竹,做了副简易滑竿,抬上杨八的尸体,连滚带爬滚出了苗沟。

第一章 开杀戒，"赵屠夫"由来

寒风瑟瑟，夜幕低垂。

占了古蔺县城半条模范街的道台临时行辕，此时已被黏稠浓黑的夜幕裹紧。白天的森然现在是看不到了。夜的剪影中，这座高墙大院现在显现的是一种幽深、神秘的气氛。苗沟事件发生后，赵尔丰闻讯甚为震怒，立刻率领人马离开道府所在地泸州，杀来古蔺，驻镇亲剿。县衙成了他的临时行辕。

在这深夜时分，行辕已静。但道台大人所住的后院一套精巧的小院里，此时仍亮着灯。勤于王政，常常黉夜挑灯批阅公文或是策划治理事要的赵尔丰像往日一样，尚未安息。书房那扇雕龙刻凤，裱糊着雪白夹江宣纸的窗棂上，映现着赵尔丰不时走动的身影。一缕晕黄的灯光，朦朦胧胧地从窗棂里泄出来，洒在窗外几丛秀竹上。于是，此时看不见翠绿颜色的秀竹显出油润，叶片上闪着斑驳的微光。花径上、假山后、鱼池边不时闪现往返侦巡警戒的士兵身影。他们身上所佩的刀枪偶尔同什么硬物相碰发出的轻微的金属铿锵声，在这寒冷的冬天深夜时分，听起来越发令人悚然惊心。

上任不久的永宁道道台赵尔丰，站在窗前，似乎在凝思什么。跳动的烛光下，他蹙着一副很有杀气的浓眉，凝然不动，神情森然，恍然是在地上钉了一根钉子。

在他的身后，硕大的公事桌旁边，一盏枝子形黄铜烛架上，高低错落的四只大红蜡烛燃得正紧。借着跳跃闪烁的烛光可以看清，赵尔丰个子不高不矮，体格笃实。他五官端正，棱棱的鼻梁，一双眼睛不仅有神，而且有股杀气。护在嘴上的胡子又浓又密又长，分成两绺弯垂过口，足有三四寸长，下须稀疏，衣着朴实随意。在这寒冷的冬夜，他身穿一件及地的玄色棉绸袍，外罩一领裹圆金边的深蓝马褂，屋中也没有烧火盆。整个看去，新任永宁道道台很精神，也很俭朴。若不是头发半白，简直看不出他已然是年届花甲了。

这位新任永宁道道台是很有些来历的。历史上，赵家同朝廷关系很深，他们祖居关外铁岭，因先人忠于清，入了旗籍。从龙入关后，赵尔丰父亲根据旗人习惯，去掉赵姓，只称文颖，道光二十四年（1844）进士，任山东知府。咸丰四年（1854）因抵抗太平军，文颖死于阳谷县任上。清廷特"优恤、立专祠、予世职"。赵尔丰四兄弟，大哥尔震，字铁珊；二哥尔巽，字次珊，大哥二哥同是同治十三年（1874）进士。弟尔萃是光绪十三年（1887）进士，尔丰行三，字季和。四兄弟中，独尔丰以纳捐走上仕途，先是分发山西，为他的顶头上司按察史锡良发现看中。年前，锡良升任川督，他随锡良入川，官授永宁道。时任鄂督的二哥赵尔巽，以进士而御史，而总督，是封疆大吏中公认的能员。但在了解赵尔丰的锡良看来，赵家四兄弟中才干数尔丰为最，他多次向朝廷密保尔丰，认为尔丰"廉明沈毅，才识俱优，办事认真，不辞劳怨，识量特出，精力过人"，建议朝廷提拔重用。

"梆、梆、梆！"高墙外，更夫打响了三更，"各家各户，小心火烛！"更夫苍老的声音和着铜更沙沙的颤音，渐行渐远，如烟般袅袅飘向夜的深处，寒夜越发显出凄迷、深沉。更声尚未落尽，应召而来的傅华封准时出现在道台门外。看道台大人背着身沉思，傅师爷站在门外，一时有些踟蹰，似乎在考虑应不应该跨进屋来或是对道台大人示意一声。

借着烛光看得分明，傅华封虽年近五十，但显得比实际年龄轻。中等偏上的个子，皮肤白皙，眉清目秀，身姿挺直，着一件整洁的青布棉长袍，外罩一领黑绸绲边棉马褂，脚蹬一双黑棉布鞋，背上拖一根黑油油的大辫子，神态精明沉稳。他是古蔺县人，是本地唯一中过举的学士，前任团总，在本地很有名气。他博学多识，胸有韬略，且有大志。赵尔丰一来就看上了他，新近将他礼聘为心腹幕僚，掌管文案，极为信任。素常不轻易说人好话的赵尔丰曾多次公开这样说："俗话说，山沟里飞出金凤凰，这话一点不假。傅华封不就是从古蔺山沟里飞出的一只金凤凰吗？发现傅华封，是我为官数年为官数省的最大收益。"能从赵尔丰嘴里说出这样的话来，殊为难得。可见，傅华封其人实在是不可小视。

"士为知己者死，女为悦己者容。"傅华封对发现、重用他的赵尔丰也着实感激，视其为再生父母，因而就任以来，兢兢业业，不舍昼夜。

上午，官军对苗沟的征剿再次失利，赵尔丰要傅华封火速赶去，将自己新拟就的剿匪方略带给前方管带，并就地监督布置。并嘱咐傅华封，要他晚上务必赶回，说有要事。

晚饭后，道台大人专门给下人作了交代，傅大人什么时候来，就让他什么时候来见，不必通报。此刻，站在道台大人门前的傅华封，见大人思绪陷得很深，不忍打扰。他决定就这样在门外静静地多站一会儿。

从挂在门楣上的一道竹帘看进去，道台大人的书房一目了然。迎窗靠壁，摆一张硕大锃亮的签牙桌，案上摆着文房四宝和一叠叠厚厚的待批公文。当中有一本翻了开来的《荡寇志》。可见，这书是道台大人不时翻阅的，以便从中找到有关剿匪的一些方略，从中受到一些启发。

签牙桌两边靠壁各摆两把黑漆太师椅。除了通往隔壁卧室的门上挂有一幅金边红底绣着锦蟒的蜀绣门帘外，房间里没有任何多余的摆设。都知道，赵尔丰的生活起居异常俭朴，他在古蔺的战时行辕更是简洁得如同水洗。

书房里，唯一引人注目的是正面墙壁上挂的一幅几乎占了全部墙面的《永宁地方图》。那与其说是一幅供赵尔丰作战用的地图，不如说是按真实比例大大缩小的一幅山水画。图上，永宁道的二十五县所有山川风物河渠，都呈立体状突现出来，且着了色，很是亮眼。特别是，凡有"龙会"的地方都插了一面纸做的小红旗。只见沿赤水河一线迤逦而去，小红旗插得满满的。其中最大、最醒目的一面就在古蔺苗沟。

"是傅先生来了吧？来了怎么不进来？"就在傅华封默默打量赵尔丰时，赵尔丰轻轻咳嗽一声，说时并不转过身来。显然，凭他的敏感，早就知道傅华封等候在外。

"是，大人。我怕打扰你的思绪。"傅华封说时，掀帘进屋。赵尔丰转过身来，指了指座位。他们隔几坐在黑漆太师椅上。

"苗沟现在情况如何，两边沟口封住了吧？"赵尔丰果然不同于一般官吏，他坐下就问正事，神态严肃而冷峻。不像别的官吏在这种场合还要走一些过场，比如至低限度让仆役上茶点，寒暄两句等。而且在这时候，不经他的允许，任何人都不能随便撞入打扰，犯了便要重治。

"是的，大人，都办好了，口子扎紧了。"傅华封当然了解赵尔丰此时此刻的焦急心情，他站起来给赵道台施了一礼，坐下详细禀报，"我一去就向封沟官军传达了大人定下的最新剿匪方略——暂不进沟进剿，牢牢扎紧两边沟口，让苗沟的匪们插翅难飞……"

"嗯！"听了傅华封的禀报，赵尔丰捋着颔下花白胡须，沉思着点了点头，随即露出满脸的不解发问，"我就不懂了。我为官数年，为官数省，匪也剿了不少，可就没见过苗沟这样难缠难剿的匪。"

"大人有所不知，"傅华封做出一副痛心疾首的样子，"我永宁地区不比别地，这里山高谷深林密，疆域辽阔，地瘠人贫，是匪最易滋生之地，也是匪最难剿灭之地。匪患从光绪年间起，因历届地方官剿匪不力，往往是虎头蛇尾，雷声大，雨点小，以致养痈为患，匪势越演越烈，到了今天，呈不可收拾之势。特别是百里苗沟，沟内苗汉杂居，民风刁顽。可以说，沟内三千苗汉，个个都是匪。匪首彭汉章、彭友章兄弟，更是远近闻名的专门与官府作对的龙会头领。他们常常说'饿死不如找死''光脚板不怕穿鞋的'！"

"源盖就在于此！"赵尔丰打断傅华封的话，愤然作色道，"华封说得很是。

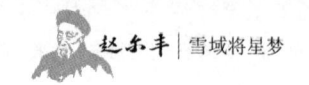

匪患之所以呈越演越烈之势,盖因历届地方官剿匪不力!"说着,他皱起眉头,"而今我们好些官员就是如此,碌碌无为,尸位素餐,以致养虎为患,坏了大事。"说着,兀自起身,在屋里龙骧虎步,几个来回,猛然站定转身,看定傅华封,双目炯炯,"所以,我还是那句话,治乱世须用重刑,矫枉必须过正!"

"大人高见!"傅华封站了起来,对这位不同凡响的道台大人深鞠一躬,肃然起敬,啧啧赞叹,"早闻大人为锡良总督大人赖为干城。特别是,大人在治理匪患方面有特殊才能。永宁能有大人驾到治理,是永宁人的福。大人今日布置的征剿苗沟新方略,更是让华封眼界大开,佩服得五体投地。华封深信,因为有大人,结束永宁匪患有期。永宁匪患的克日治理,亦将给川省各地治匪作出范例。"

傅华封这番发自内心的赞美,让赵尔丰听了很受用。赵尔丰并不是一个喜欢阿谀奉承的人,傅华封这番美言夸赞,他之所以听了连连点头,是他认为情况本来就是如此。

这会儿,赵尔丰的脸色开朗了些,他要傅华封也坐。

看着正襟危坐、神情精明的傅华封,赵尔丰微微眯起了眼睛,心里热乎乎的。这不独因傅华封刚才对自己的一番赞美,更在于自己得傅华封这一知音,得一可以信赖、可以期以办大事的人才。默了默,赵尔丰习惯地用一只青筋暴露的手,一遍一遍地捋起颔下那一把花白胡须,看着傅华封,沉吟着发了狠言:"纵如你所言,以往永宁地方官治匪是假打,而我这次却要真打、狠打。须知,伤其一臂,不如断一指。我这次不是要断他们一指,而是要断其十指,断得彻底。用你们四川话说,不要弄得筋筋绊绊的,而是……"他挥起手,砍下去,做了个快刀斩乱麻的手势。

看心腹幕僚频频点头,他考了傅华封一句:"不过,惜目前永宁道兵力不敷分配,你看,要快刀斩乱麻,计将安出?"

"华封以为,唯有请准锡良大人增派三千精兵来永宁助剿。"

"正是。"赵尔丰点了点头,看定傅华封,"本道台正欲派一得力之人上省,当面向锡良大人禀报永宁剿匪情状,并请兵增援,你看谁可担此重任?"

这时,傅华封对赵尔丰要他夤夜赶来的用意完全清楚了,霍地起身请命,铿锵有声："若大人信得过华封，华封愿代大人去省上向锡良大人禀报并请兵。"

"如此最好。"赵尔丰闻言不胜欣慰，连连颔首，"事不宜迟，现在就让我们来拟写上奏吧。怎么样，这个上奏，还是请文案为老夫代劳？"

"岂敢，岂敢，华封岂能班门弄斧！"傅华封站起身来，连连拱手推辞。他知道，在拟写这样事关重大的奏折时，赵尔丰都喜欢亲自操刀。他早就听说，赵尔丰的文墨很不错，字也写得好。不过，耳听为虚，眼见为实，他正想当面看看赵尔丰的文墨。

"早听说道台大人的文墨之好是出了名的，"傅华封说，"锡良大人早在山西时就对道台大人的文墨推崇备至。华封今夜能得见大人墨宝，实在是眼福不浅，受益匪浅。"

"那好吧！"赵尔丰说时走到签牙桌前，略加思索，提笔展纸，笔走龙蛇。傅华封看时，竖格十行素笺公文纸上拟出的题目是"就永宁道严重匪情上奏四川总督锡良总督大人暨朝廷折"，接着赵尔丰唰唰走笔，看下去是："此地龙会纯由痞子组成，由来已久。近年，龙会抗捐抗粮更是竟成燎原之势。苗沟枭首大老圈、小老圈彭汉章、彭友章兄弟，日前甚而聚众公然与官府作对。光天化日之下，杀我东一屯民团队长杨八，而后匪事日张……恳请制台大人速派重兵来宁，着力痛剿，以绝后患！"赵尔丰果然是刀笔，下笔言简意赅，一气呵成，让向来自视甚高的傅华封自叹不如。

赵尔丰的字写得非常好，很有特色，流利而又雄劲。他的签名更为别致，"赵尔丰"三个字写得像是一只飞翔的仙鹤，可作单独的艺术品欣赏。

"大人的上奏写得真好，字也写得真好！"傅华封发出由衷的赞叹，"从大人这篇上奏可以看出，大人志存高远，胸怀韬略，高瞻远瞩，才华卓绝，日后必然为我大清栋梁。"

傅华封这番发自内心的赞叹，字字句句可谓说到赵尔丰心里去了。一时，多年来的酸甜苦辣，在赵尔丰心中涌起，如大潮猛击。让向来性格刚毅、喜怒不露于形的他，眼睛有些湿润。看着眼前这个知己，堪为大用的傅华封，赵尔丰大有英雄识英雄，相见恨晚的感触。略为沉吟，赵尔丰捋着花白胡须，语重

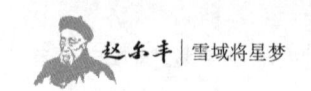

心长地对傅华封说出这样一番话来："不上高山，不见平地。非烈火，难以炼出真金。值此建功立业之际，你我当共勉。须知，报效朝廷封妻荫子，正当其时。"话未落音，"梆、梆、梆！"高墙外，更夫敲响了五更。

"夜深了，大人请息了吧！"傅华封这就收起奏折告辞，"华封天不亮就起程上省，就不来向大人辞行了！我会尽快在省上把大人交办的诸事办毕后随援兵回永宁。"

"一路上多加小心。"赵尔丰想了想，"我让卫士长亲率一队精锐送你上省。"

"万万使不得。"傅华封连连摇手，"卫士长需在大人身边侍卫，我不要紧，我会另带他人。请大人放心。"

"那你就从我的卫队里挑几个精锐带去！"在决定了派侍卫护送傅华封事宜后，赵尔丰又亲自将傅华封送出中门。这时，偌大的道台临时行辕内寒气袭人，雾失楼台。分别之际，一股热浪不禁涌上傅华封的心扉。望着眼前这位素常冷峻、严厉，这会儿坚持送他出门的道台大人，一时，傅华封竟觉得赵尔丰并非如传说的那么铁血、冷峻，分明是个知疼知热的和善老人。作为道台，在这样寒冷的山区夜里，赵尔丰不像以往那些道台缩在舒适的府衙内锦衣玉食，身边妻妾成群，呼奴唤婢，这么大夜了，也这么大年纪了，赵尔丰不仅没有消夜，而且一心想着国事。身上穿得也单薄，书房里甚至连火盆都没有一个，这样的生活，还不如古蔺城里一般稍为富裕的人家。他在向赵道台作别时心中有些不忍，不禁有些哽咽。"大人！"傅华封说，"这会儿已经下白头霜了，太冷了。请回吧，我回屋去时，顺便叫下人给大人送个火盆来！"

"这哪里算冷？"不意赵尔丰尚有谈兴，他精神矍铄地说，"倘若在天府之国这样的好地方都喊冷，那么一旦奉命率兵去冰天雪地的康藏行军打仗，又该如何呢？"

"大人要去康藏带兵打仗？"傅华封是何等精明人，他听出了赵尔丰话中的弦外之音，心中一惊，问。

"我对你素来另眼相看。"赵尔丰也不隐瞒，用手捋着胡子，"实不相瞒，有此可能。不过，你万万不可对外人提起。月前，我去省时，锡良大人曾对我说，目前康藏局势不稳，英人大有觊觎我康藏，煽动康藏上层叛乱之意。锡帅要我做好准备，一旦永宁道匪患平息，即调建昌道，专事康边事务。你大概不知，老夫每天黎明即起，舞剑、洗凉水澡，看康藏靖边书籍，就是在做这方面准备。"他说着，用手捋捋颔下一把花白胡子，目视漆黑的夜空，笑微微地调侃一句，"看来，老夫是一辈子钻山沟的命了！"说着看看傅华封，面露期冀，试探一句，"如果我去康藏，你能否跟我去？"

"华封跟定大人，报效朝廷，天涯海角，听从驱驰，万死不辞。"

"真男儿也！"赵尔丰听了傅华封这句话无限欣慰，举起手来挥手作别，一直看到傅华封的身影消失在走道转角处，这才转身步入书房。

过庭院，穿游廊，永宁道道台赵尔丰新得的心腹幕僚傅华封回到了自己住处。他并没有急着进屋，而是站在檐下，望着远远的在夜幕中闪亮的灯光——那是赵尔丰书房的灯。他知道那盏灯，会一直亮到天明。远远看去，那盏在夜幕和雾海里载沉载浮的灯，像是远海一星游弋的渔火，在朝不可知处游去。赵尔丰，真是与以往他所见过的官员们完全不同啊！傅华封久久地站在那里，心中感叹莫名。

百里苗沟正在遭受浩劫。

残阳斜照，天低云暗，凄凄衰草，断壁残垣，了无人迹。

往昔这个时候，苗沟里间间蘑菇似的板壁房上炊烟袅袅；女人们吆鸡赶羊进圈，放牛的娃娃骑着牛归来了。返巢的雀鸟黑压压一群群从头上飞过，无数的翅膀在空中划出阵阵金属似的颤音……娃娃们欢快地唱起了山歌："红萝卜，蜜蜜甜，看到看到要过年。娃娃要吃肉，老子没得钱。"大人们凄恻地唱："干人头上两把刀，租子重，押佃高，海椒当盐，豆腐过年……"苗沟尽管寥落、贫穷，但也自有它美妙的风景。

然而今天，这一页动人的风景似乎都被一只黑手残暴地揉碎了。夜幕还未落下，漫山遍野的磷火明灭飘忽。影影绰绰中，到处游动着的是吞噬尸骸的野狗或者狼，远处猫头鹰在黑暗中枭叫不已。

苗沟已经死了。然而，一场对它最后的屠杀才刚刚开始。

统领凤山骑在一匹黄骠马上，在强劲的山风吹拂中，他一动不动。这名副师级的高级军官，三十来岁，体格魁梧匀称，窄衣箭袖，一顶红缨伞形帽下，一张脸棱角分明，肤色黑红，剑眉星目，神态严峻凝重，一看就是一个身经百战骁勇善战的将领。他腰束一条宽皮带，这就越发显出肩宽腰细。腰带右边别一把世界上最新式的，从德国克虏伯兵工厂进口的可以连发二十响，俗称手提机关枪的驳壳枪。枪把上的一束红缨在劲风中飘得像是一簇燃烧的火焰；腰带左边挂一把鲨鱼皮面的宽叶宝刀。在战马咴咴中，他缓缓抬起头来，仰望着飞来峰——这是苗沟最高处，也是最险要处。乱云飞渡的苍茫天幕背景上，它奇峰兀立，像是从一只神奇的大鹰嘴里不慎掉下的一块奇石，又像是平地矗立而起的一把利剑，直指苍穹。这会儿，最后一抹残阳洒在飞来峰上。在它的顶上，一簇葱郁的林木像是一个骄傲的士兵头顶上的盔缨。而在它之下，千仞绝壁闪闪发光。

显然，飞来峰是他的兵士们无论如何攻不上去的，尽管他凤山指挥的都是精锐。

原先，飞来峰虽险，但也还有一架平空生出纠结而成的藤桥，将老鹰嘴和前面的山峰相连相结。现在，当斩尽杀绝的官军像笸子一样搜捕苗沟造反的千人时，彭汉章、彭友章兄弟，带领残存的妇孺逃到了飞来峰上，并砍断了藤桥——飞来峰成了苗沟人最后的避难地。

"推出格林炮——！"凤山用他低沉的声音发出了第一道命令。

一尊闪着深蓝幽光的格林炮，被清军们从密林中缓缓推了出来，架好，它那根长长的幽蓝的炮管，被炮手缓缓地摇起来，对准了飞来峰——这是川省从西洋进口的不多的几门山地大炮之一，是著名的德国克虏伯兵工厂生产的。

"瞄准飞来峰！"凤山发出了第二道命令。随着他的命令，他随手"唰"的一声从嵌有珠宝的鲨鱼皮面的刀鞘中抽出了宽叶宝刀。这刀是他那年兵驻黑龙江前线，奉命率部同入侵的沙俄军队作战缴获的战利品——那是一场惊天地泣鬼神的战斗，寒风呼啸搅起漫天鹅毛大雪，零下四十摄氏度的严寒，一群武装到牙齿的沙俄军队从厚厚的冰层上踏过来，占领了属于我国的、位于江心一块富有战略意义，大约两平方公里的岛子。在小岛上，"老毛子"们一边嘴里咕噜着，一边将界碑悄悄移开。就在他们得意忘形，以为阴谋又一次得逞，坐下来大吃罐头时，凤山率领早就埋伏在林子里的一彪清军大声喊着"杀"冲了出去。在这场肉搏战中，靠勇敢靠士气，他率领着弟兄们终于将顽抗的沙俄军队几乎全数消灭。俄酋沙萨顽抗，被他手刃。战斗胜利结束了，凤山得到的最让他满意的奖赏，就是他现在手中这把宝刀——原先是俄酋沙萨的。此时他抽刀出鞘，刀锋直指飞来峰。雪亮的刀叶，在最后的一抹如血的夕阳映照涂抹中，闪着威严可怕的熠熠红光。

随着他的命令，一群群头戴伞形红缨盔帽，腰挂马刀，手持九子快枪，脸膛黧黑的清军快步进入阵地，依在一棵棵大树后，向着飞来峰举枪瞄准。不过，他们向飞来峰放枪毫无意义。与其说他们是在准备射击，不如说是处于一种警戒中，而全部注意力都放在那门即将打响的、专门从省上调来剿匪的威力巨大的格林炮上。清军们脸上的神情残忍而急切。他们盼望着惊天动地的炮声骤响之后血肉横飞的场面在眼前出现，简直像盼望过年一样急切。他们杀人太多了，他们变成了杀人的机器。杀人、嗜血，成了他们唯一的乐趣。

然而，这会儿，身经百战的凤山统领用刀指向飞来峰的手，似乎有些哆嗦有些犹豫。要知道，只要他将手中的宝刀往上用力一举，再往下一劈，随着他开炮的命令，飞来峰上苗沟最后的生灵将化为灰烬。他有些于心不忍。

月前，身在成都的川省总督锡良接到永宁道道台赵尔丰奏请，言永宁道匪患严重，请求派兵增援云云。锡良即将赵尔丰的奏请转奏朝廷。朝廷立刻准其所请。严饬川省派兵增援永宁道的同时，加授赵尔丰兵备衔。虑及永宁道山高谷深林密，剿匪不易，锡良将川省仅有的三门格林炮调拨一门，并将配备了洋枪的清军精锐三营一并归凤山统领，火速来永宁。

得到了增援的永宁道赵尔丰，这就放开手脚剿匪！他下令：打开监牢，将所有犯人悉数牵出，不问青红皂白，全部杀掉。各地团屯送来的"匪"，也在他"送来不误，有名即杀"的指令下，不问是否有冤屈挟嫌，全部屠杀。

进剿苗沟最初是官军团练封死了苗沟两边口子，再集中兵力沿赤水河一线呼啸杀进。他们见人就杀，见房就烧。不出半月，赵尔丰已将他那面壁上"永宁图"插满了的小红旗大都拔去，这才掉过头来，竭尽全力剿杀苗沟。五千官

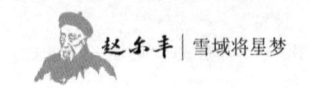

军还有团练，潮水般涌进沟中，只杀得苗沟内尸横遍野。所剩苗汉群众，躲进大小崖洞，林盘草垛。赵尔丰严令斩草除根，无论男女老幼，捉到就杀。苗沟人横了，应了一句"兔子逼慌了都要咬人"的俗语，彭汉章、彭友章兄弟带领苗沟乡亲，同官军、团练血战到底。打了几场恶仗后，官军始知苗沟人的强硬。

文质彬彬的傅华封代表赵尔丰进沟，找龙会大头领彭汉章谈判说：冤有头，债有主。只要你大老圈彭汉章一人出来投案，我们就放过苗沟人，团练、官军立即收刀停止剿匪！有家乡人傅华封信誓旦旦作保，侠肝义胆的彭汉章为保全家乡人性命，不听多人劝阻，走了出去自首，结果自投罗网，赵尔丰言而无信。

赵尔丰不肯封刀，他要将苗沟人杀得一个不剩。

残阳的最后一抹斜光披在凤山身上。凤山知道，这时，飞来峰上残存的苗沟人正从上面往下俯视，簇拥在他四周的官兵们也都注视着他，千百双眼睛都在他身上聚焦。凤山久久没有下达开炮的最后一道命令。斜晖中，他一时似乎凝固了。斜晖中，也看得格外分明。如果不是他脸上有道深深的刀痕，鼓鼻子亮眼睛，身姿青松般挺拔，出身于松花江畔一个满族军人世家的他应该是相当英俊的。时强时弱的山风，随着夜幕的渐近而加紧了。凤山情不自禁地将勒过脸颊的帽带紧了紧，似乎借助这样一个动作可以找到一个两全其美的办法，既要完成军令，又不至于让飞来峰上苗沟最后一批生灵于顷刻间灰飞烟灭。

"统领！"这时，站在他身后的一个管带轻步而上，附在他耳边小声提醒，"赵道台正等着听你的捷报。赵大人严令，务必在天黑以前轰平飞来峰。对小老圈彭友章，生要见人，死要见尸！时辰已不多了，天就要黑了，凤统你今晚还要去出席赵道台举行的庆功宴会！"

这番话将凤山从片刻的迷茫、犹豫中唤醒。他虽然有些同情苗沟人，私下觉得赵道台做得过了些，但是，他毕竟是清廷训练有素的高级将领。军人以服从命令为天职！他不再犹豫，将映在残阳中的宽叶宝刀挺了挺。宽宽的闪闪刀叶上跳跃着红光，像是沾满了殷红的血。

"开——炮！"

随着凤山这道命令，"咚——"格林炮拖着长长的火舌而去，随即在飞来峰上"轰"的一声爆炸开来。爆炸声在山谷中久久回响，山鸣谷应。在妇孺们惨绝人寰的叫声中，残肢断臂纷纷往下而坠。

"不要开炮！"一声泣血的呼喊从天而降。抬起头来，只见天幕下，彭友章站在了悬崖边上，他的身后，是团团疾飞的流云。

"赵尔丰，你杀人不眨眼，言而无信！要我彭家兄弟的命，你尽管拿去，不准你伤天害理，不准你再杀害我苗沟乡亲！我彭友章，今天就死在你赵尔丰面前，二十年后又是一条好汉！"在下面看不见泣血呼喊的彭友章的面容，但可以感受出他的悲壮和惨烈。小老圈彭友章说完，往前纵身一跃。

"友章，你不要这样！"

"老天爷，你开开眼吧！"

几乎与此同时，飞来峰上乡亲们悲怆的呼唤和彭友章飘落的身影，从上而下。惨淡的天幕上，呼啸的山风让从上坠下的彭友章的飘飘衣襟向两边张开，像雄鹰张开的一双翅膀，似欲载着他乘风而去。

倏然间，彭友章栽倒在凤山马前不远的青石上。

"噗"的一声，溅起多少朵玫瑰似的血花，把天地都染红了。凤山胯下的黄骠马一惊，往后一退，咴咴叫着屈起前腿，差点将凤山摔下马来。官军们吓得面面相觑，不知所以。彭友章是向着天死的，大睁着一双不屈的眼睛，望着飞来峰上的乡亲们。

"撤军！"凤山下达了命令，勒转马头，插刀入鞘，手一挥，"全线撤退，停止剿匪！"声音里，有一丝无奈和叹息。

夜幕像乌鸦不祥的翅膀，渐渐笼罩了群山环抱中的古蔺县城。这个属永宁道辖的小县城，傍赤水河，人口不过三四万，面积不过一二平方公里，但因这里历来是水陆码头，早些年间也还繁荣。到了清末年间，这里却是兵匪一家，抢劫、骚乱随时发生，繁华的小县城便日渐衰落、萧条下去。月前，赵尔丰亲自率大军来这里剿匪，天天杀人，简直将古蔺变成了一座坟场。

同往常一样。天一过午，正街上几家寥落的店铺便纷纷关门。入夜，前后两条长街更是家家关门抵户，闭声闭气，阒无人迹。阵阵寒风从赤水河上呼啸

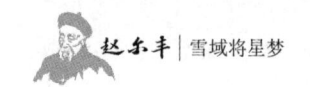

着刮来，穿街过巷，落叶沙沙。夜幕中这里那里传来野犬长嗥，很是森然凄厉，让古蔺县在寒夜中瑟缩不已。

今夜与往常又有些不一样。古蔺县里占了半条模范街的道台临时行辕，从下午起就灯火辉煌，热闹非凡。

永宁道道台赵尔丰，为庆祝"剿匪"大获全胜，今晚盛宴招待各路官绅。天刚擦黑，出席宴会的官绅们便或骑马或乘轿陆续而至。军官们都是管带以上品级。他们来到行辕前时翻身下马，昂首而入。他们穿戴之整齐正规，神态之骄矜前所未有。个个头戴伞形红缨帽，身穿朝服，腰挎镶嵌有龙蟒图案的长刀，手按刀柄，扬扬得意，大摇大摆地走，简直就是一只只横起走路的螃蟹。对走在他们身边的那些身着长袍马褂，头戴瓜皮帽；或肥胖如猪，或灯影似弱不禁风巴结他们的土豪劣绅，螃蟹们理都不理，置若罔闻。

官绅们相跟着陆陆续续进入道台大人临时行辕。当他们进入大花厅时，环顾四周，不由一惊一喜。大花厅里，处处张灯结彩，洋溢着一种喜庆气氛。一张张八仙桌摆放得整整齐齐，擦拭得锃亮。每张桌边摆四根条凳虚位待客，这可是赵道台到永宁后第一次宴请。

可是，刚刚涌上心来的喜悦，立即又为不快不满所代替，没有人接待他们！士绅们站也不是，坐也不是，就那样站起，冷起。按理说，不要说出席道台大人这样的席面，纵然就是他们家中请客，客人到后，立刻就有仆佣接着，先请到隔壁坐下休息；由人陪着吃点心、嗑瓜子、摆龙门阵。于是，这些在家中养尊处优惯了的士绅们可不像那些训练有素的军人听话，他们三三两两在一起说起了怪话：

"嗨，怪了，咋个请了客，这会儿又唱起空城计，鬼花花都没有一个？"

"咋个鬼花花都没有一个，你我不是人？"

"你先生懂啥子，这才叫玩格，赵道台请你我来喝风玩洋格……"

他们正话反说，怪话、牢骚发得有盐有味。

"嘘！"有人伸起一根指头，小声制止，"你们要弄清楚啊，这可是在赵道台衙门，不是在你们家，可不要打胡乱说啊！"说时，将手一指。发牢骚的士绅们，顺着他手指的方向一看，罗大成、杨耀衡、李灿章等几个名绅、团总也都来了，在那边围着新近走红的赵道台文案、心腹幕僚傅华封小声小气地打听着什么。于是，他们立刻被吸引，很想过去也打听打听，却不敢；他们不再说话，尖起耳朵听，生怕漏掉一句。

"华封，亲不亲，故乡人，你就给我们说句实话！"是罗大成的声音，虽然罗大成这会儿有意压低嗓门，但高声大嗓惯了，听得清他在问，"是不是赵大人把我们这带的匪一剿完，就另有重用，要回省？"

"听说康藏局势不稳，制台大人要调赵道台为建昌道，带兵去打蛮子^①？"李灿章的声音更小些。

被当地名绅们包围着的原东一屯民团团总、古蔺名人、今非昔比的傅华封对这些打探，既不肯定也不否定，只是连连摇手，浅浅笑道："大家别急。赵大人马上就要出来接见大家了。今天晚上，赵大人要亲自宣布好些事情，好事情，都是好事情……"傅华封语焉不详地卖着关子时，赵道台的一队甲胄鲜明的亲兵已鱼贯而入。

"诸位稍待！"看赵尔丰就要出来了，傅华封掉头只说了一句，"我得去办些事！"就鱼一样地一闪不见了。

赵尔丰的一队亲兵在厅内厅外做好了布置，做好了警戒——尽管剿匪已获大胜，况且又在自己的临时行辕，但赵尔丰仍然保持着相当的警惕。看着赵道台这队亲兵，士绅们不禁啧啧赞叹开来，个个都是过挑过选的百战精兵，身材高大结实，魁梧匀称，神情精明，身手矫健，打扮装备也非一般：一色黑云纱裹头，额前打着英雄结。身着的红色号褂背后是个大大的"勇"字，脚蹬青布长筒战靴，手持九子快枪，腰挎长刀。

看傅华封陪着赵尔丰步入花厅，官绅们就像是被谁喊了一声口令，全都站着向赵道台行注目礼。赵尔丰龙骧虎步走进花厅来到首席首位。官绅们注意到，衣着向来简便的道台大人，今晚穿着非常正式，着一套鲜亮的官服，威风凛凛。

赵尔丰落座时手一招，说："各位坐！"

---

① 蛮子：当时官场上对少数民族侮辱性的称呼。

腿都站酸了的士绅们，这就如蒙大赦，按官位大小纷纷依次落座。待赵道台坐定，担任宴会主持的傅华封向厅外招招手，吩咐上席。这就有仆役们手托长方形漆盘，如提线木偶般鱼贯而入，给各桌上酒上菜。同赵道台坐在首席的，除了傅华封，有统领凤山和当地名绅李灿章、杨耀衡、罗大成等。

顷刻间，各桌酒菜已经上齐。仆役们退下，换上一些面容姣好，头梳发髻，身着藕荷色衣裤的年轻姑娘，袅袅婷婷上来给客人们斟酒。她们用纤纤素手提起酒瓶，挨次将摆在客人们面前的酒杯斟满美酒，轻步退后。

赵尔丰手执斟满泸州老窖酒的酒杯，缓缓站起身来。堂上所有官绅全都起立，手执酒杯，目视大人。

"尔丰衔命来永宁剿匪，"赵尔丰左手执杯，右手捋着颔下一撮花白大胡子，朗声道，"年来不敢稍有懈怠，经诸君帮衬，将士用命，今永宁剿匪大获全胜，厥功告成。"他用一双炯炯有神的豹眼环视左右，"本道现已将所有剿匪有功人员名册悉数上呈。在座诸君不久将可得到朝廷奖赏。来，诸君满杯！"赵尔丰将手中酒杯举了举。

"谢大人！"赵尔丰话音未落，花厅里站得满满当当的将佐、官绅们无不齐声响应，高举酒杯祝捷。一阵"咣、咣"酒杯相碰，溅起朵朵酒花。

赵尔丰饮了满杯，并亮了杯底。赵尔丰落座后，傅华封率先起来敬酒。他穿的是四品官服，越发显得长身玉立，神采奕奕，引得坐在一桌的旧日同事李灿章等名绅艳羡不已。

傅华封显得很激动，也很动情。他高举酒杯，环顾左右说："华封生于斯长于斯，对我地匪患之久之烈之痛剧，感受最深。因而对赵大人于我永宁境内之匪患根治亦发感念于心。"说着走出来，趋步来到赵尔丰面前，高举酒杯，深鞠一躬道："华封代表我永宁父老乡亲，敬大人一杯！"

"且慢！"李灿章站了起来。这位身着长袍马褂的胖子见傅华封又着了先机，私心嫉妒，也上前举杯在手，哼哼笑道："赵道台可谓我永宁人再生父母。在座的若都敬大人一杯，恐伤了大人身体。我意在座者都站起，集体敬大人一杯！"说着，目光霍霍，看了看罗大成等名绅。

"好，甚好！"

"灿章的话,就是我永宁所有人敬爱赵大人之心!"

一时,场上名绅们纷纷起立,执杯在手,将阿谀奉承的话说得一泼一泼的。什么"赵大人再造了我永宁","赵大人辣手扭乾坤"云云。

赵尔丰很高兴,复又执杯站起。这倒把傅华封晾在了一边,有些尴尬。赵尔丰再干一杯,缓缓落座后,心有所得,手抚胡须,情不自禁说了这样一段可圈可点,可以传诸后世,让川人汗颜的治川名言:

"在座诸君都提到了永宁匪患,"赵尔丰捋着一部花白胡子,一双豹眼霍霍有光,"为何永宁匪患到了我赵尔丰手上才得到根治?并非我有三头六臂。古人有言'天下未乱,蜀先乱;天下已治,蜀后治',强调一个四川难治,其实这是迂腐之言。"全场皆惊。赵尔丰却是不惊不诧,大发宏论:"尔丰为官数年,为官数省,所过之处,用你们四川话来说,都是治理得服服帖帖。为何?前人多谓川省难治,其实是不知治川之理。昔刘璋失之以宽,所以败亡。诸葛亮治蜀从严,所以为得。曾做过川省盐茶道的滇人赵藩,在武侯祠中留有一副传诸久远的对联,说是'能攻心则反侧自消,从古知兵非好战;不审势即宽严皆误,后来治蜀要深思'。在尔丰看来,其实这也是不得要领的,诚谓文人迂腐之言。为何?"他用眼睛扫视众人,目光霍霍,侃侃而言,"因欺软怕恶是人之本能!我看,治川最好的办法,还是四川人自己说的——'油核桃要捶倒吃',根治永宁匪患难道不又是一个明证!"说到这里,赵尔丰的话戛然而止,让场上的官绅们面面相觑。

赵尔丰看出有些人对他这番话不满,但他毫不在意。在他看来,"圣益圣,愚益愚"——他相信韩愈这话。场上的人,除了他和他看得起的傅华封而外,都不是"上品",也可以说大都是世上多余的废墟、瓦砾,而他赵尔丰则是注定再铸辉煌的伟人。再说,自己这话,也并非有意鄙屑川人,确是他治乱得出的真经。

"诸君!"在一阵沉闷的气氛中,一贯我行我素的赵尔丰又举杯,环视左右,"今晚,这个宴会,是庆功宴,也是尔丰来永宁后与诸君的告别宴。请在座诸君同我一起满杯!"

"怎么,大人要走?"赵尔丰此话一出,全场震惊。

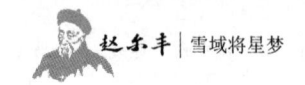

"赵大人,你不能走!"愣了愣,顷刻间,随着第一声不知是谁带有浓厚感情色彩的挽留和惊抓抓的呼唤,场上的士绅们如丧考妣,他们竭力挽留赵尔丰。

赵尔丰拈须微笑,从这里,他看到了自己的力量和魅力。他站起来,相当温和地抱拳感谢大家,请大家安静。场上安静下来后,赵尔丰接着解释:"并非尔丰一意舍永宁父老而去,而是朝廷刚来急令——省上锡制台大人派专人快马于今天下午送来朝廷火漆急信,传旨,改授尔丰为建昌道,专事康藏事务。并命本官不等新道台李普到永宁,即日上省听命。情况紧急,尔丰只好借此机会向诸位作别了!"说着,又举杯站起,向大家示意,饮了满杯,并亮了杯底坐下。

"赵大人,你不能说走就走!"那边桌上站起一位师爷样的人,瘦脸上戴一副鸽蛋般的铜边眼镜,镜片厚如瓶底,尖下巴上留着一绺山羊胡子。他从青布长衫里伸出一双瘦骨嶙峋的手,似乎这样就可以将赵尔丰留下。

"虽说我永宁的匪患已除,"师爷模样的老者拖着哭腔,"但大老圈人还在。如其赵大人一走,换个瘟猪子官来,咋个压得住堂子?如其大老圈跑脱,或是我永宁哪个地方匪势复起,咋个办?这样势必前功尽弃,而且比以前还要凶!"

师爷模样的老者道出了大家的担心。

好些士绅跟着吼:

"赵大人不能走。"

"我们联名上书锡大人,请求留下赵大人。"

"无论如何赵大人现在不能走!……"

赵尔丰听了这些话,不无得意地捋着颔下一部花白胡子,笑了笑,却又不以为然地摇了摇头。

"我晓得大老圈是压在你们心上的一块大石头!"

赵尔丰摸着胡子,学着说四川话。来川不久,他就学着说四川话,他觉得川话有趣也有味。说着他展了一句言子,"我岂不知有这样一句:巴地草根多,留下匪首祸多?为了让大家放心:今天晚上,我就当着大家的面,取大老圈的头如何!"

"对头!"

"好!"好些士绅听此一说,都欢呼起来。

"大人!"场上应声站起一个不开窍的迂夫子,他杞人忧天地连连摇头,满嘴之乎者也。

"小人以为这样不可。圣人曰,言必信,行必果。月前官军、团练到处张贴有大人亲自署名的告示,称,大老圈兄弟若是肯自首投案,就免他们一死。大老圈彭汉章是同官府说好的,他出来投案,苗沟里的人都免罪。现在,假若在光天化日之下食言,杀了彭汉章,届时若有人拿着大人下发的告示来质问大人,何故出尔反尔?甚而将此事告到省里、京城,大人会少不了麻烦,也会有损大人威望……"这个过于迂腐的夫子说话时,一双死鱼眼睛鼓起,那样子似乎对眼前这位刚刚立功的道台大人不认识了似的。迂夫子怎么也不相信,堂堂一个道台大人,朝廷二品大员,竟会如此言而无信。

不意迂夫子刚刚说完他的担心,或是不解后,赵尔丰仰头大笑起来,笑声里自有一种轻蔑。

"用你们四川话来说,这叫抖瓜话嘛。我这叫引蛇出洞!"就在赵尔丰觑起眼睛看着迂夫子慢声缓气教训时,傅华封霍地站起来保驾。他脸也红了,筋也涨了,走上前去教训迂夫子,指头都快戳到人家的鼻子上:"枉自你还中过秀才。既然我们面对的是一群悍匪,岂能以君子之道待之?也幸亏是赵大人肚量大,若是换个大人,听你这样说,非治你个通匪罪不可!"

"华封,都是乡里乡亲的,何必把话说得这么重?"团总罗大成看不惯傅华封这样咄咄逼人,半是劝解,半是嘲讽,"张师爷也是一番好心,他迂,大家都是晓得的。"

"啥子就犯了通匪罪?咋兴这样红口白牙乱说一气?"傅华封如此讨好赵尔丰,如此盛气凌人,如此给人罗织罪名,引起好些人的公愤,纷纷出来为其打抱不平。

"言重了,华封言重了!"李灿章、杨耀衡这些当地名绅也连连摇头。但是,空前孤立的傅华封才没有把这些人放在眼里,他自恃才高八斗,思维敏捷,他开始借题发挥,卖弄学问,转山转水地对这些人进行反击:

"赵大人收拾大老圈的办法，不叫出尔反尔。赵大人刚才说得好，可谓一句点睛，这叫引蛇出洞。为了根治匪患，乡梓得到安宁，什么办法、手段都是可以用的。迂腐是最要不得的。说到这里，我想起历史上的一则典故！"他看了看他的顶头上司赵尔丰，突然将话题宕了开去。他注意到，赵尔丰手捋颔下花白胡子，很有兴致听他讲下去。

傅华封受到鼓舞，侃侃而谈。他伶牙俐齿，能言善辩，简直如水银泻地："我想起了一则楚汉相争的故事。当初，刘邦哪是楚霸王项羽的对手？可是，论计谋，项羽与刘邦根本不可同日而语。有次，刘邦去老家沛县将家小接了出来。项羽听从了他身边那位足智多谋的'亚父'范增计谋，亲自率兵去追刘邦，欲劫持刘邦家人。而刘邦为了自己逃命，竟忍心将自己的一双儿女相继推下车去。楚霸王项羽将刘父抓获后作为人质，在阵前以将刘父煮食要挟刘邦。刘邦却不为所动，对项羽说，'你要烹杀我的父亲就烹吧，希能分我一杯羹'，让楚霸王无计可施，徒唤奈何。最终让楚霸王项羽兵败乌江。那时，楚霸王尚可过江东自保以求东山再起。可项羽却说自己无颜见江东父老，哀叹'天之亡我，我何渡为？且籍与江东子弟八千人渡江而西，今无一人还'，愧疚之至，拔剑而自刎。他这种壮烈，虽然后来有许多文人给他唱赞歌。其中以李清照为最，说什么'生当为人杰，死亦为鬼雄；至今思项羽，不肯过江东'。其实，项羽算什么英雄？那叫目光短浅，如他的头号谋士'亚父'在失望之余说的那样，'竖子不足与谋'。刘邦有进有退，能承受常人不能承受之羞、之痛；虽经百厥，克尽全功。这才算真英雄。为啥说，秀才造反，三年不成？一句话，迂腐。赵大人刚才一句话点睛，赵大人说自己并非有三头六臂，之所以能治他人之不治永宁匪患，盖因赵大人饱读诗书且能融会贯通。这正是赵大人的高明之处，也是过人之处。"傅文案在那里高谈阔论，下面又有一些士绅坐不住了，准备反击。

赵尔丰将这一切都看在眼里。

"好了。"赵尔丰开始巧妙地干预，将手中乌木筷子举起，"大家不要光说话了,吃菜吃菜。这是我专门去泸州请来高手做的川菜,大家尝尝,真不真楷①?!"赵道台这样发话,大家不好再争论,开始享受美味。

菜做得相当好,也相当丰盛,琳琅满目,一菜一格,美不胜收。人说吃在四川,此话不假。四川自古号称天府之国。土地丰饶,气候温和,雨量充沛,瓜果蔬菜、牛羊猪狗、鸡鸭鱼兔,应有尽有。加之四川历史文化悠久,人文荟萃,早在西汉时期,川菜就已脍炙人口。成都出生的大文人扬雄在《蜀都赋》中就有对川菜精彩的描述。西晋左思在《蜀都赋》中,也有"金罍中坐,肴烟四陈。觞以清醥,鲜以紫鳞"的赞叹。唐代大诗人杜甫流寓成都时,也为川菜的魅力所吸引,说是"蜀酒浓无敌,江鱼美可求"。南宋著名诗人陆游自蜀返浙后,多年也不忘川菜,他在《思蜀》中写道:"老子馋堪笑,珍盘忆少城。流匙抄薏饭,加糁啜巢羹。"明清以后,随着从清初开始,长达一百多年,从全国十多个省移民到四川的"湖广填四川",以及以后的大量外籍官员入川,厨师随行,这就更把全国各地的名馔佳肴带进了四川,川菜更加发扬光大。

不知不觉中,节目开始暗中转换。

"百家姓中赵为首。"一位穿得有些舒气②的士绅上来给赵尔丰敬酒。他很恭敬地举杯夸赞道,"赵大人是首姓立首功。然而这些,对赵大人来说,只不过才开头。"士绅知道,赵尔丰喜欢听四川很有表现力的俚言俗语,便展了一句言子:"敢说,要不到三年,赵大人不是三月间的樱桃——红登了,把我的名字倒起写!"

看赵尔丰听得高兴,又有人起来大唱赞美诗。

花厅里,气氛已经平和。有些坐得离赵尔丰远的士绅,边吃边谈,很随意。但他们的谈话大都没有离开赵尔丰就要离开永宁和今夜就要处决龙会大头领彭汉章这样的话题。四川人生性幽默,他们谈话亦庄亦谐,大展言子。听他们谈话,简直是种享受:

"赵大人打明叫响捉拿大老圈、小老圈兄弟,这两兄弟明明是跑得脱的,可是他们不是脚板上擦清油——溜,反而朝赵大人编好的笼子头钻——硬是珍

---

① 真楷:四川话,地道的意思。
② 舒气:阔气。

珠掉进了盐罐里——（宝）饱得有盐有味。"

"哎，他们弟兄虽说是'雨坝头打瞌睡——（淋醒）灵性人，毕竟是三棒棒加两棒棒——（五）武棒棒'，哪是赵大人的对手……"

赵尔丰虽然年近花甲，但是耳聪目明。场上士绅们说的话，他表面上漫不经心，其实句句在耳，听得认真而惬意。他用筷子夹了一块椒麻鸡进嘴，慢慢嚼着，用手捋了捋胡须，看了看在座的官绅们，又暗暗转换节目了。他对同桌的名绅们缓声说道："我虽是北人，但偏爱川菜。但川菜源远流长，我不过是喜欢而已，说不出个子曰。在座的都是美食家，我不敢班门弄斧。不过，今天我要请大家尝一个菜，可谓是我的独创，连（慈禧）太后、（光绪）皇帝吃后都赞不绝口，以至成了御膳。"他这一番话，声音不大，但因为道台大人处于大家注意的中心，大家都听到了。一个二个大眼瞪小眼，如听天方夜谭。心想，怪了，平素衣着随便，性格刚硬，勤于政事，心肠歹毒，"剿匪"堪称一把好手，有"屠夫"之称的赵尔丰还是美食家？竟能发明连太后、皇帝吃了都说好的珍肴美味？

见大家一脸惊疑，赵尔丰也不解释，只是将手一挥。立刻，一个个身强力壮的仆役，手中端着一个个沉甸甸的托盘，抢步而上，将托盘放在桌上。大家看时，仆役们从托盘上捧出一个景德镇瓷大花盘放在桌上。盘子当中坐一个削了皮，蒸熟了的大黄南瓜。蒸熟了的大黄南瓜黄澄澄香喷喷，冒着热气。还有一道风景——南瓜蒂眼处留有一节绿荫荫的瓜蔓。

"嗨呀，南瓜还能上席？"立时，大花厅里士绅们小声议论开来，显出惊奇：

"啧啧，这叫啥子菜，连太后、皇帝都说好？"

……

众人正惊疑间，当中一个仆役唱起菜名："这叫献金瓜。"说时，上前一步，手拈绿蔓揭开来，一道沁人脾胃的香味随着一道氤氲的热气喷出来，满屋子异香扑鼻。

"真香！"大块头罗灿章胸脯起伏，连连说，"这道献金瓜必大有出处，请大人赐教。"

看一屋人好奇的目光，赵尔丰又是微微一笑，用手抚着颔下胡须慢声细语讲起来："那年太后和皇上在八国联军威胁下西行，进山西境内时，我陪时任山西巡抚的锡（良）大人前去接驾。匆忙中没有什么好东西进贡。看锡大人愁肠百转，我灵机一动，心想，何不就地取材？当地盛产老面南瓜，一个个又大又甜又面，就给锡大人献计，干脆就在南瓜上做文章：将一个个挑选出来的南瓜削去皮，在瓜蔓处挖出一个四四方方的小口子，伸手进去掏净里面的瓜瓤，再填以鸡肉、红枣、砂糖等。总之，凡是当地可以找得到的好东西，都可以填进去，然后放进蒸笼用猛火蒸熟。原想，这不过是缓急之间没有办法的事。不意太后、皇上吃后赞不绝口，太后还赐名金瓜，以后这金瓜还成了一道御膳……"赵尔丰说到这里，不由得哈哈大笑起来。

"大人真是多才多艺，不仅是'剿匪'的行家，还是美食家。"

"赵大人此道献金瓜，真是做到了色香味美……"

场上又是一片喝彩声。

"来来来！"赵尔丰这就伸出筷子指指，示意大家品尝他发明的献金瓜。

于是，大家都把筷子齐刷刷向桌上的金瓜伸去。这道菜确实好吃，又面又甜又香，热气腾腾。

待大家酒足饭饱之际，一个头戴伞形红缨盔帽、腰挎长刀的管带，影子似的进入花厅，轻步来到赵尔丰面前，弯下腰去小声请示什么，得到回答后，又影子似的一晃而去。

"诸位，都吃好了吗？"赵尔丰抬起头，大声问。

"好了，谢大人。"大家异口同声，看着赵尔丰，以为赵大人要宣布宴会结束了。不意赵尔丰又用手捋着颔下胡子，说："那就接着看下面的吧！"顷刻间，就像川戏高明的演员上演绝活——变脸，刚才荡漾在他脸上的一丝笑意此时荡然无存，现出的是一丝残忍。

"刚才，我给诸君吃了御膳——献金瓜。现在，我给诸君吃一颗定心丸。"赵尔丰说时抚髯冷笑："匪首大老圈彭汉章已在县城城门洞下的站笼中静候多时，我现在就带你们取他的头去。"赵尔丰说时脸上流露出阴森之气："我答应过诸君，在我离宁之前，处决大老圈，去掉诸君一块心病。如何？有胆量跟我

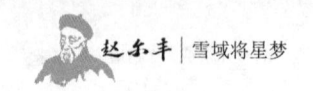

去看取大老圈头者现在就走！"说时，他站起身来，步出花厅。凤山、傅华封赶紧率一队亲兵跟了上去。在场的士绅们，胆子大的，也都跟了上去。

赵尔丰来永宁后举行的第一次宴会，也是他在永宁唯一的一次宴会，就在这样满带杀气的氛围中结束了。

夜半时分，在夜幕中沉沉入睡的古蔺县里，突然从临时行辕方向传来一阵急骤的马蹄声，在这样的时分，听起来显得格外惊心。赵尔丰在凤山、傅华封和一群亲兵将佐的护卫、簇拥下，带着当地团总李灿章、罗大成、杨耀衡等一行人骑着马，裹着黑夜出了行辕，一阵风似的朝县城城门洞方向疾驰。钉着铁掌的马蹄，在小县城的青石板路上一路叩响而去，溅起串串火花。阵阵轰雷般的马蹄声，在如水的静夜里突然响起，将小县城里的人们都惊醒了。他们无不悚然坐起，大睁着吃惊的眼睛，猜测着，听着外面的一切。外面是寒风呼啸的声音，是一阵惊心动魄的马蹄声过后随即带出来的阵阵犬吠声。

漆黑夜幕中的古蔺县城的城门洞下，挂有一盏在风中忽悠悠的红灯笼。微弱光照中显出的景况，触目惊心，极为惨烈。城门洞前，有一个高可及人的木质站笼，站笼的每根木棒上都钉满了尖利的铁钉。站笼里隐隐约约可见站有一个人。那人身材高大，披头散发，戴着脚镣手铐，身不由己地斜靠在钉满了铁钉的站笼一边，一动不动，显然是受了重刑，昏了过去。天黑，看不清他浑身血肉斑斑的全貌，但感受得出那分惨烈。

赵尔丰一行风卷残云般来到了城门洞——这一段有城门洞的古城墙，无疑是古蔺县的信息发布中心。官衙有什么告示，都张贴在城门洞前，让从城门洞中过往的人看后周知。以往最惨烈的状况最多是，官府将被斩首的人头用竹竿挑起在城门洞示众。而像今晚彭汉章这样遭受酷刑，像展览动物一样展览，对于生活在古蔺这座小县城里的居民们，还是第一次。

"彭汉章，你知罪么，还敢同官府对抗么？"来到城门洞前的赵尔丰勒马伫立，在众人簇拥下，他手指刚被冷水泼醒的彭汉章，大声喝问。李灿章等满有兴致地打量这一幕，等候着高潮的到来，就像在看刚刚开始在川省各地流行的西洋镜。

站笼里，彭汉章听了赵尔丰这声断喝，轻微地动了动身子，似乎懒得搭理，不仅没有吭声，连头都没有抬，保持着原有的姿势，表现出对赵尔丰明显的蔑视。

"好个狗东西！"赵尔丰大怒，策马上去，将手中的马鞭伸进站笼，狠狠戳了戳彭汉章，咬牙切齿。

彭汉章猛然转身，睁着一双愤怒的眼睛，"呸"的一声，将一口带血的浓痰从站笼里喷出来，端端喷在赵尔丰脸上。

赵尔丰一惊，不由策马退后一步。当众丢丑，简直让赵尔丰气昏了。他一边抬起袖子揩脸上带血的口水，一边暴跳如雷，指着站笼中已被折磨得不成形的彭汉章咬牙切齿大骂不已："看我不当众剥你的皮，抽你的筋，我不会让你好死！"

"哈哈哈！"彭汉章突然仰头大笑。幽微的灯光中，可以看清他的强悍，他的桀骜不驯。那一口雪白的牙齿，那一双喷火的眼睛……简直就是一头暴怒的雄狮、猛虎。如果不是站笼将彭汉章囚紧，他会跳出来，将赵尔丰撕扯得粉碎。这样暴烈的场面，让躲在赵尔丰身后的李灿章、杨耀衡等人吓得连连后退，不敢正视。

"赵屠夫，你不是个东西！"彭汉章举着戴镣的手，指着赵尔丰大骂、责问，"你不是口口声声保证，只要我彭汉章出来，你就既往不咎，不伤我的苗沟乡亲？你这狗官，言而无信！"

"蠢材，本官不这样钓你，你肯上钩么？本官用的是引虎下山法。"

"你处死我彭汉章，算我抵杨八的命。一命抵一命。但百里苗沟那么多妇孺有啥子罪？你不问青红皂白，抓到就杀。你这个用人血染红了官帽顶子的屠夫，未必要把我永宁道所有的干人都斩绝杀尽才甘心么？"

"正是。"赵尔丰用手抚着胡须，语气恶毒地说，"你那苗沟是一个匪窝。这么多年永宁闹匪，根子都在你们的苗沟，可以说苗沟无论男女老少，个个都是匪，是匪就该杀。所谓'野火烧不尽，春风吹又生'，我不把你们这些匪斩绝杀尽，以后还要作怪，还要滋生匪。"

"赵尔丰你休想，我干人是杀不尽的。"

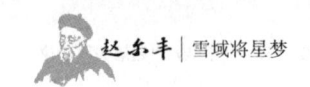

"啊哈，你还在做梦吧？我再告诉你，你是不是想着你兄弟小老圈彭友章带苗沟一拨人逃到了天险飞来峰上，本官拿他们没有办法？"赵尔丰说时，又是一声冷笑，"本官从省上调来了格林炮。今天下午，我官军已经用西洋格林炮将飞来峰轰平！"说着，不无得意地看了看身边骑在马上的凤山，"你兄弟，还有苗沟所有的人一个也没有跑脱！"凤山听赵尔丰如此说，阴沉了，一声不吭。

"你的匪窝已经被我一锅端了。大老圈你不信，可以到阴间问问你的兄弟。"赵尔丰说到这里，围在他身边的李灿章、罗大成、杨耀衡等士绅轰地一下大笑起来。

彭汉章伤心已极，失望已极，痛苦已极。他用一双锥子似的眼睛看定赵尔丰，随即雄狮般猛地冲到站笼前，双手将带铁钉的笼棒握在手中，不顾手中渗血，一阵猛摇，随即发出一阵地动山摇般泣血的呼喊："赵尔丰——赵屠夫，你还我苗沟干人的命来！"泣血的呼喊，猛地从胸腔里迸出，在寒冷苦寂的夜里久久回荡，是那么惨烈！瞬时，让簇拥在赵尔丰周围的士绅、亲兵将佐们都怔了，连赵尔丰也怔了。

粗大的木棒"啪"的一声被彭汉章用劲掰断了一根，彭汉章猛虎似的从站笼里窜了出来，向赵尔丰扑去。

"还不杀他，更待何时！"随着赵尔丰一声惊叫，簇拥在他身边的亲兵们这才如梦方醒，赶紧将彭汉章团团围住。

"大人，你们不消动手，让我们来杀大老圈！"一声陌生、急切的呼喊传来，赵尔丰掉过头来，只见两个官兵从城门洞里窜出来，争先恐后赶上，两把长刀倏然一闪，两道寒光直射彭汉章的身躯。彭汉章猛地一抖，扑倒在地时，发出最后的呼喊："赵屠夫，老子到了阴间也要向你索命！"

彭汉章倒在了地上，流出的血，将地都染红了。在微弱的灯光照耀下，地上流的血很快凝固，像是爬了几条蚯蚓。

"你们是从哪里跑出来的？"这时，赵尔丰似乎才注意到两个杀死了彭汉章，却跪在他面前的军士，余怒未息地喝了一声。

"请大人恕罪。"两个跪在面前的军士瑟瑟发抖，说他们是负责看守彭汉章的本县兵丁,只因天气严寒,而军饷不但长期未发,棉衣也没有发。今夜这个时分,飘雪,实在冷来无法,想想彭汉章已然昏死,站笼牢固,谅他也跑不出来,他们这才躲在门洞里待了一些时候。

"凤统!"赵尔丰已经明白原委,却全然不动,只是喊了一声身边的凤山。

"末将在。"凤山闪身而出,在赵尔丰面前打拱作了一个军礼。

"他们擅离职守,该当何罪?"

"按律该斩。"

"请大人饶罪,我们下次不敢了!"

"抬起头来。"赵尔丰又是森然一声。

跪在地上的两个兵抬起了头。在一缕红晕晕的光照中,只见这两个兵一高一矮。矮的长得黑蛮,脸颊上有一道很深的刀疤,高的一个很有些年纪了,瘦得竹竿似的,穿得也单薄,仰着头,一副乞求的可怜相。

"军人以遵纪守法为生命。"赵尔丰看着跪在地上的两个兵教训,"你们擅离职守,本官断断饶你们不得!拉下去,斩了!"

"慢!"赵尔丰身边的亲兵正要上前,趴在地上的那个年轻些的兵知再求无用,必死无疑,便不再畏惧,从地上爬起来,用手拍了拍袖子,坦然道,"大人,是我的错。我不该喊这位哥子去躲风雪。让我去死,请大人留下这位老哥的命。他家中还有八十老母,请大人饶他一次!"

"好兄弟,哥子对不起你呀!"老兵趴在地上,啜泣不已。

赵尔丰毫不理会,手一挥,身边亲兵上前就要拉他们时,凤山看不过了,出来替他们求情:"求大人看在他们从军多年,今晚之事,情有可原,请大人饶他们一死,重重处分。要他们以后戴罪立功!"

"赵大人,我们愿戴罪立功,要死去沙场上战死!"两个兵看统领凤山替他们求情,以为有了希望,跪在地上叩头,碰得山响。

"凤山!"赵尔丰不满地看着凤山教训,"你是带兵多年的统领,不会不知,严明的军纪是军队克敌制胜的根本。如果我们的手一软,以后办事必然处处有走展、打让手,那还了得?所谓千里之堤,溃于蚁穴,正是此理。并非老夫心如铁石,而是非如此,不能整肃军纪,号令三军,况且现在是非常时期,我必

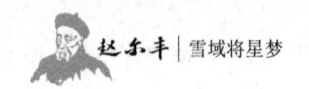

须杀一儆百！"

教训完凤山，赵尔丰看着跪在地上的两个失职军士说："你们就放心去吧，你们的家眷本官自会优恤。明年的今天，就是你们的忌日。"赵尔丰说话做事，向来板上钉钉，说一不二，钢筋火溅。话说到此，谁还敢多言？赵尔丰这就将手一挥，两个亲兵上前，将两个跪在地上、已呆若木鸡的兵一把提起，再用麻绳绑起，押到城边荒野。雪花飘飘中，只见两把雪亮的大刀往上一举，再往下狠劲一劈，两个兵顿时身首两异，鲜血溅了一地。

赵尔丰这才率领一行人，打马离去。

一切又归于沉寂。

风越来越大。一股寒风打着旋儿向着城门洞扑卷而去，"噗"地吹破了灯笼的油纸，吹熄了火苗。正在往外沸的通红的烛液，凝成了一颗颗泪滴。风搅着越下越大的白雪，沙沙作响，雪花落在城门洞上那飞檐斗拱的钟楼上，落在城边荒郊两具无头尸首上……晶莹的白雪越积越厚，似乎想把赵尔丰刚才上演的罪恶埋藏。

第二章 藩篱破，衔命西征

光绪三十一年（1905），秋天。

古城成都傍晚的景色很美。太阳下去了，月亮还没有起来。一朵由灰转暗的浮云低低地挂在红墙黄瓦的皇城城楼上。群鹤归巢了，朦朦胧胧中，只见那一群群精灵跳起洁白的舞蹈。

成都皇城的规模、气象极似北京天安门。这在全国是一个例外。明代开国皇帝朱元璋封十一子朱椿为蜀王时，因其宠爱，特准许爱子带一帮能工巧匠到蓉城，比照北京天安门皇宫式样，消耗了惊人的钱财，费时经年，修建成了这座宏大华丽的藩王府。明末，张献忠率大军由陕入蜀，在成都建大西国，皇城成了他的皇宫。三年后，张献忠兵败离蓉时，一怒之下一把火将这座不可多得的藩王府，连同城中的四十万居民，还有整座从唐代以来就是全国五大繁华都市之一，有温柔富贵之乡称誉的城市化为灰烬。一直到了康熙年间，多年的战乱甫定，省会由阆中迁回成都。随着从清初开始的，长达一百多年规模浩大的"湖广填四川"，天府之国又恢复了生机。但是，这座重新修起的皇城，却少了当初的气势。

随着夜幕的降临，耸立在夜幕中的皇城前面那偌大的广场两边的是鳞次栉比的回民面馆、红锅馆子；还有卖牛杂的小铺子……林林总总，全都亮起了灯。朦朦胧胧的光线中，幺师站在馆子外的阶沿上挑声夭夭延客入内。到处热气腾腾。皇城坝上，更是百戏杂陈，无奇不有。说评书的，卖打药的，耍猴戏的，看相算命的，卖唱的，招人看洋镜的……构成了一幅清末年间蜀中色彩斑斓的夜景图。

天刚擦黑，由永宁道任上紧赶慢赶返回省上的赵尔丰，由傅华封陪着，身边带两个亲兵，骑着马从驷马桥进了城。一路逶逶迤迤打量着夜的成都，向督署而去。月前锡良调拨助剿永宁匪患的三营精兵，由凤山统领，从北大道返省。赵尔丰向来不喜招摇，为了不引人注意，他们一行素衣小帽，骑的马也都是体形矮小，但能负重爬山，善于长途跋涉的本省建昌马。马鞍上都负有行囊，一行人满面风尘。在不明底细的人看来，这哪是堂堂的道台大人上省，分明是一行做长途生意的商贩。

现在，他们一行正由盐市口向东大街而去。

赵尔丰虽然年近花甲，但身体强健。他一路晓行夜宿，虽经几日的山路跋涉，但此刻毫无倦意，很有兴致地打量着成都的夜市。虽然他随锡良入川有年。但他一入川，就去了永宁，这是他第一次在这样的夜晚细细打量这座历史名城。

成都的确繁华，不愧为西南第一重镇，温柔富贵之乡。街道宽阔整齐。各大商店这时虽已关门收市，但阶上檐下又遍设摊肆。商贩们点亮马灯、油壶照明；游人摩肩接踵，往来如织；饭馆里传出阵阵猜谜划拳声，茶铺里更是座无虚席。打锅盔的梆梆声，露天坝唱川戏的锣鼓声、扬琴声，声声入耳……让陡然从苦寒闭塞的边远山区进入繁华省会成都的他们，对比感受特别强烈。赵尔丰不禁皱了皱眉，轻声对骑马走在身边的傅华封说："成都人委实太奢华了些，其饮食挥霍，我看要超过京师。"

"是。"傅华封点点头说道，"四川所谓天府，其实也就是川西坝子、灌县一线。因为这里战乱少到，岁无饥馑，物华天宝，特别是成都，自古繁荣。早在唐宋时期就有'扬（州）一益二（成都）'之称。晋代左思在《蜀都赋》中有名句'既丽且崇，实号成都'。成都的夜市也很有名。"傅华封见赵尔丰听得很有兴趣，便滔滔不绝说下去，"五代以后，成都的夜市便很红火。《岁华纪丽谱》有载，'七月七日，晚宴大慈寺设厅，暮登寺门楼，观锦江夜市，乞巧之物皆备焉'。戊戌时期，法国著名游历家马尼爱游览成都后，在其著述中对此有生动记叙：惟于晓色朦胧之际，遥望其间，尚有巍峨气象……其时城堙暗淡，景色清葱，若隐若现，如龙盘，如虎踞，扼峙于旷土平原；而河道纵横，亦复绮交脉注；诸河上流洎西八十法里，有瀑布自悬崖出，凡莱畦稻田及罂粟花地，俱借以灌输畅茂；但觉连陌如云，鼓风成浪……宽衢华厦，绸轿锦舆，金碧辉煌，陆离光怪……"

"你记性真好，"赵尔丰由衷地说，"书读得扎实。"赵尔丰来四川时间不长，一口四川话却说得不错。

傅华封听了很高兴，却摇摇头说："我这是死记硬背，不像大人，天纵英明。"说时，他们已走马来到皇城。赵尔丰勒住马，指着右边灯火阑珊处的乞丐，小声问跟在身边的傅华封："怎么如此挥金撒银的富庶地，也有这么多乞丐？"

"概莫能外。"傅华封说，"乞丐，在我们四川称为讨口子。俗话说，金温江、银郫县，讨口子出在双流县——这些地方都是成都坝子最好的地方。这些地方都有讨口子，还有哪里没有呢？这些讨口子在成都，白天少，因为官府要撵他们，嫌他们有碍观瞻。白天，他们都躲起来了，最多的在双流。但一到晚上，讨口子在街上成群结队。他们白天或栖于城中的破庙中，或栖于荒郊地，可谓昼伏夜出。有出川戏《归正楼》就专门是说讨口子的。其中有段唱词，正话反说，极尽川人的风趣幽默。"说着一字一句朗诵开来："那高楼住它做啥？跍[①]桥洞免得漏渣渣；那牙床睡它做啥？坝地铺免得绊娃娃；高头大马骑它做啥？打狗棍拄遍千家；那绫罗绸缎穿它做啥？穿襟襟挂绺绺风流潇洒；那嘎

[①] 跍：蹲。

嘎①吃它做啥？喝稀饭免得塞牙巴……"

赵尔丰不禁笑了起来："四川人真幽默呀！"说时，只见一个牛肉馆前，一个衣衫破烂的老年乞丐手中端着一个缺了口的大土碗，向一个进馆子的人伸着碗，哀求道："善人大爷，你行行好，给点锅巴剩饭！"还有些乞丐追着人要钱，他们往往追在阔人后面不断哀求："大爷，可怜可怜，给点钱。"

还有艺讨的。这些乞丐大都是些口齿伶俐的，手里拿一副金钱板，见着不同的对象说不同的有韵唱词。赵尔丰驻马一边，很有兴趣地看到一个年轻乞丐走到一个锅盔摊前，手中的金钱板呱嗒呱嗒一阵敲打，口中唱道："走一步，又一步，不觉来到锅盔铺。掌柜的锅盔大又圆，吃上一个管一年……"掌柜知道，遇上这样的乞丐，不给他会死缠，赶紧给了一个锅盔打发了事。

看完眼前的乞丐，赵尔丰驱马紧走两步，这才发现，在一些阴暗角落里，还有卖儿卖女的——他们在自己的小儿女的发髻上插一个草圈。还有一些跛脚少手的，跪在街沿边上，向过往的人讨钱……见赵尔丰眉头紧皱，傅华封乖巧，知道赵尔丰见状心中不快，赶紧驱马上前说："大人，誉满天下的少城离此不远，我们进去看看夜景吧？"

"好！"赵尔丰想想说，"我与住在少城内的成都将军玉昆有一面之交，本想去拜会他，但不是时候。不过，去看看闻名于世的少城也好。"说着信马由缰，向少城方向而去。

少城，是成都的城中城。城中，街道宽阔整齐，一条条极幽静的小巷里，幢幢青砖黑瓦的公馆排列有序，高墙深院里，亭台楼阁掩隐于茂林修竹中。门外两边蹲着石狮子，这些石狮子的用料都是从省内天全、泸山采就的汉白玉石，石质既好，雕刻又精，无不栩栩如生，平添威仪。家家古色古香，呈现出绝非一般人家可比的富庶。这些人家墙壁上，嵌有长方形的红砂石，砂石镌刻着拴马桩。门前栽花养树，院内绿荫匝地，实实是洞天福地。少城里住的数万居民都是满人。他们一出生，朝廷就给他们一份终身享用的俸禄，一生受用不尽。这样的城中城，全国除成都外，还有北京、广州、西安、南京、杭州、福

---

① 嘎嘎：肉。

州、荆州、伊犁等城市。

走马来到西御街口。夜幕中远远的楼檐下悬一块蓝底金字大匾。匾上"既丽且崇"四个大字，映着城内那条幽静的喇嘛胡同里闪出的光，有一种悠远而神秘的气息。

"大人！"傅华封手指着夜幕中隐约可见的一幢高大巍峨、极有中国气派的建筑物介绍，"那是城内的关帝庙。关帝庙之后有流水汤汤的金河。金河之后黑黝黝的一片，就是少城公园了。"见赵尔丰驻了马，傅华封不无狐疑："大人，怎么不去了？"

"不去了。"赵尔丰改变了主意，"锡良大人现在一定在等我，我现在就得去督署。"说着勒过马来，提提缰绳，训练有素的座下建昌马，立刻扬蹄奔跑起来。傅华封带着两个亲兵，打马追上。

"绿窗灯火……凄风苦雨扫楼台……只落得望穿秋水不见一书来……悲哀！"背后猛地传来袅袅的弦歌声，混着高亢的川戏锣鼓声——正在少城内万春园上演的由享誉海内外的蜀中文豪赵熙原作的《情探》，让川戏名角杨素兰一演，这就将焦桂英活捉负心汉王魁前后的那份凄切、哀婉表现得映山映水，扣人心弦，在静夜中传得很远很远。傅华封想，少城内满人的福享得实在是太过了。

锡良在督院街的督署在这静静的夜晚矗立，显得格外高大威严。

雕有云纹的门楣上，两盏垂着流苏的硕大的大红灯笼，在漆黑的夜幕中熠熠闪光。绵绵夜风吹拂下，绺绺金色的流苏迎风飘拂。在红晕晕的灯光映照下，两个熊腰虎背头戴伞形红缨帽的戈什哈，手把刀柄，把守在门外，目视前方，一动不动，像是两个丈二金刚，显出一种森严和凛然。

夜幕中，虽看不见督署那高墙深院中的雕梁画栋，但它占地之广宏，在夜幕中隐约可见的楼台丽阁耸峙的剪影，以及督署后汩汩流淌的锦江，这一切，无不显示出它威震西南的地位和气势。

当素常神情倨傲、睥睨一切的戈什哈从傅华封手上接过洒金梅红名片，待看清那位站在檐下、穿着随便、神态亦随和的老者就是大名鼎鼎的赵尔丰时，

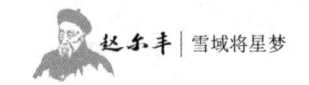

都惊呆了。啧啧,如雷贯耳的"赵屠夫"赵大人竟是如此模样,实在是不敢想象。把门的戈什哈们不敢怠慢,赶紧进去通报,正在等着赵尔丰的川督锡良接报,立刻派师爷出门迎接。

当师爷单独领着赵尔丰穿廊过院,一脚踏进总督大人住的独院的月亮门时,着便装的锡良降阶相迎。未等赵尔丰上前施礼问安,总督大人一把拉着赵尔丰的手,相当亲热地说:"季和,辛苦你了。请!"说着,做了个请的姿势。

"大人先请!"赵尔丰逊步。锡良拉着赵尔丰的手,进入了书房。用人进来献上名茶好点后轻步而退,顺手带上房门。

"季和,请坐!"锡良相当客气,手一摆,率先坐了下去。

"请茶!"在赵尔丰落座后,隔着雕花茶几,锡良随手端起了盖碗茶,右手揭开茶盖,刮刮茶汤,看雪白细瓷的邛窑茶碗中的针形茶叶,在滚开水中一阵上浮下沉,氤氲中窜起阵阵茶香,笑笑说:"扬子江中水,蒙山顶上茶。你尝尝这茶,我这是用名山顶上新采摘来的头道雨前茶请你,此茶量极少,属于贡品。"

"谢大人。"赵尔丰说时,端起了盖碗茶。四川盖碗茶同川菜一样有名,泡茶需用三件头——先是放一个铜质茶船,茶船上骑一个考究的茶碗,茶碗之上骑茶盖。在一般茶铺里,一般茶客用的茶叶、茶具没有怎样讲究,但用水是不能马虎的。川人大都喜欢喝本地产的茉莉花茶。在成都,茶铺派人一早用大板车驮上大木桶去合江亭取回锦江中的活水,再经两三道过滤,是谓取用活水。在只有九里三分大的成都,不知有多少家茶馆,这些茶馆从早到晚,座无虚席。往往是,茶客一到,眼观四路,耳听八方的掺茶堂倌就风一般刮来。他们右手提一把硕大的铜茶壶,左手搂一叠茶船、茶碗,从胸前山一般垒至下巴。只听乒乒乓乓一阵有节奏的响声,茶客眼前就像摆花一样,在一张四四方方的茶桌上,先是有了一只铜质茶船,再是一只白底蓝花的茶碗骑在黄澄澄的铜质茶船上。堂倌这就身子微微后仰,随着手中提着的那把硕大的茶壶由低至高间,一道喷着热气的开水从铜壶尖尖长长的壶嘴里喷出来,端端注入茶碗。只听"吧嗒"一声,幺师二指拇一勾,茶盖盖在茶碗上,严丝合缝。顷刻间,一碗盖碗茶就泡成了。

这时，赵尔丰用两根指拇轻轻拈起茶盖，随手轻推两下茶汤，低头呷了一口茶，说声"香"，看了看端在手中的邛窑茶具。他知道，锡良讲究美食美器。手中的这只邛窑茶具就很是珍贵，夏天不管装什么汤，放多少天都不馊不馊，平时不肯轻易示人。

趁着品茶的工夫，赵尔丰打量了一下总督大人这间书房——既有学者风格又有满蒙特征。房间宽敞华丽。红豆木地板上，铺着厚厚的红地毯。对面，雕龙刻凤的磨花玻璃窗下，是一排做工考究红漆锃亮的中式书柜。书柜里满满当当地排列着线装的经史文集。当窗，摆一张硕大锃亮的书桌。与书柜相对的一面壁上，是一幅有相当气势的水墨画《万里太行图》。图上的悬崖绝壁、挺拔的青松、奔腾的黄河……无不带着黄土高原特有的气息。他知道，这是总督大人自己画的。有人提起这画，总督大人总是满怀感情地说："画是画得不好，不过是我对过去的记忆。"

53岁的锡良，在清末封疆大吏中，算是一个少壮派，也是一个福将。他是蒙古镶蓝旗人，字清弼，同治进士，有一定的才具。人也正派、耿直，在宦海沉浮中不算高手。1900年，八国联军攻占北京，慈禧太后、光绪皇帝西逃时，他在山西按察史上迎驾，很是殷勤周到。因为这个原因，更因为同时有了一个让圣上了解自己的机会，从此官运亨通，由山西按察史而升任巡抚，又升任河东总督；年前更被拔擢为四川省总督，一跃而为朝廷封疆大吏，但他同朝中权贵载泽、载洵、那桐不睦。

现在，总督大人和赵尔丰坐在垫有软垫的靠背软椅上谈话，中间隔着一个紫檀嵌鱼骨朵儿茶几。对面窗下，有一个无头翡翠蟾蜍散发着淡淡的幽香。蹲在书房边角上的一架德国大座钟"当当"的发条声走得正紧。

"季和，我还忘了问你，你吃饭没有？我知道你是一个勤于王事，不时连吃饭睡觉都顾不得的人。"放下盖碗茶，锡良看看赵尔丰，关心地问。

"吃了。"赵尔丰说，"我们在进城前吃的。"

"那怎么行？"锡良说，"幺店子上打个尖也叫吃饭么？我让厨下给你做点。"

"不用，不用！"赵尔丰的手摇得拨浪鼓似的，连说，"真吃了，不消劳烦

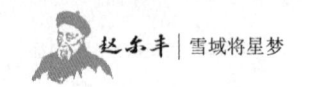

了，大人。"

"真的吃过了?"

"真的吃过了。"

"那好!"锡良看了看赵尔丰的神情。

"大人!"赵尔丰办事向来操切，忍不住问，"大人召属下火速回省就任建昌道，不知康藏方面是否出了什么大事、急事?"

"正是。"锡良说了这句，那张保养得很好的方方正正的大脸上，不禁露出了忧思，蹙起浓眉，"季和，你可能还不知道，朝廷派去西藏的钦差大臣凤全，前天在巴塘被造反的藏人杀了。"

"什么，朝廷派去的钦差大臣被杀了!"赵尔丰像是屁股上被蜇了一下，霍地跳了起来，满面惊讶愤怒。

"是呀!"锡良重重地叹口气，"不仅凤全被杀，连他带去的两百亲兵也无一幸免。"

"那还了得?"赵尔丰复又坐下时，气得豹眼环张，问锡良，"不知大人将如何应对?"

"闻鼙鼓而思良将。"锡良顺势摊开主题，"本督之所以将你从永宁道上火速召回，就是借重你的治乱才能。不过，本督知道，你在永宁道就任以来，没日没夜，劳苦功高。尽管巴塘现在局势非常危急，我还是不忍心让你这个时候火速去巴塘平乱。怎么样，先在成都休息一段时间再去巴塘?"锡良说时，注意打量着赵尔丰的神情。

"不休息了。报效朝廷，是卑职本分。"赵尔丰慷慨激昂，毫不犹豫，"卑职愿为大人和朝廷分忧，即刻就任建昌道职事，去巴塘戡乱，纵有千难万险，万死不辞。"

"好!"锡良说时，站起身来，去书柜中取出康藏典籍，摊开在书桌上，"季和，那就让我们来看看你的建昌道吧，那可是一颗比永宁道还要烫手的红炭圆啊!"赵尔丰赶紧起身走上前来，俯身打量起摊开在桌上的那张由英国人绘制的康藏地图。他的目光一下落到了地图上的康藏枢纽——巴塘。然后，渐渐扩展开去。

川督锡良和临危就任的建昌道赵尔丰，在这个静静的秋夜里，头碰头地伏在地图上，研究起如何应对处于急剧动荡中的巴塘局势以及将要出现的情况——这是两个清末年间卓具才识，具有浓烈爱国主义意识的政治家，他们睿智的目光久久停息在祖国西部那片广袤、神奇的土地上。

康藏动乱的根子向来出在西藏上层。

西藏，疆域辽阔。境内雪山巍峨纵横，草地连绵无垠，海拔很高。青藏高原有着"世界屋脊"之称。西藏，汉称西羌，唐为吐蕃，明为乌斯藏，素崇佛。初奉红教，习符咒吞刀吐火之术。有圣者宗喀巴，入大雪山苦修，道成。于是，排幻术，创黄教，风行全藏，红教衰落。达赖、班禅是宗喀巴高足。达赖驻拉萨，握政权教权，统治全藏；班禅仅驻后藏；如此一代代沿袭。清初，清廷设驻藏大臣，实掌西藏大权。随着印度沦为英国殖民地，英军直达喜马拉雅山麓。英军进而入藏挑衅。时十三世达赖洞悉英人阴谋，找清驻藏大臣会商，希图得到中央政府支持，给予侵藏英军以迎头痛击。而驻藏大臣老朽昏庸，光绪皇帝形同木偶，慈禧太后畏英人如虎，她不仅不支持十三世达赖，反而严饬达赖"不可轻启事端"。这样，英人越发咄咄逼人。十三世达赖走投无路，只好联俄抗英，以俄皇加冕为由，派藏王边觉夺吉赴俄京，施以夷制夷之术。而俄国也欲得西藏，派兵逾葱岭，夺新疆，席卷蒙朔。就在俄表示支持十三世达赖抗英之际，英军先发制人——英军驻印统帅荣赫鹏率精兵数千，逾雪岭大举入侵西藏。达赖无法，让拉萨建亭寺护法神跳神问卦。护法神曰："佛能佑我，请决战。"于是，达赖率数千藏军于喜庆关外战来犯英军。英军轻敌，中了埋伏，首仗败，伤亡百余。荣赫鹏总结了经验率军再犯。再战中，藏军因缺乏训练，武器又差，大败，死伤千余人。达赖大怒，将护法神寸磔，并将护法神老母囚于布头沟。英军乘胜大进，侵入江孜后，甩开脚步向拉萨挺进。

藏军虽然英勇，但因为长期几乎与世隔绝，武器又差，缺乏训练，不是武装到牙齿的英军对手。英国统帅荣赫鹏在日记中这样记载："……发现藏军在垣后挤作一堆，有似羊群。一方我步兵已在山旁据有阵势，距藏军仅二十码。另一方我之麦格沁机关枪与大炮已向彼之瞄准，相距不过二百码。我骑兵已在平原严阵以待，相去不过四分之一里。我印兵实际已逼近垣下，其枪尖直指藏军，相距仅数尺。拉萨将军本人及其左右则另外在垣外之我军方面，杂在印兵中，此人已完全失去理智，余遣鄂康诺大佐向彼宣告，余与麦克唐纳欲解散军队，彼除含怒不言外，一无所事。稍停片刻后，解散藏军事实已开始，彼乃亲手扑一印兵，拔手枪击毙之。彼今已发出号令，其他藏兵立即开枪，我军亦同时放枪，大炮及麦格沁机关枪皆开始发射，藏方剑手逢人辄冲杀……此一瞬间几将我单薄防线冲破，然此一瞬间即消失。数秒钟后，我之来复枪与大炮已将彼之乌合之众扫射无余。拉萨将军本人开始即经杀死，数分钟后全部战事告竣，平原遍处皆藏人尸体……"看看局势无可挽回，达赖将权交噶厦，携珍宝及千余随从逃去青海，欲投俄，经清廷多方阻止，并被逼进京。尽管清廷对达赖百般抚慰笼络，但达赖看出了清廷的腐朽无能，完全失去了信心。当达赖用韬光养晦之计回到拉萨后，在英国人威胁利诱下，改变了态度，不仅变仇英为亲英，而且大有西藏独立趋势。在这种背景下，手忙脚乱的清廷赶紧派凤全作为驻藏大臣，经康区进藏。

凤全以朝廷二品大员之尊，奉旨摆够了排场。他在京和蓉相继盘桓多日后，这才率卫队二百余人，亲随二三十人由成都出发，浩浩荡荡慢慢悠悠出了打箭炉①，到了巴塘。大土司罗进宝、二土司罗松扎巴闻中央驻藏大臣驾到，率众人前来叩头晋见。大土司、二土司在凤全面前长跪叩头，凤全高高在上，竟用他烧烟用的长烟杆敲着大土司的头训话："你们想造反是不是？老子看你们这个酥油顶子怕是不想戴了……"大土司是当地说一不二、威望很高的土皇帝，原本西藏闹事也不关他的事。本来中央驻藏大臣从此地经过，大土司是想去见见表表忠心，万万没有想到当众受到这样的奇耻大辱，越想越气，想干脆造反算了。恰当地七沟村丁宁寺喇嘛向来亲近达赖，借机去大土司那里煽风点火。大土司应允。于是，一股血灾之气悄悄在巴塘地区漫延开来。

如果凤全适时离开了巴塘也没有事，可凤全是个庸碌的官吏，贪图享受，自以为是。他见号称塞外江南的巴塘果真是个好地方，舍不得离开。在巴塘首鼠两端的凤全，竟在茨陇沟开办荒场，张榜招人开荒。大土司罗进宝看不下

---

① 打箭炉：现康定。

去，经当地百姓所请，出面以神山不可动为理由劝凤全不要开荒。凤全大怒，根本不把藏人放在眼里，且鞭打众人，大土司罗进宝也不例外被打，这就越发激起众怒公愤。

而守旧的凤全带的亲兵却又洋气。当时，清军的传统服装是红色号褂、战裙，训练列队时，军前吹莽筒大号。而凤全带的这队亲兵却是西洋打扮新军装饰，穿黄色短军服，脚上打绑腿，吹洋号，打洋鼓。每天早晨上操之后，当地藏人看见这些兵在凤全住的楼顶平台上手舞足蹈，让人感觉莫名其妙。其实，这些兵在打太极拳锻炼身体。大土司罗进宝乘机造谣，说凤全是个假钦差，所带的兵也都是些不地道的洋兵云云，这就越发增加了当地藏人对凤全的不信任和仇视。

当凤全发现情况不对时，竟慌了神。他主动找土司们谈判，表示愿意原路退回成都，条件只一个，希望当地土司们保证他的安全。谈好后，凤全一行在都司吴以忠和当地粮台的陪同下离开巴塘。凤全他们万万没有想到的是，当地土司和丁宁寺僧侣已接到拉萨方面暗杀密令。结果，凤全一行两百余人在离开巴塘五里处的鹦哥嘴，被埋伏此处的僧俗武装杀戮尽净……

"这还有王法吗，朝廷的大员都敢杀，简直要翻天了！"弄清了事情的来由，赵尔丰怒不可遏，切齿道，"我带兵去巴塘，非将七沟村丁宁寺捣平不可！"

"是动刀兵的时候了。"锡良转过身去，习惯地背着手在地毯上踱起方步来，"据朝廷旨意，我已派提督马维骐率兵去巴塘平乱。马提督作战骁勇，此役必大获全胜。但马提督无治理乱世的才能。平乱容易，从根本上治理难，尤其是在这样的蛮区。季和，我遍观左右，只你有这样的才具。"锡良说着转过身来，看着赵尔丰，满面都是希冀，"季和，不知你去蛮区，有何细致的想法没有？此地区，绝不同于永宁地区。"

"大人高见。"赵尔丰信心倍增，"卑职在永宁剿匪期间，因大人早就给尔丰透过信，迟早要遣尔丰去经营蛮区。因此尔丰常在剿匪间隙研习治边策略，似有所得。现观康藏局势，治理康地，我拟施行平康三策。"

"何谓平康三策？"锡良闻言又惊又喜，"本督愿闻其详。"

"以往我就发现，前任对川边蛮夷之地，如凉山及宽阔的康地管理杂乱无章。而康地既是川省屏障，又是我进军西藏的必经地。要经营好西藏，必先经营好康地。"赵尔丰胸有成竹，侃侃而谈，将平康三策娓娓道来。

"首将所居大小凉山之倮夷收入汉区版图，设官治理。此三边地皆倮倮，界连越西、宁远。山居野处，向无酋长，时出劫掠，边民苦多。然此地多宝藏，药材尤富。此三边地既定，则越西、宁远亦可次第设治，一道同风。此平康第一策也。

"以往，我驻藏大臣及六诏台员每出关时，悉在炉城奏报某年某月某日自打箭炉南门或北门经折多山入藏。相沿已久，英人钻我空子，每以我执报为言，谓我自认炉城以西皆属西藏辖地。每与我交涉，理屈词穷之时界线含混。我拟改康地为行省，进而改土归流，设置那县，朝廷特派地方官员管理。以丹达为界，扩充康地疆宇，以保西陲——此平康第二策也。

"川康藏三地毗邻，一荣俱荣，一损俱损。而西藏隔喜马拉雅山与英印相接。境内山岭重叠，宝藏尤丰。首宜改造康地，广兴教化，开发实业，渐渐西移。康地一牢，这样内固巴蜀，外附藏疆，迫势达拉萨，藏卫尽入掌握。然后移川督于巴塘，可于川省、拉萨，各设巡抚，仿东三省之例，设置西三省总督。如此可以借以杜英人之觊觎，兼制达赖之外附。此平康三策也！"

"季和真是高见！"锡良听完轻轻拍手，流露出真诚的赞许甚至钦佩。赵尔丰当然知道，老上司锡良做事练达稳重，平素喜怒哀乐很少露于形，像今天流露出这样的表情，可见自己的"平康三策"真是让锡良高兴、重视。

"季和，你的平康三策可有详细文本？"

"有。由我的文案傅华封带在身边。"

锡良叫人进来，命人去客厅里从等在那里的傅华封处取来"平康三策"，明日细看。

来人遵命去了。锡良对赵尔丰说："我虽还没有对你的'平康三策'细看，但大体设想已然明了，极有见地。待本督细看后，即转奏朝廷。季和你去巴塘后，待局势已定，可先在当地施行。"

略为沉吟，锡良想想又说："季和你在永宁根除了当地为害多年的匪患，功勋卓著。现在又是临危受命。本督会将你极有见地的'平康三策'在向朝廷转奏的同时，保举你并为你请功！"

"谢大人！"赵尔丰向锡良深揖一礼。他对锡良真心感激，同时心里也暗自得意。是的，先哲不是有言，疾风知劲草，路遥知马力么？真正有能力治理康藏，挽狂澜于既倒者，非我赵尔丰不可。这次衔命西去巴塘就任建昌道职事，正是自己大显身手之时，飞黄腾达之日可期。

"当，当，当——！"

这时，高墙外敲了三更。铜锣的沙沙声和着更夫苍老的声音渐渐远去，督院内一派竹梢风动，万籁俱寂。

锡良注意打量了一下几天来由永宁来蓉在山路上长途跋涉，年近花甲的赵尔丰的神情，本想看他累不累。不意赵尔丰神采奕奕，看着总督问："不知大人在我建昌道上兵务如何配备？"这会儿，他最关心这个事。

"当然尽拨精锐与你。除日前派去永宁的兵不算，再让你率四军三营去巴塘，够了吧？"

"够了。"赵尔丰想了想，特意强调，"我想请准大人仍然派凤山统领随我去。"

"行！"锡良说，"种种细处，明天再议。今晚你就下榻在我西厢房吧。你一上路，我就吩咐下人扫榻以待了，你我不是外人。"总督知道，赵尔丰在成都没公馆，家眷亦都还在永宁。

"恭敬不如从命。"赵尔丰很是感激，"又劳大人关照了。"接下来的气氛就相当随意了。

锡良笑笑："季和，我知道你来四川后，养成了几个嗜好。"锡良说着掰起手指："爱吃川菜，爱听川戏，爱说川话，爱喝川汤。"

"哈哈，大人日理万机，还知我有这几个嗜好？"对体贴入微的上司，赵尔丰心中着实感激。

"我今晚上请你喝一味川汤。"锡良笑道，"又提神，又美味，我保证你没有喝过。"

"哟，是什么川汤？"赵尔丰来了兴趣。

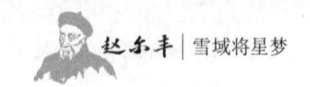

"不是有一说吗,川戏的腔,川菜的汤。川菜特别讲究汤,每当席上所有的菜上齐后,都要上汤。"锡良又掰起手指一一数来,"这些汤,或清汤,或奶汤,或红汤;还有鱼汤、毛汤……清汤要清澈见底,味要浓而不浊。奶汤要色白如玉,味道醇厚……这些汤在制汤过程中,还有好些过场,要吊汤、扫汤……有好几道工序,很是考手艺呢!"

"大人真是渊博。"赵尔丰一笑,"不知大人今晚要请我喝什么汤?"

"这汤,肯定连老佛爷都没有喝过。"锡良继续卖着关子,"你喝了一碗还想喝二碗!"话刚说到这里,用手对着门帘一招。

珠帘掀起处,一个长相俊俏的丫鬟手中捧着一只托盘,轻步而入。来在桌前,弯下细腰,将手中托着的黑漆托盘轻轻放在桌上。托盘中两只邛窑中碗空着,当中一只凝脂似的金边描龙景德镇大白品碗中盛满了热气腾腾色彩稠白的鲜汤,她分别将两只邛窑碗中舀满汤,再将汤匙置放碗中,这就抬起头来看看总督大人。看大人点头示意,丫鬟这就一笑,轻言一句:"大人,请慢用。"然后低着头,迈莲步轻步而退。

"请!"隔几而坐的锡良手一比。

赵尔丰细看眼前碗中的汤,除了浓稠雪白外,并没有看出什么特别处,只感到一股异香扑鼻。他拿起汤匙舀了一匙汤,试着喝了一口。喝了一口后他的眼就亮了,直喊"好汤",说:"这汤真是好喝,是用什么仙品做的?"

锡良笑而不答,只说:"你再尝尝汤中的肉。"

赵尔丰用汤匙从汤中捞出一块肉,没有忙着吃,而是左看右看,看不出什么名堂,这就迟迟疑疑,放进嘴里,还未细嚼,便喜得惊叫:"这肉好嫩好香好细,这是什么肉,这么好吃?"

锡良哈哈大笑:"我没有诓你吧?这汤是狸子汤,这肉是狸子肉。"

"狸子?"赵尔丰问,他从来没有听说过什么狸子。

"狸子,又称花面狸,只产于四川省汉源县皇木山,属于难得的山珍,产量很少,也很难捕捉。每只只有四五寸长,几两重。吃的时候烫毛,不能剥皮。肉一下锅,肥肉鼓起,连瘦肉都特别的嫩、细……"

听完锡良的介绍,赵尔丰不由连连赞叹:"四川真不愧为天府之国,什么稀罕物儿都出在这里。"他美美地喝完汤时，锡良咳了一声。一位衣着鲜明，神情精明的中年仆妇站在门外，用手打起珠帘，笑嘻嘻看着客人，北音婉转地说："请赵大人安息！"

早晨。太阳还没有出来，一支甲胄鲜明的军队，披着川西平原淡淡的晨雾，沿川藏线浩浩荡荡向西疾进。他们一律黑纱包头，额前打英雄结，着红色号褂，一看就是熟悉的清军。但这支军队已不用传统而落后的刀矛等兵器，一律肩扛西洋九子快枪，队形也严整——这是四川总督锡良大人专门调拨给赵尔丰的一支精锐部队，共四军三营，还有卫队、随员等，计约两千人马。

赵尔丰今天骑一匹栗青色的高头大马，着一袭得胜褂，腰带上一边挎一把宝刀，一边别一只德国造二十发俗称小机关枪的连枪。连枪的枪把上红缨飘拂，像是一团燃烧的火焰，分外惹眼。傅华封、凤山等将领、幕僚也都骑在马上，跟在赵尔丰身后。走在队伍中间的新任建昌道赵尔丰一手挽缰，一手抚髯，极目远眺，威风凛凛，若有所思。

他的队伍一出城，就将一座红墙黄瓦、古柏森森的诸葛武侯祠甩在了身后。一望无际二望无涯的川西平原，像一幅美不胜收的画卷展现眼前。碧绿的田野上，小桥流水人家。有一缕缕淡淡的晨雾，在远方的天际间升腾，在田坎上、林盘间流淌、盘旋；在初升的太阳照耀下，很快化成滋养万物的甘露，给天上飞的、河里游的、地里长的生灵以生命的滋润浇灌。

炊烟袅袅中，有在雾截横烟的田坎上放牛的牧童，挑声夭夭地唱起了极富地方特色的儿歌：

　　张打铁，李打铁，打把剪刀送姐姐。
　　姐姐留我歇，我不歇，我要回家学打铁。
　　打菜刀，把肉切；打弯刀，把柴劈；打战刀，去杀敌。
　　爸爸喊我读子曰，我偏要去打毛铁……

"有意思！"赵尔丰听到歌谣，不由笑了起来。在蹄声嗒嗒中，他眯起眼睛，手捋胡须，对骑一匹驯良白马，走在旁边的总文案傅华封，不无赞叹地说，"成都一带，川西平原确实不一般，文化底蕴深厚，连放牛娃也能唱出如此意味深长的山歌！"

"是。"傅华封知道这样的歌谣很对赵尔丰的胃口，不禁点头道，"自西汉文翁在成都办学以来，蜀中文风很盛，直追齐鲁。尤其是在物殷民丰的川西坝子，出的大文豪更是数不胜数，比如司马相如、扬雄、苏东坡三父子以及我们的当朝状元骆成骧等，简直像夏夜升起的满天繁星，横无际涯。因此，成都坝子上的小儿能随口唱出这样的儿歌，是再自然不过的事。"

谈话投机不觉时间流逝。不知不觉间，已到双流县境。这时，原先游荡在川西平原上的雾完全散去了。太阳升起来了。路上的行人也多了起来。那些推鸡公车的、抬轿的、赶路的，莫不给这支大军让路。好些老百姓伫立路边，默默打量着这支向西疾进的大军，三三两两，交头接耳议论：

"听说打箭炉那边的老藏民造反，这支军队肯定是开去打藏民的。"

"听说带领这支军队去打老藏民的是赵尔丰'赵屠夫'！"

"咦，他这一去，怕是又要开红山了。"

赵尔丰骑在马上，掉头往后一看，大道上他的部队排成一条线，前望不到头，后望不到边，行军速度有些慢，不由得有些焦躁起来，对跟在身边骑在一匹火红雄骏上的统领凤山说："通知前军，加快行军速度，今天务必赶到新津宿营。"

"大帅放心。"凤山朗声应答时，猛然抖动手中缰绳，"嗒嗒嗒"，座下雄骏立即迈开碗大的四蹄，像一团通红的火球朝前射去，转瞬间不见了踪影。

大军行四日，到达雅（安）州时，赵尔丰得报，早他先去巴塘的提督马维祺经激烈战斗，已拿下巴塘。当地大土司、二土司俱死于乱军中。大局初定，马提督正等他前去交接。

赵尔丰十分高兴，要三军稍作休整，加快前进。雅州是川藏交界处最重要的一个城市，位于川西坝子边缘，很有特色。整个城市呈棋盘形，坐落在雅安河谷。清秀的山岚从城的四周渐渐隆起，由温柔而转为雄峻，迭次远去。一条清澈的羌江穿城而过。从山上往下看，整座城市万瓦鳞鳞，青枝绿叶，异常秀丽幽静。在这里，周年四季天天都要洒点纷纷扬扬的透明细雨，山明水秀，号称"雨城"。外国旅游家来这里旅游后，称雅州是"中国的布达佩斯"。明知由此西行即告别了有"温柔富贵之乡"之称的川西平原，进入苦寒之地，但赵尔丰未作任何多余逗留，挥师西进。

自是以后，气象迥异。鸟道羊肠，险比剑阁，一片荒凉苍劲，沿途民居寥寥。从成都出发，身着夹衣，时间久了还汗流不止。过雅州，则凉意渐深。愈朝西行愈冷，需穿藏族毡子大衣了。沿途诸岭，峰峦重叠，高峻极天，白云缭绕于山脚。过了荥经，开始翻越大相岭——那剑一般插入云霄的摩天岭，相传为当年诸葛武侯南征时过此而得名。大军始经虎耳崖，只见陡壁悬崖，危坡一线。俯视河水如带，清碧异常，波涛汹涌，奔若惊雷，令人骇目惊心。

上到山顶，天气大变。冷风卷起稀疏的雪花，在空中飞舞，像是一只只翩翩跹跹的白蝴蝶，它们缓缓落在浅坡上，落在杂木林的枯枝上，将山染白。山的这边称为阴山，云遮雾障；山的那边称为阳山，骄阳朗照。大军上山时已暮，只见高朗的天上，那五彩缤纷的晚霞，与山顶上秀丽、蛮荒、亘古的景色相映衬，宇宙变得格外深沉厚重而神秘。

缓坡上有一赭色摩崖题碑傲立，好似阴阳界的分线桩。身披大氅的赵尔丰得见后，下马，走上前去，用马鞭拨开浮雪，见是果亲王的题诗："奉旨抚西戎，冬登丞相岭。古人名不朽，千载如此永。"字迹清晰可见。顿时，赵尔丰豪情满怀，转身大呼傅华封快来看。

"大人，高声不得。"知道此地气候的傅华封话音未落，天色陡变。阴云四起，紧接着，拳头大小的雪蛋子密密麻麻从天而降，劈头砸来。傅华封赶紧扶赵尔丰上马，率大军急奔下山。尽管如此，队伍中仍有人被雪蛋子砸伤。

下了山，眼前景色又是一变。太阳是那么明亮，那么圆，天空也格外高远。坝子里，远山近树一片葱绿。株株火红火红的花椒树，从一间间民居的黄泥巴土围墙上探出头来，像是泛起了一片烂漫的红霞。眼前的坝子，呈现出好一派亚热带风光。

"这就是有名的汉源花椒。"熟悉四川各地历史掌故的傅华封，走马赵尔丰身边，指着那一片红霞般的花椒树给赵尔丰介绍，"大帅，我们已到汉源，汉源花椒是贡品……"赵尔丰猛然想起,他在锡良家吃的狸子汤所用花面狸也是产在汉源,便问皇木山在何处。

傅华封往平坝尽头的一座青山指了指,那山岚不高,山上一片青枝绿叶。

"四川真是地大物博呀!"赵尔丰不禁抚髯感叹开来,旋即又问傅华封,"刚才我们过大相岭时,何以我一大声说话,气候骤变,落起冰雹?"

"因为山上终年四季云遮雾罩,阴霾沉沉。猛然间大声说话,热气陡然搅动寒雾,很快寒雾结雹落下。"

又两日,大军行至大渡河畔铁索泸定桥。只见河宽百尺,汹涌的浪头通天而来,奔腾澎湃,声震山谷。河面上有九根手臂粗的铁链飞跨其上,凌空架设,上覆木板;每边两根扶手铁链,共十三根铁链。

大队人马伫立河边,赵尔丰命人找来熟悉当地情况的前营管带顾占文,问询前面地理、风俗民情。顾占文禀报:"过了泸定桥,由此上行百余里,就是打箭炉城了。那里气候、风俗民情迥异于内地。到了打箭炉,就算真正进入了藏区……"赵尔丰一边听着顾占文的禀报,一边注意打量身边的泸定城。城中有房舍六七百余户,建筑样式汉、藏俱有。少顷,赵尔丰命大军过河西进。人马分队过河。赵尔丰在凤山等人的扶持下小心翼翼从铁索桥上过时,只觉铁索摇摇晃晃,山风吹起冰冷的水珠溅在脸上,令人胆战心惊。

第二日,赵尔丰率大军进入了炉城。

在初升的太阳照耀下,炉城展露出了全貌。它前有折多山,后有郭达山,整座小城沿狭小的河谷向两边山上蔓延开去。一条河水冰凉湍急的折多河,从街心汹涌而下,一路上溅出很深的寒意。街道两边,藏房林立,皆为层楼;中层、上层住人,下层养牲口。屋顶扁平,上覆泥土。藏族男人皆衣着宽袍大袖,头戴呢帽或裹绒巾,脚蹬毡子长靴。女人着长衫,毡裙,系腰带,项围珠串。此地离泸定虽近,但却已是另一番天地。小城因四面皆山,终日阴云浓雾,山巅积雪,三伏天早晚都得穿棉衣。城内汉藏杂居,川人、陕人、藏人、回人,喇嘛以及英法传教士填街塞巷,也还闹热。喇嘛为当地藏民社会最高层,人皆羡慕。家有三男,必送二男当喇嘛。喇嘛内部又分层次。上层喇嘛衣着讲究,内着衬衣,外罩红黄丝披单,戴桃形帽,脚蹬红呢靴,手挽佛珠,口诵佛经。一般喇嘛则用粗呢披单，交缚上体而已。

赵尔丰率将佐、幕僚们上到城中制高点跑马山上，四下眺望。山顶上有好大一块平地，四周古木参天，雀鸟啁啾，流泉淙淙，山花烂漫，风景很好。山后浓荫掩映中，有一类似北京北海中的白塔。眼下的炉城虽然不大，城中却有喇嘛寺十二所，无不旗幡招展，备极辉煌。对面的郭达山，在阳光下像是一个威严的将军，无言地述说着一个有关炉城的传奇故事。

据说过去羌军东侵，直至邛（崃）州南桥。刘备在川建立蜀国，拜诸葛亮为相后，诸葛亮与东侵羌军议定，让他们退一箭之地。在约期射箭前夕，诸葛武侯派人快马赶到炉城，要守将郭达将一铁箭事前安置在山顶上。翌日，赵云拉开神弓，响箭破云而去。双方派人寻箭，一直寻到打箭炉城东郊山顶上。于是，双方以打箭炉城为界。在阳光下看得清，郭达山上，果然有一硕大箭镞深陷山顶崖内，箭钥直指蓝天，威风凛凛。山的四周，千仞绝壁，险峻无比。

面对此情此景，赵尔丰久久地站在跑马山上，没有说话，神情陷入沉思，没有人敢打扰他。强劲的山风吹来，将他披在肩上的大氅吹得飘飘的，像雄鹰展开的双翅。赵尔丰不是文人，此刻他没有心情酿诗作文，他是一个政治家、军事家、实干家。这一刻，他集中精力考虑的是，如何对藏用兵，如何经边康区？千里风雪川藏线上，该布下多少给养站？得修建多少桥梁？他甚至考虑了从成都至打箭炉一线牵上电话线，将先进的西洋通信器材——电话引进康区……

高原的天有如娃娃脸，说变就变。明亮亮的阳光忽然收了，瞬间，天空阴云漫漫，寒气骤至，砭人肌骨。簇拥在赵尔丰身边的将佐、幕僚们全都受不了，都想立刻下山。但年近花甲的主帅岿然不动。那样子，似乎泰山崩于前，也休想让他眨一眨眼睛。众人对他的崇敬之情油然而生。一个个尽管冷得瑟瑟发抖，也都不好意思开口说走。

还是总文案傅华封有办法。他轻步来在赵尔丰身边，附耳提醒道："大人，时候到了。炉城地方官员和土司、喇嘛们正等着大人前去出席他们迎接大人的宴会呢！"

赵尔丰这才转过身来，缓步下山。在回去的路上，他对簇拥在身边的将

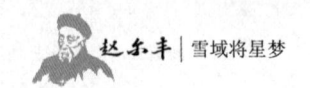

佐、幕僚们嘱咐："我们已经进入了康区。我们务必以身作则，入乡随俗。首先就是要学会吃牛羊肉、酥油糌粑。万道险关阻隘在我们面前，第一道要跨越的就是生活关。我初次喝酥油茶也不习惯，差点吐了。勉强喝下一口，即觉胸膈发呕。而时间久了，也就惯了，喝起来别有风味，如饮甘露。"赵尔丰这一番高瞻远瞩的言传身教、现身说法，令身边的将佐、幕僚无不真心佩服，啧啧赞叹。

第三章 巴塘亮新招，杀戮攻心相交替

巴塘行营笼罩在肃然的战时气氛中。

一杆"赵"字大旗在清晨的凛冽寒风中飘扬。三声号炮过后，赵尔丰的亲兵们跑步进入了预定位置——在将台至行营大门的长长甬道两边肃然而立。他们一律着红色号褂，黑纱裹头，穿青裤，脚蹬长统战靴，手持从西洋进口的九子快枪，腰挎战刀，也还威风。

将台上开始掌号。在吹打声中，身份特殊新近上任的建昌道赵尔丰身着二品官服，骑在一匹栗青色高头大马上，在凤山、傅华封等人簇拥下，一阵风似的来到行营，下了马，龙骧虎步地登台、升帐。台下上千人的军队，已经列成了几个整齐的方阵，准备接受大人的训示。坐到当中一把太师椅上的赵尔丰，今天身着二品大员朝服。他头戴有蓝宝石顶子的伞形红缨帽，身穿一领绣有狮子补子的暗红九蟒五爪袍。这就让台下接受大人训示的官佐

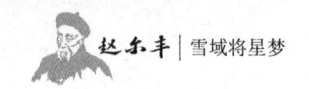

兵士，无不肃然。

按照大清律例，道台大都是三品官职，而建昌道赵尔丰却是二品，属于朝中大员官位——当赵尔丰正率军进军巴塘途中，他的老上司，四川总督锡良向朝廷上了一份内容扎实的奏表，言原永宁道新任建昌道赵尔丰剿匪立下大功。现在虽是建昌道，但临危受命，地位特殊，功勋卓著，一身肩系川康藏三地安危云云，请求朝廷对赵尔丰嘉奖晋升云云。朝廷准其所请，由皇上下旨，将赵尔丰官升一级，暂领建昌道职，遣后有新的任命。

统领凤山，管带顾占文、彭日升，总文案傅华封等一班将佐、幕僚也全都着一色朝服，分文武两班在两边台上站立。

吹打声停息，新任建昌道赵尔丰正式接受下属参谒。

文武两班将佐、僚属按官位品级大小，陆续出列参堂后，退回两旁肃立听令。

"嗯！"在大家的凝神屏息中，端端稳坐台上的赵尔丰用手捋着颔下花白胡须，轻轻咳了一声，环顾四下，目光灼灼，神态威严。

"巴塘暴乱，已经摧平！"赵尔丰一席话说得刀截斧砍，杀气腾腾，"躁动作乱的土司罗进宝等罪魁难逃法网，被我诛杀。而这次暴乱，源于在英人支持下西藏上层进行的煽动、指使——这笔账，还要算。"说到这里，他略为停顿，一双豹眼里闪射出寒光，声音也变得尖利了，"然，残杀我驻藏大臣的大批恶徒还逍遥法外。此次残杀我驻藏大臣凤全大人及属下两百多人的中坚，多为丁宁寺喇嘛。这批恶徒都是七沟村人。诸位，如此倒行逆施，是可忍，孰不可忍！"

"丁宁寺所有恶徒必须严惩！"

"铲平丁宁寺！"一时，台下官兵热烈响应。

"请大帅即刻发令！"凤山应声闪出，他快步来在赵尔丰面前，微微屈腰，双手作拱，牙关紧咬，"我将士同仇敌忾，请大人准许我率军包围七沟村，擒拿所有丁宁寺喇嘛，绳之以法，以牙还牙，以血还血！"

台下肃立的将士齐声举枪呼喊："擒拿所有丁宁寺喇嘛，绳之以法，以牙还牙，以血还血！"

"好！"赵尔丰霍地站了起来，"既然七沟村是恶徒滋生地，仅仅诛杀丁宁寺喇嘛还不足以断根。"说着手一挥，像是从上到下劈下的一把关刀，"得把整个七沟村抹去！"说到这里，他豹眼环张，一声："凤山！"

"末将在。"

"顾占文、彭日升！"赵尔丰继续点将。

"卑职在。"顾占文、彭日升两位管带出列，参见了建昌道后，站在凤山后面听令。

"顾占文、彭日升听令。"赵尔丰字字铿锵，"率部封死七沟村两个沟口，务必不让一个漏网。"

"得令！"

"凤山，你亲率大军进入七沟村痛剿。烧光、杀光！"赵尔丰布置得很细，"无论老少，尽皆斩杀，斩草除根。事后逐户搜查，鸡犬不留。注意！"赵尔丰特别强调，"我说的是清剿。进入七沟村以后，你们要像篦子一样，将全村上下细细篦过！"全军将士注意到，像七沟村这样一个不大的小地方，建昌道却要牛刀杀鸡，使出了所有的狠劲。

凤山得令后，立刻对部队做了布置。赵尔丰让傅华封领一班文员及时收集、整理战况撰写战报。于是，建昌道赵尔丰到巴塘后的就职式，竟以这样的一场临阵颁布战争令而结束了，前后不到半个小时。赵尔丰向来办事简洁、实际，这在办事一贯拖沓、讲究繁缛礼节的清廷官场，是绝无仅有的。

五百多人马排成一路纵队，溯一道涓涓细流，沿狭长的山路进入了七沟村。走在队伍中间，骑在一匹红色高头大马上的凤山抬起头来，警惕地观察着两边地形。陡峭的山上古树森森，参天蔽日。队伍中没有人说话，只有军队快速前进的脚步声、急促的马蹄声和着兵器的撞击声，在山沟里发出回响，显出一种凶险的幽深。

"轰隆隆——！"忽然间，两边山上滚下来巨木土石，崩崖一般。猝不及防间，当即有官兵或伤或毙。哭爹叫娘声中，从两边山上又传来枪声、莽号声。

"呜嘟嘟——！"瞬时，藏人的过山号响了起来。在惊心动魄的轰响中，两边山上一下出现了好多七沟村人。他们在上面呼喊、鼓噪。从下向上看去，男

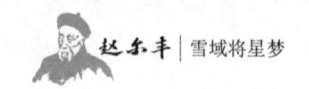

人们个个长得剽悍，都亮着膀子，手中举着雪亮的藏刀，有的手中还端着有叉猎枪、弩弓。光那气势，就令官军们胆寒。

"停止前进，就地卧倒，准备还击。"凤山毕竟是一个有实战经验的军官，他沉着地下达了第一道命令。他看出来了，七沟村人虽然极有气势，自己带领的队伍中了他们的埋伏，石头、砂子漫天而下，但其实这并没有多大的杀伤力和威胁。他勒马退到一棵树下，"唰"的一声抽出指挥刀一举，命令："开枪还击！"

最初的混乱很快就过去了，官军很快就显出了战斗力。他们一个个巧妙地利用地形、地势，掩身大树下、巨石后……从上面推下来的石块、檑木、射出的弩箭、火药枪打来的砂子，再也打不住他们，反而清楚地暴露了目标。

官军们的枪打得很准，一排枪打过去，上面七沟村的人像被镰刀割倒的一片树枝，倒下好多具尸体以后，顷刻间没有了踪影。

凤山指挥下打红了眼的官军们，如汹涌的怒潮涌进了七沟村。

这是一个分布在巴楚河两岸的小村落，共两百来户人家，一律的泥砌矮围墙。围墙里面是一楼一底平顶的木质藏房。在向阳的浅坡上，一幢颇有规模、金碧辉煌的寺院平地矗立，旗幡招展，风铃鸣响，极有气势——这就是远近闻名的丁宁寺。这个时候，七沟村家家关门闭户，阒无人迹。凤山知道，这是一种假象。他让顾占文、彭日升带领部队，先将两边口子封死。

"包围、进剿丁宁寺！"骑在火红雄骏上的凤山又连续发布两道命令。他分出一部兵力，将分布在巴楚河两岸的一般藏民房屋进行包围、监视，集中力量攻打丁宁寺。

攻打丁宁寺的部队又分成两批。持枪占领制高点的都是神枪手，负责将露面的喇嘛逐个消灭。另一批是敢死队，都是些彪形大汉，约有百来人，个个手持鬼头大刀，腰带上斜插着大张着机头的连枪。就在官军们进入指定作战位置时，丁宁寺中的莽号吹响了。号声浑厚、凄厉，连山草都在抖索。与此同时，寺庙两扇镶嵌着铜质兽环的红漆大门忽然"咿呀"一声洞开。寺中喇嘛倾巢而出，足有两百来人。个个膀大腰圆，亮着光头，宽大的袖袍拴在粗腰上，露出黑黝黝的胸脯，挺着两三尺长的雪亮藏刀，嗷嗷怪叫着冲出来。

第三章　巴塘亮新招，杀戮攻心相交替

这让身经百战的凤山一怔。他知道丁宁寺的喇嘛们敢战，却没有想到竟如此剽悍亡命！喇嘛们倾巢而出，一时间同敢死队搅在了一起。让占领了制高点的神枪手们不能开枪。只见刀光起处，血肉横飞。到处都在捉对厮杀。寒光闪闪中，叮叮当当的兵器撞击声、喊杀声、谩骂声、中刀者的惨叫声，声声震耳。凤山脑子一热，怒火攻心，年轻的统领将宝刀一举，就要冲上去拼命。

"制怒，每临大事有静气！"赵尔丰的教诲在耳边响起。凤山猛然清醒过来。他勒转马头，手中宝刀一挥，对那些原先奉命执行任务的神枪手们喝道，"都冲上去，快冲上去！近的用枪挑刺，拉出了距离后开枪射击！"

枪手们这才如梦方醒，一跃而起，端着上了雪亮刺刀的长枪冲上去。

这一适时的增援立刻发挥了威力。在擅长近距离拼杀的喇嘛们面前，同样擅长拼刺的官军，经一阵刀刺枪劈，很快占了上风。就在丁宁寺喇嘛们乱了阵脚，稍微往后一退之时，官军们手中的枪响了起来。立刻，刚才还不可一世的丁宁寺喇嘛们，就像被快刀割倒的禾苗，一排排倒地。战场形势发生了根本变化。人数剧减的丁宁寺喇嘛们，被官军分片包围了。

在血肉横飞的丁宁寺前，一步步往后退，遍体鳞伤的红衣喇嘛们，往往一个人要同时应对四五个官军的包围、进逼。结局是显而易见的。一个个僧侣像是落入了狼群中的羊，很快就会被撕裂、吞噬。身上已然溅满了血的统领凤山，还是第一次指挥这样的战斗。他不禁咂了咂嘴，心中涌起一丝快意。他要享受这场痛快淋漓、快刀砍瓜似的最后杀戮。

就在最后的杀戮快要结束时，一个体格特别魁梧的红衣喇嘛，突然甩开了围着他的四个挺枪格斗的官兵，圆睁怪眼，挺起手中那把足有三尺长的藏刀，嗷嗷怪叫，径直向凤山扑来——显然，这个是首领。他看出了这个骑在火红雄骏上，往来奔驰，发号施令的军官是发起这场杀戮的主谋、主官。首领自然也明白射人先射马，擒贼先擒王的道理。他要找凤山拼命。

"来得正好！"凤山挥手制止了身后就要向这个喇嘛开枪的卫士，"嗖"的一声跳下马来，挺起手中宝刀迎了上去。

军中都知道凤山武功了得。上前救援的官兵们也就纷纷停下步来，欣赏这场主官与丁宁寺首领的最后生死格斗。只见凤山将手中宝刀一挺，摆好了

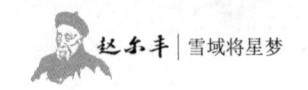

架势。

黑塔似的丁宁寺首领敞胸露怀，在凤山面前半步停下，用愤怒的眼神将凤山罩住，恨不得一口将凤山生吞活剥。这位首领"呀——"的一声怪叫，倏然间，将手中那把三尺来长又宽又沉的藏刀高高举起，白光闪处，搅起一股寒气，对着凤山劈头盖脸，闪电般砍来。动作一气呵成，那分狠劲、敏捷，让人目不暇接，不寒而栗。

"哎呀——！"就在周围的官军们讶然失声时，凤山原地轻轻一跳闪开。

"当！"喇嘛首领势大力沉砍来的一刀，砍在了凤山身后的一块青石板上；藏刀当即砍缺一块，溅起串串火星。

"呀！"喇嘛首领双臂震得发麻，就在他尚未回过神来时，只见跳了开去的凤山将手中宝刀顺势一拉，风摆杨柳似的，姿势轻盈优美，寒光闪处，喇嘛首领已是身首两异——硕大的头颅先"咚"的一声落地，黑塔似的身躯挺了一挺，这才"噗"的一声，桩子似的栽倒在地。官兵们还不解气，一拥而上，一阵乱刀砍向喇嘛首领。

凤山漂亮的杀招赢得了官兵们一片热烈的掌声，但这丝毫没有缓解年轻统领懊丧的心情。丁宁寺僧侣们虽已被连根拔除，诛杀净尽，但地上也躺了自己部下二三十具尸体。还有好些伤兵在一边痛苦地哼哼唧唧。

"给我放火烧，将丁宁寺，将七沟村烧，烧尽，烧成灰！"凤山终于爆发了。盛怒之下的他，举着宝刀大声吆喝，近乎歇斯底里。

官兵们这就像一群乌云一样一拥而去。他们将一把把火炬扔进丁宁寺，扔进在惨烈的杀戮中战栗不已的幢幢藏房。瞬时间，巴楚河两岸燃起了冲天大火。山风雄劲，风助火势，火仗风威。在烛天的浓烟烈火中，不少在藏房中战栗不已的妇孺惨叫着夺门而出，哀号饶命。但是，虎视眈眈的官军们毫无恻隐之心，他们见一个杀一个，用刀劈，用枪打……一时，呼啸的风声、不绝于耳的枪声、惨烈的叫声、官军们的喊打喊杀声，混合着号角的吹奏声、马蹄的嗒嗒声交织成了一幅幅触目惊心的图景，好像是到了人间末日。

这一场斩草除根的杀戮之后，丁宁寺、七沟村消失了，成了废墟。

巴楚河在呜咽咆哮。

第三章　巴塘亮新招，杀戮攻心相交替

太阳落下去了，月亮升起来。惨白的月光照着漫山遍野惨不忍睹的七沟村。这里那里的废墟上，还有残存的火苗在跳跃明灭，如丝如缕的黑烟向着远处冰雪辉耀的雪山，向着冷清的残月袅袅地升腾、升腾。

康巴高原黑绒似的夜幕刚刚收起，没有一点过场，爽朗的金阳便唰地升了起来，斜斜地挂在高朗湛蓝的天上。

一缕明亮的金色阳光，透过窗外那一排小林般茂密的望日莲，泻进了赵尔丰的书房。于是，新任建昌道这间宽敞、简洁的书房里便灌满了阳光。赵尔丰端坐在书房正中那张由卫士张占标用当地树木制作的，显得粗糙而硕大的书桌前，一边习惯地捋着胡须，一边全神贯注地看着总文案傅华封代他拟就的向川督锡良并转朝廷的上奏。奏折总结了一年来他在康巴地区施行改土归流和办实业、兴教育等方面做出的实绩。无疑，这份上奏在他看来，比他的七沟村大捷还要重要。

总文案的一笔行楷小字写得流利、娟秀、清新、刚劲，思路也很清晰，一如其人。上奏写得可谓字字珠玑，言简意赅，将赵尔丰一年来在康区的功绩归纳得很好，他很满意。

赵尔丰边看边想，"改土归流"，表面看来，只是简简单单四个字，而实行起来有多难？可谓破天荒！要将康巴地区相传几千年的土司分封制，改为中央集权下的流官任命制，谈何容易？其间的种种困难可谓错综复杂，简直就像藏族老阿妈手上一个理不清的羊毛团！然而，经他赵尔丰之手反复梳理，这就条分缕析，渐渐织成了人见人爱的藏毯。不，不是藏毯！而是在雪原上矗起的一座丰碑，让世人仰视。

赵尔丰原来只知道傅华封擅长艺文，不意他的公文写得也很好。特别是，蕴藏其间的逻辑性，就像是伸出来的一只威力无比的钳子，柔韧而有力，任何人都不能不折服。俗话说，外行看热闹，内行看门道。向来有刀笔之称的赵尔丰暗暗佩服总文案的才情。

就像一个高明的箭手，傅华封一开笔就直指康区历史上沿袭下来的痼疾——土司制。他指出，自明清以来，未经中央册封的土司，在康巴地区数不

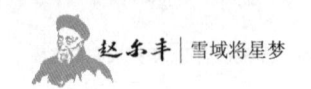

胜数，他们占山为王，相互倾轧，胡乱征收赋税，以致战乱频仍，祸害百姓。这种藩镇割据似的土司世袭制，已经成为建设康巴、巩固边疆的最大祸患。

朝中二品大员、建昌道赵尔丰大人，在平息了巴塘叛乱，铲除了动乱的根子七沟村、丁宁寺后，首先在全区废除了土司制，实行了由建昌道推荐，省上决定，朝廷委派下的流官制。委派的官员，无论民族属性如何，以有德有才者为用人标准。在这个基础上，分片办教育，兴实业。首先在建昌道所在地巴塘办起了一所旨在培养中级人才的学校，学生入学所有费用全免……因此种种，康巴地区，民风渐开，各方面收效显著。赵尔丰再接再厉，由巴塘始，一鼓作气再将附近的明正、甘孜、白利、林葱、东科、鱼科、俄洛色达、瞻对、淖斯甲、咱里、冷边、理塘、崇喜、毛丫等三十余处土司的印信执照全部收缴。不许他们再向藏民征收地粮、牛马酥油；不许他们再向人民摊派乌拉。这就让有"天德格、地德格"夜郎自大的德格土司为之震慑，主动呈缴册印……

奏折在总述之后，对一年来康区大办实业方面也进行了分类概括：

农业方面，在行辕巴塘创办了垦务局，设农事试验场。请农技师指导当地藏民因地制宜学养蚕，提高青稞产量……农业产量大大提高，好些蔬菜和过去在内地才有的农副产品在巴塘和康区一些地方生根开花。

交通方面，设工务局，分里程，设塘站，明定乌拉脚价。特聘比利时工程师盖利修建了河口钢桥，大大缩短了康区与内地的距离。

工矿卫生方面，在巴塘创办了制革厂、官药局，创办了一批厂矿，开设了一批造纸厂。康区多砂金，已开始淘金……

傅华封在奏折中特别强调了赵尔丰在康藏地区办教育上的成就和高瞻远瞩。赵尔丰认识到"十年树木，百年树人"，要根本改变康巴落后状况，教育必须先行。为此，他花了大力气，投巨资，在巴塘、打箭炉等地先后办起了一批初等小学、官话学堂、高等小学，还有中学。规定，康区无论民族，所有学龄儿童必须入学，所有费用全免。学生所用课本，所穿制服等一应由公家发给。成绩优者，不仅要重奖，而且家免赋税。故时间不长，行辕所在地巴塘已成为康藏地区文化最发达地，人才辈出……

"知我者，傅华封也！"赵尔丰看完了傅华封为他代拟的奏折，相当满意。

第三章　巴塘亮新招，杀戮攻心相交替

虽然事前他对总文案有过提示，但能写得如此头头是道，如此面面俱到，如此言简意赅，这是他没有想到的。一种得人才的欣喜在心中油然而生，他觉得，他对傅华封的了解又增加了几分。当他忍不住再看一遍时，早晨的一幕不禁浮现眼前。

他向来有早起的习惯。当他披着淡淡的晨曦，带着贴身卫士张占标缓步出行辕，沿一条林荫道散步时，晨光曦微中的巴塘真是美极了。放眼望去，巴塘这颗康藏明珠，平畴沃野，风景宜人。遥遥的金沙江躺在白雪皑皑的山脚下，横如匹练。山脚下的茵茵草地铺展开去，与摩天积雪、出岫白云共为一色。

巴塘地大物丰人稀，古称白狼国，处于横断山北段峡谷地带；同西藏以金沙江为界，气候温和，土壤肥沃，水量充沛。赵尔丰一时简直忘记自己身在何处——他被巴塘美丽的景色迷住了。

忽然，极目远眺的他发现那片杨树林旁边的茵茵草地上，有个影影绰绰的舞剑身影。这个身影好熟悉。细看，原来是总文案傅华封，他不禁一惊一喜。傅华封这个标准的文人，还好这一手？为了不打扰总文案，他带着张占标不声不响地轻步上前，藏身一棵大树后细看。

傅华封身着窄袖箭服，手持一把寒光闪闪的利剑，腾、挪、跌、跃中，忽而金鸡独立，忽而蛟龙出水，很有招式。赵尔丰本身具有相当的武功。他看得出，总文案不是在玩花架子，已经具有一定的实战功夫。

"好！"当傅华封刚刚收剑，赵尔丰不由轻轻击掌，走了出来，赞叹道，"你这剑练得不错嘛，不是玩的花拳绣腿。你这几手是什么时候学的？"

"哎呀，是大帅，惭愧，惭愧！"傅华封闻声转过身来，见是赵尔丰，赶紧抱拳一揖，赧然一笑道，"献丑了。不瞒大帅，我这是向凤山统领学的。学了一些时日，还远远不到家。我的这点功夫，能赶上大帅一点皮毛也好，届时也能上阵杀敌。"

赵尔丰听了总文案这席话，不无赞同地用手拂着胡子，深有所感地说："处此康巴地区，战斗频仍。不求文人上阵杀敌，学好武艺，缓急之间，能防防身也是好的。"说着展开去，"从古至今，一说到文人，似乎就是手无缚鸡之力。这是宋代以来推行的程朱理学害人啊！好些文人，为了金榜题名天下闻，

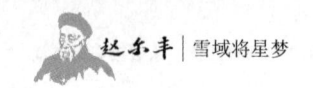

一头钻进故纸堆,三更灯火五更鸡,结果好些弄得来弱不胜衣。"

"其实,自古以来好些著名文人都着重健身,而且有的武功还很不错。比如李白,比如陆游,比如辛弃疾。"说着,赵尔丰像忽然想起了什么似的,"对了,昨晚上我见你室内的灯亮到很晚?"

"是。"傅华封说,"我在为大人拟写上奏。"

"啊?"赵尔丰又以手抚须,"不知总文案这篇上奏写得如何了?"赵尔丰是个工作狂,三句话不离正事。傅华封主动提起这事,他当然更要问。

"大人勤于王政,每晚夤夜挑灯,职幕熬点夜也是应该的。奏书职幕写出来了,正想让大人过目呢!"说着,傅华封已穿好衣服,收好了剑,跟着赵尔丰,沿林荫道往回走。

在路上赵尔丰深有所感地说:"华封真是快手!一年来老夫在康区实行改土归流,千头万绪,大事小事,林林总总,你这么快就写出来了。我看呀,总文案的才情要胜过倚马可待的曹子建了。"

"岂敢,大帅折煞职幕了。"傅华封谦虚一句,"我哪能同曹子建相提并论,大人是抬举我了。我这是笨鸟先飞,写是写出来了,还不知是不是挂一漏万。请大人审看后,职幕再改。"

赵尔丰点了点头。总文案这番话让他很满意。略为沉吟,他说:"早饭以后,我与黄宁寺僧侣有个重要约会。他们那天来请,我答应他们了。我要看你写的那份上奏,去不了。你是总文案,你代我去。该寺不仅在巴塘有名,在整个康藏都有相当的名气。听说特别是寺中的堪布有学问,性格深沉,有影响力。你要注意同他们的应对。"

"大人,华封去是否合适?职幕的分量可能太轻。"傅华封沉思着说,"宗教在康区有莫大的影响力,尤其是像黄宁寺这样的名寺和寺中的堪布。我看,还是大人亲自去好些,华封跟随大人左右见习足矣!"

赵尔丰想想,答应了,他说:"我本想让你代本道去,借以提高你的威信,以后借重你处甚多。既如此,让我抓紧看完你代我写的上奏。我这是先睹为快。你先去应酬一下,我随后就到。"

赵尔丰既然这样说,傅华封便硬着头皮答应下来,先去了。

赵尔丰看完了傅华封代他拟写的奏折,心中甚愉,轻轻唤了一声:"庞师爷!"

"在!"早候在一边的师爷轻步而上。

"你将这份奏折用正楷誊写,一式两份。我从黄宁寺回来审订后,速送省上锡大人。"

"是。"身穿长袍马褂,瘦脸上戴一副铜边眼镜的庞师爷走上前去,伸出双手恭恭敬敬从赵尔丰手中接过原稿文本。

此时,总文案傅华封已率一队大帅的亲兵到了黄宁寺。

在寺外迎接的僧众,由身着红色袈裟的堪布、铁棒率领,足有二三百人。藏族地区,凡喇嘛寺堪布,都在拉萨名寺受过学,精通佛经,经过严格的考试,为寺中佛学造诣最高深者。铁棒则负责执行寺中纪律。

黄宁寺堪布率僧众迎上来时,总文案赶紧率众滚鞍下马,向堪布说明大帅要晚一会儿来的原委。他今天着一身崭新的,三品顶戴的朝服,显得长身玉立,风度翩翩,神采奕奕。

"早闻总文案大名。总文案能代大帅来寺,我们不胜荣幸!"黄宁寺堪布本来听说赵尔丰未来一愣不喜,但马上见风转舵,话说得很是漂亮。他汉话说得很好,五十来岁,彬彬有礼,城府很深。说时,他顺手从随侍在侧的小喇嘛手中接过一条牵开来的雪白哈达,趋前两步,弯下腰去,将哈达举过头顶,献给总文案。

傅华封双手接过,戴在颈上,代表大帅还了礼——是尊缅甸玉佛,很精美。说是赵大帅没有来,总文案来也是一样的,但黄宁寺的迎接礼仪还是明显减少了许多。堪布献了哈达后,黑胖的铁棒喇嘛毫不掩饰失望,将手一挥,带着大批迎出来的僧众各自去了。堪布则带着七八名德高望重的寺中高僧,摇着飘着红缨的黄铜转经筒,礼数周到地陪着赵大帅的代表总文案一行,进入寺中,再穿庭过院向后院走去。所过处只见红柱根根,佛门重重,香烟缭绕。光线黯淡的经堂里,一龛龛雕塑精美的神佛下,排排酥油灯闪闪忽忽,气氛神秘。钟磬鼓声中,红衣喇嘛们礼佛念经各自忙碌。

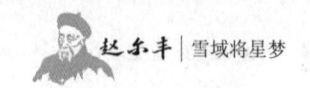

主客上了顶层一间广厦坐了。屋内光线明亮，视野很好。从楼上望下去，历历景致尽收眼底。地板打涂了酥油，光滑可鉴，窗明几净，陈设精雅，俨然王侯宅第，让见过世面的总文案暗暗惊讶不已。

堪布陪总文案坐在毡毯上。面向他们，席地而坐的几名红衣喇嘛一律下着围裙，头戴僧帽，着紫红色袈裟长幅缠身。他们或胖或瘦，都上了些年纪。主客间又是一番行礼还礼应酬之后，四个小喇嘛弯腰上前，在客人面前的矮几上摆了寺中自制糕点和酥油茶，再吐吐舌头，表示有礼轻步退下。傅华封很有兴趣地注意到，这些点心是青稞面和着蜂蜜做的，形状各异，牛、羊、马……盛在一个个考究的高足银盘里，香喷喷的，很是诱人。

"请!"堪布将手一比，态度殷勤。傅华封这就拈起一条面牛吃了，再端起黄澄澄的铜碗喝了一口酥油茶，做作地喷了喷嘴，以示吃得很香很满意。

走了过场，瘦脸上眉重眼深、神情精明的黄宁寺堪布致辞。他一开始就给总文案戴高帽子："素闻总文案才华卓绝，今天又是以赵大帅的代表身份来，给够了敝寺面子。"说着略为沉吟："赵大帅来巴塘经边，不说远的，仅巴塘而言就做了好些事，也发生了好些事体。而前因后果，我等至今混沌不清、不明。黄宁寺有教化一方的责任，因此，在座僧众想借此机会，就有些不明事体请教总文案，请望不吝赐教!"

"请讲。"傅华封心中咯噔一声，暗想，这就来了？来者不善，善者不来。傅华封外松内紧，却又充满自信，将手一比，做了个请讲的姿势；全神贯注却又神态自若。

"请教总文案!"傅华封话音刚落，坐在他对面的一位红衣喇嘛开始发难。判断不清这个红衣喇嘛的年龄，只觉得他长得黑蛮肥胖，硕大的头，大脸上左眼皮很长，耷拉下来，将眼珠遮了一半，右眼却又暴突，眼神凌厉。

在傅华封的注视中，这位红衣喇嘛旧事重提，且态度鲜明："巴塘惨案，实在不堪回首。"——他竟然将年前官军剿灭丁宁寺、七沟村视为惨案？"其间由来，如果认真追究，事情也是凤（全）钦差处置不当引起，也可以说是凤钦差咎由自取。他不该动我藏人神山！祖上告，凡我未垦之地，皆神山。动辄风雨不调，刀兵立起，疫疠盛行……因而，为历代土司禁。神山上规定不耕种、免牲畜、止打猎、阻采薪……现在看来事发有因,前车可鉴!不知总文案以为然否?"

"不然!"傅华封一声冷笑,即以彼之矛攻彼之盾,"傅某倒要请教大喇嘛,神山若在,则无山不有。那么,难道已耕、已牧、已猎、已薪之山就无神,而未耕、未牧、未猎、未薪之山就有神?这,何以见之?"

"这个……"发难的红衣喇嘛语塞。尴尬时刻,一个条脸干巴的喇嘛挺身而上。他似乎比刚才那位喇嘛的"道行"更深。他辩解道:"哪些山适宜动土,哪些山不宜动土,哪些山是神山,前代大喇嘛已代我等探明,我等只需严守神示,而断断不可任意妄为。若任意妄为,就是违逆了神的旨意。"

"是这个理。"在座的高僧们立即随声附和,齐刷刷地目光灼灼地看着总文案又该如何应对。

"你们所说前代大喇嘛已言神山上不宜动土,那么你们以后的喇嘛又在神山上动土修造寺院,铸画造像,应该是也触犯了神灵?如何这又可以?"傅华封思维敏捷,以攻为守,与在座的黄宁寺高僧们展开了激烈的舌战。

"神,灵气也。可在山,亦可在寺。寺中有神像,神灵有时可栖息其上,故我需修寺动土而祀之。"跳出来应对的另一位红衣喇嘛道行更深。

"神,既可在山,亦可在寺。那么,当神灵出寺入山之际,大喇嘛们还在寺中祀神,岂不是空祀?反之,当神入寺,人耕其山,又有何妨碍?"傅华封抓住大喇嘛们的漏洞,步步反击。

最先发难的红衣喇嘛哑然,后来跟上的喇嘛们亦都无以应对,面面相觑。傅华封见状微微一笑,此刻,他已胸中有底。自进入康藏地区后,他将可以找到的康藏佛学典籍,狠学猛钻,探到了藏传佛教的精义。此刻,面对黄宁寺红衣喇嘛们表面上冠冕堂皇的攻击,他能轻而易举将其一一击退。笑话,没有金刚钻,敢揽瓷器活?既然我傅华封能代表朝中二品大员、堂堂的建昌道赵尔丰大人前来黄宁寺,岂能没有两把刷子?!

为了不让对手们喘息,总文案就刚才挑起的话题,继续追击:"人,若耕其山,神则居其寺。这样,岂不两相安?再说,人得粮食,神得香火,大喇嘛们亦不虚祀,这样,岂不皆大欢喜?况世世代代的喇嘛祀神并未在山,皆入寺

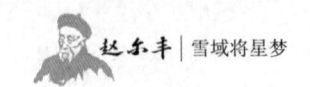

而设神,对神像跪拜。依刚才大喇嘛说,怎不带喇嘛们向山祀神,而非入寺祀神不可呢?"他一番思维敏捷转弯抹角的反击,简直将在座的大喇嘛们搞昏了,完全跟不上他的思维节奏。只听总文案又旁征博引,联系现实,层层推进、诘问,且话锋越发犀利。

"年前,巴塘岁时不熟,天灾也。干戈之动,人召也。疫疾发作,时气也!如是,因垦荒而谓神降之祸,岂不在诬神?神,聪明正直!人若是为非作歹,神必惩之。所谓天网恢恢,疏而不漏也!"这里,他实际上已经明白无误地指明,年前造成所谓"巴塘事件"的丁宁寺、七沟村人,之所以遭到官军血洗,实在是咎由自取。正在这时,只听外面一声唱喏:"赵大帅到!"

在座者都一惊。

堪布更是闻声赶紧率众起立相迎。

"不妨,不妨!"身着得胜褂的赵尔丰,带两名亲兵,由黄宁寺铁棒喇嘛陪着,龙骧虎步一脚跨进门来。再走上前去,端坐在正中一个喇嘛躬腰捧来的一块镶金嵌银的毡毯上,手一比,要堪布、铁棒及站起来迎接他的红衣喇嘛们坐。待大家落座后,面对着坐在前面的黄宁寺高僧们,他用手习惯地捋了捋颔下一把花白胡子,眯缝起眼睛,缓声解释:"本官因有要紧公务,迟来一步。特命总文案代表本官先来。"说着,他掉头看了看坐在他稍后位置的傅华封,露出满意的神情:"适才,本官在门外站了一会儿,听了诸位高僧与总文案就神山之事的辩论,实在是精彩至极。是非自有公论,你们接着往下说,往深处说吧!"

傅华封这下更来了精神。他见在座的高僧们一时无言,便趁势把刚刚展开的话题往深处引申开去:"如诸位先前所说年前的巴塘事件,实际是当地上演了一幕残杀朝廷驻藏大臣、钦差凤全的惨剧。表面上看,是因神山争执而起,事实上是当地丁宁寺喇嘛们早已存心要反叛朝廷——他们有步骤有预谋,欲将康巴分离出去、投降英人。在这场惨案中,特别是丁宁寺那些恶徒的暴行,实在令人发指。"说到这里,他目光灼灼,放大声音:"他们哪里是佛门弟子,实在是一批混进佛门的恶徒、暴徒,非镇压不行。可见,披上袈裟,进了寺院也并非就是佛徒!"说到这里,他的话里暗中有指,有了敲山震虎的意味,"华封不才，但综观康藏历史，华封以为，自来的土司管民，寺院涉政，是一切祸乱的根子。所幸大帅高瞻远瞩，一来康区就找准了造成祸乱的总根子。大帅雄才大略，在康区破天荒成功地实行改土归流，兴教育，办实业。今天康巴已初显繁荣，人心顺畅。特别是，土司不再管民，寺院不再涉政。这就从根子上铲除了造成康区动乱、暴政、贫穷的根子。"他看了看在座的高僧们，"不知各位高僧对华封所言以为然否？"

傅华封仗恃赵尔丰，出语如此犀利、深挖揭底，将在座的黄宁寺喇嘛们的火一下子惹起来了。

"大帅！"刚才发难的红衣喇嘛显得格外气急败坏，他强压火气，看了看对面正襟危坐的赵尔丰，试探一句，"适才总文案的一番高论，是否有悖于藏传典籍，有辱于佛祖神灵？"

"不然。"赵尔丰的回答很生硬，态度亦非常明确，给了阴阳发难者当头一击，"总文案代表我来，他的话自然句句都是本官的意思！"看了看在座的高僧们敢怒不敢言的表情，赵尔丰莞尔一笑，把话挑明，"有道是，话不说不明，灯不拨不亮。方才大喇嘛们说到因垦荒触犯了神灵，因而引发了年前的事端。本官愿就这个话题，与众高僧讨论下去。请问堪布！"赵尔丰捋着胡须，觑起眼睛看了看陪坐在侧的黄宁寺主官，他知道，这位黄宁寺堪布"水"很深，是在座的高僧们的幕后总指挥。擒贼先擒王——他要将这位表面上不显山，不露水的主官打倒在地。

彬彬有礼的堪布闻言一惊，向赵尔丰弯弯腰："请大帅垂询。"说时，眉重眼深的脸上闪过一丝惊惶不安、桀骜不驯的神情。

两边主帅开始对阵。

"所谓神山，顾名思义，即能赐福于人，"赵尔丰言之凿凿，连连诘问，词锋犀利，咄咄逼人，"如在座喇嘛说，"他指了指发言的喇嘛，"似乎年前凤钦差惨死，是因他开了神山，触犯神灵，咎由自取。试问，巴塘未垦荒前，不也时常闹灾荒？而每每这时，无不请巴塘粮仓赈济方过生死关？"说着掰起手指细数开来，"光绪二十三年，理塘土司与崇喜土司、乡城喇嘛打仗，尔等无不在血泊中呻吟！朝廷逼不得已，发兵平乱；攻三岩、章谷、悼倭、瞻对……战

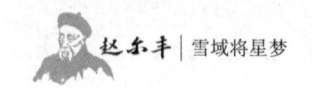

乱之地又遇地震，成千上万男女老幼，或呻吟或死亡。巴塘、道坞、乍丫等处百姓喇嘛，因碉房、寺庙坍塌，压死压伤者不少；迄今蹒跚者大有人在……那时并无人垦荒动神山。现本官在巴塘改土归流，重新垦荒，而巴塘气象一新，此又何说？"

黄宁寺堪布毕竟是高僧，他看出来，赵尔丰这是有备而来。而这位绰号"赵屠夫"的建昌道，有这样的才干，这样高深的学问，对藏传佛典研究得这样深透，这样的能言善辩，却是他万万没有想到的。狭路相逢勇者胜，这句话是汉人说的，是句哲言。他"赵屠夫"赵尔丰大权在握，不仅在康区，纵然挥师入藏，也定然能无往而不胜。这一点，他相信。但是，在康藏，真正的力量，真正的胜利是宗教的胜利，胜在人心！如果在这方面让赵尔丰也赢起走了，那他们就真正输得没有了根底。

堪布想干脆正面拉开，同赵尔丰对阵，但想想赵尔丰正在势头上，挟改土归流成功的雄威而来，不要说他小小一个黄宁寺堪布，就是西藏达赖亲自率所有的高僧来与他辩论，也不会占到半点便宜。再说，这家伙残暴，若是惹得他雷霆震怒，自己这条老命都可能会丢在他手上！想到这里，心中又一阵发虚，他准备虚晃一枪，临阵撤退。

黄宁寺堪布掉头向那些愤愤不已，不能审时度势，没有长智慧，气鼓鼓的下属喇嘛们投去生气的、制止的一瞥。此时无声胜有声。那些不管不顾的红衣喇嘛们，看到堪布这一瞥，犹如兽王出山，百兽噤声，立刻个个垂头丧气，像是倒光了酸奶酒的袋子，瘪瘪的。

对于赵尔丰这番咄咄逼人的诘问，堪布这回神情十分温驯，甚至可以说是恭谨：

"大帅刚才一番高论，让我等眼界大开进入善境。以此而论，垦荒当是一桩好事、善事。以后，我黄宁寺谨遵大帅训诫去教化臣民。"

赵尔丰听了堪布这番话，刚才神情严厉的脸上始浮起一丝笑意。傅华封知道黄宁寺僧众准备偃旗息鼓认输了，这便适时建议："大帅，时候不早了，大帅已同黄宁寺僧众们见了面，并已作了训示，该回去了吧？"

"不！"不意赵尔丰不依不饶，他看出黄宁寺僧众们在使拖刀计。今天他既然来了，就要使这座能影响四方的黄宁寺中的高僧们彻底服气，从根子上打掉他们的傲气。

"堪布少安勿躁！"赵尔丰又捋了捋胡子，岿然不动，"本官还有些事想请教大喇嘛。"

"不敢，请大人垂示。"堪布又弯了弯腰，心中直叫苦，做出一副诚惶诚恐的样子。

"改土归流前，此地喇嘛、妇女、农人各占人口比例如何？"

"回大帅，农人占十分之三，喇嘛占十分之二，妇女占十分之五。"

"康藏全境是否都如此？"

"都如此。"

"那么，"赵尔丰又习惯性地以手抚须，"如此多的人去当了喇嘛，谁去耕织？谁来养活这么多的僧人？"

"这——"堪布欲言又止。他本想说"康藏地区自古皆然"。他在心中暗暗骂道："你个赵屠夫真个是咸吃萝卜淡操心，管得个宽！"但他的话出口却极尽委婉："人尽为喇嘛，当然喇嘛就会无衣无食。然人都不为喇嘛，百姓死了，如何能超生？所以半为喇嘛，半为农人最好。"赵尔丰当然听出了黄宁寺堪布话中的不满和抗诘，哼然一笑，欲擒故纵地问："堪布所说的超生，是指人死后成神而不转世，还是指再转世为人？"

"成神而不转世，无人知其为神。"堪布的回话相当专业，"神，需转世为人，如呼图克图之活佛，方为神。"

"如此转世，巴塘能有几人？一般穷人都能转世成神吗？"

"当然不能。"堪布说到这里，不由一怔，情知又被赵尔丰抓住了辫子，但已无法逃遁。他承认，"得生于富人之家。"

"富人之家？康藏能有几多富人之家？"赵尔丰连珠炮似的诘问，"据我所知，康藏一般人家所生之子，半为喇嘛，半为耕牧者。现喇嘛日增，耕牧者日少。若遇大的饥馑、疾疫、刀兵，随时都可能自灭种族。如此一来，还谈得上什么转世呢？"

黄宁寺堪布一时语塞，但他不愧为寺中首席，道行高深，于是，他暗暗偷

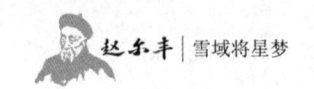

换概念，敷衍道："总之，我们喇嘛总是劝人为善，禁打猎，免伤生灵……"话又转回去了，堪布真是狡猾。

"那，本官倒要请教堪布，"赵尔丰忍住气，沉着应对，"鸟兽与人之生命，谁轻谁重？"

"回大帅，当然是人命重。"

"人事既重，那么，杀人有罪吗？"

"当然有。"堪布一惊，怔怔地看着赵尔丰，不明白他问这话的用意。

"用木用石用刀杀人，是有形杀人；而无形之杀人，请问堪布大喇嘛，这有罪吗？"赵尔丰又是一连串的咄咄发问。

"这与喇嘛何干？"堪布不再上当，软顶一句，"请大帅明示。"

"若用刀杀一人，就是一人。"赵尔丰侃侃而言，层层推进，"杀一孕妇，亦只二人。而杀人多者，又什么都不用，于无形中杀人，本官以为是喇嘛！"此言既出，犹如石破天惊，堂上喇嘛，如坐针毡者有之，惶惶然者有之，唯独没有一个敢站出来表示愤怒。座下黄宁寺堪布再也控制不住，昂起头来，看着赵尔丰，一副扫帚眉蹙起，哑着嗓子道："大帅这番话费解得很！"

"本官这番话通俗易懂。"赵尔丰说，"我告诉你吧，丁宁寺就不用说了。就康藏一般寺庙，三年查一次本地生丁户口是不是？令本地人家幼子尽入寺院当喇嘛，而喇嘛又不能婚配，这样岂不是多一个喇嘛就多一无夫之女？使本可配成一对的男女都无子嗣。这样一来，虽然喇嘛寺表面所为并没有杀人，其实是杀了多人。这样，是有罪，还是无罪呢？"

赵尔丰博学多识，能言善辩，而且本身又大权在手，这样一来，黄宁寺堪布大喇嘛简直被逼到了死角。在赵尔丰面前，他既无法反抗，也不能敷衍、耍花招。进也不能进，退也无法退，尴尬之至。看赵尔丰的身姿多么挺拔，一双豹眼多么明亮、有力！他正居高临下得意扬扬地打量着自己，正等着自己这个黄宁寺堪布大喇嘛输掉气势呢！

没有办法，请神容易送神难。黄宁寺堪布大喇嘛只好当众认输，但语中多有怨气。"大帅如此高论，我等闻所未闻。如此说来，喇嘛是有罪了。然我辈喇嘛亦受前辈喇嘛为害。"说到这里，话锋一转，堪布是要以示弱收场了，"自大帅在康地实行改土归流以来,我黄宁寺僧众遵章守法,远近闻名。"

类似的场面,傅华封也是第一次看到。他心中暗暗佩服,不承想有"赵屠夫"之称的赵尔丰赵大帅还有这样一手,与印象中办事操切的他判若两人。他觉得,这一天,他又从赵尔丰身上学到了不少东西。

听了黄宁寺堪布大喇嘛告饶似的这一番话后,赵尔丰这才放了他一马,笑了笑说:"堪布说的是,改土归流以来,黄宁寺着实循规蹈矩。不过,贵寺和康区所有寺庙喇嘛都要遵从大清皇上下达给各寺喇嘛人数等规定。圣上规定,拉萨等四大寺中的喇嘛都不能超过五百人。你们寺已将超过规定人数的喇嘛还俗,这很好。这也就是你们寺一请本官,本官即在百忙中抽身来贵寺的原因。"赵尔丰刚刚表扬了黄宁寺几句,又倏忽间改变了语气,挺了挺身子,显示出"屠夫"的一贯面目,"本官尊重民族宗教。但是,如果一旦发现寺庙涉政,特别是,哪个敢与朝廷离心离德的西藏拉萨达赖集团勾扯,那就不要怪本官手下无情!"说到这里,赵尔丰满面杀气,刚才的一丝儒雅斯文荡然无存。他那眉峰间隐藏的风雷,流露出的那股杀气,都令黄宁寺的高僧们不寒而栗。

然后,赵尔丰就率傅华封等人告辞了。

黄宁寺堪布和铁棒喇嘛率全寺僧众毕恭毕敬地为赵尔丰送行。

出了门,大帅刚刚翻身上马,座下那匹栗青色高头大马,早就耐不住了。牵马的亲兵未及将马缰交大帅手上拿稳,栗青色大马便扬鬃长啸一声,甩开碗大的四蹄,泼剌剌,腾云驾雾般而去。总文案傅华封赶紧带着亲兵们打马旋风般追上去。

顷刻间,辽阔草原上那座占地广宏、金碧辉煌、飞檐高翘、风铃鸣响、极富康藏特色的黄宁寺就被扔在了身后,展现在赵尔丰眼前的是,开满了各色花朵的辽阔草原和与草原混为一体的湛蓝的晴空。远处有横亘的皑皑雪山,山下有如练河流。羊群一片又一片,撒在草原上,像是蓝天上不慎跌落的朵朵白云。清风送来在草原上放牧的青年男女嗓音嘹亮高亢的歌声:

"赵大帅,是尊神。我们哟,莫忘赵大帅的恩……"

赵尔丰听到这里,喜不自禁勒住马,掉过头,对打马而上的总文案喜滋滋问:"华封,这歌是怎么来的?是你们编的吧?"

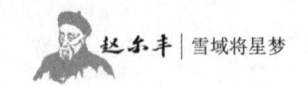

傅华封一笑："这是草原上早就流传的调子。大帅在康区实行改土归流，办教育，兴实业……让他们的生活得到了改善，他们心中高兴，在原有的调子上填上新歌词。言为心声，他们这是在用歌声感谢大帅。"

"嗯！"赵尔丰勒马缓行，欣喜地说，"这才是一个开始。我不仅要在康区实行改土归流，将来进了西藏，也要如法炮制。"他用手捋着胡子："华封，你看出来了吗，今天是我进入康区以来最高兴的一天。"

"是，职幕看出来了。"

"你说这是为什么？"赵尔丰像考小学生似的问总文案。

"大帅在黄宁寺与堪布大喇嘛的较量，可谓有理有据有节。这场胜利，不亚于一场大的战争胜利。这是大帅在思想上，同上层僧侣们进行的一场全面的较量，影响深远，必将声名远播！"

赵尔丰点点头："知我者，华封也！本官没有看错人。"赵尔丰以手抚须，神情无限欣慰。

"大帅！"傅华封不无担心地问道，"职幕为大帅代拟的奏折不知是否勉强可看？"

"漂亮！"赵尔丰当即赞扬，"言简意赅，而又面面俱到，十分中肯，字字句句可圈可点。这篇上奏，不是一般书斋中的文人可以写得出来的。这需要了解实际，还需要把握全局的能力和鞭辟入里的表达力。文如其人。"说到这里，赵尔丰抚着胡须，略为沉思，"华封，我觉出，你的才具还不仅于此。任重道远，你要准备挑更重的担子啊！"

傅华封听到这里，心中惊喜，马上深揖一拱，朗声道："职幕一定跟定大帅，好好磨炼，听候驱遣，报效朝廷，万死不辞！"傅华封说这番话，还真不是表面虚词。这位由赵尔丰从古蔺山沟里挑选出来的投笔从戎的一介文人，从心里充满了对赵尔丰的感激。

他们驱马又走了一程，赵尔丰若有所思，对走马在侧的傅华封说："今天我们在黄宁寺与那些红衣喇嘛一番舌战，表面上看他们皈依伏法，但其实他们中许多人心中是不服的，包括寺中堪布、铁棒喇嘛。他们之所以那么老实，是因为我们有强大的武力作后盾。在康藏地区盘踞了千年的土司势力，还有与之盘根错节的宗教势力，不是表面上看起来那么容易心服口服的。纵然是在我们实行了改土归流的康巴地区，这些人，这些势力，仍然是百足之虫，死而不僵，稍微不注意，就可能引发事端。现在，我们最重要的是把屁股坐稳！"看傅华封一时没有懂，赵尔丰笑道："就是把我们康巴地区的改土归流的成果夯实……只有屁股坐稳了，才能说到其他，说到以后。"

傅华封连连点头，这时，巴塘城已遥遥在望了。

第四章 一夜白头的战争

一叶弯弯冷月挂上了凄清的夜空。远处，河水呜咽，怪鸟悲鸣。

赵尔丰端坐马上肖然不动，缓缓抬起戴着伞形红缨盔帽的头，久久打量着眼前这座围攻了半年不克的桑披寺。朔风凛冽，惨白的月光下，大帅身上穿的得胜褂、领下那部已然全白的银须，坐下栗青色战马的鬃毛，以及背后掌旗官手中的那杆标着"赵"字的大旗，无不在猎猎寒风中招展。

簇拥在大帅身边的凤山等将佐顺着大帅的目光看去，雄踞半山的桑披寺在凄寂的月夜里，愈显峥嵘。真是一座铜墙铁壁，山是一座寺，寺是一座山。寺内碉堡珠连，坚墙环绕。寺的后面是冰清雪耀逶迤而去的高山，寺前周围悬崖陡壁。整个看去，桑披寺像一只脚踏高处，俯视山下的鹞鹰。而平畴上，旷野里连成片的官军营帐，则像一条在波涛中起伏游动闪着暗灰色鳞光的大

第四章 一夜白头的战争

鱼。风中传来官军夜巡的鼓角和桑披寺内时断时续的胡笳声，愈发显得苍凉悲壮。

夜渐加深，朔风越发凛冽。凤山等多名年轻力壮的将佐都在刀子似的寒风中抖索，就连胯下战马也踟蹰不已。而年届六旬的大帅，身着戎装端坐马上，毫无所动，若有所思。阵阵寒风搅起他身上的薄衣，只见大帅肌肉毕现，却毫无瑟缩状，这就不能不令他左右的将佐们肃然起敬。

仿佛是一夜之间，大帅的头发已然雪白。真可谓古有伍子胥，今有赵尔丰，可见大帅的忧思之深之重。而细细看，大帅那张令将佐们熟悉的然而于今越发憔悴黧黑的瘦脸上，一双凹眼睛里，神情还是那样坚定、自信，目光鹰隼般犀利。

看着沉着、沉默如磐石的大帅，作为下属的凤山精神为之一振。看来，大帅已然胸中有数，对即将打响的决战很有信心。是的，此战至关重要！作为赵尔丰手下的第一大将，他对目前官军险恶的处境，今晚决战成败对全局的影响，以及大帅此刻的心情，真是太了解不过了。

年前，赵尔丰在康区全境全面推行改土归流大致结束，取得阶段性成果之际，处在康藏交界天堑地的桑披寺僧侣便在西藏上层的蛊惑、怂恿下公开叛乱，让整个经过了改土归流的康区都受到了挑战！

赵尔丰不敢小视，立刻派理塘守备施文明去桑披寺过问。但施文明哪里知道桑披寺的凶险，施文明小看了桑披寺。该寺的铁棒喇嘛香普占中非同寻常之辈，凶狠敢战；手下五百多名喇嘛也剽悍异常。他们伙同了当地土司、甲棒①，组成了一个强大的武装集团，在西藏上层的支持下，做好了充分的战争准备。他们储备了充足的粮食、弹药，配备了先进的英国毛瑟枪。施文明一去，犹如羊儿落进了虎口里——惨遭剥皮杀害。

赵尔丰大怒，派乍丫守备李相福率军前去清剿，结果全军覆没，李相福被捕，也被残酷剥皮杀害。消息传出，朝廷震怒。声望如日中天的赵大帅受到严厉申斥。与此同时，在西藏上层噶厦的策划下，稻城贡噶岭喇嘛也点燃战火，

---

① 甲棒：土匪。

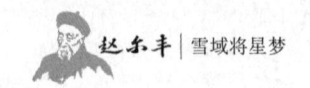

戕杀汉官，与桑披寺遥相呼应。若不及时将这团燃起的野火扑灭，动乱将很快蔓延、波及整个康区，改土归流的丰硕成果将会毁于一旦。赵尔丰不敢怠慢，点齐大军，兵分两路，让文韬武略的傅华封总文案带顾占文、彭日升这两位有作战经验的管带，率五营精锐边兵杀向贡噶岭；自己率凤山等将佐幕僚，点四营精兵向乡城方向杀去。

傅华封是牛刀杀鸡，战事顺利；而赵尔丰亲率的这路大军遇到的对手却极为强硬。他在率大军连破大竹箱、冷龙沟后，又拿下了乡城。可是，攻到桑披寺前时，就再也攻不动了。

毫无疑问，桑披寺是西藏反动上层打进新生康巴地区一根楔子，是达赖集团对朝廷权威的挑战，也是他们武装的一个信号；是对威望如日东升，伺机挥鞭进藏的赵尔丰赵大帅的迎面阻击和遏制。

然而，迄今桑披寺岿然不动。更为严重的是，因运输困难，官军给养已快消耗殆尽。无粮自乱——现在军心已经出现了不稳。自己的处境可谓前有牛刀架颈，后有饿鬼临门。山区冬天已到，一旦大雪封山，官军将进退维谷。

一切全看今夜的决战了。

月前，忧心如焚、办事操切的赵尔丰，向身在成都的川督锡良大人提出调格林炮支援的要求。总督毫不犹豫，将他花了重金，费尽周折从德国克虏伯兵工厂买来，平时爱惜得像宝贝似的三门格林炮连同训练有素的一队炮兵全部调来。经过长达月余的艰难运输，格林炮终于在今天上午运达。

此时此刻，骑在马上凛然不动的赵尔丰深信，即将打响的战斗，从大的方略到所有细节，无不经过自己细细推敲、锤打，犹如一条精心锤打出来的铁链环，环环紧扣，牢牢地套在了桑披寺颈子上，只等他收紧了。

是时候了。

当凤山从荷包里掏出那只进口瑞士军用金壳夜光怀表看时，骑在栗青色大马上的赵尔丰赵大帅，也从身上摸出了怀表看。

"咔嚓、咔嚓！"两根绿光荧荧的长短针差十分就在夜间十二时这个数字上重叠——这是发起攻击的时间。

老天保佑，这时天上的浮云刚好走来遮住了冷月，漆黑的夜幕掩盖了一切,四周都是深沉的冷寂。富有作战经验的凤山可以感觉出,在身后那片疏落的松林里,炮兵已经进入阵地,三门格林炮长长细细的炮管对准了目标,即将昂首咆哮。城下纵横交错的散兵线内,为敢死队提供火力掩护的上千名狙击手,从不同的方向向桑披寺瞄准。足足五百名身穿窄衣箭袖黑色衣裤的敢死队员,身背九子快枪,手提雪亮大砍刀,伏在前沿,焦急地等待着进攻信号。他们都喝了酒,一张张黝黑瘦削的脸庞充满了即将搏杀的兴奋。只等大炮一响,进攻号令发起,他们就会像下山的猛虎,争先恐后冲上去,扑向桑披寺。

"大帅!"凤山将怀表捏在手中,驱马上前,附在赵尔丰身后,轻声提醒,"决战马上就要开始了,请大帅退下战场。"要知道,马上就要打响的决战,是一场惊心动魄的生死之战。桑披寺中以香普占中为首的僧侣武装,他们装备精良,枪法也准。一旦打起来,枪子可是没有长眼睛,什么事情都可能发生。

"此地甚安全!"不意大帅执拗不退,以手抚须,"生死成败在此一举。我要在此目睹我的边兵破城!"经凤山等将佐好一阵苦劝,赵尔丰才勉强退后一箭之地,由贴身卫士张占标等护卫着,驻马在一个距城不到半里地的崖边死角处,注视着这场你死我活的大战。

如释重负的凤山看时间已到,举枪在手,"啪、啪、啪!"随着三声清脆的枪响,三颗通红的信号弹急速犁开夜幕,缓缓在桑披寺上空升起,晶莹璀璨。

"咚、咚、咚!"与此同时,倏然间,平地响起惊雷——三门格林炮骤然打响。一团团通红、炽热的火球,带着撕心裂胆的啸叫,在黑暗中划出道道金色的弹道点,轰轰地在铜墙铁壁般的桑披寺炸裂开来。

一段时间以来对赵尔丰几乎藐视的桑披寺僧侣武装,从来没有见过大炮,在这突然急骤的打击下,一下出现了慌乱。以往,夜战对于桑披寺中这些僧侣而言,实在是不在话下,他们表现得特别凶悍。往往是,官军的进攻刚刚开始,城头上立即灯光通明;僧侣们将法号吹得呜嘟嘟山响,令人毛骨悚然。烛天的松油火把中,好些僧侣脱光衣服,露出一身疙瘩肉。用手中雪亮的藏刀,从自己的臂膀上或胸上斜拉一刀,让鲜血汩汩流出,而且对城下官军谩骂不止,刺激边军攻城、徒劳送死。可是今晚不同了。发发格林炮弹在空中掠过,带着森然的死亡气息打到城上轰轰炸响,许多喇嘛被炸死炸伤。在阵阵惨叫声

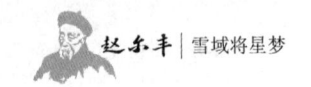

中，血花和着残肢碎体，在城上溅起很高。

素常剽悍的桑披寺僧侣武装，被从天而降的格林炮吓蒙了，吓傻了。不知这是何物，当然也就不知如何躲藏，只有挨炸。猛然间，他们中有善于想象的惊恐万状地大声喊道："啊哟哟，天菩萨来了！"

"天菩萨来了？"

"天菩萨来了！"桑披寺城墙上，一时间到处都是这种几乎绝望的惊恐叫声。有的僧侣们放下了枪，跪在地上叩头；有的在城墙上乱窜……组织严密、打仗凶悍的桑披寺僧侣武装一时全乱了套。哎呀呀，这还得了吗？汉军请来了天菩萨帮忙，这仗还怎么打？还能有活命吗？天不怕，地不怕，就怕菩萨的僧侣们，口中连喊饶命饶命。有的根本不听阻拦，蹿下了城。

闪闪的火光中，骑在战马上往来奔驰指挥战斗的凤山，见时机正好，"嗖"的一声拔出战刀，高高一举："上，敢死队！"同时举起手中连枪，开了两枪——这是让敢死队全线进攻的信号。

"杀！"五百名敢死队员粗喉咙里发出惊天动地的呐喊，从隐蔽的散兵线内一跃而起，怒潮般一拥而上。很快，一架架云梯钉上了桑披寺城墙……暗夜的背景上，在格林炮猛烈射击的闪闪红光中，在震耳欲聋的枪炮声、喊杀声、号角声中，只见第一批敢死队员已快速上了云梯并往上蹿，敏捷得像一只只狸猫。有的已跃上了城墙，同顽抗的僧兵展开了白刃格斗。

千钧一发的时刻啊！

驻马断崖边，紧张关注着这场生死大战的赵尔丰，紧紧捋着颔下银须的手微微颤抖。忽然，赵尔丰抚须的手不禁僵住了。在烛天的火光和惊天动地的炮声、喊杀声中，寺中的铁棒喇嘛香普占中领着一群僧侣旋风般刮上城。他们气急败坏，披头散发，赤裸上身，手挺鬼头大刀，嗷嗷叫着与率先冲上城楼的敢死队员凶狠地厮杀在了一起。

"不要怕，不准后退！"香普占中扬着手中的鬼头大刀，鼓起铜铃眼，指东道西，大声吆喝，"天菩萨是保佑我们的。赵胡子的炮打不到我们！你们看！"惊惶失措、不知所以的僧侣们顺着他手指的方向看去，一颗颗先前吓人的"红果子"，这时都落在了桑披寺坚固的城堡上，像核桃一样纷纷弹了开去。看来，

"红果子"打来,只要稍加隐蔽,其杀伤力也相当有限。武装僧侣们恍然大悟。

最初的慌乱、骇怕很快过去了。清醒过来的僧侣武装恢复了狠劲,很快将跃上城的不多的官军敢死队员消灭。他们依仗坚固的城堞隐身,端起手中的英国毛瑟枪,向城下突然间受阻的官军敢死队猛然射击。他们的枪打得很准,密集的子弹,织成了一道死亡的网。

敢死队猛烈的、潮水般的进攻势头突然被遏止住了。已搭上墙的一架架云梯被掀翻倒地,不少上了梯子的敢死队员被摔倒在地,再被城上暴风雨般泼下的枪弹打中,非死即伤,发出一片惨叫。尽管后面有大刀队督战,进攻的敢死队员们还是像一股猛然地撞击在礁石上的潮水,"哗"的一声后退了。

志在必得的进攻失败了。

"嘀嘀嗒!"凤山不得已下达了停止进攻的命令。军号在寒夜里,在山谷间久久回荡,听起来格外惊心、凄厉。而这时,桑披寺城楼上吹起了得胜的莽号声,表现出明显的挑衅。城楼上突然数百只松油火把通明。寺中僧人缓缓竖起两根高杆。看得分明,每根高杆上,都赫然绑着一个被抓获后剥了皮的军官。香普占中站了出来,用一口流利的汉话大声呐喊:"赵胡子!"他叫着赵尔丰:"你看清,这就是你的部下,被我们剥了皮,也是你赵胡子的下场……"

"住嘴!"黑暗中,簇拥在赵尔丰身边的凤山恨得咬破了自己的嘴唇,他用手指着城墙上的香普占中切齿骂道,"你等着吧,看老子不拿着你剥皮!"

赵尔丰略为沉吟,哑声命令凤山收军!同时嘱咐凤山:"从即日起,严令全军官兵每发十弹,必毙敌六人,违者,军法从事。"

激战的山谷终于沉寂下来了。桑披寺前,那些被戈矛捅戳劈穿了的,被刀剑砍劈的,被铳弹击毙了的官兵……好些都在这儿永世长眠了。而在这个没有星月的黑夜里,除了战马咴咴的嘶鸣,篝火燃烧的哔剥声,伤兵痛苦的呻吟声……就是寒风阵阵刮过时发出的狼一般的啸叫声。

天刚刚放亮,有两位边军将领已远远地驻马桑披寺前观察。骑在栗青色大马上的是赵尔丰,一夜之间,他显得格外的衰老瘦弱,简直变成了一根枯藤,似乎一阵风就可以将他从马上刮走。然而,变的仅是他的外貌,不变的是他的精神气质。此刻,他仍然端坐马上岿然不动,思绪陷得很深,像是老僧入定。

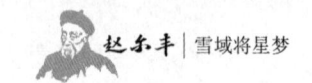

那一双一夜间窝了进去的平日炯炯有神的豹眼,流露出来的是一副不屈不挠的韧性、狠劲和钢一般的斗志。

在他旁边是凤山,一双虎彪彪的亮眼里布满了血丝。但他毫无倦意,骑在火焰驹上,身姿笔挺,一动不动,用锥子似的目光探究似的久久打量着桑披寺。

城上又开始挑衅。

"呜——呜!"在清亮死寂洪荒般的清晨,城上的法号,吹得怪声怪气。在高原的寒风中,城堞上经幡猎猎招展。在僧侣簇拥中登上城来的香普占中显然看到了远处的赵尔丰。在清亮的晨光中,赵尔丰接过凤山递过来的一只独筒望远镜,看清了桑披寺铁棒喇嘛——香普占中。他身材高大魁梧,头上狮鬃般的黑发瀑布似的散开来,一直披到背上。额头上束一根宽宽的大红绸带,着一身猩红色大喇嘛服,一边袖子拴在腰带上,一只光膀子亮起。香普占中在这样寒冷的早晨,不仅亮出了他粗壮的右臂,而且整个亮出了他一扇壮实厚重的门板似的胸脯。腰带上一边挎一支可以连发的德国造手枪,一边别一把镶金嵌银的匕首,手上握一把雪亮的鬼头大刀,指点着远处的赵尔丰,对身边的喽啰们说着什么。

在一阵铙钹高奏中,簇拥在香普占中周围的喇嘛们,忽然齐声用汉话羞辱起赵尔丰——

"赵胡子,你们的锅儿怕是吊起当锣打了吧?"他们一边在城上手舞足蹈,一边哈哈大笑,用手势做出吃饭、喝酒的下流相,"我们可是加通①、古利唢②够了……"说时,只见城墙上一阵银光闪动间,一条条活蹦乱跳的鲜鱼,被他们从城上扔下来,掉在城墙下蹦跶不已。被扔下来的鱼每条足有两三斤,显然,枭首在向赵尔丰示威,无异于说:怎么样,你困不死我们,我们却要拖死你们,饿死你们。你们已经没有吃的了,可我们城里丰衣足食,还有鱼……

就在这时,只听背后传来一阵急促的马蹄声。赵尔丰、凤山一惊,掉头看时,大帅帐下幕僚白面书生吴信滚鞍下马。

---

① 加通:吃。
② 古利唢:喝。

"有何急事？"赵尔丰情知有事，惊问道。

"禀大帅，好事！"吴信急急说，脸上带着喜色，"卑职有了关于桑披寺的重大发现！"

"快说。"赵尔丰一边催促吴信快说，一边注意打量眼前这个除了案头工作，不能再干点别的事的文人。吴信四十来岁，细高个子，着一件玄色棉袍，外罩一条绲边黑背心；背上拖一根大辫子，脸白无须。五官端正的脸上，有双女性化的眼睛。

"禀大帅，职幕发现了桑披寺其实缺水，最怕我们断它的水源。"

"缺水？"赵尔丰一时没有理解吴信话中的含意，脸上显出失望。

"大帅，桑披寺缺不缺水，至关重要。"吴信解释，"桑披寺已被我方围了数月，该寺如果缺水，早就该乱了。高原最要紧的是水。刚才枭首香普占中故意以有鱼示我寺中有水，其实这是做贼心虚……"赵尔丰一下醒悟过来，问吴信："桑披寺缺水？你这是推断出来的，还是有所发现？"

"卑职是推断的。"

"如何推断出来的？"赵尔丰来了兴趣，他没有生气，耐住性子，和颜悦色地问吴信。赵尔丰性格上有个特点，最讨厌下属说谎，谄奸。而下属只要是实话实说，尽管是他不喜欢的他也不会生气。反之，一旦弄清说的是谎话、假话，赵尔丰会暴跳如雷，严厉惩处的。上有所好，下必兴焉。因此，在赵尔丰周围自觉不自觉地聚集起一群忠贞敢言之士。

"昨晚我军进攻失利，卑职想了一夜。"吴信思索着说，"这桑披寺看起来没有水源进去，唯一的一条通往该寺的小溪在我等掌握之中。寺中纵然有些存水，也早该用尽。适才，他们从城上扔下那么多条鱼，一则为挑衅，二则也证明寺中有活水来。职幕以为，一定有一条秘密水道通往该寺，不过我们没有找着，当务之急，得找到这条秘密水道。"

"有理，有些道理。"赵尔丰抚着胡须，点点头，"在你看来，这条秘密水道在哪里？你许是心中有数了？"

"在卑职看来，这条秘密水道，就在桑披寺后山上，找到这条水道，将水断了，我将不战而胜。"

"何以如此肯定？"赵尔丰越发来了兴趣。

"俗话说得好，人往高处走，水往低处流。我想桑披寺背靠大山，山上定有一条暗渠通寺………"

赵尔丰想了想，掉头对凤山笑着说，"凤统！"他高兴时爱这样称呼凤山，表示出一种特别的亲热，"今天下午，你替我在家掌管部队，我亲自带一队精干人马上山寻水。"

"大帅，寻水甚好。不过不该大帅去，去后山有相当危险，还是大帅在家运筹帷幄，寻水的事让部下来干吧！"

"就这样定了。"赵尔丰相当固执。

下午，在桑披寺后山那条险峻的、人迹罕至的羊肠小道上，神不知鬼不觉地上来了一队边兵精锐。大概有一营，官兵个个都是过挑过选出来的，他们窄衣箭袖，武装精良，一看就知是近战肉搏的好手。走在中间的两人一老一文弱书生。老的是赵尔丰，文弱的就是早上献计的军中参议吴信。

站在山上放眼四望，大山重叠巍峨。山上草木披着残雪，到处怪石林立。眼下有一片森林，林中古树参天，非常粗壮，每株高达数十丈，往往要三四人合抱。遮天蔽日，显得很是阴森。古藤盘绕，荒草没径，乱石纵横。赵尔丰留下一哨部队隐藏林中，监视寺中动静，他带其余人员再上行两三里，登上了山顶。在山顶，他将部队分片包干，要各部从上至下细细搜寻水道。

可是，从上至下，又从下至上，反反复复，像用篦子篦头一样，将这山细细篦过去，但见腐叶遮地，密菁乱石，枯枝纵横。三四个钟头过去了，哪里有一点水的影子？日已渐暮，森林中的光线迅速黯淡下来，官兵们仍然不敢有丝毫懈怠，还在挖地三尺般地搜寻。好些官兵的衣裤都被荆棘划破了、手脚也被划伤了，疲惫不堪。

赵尔丰让卫士张占标传他的令，就地休息。这时，满脸愧疚而焦急的吴信，不知从哪里钻出来，来到大帅面前，想说点什么解释，见坐在一块石头上阴沉着脸沉思的大帅，在暮色中，简直像一只神情幽幽的老山羊，唯有那双眼睛目光仍然犀利如狼。吴信没有敢上去惊扰大帅，垂首站在一边，以备大帅随时诘问。

这时，大帅卫士张占标突然不无痛苦地用手捂着肚子，躬下身去，哼哼报告："大帅，我肚子痛，得去林中方便一下。"

赵尔丰看了看蹲在地上的张占标，点了点头，示意他去。

张占标抱着肚子跑进了林中。早晨，因为赵尔丰觉得有了解决桑披寺的希望，心中高兴，让张占标将自己不及吃完的东西——一大方精牛肉、两斤炒面、一壶酥油茶都拿去吃了——这是大帅厨下目前所能提供的最好的食品了。

张占标没有想到大帅赏给他这么多精美、丰厚的食物，饿劳饿虾吃完了。吃完了肚子就鼓起多高，"砰"的一声，将裤带都蹦断了，半天动不了身，简直就像一条吃多了东西瘫在一边的蛇，笑得大帅白胡子一抖一抖，诙谐起来，用四川话说："你个龟儿子，穷吃饿吃。你龟儿子把肚子腾起点，一会儿跟我上山，如果能找到桑披寺水源，我再让你打牙祭！"好久没有见大帅这样高兴过了，张占标趁势洋相百出，将赵尔丰乐得用手按住笑疼了的肚子。

蹲在一块大青石后很快意地拉完肚子的张占标，站起身，刚拴好裤带，突然脚下一松，陷了下去尺许。他低头一看，大喜，真是踏破铁鞋无觅处，得来全不费功夫——机关就在脚下边。一脸麻子的张占标，乐得脸上每个麻子窝窝都放出红光。脚下现出了一个坑，坑内有根细细的黄铜管向前伸去。他伏在地上，侧耳细听，是水从管中流过发出的淙淙声。

"大帅，我找到水了！"张占标飞叉叉钻出密林，挥着手向坐在石上焦眉愁眼的赵尔丰报告。

"当真？"赵尔丰闻讯，霍地站起，看着张占标，脸上的神情是又惊喜，又狐疑。

"当真！"激动不已的大帅卫士这时连话都不会说了，只是不断点头。

听完张占标的话，赵尔丰这才始信是实，猛地伸出一只瘦骨嶙峋的手抓住张占标："快带我去看水源在哪里！"

张占标在前带路，大帅的卫士和官兵们簇拥着大帅，进了密林，来到张占标撒了一泡稀屎旁边的陷了下去的地方。经过一番细看、勘察，确信这暴露出来的铜管一直向下通进桑披寺。刚才还担着心的吴信，这时喜极而泣。

"你个龟儿子，该吃酒。我说话算话，请你打牙祭。"赵尔丰笑着夸奖了贴

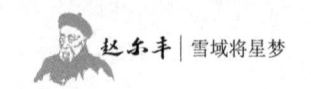

身卫士张占标一句。然后，留下少量官兵警戒，剩下的跟着他，循着暴露出来的铜管，往上细细寻去。

上行里许，发现细细铜管隐入一片乱草丛中。吴信带着几个兵士，用刀拨开草丛，只见上面崖隙中有股细细的清泉，汩汩而来，端端注入接在下面的铜管的喇叭形口中。

"真是鬼斧神工，妙哉巧哉！"赵尔丰以手抚须，感叹不已。

"断水——！"就在黑夜张着巨大的羽翼，将天地弥合之际，赵尔丰高兴得声音发颤，字字千钧，果断下达切断桑披寺水源的命令。

赵尔丰紧紧扼住了蹲在半山腰的桑披寺命脉，就像是扼住了猛虎的咽喉。

新的一天开始了。

一轮硕大、金黄、灿烂而又毫无热力的冬阳，缓缓升起在金碧辉煌的桑披寺上空。远处，遥遥雪峰顶上，积雪闪射出刺目的光亮；山谷沐浴在一片橙黄色的霞光中。被围困达半年之久的桑披寺第一次出现了不祥的死寂。

往天这个时候，那面高高的、无比坚固的沿着山势逶迤而去的半圆形城堡上准时传出的法号声没有响起。一只矫健的、苍灰色的雄鹰，似乎预感到了不妙，在湛蓝的晴空中盘旋两周后，急速飞走了，很快没有了身影。弥漫于桑披寺下、涌动在谷地上的大片大片的白雾，似乎也觉察到了异常，尽早地消退了。

赵尔丰不断得到好消息——先是寺中五百多人的僧侣武装，因为被断了水，急了，组织了一批僧侣出来武装抢水，遭到迎头痛击，丢下一些尸首后退回寺中，再也不敢出来。接下来，寺中僧侣开始节约用水。再后来寺中的水用尽，僧侣们渴得只好饮用自己的小便……

断水半月后，今天一早，寺中终于出现了明显的恐慌、躁动和不安。没有水搅和酥油，吃不上酥油茶，这对高原上长大的僧侣们来说简直就是要命。他们异想天开地妄图将酥油熬化了当水喝。可是，不行。僧侣们饿极了，更是渴极了。有的僧侣试图将熬化了的酥油拌合青稞炒面吃，有的试图把温度合适的酥油喝下去。可是，都不行！一个个难受得呼天抢地、捶胸顿脚、披头散发，狼狈之极。

混乱不堪的僧侣们突然安静了下来——香普占中在一群僧侣的簇拥下出现在大家面前。因为极度的干渴，僧侣们虽不像以往那样规矩，可只要香普占中一出现，大家便立刻起身，曲腰，吐出舌头，表现得诚惶诚恐，毕恭毕敬。但是，即便到了现在，香普占中一出现，众人的目光还是不约而同地注视着他，满怀期冀。

香普占中手中庄重地端着一个盛满羊血的大钵，大步往前走着，口中念念有词。他跨上一个平台。这时，一缕金阳照在他那双青筋暴露的手上。只见端在他手上的那只苍青色的钵子缓缓往下倾斜间，深红色的羊血闪着红光，汩汩地洒落在平台上、地上。僧侣们聚集到他的周围——都仰起头来，肃立在虽有阳光却并不暖和的光明中，看着他们的首领。

站在平台上的香普占中，第一次没有佩刀别枪。披着红袈裟，一只手捻着佛珠，身躯似黑塔的香普占中的眼神也没有了素常的严肃，他挨次打量了一下部属。尽管他希望自己尽量做得仁慈一些，但他那张黝黑的脸上，流露出来的神情仍然凝重。

"抬起头来，有佛祖保佑我们，不要怕！"香普占中说话了，他尽量让自己的声音平缓有力，但因为嗓子干渴得冒烟，声音嘶哑，"赵胡子断了我们的圣水，佛祖会惩罚他的。佛祖派来拯救我们的天兵马上就要降临。天兵到时，就是赵胡子们进地狱之际！"说着，他用双手捻起佛珠，微微曲身："弟子们，让我们向佛祖祈拜吧！"说着，突然跪了下去，口中喃喃有词。

僧侣们也全都跪伏在地，向佛祖祈拜。

"呜——！"凄厉的大法号突然响起，吹得天上的云也瑟瑟发起抖来。

"嘟——！"六只长约一丈，不得不将号筒放在前面一个喇嘛肩上的黄澄澄的铜号也吹响了起来。

两个戴着神秘面具的喇嘛闪身而出，跳起了神秘的"环舞"。另有两个喇嘛走出来，不时将手中的经幡打开、卷起，打开、卷起……口中祈祷、诅咒着什么。

在香普占中精心导演、营造出的神秘氛围中，桑披寺僧侣们一时忘记了

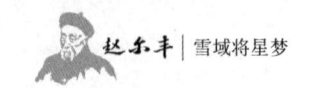

饿，忘记了渴，忘记了种种常人难以忍受的痛苦和折磨。他们头脑中出现了幸福美好的幻象。他们心甘情愿地匍匐在了首领周围，热泪盈眶，说着表示效忠佛祖的话。香普占中放心了，满意了。他继续做着法事，心中却在暗暗祈祷："天啊，你就快黑了下来吧！"

桑披寺的夜，漆黑、森然、寒冷。

虽然寺内的水源已被切断，但围城的官军仍然丝毫不敢懈怠。一千多官军严阵以待。他们在寒冷漆黑的夜里大睁着眼睛，密切注视着在黑幕笼罩中的敌人营垒；每一根神经都在放哨。而此时此刻，掌握着这场战争命运的赵尔丰却在他简洁的营帐中睡着了。他不是睡在床上，而是坐在贴身卫士张占标用当地树木为他做的那张宽大、粗糙、座上垫有一块厚实、柔软藏毯的座椅上睡着的。他委实太疲倦了。即便他现在已入睡，却仍然保持着他素常固有的姿势和神态：以手撑头，肘靠着桌，似乎在思索。刚才，张占标看大帅实在太疲倦了，不时打盹，上前请大帅上床休息一会儿，被大帅拒绝了。可是，大帅毕竟是年届花甲的老人了，最后终于熬不住，靠在座椅上睡着了。

一步不离守护着大帅的卫士张占标，不敢也不忍再次上前去请大帅上床休息。在这静静的午夜时分，借着桌旁那盏枝子形烛台上燃烧得正紧的一支粗大的红蜡烛看得分明，大帅的营帐相当简洁，只有一桌一椅，连多余的凳子都没有一个。帅帐内的地上放几个木墩，那是大帅开军事会议、召见凤山等将佐时备用的。仅有的一桌一椅，也全都出自张占标之手，做工粗糙，勉强可用，都没有上漆。

张占标见大帅动了动，似乎想起来理事，然而，极度的疲倦缠绕着他，让他不能动弹，又睡了过去，将刚才张占标给他披在身上的那件大氅弄得掉在了地上。张占标轻步上前，小心翼翼从地上拾起大氅披在大帅身上，生怕把他弄醒。

张占标细细看大帅。虽然他是大帅的贴身卫士，在赵尔丰身边鞍前马后，须臾不离，但像今晚这样近距离地细细打量大帅，还是第一次。大帅尽管睡得很香，但睡熟了好像仍然满腹心事。眉毛紧蹙，一张棱角分明的四方脸上，爬满了一条条深深的皱纹。从戴在头上那顶无檐皮帽里露出来的头发全都银白。但这些并非是大帅衰老的象征,恰恰相反,显示出来的是他的成熟、刚毅。

赵尔丰中等身材,笃实、肩宽臂长。身上完全没有一个老人的痕迹,更不像一个甲胄,倒像一个出身劳苦家庭惯于忍受征战劳累的人。尽管在熟睡中,赵尔丰的仪容、姿态还是显露出他鲜明的个性特征:刚烈、智慧、暴戾、果敢、敏捷、残忍。

忽然,赵尔丰醒了,睁开了眼睛——向来睡觉警觉的他,分明听到了一阵由远而近的、急促熟悉的脚步声。

"凤统!"赵尔丰讶然一声,是统领凤山来了。在帅营,从统帅赵尔丰到他下面的每一个人,素常都叫凤山为凤统,简略了一个字,听起来亲切。帐外,是卫士长刘彪轻步走上前委婉劝说的声音:"大帅好不容易才在椅上打个盹,刚睡着。凤统,你看是不是——?"

"啊——?"帅帐外的凤山讶然一声,明显踌躇起来了,"大帅刚刚睡着?可是,该怎么办呢?事情十万火急!"凤山与其说是在与卫士长交涉,不如说是在喃喃自语。

"刘彪,你好不晓事?"帐内赵尔丰坐直了身,陡然来了精神,喝了一声,"凤统来了,还不快请进来!"

"是,凤统——请!"

话刚落音,门楣上棉帘一掀,随着一股冷风和凛冽的寒意,凤山大步走了进来。他满脸惊喜,一边向大帅致礼,一边报告:"果然不出大帅所料,香普占中狗急跳墙,以为我们放松了警惕,深夜时分派出一个信使向外界求援,被我拿获。"

"好,天助我也!"赵尔丰大喜,一双豹眼顿时放光,"拿获了信使事,桑披寺尚不知晓吧?"

"毫无知晓。"

"香普占中派出的信使现在哪里?"

"就在帐外。"

"押进来!"赵尔丰将手一挥。

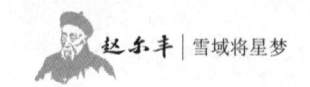

桑披寺派去求援的信使被押进来了。这是一个身躯魁梧的红衣喇嘛，被五花大绑着，由两个手执雪亮大刀的亲兵推搡着进来，在距赵尔丰足有五步远的地方停下来。亲兵喝令他跪下，这家伙坚持不跪，头扭在一边，横撒撒地站在那里；一副要杀要剐随你的样子。

凤山对赵尔丰说："也不必问他什么了，密信已被我们搜了出来。"说着指了指跟进的参军吴信："吴参军通藏文，信已被吴参军翻译出来。"

"好！"赵尔丰以手抚须，示意吴信将翻译好了的密信送呈上来。

吴信趋步上前，将翻译出来的密信，用双手毕恭毕敬呈给大帅。张占标赶紧在大帅简陋无比的书桌上增添了一个烛台，加上一根大红蜡烛。帐内的光线顿时明亮了许多。

赵尔丰一边抬着领下银须，一边细看密信——这是桑披寺香普占中在风云突变，身陷危境中写给距此不足百里的西藏境内叭拉庙堪布的一封求救信。叭拉庙是康藏地区的一个大寺，有相当的实力。桑披寺在信中通报了寺中秘密水道被赵尔丰发现及切断水源之事，告之其目前局势危在旦夕，请求叭拉寺火速救援——要求援兵务必今晚到。届时，借着黑夜掩护，城内城外同时夹击官军，打官军一个措手不及，并在信中约定了联络信号。

赵尔丰一边看信，一边习惯性地抬起了银须。瞬间，一个将计就计，攻破桑披寺的计谋在脑海中闪过。

既然如此，眼前这个送密信的家伙也就没有必要再在世上存活下去了。

赵尔丰看了看卫士长，将手轻轻一挥，那份轻蔑和轻松，就像是不经意间拍死一只无足轻重的苍蝇。

"押下去！"刘彪说时，头一扬，顺手掏出手枪，将子弹推上红槽。两个架着桑披寺送信喇嘛的亲兵，将他一阵风似的推了出去。不用说，很快，这个红衣喇嘛就会无声无息地在人世上消失。

又一个白天来到了。

今天好似昨天的翻版。桑披寺上下内外，全然看不出一点战争的痕迹。往日间城上城下紧张对峙的两军，这会儿似乎一下钻了地遁，不见了。

第四章 一夜白头的战争

三两只苍鹰又在湛蓝的晴空中盘旋。它们巨大的翅膀浮光耀金。这些敏感的精灵，似乎从地上不祥的沉寂中感受到了某种隐藏着的、一触即发的凶险！翅膀一闪间，箭一般地逃离了这个是非地。

白天过去后，紧接着是黑夜。雄踞在蛮荒大山的半山腰、城堡般耸立着的桑披寺，这时隐入了黑夜。它影影绰绰，像是一头怪兽，又像是一个披头散发、莫测高深的法师，在朝着什么不可知处潜行。

山谷里没有一点声息，今夜特别昏沉黑暗，远山近树都瑟缩在黑夜里谛听，不安地静候着什么。

子夜时分。

突然，爆豆似的枪声骤响。山下边军的营垒像炸了锅。影影绰绰中，看得清一队藏军从官军背后冲袭而来，势不可当。猝不及防的官军狼狈至极，四处溃逃、哭爹叫娘。

"佛祖保佑！"目睹了这一切的香普占中，以手加额，手捻佛珠，口中喃喃，情不自禁。

"呜——！"沉寂了两日的法号，在城楼上突然响起。

随着城上响起的声声法号，夜幕中四下溃逃的官兵愈渐狼狈。"援兵"抵近了城墙，对上了暗号，"援兵"用藏语发话，要桑披寺按约出城夹击汉军。香普占中对此深信无疑，下达了开城命令。

"轰——！"两扇沉重的关闭多日的铁门忽然洞开。城中被缺水折磨得快要疯了的、口角流血的僧侣们争先恐后，以最快的速度冲出城来。渴得快要死的僧侣们一群群，以百米冲刺的速度，向城下不远处那条往日被汉军控制住的清水长流的小溪狂奔而去。他们冲到小溪边上，有的干脆就冲进溪里，伏下身开始牛饮。然而，可供饮水的溪段太短了些，急于饮水的僧侣又太多，他们谩骂着相互推搡着，场面之混乱，犹如到了世界末日。

就在这时，一阵密集的枪弹，暴风骤雨般扫向层层叠叠伏在溪边牛饮的僧侣们。顿时，身心极度畅快的僧侣们像是被锋利的镰刀割倒的青稞，一片片栽倒在了溪边和溪水中，惨叫声声。

"糟了，中了赵胡子的计！"站在城楼上的香普占中一惊，心中叫苦。

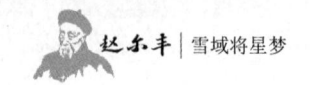

"呀，援军是假的！"城下，也有喇嘛惊呼起来，"快，快，快打这些假援军！"可是，溪边流水的诱惑是如此巨大，明知现在去饮水是去送死，可是主动去送死的僧侣们仍然前仆后继。他们控制不了自己。即使他们中有的想抽身，也已无可能；他们被巨大的向前冲的人流冲击着、推搡着，他们只能去送死。

与此同时，桑披寺城下，倏然间，燃起了无数通红的松明火把，还有几束火树，像是几支巨大的闪光红笔，把夜幕戳了一个个窟窿，把到处涂得通红。透过这一片片红光看去，城下到处都在流血，流的是桑披寺喇嘛们的血。流水潺潺的小溪边的尸体已经堆得小山似的，溪中流的尽是血。在黑夜与红光的交织中，那些惊慌失措到处逃窜的喇嘛，不断中枪倒下；有的因为昏头昏脑，像是被摔昏了头的野兔，一下撞进了官军们包围圈中。被杀戮发出的惨叫声，令人毛骨悚然……这哪里是在作战？分明是一方对另一方的肆意屠杀——尽数冲出城去争着饮水，素来剽悍的桑披寺中的五百余僧侣，就这样在很短的时间内，被赵尔丰悉数消灭。

接着各营管带传达了赵尔丰的命令：香普占中在逃。各部务必细细搜查，生要见人，死要见尸。并悬出重奖：活捉香普占中者，官升一级，兵奖大洋一千元整。争夺"战利品"的官军们闻讯，这又潮水似的往城楼里细细地搜寻枭首。

"完了，一切都完了！"孤立地站在黑暗中注视着这一切的香普占中手捻佛珠，口中喃喃一句：

"啊，都上天国去了？佛祖在召唤我，我香普占中也该去了。"枭首踉踉跄跄地走进经堂，悬梁自尽。

此时此刻，雄踞半山腰上，金碧辉煌的桑披寺迎来了清亮的黎明。

昨夜下了第一场冬雪，早晨也没有一点太阳的影子。铅灰色的云幔压得很低，简直要让人喘不过气来。呼啸的北风，从谷地上把残雪一把一把地扔在桑披寺城堡的围墙上。野地里没有了连贯的营帐。攻下桑披寺后，赵尔丰传令，全军拔寨移师进了城。

第四章 一夜白头的战争

上午九时，约两千名官军，以营为单位，排成两路纵队，顶着刺骨的寒风跑步出城。他们一溜小跑来到离城约两里地的冷龙沟山麓前，排成四个整齐的方队。

就在前面的浅坡上，有座用条石砌边，黄土垒成的连成一片的圆形坟茔，坟里埋葬着被桑披寺僧侣用酷刑剥皮致死的施文明、李相福两位官佐的遗体。坟前立有一个碑，长方形的碑上镌刻着三个龙飞凤舞，像是白鹤展翅飞翔的大字——"双忠墓"。那是赵尔丰的手迹，由军中会石匠手艺的兵士依样镌刻上去。

看得出来，这支取得了胜利，几天来吃饱喝足了的官军，脸色好了许多，但在穿着上还是明显具有残酷战争的痕迹。赵尔丰的这支百战精兵，军装不再整齐鲜亮。好些官兵穿得不伦不类，甚至显得有些滑稽。有的不知从哪里找来了一张光羊皮，为御寒而胡乱套在身上；有的在军服内加进了一层又一层单衣，整得气包鼓胀的……此刻，他们站在寒风中尽管瑟瑟发抖，但他们满怀期望，抖擞精神，竭力保持标准军人的姿势，头却不停地向桑披寺方向张望。他们都在盼望大帅赵尔丰驾到，为他们论功行赏。他们一个个心中都有本账，自己杀了多少敌人，割下多少人头都登记在册。虽然功劳有大有小，但是经过半年之久的艰苦鏖战，都有战绩，都会得到奖赏。

"嗒嗒嘀——嘀嗒嗒！"暗自沉浸在喜悦与等待中的官军们，突然被一阵激昂的军号声惊醒。循声看去，马蹄起处，赵尔丰赵大帅在凤山、吴信等一帮将佐、幕僚簇拥下风一般而来。而就在大帅打马进到场中站立之时，大帅卫士长刘彪却率领着卫队，将部队团团包围；一个个弹上膛、刀出鞘，严密监视着场中的官兵们，如临大敌。

赵尔丰下了马，健步登上"双忠墓"的台阶。凤山、吴信和张占标等，簇拥在他两边。

看得分明，年届花甲的大帅同半年前相比，简直是判若两人。他又黑又瘦，颔下原先一部花白胡须，已然雪白如银。唯不变的是他那副让人望而生畏的神态、表情。身披大氅，身姿笔直的赵尔丰面对底下肃立的部队，用他那双炯炯有神的豹眼，迅速地、威严地扫视了一通。立刻，场上官兵无不身姿挺

直,鸦雀无声。赵尔丰这就以手抚须训话,声音一如既往地洪亮:

"赖诸君用命,在康区我等所向披靡,声威震处,四方归顺。年来,我在康区实行的改土归流,更是功勋彪炳日月,藏人得实惠,无不欢欣。不意桑披寺枭众,甘为图谋不轨、逆反朝廷的西藏达赖为虎作伥,公然杀我施文明、李相福两位朝廷命官,是可忍,孰不可忍?!"

场上官兵举臂响应:"踏破桑披寺,报仇雪恨!"

赵尔丰将手朝下压压,场上顿时鸦雀无声。

"事出不得已,尔丰乃奉朝廷圣旨,率大家顶风冒雪而来忍痛戡乱。我等抵达桑披寺后,该寺僧众凶悍,更仗着城堡坚利、形势险要,以逸待劳。此仗实为我进康区以来最难打之仗。其间冬天早到,弹缺粮尽,气候酷寒,种种艰险,实乃局外人之难以想象。"说到这里,赵尔丰突然放大声量,豹眼放光,"生死关头,我忠勇之师,为扫叛逆,为保大清江山社稷,为我神州疆域完整,振武扬威,克尽艰难,虽经百厥,最终拿下了桑披寺。为我惨遭杀害,长眠此地的施文明、李相福雪了恨,报了仇!"说到这里,他转过身去,向"双忠墓"低头致哀。全体官兵亦向"双忠墓"低头致哀。这时天上彤云密布,朔风呼啸,雪山低头。天黑得像是要垮下来。

大帅转过身来,说到了场上官兵最关心的话题:"此次攻打桑披寺,历时半年。其功劳最大者,当数凤山统领。再就是参军吴信,吴参军见人所不见,想人所不想,献断该寺水源计,功莫大焉。张占标探明贼寺水源来去,也有大功……"赵尔丰在点了一些有功将士后,用手将全场官兵一扫,"你们中,谁个建功多少,件件记录在案。我已将大破桑披寺和傅(华封)总文案指挥取得的贡噶岭大捷种种详情奏报锡良大人和朝廷。不日省上和朝廷定会对诸位将士行赏!"

场上官兵听到这里,顿时欢呼雀跃——

"愿听大帅驱遣,赴汤蹈火,在所不惜!"

"誓死报效朝廷!"……

口号声此起彼伏,在山谷间震荡回响,经久不息。

"哨长李铁民出列!"赵尔丰这时突然脸一沉,点了一个下级军官的名,用手捋着领下那部银须，却又不往下捋去，目光变得锥子似的刺人。全场欢呼雀跃的官兵们吓住了。军中有这样一句话："不怕大帅暴跳，就怕大帅捋胡须的手不动了。"

哨长李铁民在大家的注视中走了出来。他的瘦脸像天色一样灰暗，单薄的身上披一件不知从哪里弄来的光板羊皮。似乎预感到大难临头，他耷拉着头，佝偻着腰身，每一步都走得很沉。

"李哨长，我问你！"当李铁民走到大帅跟前，向大帅行了军礼后，赵尔丰勃然变色，大声责问，"军人最应当遵守的是什么？"

"回大帅！"李铁民嗓音喑哑，"是纪律，是铁的纪律。"

"好，知道就好！"赵尔丰冷笑一声，"那我问你，就在大军攻打桑披寺前夕，你带一帮兄弟到何处去了？你们准备到何处去？"

"扑通"一声，李哨长趋前两步，跪在赵尔丰面前，连连叩头，声泪俱下："是小人一时饿昏了头，带一帮兄弟想去哪里弄点吃的垫垫肚子。走了一程时，听到枪响，头脑清醒过来，小人赶紧带上弟兄们回来参战。"

站在一边的统领凤山心好，赶紧对铁青着脸的赵尔丰说："大帅，李哨长此话不假。是他们最先冲进桑披寺，又最先在经堂里找到吊死在梁上的香普占中尸体……"

"功是功，过是过。"赵尔丰不由凤山分说，愤怒地将手一挥，制止了爱兵如子的统领为部下说情。

"李铁民，你既是哨长，我问你，临阵脱逃，该当何罪？"跪在地上的李铁民闻此言像被枪子打中了似的，浑身一抖。

"临阵脱逃，杀无赦！"赵尔丰大喝一声，"那晚跟李铁民一起临阵脱逃者都出列！"

那晚开过小差的七个小兵，齐扑扑出列上前，跪在赵尔丰面前痛哭流涕。他们请求"大帅开恩一次"，让他们以后"将功折罪"。这几个小兵也同样是面孔黝黑消瘦，衣衫褴褛。他们齐声哀求，头碰地上，叩得山响。这时阴霾低垂，寒风阵阵，愈刮愈紧，整个场上笼罩着一种悲惨的气氛。

李铁民的上司管带闪身而出，在赵尔丰面前跪下为李铁民求情。场上随之齐扑扑跪下一排排官兵，为李铁民和另外七个兄弟求情。

"军法非同儿戏！"赵尔丰却断然拒绝，大手一挥，"不行，断断不行！"

"铁的纪律是军人克敌制胜的根本！"只听赵尔丰字字铿锵，"军人以服从命令为天职。临阵脱逃是死罪，尔等明知故犯！没得说，军纪面前不讲人情！"赵尔丰又用手捋住了银须，看着跪在面前的李铁民等，略为沉吟，"念尔等跟我南征北战多年，执行时可免尔等痛苦，一律不用砍头，全数枪毙。"

"且慢！"当赵尔丰举起手，正要往下一挥之时，哨官李铁民这时突然勇敢地站起身来，看定赵尔丰，先前脸上流露出的畏惧、悔恨等此刻荡然无存。视死如归的他，看定绰号为"屠夫"的赵尔丰说，"我是哨长，我犯了死罪，我该死，我死而无怨无悔。不过，这些弟兄，"他转身看了看跪在地上，面无人色的七个小兵，"他们都是跟着我跑的。我该死，他们不该死。请大帅看在他们都是不远千里，从关内跟着大帅来康区转战多年的兵的分上。他们即使没有功劳也有苦劳。他们都是穷苦人家的子弟，家里养大不易……请大帅放他们一条生路，我李铁民代他们去死！"说到这里，全场一片啜泣声。

"闭嘴！"盛怒的赵尔丰没有让李铁民说下去，铁青着脸转过身来，看着呆若木鸡的卫士长将手一挥，命令道："这些人还不拉下去枪毙！更待何时！"

卫士长这就得了令，带着大帅的一队亲兵一拥而上，将李铁民等一应官兵从地上拉起来，押去冷龙沟深处枪毙。

当各位管带带着自己的部队排队返回时，官兵们心中沉甸甸的，原先那份兴奋已荡然无存。

这时，从冷龙沟深处，传来了隐隐的枪声。不用说，那是枪毙李铁民等官兵的枪声，在胜利了的官兵们听来，格外惊心。

第五章 爱美之心，人皆有之

阳光照亮山谷。金碧辉煌的冷谷寺罩在高原熠熠的晨光中，遍体通红。寺前，宽阔的茵茵草坪、淙淙流水缓缓地向两边牵上去，牵上两边巍峨的高山，牵进高山上无际的森林。天边，愈渐强烈的金阳在山巅上抹出一抹温柔的蔚蓝。一群打着响亮呼哨的庙鸽，在冷谷寺金光闪烁的屋顶上盘旋，好像是一群展开金翅飞翔的神雀。

冷谷寺是理塘名寺，处于格业山和省扎山峡谷中，有六百多年历史。在康藏，去拉萨的朝圣者，大都要先到冷谷寺朝拜，以示虔诚。这天山道上，不见了不远千里络绎不绝跋涉而来手摇法轮的朝拜者，也不见了走一步将身子扑下去，磕着长头的信徒……他们都被挡在了山外。今天冷谷寺要接待一位专程前来的贵宾——他就是新近被朝廷从建昌道提拔为川滇边务大臣加侍郎衔的封疆大吏赵尔丰。

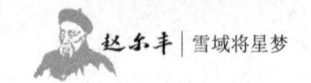

冷谷寺堪布大活佛偕其小舅尼玛彭措,率众僧在寺外已恭候多时了。一缕略带寒意的金阳照在他们身上,看得分明,活佛五十多岁,身披一领红袈裟,手捻佛珠,慈眉善目。站在他身边的尼玛彭措仪表堂堂,身材高大,魁梧昂藏。

"该来了吧?"活佛手搭凉篷往山道上看去。赵尔丰生性俭朴,事前嘱咐过,接待从简,他们也就恭敬不如从命了,没有做过多的排场。按照事先预想,活佛带在身边的众僧们,在迎接了大帅后,就都回到寺里各自做功课。活佛今天特别请了见多识广的舅舅来作陪,以备大帅的各种垂询。

山道上忽然闪出一队人马。

"是大帅来了?"活佛话音未落,那几匹骏马已从山梁上彩云一般飘了过来。活佛赶紧让旁边吹号迎接,自己偕舅舅等迎上前去。

"嘟——!"四只放在小喇嘛肩上镶嵌着珠宝,长约一丈的红铜喇叭吹响起来了。它庄严而宏大的声响冲击在附近的山崖上,在幽深的冷谷寺引起了沉雷般的回响。

来到冷谷寺前,赵尔丰从他那匹栗青色的雄骏上翻身而下,龙骧虎步,向率众欢迎他的冷谷寺活佛缓缓走去。人逢喜事精神爽。大帅今天气色真是好极了,他头戴一顶缀有珊瑚顶子的伞形红缨帽,脚蹬一双粉底皂靴。因为山路崎岖,新任川滇边务大臣没有着朝服,而是穿一件紫红得胜褂,这在素来穿着简朴讲究实用的他,已算是相当难得的了。跟在赵尔丰身边的傅华封,因为平息稻城僧侣叛乱,立下战功,更因为赵尔丰竭力保举,戴在头上的那顶红缨帽上也缀上了二品顶戴,就是跟在大帅身边的几名亲兵也无不神采奕奕。唯独以往须臾不离的参军吴信、贴身卫士张占标这时已不在身边——赵大帅是个言而有信的人。破桑披寺,因吴、张二人都立下大功,他给了二人肥缺——分别授他们为知府、知县,留在了乡城当地方官。

寺前,当活佛亲自给大帅敬献了哈达,其他的喇嘛也给傅华封等高级幕僚献了哈达后,盛大的欢迎场面随即开始。三四百名红衣喇嘛为大帅齐声诵起祝福的经文。在一片祥和的混着铙钹敲击声和嗡嗡的诵经声中,大帅向冷谷寺堪布回了礼。计有白盐三包、沱茶三袋、几匹绸缎,还有雕版佛经等。

"早闻贵寺堪布大喇嘛打卦很灵,今日得宽余,特来请堪布大喇嘛打一卦。"赵尔丰笑着说明了来意。

"大帅能来寒寺,我不胜荣幸,扎西德勒!"德高望重的冷谷寺堪布大喇嘛这样说时,顺势介绍了舅舅。尼玛彭措来在大帅面前,从头上揭下次仁金克帽,拿在手中,弯下高大的身躯,用一口流利的汉话说:"大帅为国防边,在康区改土归流,劳苦功高!"咦,哪里跳出这样一个汉人通,能说出这样一口流利的汉话?赵尔丰觉出这个人物谈吐不凡,不禁注意打量了一下冷谷寺堪布大喇嘛的舅舅尼玛彭措。

"大帅,请!"这时,冷谷寺堪布大喇嘛手一比,逊步请贵宾一行人先进。

"大喇嘛,请!"赵尔丰又还了一礼。由冷谷寺堪布大喇嘛等簇拥着,赵尔丰兴致勃勃地进了冷谷寺参观。

冷谷寺不愧为名寺。赵尔丰也难得有今天这样的闲情逸致。由年高德劭的冷谷寺堪布大喇嘛、尼玛彭措甥舅陪着,他一路细细看去。重重殿宇中,摇曳闪闪的酥油灯光下,在一幅幅栩栩如生的唐卡画前,在巨大的释迦牟尼画像前,喇嘛们在铙钹声声中做着法事。整个寺院的建筑风格,看上去明显脱胎于悠远的唐朝,融合了印度、尼泊尔风格,梁木尽穿斗无一根铁钉。寺中完好地保存着自七世纪以来的各种藏传佛教典籍、档案、乐器。清乾隆年间赐下的"金本巴瓶"也收藏在这里。当赵尔丰一行进到大殿时,他不禁为正中龛座上那尊精美的释迦牟尼像和浓浓的宗教氛围所吸引,停下步来,细细观察。

在释迦牟尼像供桌上,整齐地排列着十二盏跳荡着火苗的金灯,这就使坐在正中的释迦牟尼塑像和分别坐在大殿两侧厢殿中的松赞干布、文成公主和尼泊尔公主造像相映相衬,栩栩如生,呼之欲出。只是殿墙上一幅幅珍贵的壁画因为年代久远,被烟灯熏黑了……

赵尔丰久久地站在这些佛像前,神态庄重,思绪澎湃。此时此刻,他的思维之箭早已穿越了冷谷寺,穿越了康区的千山万水,栖息在世界屋脊那座举世闻名的拉萨布达拉宫;栖息在宏伟的哲蚌寺、色拉寺;栖息在达赖喇嘛的夏宫,风景优美的罗布林卡道上;栖息在英国人觊觎的风光绮丽、疆域广袤而祸患隐藏、近在咫尺的雪域高原西藏上!

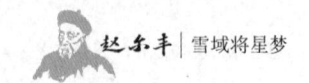

是的，自古以来，西藏就是中国雄鸡版图上不可分割的一部分。但是，有"日不落帝国"之称的英国，在占领了喜马拉雅山麓南边的印度后，不时将手伸进来，英国人垂涎这个地方，想染指西藏。现在的西藏达赖喇嘛已是尾大不掉，利用特殊的地缘环境与朝廷离心离德，暴露出附逆于英夷图谋叛国的明显倾向。而朝廷新近任命的驻藏大臣联豫昏庸无能，碌碌无为，为达赖瞧不起。联豫这就不仅有负朝廷厚望，而且很有可能会因他的昏庸、举措失度引发事端，从而一发不可收。

赵大帅很清楚，也知悉朝廷对他的厚望。一旦西藏局势失控，他将挥师进入西藏平叛。现在，他之所以率军驻节在与西藏近在咫尺之地，就是有敲山震虎的意思。想到这些，他心中豪情倍生。只要朝廷一声令下，他就要挥师进藏平息叛乱，驱英帝，固大清国西部樊篱，剑锋直指喜马拉雅山麓，创大丈夫万世不朽之伟业！他已做好了准备。他心中暗想，"当今天下，舍我其谁？"

"大帅！"来到身边的总文案傅华封一声轻唤，将陷于沉思默想中的赵尔丰唤醒。他这才注意到，身穿长幅缠身红色袈裟的冷谷寺堪布大喇嘛，正弯腰将僧帽拿在手中，对他说："请。"

"大喇嘛请！"赵尔丰手一比，客气一句。于是，冷谷寺堪布大喇嘛和尼玛彭措甥舅、傅华封等一行人陪着大帅出了大殿，穿廊过檐，上达大殿顶楼，进入一间窗明几净、藏式特色鲜明、装饰华丽的屋子中，依宾主次序坐在氆氇上，四个小喇嘛躬身送上酥油奶茶和寺中多种自制点心。一个小喇嘛走上前来，手执银壶弯下腰来，给大帅斟茶。大帅恍然觉得这很有些像蜀中随处可见的熟练的幺师掺盖碗茶的情景——红衣小喇嘛一手端起一只擦拭得锃亮的做工考究的银碗，一手握住硕大茶壶的把。在他的腰一弯一直间，一股冒着热气的喷香酥油茶，从硕大铜壶尖尖弯弯的壶嘴里喷出来，端端注入银碗中。然后，他低头弯腰，端起在手，向大帅深鞠一躬，轻步而退。

大喇嘛上前双手端起盛上了奶茶的银碗，弯下腰来，双手将盛满了奶茶的银碗高高举过头顶，以示敬意。赵尔丰懂得藏人礼仪，赶紧站起，伸出双手，接过银碗，一口饮下，以示谢意。康地气候干燥，酥油奶茶饮起来如饮甘露。连饮三碗后，赵尔丰用手拂了拂胡须，感到痛快淋漓。他高兴地说："谢大喇嘛盛情款待。"见威名赫赫的赵大帅竟是如此随和，尼玛彭措说："大帅若不嫌弃，请不日到柳林舍下一坐。"

"寺中招待不周。"大喇嘛从旁插话道，"我舅舅处俨若世外桃源。他家境富庶，我舅妈能做一手好饭菜，小表妹卓玛能歌善舞，大帅若有兴，不妨去柳林一游。"

见大喇嘛、尼玛彭措甥舅如此盛情相邀，且又因他本对这个尼玛彭措也有兴趣结识，便当即答应下来，约定了时间。

"大喇嘛！"赵尔丰笑着再次对冷谷寺堪布点明主题，"素闻大喇嘛卜卦灵验，我今特来求卦。"

"不知大帅要卜何事？"大喇嘛说着拿出了一串斑斓的珊瑚珠。

"请问大喇嘛，我为官以来，骑过的马有几色？"赵尔丰问得好随意，好奇怪！

大喇嘛闭上眼睛，一手捻着佛珠，一手卜卦推算起来。场上鸦雀无声。少顷，大喇嘛睁开了眼睛，呀，好亮！

"大帅骑过黄马、白马、黑马，独少骑红马。"

"我骑过枣红马，难道不算红马？"

"枣红马非红马，大帅非骑真正的红马不可。"

"嗬，那是为何？"赵尔丰感到这冷谷寺大喇嘛的卦打得怪异，不觉来了兴趣。

"大帅是丙午时辰生。"能准确地掐出自己的出生时辰，赵尔丰不由得惊住了，始信这冷谷寺大喇嘛不可小觑。只听大喇嘛捻着珊瑚珠串，继续说下去："丙属火，火点红。午属马，即红马，大帅要大红大紫，万事顺遂，非骑红马不可！"见赵尔丰似信非信，大喇嘛更是神态俨然地说："大帅以后走西则善，走东则凶……"傅华封一边默想，向西大不了就是向西藏；向东，则是回内地，回四川。赵尔丰赵大帅不就是在内地，在四川发达起来的吗？这真是邪说！但这个大喇嘛之说若是邪门歪道，一派胡言，他又如何知悉大帅生辰八字？这一点，连我傅华封也不知悉啊！然而他掉头去看赵尔丰时，大帅的脸上却满是不屑。

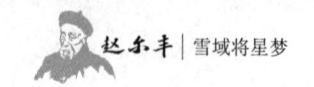

赵尔丰自尊心极强，向来不信神佛。他认为这是冷谷寺大喇嘛在借机卖弄！赵尔丰并没有把冷谷寺大喇嘛给他打的卦放在心上，但这一卦毕竟让他快快不乐。因而，向来对康藏文化、宗教和风俗民情很有兴趣，今天专门来游冷谷寺，尚未尽兴的大帅谢绝了大喇嘛请他中午在寺中用便宴的挽留。不过，临别时，当尼玛彭措再次邀请大帅后天去柳林他家做客时，赵尔丰还是爽快地答应下来。

高原夏天的清晨真是舒爽极了。

赵尔丰今天还是带着傅华封、刘彪等亲随，如约去柳林尼玛彭措家做客。一出理塘，展现在眼前的藏式屋宇错落有致，风景清幽。远处炊烟袅袅，阡陌纵横。平原上的小溪，流水淙淙，水清如玉，看得见溪水中鱼翔浅底。岸边，垂柳依依，野鸭成群，游走于水滨。它们不时欢快地扬起翅膀，抖落的水珠，在金阳的照射下炫光溢彩。若不是草原上有放牧的藏族青年男女用高亢嘹亮的歌声唱出了民族风味浓郁的情歌，若不是这些色彩浓烈的藏房，谁能分得出这是在内地还是在康区？大帅骑在他那匹心爱的栗青色骏马上信马由缰缓行，眯缝起眼睛，观赏着康巴草原多彩多姿的早晨，显出沉醉。走马在旁观察着大帅神情的傅华封知道，大帅来塞外年余，一直是紧张地转战、平叛，忙着推行改土归流。好些时身处逆境，身心疲惫。景随情变，因此，大帅眼中的康巴风光往往是满目荒凉，积雪弥山，坚冰在地，狂风怒号，惨目惊心。而今四千里康区基本平定，域内大都实行了改土归流，一派欣欣向荣。大帅近来更是得皇恩圣宠，加官晋爵。而且，这一切，对于具有雄才大略的赵尔丰赵大帅来说，才刚刚开始。傅华封知道，大帅已将目光瞄向了更为广袤的雪域西藏，随时准备挥戈跃马向西挺进，建千秋伟业。理塘，是大帅治下的模范县，走马在这样地方，大帅的心情是可以想见的。作为大帅最信任、器重的总文案，他当然最理解大帅此时此刻的心境。因此，当卫士长刘彪想上前对大帅说什么时，被他轻轻挥手制止了。

"怒发冲冠，凭栏处、潇潇雨歇。抬望眼，仰天长啸，壮怀激烈。三十功名尘与土，八千里路云和月，莫等闲，白了少年头，空悲切……"猛然间，赵尔丰扬鞭驱马飞奔起来，并朗声唱起岳飞的《满江红》。赵尔丰中音浑厚，发音也准。傅华封平素从未听大帅唱过歌，高兴时大帅不过哼几句川戏戏文而已。今天听赵尔丰唱《满江红》，情动于衷，其声苍劲，自有一种打动人心的力量、激情。总文案觉得自己也顷刻间受到强烈感染，热血上涌，豪情倍生，赶紧驱马赶上前去。

行五里，平原尽，面前出现了连绵的丘陵。沿山道逶迤而上，抬头望去，那比雪山还要清纯的白云静静地停在空中，于洁白中闪透出一种凛然威严的光；人在下面，像是被一种神秘的目光注视着。山道上没有一个人，没有一丝声音，他们一行被笼罩在一种森然的寂静里。

再五里，下了山，见一小河。在河边，尼玛彭措手中摇着转经筒，口里诵着六字真经"唵嘛呢叭咪吽"已等候多时。赵尔丰来到河边翻身下马。尼玛彭措领着两名腰佩藏式短刀的船工趋步而上，来到大帅面前低首合十，鞠躬如仪后，请大帅一行分次登船过河。赵尔丰还了礼，放眼细看，只见河宽数丈。摆渡的两只船都是由独木剜成，长二丈，宽三尺，似太古遗物。

见赵尔丰有些犹豫，尼玛彭措解释道："大帅，此船载一人一马过河甚稳妥，请放心。"于是，赵尔丰一行依次过了河，由尼玛彭措陪着到了柳林。柳林果然是个好地方。蓝天白云下，流水清澈而又纵横的小溪从远远的雪山流来，绕过柳林，再曲折坎坷地向前流去。岸边丛丛垂柳，风过处，在蓝玻璃似的溪水上扫出条条涟漪。起伏的缓坡上，果林中显出寥寥落落的藏房。在一处空旷的缓坡上，有一座藏民用石头堆砌起来的神台——玛尼堆。虽然很小，但总体看来，有一种神秘温馨的家园意味。在灿烂的阳光下，到处清风雅静，雀鸟啁啾，山花正红，无人放牧的雪白的羊群在咩咩欢跳。放眼望去，整个柳林，简直是铺金盖银。这哪里是西部边陲？分明是有"神画手"之称的吴道子笔下的一幅俨若江南的写意画。

赵尔丰似有所感，以手拂须，对走马身边的傅华封感叹道："内地人往往以为康藏荒凉苦寒，其实这是见识短浅。康区风景胜江南处甚多，矿产尤丰，本官深爱之。惜这些地方人少。若以后边陲大定，我必将关内壅塞之人、人才适量移来开发，康藏必成华夏乐土。"傅华封连连点头。

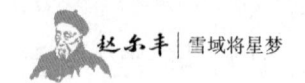

又行约二里许，尼玛彭措指着前方藏房说："大帅，那就是我的家。"说时，转过一个弯，见一绿草茵茵缓坡上，矗立着一富丽巨宅。尼玛彭措妻率小女卓玛等家人并全家杂役四十余口早等候门外，未等大帅下马，尼玛彭措妻赶紧率家人上前弯腰向大帅问安祝福。尼玛彭措妻四十来岁，面容俊俏，身材高挑，丰满合度，肤色黑红，仪态温柔典雅，穿着也华贵，看起来比实际年龄年轻。

卓玛代表全家上前为大帅敬献哈达。她年方二八，个子高挑，俊俏的脸上，一副斜插鬓角的黛眉下，有双黑白分明的亮眼睛，流露出只有藏族姑娘才有的飒爽个性。她的肤色不像一般藏族姑娘黑红，而是白中透红，稍稍带些太阳色。当她弯腰将一条雪白的哈达高举过头，敬献给赵大帅时，露出一只手臂，皮肤凝脂般细腻白嫩。她身着华贵的藏袍，两只手像她的身肢和腿一样修长。她的一只手被绒绒的藏袍包裹着，只露出手腕，另一只着雪白衬衫的手裸露在绒绒的藏袍外。她的脖子上挂满了玉珠，高高的胸前吊着一尊银制的小佛龛。

就在赵尔丰伸手接过哈达时，他突然觉得有一束奇光异彩照在脸上，照进了心里，让他一颗坚硬似铁的心一下子平添温暖。他本来是备有回敬礼物的，但因为她——卓玛的出现，他觉得原先的礼物轻了；他觉得，拿再贵重的礼物来回赠她都不过分。原来准备好的礼物是拿不出手了，怎么办呢？他临时急中生智，解下自己身上佩带的一块翡翠玉佩回赠卓玛。

站在赵大帅身边的傅华封大大惊讶了。他知道，那是当年赵尔丰在山西追随锡良，接驾被八国联军从京城中撵出，欲经山西去承德行宫的太后、光绪皇帝有功得到的御赐。大帅十分珍爱，平时不肯轻易示人的呀！怎么现在大帅却将它送给这样一个藏族姑娘？！

卓玛从大帅手中接过做工考究的翡翠玉佩，抬起头来，看着大帅。一个温暖而恬静的笑意，从她那清澈明净的大眼睛中移到她那光洁得有如红玛瑙般的脸上。

当身材魁梧、仪表堂堂的尼玛彭措带领家人将大帅一行迎上楼客厅里坐下时，仆人鱼贯而入，献上了酥油奶茶和点心。尼玛彭措致辞说，大帅来康，改土归流，功盖日月。前日在冷谷寺得以瞻仰大帅威仪，不胜仰羡。今大帅光临寒舍，实在是荣幸之至……

该坐在氆氇上的大帅说点什么了，可是，大帅明显有些恍惚，并无回应；大帅有些魂不守舍。

赵尔丰好不容易收住神思，与主人寒暄几句，环顾四周，顿时，一个问号在心里升起。尼玛彭措一家是如此不俗，家里陈设如此精雅，正面壁上挂的一把宝剑更是引起他特别的注意。藏人一般用的剑都是宽叶，而这把剑却大不一样——长长的剑叶，鳄鱼皮什鞘，周边镶有金色的无花果纹。显然，挂在壁上的剑，既非汉人的剑，也非藏人的剑，而是一把西洋剑，是怎么一回事呢？估计眼前这位尼玛彭措来历不凡，赵尔丰便以手抚须轻问："先生怕是见过世面的吧？"

"不瞒大帅。"尼玛彭措说，"大帅入康以前，我是藏军的一个营官。"

"嘀，我是说了。"赵尔丰以手抚须，微微眯缝起眼睛，很有兴致地问，"你正当英年，何以就解甲归田了呢？"他知道，作为一个藏军军官，在西藏，待遇优厚，地位很高，又是终身制。若没有特殊原因，主人是不会自动卸职的。

"大帅不知，藏事复杂，戏中有戏。"尼玛彭措说着感慨不已，"前年英军犯藏，我曾率藏军大败英军于江孜。你看到的挂在壁上这把剑，就是我亲手从一个英军军官身上缴获的。后因噶厦下令不得再抵抗侵藏英军，我一怒之下辞去军职回家。"说完，长长地叹了一口气。

"先生既是参加过江孜战役的英雄，请将详情讲讲。"赵尔丰立时来了兴趣，他知道朝廷的意思，很可能最近自己就会得令挥师进藏。因此，尼玛彭措亲历过的抗英之战，对他来说，尤为重要。他说："今来柳林贵府，能听听本布[①]讲讲这些抗英之事，实在是太好了。本布请讲，本官愿闻其详。"

尼玛彭措手中缓缓地摇起转经筒。随着那缀系在转经筒上有红绿宝石的金黄流苏轻摇慢摆间，尼玛彭措缓声讲述开来，沉浸在往事痛苦的回忆中。于

---

① 本布：藏军军官。

是，抗争、屈辱、妥协……带着雪山草地间喷射的烈火、硝烟、热泪，将已经逝去然而在历史中永存的悲壮的一幕幕，在眼前展现开来。

时强时弱的山风，隆响于峭壁峡谷。极目望去，层层叠叠的群山宛如凝固的大海波涛向着西天苍穹排排涌起。苍茫纯净的蓝天上，有几只雄鹰，平展长长的双翅，像钉在天上的几枚铁钉。它们瞪着溜圆的眼睛，在高空中注视着这场即将在喜马拉雅山麓打响的战斗——眼下是一片海拔四五千米的高地。在峡谷口，有一条战壕，逶迤而去长达四五里地。战壕前沿，遍插木栅栏。就在这简陋的工事里，埋伏着上千名斗志昂扬的藏军。他们一律将右边那只宽大的藏袍袖子拴在腰带上，将装好了火药的枪支架在栅栏上，注意着前方正在结集英军的动静。战壕中的藏军，有的在吸烟；有的让身边的妇女往枪膛里装填火药，自己则抓紧时间背诵经文……显得有些嘈杂的战壕里，有不少妇女在忙七忙八的——他们都是这些藏军的妻子，主动来前线为丈夫们服务。

"本布！"站在营官尼玛彭措身边问话的是小扎西，他那张圆圆的黑红的稚气未脱的脸上，满是天真和好奇，"听说那些英国兵的腿是直的，不能弯曲是吗？"

"也只是听说。"注视着前方的尼玛彭措说，"也不知是真是假？是骡是马，等一会儿牵出来遛遛便清楚了！"尼玛彭措也是第一次远距离见到英军。关于这些千里迢迢而来的洋兵，在藏军中传说很多，他不知该怎样回答小扎西。他一边用一大块绒布擦拭着握在手中的一把雪亮的宽叶藏刀，一边用他那鹰一样锐利的目光注视着前面乱石茫茫的河谷和隐藏在河谷中的英国兵。

"扎西哪！"旁边一个长得身材粗壮、头发浓密、隆准窝眼的藏兵笑着调侃，"等一会儿那些洋兵上来了，你也用不着冲上去同他们拼大刀，就在战壕里将一根带钩钩的长杆伸去勾他们的长腿，保险一勾倒下去一大片……"周围的藏兵们哄的一声笑起来。

同这些英国兵打仗是怎么回事呢？相貌英武、身材剽悍的营官尼玛彭措抬起头来望去。蓝天上有朵朵白云，静静地停在空中，像是有一种冥冥的气息在昭示着什么。是喇嘛寺空幻森严的号角，还是全知全能的上苍的目光？没容他想下去，在前方，英军出现了：步兵、骑兵、炮兵，排成一线而来，像是一条长蛇，沿着山谷逶迤而来。能看清楚了，英国兵个子很高，一律身着整齐的黄呢军服，腰束皮带。皮带上一边斜插着短剑，一边挂着子弹盒。他们脚蹬长靴，戴在头上的长筒圆形帽上都缀有一束红缨，肩上扛着有刺刀的毛瑟枪。

在军号鼓乐声中，行进到了峡口的英军停止了前进。战地指挥官举起手中望远镜打量起前方藏军的阵地。显现在他望远镜中的藏军情状差点没有让他笑出声来。蹲在简易至极战壕中的藏军，是一支什么样的队伍啊？上千名服装不整的藏军，毫无章法地拥挤在长达四五里的土壕内，其中还有不少妇女。面对即将打响的战斗，那些藏军双手合十在祈祷，口中念叨着什么，真是一支乌合之众，滑稽至极。

指挥官下达命令，英军开始试探性地打炮。

一团团通红的火球带着可怕的啸叫，划过长空，像是一枚枚成熟的红果子，"咚、咚"地落到藏军战壕里，带着沉重和不可思议的声音爆炸开来。一段战壕裂开了。一些活着的和被炸死的人，被抛到空中，再跌落地上……顿时，血肉横飞，惨叫声声。

"啊，天菩萨来了？！"惊慌失措的藏军，哪见过这样现代化的武器，哪打过这样现代化的战争！他们怕极了，纷纷摇起手中的转经筒，口中念起六字真经，端起一只手来，乞求神的保佑。

一排排英国陆军上来了。他们趾高气扬地走着正步，排成方队，挺起手中上了刺刀的毛瑟枪，但因为这些洋兵都有高原反应，一个个气喘吁吁，行动迟缓。

经过最初的慌乱，营官尼玛彭措很快清醒过来了，他下达了开枪的命令："打！"他脱去藏袍，赤裸着粗壮的臂膀，将握在手中的战刀一举。

"砰、砰、砰！"支在长长的木栅栏上的无数支火药枪响了，铁砂子向英军铺天盖地泼洒而去。一时，英军简直被打蒙了。藏军打的是什么样的仗啊？男人们站在前面放火药枪，女人们站在一边不断往火药枪里装填火药。全部暴露在英军炮火打击下的藏军们，却毫无畏惧。走在前面的英军，有的被打瞎了眼睛，有的头上流血……但是英军很快弄清了前面这支藏军的虚实。在大炮的掩

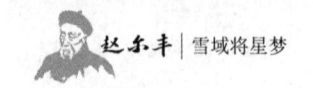

护下，英军开始了冲锋。

营官尼玛彭措将手中大刀一抢，带着一批藏军跃出工事，猛狮般地冲进英军阵中左冲右杀。只见刀光过处，一个个中刀的英军惨叫着倒地。在营官尼玛彭措带领着的这批身手矫健、善于白刃近战的藏军冲击下，第一轮英军大败，鬼哭狼嚎而去。

"轰、轰、轰！"英军开始更猛烈的炮击，一阵接一阵的排炮从峡谷中砸来，在无边无际的漠野上掀起阵阵死亡的旋风。一阵比一阵更为猛烈的爆炸——耀眼的亮光，把一座座皑皑白雪覆盖的银色山峰都映红了。猛烈爆炸的气浪，撞击到群山上，发出经久不息的闷雷似的回声。顷刻间，藏军长达四五里的简陋工事完全被掀翻了，摧垮了。到处都在呻吟，到处陈尸累累，流血成川。

天真的小扎西也被炸死了。从他身上沁出的滴滴热血，浸透了他身下的白雪。他是被一块弹片贯穿额头，再被猛烈的气浪掀到工事外死的。看不见他的伤口。只见他头枕雪地，睁着眼睛望着蓝天。他那张天真的娃娃脸上有一丝凝固了的顽皮。他睁着一双大大的黑眼睛望着蓝天，好像充满了惊讶，好像他在问全知全能的佛祖，这一切究竟是怎么回事？

同英军的仗没有办法再打下去了，再打只能全军覆没。营官尼玛彭措带领大家撤退前，草草掩埋了战友的尸体——用石子在他们的尸体旁垒起一个个玛尼堆。伤痕累累的幸存者们，双手合十地站在这些玛尼堆前祈祷，再扑在地上，将头贴在地上，好像在倾听死者的嘱咐，泪流满面地同战死了的战友们告别。而此时，寒山无语，空色阴沉，越发萧瑟了。

接下来，清光绪二十九年（1903）十二月十日这天，英军统帅荣赫鹏命麦克唐纳将军率大军出亚东帕里，准备经江孜直扑拉萨。局势危急中，达赖喇嘛召集西藏三大寺堪布和噶厦们紧急合议后，致信清廷，要求援助。然而朝廷却不当一回事，仅是指示驻藏大臣："迅即开导藏番，毋开边衅……"并要驻藏大臣"无论如何拦阻，赶紧设法前往，亲与英妥当办理……"对于清廷的软弱无能，以及其对英人的妥协退让，西藏上层极为失望，指责清廷"内则一味勒掯番人，外间唯知顺从外番，一切任随英人之意，实属伤心之至"，并随即表达了抵抗英人入侵的决心:"兹将旧有番兵之上,派调各处营官属下士兵,及后藏江孜番营官兵,向各要紧地方,分起前往。"

清光绪三十年四月十一日,英军占领江孜,统帅荣赫鹏在日记中记述道:"吾人但见平原小村落建筑良好,树林众多,垦殖极繁,居民大都逃避。"五月四日黎明,在平原与天际间,漆黑的夜幕上,有了一层辉煌的白光。往昔这个时候,江孜城里已有法号鸣响,寺庙里也已热闹非常。然而那天早晨,江孜城里没有一点声响,有一种阴森的寂静在四处徜徉。突然间枪声骤响,数千名藏军和当地藏民像突然从地里冒出来似的,呐喊着从四面八方杀进城来,势如怒涛。

住在城里一座壮丽辉煌的土司碉楼里的英军统帅荣赫鹏被惊醒了。他一把撩开盖在身上的英国绒毯,一骨碌从床上翻身而起。"传令兵!"他大声吆喝,来不及穿上军装,一手从枕头下摸出手枪,同时取下了挂在墙上的长剑。

"外面出了什么事?"当他的卫兵从外面慌慌张张跑进来时,荣赫鹏厉声喝问。

"藏、藏、藏兵杀来了……"卫兵用手指着门外,满脸惊惶,结结巴巴。荣赫鹏奔到窗前一看,脸色唰地一下惨白,不由连连叫苦。窗外,在淡淡的晨光中,有百余名藏军正呐喊着向自己这个住所冲来。他们抡起手中的大刀,往从营房里钻出来懵懵懂懂仓促应战的廓尔喀士兵头上砍去。只见藏军道道白光闪过,英军队伍中专门从尼泊尔招来的素来英勇善战的廓尔喀士兵人头纷纷落地。领头的正是营官尼玛彭措,他杀伐最狠。他身材高大,健步如飞,宽大的藏袖拴在腰带上,砍杀呼啸,势不可当,如入无人之境。

荣赫鹏直喊糟了!遇到这样有组织的藏军突然猛烈地袭击,自己仓促迎战的部队,怎么能组织起有效的抵抗呢?他唯有双手合十祈祷,只能寄希望于各个联队自己了。就在这时,只见骁勇的一支藏军突击队已越过围墙,跃入院中,连他们每个人脸上愤怒的面容都可以看清了。

骇怕不已的荣赫鹏想,"我完蛋了!"他呆呆地站在窗前,两腿发软,手脚冰凉。他看见大批藏军正向他住的碉楼涌来。他的大脑已失去了思索,就那样呆若木鸡般站在窗前,瞪着两只眼睛发呆,等着雪亮的大刀片子向自己头上

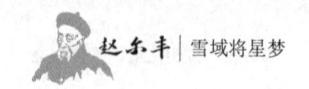

砍来。

最终是坚实的土司碉楼救了荣赫鹏的命。就在呼啸而来的藏军突击队来到碉楼下时，碉楼中那些先前一下子被打蒙了的精锐卫兵和廓尔喀士兵已然清醒过来，他们从碉堡的枪眼中开始向冲上来的藏军猛烈射击。藏军纷纷中弹倒地。几乎与此同时，整个江孜城中的英军也都同时从藏军的打击中清醒过来，开始还击。城内四处响起了密集的机枪声，还有轰轰的炮声……

"谢天谢地！"荣赫鹏连连在胸前画着十字。

这时，天大亮。尼玛彭措刚从土司院中撤退，纵身跳过围墙，迎面碰上一个骑着白马，提着剑的英国军官。尼玛彭措乘势拖刀一挥，那中刀的军官惨叫一声，跟跟跄跄从马背上仰天倒了下来，尼玛彭措看得很清楚，这位来自遥远的英格兰青年在晨光中，雪白俊朗的脸上，闪现出极度的惊讶和痛苦，整洁的军服上，被溅上殷红的鲜血。

尼玛彭措上前，一把夺下了他手上的剑，翻身上了那匹在原地咴咴打转的大白马，驱马旋风般冲出城去。背后的枪声响了。猛地，尼玛彭措觉得自己被谁猛撞了一下，他知道，自己受伤了。他在马上竭力坚持着驱马向山里跑。他觉得，自己的身体越来越软，脑袋愈来愈晕沉，最后从马上跌倒在地。当夕阳滑向地平线的时候，他醒了过来，努力抬起头，目光透过眼前纤细短小的草丛，注视着夕阳的金光一点点滴入大地之中。

尼玛彭措强撑着受伤的身体，向宽阔的谷地缓缓爬去，发出微弱的呼救声。醒来时，天已漆黑。透过帐篷顶端长方形的窗口，只见黑绒似的天幕上，缀满了晶亮的星斗，不停地向他眨着眼睛。周围弥漫着酥油糌粑的香味。一只转经筒在耳边"嗡嗡"地转着，并伴着一个年轻藏族妇女好听的、很轻很温柔的诵经声。

"桑珠，他醒过来了！"一个男人的脸，正贴得很近地看着他，声音充满了惊喜。借着微弱的天光看去，是一个腰佩短刀的年轻汉子。从他那关切的声音里，尼玛彭措知道，自己已昏迷了不少时辰。

"是打洋兵受的伤？"汉子关切地问他。显然，他的一切，这位高鼻梁的长相英武的青年汉子已经猜到了几分。尼玛彭措点了点头。汉子掉头把手一招，那诵经的年轻藏女从牛粪火煨着的铁壶中倒了一碗浓浓的酥油茶，轻步而来，弓着腰用双手把碗举过头顶。看他不能坐起身来，她便单腿跪在他身边，用一只藏在藏袍中的手轻轻抱起他的头，让他斜倚在自己温暖的怀里，用另一只裸露在外的手端起碗，靠到他嘴边。于是，一道滋润、甜蜜的甘露汩汩流进了尼玛彭措似有火烧的心田。他在这对游牧夫妇家中养好伤后，原想归队，但这时形势大变，达赖喇嘛已转变态度，由反英转为亲英，公开反对清廷。失望之余，尼玛彭措挂冠而去，解甲归田……

听完前藏军营官尼玛彭措绘声绘色的述说，赵尔丰深为触动。他以手抚须，久久不语，神态凝重，陷入一种深沉的思索中。与尼玛彭措的这一席谈话，他更深地认识到西藏局势的复杂多变和朝廷派一得力干将挥师进藏驱英虏，整治西藏的必要性和迫切性。而这一历史的重任即将落到他赵尔丰的肩上！

"阿爸！"随着这一声清脆的呼唤，主人的女儿卓玛进来了。卓玛一进来，先前令人窒息的沉默便立刻被打破了，屋里顿时有了生气，活泼起来了。大帅的目光随着卓玛动起来。性格活泼飒爽的卓玛，那张红玛瑙般的脸上挂满了笑意。可能她刚从什么地方玩来，挂在她高高胸前的那尊银佛龛，随着她的呼吸在胸前起伏。她走到父亲身前，伏下身子附在父亲耳边，轻轻说些什么。

"大帅！"主人掉过头来看着赵尔丰笑道，"老妻正率家小准备午宴。我家屋后河鱼多且肥美，小女想命仆人下河取鱼款待大帅，不知大帅是否应允？"

"河中鱼不是你们藏人的天菩萨么？我当然喜欢吃鱼。但是，你们能许吃鱼？"赵尔丰听这一说，欢喜之余，心中诧异。

前藏军营官尼玛彭措说，按教义，佛徒是不能杀生的。然康藏地区气候严寒，物产不丰，可供选择的食物不多。牛羊个大，杀一能供多人，而一般如鱼类小生物需多条生命方可供一人食用，故康藏地区一般杀大不杀小。但鱼类小生物，也不是就绝不能食。食不食鱼，由各人。

"那就客随主便吧！"听完尼玛彭措的解释，赵尔丰觉得又长了一回见识，他以手抚须，不多说一字。卓玛去后，赵尔丰又问了些尼玛彭措有关西藏的情况。不知不觉间，时间流逝，这就中午了。卓玛母女已经备好家宴，进来恭请

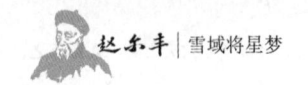

大帅一行移尊隔壁大间用餐。

赵尔丰一行刚刚移尊隔壁坐下，卓玛母女率家人鱼贯而出，将果饼酒肴顷刻间摆满桌子。看得出来，主人曲尽殷勤，所有山珍海味都购自内地。那些家中自做的面食，不仅味美可口，而且都做成了精美的工艺品：牛、羊、马等，无不栩栩如生。赵尔丰对此极感兴趣，拈一匹面马在手细细打量，问这是何人手艺？尼玛彭措笑着指妻，说她仅凭尺许方板，将面团置于其上，即刻可成。赵尔丰打量了一下尼玛彭措妻，长相打扮风度都属康巴地区上层妇女，长得与女儿卓玛好些地方酷似，显得成熟温雅。

说时，两个仆人曲身抬来一只火锅，摆在大帅面前。这火锅形状有别于内地，别具匠心，是红铜打制而成。在鼓肚花瓶似的膛里，通红的炭火燃烧得呼呼直叫。在火锅周边隆起的一圈锅里，喷香的汤正在沸腾。看大帅对这只火锅很感兴趣，尼玛彭措说，这是他花大价请拉萨八角街上的高明铜匠，比着预先设计好的图纸，用从西洋进口的鸡锡铜手工打制而成。说时，主人妻和女儿卓玛亲自端盘来上菜。她们弓下腰去，将托在手中那个大红漆托盘放在他们面前，比比手，示意大帅请用，然后弓身轻步而退。赵尔丰注意到，在托盘中盛放的多个色彩鲜艳的景德镇盘碟中装有切成薄片的生鱼片、鱼翅、海参、瑶柱、金钩、口蘑等。

"大帅，请！"主人尼玛彭措用乌漆木筷夹起一块鱼片，放进滚沸的汤锅里涮了涮，很恭敬地放进大帅面前的盘子里，"这是刚从屋后河里打捞起来的鱼，请大帅尝尝。"这种吃法，在赵尔丰还是第一次。这是什么吃法啊？让赵尔丰眼都大了。他虽然不是美食家，但毕竟为官数年，是走南闯北的封疆大吏，见多识广。而且，从内心讲，大汉族主义严重的他，是瞧不起藏人的，纵然是眼前这个来历不凡的美食家，说得一口好汉话的前藏军营官尼玛彭措。肯信尼玛彭措这顿古怪的家宴再好能好到哪里去？大帅这就迟迟疑疑用筷子将主人夹到盘子里的涮鱼片，放进嘴里一嚼。呀，味道真好！接着大帅亲自动手涮香菇、涮鱼翅……真是眼界大开。从火锅涮出的菜味道鲜美绝伦，越吃越好吃，越吃越爱吃，越吃越想吃。大帅很有兴致，问这火锅味道何以如此鲜美？主人说，原因主要在汤。这汤是以鸡汤打底，辅以腌酸青菜及酸汤调和而成，这就让大帅啧啧赞叹不已，也让陪坐一侧的傅华封等赞叹不已。

大帅一边畅饮主人家中酿造的青稞酒，一边吃着火锅。酒至半酣，微微带了些酒意的大帅问起主人的女儿来。一提到女儿，尼玛彭措的神情顿时显出得意和欢快。他说他有一子一女。儿子今天不在家，女儿是他的最爱，小女卓玛从小英姿飒爽，聪明伶俐。之所以没有招小女进来陪大帅，是因为小女不懂事，怕她进来惹大帅不高兴。

"千金甚可爱。"大帅当即表明态度，并发出邀请，"请让千金也来一起吃吧！"坐在一边且有心的傅华封注意到，大帅想见卓玛的愿望非常迫切。这就不能不让自以为了解大帅的总文案暗暗吃惊。难道大帅看上主人家的女儿卓玛了？他知道，赵尔丰并不是一个好色的人，发妻李氏，出自陕北名门，这么多年来为大帅相夫教子克尽妇道。更为难能可贵的是，大帅不管是去哪里，李氏都跟随在丈夫身边，尽可能地给丈夫以温馨。

不管在什么地方，也不管有没有发妻在旁管束，赵尔丰从不风流放荡。他的精力、兴趣不在女色，全在政务上。不要说在官场上，就是在一般的民间，只要是有条件，每个男人都可以三妻四妾。这样的社会，像赵大帅这样的朝廷封疆大吏，只娶一房妻室，终身厮守，殊为不易。这也是傅华封私心敬仰赵尔丰的地方之一。其实，这么多年来，不要说其他人，就是大帅的发妻李氏也劝过丈夫再娶一房妾室，却被大帅坚拒。而今天，难道大帅看上了尼玛彭措这个前藏军营官的女儿——卓玛，一个为汉族人不屑的"蛮丫头"？这让头脑精明，自以为了解大帅的总文案十分不解，满头雾水。

"大帅若不嫌弃，那我就让小女出来，为大帅表演几个节目助兴如何？"主人尼玛彭措说。

"甚好！"赵尔丰又捋起了颔下那缕雪白如银的胡子，平素总是铁板一块的脸上笑微微的。这在大帅，是极为难得的。少顷，盛装的卓玛出来了，她的出现，让全场人眼睛为之一亮。她杨柳为腰，面如芙蓉，蛾眉漆黑，亭亭玉立。她长袖轻拂，且歌且舞。歌声美妙，舞姿翩跹，不由让人联想起康巴草原上的骏马奔腾，蓝天上的雄鹰展翅……大帅看得如醉如痴。

卓玛歌舞毕后，要献武艺，大帅更来了兴趣。主人陪着大帅一行步出家

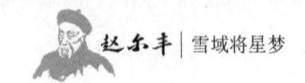

门,来到河边草场。起眼一望,蓝天白云下,平原数里,细草如毡。前面草地上已做好了布置:等距离地每隔四五十步立有一尺许木杆。见大帅不解,主人尼玛彭措解释:这是代替藏人习俗——抢羊赛,马上就要出现在场上的骑手们,以从飞奔的马上弯下腰来拔去木杆的数量决定输赢……说话时,家中仆人已按照吩咐,骑良马十余匹来到起跑线前。骑手中有男有女,卓玛端坐在一匹雪白如银的雄骏上,她脱去了红装,换上戎装。腰束丝带,袒着右臂,手握马缰,英姿逼人。

起跑令一发,只见卓玛曲身策马疾驰如飞。马至立杆处,则俯身拔去。匹匹骏马跑得飞快,骑手们你追我赶,卓玛跑在最前,拔杆动作也最优美,一连串的动作闪电般完成。大帅不由带头鼓掌。比赛结束时,卓玛笑吟吟打马而回,她得了第一名。大帅正在赞叹间,跟在大帅身边的新近拔擢的贴身卫士"草上飞"何麻子有些不服气,小声嘀咕:"不是说她善射击吗?我就不信她的射术还能超过我!"刚好何麻子的话被卓玛听见了,她笑着对草上飞说:"情愿领教!我们就来比试比试谁的射术高明吧?!"

大帅正想喝住何麻子,卓玛已经翻身下马,走上前来问何麻子:"这个射术怎么比,用箭还是用枪?"

"用枪。"

"那好!"卓玛将手一挥,她身后上来两个男仆。他们遵照小主人的吩咐,各人手中拿着一个香钵,站到了百米以外的地方,转过身来站定,再缓缓将香钵举起,放到头顶。

"你我分别用枪将他们顶在头上的香钵打掉,只能打掉香钵,不能伤人,你敢吗?"卓玛问何麻子。

何麻子一惊,略为沉吟,说道:"愿奉陪。"

"把我的枪给卓玛。"注视着这一切的大帅吩咐卫士长刘彪。大帅用的是一支新近从德国进口来的驳壳枪,可以连发二十发子弹,通体烤漆淡蓝闪光,枪把上飘着一绺红缨,非常惹人喜爱。卫士长将大帅的枪给了卓玛。

卓玛和何麻子同时站到瞄准线上,同时出枪。

"砰、砰!"正当傅华封生怕他们中有谁把头顶香钵的人打死时,两声枪响让傅华封惊骇不已，傅华封定睛细看，神了，两个人头顶上的香钵都被打飞打碎在地，顶钵人毫发无损。但何麻子明显没有卓玛打得好，卓玛打的那个香钵打个正中；何麻子虽然打到了，但没有打到正中，只打了一个角，香钵掉在地上像被狗啃了似的，缺缺牙牙的，而卓玛打的那个香钵被打得粉碎。

当何麻子有些神色赧然地收枪入套时，卓玛却抬头看了看正从天上飞过的一群雁，掉头看着赵尔丰，笑嘻嘻地说："大帅，我给你打一只飞雁下来，不知大帅要哪一只？我只打它的头。"

就在赵尔丰手一指一落间，卓玛手中的枪响了。只见空中有一团羽毛飘飞，一只惊鸿坠下来。仆人上前捡起送呈大帅。赵尔丰接在手中细看，果不其然，子弹正从这只大雁头上穿过。大帅大夸卓玛，夸卓玛是女中豪杰，丈夫不如，真巾帼不让须眉……见大帅对卓玛赞不绝口，前藏军营官尼玛彭措笑道："若大帅属意，即将小女送上，为大帅奉巾栉如何？"早已有心的大帅慢声应道："岂敢，卓玛是你夫妇的掌上明珠，你们焉能舍她远行？"

在主人夫妇看来，能将女儿送与赵尔丰赵大帅，是他们全家莫大的荣光。尼玛彭措和妻子交换眼神后，卓玛走上前去，对大帅曲身致礼后表示："小女能服侍大帅，是我们尼玛彭措家的光彩，是佛祖的恩赐。"她说这番话时，腰弯得很深。看不见她的面部表情，不过她弯腰说话的姿势、声音，淋漓尽致地表现出康巴贵族妇女的温雅、柔顺风韵。

"既如此，本官就不便违逆本布心意了。"赵尔丰笑着看了看尼玛彭措夫妇，一只青筋暴露的手，在颌下那如银的大胡子上上下捋动，"本官志在康藏，正想向尔等随时问询当地风俗民情，还想学学藏语。卓玛来了，这就好了。她正好当本官这方面的老师。"说着脸上有些潮红，接着说出来的话，便有些违心，有些欲盖弥彰的意味："本官与卓玛姑娘情同父女，本布夫妇放心！"……傅华封心想，你赵大帅既然喜欢这个藏家姑娘，人家夫妇将千金送你，你就该大大方方向人家夫妇表明，会将卓玛纳为妾，这有多好，何必羞羞答答的！赵大帅你这样做，无非是怕人家笑话你堂堂的朝廷封疆大吏竟然娶了个"番女"而已？！

前藏军营官尼玛彭措当然没有赵尔丰这样的汉族封疆大吏头脑中那样多的

115

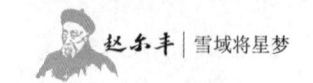

理学束缚，没有那样多的弯弯肠子，他直话直说，性情十分豪爽："大帅！"他说，"我们藏人说话说了算，一片真心可对天。既让小女前去服侍大帅，大帅如何处置俱由之。只望大帅以后不管将小女带到哪里，也不管小女如何不懂事，都请大帅善待小女！"

赵尔丰有些感动，上前一步拉着尼玛彭措的手，神情庄重地说："本布夫妇请放心，本官一定善待卓玛。"想了想，他又言道："等我择一吉日再亲自来接卓玛姑娘去帅营。"

赵尔丰完成这样一桩大事，告别柳林时，正是红日西沉时分。尼玛彭措夫妇率家人一直将赵尔丰一行送到离柳林很远的河边，才依依作别。

赵尔丰、傅华封一行在暮色朦胧中，骑马行走在来时的山道上。已经走了好一程，骑在马上的傅华封不由掉过头去看，只见晚风拂动对岸烟村人家婆婆娑娑的柳枝，已不见送他们到河边的尼玛彭措夫妇一家人。唯见辽阔、苍茫、绚丽的天幕下，无数在晚风中飘拂的柳枝变化着千奇百怪的图案，令人遐想。富于文才的总文案觉得，这一天的事，真有点神差鬼使。连自己很了解的大帅，也变得捉摸不透了。他不禁暗叹，还是古圣贤说得好：爱美之心，人皆有之，古今皆然，哪怕像赵尔丰赵大帅这样的铁石心肠，也概莫能外。

第六章 "西天双柱",玉垒默契

光绪三十四年（1908）夏末的一天。

朵朵白云像翻滚的银棉，低低吻着飞檐斗拱的都江堰二王庙。

这里，古圣贤称为玉垒仙都，坐落在灌县城外的玉垒山麓、都江古堰渠首之畔，在成都平原西部边缘，是万千条脉络般流向成都平原，并将成都平原浇灌成为一个岁无饥馑、人间乐土的渠首总汇。它前临岷江碧流，后依翠峰秀岭，南接青城一百零八景，西连岷山千里雪原，与矗立离堆之上突兀峥嵘的伏龙观隔江相望。

都江堰以宏伟的工程、周围壮丽的山川、动人的传说、别致的建筑艺术，早在汉唐时期就声名远播。著名史学家司马迁在《史记·河渠书》中，就对李冰父子"凿离堆，辟沫水之害，穿二江成都之中"的种种丰功伟绩作过生动的描绘和热情的歌颂。

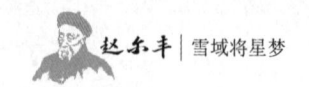

唐代大诗人杜甫来这里游览后，写下了"锦江春色来天地，玉垒浮云变古今"的佳句。贾岛、岑参、苏轼、陆游、范成大、杨升庵等历代诗人，也都来过这里把酒临风，留下动人的诗篇。元朝时期，意大利著名旅行家马可·波罗在观看了都江堰后，大为惊叹。他回国后，在《东方见闻录》中这样写道：

  都江水系，川流甚广，不类河流，竟似一海；船舶往来甚多，稻香鱼肥，民多殷富……

  斗转星移，时序更迭。这天，两位将决定大清朝西南半壁江山未来命运和走向的封疆大吏，在这儿会晤了——他们是赵尔巽、赵尔丰兄弟。

  檐角飞翘、风铃鸣响、红柱黄瓦、玉石雕栏的观澜亭里，有两位上了些岁数，仪表不凡的人在凭栏交流。两把铺垫着金边绣蟒图案软垫的漆黑锃亮宽大的太师椅就置放在他们身后，他们都没有坐。他们个子都不算高，一胖一瘦，面容上很有些相似之处，都身着崭新的玄色一口钟便服，束在腰上的宽边黄色丝带上挂着槟榔荷包。虽然从衣着上一时不能辨别他们的身份，但从他们非比一般的举止和站在离他们一箭之地、在亭前亭后严格侍卫的顶翎辉煌的戈什哈们警惕的神情来看，亭上两位绝非一般游客。再看四周，往日游人不绝的二王庙，这天却是戒备森严。有袅袅的磬音从二王庙内传来，四周越发显得幽静而深邃。

  凭栏远眺，长得斯文瘦小的那位，是新任四川总督赵尔巽。站在他身边那位中等身材，颌下一缕胡子雪白如银，长得笃实雄壮的是他的三弟川滇边务大臣赵尔丰。赵尔巽用一只手抚摸着身前的玉砌雕栏，一只手轻轻拂着从上唇弯垂过口的长长的花白胡须，目视着脚下江水咆哮奔腾而去，浪花飞溅的两山之间的宝瓶口，一双猫眼忽睁忽闭，气定神闲，似乎在思索着什么。

  真是世事如棋局局新啊！

  年前，川督锡良奉调，任云贵总督，遗职由赵尔巽接任。在康区经边，颇有建树的三弟赵尔丰在二哥赵尔巽未到之前，在川滇边务大臣任上，被任命兼任四川护理总督。今天，兄弟俩在此会晤，意义非同一般，他们除了政务上的交接，还有许多家事国事要谈。朝廷之所以让赵尔巽接任川督，无非是让他兄弟二人以后可以更好更紧地合起手来，经营川康藏，替朝廷经营西南半壁江山。这可是大清朝二百多年来从未有过之事啊！他们的亲朋好友无不称赞这是当朝盛事，夸赞他兄弟二人是"西天双柱"。而当朝权贵，他们的政敌盛宣怀、端方及朝廷新近任命的驻藏大臣联豫等则大为不快、不满，在公开和私下场合说尽风凉话，说什么"朝廷的半壁江山都让赵老二、赵老三包了。西南成了赵家兄弟天下，以后怕是针插不进，水泼不入……"

如此情状，本来也是再自然不过的事，不足为奇。令城府很深的赵尔巽微微感到有些不安的是，三弟赵尔丰对他兄弟二人在官场上毁誉参半情状，竟没有一点警惕，对圣上如此任命兴高采烈，感激涕零，跃跃欲试。本来，三弟同他在成都督署交办了政务后，竟一天也不愿在成都多待，立马要赶回他的康区。三弟也是年届花甲的人了，说起话来竟冲得很，谈到未来的展望，他用学来的四川话，很自得地说："年前，我好不容易在乡城打掉了桑披寺这根由西藏达赖喇嘛和英国人联合布下的楔子，已然实现康区全境安定；陈兵金沙江畔，厉兵秣马，随时准备挥师西进，进入西藏境内用兵，固我天朝西部藩篱，痛扫妖氛。种种设想了然于胸。日前，我在接到朝廷对西藏事宜的问询之后，立刻作答，并上了条陈。看来，不日将有圣旨下达。二哥，你看，我盼着这一天，胡子都盼白了！有哥老倌二哥在四川驻镇，替我扎好脚子，我这个过河的卒子就没有后顾之忧了。川、康、藏地域纵横万里，唇齿相依。你我兄弟珠联璧合，必将创千秋之伟业！"三弟完全没有看出其中的隐忧，除了天性而外，在山沟里钻久了，也是一个原因。赵尔巽来就任川督之前，奉召去紫禁城朝见过太后、圣上。对危机重重的宫廷内幕，对当前风雨飘摇的大局，尤其是他兄弟在替朝廷挑起整治西南半壁这副重担过程中可能出现的艰辛，甚至艰险，他都有清醒的认识。因此，三弟的喜不自禁，不管不顾，让他越发担心。

赵尔巽是一个相当谨慎的人。在成都督署，有些话他当时就想给三弟说，但不放心。他怕万一隔墙有耳，被有心之人传出去，不定会惹出什么天大的事来！因此，趁着这好天气，他约三弟来游都江堰。这样可以一边观景，一边谈要事。来这里，什么话都好敞开说了。

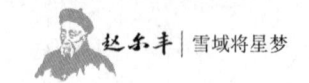

想到这里，赵尔巽掉过头来，用相当慈祥的目光打量了一下站在身边的三弟。身边的三弟，正全神贯注地打量着眼前水利史上的奇迹——都江堰。他知道，三弟虽说到四川已有一段时间，但一直忙于政务，都江堰离成都不过几十里地，三弟也还是第一次来。都江堰确实吸引人，尤其对赵尔巽这样出身翰林的文士。一时，赵尔巽没有开口谈正事，反正有的是时间，他抬起头，循着三弟的目光方向，眺望开去。

站在这临江矗立、高高的玉垒山上四顾频频，一派雄伟、绮丽、清幽的风光尽收眼底。但见在那茫茫天际间，一排排武士般矗立，头戴白色盔帽，身穿白色盔甲的千里岷山、夹金山在阳光照耀下耀冰辉雪。一条横如匹练的岷江，发源于雪山之下，沿途汇集了大大小小的水流水系，一路斩关夺隘，呼啸奔腾而来。当一江天上来水，急急汹汹扑来在这两山之间，在秦时蜀郡太守李冰父子开出的宝瓶口前时，因为瓶口狭窄而忽然大发雷霆，腾起滔天巨浪，眼看就要猛扑上去肆虐时，拦江横过来一道杩槎——这是从李冰时代起就开始使用的一道治水宝物——用当地山上砍伐来的楠竹编成一条条长龙般的竹笼，里面填满从当地河滩上采来的一块块石头。咆哮奔腾而来的浩浩江水，经杩槎这样轻轻一挡，竟立刻水发两股，乖乖地流向了内江和外江。平素季节，十分之六的水流向内江，十分之四流向外江。倘若洪水季节，则反过来，十分之六的水流向外江，十分之四的水流向内江——这是李冰父子当初整竣成功都江堰水利工程后总结出来的"四六分水法"。这样，那终年四季轰鸣作响，急急挤进宝瓶口的内江水，一经流到广袤的川西平原上，暴躁的性子立刻变得温驯斯文起来，再沿着成都平原上蛛网般纵横密布的万万千千条水渠，辐射开去，汨汨地流向省会成都，流向成都平原。成都被滋润得如杜甫诗中所描绘那样："两个黄鹂鸣翠柳，一行白鹭上青天。窗含西岭千秋雪，门泊东吴万里船。"成为早在唐代就是全国五大繁华都市之一。汩汩流淌的水流，流向了金温江、银郫县……浇灌出了川西及川东川北地区总计八百万亩良田。给天上飞的、河里游的、地上长的，以及生活在这片沃土上的川人以四时不竭的生命源泉。都江堰将四川，尤其是成都平原浇灌成了旱涝俱无、岁无饥馑的天府之国。而这彪炳日月、鬼斧神工的举世创举，竟是两千多年前，秦蜀郡太守李冰父子带领蜀中父老乡亲创造的，这是多么了不起啊！

"二哥！"身边三弟尔丰的一声轻唤，将思绪联翩的赵尔巽唤醒。转过身来，只见尔丰一双彪圆有神的眼睛充满激情，深有感触地指着都江堰说："李冰为官，竟做出如此泽被万世的伟业，给后人遗泽甚多。我想，当今之世，圣上对我兄弟如此期望之殷，如此恩宠，授以如此大权，我们当给后人留下更多。"

"三弟，坐下说吧！"新任川督没有接赵尔丰的话，只是在轻撩袍裙坐下时，不无忧愁地皱了皱眉。

"季和，你瘦多了。"待赵尔丰坐下后，二哥抬起头，细细看了看三弟，略为沉吟，目光柔和，语多亲情，"当初你我兄弟京城分别之时，你尚满头乌发。而今你到康巴，也不过就四年左右时间吧，为何已是满头染霜？想是康巴一片蛮荒，远不如蜀地天府这样的锦山秀水，真是辛苦你了！"满腹经纶的前翰林、现川督不胜感慨。他声调轻柔，语气迟缓。

"二哥，你这就是想当然了。"说到康巴，赵尔丰便心驰神往，"那片疆域辽阔的地方其实很美，像巴塘，简直就是塞外江南。比起四川，就是缺了点水。在康区，凡是有水的地方，无不牛羊肥壮，青稞飘香。到了冬天，千里冰封，壮阔苍茫。夏天和秋天，那里更是好看。蓝天白云，茵茵草场，金色的草地，盛开的格桑花，喷香的酥油糌粑……"

"好了，好了！"看三弟一提起他的康巴就赞不绝口，赵尔巽拂髯笑道，"听你这样一说，连我都想去你的康巴——那个人们所说的'不毛之地'去看看了。"

"二哥什么时候有兴致来，我扫榻以迎，并亲自到成都接你。"

"等你挥师西进拉萨，大功告成之后再说吧，届时我将作康藏游！"二哥渐渐将话引上了正题。

"啊，二哥，你不是说过要告诉我，你离京之前晋见太后、皇上的情况吗？"赵尔丰神情关切地问，"想来你来川之前，太后、皇上对我兄弟会有专门的御示。"日前，在督署，赵尔巽将圣上给他兄弟的赐品转给赵尔丰时，他就迫不及待想知道详情，可二哥不说，表示要找一个专门的机会细说。

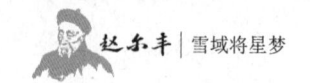

"是，我今天就是要专门告诉你圣上事。"奇怪，在这样的恩宠面前，二哥竟然神情平淡，而且表现出一种淡淡的隐忧。赵尔丰不解地注意着二哥表情。看二哥似在思索该如何措辞，一丝不祥从心里掠过，不禁问："听说圣上龙体欠安，太后也是病入膏肓？"

"岂止如此！"二哥又用一只手拂起从上唇弯垂过口的长长的花白胡子，神情表现得相当忧郁，沉思着说，"圣上垂见我时，问到了你，并专门谈到了西藏问题。"

"啊？"赵尔丰看着二哥，瞪大了眼睛，神情显得紧张、急切。

赵尔巽开始叙说开来。那是来川前，太后、圣上对他的一次非正式接见。黄昏时分，他紧跟在面容阴沉、神态俨然，天下人谈起无不色变的大太监李莲英之后进宫。在红墙黄瓦、迷宫似的这门那门间好一阵转悠后，跨进了遵义门，养心殿便赫然展现在面前。来到东暖阁，李莲英转过身来，示意他等在外面，自己进去了。

少顷，暖阁里传出一声缓缓的、年老的女人声，显得有些气息不足："就叫他进来吧！"赵尔巽知道，这是慈禧太后开的金口，连忙整整衣冠，捋下马蹄袖。李莲英反身来到珠帘前，哑着不男不女的嗓子，隔帘叫了一声："传赵尔巽——！"

这就有两个小太监打起金黄色的明黄棉帘。赵尔巽赶紧弯腰进门，趋前几步，双腿跪下，伏身叩头道："臣赵尔巽恭请圣安！"

"赵尔巽免礼。"还是太后的声音。赵尔巽摘下头上戴的珊瑚红顶帽，将它放在右手边，又伏地连叩三个响头，高声道："臣赵尔巽叩谢天恩！"然后，右手托着帽子，缓缓起身，向前再走几步，跪在正中一块明黄软垫上，伏身谛听天语。

"赵尔巽，你就任川督诸事办毕了？"还是太后苍老、迟缓的声音。

"禀老佛爷，臣就任川督事办毕……"趁着答话的机会，赵尔巽抬起头来快速扫了一眼，赶紧低下头去。室内的情况，他已完全看清了。端坐在正面的是光绪皇帝，他像个木头人，脸色苍白，身材瘦削；俊俏的脸上，一双又大又黑的眸子虽然看着他，但欲说无语，神情惨然。自戊戌变法失败，慈禧太后重

第六章 "西天双柱",玉垒默契

新垂帘听政以来,光绪皇帝完全有名无实,实际上相当于被囚禁。特别是在八国联军入侵北京、珍妃惨死以后,皇上处境更是每况愈下。现在看到的皇上,身体比他想象的还要差,景况比他想象的还要悲惨。倚坐在皇上旁边那把镶金嵌玉、备极舒适软椅上的太后,虽然大权在握,珠光宝气,颐指气使,连手上长长的指甲都用特制的金罩罩着护着,但毕竟是年迈多病,风华不再,满脸的老年斑,有气无力,气息奄奄。早听说太后、皇上双双重病在身,现在看来,比想象的还要严重。赵尔巽只觉得心中阵阵发冷。

"赵尔巽!"太后竭力打起精神,嗓音干涩。

"臣在。"

"你可知你们兄弟重任在肩?"

"知悉。皇恩浩荡,臣诚惶诚恐,万死不辞。"

"告诉赵尔丰,我将康、藏都交给他了。我要钟颖随后率大军即日西行,听命于他。"喘了一口气,太后接着说:"你兄弟二人是我大清西天双柱,我就将西南半壁都交给你兄弟了,望好自为之!"

整个接见过程时间很短,正中端坐的光绪皇帝未发一言。

当赵尔巽再次跪安就要退下时,李莲英送上了太后给他兄弟的赏赐:各人得玉如意一柄,宫中瓷瓶一对,黄马褂一件,陈年虎骨酒一瓶。

"太后要钟颖率一协(师)川军随我进藏?"这事,赵尔丰听说过,不想是真,听二哥说后他问。他现在最关心这个问题,这里面有许多猫腻。

"是。"

"这么说,我很快就要率大军进藏了?"

"是吧。"二哥点头不讳,"据我得知,兵部正式行文即至。"

"川军就只一协。这协川军由钟颖带走后,二哥你如何办?"赵尔丰感到此事太奇怪。按清廷规定,一个省只能有一协军队。这一协川军交由钟颖带走,受命于他,于他赵尔丰当然是如虎添翼。但二哥怎么办呢?作为川督,二哥手中不能没有军队。

"太后交代,由我量川省人力物力,朝廷再增补些,尽快再建一协川军……"二哥说时,赵尔丰竭力在思想上回忆马上就要与之打交道的钟颖。

123

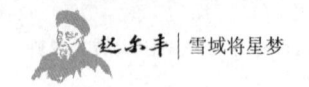

一个白白胖胖的青年恍若就在眼前——钟颖，字鼓明，这可是一个大有来头的人。他的父亲晋昌，满洲正黄旗。晋昌是咸丰皇帝的妹夫，官至盛京副都统时，当时慈禧是咸丰的西宫。而慈禧的儿子同治皇帝与钟颖是表兄弟。这是何等强大的关系！后因义和团事捅了大娄子，晋昌因有附义和团罪，谪守西藏军台，行至成都，托病逗留。川督锡良懂事，奏留晋昌在成都养病，得慈禧准。钟颖跟随其父身边。慈禧素喜钟颖，后因人设事，密诏钟颖假协统衔。赵尔丰率军出关平乱是光绪三十一年（1905），时钟颖在成都近郊凤凰山训练新军，年仅十八岁。像钟颖这样的皇家子弟，又是如此年轻，他带出来的军队，是个什么状况可想而知。更要命的是，这协川军明说归他赵尔丰指挥，但指挥得动吗？这不能不让他忧虑重重。

"这是从何说起？"想到这里，赵尔丰不禁愤然失声，"让钟颖带一协川军跟我进藏？钟颖能带出什么军队？据我所知，这协川军滥竽充数，毫无实战能力。那钟颖更是出身于钟鸣鼎食之家，现在也不过二十来岁，他懂什么打仗，懂什么带兵？西藏局势复杂异常，牵一发而动全身。凭他一个纨绔子弟，"说着，着急起来，"这这这，如何能行？"

"尔丰！"赵尔巽喝住了他，语气颇多教训意味，"怎能如此说话？此话被人听见传了出去，岂不违逆太后旨意，还得了吗？这话也得罪钟颖，你这是何苦？"说着放低语气，拂了拂颔下胡须，叹了一声气，"你该明白了，为何今天我让你来此地才谈这些事？你要知道，你我兄弟现在是位高权重，朝中妒贤嫉能者有的是。已经有人放话攻讦你性多操切，刚愎自用了。"说着别有深意地看了看三弟，话也就戛然而止。

"那该如何是好？"赵尔丰在二哥面前，有些像个任性的小孩子。他拍了一下手，表示出一种无奈和着急，"二哥你知道，现在能用的只有我一手带出来的十一营边兵。而我得知，我进藏时，兵部要我将十一营可战边兵暂留康地。让我带钟鼓明的那一协川军去西藏打仗，真是说得好听。这样，我岂不是成了一个空头将军？不行，届时我得找兵部理论！"

"没有用的。只会徒生烦恼，横生枝节！"赵尔巽说时摇了摇头。"这样吧！"赵尔巽对三弟说，"你可将你一手带出来，在暂留康区的十一营边兵中，挑选精兵三营带去，缓急之间也可敷用。所剩边兵，我大都留在康地，由你信任、推荐的部属，新任康巴边务使傅华封节制。康藏之间唇齿相依。而川滇边务由我辖管。这事，我可以说了算，西藏一旦事急，我也不会坐视。已然在凤凰山开练的一协新川军，我会加紧训练，并视其情况，随时向你增兵，你就放心吧！"

"真是打虎要靠亲兄弟，上阵须得父子兵！"赵尔丰听了二哥这话，心中一块石头落了地，不胜欣慰和感激。

"亲兄弟，也得明算账！"赵尔巽说时微微一笑，"朝廷要我川省向你提供军需饷银，要多少？你报个数。"

"以往川省供我饷银一直是个问题，太少了些。事情扯到上面，也没有扯清。"赵尔丰看着二哥，略为沉吟，"川省以后每年供我八十万两银，如何？"

"穷家富路，以后只要我还在川省，就每年供你一百万两银吧！"

"深谢二哥！"赵尔丰不由抱拳作揖，着实感激。

"哎，谁让我是你二哥呢！"赵尔丰抬头看去，二哥满脸竟是妈妈般的神情。

几桩军国大事，兄弟二人就这样在不经意间谈成了。接下来的谈话颇为轻松，且带有家庭意味。赵尔巽用手捋着弯垂过口的胡须，看着三弟微微一笑，以兄长的姿态满怀关切地问："季和，你老实告诉二哥，你之所以要急着回康巴，是不是心中牵挂着一个人？"

"没有，没有。"赵尔丰知道二哥所指，矢口否认，老脸上却涌过一阵赧然的潮红。

"不知是叫卓玛吗？听说是个很不错的藏家姑娘。"二哥哈哈笑道，"这有何不好意思的？什么时候带给二哥看看？"

"二哥别听一些人胡说八道。"性情向来豪放的赵尔丰，听二哥这样说，不好意思起来，神情竟有些忸怩，解释道，"卓玛是我收的使女。"

"好，不说了，不说了。"赵尔巽笑眯眯地看着弟弟，"我这人在这些事上开明，决不抱残守缺。若实有其事，我很赞成。汉藏通婚，移风易俗，由你这个康藏大臣率先垂范，岂不是一桩美事？"说着，站起身来，对三弟说，"走

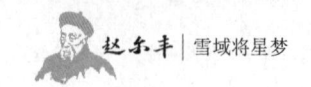

吧，我们大老远地来都江古堰，该去游览参观一番了。先去二王庙看看吧？听说，庙里很有些古迹。特别是李冰父子的像，塑得栩栩如生。人家天师一直在等我们呢！"

赵尔巽、赵尔丰兄弟这就相跟着，缓步走下亭子。赵尔巽的卫队赶紧前后护卫，簇拥着他们往二王庙而去。

天师闻讯赶紧率庙中所有道徒出山门迎接。天师向两位大帅施礼后，引赵氏兄弟拾级而上。来到庙前，镌刻于圆拱形大门上一副楹联引起了赵尔巽的兴趣，不禁驻足拈须细看。联曰：

  完神禹斧椎功，陆海无双，河渠大书秦守惠
  揽全蜀山水秀，岷江第一，名园生色华阳篇

"精彩，中肯！"前翰林院大学士，现川督赵尔巽拈须赞叹不已。跟在他身边的赵尔丰也点了点头。他们这就由天师相陪相跟，龙骧虎步地过门槛，进到庙里。这是一座四合院，尺幅很大的方砖铺地，看去很是宽阔、整洁。院中有几株上百年虬枝盘杂的银杏、香楠、奇松矗立，郁郁葱葱。正午的阳光从树冠上透过来，在地上织成斑驳跳跃的彩衣。大院四周重楼叠阁，飞檐斗拱，金碧辉煌，气势宏伟。历代文人骚客赞咏李冰父子的诗文、楹联比比皆是。顺着石级进了双合门，展现在眼前的是一座有别于刚才的重廊环绕的广庭大院。正中大殿，李冰父子塑像赫然坐落正中平台上，显得最为巍峨壮观。

赵尔巽、赵尔丰兄弟伫立在李冰父子的塑像前，他们为李冰父子塑像所展露的音容笑貌所吸引。金鼓银罄、红烛紫烟中的那尊李冰塑像，真人般大小；身着秦代地方官员袍服，手持治水绢图，正襟危坐，以手拈须，凝目沉思。似乎他对如何治理古往今来不时将川西平原淹成水乡泽国和由此带给百姓深重苦难的滔滔洪流，了然于胸，已从前人以堵为防的治水教训中大彻大悟。身边的一副楹联，是他的治水座右铭和八字真经，后世书家用金色流利的行书镌刻在质地很好的红漆板上："深淘滩，低作堰"；"遇弯截角，逢正抽心"。

站在李冰塑像前的赵尔巽，掉头看了看站在身边看得入神的三弟，不由拈须感叹："季和，你不觉李冰这八字真经，虽说是治水，其实对我们如何治国平天下，也不无启迪？"

"二哥的意思是，凡事都得因势利导？"

"正是。"赵尔巽点了点头。

他们转到了后殿，李冰之子李二郎的塑像就在这里。李二郎塑像也很有特色，他身着麻鞋便衣，捞脚挽裤，手持铁铲，似正要昂首奔赴治水工地，身上全无一点公子哥儿气息。

在这尊李二郎塑像前，赵尔丰大发感慨："二哥，如若今天我们的八旗子弟都能像李二郎一样，凡事不凭关系，真干实干，身上多一些马上的剽悍，少一些纨绔子弟习气，该有多好。"

"所言极是。"赵尔巽思索着点点头，颇有深意地说，"实干方面，你与李二郎相似，这也是朝廷赖以重托所在。但你是朝廷重臣，凡事切切不可忘记李冰的八字真经。记着这八字真经，并融会贯通，将受用不尽，让我们兄弟共勉吧。"陪同在侧的天师，这就请他们入洞天静室休息。赵氏二兄弟应允，跟天师去了。

他们在窗明几净的静室落座，道童上来献了青城素茶。见陪坐在侧的天师仪表不俗，漆眉美髯，粗衫布履，举手投足间，处处显出道行的高深。

"请问天师，"赵尔丰很有兴致地问，"佛教在中国盛行已久，为何在这天下闻名的青城山、都江堰却是道家独盛？"

"两位大帅今天还有兴致去青城山一游么？"天师笑而不答，一手端起茶船，一手拈起茶盖，轻推茶汤，示意请茶。

"今日时间不待，就不去了。"赵尔丰不明白为何天师如此顾左右而言他，说时，和二哥一起端起茶船喝了一口茶，问："难道青城山和道家有什么不解的缘分？"

"季帅说得是。"天师一笑，"青城山正是道家的发祥地。"

"我知道道家发祥地在你们川省大邑县鹤鸣山，如何又到青城山来了？"博学多识的赵尔巽不解了，以手拈须，示意天师说下去，他对这个问题很感兴趣。

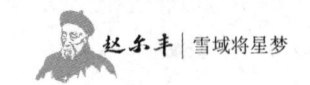

"次帅①，如何说青城山才是道家发祥地，说起来话就长了。"天师娓娓而谈，给赵家兄弟释疑，"东汉时，灌县一带雨淫河暴。适道家始祖张天师张道陵在鹤鸣山息心悟道，著有道书十本，道行高深。天师不忍百姓遭水害荼毒，经灌县百姓所请，便欣然前来治水。他到灌县后，住在青城山上，通过祈天治好了雨水。以后，他接受当地百姓挽留，留在了青城山上，创立了道教，奉老子（李耳）为教主。到了唐代，因高祖李渊和高宗李治都笃信道教，尊奉老子为太上玄元皇帝，宣布道教高于佛教。那个时期，道教是国教。不料到了武则天称帝时，形势大变。因为她在夺取政权的过程中，佛教起过作用，因而，她执政伊始便焚毁道书，打击道教，独尊佛教。青城山下飞虎寺的和尚上山赶走了道徒，强占了青城山。可当玄宗李隆基即位后，又大兴道教。青城山又成为道佛两家争夺的焦点。官司打到京城长安，玄宗亲自过问，并于开元十二年十一月十一日，御笔亲书下了一道诏令：'蜀州青城，先有道常规，其观所置，原在青城山中。闻有飞虎寺僧夺以为寺……现观还道家，寺依山外旧所，便道佛两家各有区分，勿令相侵。'如此，青城山、都江堰一带又成了道家洞天福地。"

对此知之不多的赵尔丰心想，啊，原来提倡清静无为，与世无争的宗教界也有着如此激烈的争斗！想想不由又问天师："何是道家精义？"

"老子的《道德经》五千言，说起来，话也长。"天师说得轻言慢语，"不过，我可以用清静为宗，无为为体，自然为用，长生为真，变化为全这五句话，二十个字来统揽。"说着，天师又端茶揭盖，轻推茶汤，示意两位大帅请茶。然后，眼睛半睁半闭地说："上善若水，水善利万物而不争，处众人之所恶，故几于道。"

赵尔丰听得似懂非懂，赵尔巽却击节赞叹"高妙"。若有所悟地以手抚须道："如此说来，道家的精义归结起来就是以柔克刚，以弱胜强？"

"正是。"天师说着睁开了眼睛。

这时，一道童进来，请二位大帅移尊隔壁用餐，天师相陪。席间上了青城

---

① 赵尔巽字次珊。

四绝：洞天果酒、白果炖鸡、道家泡菜和洞天贡茶。有乐队在旁助兴。十名乐师中，五名道童是常见道士装束，五名女道童的头顶上高绾着两个又大又圆的发髻，似乎要为观赏他们的两位大帅展开想象的两扇窗子。他们都只有十几岁，聪明伶俐。他们用箫、笛、鼓、钹吹打弹唱，乐声悠扬。赵氏兄弟虽然听不懂这道家音乐，但能感受到蕴含其中的那分幽婉和深邃。

午饭后，稍事休息，赵氏兄弟由庞大的卫队簇拥着打马回城了。一出灌县城，美丽富庶的川西平原便展现眼前：无边无际的绿畴，星罗棋布的条田，纵横的水渠，掩隐于茂林修竹中的茅屋农舍，小桥流水……这一切，像是一位高明的画家笔下的一幅动人的水墨画。当暮霭低垂，轻烟乍起时，那座平地矗立、高大雄伟的成都城和城上的八角楼已遥遥在望了。

一弯新月升起来了。

傍着锦江，偌大的督署内，竹梢风动，月影移墙，崇楼丽阁隐伏，静谧安详，梦一般迷离温馨。

赵尔巽书房内，一只造型精美的无头青铜蟾蜍蹲在书房正中，吐着袅袅的馨香。书房内一枝铜枝子形烛台上，亮着两盏从西洋进口的美孚灯，灯光雪亮。看得分明，窗旁下摆一张锃亮硕大的书桌。一边沿墙摆一溜雕龙刻凤的中式"顶齐天"书柜。书柜中装的书都是二十四史类线装古书。一边壁上挂有几幅字画：有苏东坡的墨竹，司马相如《蜀都赋》手书……都是真迹，十分宝贵。书桌上整齐地放着文房四宝。书桌后是一张垫有蜀绣软垫的宽大的黑漆太师椅。正对书桌，一边摆一排西式沙发，一边摆几张中式高靠背椅，间有高脚茶几。整个看去，博学而又有功名的四川总督赵尔巽的书房显得中西合璧，典雅舒适。

晚饭后，赵尔巽、赵尔丰兄弟相偕来到书房，随意坐下，喝茶聊天。他们在等钟颖。

时辰还早，月华正好，他们推窗望月。

"二哥，"这时，身着宽松绸缎便服，腰间系着一个槟榔荷包的赵尔丰以手抚须，望着天上一轮皎皎新月，很有感触地说，"儿时不识月，呼作白玉盘。

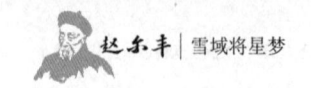

月亮最引人发思念之情。儿时在山东府,你教我背月亮诗的情景,恍如昨日。然现在看来,内地的月华未免纤柔了些,全不像康地的月亮,莹冰耀雪,很是壮美。"

"睹物思人。"赵尔巽笑了,神情有些狡黠。他说着从窗前踱了回来,坐在一把中式太师椅上,把脚很舒服地搁在楠木做的搁脚凳上,顺手从放在高脚茶几上的烟盘里拿起一个精致的鼻烟壶嗅了嗅,然后,很舒服地将头仰靠在高靠背上,眯起眼睛。

"次帅!"这时,师爷隔帘屈腰报告,"钟协统到了。"

"快请!"赵尔巽抬起了头,坐直了腰身,"快请钟协统上书房来。"

当白白胖胖的钟颖来到赵尔巽书房前时,赵尔巽、赵尔丰兄弟降阶相迎。

"次帅,季帅,何必如此,真是折杀晚辈了!"月光下,刚刚从假山后走出的钟颖,一见赵氏兄弟,紧走两步,双手抱拳,弯身作揖。

"鼓明不必如此客气,都是自家人。"赵尔巽说话很亲热,一把挽着钟颖的手,手一比,"请!"

"两位老伯先请!"钟颖听赵尔巽如此说,语气显得随和了些,手一比,屈身逊步,不肯先行。

主客携手进到书房,刚刚坐定,仆人轻步而来,送上茶水点心,再按主人示意,请客人脱了朝服,挂在旁边衣架上。这才轻步而退,掩上珠帘。

一段时间以来,钟颖更胖了些。尽管他脱去朝服,身着宽大的绸缎便服,肥大的肚子还是鼓了出来。一根油光水滑的大黑辫子披在又宽又厚的背上。块头本来就大的他,同个子瘦小斯文的赵尔巽对面相向而坐,显得块头越发地大,以致使人担心,他坐在沙发上,会不会把沙发压榻下去。钟颖虽肥胖,却长相不俗,五官端正,皮肤又白又嫩。一副浓眉下,眼睛本来不算小,但因脸上肉多,显得有点眯。顾盼之间,善解人意。

作为主人,赵尔巽入乡随俗,伸出瘦手,端起茶船,一手拈起茶盖,轻推几下茶汤,举举,示意客人请茶。

"嗯,好茶。"钟颖轻轻呷了一口香茶,连声叫好。他是一个美食家,也是一个品茶专家。同许多出身豪门的八旗子弟一样,举凡吃喝玩乐,他无一不精通。

"这是季帅专门从康管区雅安名山带来的雨露茶,属贡品,量极少。不是有言,扬子江中水,蒙山顶上茶吗?这是真资格的蒙山顶上茶,这是专门为你泡的。季帅说了,一会儿鼓明你回去时,带一些回去。"

"谢季帅!"钟颖听此一说,抱起双手,向隔几坐在赵尔巽旁边的赵尔丰作了一揖。许是从小因为父亲的缘故受过些波折,知道人间的不易,所以钟颖虽然人很年轻,又是皇亲国戚,却少有傲慢,多了一分小心、懂事,会说话。他当然知道这赵氏兄弟找他来,绝不是为喝名山香茶。又早听说过他的顶头上司赵尔丰的脾气,这就主动将话切上正题。

"圣上让两位大帅经营川、康、藏,实乃西南大幸,朝廷大幸,也是晚辈我的大幸!"钟颖一边打量着两位大帅的神情,语气颇多赞赏,"如此,西南半壁可保无虞。"话锋一转,他看着赵尔丰说,"季帅在康巴四载,平暴乱,行改土归流;率军纵横四千里,爬冰卧雪,功勋卓著。声威所播,藏人丧胆。此次晚辈能早晚服膺于季帅帐下,如同虫蝇附于千里马尾!"钟颖善于言辞,话不多,但应该有的意思都有了。说着,站起身来,很正式地两手抱拳,弯下腰去,向赵尔丰深深一揖:"季帅在上,容卑职一拜,请季帅以后多多教诲。"钟颖的表现,让赵尔丰很快改变了原先对他的先入之见。想,这个娃娃还算懂事,也谦虚,孺子可教也。这就屈起身来,双手虚扶一下,说:"鼓明请坐,不必客气。"

钟颖这一番表白,并非一味阿谀奉承。在清末,赵氏兄弟堪称干员,生活上也清俭,这是好些人公认的。钟颖对他们兄弟确实服气。

当钟颖重新落座,做出一副洗耳恭听状时,赵尔丰谈起了正事且神态严峻:"西藏局势堪忧,且刻不容缓。"赵尔丰以手抚须,目视着对面正襟危坐的钟鼓明:"我准备明日起程,返回巴塘行营,将一切事务交代给傅华封后,带边兵三营先行进藏。从即日算起,也就是五六天的时间,鼓明你率一协川军,尽快随后跟进……"赵尔丰这就发起令来了。

钟颖大大吃惊了。早就听说赵尔丰办事操切,雷厉风行,不意现在看来,赵尔丰比他想象的还要急。他盘算了一下,心中着急,说:"季帅,据属下所

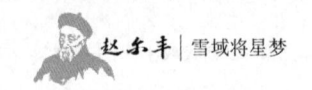

知，兵部的命令刚刚下达，尚未抵蓉。大军西行进藏，看来还得做些准备吧。"

"是，大军西行进藏，是得做些准备。"赵尔丰承认，抚须又问，"粮草辎重准备如何？"赵尔丰就大军进藏事对钟颖一一细问。

钟颖尽可能一一作答，赵尔丰心中默着，对钟颖的回答，也还大体满意。又问："一个月后，川军能否西行？"

赵尔丰问得客气，但钟颖知道，其实这是最后命令。他略为思索，为了不让主帅一开始就对自己印象不好，咬了咬嘴唇，答应下来："行，一个月后，我率这一协川军兼程西行，服膺季帅听令。"

"那就一言为定？"

"季帅放心。"

接着，赵尔丰又问起钟颖，这一协川军中要紧的军官都是何人？

"这一协川军是新军编制。"钟颖一一道来，"参谋长是乐山人王方舟，秘书长是荣县人王伯樵。协下三个标统（团长）：一标标统由本官兼，二标标统刘介堂，三标标统陈庆……"

钟颖禀报完毕军务，赵尔丰也没有再问。钟颖这就将头转向坐在一边当陪客的川督赵尔巽："大军即日西行进藏，而军中可以说找不到一个精通藏务的人。我想斗胆向次帅借两个人，不知次帅能否恩准？"

"可以。"赵尔巽十分大方，"不知鼓明要的是哪两个人？"

"次帅手中可有罗长倚其人？"

赵尔巽想了一下，掉头看着赵尔丰："鼓明说的罗长倚，是不是原湘军将领罗泽南之嫡孙？他后来在京中军机处行走，因不得意，前年投我处，我又将他给了你？"

"是有这个人。"赵尔丰不以为然地哈哈一笑，"我还以为是要啥子宝呢？其人喜欢纸上谈兵，特点是工书善文。他初来时，我以礼待之，调充边军五营营带。然此人缺实干精神，并不知兵，便调入幕府闲置，不过聊胜于无。鼓明要，调去就是了。"

"谢季帅。"钟颖并不因为赵尔丰不喜罗长倚改变观点，他谢了赵尔丰又向赵尔巽要陈奇珍。

赵尔巽显然对这个人更是陌生，他想了想说："啊，是有这个人，是罗长倚的湖南老乡，是个小军官嘛。说起来这个人我还有些印象。他原是长沙军校毕业生，后因为有加入同盟会的嫌疑，在当地不受重视，弃职辗转武昌投我。因季和康区正缺军官，我见其人长得雄奇，也介绍给了季和。"说着看着赵尔丰："不知这个陈奇珍又如何？"

"这个人官不大，倒还有些真本事。"赵尔丰说，"此人现是我第六十五标队官，驻防名山百丈邑。他军余好读书，亦注意过问西藏山川风俗民情，参以图籍，深悉藏情。"

"季帅可肯将此人给我？"听赵尔丰如此说，钟颖要人更急了。

"好吧！"赵尔丰索性人情送到底。

屋里三位大员正皆大欢喜时，只听一阵急促细碎的脚步声由远而近。赓即，师爷来到门前隔帘报告："次帅，康区给季帅发急电来了！"

"送进来！"赵尔丰急了。看钟颖就要起身回避，次帅一把拉着他说，"鼓明不要走，都是自己人，不妨事。"赵尔丰从师爷手上接过急电，展开急速地看下去后，脸色紧绷。

"季和，出了什么事？"赵尔巽急问。

"你看这些扶不起来的阿斗啊！"赵尔丰长叹一声，将急电交到二哥手上。

赵尔巽看下去。急电是傅华封发来的，原来，在攻打桑披寺中立下大功，因而受封乡城知府、知县衔的原季帅帐中幕僚参军吴信、亲兵张占标，近一时期在乡城仗着山高皇帝远，二人无法无天，不理朝政，日嫖夜赌。竟于前日在衙门中引发火灾，将乡城军用仓库付之一炬。事发后，二人不仅不主动投案，居然携金带银，裹挟少量人马，向云南方向逃窜……现已将二人捉拿归案，请示作何处理。

"回我的电！"赵尔丰怒不可遏，大喝一声，手一挥，将一边待命的二哥的师爷吓了一跳，"要傅华封将吴、张二犯严加看管，待我回去处理，严惩不贷！"头上戴顶瓜皮帽，眼睛上挂副鸽蛋般铜边眼镜，长得瘦弱的师爷赶紧唯唯诺诺，退下拟电文去了。

"季和，不要急。古人云，每临大事有静气。"赵尔巽缓言劝三弟，"吴、

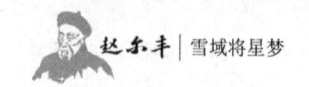

张二人既然已经抓捕看管起来，跑不了的。"说着看看钟颖，"你们看，大军西行进藏诸事谈完没有？"

钟颖不说话，看着赵尔丰。那意思是，他的话说完了，就看季帅还有没有什么了？

"没有了。"赵尔丰经二哥一说，气渐渐消了。为了缓和一下刚才被自己搞得有些紧张的气氛，他伸出一双手展开十根指头，看着钟颖，学着四川话展了一句言子："鼓明，你届时可一定要率军西行啊！不然，我进了西藏，就要——抓姜（僵）了！"

"两位大帅，我钟颖一定说话算话。藏中事戏中有戏。"钟颖似乎还要说点什么，把话说到这里，却又是欲露还藏，一副欲言又止的样子。

"藏中事戏中有戏？"赵尔巽很敏锐，他知道，以钟颖的特殊地位和关系，一定知悉些上层有关方面的秘密抑或说是黑幕。他要钟颖放开说。

"晚生近闻，圣上有意让季帅进藏后再兼驻藏大臣，让原驻藏大臣联豫卸职。联豫虽说在拉萨昏庸无能，但门槛却精。他在同尼泊尔方面做生意，狠赚了一笔。联豫和朝中盛宣怀、端方等大臣是一荣俱荣，一损俱损。他们正串通起来，百般中伤季帅……虽说现在看来，他们并没有能够动摇圣意，但季帅进藏之后，得加倍小心！"

"鼓明担心的是。"赵尔巽想想说，"不知他们攻击季帅些什么？"

"说季帅在康巴杀伐太重，而朝廷又一味偏袒季帅。这就惹得蛮夷对朝廷更加离心离德，加深对我大清仇隙。"

"鼓明，据你所知，这些小人对季帅的攻评，能否动摇圣意？"赵尔巽再次不放心地问。

"倒还不会。"钟颖回答得很肯定。

"他们攻击了本帅些什么？"

"无伤大雅，不值一提。"

"鼓明，"话说到这里，老练的川督赵尔巽想了想，"这些小人以专门攻评朝中忠臣干将为能事。君子坦荡荡，小人长戚戚。不过不要小看这些小人。古往今来，因奸臣诌奸，忠良遭害之事数不胜数，我们也不能不防。"说到这里，他以柔和的目光看着眼前这个可以"通天"的，就要率军进藏的年轻协统，加重语气道："你同季和就要共事了。可以说，你们也是一条线上拴着的蚂蚱。你如果真心拥戴季帅，就要想方设法在圣上，特别是在太后面前多说说，啊？"

"两位大帅放心，我会在太后面前帮季帅、次帅说话的！"聪明的钟颖这话说得太明白不过了。

"如此说来，我们更得快些挥师进藏！"一直沉着气在旁边听他们说话的赵尔丰说，"俗话说得好，办什么事都怕生米煮成熟饭。"

"对。"赵尔巽表示了肯定。

钟颖适时起身告辞："时候不早了，两位大帅歇着吧！"

赵氏兄弟也就起身送客，不仅将钟颖送出书房，而且破例一直将他送出大门。

锦江流水哗哗，四下里月色如水，亮如白昼。钟颖的那顶华丽的四人抬大轿抬过来了。按规定，官轿只能是文官乘坐，将官非曾受伤或得旨免骑射者，只能骑马，不得坐官轿。但钟颖毕竟是钟颖，他是个例外。

站在督署门外，在那两盏挂在门楣上、标有"赵"字、飘着金色流苏的大红灯笼下，胖胖的身材高大的钟鼓明，转过身来抱拳作揖，同赵尔巽、赵尔丰兄弟告辞了。然后，进了官轿。他的官轿的轿厢是绿呢的，轿体宽大、舒适、讲究。轿顶处更是别出心裁地嵌有一个极生动的下山猛虎木质雕塑——这就将他这顶官轿与别的官轿作了根本的区分。

一声"起轿"，四个身强力壮的轿夫抬起了沉甸甸的官轿。钟颖的一队护卫分走两边。两名卫兵打着标有"钟"字的大红灯笼走在前边开路。在一阵"咯吱、咯吱"声中，官轿起动了。只见官轿的耳门揭开，如银的月光下，钟颖伸出一双发面似的大手，向送他来到门外的赵氏兄弟拱手作别。

第七章 受挫都在春风得意时

贡觉孔撒村一早便笼罩着肃杀的气氛。

川滇边务大臣兼驻藏大臣赵尔丰的临时行辕外，三声号炮响过之后，赵尔丰的亲兵跑步进入预定位置：在将台至行辕大门长长的甬道两边肃立。他们一律身着红色号褂，黑纱裹头，脸膛黝黑，额前打一个英雄结；脚蹬长统战靴，身姿笔挺，手持洋枪，腰挎战刀。

赵尔丰神态凛然地快步来到将台上坐下。他的右边坐着傅华封，左边坐着统领凤山。这是一个新鲜的场面。以往，只有凤山才有坐的资格，显而易见，作为大帅不在时掌管康巴地区全权的傅华封，其地位在飞快飙升。这就不能不让在场的将佐、幕僚们特别地注意打量起大帅面前的这位红人。

大帅不在时，傅华封处置得当——将在乡城先是失火烧了仓库，继而卷裹金银财宝逃跑云南的吴信、张占标捉拿归案再立新功。现在，身穿得胜褂的他，戴在头上的那顶伞形红缨帽上，加了一根孔雀花翎，这可是圣上加予的殊荣。入康几载，他原本白皙的皮肤黑了好些。原先一副书生斯文相，现在也增加了几分手握权柄之人的威严。他清秀、斯文、冷静。但现在许多文武官员都知道了这个文人的厉害，体会到了什么叫水深必静。看，将台上，大帅在同他说什么。傅华封将身子侧过去，在对大帅说些什么。一看他给大帅回话时不快不慢，不愠不火的姿态，就知道他头脑的冷静，思维之严密。特别是，当他微微拧起一副钳子似的细眉看人时，就不由让人想起他的冷酷只是在收敛着。一旦发作，其威慑力不亚于有"屠夫"之称的、赫赫有名的赵尔丰赵大帅。

也就是在半月以前，赵尔丰去成都同新上任的川督、二哥赵尔巽商谈一些要事时，康巴毗邻藏区的三岩头人趁机造反闹事。三岩，藏语叫"撒硬"，意即恶地。全境多山，金沙江贯穿而过，地势险要；长期以来，该地既不受汉区管辖，又不受藏区辖制，民风闭塞彪悍；村人常常到处打劫，骚扰四邻。三岩头人率众造反，赵尔丰在成都得报，当即电令傅华封以他的名义去信警告头人。三岩头人得信后不仅毫无收敛，而且回信挑衅："赵胡子，你不是要打三岩吗？欢迎得很！我们三岩只有一披①圆根萝卜种子那样点人，但保证让你们来得了，走不脱！"傅华封得信大怒，向尚身在蓉城的赵尔丰请战，得准。

傅华封让能征善战的统领凤山在家坐镇，自己点起三千人马，分兵五路进攻三岩。自年前打下稻城后，傅华封对自己的军事能力很自信。傅华封率军攻入三岩腹心区后，发现区内全民皆兵。山寨房屋都是坚石垒就的高碉，而且可以相互策应；高碉上四面八方开有枪眼，且环环紧扣，一方遇敌，四方支援。

见不能硬攻，傅华封将山寨团团包围，派人快马回去，让凤山派人将从川省赵尔巽大帅处借来的三门格林炮调来。凤山向来与人为善，立刻照办。傅华封得三门格林炮后，将三岩轰成了废墟，三岩所有妇孺老人全部被诛杀。就在傅华封大功告成之际，乡城吴信、张占标出事。他回师时顺手牵羊，擒获了吴、张两名罪魁。然后，屯兵贡觉孔撒村，等候大帅赵尔丰从成都返回后

① 披：升。

处理。

在大家注目中,赵尔丰似乎同意了傅华封献的计,点点头,挺挺腰肢,正襟危坐,手拂银须,大喝一声:"带吴信、张占标!"

衣衫不整的吴信、张占标被带上来了,他们跪倒在大帅面前。

赵尔丰一声猛喝:"抬起头来!"两颗头缓缓抬了起来。长相斯文的前大帅幕僚参军吴信,此时脸色惨白,神情惊惶,而前大帅贴身卫士,一身传统边兵打扮的张占标,却表现得若无其事。

"吴信,你知罪吗?"赵尔丰点名喝问。

"大帅!"吴信做出万分委屈的样子,看了看跪在旁边的张占标,辩解道,"事情还有蹊跷。"

"嗯?"赵尔丰捋着银须,"有何蹊跷,你讲。"

"我们在乡城惹下大祸后,卑职自知罪责难逃,力劝张占标一起善后,然后一起去巴塘负荆请罪。然而,他自恃武勇,不但不听我劝,而且将我劫持,往云南逃遁。是非曲直,请大帅明断。"

赵尔丰听如此说,不由得同坐在一边的傅华封交换了一下眼色。显然,吴信的交代与实际情况有异。大帅正待发话,只听炸雷似的一声吼:"吴信!"张占标支起来一条腿,看着跪在一边的吴信,愤怒不已。一张黑瘦的脸上,一双眼睛似在喷火,他大骂吴信:"你个龟儿子东西软骨头,既然事情做得出却又不敢承认?你干脆给老子下个话,老子给你背起,替你去死!"

"有种,好汉做事好汉当!"大帅话是对着张占标说,却是向着吴信狞然一笑,吴信吓得一下子瘫在地上。

"张占标,你还有何话说?"大帅对自知必死的前亲信卫士问。

"事到如今还有啥子话说!"张占标竟执拗地昂起头来,"事情弄成这个样子,不要说我一个张占标,就是十个张占标也难活命了。大帅对我张占标的好,我张占标只有下辈子还了。"这一席话,让全场将士、幕僚听了无不动容。

"你呢?"大帅看着瘫在地上的吴信,问得轻言细语。

"乞大帅见谅!"吴信伏在地上,痛哭流涕,不断叩头,连连哀求,"吴信知罪认罪。望大帅看在吴信多年追随大帅的分上,饶吴信一次。吴信当认大帅为再生父母，以后听从大帅任何驱遣，虽肝脑涂地也万死不辞！"

"嗯？"赵尔丰似有所动，用手捋着银须，掉头去看傅华封。

"吴信，标准的文人无信。"傅华封只说了一句。

赵尔丰略为沉吟，下了决心，将手一挥。

"傅华封，你不得好死！"当行刑的刽子手上去将瘫在地上的吴信拉起来时，他披头散发，指着傅华封大骂不已。他被拉着临出帐门，还挣扎着转过身来，看着赵尔丰："大帅，你不要相信这个姓傅的，他是个刘备似的枭雄……"

倒是张占标干脆。当行刑的刽子手上前要拉他时，他站起来转过身面向场上，朝官兵们拱拱手，说："诸位，我们二十年后再会。"说完，对刽子手们手一挥："哥子，不劳费心，我自己走！"说完，还没忘给坐在将台上的赵尔丰行个大礼。然后转身，扯伸往外走，头也不回，洒洒脱脱。两个人不同的言行，让赵尔丰、傅华封等无不感叹唏嘘。

黄昏。

按照约定的时间，傅华封来到大帅住处。因为事前有大帅吩咐，帐前守护的戈什哈让他径直进去。赵尔丰的帅帐真是简单至极，无非就是连营帐中单独的两间帐，稍为华丽一些而已。傅华封掀帘进入，陡然间，外面微蒙一线天光被切断开来，眼前黑乎乎的，他站在门槛边揉了揉眼睛。

"是华封么？"隔着耳帘，里间传出大帅的声音。

"是，大帅。"傅华封毕恭毕敬。一阵嚓嚓的脚步声轻响，耳帘一掀，眼前漾起一丝黄晕晕的光。这时，掌灯出来的是使女腊梅。当她转身将手中燃着的红烛置放在那盏黄铜的枝子形烛台上时，帅帐就一目了然。这是连通的两个营帐。里间小一些，是大帅的卧室。外面这间是大帅办公的——连桌子都没有一张，就像戏台上番人将帅布置的营帐一样，地上铺着红色藏毡，正中退后靠壁处，横一张上了红漆的长长矮几，几上置放着笔砚和堆得山高的公文卷宗。矗立几旁，那足有人高的黄铜烛台上粗大的红烛燃得正紧。大帅那把斜挂在帐上削铁如泥，柔韧如柳枝，剑鞘剑把上镶金嵌玉的宝剑在烛光照耀下闪着华丽的光彩。

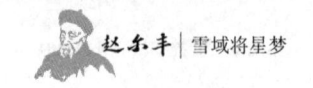

着便装的大帅过来了。

"华封,坐!"赵尔丰手一比。

"大帅,请!"虽然荒原上行军不太拘礼,傅华封还是让大帅先入座。

赵尔丰坐了下来,示意傅华封坐。随即,大帅在面前的几上随手展开了一张康藏军用地图——这是英国人出版的。在这张军用地图上,英国人居然把我国西藏好大一片土地划进了英属印度,但地图比例也还精确。腊梅给他们送来了酥油奶茶。

喝酥油奶茶,看地图,在帐中运筹帷幄,这是赵尔丰出关以来,在康巴地区转战多年养成的生活习惯。

赵尔丰展开军用地图,却并没有就地图谈什么事。大帅这样做,似乎是要给傅华封一种示意,要他联系这张英国人的军用地图作深层次的思考。大帅以手抚须,看了傅华封良久,缓声道:"我很快就要率军入藏了。我入藏后,康区这副重担,就要由你挑了!"

事情虽在意料之中,但一经赵尔丰说出来,还是让傅华封心中不由得一阵狂喜乱跳。要知道,这可是赵尔丰向他实实在在的交权,以后整个康区要务,就是他傅华封说了算,也是表明了他由一个大帅的幕僚正向朝廷军政大员转变。不过,他竭力掩盖着欣喜,做出一副不堪重负、诚惶诚恐的样子,屈屈身子,抱拳一揖道:"多谢大帅的栽培。华封充其量也就是个参军人才,在大帅身边敲敲边鼓勉强可以。大帅交付的这副重担,华封怕是挑不起来。"

"不必过谦。"赵尔丰当然知道傅华封这是在做过场,文人就有这些口是心非的毛病。他手捋银须,笑着摇摇头,一副了然于胸的样子,"多的话就不说了。说真的,康巴这副担子,唯交给你,我才放心。现在,朝廷任命我为川滇边务大臣兼驻藏大臣,明说康区事务仍归我管,可我哪里管得过来。西藏那个烂摊子够我整了。康藏近在咫尺,唇齿相依——康区是西藏后方,是川地屏障,也是我赵尔丰的后方,是我进藏的跳板。说句俗话,是我的屁股。我率兵进西藏诸事是否顺利,是否打得开局面,是否强劲有力,还得看你的康区!"

"大帅的教诲,华封字字句句牢记在心。"傅华封神情凝重,用语铿锵,"华封一定尽心竭力经营好大帅的后方。康区能有今天欣欣向荣景象,全赖大帅在康改土归流，兴教育，办实业……其筚路蓝缕，点点滴滴，华封是一路跟着大帅过来的。"傅华封说到这些，很有些动情，连有"屠夫"之称的赵尔丰听了也默然一会儿，有些动容。是的，康区能有今天，真是太不容易。傅华封说这些话，并非他一味讨好赵尔丰，他对赵尔丰经营康区的成就和战略性的意义，确实认识很深。

赵尔丰的手有些抖。他用一只长了老年斑的、青筋暴露而又有力的大手，一下一下地拂着颔下一缕雪白如银的胡子，目光灼灼。显然，他听了傅华封这席话，内心世界很不平静。略为沉吟，他控制了一下情绪。

"华封！"赵尔丰称傅华封，从不称官职，只称华封，表现出一种特别的亲近和亲切。

"当今康藏之事，各有侧重。"赵尔丰看着傅华封拈须沉思，"在康，主要是施政；在藏，主要是用兵。我想将凤山带去西藏，不知——？"

"大帅目光锐利，提调得也最是。"傅华封立刻爽快地答应了。

赵尔丰想想又说："现在康区已无大碍。次帅借给我们的三门格林炮，帮了我们大忙。我最近忙于进藏事务，抽不了身，我想让你代我近日去成都见见次帅。有这样几件事。"赵尔丰掰起手指一一数来："一是代我去看看次帅身体是否安康？次帅陡然从北地来川，有些不适应川地的气候，我听说次帅最近身体欠安。你替我带点康区土特产，带点祛风祛湿有特效的藏药给次帅。二是将三门格林炮还了，谢谢次帅。三是看看次帅花了大钱花了大力气，在凤凰山训练的一协新军，练得如何了？"说着抬起头来，面露思念之情："听说最近次帅患了寒腿症，腿老疼。四川这个地方天气潮湿，好些从北方来的人都受不了。我们康区产的蛇头麝香治寒腿症特别管用，你一定要给次帅带点去！"

"大帅放心。我明天一早起程。把成都诸事抓紧办完，赶在大帅走之前返回。"看赵尔丰点头，傅华封适时站起，"如果大帅没有别的交代，华封就告辞了？"

"好吧！"赵尔丰站了起来，欲送他几步。傅华封婉拒："大帅，请留步。"赵尔丰还是坚持把傅华封送到帅帐门外。

赵尔丰站在帐篷外面，一直看着傅华封上马，身影融入了黑夜。这时，一

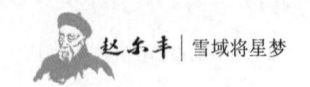

件绵软宽大的丝绸大氅披到赵尔丰身上，他转过身来，见是卓玛。随着一股温暖体香扑来，卓玛伏在他面前，并替他系上大氅绸带。

大帅情不自禁伸出手来，将她的细腰一揽，相拥着进了大帐，转进内帐。

内帐温暖温馨。帐中盘了一张大炕，火烧得很旺。

脱去了外罩的卓玛，显得体姿轻盈，丰满合度，她忙上忙下，像是一头动作敏捷的小鹿。她先替大帅脱去了外套，将大帅扶上炕，让他坐在一块虎皮上。

"大帅，你猜，我给你预备了什么好吃的？"卓玛的汉话说得很好，模样乖巧调皮。这让向来老气横秋的赵尔丰也受到了她的情绪感染，一下变年轻了，变快活了。这时的卓玛只穿了一件薄薄的水红藏裙，中间用一根宽宽的黄绸带束在腰上。这就越发显得腰肢细细的，身肢高挑丰满合度。一根用红绒线扎成的大辫子，又粗又黑地搭在她高高的胸脯上。她的脸是鹅蛋形的，脸蛋红扑扑的，一双眼睛亮晶晶的。真是可爱极了。

"还是先给我来一碗酥油奶茶吧！"正襟危坐的赵尔丰说时，不无惬意地掂了掂颔下银须。

卓玛先给大帅上了碗酥油奶茶，让他润润喉。等大帅美美地喝了茶，像变戏法一样，卓玛已给大帅上齐了酒菜。摆上矮几的菜不多，却都是大帅爱吃的。几个带有清宫特色的白瓷蓝色图案金线走边的盘碟里，分别盛的是川味缠丝兔、唐昌板鸭、四川乡间烟熏腊肉。除此之外，有两味本地特产：腌熏麂子肉和牦牛干。一只弯弯细嘴银壶里盛满大帅爱喝的泸州大曲。赵尔丰一般不喝酒，但不喝酒并不是说他没有酒量。兴致来时，瓶装泸州大曲酒他一人可独饮三瓶。他规定，军中平时任何人不可饮酒，自己率先带头执行。偶尔闲暇，心情郁闷或有喜事时也喝点，但有节制，绝不会醉。这个晚上不同了，他决定畅饮一回。

卓玛给大帅斟酒，大帅接过酒杯，一饮而尽。在将酒杯递还卓玛时，大帅一手捋了捋银须，笑眯眯地看着卓玛："不必拘礼，你坐上炕来，陪我喝两杯。川酒天下闻名，尤其是这泸州大曲，又香又醇。"他知道，卓玛善饮。

卓玛用一双亮晶晶的黑眼睛看着大帅，模样天真地说："卓玛不喝酒，卓玛该服侍大帅。"

"来吧，来吧！"大帅坚持让卓玛上了炕，隔几陪他饮酒。

一杯又一杯。赵尔丰毕竟上了些年纪，来了些酒劲。这时的卓玛，在他的眼中越发英姿飒爽，美丽动人。

"卓玛！"赵尔丰同卓玛聊开了家常，"你想家吗？"他那往常总是目光凌厉的一双豹眼，此时此刻却是脉脉含情。

"想。"姑娘一双美目充满了梦一般的迷离，"昨晚我还梦见了阿妈……"

"那怎么办呢？我们马上就要离开康区去西藏了。"赵尔丰逗她，"我送你回柳林老家吧？"

"不。"卓玛说，"临离老家柳林，阿爸、阿妈就嘱卓玛，永生永世好生服侍大帅。大帅走到哪里，卓玛跟到哪里。卓玛生是大帅的人，死是大帅的鬼。"

"好好！"赵尔丰呵呵笑了，以手抚须，连声赞叹。是为这个可爱的藏家女子对他的一腔赤诚，是为她的憨态悦人，还是为她别有风韵的美？酒不醉人人自醉。当大帅喝完银壶里足足相当于两瓶容量的泸州大曲时，似已不胜酒力。

"天晚了，大帅也乏了，该息了吧？"卓玛问时，见大帅微微点头，她这就下炕，上前一步，弯下腰去，伸手扶他。大帅趁势伸出双臂，猛地抱紧了卓玛的细腰，将她提到了炕上。她没有丝毫的抗拒，向大帅打开了自己柔软如绵、年轻美妙的玉体……旁边烛台上的红烛似不好意思，哔剥一声，火苗忽闪忽闪熄了。

营帐外，万籁俱寂。荒原上偶尔传来一声战马的嘶鸣。黑绒似的天幕上，缀着几颗星星，很亮很远，像是老藏民揣在怀中的宝石。有一颗流星，拖着长长的尾巴，从天幕上一掠而去。康巴高原的秋夜，很美。

成都近郊的凤凰山，终年四季郁郁葱葱。在平原上逶迤而去，像一只就要起飞的金凤，每根翎毛都发出绿色的闪光。山下有一块平整的茵茵草地，足有上百亩——这是川省有名的练兵场、演武地。

这日秋阳朗照，川省总督赵尔巽要在这里检阅他新近练成的新军。上午九时，一协足有万人的新军已在阅兵台下集结，排成一个个整齐的方队。他们一

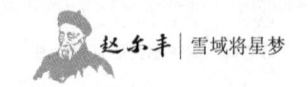

律头戴大盖帽,手持上了刺刀的九子钢枪,身穿黄哔叽军服,打着绑腿,挺胸凸肚,很精神。阅兵台离地五尺,由青砖红石砌成,重檐大屋顶飞翠流丹,极是威武壮观。阅兵台上,当中摆一张长方桌,桌子上铺一面金线走边、红缎面上绣一只雄狮图案的案披。显然,这是大帅赵尔巽的座位,后面几排长条凳,是为陪大帅来阅兵的将佐、幕僚、来宾们预备的。

三声号炮过后,赵尔巽率一帮将佐、幕僚、来宾从阅兵台后的休息室里走上台来,依序坐了。作为赵尔丰大帅代表的傅华封,当然在邀请之列,在后排坐了,有幸躬逢其盛,他看得兴致勃勃。

一身朝服的总督大人,矜持地轻咳一声,示意阅兵式开始。

熊腰虎背的传令官得令后,噔、噔、噔大步走到台前,站得端端正正,挺挺胸脯,亮开打雷似的嗓子,传达大帅的旨意,宣布阅兵式开始。

"嗒嘀、嗒嘀!"由身前披着红色绶带的军乐队吹着号,打着鼓做前导。一个接一个整齐的方队,拉开一定距离,鱼贯经过阅兵台。走在一个个方队前的指挥官,领着自己的方队经过阅兵台时,将手中的指挥刀从上往下一劈,行出漂亮的劈刀礼之时,亮开嗓门高声喊:"正步走——持枪——敬礼!"

脚步声嚓嚓,动作整齐划一。一个个经过台前的方队,就像是高明的木匠用线弹过似的,让台上的大员们大开眼界,啧啧赞叹。

傅华封注意到,正襟危坐的赵尔巽大帅看得特别专注。大帅身材虽然瘦小,但神态却很威严。显得滑稽的是,大帅的亲兵——簇拥在大帅身后的两个戈什哈却长得熊腰虎背,与大帅形成鲜明的对照。戈什哈还是古代满洲武士打扮,身着缺襟袍服,佩鲨鱼皮鞘的长刀。这与台下的新军装束相较,简直相距十万八千里。

阅兵式完结了后,一协万人新军又在台下站成整齐的方队聆听总督大人训示。

赵尔巽得意地理了理从上唇弯垂过口的长长的胡须,清了清喉咙,缓声道:"宣标统秦德林、史承民出列。"恭候一边,胸前佩红色绶带,块头很大的传令官闻声闪出,来到台前,将胸一挺,扯开大嗓门一声喊:"宣标统秦德林、史承民出列。"

队列中应声走出标统秦德林、史承民。他们腆胸凸肚，迈着鹅步来到台下，端端正正向着端坐台上的赵尔巽，"唰"的一声抽出洋刀，行了一个漂亮的劈刀礼，大声道："请大帅训示！"

大帅缓声指示，下面将部队分成两军对阵，由秦德林、史承民分别做两军的指挥。二人得令回列后，赵尔巽又是轻咳一声，不由提高了声音："尹会办！"

"有。"坐在后排的一位个子很高的青年军官应声而起，大步而上，端端正正站在赵尔巽面前。这位年轻军官的仪容很是引人注目。他的声音特别洪亮，身材比任何在场的人都高，两腿也比任何人都长。如果不是按照清廷例律——军人也得在背后拖一根辫子，还以为他是西洋哪国派驻的武官。他那张棱角分明的长条脸上，剑眉星目，一身崭新笔挺的军服上，佩新式陆军将军衔，英姿勃勃。

"你来做两军对阵的裁判！"赵尔巽的声音更提高了些。细心的傅华封注意到，次帅这样说话是有意尽可能让在场的人都听到。

"是。"被称为尹会办的青年军官"啪"地叩响马靴，朗声应命。好家伙，声震瓦屋。

演习接着开始。两边队伍分别由秦德林、史承民率领；分别摆出了长蛇阵、四面埋伏阵、五路进攻阵……忽而两军对垒，相互厮杀。喊杀声震天动地。旌旗猎猎，枪刺闪闪，在烂漫的秋阳中，搅动起一片炫目的寒光——这支新式军队的新式演武，让阅兵台上的文官武将们看得眼花缭乱。正目不暇接之际，只听三声炮响，两军各自收军归队。

接着，两军又排成一个个方队，由军乐队做前导，绕场一周，由远而近，向阅兵台收拢。秦、史两个标统大步走到台下，面对赵尔巽，"嗖"地将手中洋刀一举，在空中划出一个漂亮的弧线，行了一个劈刀礼，分别报告："演习完毕，请大帅收令。"

"收令！"赵尔巽宣布演习结束，接着轻咳两声，用手拂着长长的胡须。看得出来，他对这场两军对抗演练相当满意。坐在台上的文武官员们也都啧啧赞叹，窃窃私语，说这两位留过洋，又经北洋军打磨过的标统，确实不错。

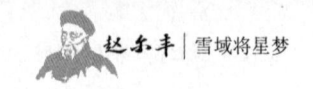

总督大人又唤："尹会办！"

"有。"刚才那位仪表堂堂的青年军官又应声而出，端端正正地站在赵尔巽面前。

"尹会办，两军演习你觉得如何？"赵尔巽用一双倒眯不眯的猫儿眼，瞟了一眼站在面前的青年军官，言谈举止间有种冷嘲热讽的意味。

"这种演习完全是花架子，形同儿戏。幸好是演习，若是这样上战场，是必败之道……"嗨呀，真是语惊四座。傅华封掉过头去，小声问坐在旁边一位头戴瓜皮帽，眼睛上扣一副金边眼镜，师爷状的中年人："说这话的，何其人也？"

"毛桃子娃娃尹昌衡嘛。"师爷模样的人小声告诉他，"他是大名人颜缉祜的未婚女婿，大学士颜楷的妹夫……"原来这人就是在川军中很有威望的尹昌衡。尹昌衡这个人物的来由他是知道的。尹昌衡是四川省彭县人，光绪三十年（1904），因为他在就读的四川第一届武备学校成绩优异，被选送日本东京士官学校留学，与蔡锷是先后同学。与阎锡山、李烈钧、唐继尧等是同班同学。回国后，因被清廷怀疑在日时，参加过孙中山领导的旨在推翻清朝的同盟会中的秘密军事组织"铁血丈夫团"而不被录用，被同学介绍给了广西巡抚张鸣岐。张鸣岐看他是个人才，认为他有"元龙之气，伏波之才"，延聘去广西桂林，同早他三期在日本士官学校毕业的蔡锷一起创办广西陆军学校。蔡锷任校长，尹昌衡任教务长。第一期招生在即，蔡松坡①因病，让尹昌衡全权负责招生。首届招生200名，前三名要带去见巡抚张鸣岐。尹昌衡招生很特别，他坐在那里，让学生一个个来过堂，接受他的全面考试，他说谁考上了就考上了。学生招考过半，尚无一个满意的，正在暗叹广西无人时，进来一个考生，仪表堂堂，有大将风度，再一考问，来人无不对答如流。

"你叫什么名字？"

"白崇禧。"

尹昌衡当即吩咐录员，将白崇禧收为第三名。以后的第一名叶琪和第二名

---

① 蔡锷字松坡。

韦旦明当然就勉强了些，因为没有考生能超过白崇禧。

当天晚上，尹昌衡带上白崇禧、叶琪和韦旦明去面见巡抚张鸣岐。张鸣岐很高兴，认为尹昌衡为广西延揽了人才，设盛宴款待他们。宴罢，尹昌衡独自骑上他的火焰驹归营。月上中天，远山近水，好一幅八桂山水美景。正暗自赞叹间，旁边猛地窜出一青年，用手抓住尹昌衡的马嚼子。

"大胆，什么人？"骑在马上的尹昌衡大喝一声。

"大人，请留步，小人是来考军校的学生。"

"混账东西，军人以遵守时间为生命。本届收生早已完毕，你这个时候才来，当什么军人？"尹昌衡本来就声如洪钟，骑在马上，人特别高大威武，以为这样一来，可以将这个年轻人轰退。不意那青年不惊不诧，沉着应对解释："小人因为家贫，在外帮人。得知消息已迟，路又远，尽管快赶慢赶，还是来迟。请大人鉴谅。"

尹昌衡注意看了看来人，月光下的青年，衣着朴实，不高不矮的个子，笃实，高高的颧骨，阔嘴，身上流溢着一种英豪之气。他不由问："你叫什么名字？"

"李——宗——仁！"

"好，你录取了。"

回到驻地，副官赶忙去找梯子，准备在录取榜上添上李宗仁的名字。骑在马上的尹昌衡，从副官手上接过墨笔，在榜上龙飞凤舞，添上了"李宗仁"的名字。

广西桂林，一时成了四川人才荟萃地。曾做过清廷翰林，有名的道学家颜缉祜、颜楷父子在那里。清朝四川唯一的状元骆成骧也在桂林。颜楷和骆成骧分任广西法政学堂的监督和总办。还有新军协统胡景伊也是四川人……颜家看上了才貌双全的尹昌衡，托骆成骧给颜楷的妹妹颜机说媒。颜机有才有貌，大家出身，自然一说就成，并订了婚约。

尹昌衡终是不改脾性，他在广西桂林锋芒毕露，同当地同盟会关系密切；同覃鎏鑫、吕公望、赵正辛等人主办了《指南月刊》，因言辞激烈，随时抨击朝政，被张鸣岐勒令停刊。随后，张鸣岐发现尹昌衡"傲慢不羁"，"好饮酒赋诗谈革命",以"有志须填海,无权欲陷天"自诩,大为不满。

"此处不养爷,自有养爷处"——尹昌衡是个红脸汉子,主动辞职了。张鸣岐照顾大名士颜楷父子的脸面,为尹昌衡设宴饯行。酒席宴上,张鸣岐告诫尹昌衡:"不做不狂不嗜饮,则为长城。"尹昌衡则针锋相对:"亦文亦武亦仁明,终必大用。"

宴会后,颜楷代表父亲找尹昌衡恳谈。着长袍马褂,衣着整洁,面白貌端的颜楷略为踌躇,神情甚至有些忸怩,他看着未来的妹夫尹昌衡,缓声问:"你今年二十有五了吧?"尹昌衡说是。

"你回成都,家父与川督赵尔巽有交情,与你修书一封,想来川督会善待于你。"颜楷说:"舍妹年龄几近小你一半。依说,你是该完婚了,但一是舍妹现在还小,二是现在完婚也不合适。家父的意思是,你回成都后,如果感到衣食起居需人照顾,可以先娶一房侧室。"经学大师说完这番话,白晳的脸上涌起一阵潮红,心中颇不平静。显然,他并不希望尹昌衡回成都后,先娶一房侧室,不由注意打量尹昌衡的神情。

不意尹昌衡却回答得很干脆,他说:"要得!"果然,尹昌衡回到成都,在娶颜机之前,很快先娶了一房侧室。

回川前夕,尹昌衡走马独秀峰下,赋诗抒发胸中块垒:

局脊摧心目,崎岖慨始终。
骥心愁狭地,雁过恋长空。
世乱谁忧国,城孤不御戎。
临崖抚忠孝,双泪落秋风。

尹昌衡回到成都,川督赵尔巽因颜缉祜的推荐,尹昌衡本人也确实有才,一时却又无适当位置安置,暂时委尹昌衡为川省督练公所编译局总办。军衔很高,相当于以后新军旅长级,在当时同学中,这个级别,可谓凤毛麟角了。可是,尹昌衡是一个有大志的人,他认为自己被埋没,对川督赵尔巽在军队中不重视川人,非常不满。

有一次，赵尔巽请一干人去督署座谈，内中有尹昌衡。总督大人高坐堂上，清了清喉咙，姿态矜持地嗟叹："近闻外间对本督颇有微词，说是本督瞧不起川人，新军中的官都被外省人当完了。并非本督瞧不起川人，而是四川军事人才奇缺，本督借重外省人是迫不得已……"就在这时，坐在后面的尹昌衡突然站起，喊操似的说："报告大帅，四川有的是军事人才。"好家伙，声震瓦屋。

大家为之震惊，掉头看去，原来是新毛猴尹昌衡。倒是总督大人沉着，他看着这个新毛猴，一双倒睁不睁的猫眼，射出两道令人莫测的光，同时用手理了理弯垂过口的长长的胡须，略带笑意，缓声问："那你说，哪个是四川的军事人才？"

"报告大帅，尹昌衡就是军事人才，周道刚也是军事人才。"众人都知道，周道刚是双流县人，也是留学日本士官学校毕业生，在新军中是个中级军官。

新毛猴的突然发难，让总督大人差点下不了台。好在总督手下插科打诨的油子多的是，事情终于过去了。但现在看来，赵尔巽记住了这个尹昌衡，有意让他今天当两军对练的裁判，但这个尹昌衡不卖总督大人的面子，当着成千上万人，将两位带军的标统批得体无完肤，让总督大人下不了台。阅兵台上的文武官员们，不由得小声议论开了，而被尹昌衡批得一塌糊涂的秦、史两位标统满面羞色，如果地上有个洞真想钻下去。台上台下都拿眼看着端坐台上的总督大人，看他如何收场。

傅华封注意到，虽然总督大人脸上有些挂不住，还是相当有肚量的。总督大人含混不清地笑笑，然后就吩咐大摆宴席，犒赏三军。

赵尔巽当然坐首席首位。傅华封因为是赵尔丰派来的代表，在首席末位叨坐作陪。按规矩，尹昌衡也应该坐得离总督大人近一些。可是他气鼓气胀的，故意坐得离总督大人离山吊水的。开始上席了，菜肴丰盛，川酒也好。不仅上齐了有名的种种川菜，还上了驼唇等上八珍，琳琅满目，备极讲究，真可谓"破费一席酒，可解九世冤"了。

在众人仰慕中，总督大人站起来讲话了。大家赶紧全都举杯站起。赵尔巽手端酒杯致辞："尔巽来川有年，迄无建树。而当今天下很不太平，可谓内忧

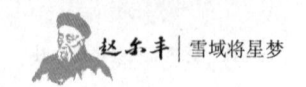

外患。西方洋人依仗其船坚炮利，对我大清压迫日甚一日。英人垂涎我西藏，频频犯我西部边陲，烽烟再起。国内乱党势增，省内不少地区土匪横行。古圣人有言，天下未乱蜀先乱，天下已治蜀后治。今固我四川，就是固我大清西部边陲，就是固我大清江山。"说到这里，他话锋一转："所幸的是，尔巽年来殚精竭虑，八方操持，得诸君帮衬，今日终于练成这协新军。尔巽特为四川喜，为四川贺，来，大家干了这杯！"

在众声盈耳、贺声一片中，总督大人和大家一起饮了满杯，并照了杯底。

"好。随意，随意！"总督大人向大家挥挥手，坐下了。

"尹会办！"不意总督大人坐下就唤尹昌衡。

"有。"坐得离山吊水的尹昌衡应声而起。

"尹会办的酒量向来很好，以善饮出名。"赵尔巽用一双倒眯不眯的猫眼看着尹昌衡，"刚才大家都高高兴兴站起来，同本督共饮满杯，独你坐在那里不饮，不知你有何心事？"

傅华封心想，赵尔巽原来一直没有放过尹昌衡，注意着他的一举一动。

"心事倒没有。"尹昌衡说，"不过部下生性愚钝，对大帅刚才讲的一些话不懂，正在思量，所以没有站起举杯，失礼之处，请大帅鉴谅。"看得出来，尹昌衡想敷衍过去。可赵尔巽不依，他说："本督刚才讲的话，句句通俗易懂。有哪句你不懂，你说出来。"

看来是避不过去了，尹昌衡干脆来个竹筒倒豆子："刚才大帅说因为练成了这协新军，为四川喜，为四川贺。部下不懂，有何事值得喜，值得贺？"

"还不明白吗？"赵尔巽一声冷笑，"这一协新军对内可治匪，对外可御敌。"

"对内可治匪，对外可御敌？"尹昌衡将总督大人说的话重复了一遍，抬眼望望台上台下，颇有些桀骜不驯的意味。"恕昌衡直言，说到治匪，四川哪有那么多匪要治？至于说到对外御敌，此军根本就不可用。"

啊呀，尹昌衡怎么能这样同总督大人叫板抬杠？台上台下一片哗然。

"此军不可用？"向来遇事沉着的赵尔巽勃然变色，喝问尹昌衡，"此话怎讲？"

台上台下鸦雀无声，千人万众洗耳静听，都注视着因为人高，被叫作"尹长子"的尹昌衡。

尹昌衡略略沉吟，似乎又想敷衍了事。他说："因为这一协新军的枪械装备落后了些。"

"枪械落后，这好办。待省财政状况好转，继续更新。"说到这里，赵尔巽又是冷笑一声，揭尹昌衡的底，"不过，这不是尹会办的真心话吧？"

看来是躲不过去了。尹昌衡也就将心中的话摊明："窃以为千金易得，一将难求。汉朝晁错说过，'将不知兵，以其兵与敌也。主不择将，以其国与敌也。'大帅只知练兵不知选将，所以我说你的这支新军不能用。"

"好，这才是你的真心，这才是你的真话。"赵尔巽以手拂髯，微微一笑，"那依你说，谁才是将才呢？"

"既然大帅问到这里，部下不敢不据实回答——部下尹昌衡就是将才。"

"好，你是将才。"赵尔巽又是一声冷笑，"还有谁是将才？"

"还有周道刚是将才。"

"你们都是将才，都要重用。除了你二人，还有谁是将才？"

"报告大帅，没有了。"尹昌衡此话一出，场上又是一阵大哗。新军中川人占绝大多数，听了这话，面呈喜色，外省军官则面露怒容。

"你是何等学历？"总督大人欲擒故纵地问。

"最终学历是日本士官学校步科第六期毕业的高才生。"

"周道刚呢？"

"与蔡松坡同学，早我三期在日本士官学校毕业。"

"那他们呢？"赵尔巽用手指指在座的秦德林、史承民。

"他们也是留学日本的军校毕业生。"

"都是留学日本军校的毕业生，为何就你和周道刚才是将才，他们就不是将才？"赵尔巽的言语有些咄咄逼人。

"请问大帅，"思维敏捷的尹昌衡反击，"宋朝的李纲是何出身？"

"状元出身。"博学多识的总督张口就来。说时，他瞪大一双猫眼看着尹昌衡，不明白他为什么一下子将话题扯得多远。

"秦桧呢?"尹昌衡又问,连连反击。赵尔巽恍然大悟,明白中了尹长子的计了,顿时语塞。

"文天祥和留梦炎呢?"尹昌衡得理不让人,开始点醒主题,"他们都是状元出身,可留梦炎最后投降元朝,秦桧更是有名的奸臣。文天祥却至死不降,留下了'人生自古谁无死,留取丹心照汗青'的千古绝唱。大帅仅以资格取人,岂是求才之道?"

赵尔巽进士出身,当过翰林,现是朝廷封疆大吏,号称干员,当众栽在这个新毛猴手里,简直气昏了。场上大员们赶紧上去敷衍解围,说尹长子酒吃多了,打胡乱说;大人不记小人过云云。周道刚也赶紧上前,将尹昌衡拉去了一边。一场风波总算平息了。但傅华封看得出来,总督大人的内心很受伤。也就从这一刻起,尹昌衡这个名字刀劈斧砍般地留在了他的脑海里。

按照约定的时间,在天黑以后,傅华封去督署向赵尔巽总督大人辞行。来到门前,将一张洒金梅红名片递给把门的戈什哈后,很快,顶翎辉煌的戈什哈从内庭返回,对傅华封说:"大人有请!"

天上有月,月影移墙。偌大的督署内,鱼池、假山,掩映于茂林修竹中的崇楼丽阁,在月光下,显出一种朦胧,一种诗意,一种只有富庶的川西平原、锦绣成都才有的幽静温馨。傅华封不是外人,川督署也不是第一次来。次帅在书房等他,他一个人穿庭过廊,潇潇洒洒而去。

傅华封来到了赵尔巽的书房门外——这是内院一间中式青砖白壁房,四周花木围绕,不大,却极雅致。在这月夜,雪白的窗户纸上亮着红晕晕的灯光,清风送来阵阵花香,极幽静。傅华封站在门前留步,整了整衣冠,这才走上前去,隔帘轻轻一声:"次帅!"

"是华封么?"语气亲切,但次帅好像身体不适,声音有些暗哑。

"是,大帅,我是傅华封。"

"请进来吧。"里面应道。

傅华封掀帘进门,屋内就次帅一人。置放在金色枝子形灯罩上的一根大红蜡烛忽悠悠闪,滴着烛泪。幽幽的光线中,次帅有气无力地斜倚在一把太师椅上，身着绸缎便服，脚搁在矮脚几上，病恹恹的，书房中靠壁的书柜等全都影影绰绰。次帅用手示意傅华封隔几坐下。傅华封遵命坐了，发现茶早就给他泡好了，一碗茉莉花盖碗茶置放在高脚茶几上。屋里没有多余的人，连使女也没有出现。他知道，这是次帅不想在这样的场合有外人。

"次帅，你人不舒服么？"傅华封小心翼翼地问。

"不妨事。不过是今天酒饮过量了些，头有些痛。"大帅说时，并不睁开眼睛，只是用瘦手在几上轻扣一下，"请茶，这是我让下人刚给你泡的。"

"谢大帅。"傅华封说时欠了欠身，端起茶碗，轻轻呷了一口，算是领受。想起早晨大帅阅兵时劲头十足，而现在则是这样一副霜打了似的，心想，哪怕如赵尔巽这样的大帅，情感上其实也是挺脆弱的。不用说，次帅现在精神这样萎靡，全是因为上午尹昌衡气的。但他不想提起这事，免得引起次帅伤心。他有意转移赵尔巽的注意，说："次帅，我明天就要回康区去了，临别之际，特意来向次帅辞行。听听次帅还有什么教诲。"

"没有多的话了。"赵尔巽缓缓悠悠地说，"也好，康藏正是多事之秋，尔丰对你多有借重，我也就不多留你了。"其实，本来也没有说的了，次帅要给赵尔丰说的话，都在一封厚厚的信里；傅华封今晚来，纯粹就是礼节性的。息了息，赵尔巽又缓声说道："你回去告诉我三弟，最近联豫他们活动很厉害，你让他多多留心，不要让人家抓住什么把柄口实。进藏之事，宜快不宜迟。"

"是，次帅。"傅华封想了想，"季帅要我快些回去，就是要尽快进藏。"略为停顿，他似乎在斟酌词句，"临行前，季帅专门对我说，成都方面钟颖率军进藏事，请次帅多多费心催促。"

"这个自然，说好的一月之内动身。我会让钟颖准时率军起程。"

要谈的公务，不多的几句话就算谈完了。按照官场礼节，作为赵尔巽三弟康藏大臣赵尔丰的代表傅华封，在这个时候，该谈点别的了，比如家常类的话题。但是今天赵尔巽显然没有这样的心情。时间还早，这样抽身似乎显得有些不妥，而且赵尔巽此时也显得有些形单影只。思想上电光石火般，傅华封想到了一个很好的话题，估计谈开了，会让次帅高兴。

"次帅！"傅华封轻言细语，"不知季帅专门让我带来的蛇头麝香，次帅用过没有？这种康地特有的药，治治头疼脑热的最为管用。季帅听次帅来川后腿上带了些风湿，专门让我给次帅带来的，也极管用，不知次帅用过没有，药效如何？"

"嗯，是不错。"这一问，赵尔巽果然来了些精神，睁了睁猫眼，神色也好了些。傅华封知道，赵尔巽对中医、中药都有点研究，对康藏药材尤有兴趣。赵尔巽抬了抬头，看着傅华封："这蛇头麝香，是咋回事，我听说过一些，说得很神。"

"这蛇头麝香确实是有些神奇！"看赵尔巽对这个话题感兴趣，傅华封滔滔不绝地谈下去。赵尔巽的脉他是摸准了，其实他压根就没有什么病，只是情绪不好，他要把赵尔巽的情绪调动起来，说得高兴起来。

"次帅有兴趣听听这蛇头麝香的事？"

"嗯。"

"康藏多獐麝。这，人所共知，不足为奇。奇的是取麝之法，特别是蛇头麝香。当春夏之交，那是康藏最好的时节。阳光洒满山林，深山密林中，那些獐子特别活跃轻灵。獐，类似鹿而无角，毛呈灰褐色。这个时节，那些雄健之鹿，往往选一株虬枝盘杂的大树，来到树荫下睡。它们伸开四肢，侧着身子，这样肚脐张开，满林子荡漾起腥臭味。便有虫蚁闻臭缘附而去，纷纷钻进獐之肚脐。殊不知獐那肚脐里满是剧毒，虫蚁一经钻进去，獐便收紧肚脐，虫蚁立死。于是，獐又张开肚脐，又有虫蚁闻臭缘附而来。就这样周而复始，久之，獐的肚脐内满，一些时日过后，獐肚脐内那些虫蚁遂成麝。"傅华封见赵尔巽睁开了眼睛，知道他已完全被自己吸引了。

"这还不算稀罕。"傅华封继续绘声绘色讲下去，"奇的是林中蛇，也被獐张开的肚脐所散发的奇臭所吸引，将头探了进去。"

"哎呀！"赵尔巽一惊坐起，急切地问，"那是一个什么样的结果？活蛇钻进了獐子肚脐，獐子的肚脐立刻关闭？"赵尔巽神情急切地看着傅华封，催他讲下去。

"次帅说得对。"看赵尔巽的胃口被自己吊得足足的，傅华封像个专业的说书人，这时却又不讲了，端起茶来，揭开盖子，轻推茶汤，轻轻呷了一口，放下茶碗,才又不慌不忙地说,"那雄獐待活蛇全部钻进肚里,獐子立刻将肚脐夹紧,站起来,飞奔而去。不多时,蛇在獐体内活活憋死。辗转月余,蛇身从獐体内脱落,蛇头却含脐中,久而成麝。一头獐子中能取的蛇头麝香,重的不过一两以上,轻的仅三五钱而已。"看赵尔巽长长地吐了一口气,傅华封说:"精彩的还在后头。当地藏民估计是取蛇头香的时候了,这就邀三喝五上山打猎。在密林中,獐子行动极为敏捷,枪打不中,犬追不上。但獐子有个毛病,性多疑。跑不多远就要停下来,频频掉头回顾。猎人往往就在这时候开枪。獐子中弹后,猎犬猛扑上去。藏人得獐,立取脐悬其室,数日后脐干;先掘土将其窖置,再以生叶裹之。覆以薄土,徐徐火炕,去其腥味,便成芬芳之麝。"

"妙!"赵尔巽轻拍两掌,兴致很高地问,"我现时头有些痛,能不能服些这种麝?"

"行。"傅华封说,"此藏药灵性如何?正好请次帅验证。"

赵尔巽这就起身,在一个小柜子里取出赵尔丰送的一个精巧的翡翠色小扁瓶子,迫不及待拔开瓶塞,在鼻子上一闻"啊——嚏"连着打了两个喷嚏。

"哎,是不一样,是舒服,舒服。通了、通了!"赵尔巽这会儿又挤眼睛又揉鼻子,神情快活,像个小孩子。

傅华封这就适时站起告辞。素来清高傲慢的川督赵尔巽今晚破例,一直将傅华封送至中门。

诸事已毕,赵尔丰率边军三营先行入藏之时,景物萧瑟,康藏冬天已经早到了。

性情操切的赵大帅率精兵三营,进军西藏,昼夜兼程。

这一天,天还未亮明。在白雪皑皑高耸入云的雀儿山下,一间厚厚小小的藏房里,军需官林保民忽然从一个噩梦中惊醒。他一把掀开盖在身上的藏毡,坐起来在营帐中发愣——康藏大臣赵尔丰,为保证他的进藏部队沿线能得到源源不绝的粮草补给,在千里康藏线沿线设置了多个粮站粮官。林保民就是其中之一。

十天前,赵尔丰率军取北道,经泰宁,过道孚、炉霍,向西藏兼程而行。

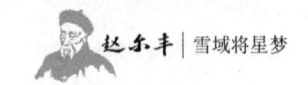

在内地，时序还是深秋，在康藏已经下雪了。大军所过处，道路荒僻，往往是行一二日沿线无人烟。康藏行军，动则需乌拉驮运，又需两三日一换。无乌拉，大军寸步难行。赵尔丰所率大军，每营需牛、马二千余头，合计共需五六千头。而且，要悉数取自沿途藏人。藏路上行军，绝非内地夫役所能胜任。就是内地的马，无论多好，一入藏地也都不行。

海拔高达六千多米的雀儿山遥遥在望，横亘在大军面前。它高耸入云，白雪皑皑，横如匹练，极为雄浑。当大部队跋涉在炉霍至雀儿山一线时，沿途风雪交加，寒风刺骨，军队与乌拉混杂而行。山路上，砂砾遍地，雪风眯目，时登时降，行路甚为艰苦，偏偏大帅又催得紧，要求每天务必行百二十里程。紧赶慢赶，常常天黑了大军都还在赶路。宿营时，士兵的喧呼声与牛马嘶鸣声交相呼应，直到半夜才能停止。严寒中的官兵，瑟缩战栗，不胜凄楚。

大部队来到了雀儿山下，因乌拉不继，大帅派人将林保民和当地粮道邓根叫去，对他们发了好大脾气，限令他两人，今明两天务必把乌拉办齐，否则，军法从事。林保民知道，有"屠夫"之称的、新近又被朝廷加封为钦差大臣的赵尔丰赵钦帅，是说得出做得出的。大人物的话，往往就是法律，不管有没有道理。而此地高寒，人烟本来就稀少，加上西藏噶厦的唆使，当地藏人差不多都跑光了，到哪儿去找这么多乌拉？

东想西想，年近五十的军需官林保民头昏沉沉的。门外，远处的军号声又响了起来，是吃饭的号声。想到这里，他越发焦急，叹了口气，紧紧系在颈上的毛围巾，站起身来，推开房门；随着一股凛冽的寒气，一地晶莹的白雪扑面而来。

昨日宿在门前的乌拉呢？怎么都不见了？林保民大吃一惊。大部队行军是这样：宿营时，千余头牛马拥在坪中。藏民卸装，动作麻利，乌拉全部卸完，不到一个小时。放牧时，藏民扬声吆喝，山头群牛四散，满山满谷去各处啃吃青草。收拢时，只要藏民呼哨一声，山头群牛攒动，争先恐后，乖乖归队。藏民这就平地打桩，系长绳，排列成若干行。长绳中又系无数短绳，拴于牛蹄。牛倚绳，或立或卧，听话得很。而今天早晨，眼前白茫茫一片，那么多乌拉、牛马全不见了，难道它们飞了，驾了地遁？

林保民这一急、一吓,头上冒出了汗,他大声喊:"看乌拉的兵哪去了?"

"军需官,何事?"那兵不知从哪里钻出来,肩着枪,穿得很多,根本看不清兵的脸,只觉圆滚滚的一身,不断跺脚,像个狗熊。

"还何事?"林保民指着他大声喝道,"你看守的乌拉呢?你看守的牛、马呢?"

"都在呀。"卫兵不惊不诧。

"在哪里?"林保民惊了。

"不就在你的眼前吗?你看——!"林保民顺着那兵手指的方向看去,只见大坪中是无数的雪堆。那兵走上前去,用脚朝一雪堆跺去。厚厚的一层白雪抖落处,一条牦牛很不情愿地缓缓站起。

"啊,原来如此!"军需官转忧为喜。他转到屋后马厩中拉出马,翻身而上,扬起一鞭,驱马向邓军粮处而去。

邓军粮住的是一间有围墙的藏房。四周还有几间分散的零零落落的藏房,这已经算是雀儿山下一个不算小的城镇了。林保民心急火燎地下了马,来到邓军粮处,进了门,又是一惊。这邓军粮在搞啥子名堂啊?已经是火烧眉毛了,他竟还有这样的闲情逸致?大屋里有数十个土司,竟都盘腿坐在地上,相互间窃窃耳语。邓军粮同一红衣喇嘛站在这些土司面前,用藏语说着什么。

邓军粮见到心急火燎的他,只一笑一点头,示意他站在一边看。

只见红衣喇嘛手持一炷佛香,对稳坐地上的土司们说了一会儿什么;接着手拿一尊佛像,挨个走上前去,置土司头上,一问一答,周而复始。懂藏语的邓军粮则跟在红衣喇嘛后面,将土司们说的话一一记在本子上。完了,邓军粮让红衣喇嘛走了,让数十个土司也走了,军粮府空了,就他们两人相对。

不待一脸苦相的林保民诘问,邓军粮笑说:"好了,你回去吧,保证你我要的乌拉准时到,而且有多不少。"

"邓军粮,你是在做梦吗,还是被赵钦差的军令吓昏了?"林保民欲哭无泪,"你这一早晨变戏法还能变出所需的乌拉来?我告诉你,老兄,今天弄不好,你我的脑袋可是要搬家的!"

"军需官,你就放放心心地把你的心揣回胸腔子里去!"邓军粮一本正经地

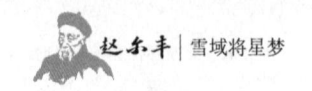

说,"你要知道,在藏区,有时就得装神弄鬼才办得成事。"

"你这话是什么意思?"

"为完成赵钦帅交办的乌拉事,这几天我也是伤透了脑筋。我召集土司们来谈乌拉事,他们百般推诿,说什么这阵一会儿是汉军过,一会儿是藏军过,都要派乌拉,实在是不堪重负。我想来想去,想到藏人都信佛,在神佛面前不敢弄假,便请来大喇嘛,要土司们在神佛面前盟誓,报出实际的乌拉数目。结果,他们报出的乌拉,比我们想要的还多。"

邓军粮说完哈哈大笑,明白了原委的林保民也破涕为笑,夸赞邓军粮说:"哎呀,这下我们算是活出来了,你老兄的智谋简直可以同诸葛亮比了。"

"怕是昨晚一夜都没有睡好吧?"邓军粮与林保民同是川人,说话幽默,"看你这副皮泡脸肿的样子。来,坐下,我叫老婆整几个菜,我们好好喝几盅。"

邓军粮的老婆也是四川人,在穿着上已入乡随俗,藏化了,但川菜做得不错。她做了当地的面食和一盘回锅肉招待林保民。饭后,林保民骑马赶回驻地大营。一路上只见支差藏民拉牛送马,漫山遍野而来。少顷,乌拉聚至坪内,林保民去点了点数,牛、马不下千头。他大喜,赶紧去赵钦差大营交了差。

得到了足够的乌拉。次日,连日阴霾的天一早放晴,赵尔丰命大军即日开拔,乌拉先行。那些支差藏民体力之强,令人吃惊。一驮驮枪弹、粮包,每驮重逾百斤。高寒地区,空气稀薄,纵然是经边几年的边兵,动作稍大一点,也得喘粗气。但这些藏民却是举重若轻,一手挟一驮,边唱歌边上驮,好像在做游戏。不到一个小时,二千多驮粮、弹就已上好了。

大部队出发了。

远看高耸入云的雀儿山上,朵朵银棉般翻滚的白云,与摩天积雪共为一色,蒸腾变幻,奇趣横生。愈朝上行天气愈冷;风云变幻,诡谲神奇。强劲的山风,隆响于峡谷峭壁。天上出着太阳,山上却毫无热力。冰雪满山,谷底溪流,气候严寒,令人发指。天地间灿若银装,大部队逶迤行进在山道上,踏冰时的声响数里路外可闻。

山道越来越陡,夕阳衔山时,部队上一山脊平顶宿营。是夜人在山上,犹如进了冰窟窿,寒气钻心。夜深了,疲劳至极的官兵们在营帐中辗转呻吟,无法入睡。纷纷走出帐外,捡点枯枝回帐点燃取暖,围火而坐,等待天明。

幸好第二天天气晴好。早饭后大部队向主峰挺进。登一山时,见前山更险峻,仰视不见顶。前营管带纪得胜问队中向导,此是何山,向导答老鹰嘴。这是雀儿山最险的一段。说时,前头部队停下了,纪管带上前一看,惊骇得心跳不已:一条比鸭肠子还细的山道,九盘十八绕,从形似老鹰嘴的山巅挂下来。山巅背上,是一片空蒙的天幕,鹰嘴山路宽仅数丈,山上泻冰,窄窄的山路像溜滑的玻璃。俯视脚下,万丈深渊,深不见底,甩块石头下去,半天没有回音。显然,倘若人畜失脚掉下悬崖,断无生还的可能。赵尔丰派传令兵来,要前锋管带纪得胜务必小心谨慎,确保部队通过老鹰嘴。纪得胜接了令,可一时觉得束手无策。在这样的高海拔山上,官兵们都张着嘴喘粗气,像断了水就要渴死的鱼。纪管带只好去请军中的藏民们将老鹰嘴平一平,让大部队安全通过。

藏人耿直,性情豪爽,他们纷纷从马背上的驮子里取出铁铲,上前凿土垫道。不多时干得大汗淋漓,脱了衣服,赤胸露背。藏人身体强健,都有着扇面形的宽肩,结实的肌肉块块饱绽,汗珠在紫油油的肌肉上滚动。他们边干边唱起藏歌,似乎这凶险的老鹰嘴在他们那里根本就不值一谈,是小菜一碟。那份潇洒真是让人羡慕不已。路整治过了,大部队顺利过了老鹰嘴,刚松了口气,前面又出现险情。大队过一座老头山时,刚至半山腰,忽见一群野牛在半坡斗殴。

"砰、砰!"因为野牛挡道,前锋部队中有人开枪了。群牛受惊,循声冲来,狂奔怒号,其势不可挡,简直像古时齐国田单摆下的火牛阵。前锋部队躲闪不及,伤者十余人。幸好支差藏人有经验,他们出来大声吆喝,部队赶紧让开一条路,让野牛一阵烟似的冲下山去。

当地民谣:"提起雀儿山,自古少人烟。飞鸟也难上山顶,终年雪不断。"部队登上了海拔六千一百六十八米的主峰时,环顾四周,一片冰天雪地,深深的寒气沁人。稀薄的空气让人头昏脑涨,胸上像堵了一块大石头,喘不过气来,两腿重如千斤。驮队中,那么耐寒坚韧善于攀登的牦牛,也因严重缺氧,

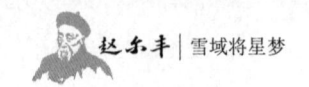

肚子风箱般抽动不已，吐着红舌头，嘴里喷着热气吐着白沫。队中，有的兵士和牛马走着走着，突然跌倒在地，再也爬不起来，瞪着一双无能为力的白眼，凄惨地仰望着高远的蓝天。只有那些无所不在的雄鹰，在蓝得刺人的天上盘旋。部队过后，它们像箭一样凌空而下，直扑倒毙了的人畜。

经千辛万苦，沿途留下数十具人畜骸骨后，年届花甲的钦差大臣赵尔丰统率他的行辕和三营精锐边兵，征服了进藏途中的天险雀儿山。经一个多月的艰难跋涉，到达了位于横断山北缘，地处金沙江峡谷的重镇德格。前面已无险阻，过金沙江，就是藏东昌都地区了。

这天天气很好，赵尔丰心情也很好。在卓玛和少数亲兵的陪伴下，去"雪山下的宗教宝库"——德格印经院参观。

听闻赵钦帅驾到，德格印经院大喇嘛赶紧率全院寺僧出门恭迎。向大帅一行敬献哈达后，大喇嘛陪着进去参观。

德格印经院藏名全称"德格吉祥聚慧经院"，是藏族地区三大经院之一，由第四十二世德格土司却吉·登巴泽仁于清雍正七年（1792）始建。经院格局宏大，坐北向南，褐红色的土墙环绕四周。顶楼上横立一对镏金孔雀，富丽堂皇。底楼为大经堂，殿内塑有诸教派的大佛像，四周墙壁皆绘有色彩斑斓的宗教壁画。楼上有两层经版库房，内藏藏文书版二百余部，计二十一万七千多块。全院藏书四千六百六十九种，中有世界著名佛书——《甘珠尔》《丹珠尔》两部大藏书。此外，还有若干珍贵的佛教经典著作、译著、传记和历史专著等，有的还是海内孤本。这里印的藏文书籍，不仅发行川、藏、滇、甘等地，而且远销印度、日本、尼泊尔、东南亚和西欧等世界各地。

赵尔丰在大经堂里啧啧赞叹间，突然一声"大帅——"传来，赵尔丰掉头一看，是卫士长刘彪赶来了，手中拿着一封急电。

"什么事，如此惊慌？"赵尔丰立刻虎起一张脸喝问。

"次帅从成都来的急信！"卫士长站在大帅面前，恭恭敬敬将信呈上。赵尔丰看是二哥的亲笔信，急忙拆开看下去。还没有看完，脸色陡变，因为气愤，手都在发抖，一双豹眼闪着令人骇怕的光，让大帅身边的幕僚吓了一跳。

"次帅来信说，情况有变。兵部又下令，要我暂缓进藏，只是要我对钟颖部相机策应……"说着，赵尔丰看着周围的幕僚连连冷笑，"这算什么事啊？不是说好的钟颖归我节制吗？这下我和钟颖谁该节制谁都有了问题，还有那个在拉萨赖着不走的联豫！这样，怕是要来一个三足鼎立之势吧？不行，我得写信去问问兵部那些尸位素餐的人，我得上书圣上！"

"大帅，怕事情还有转机？不是还没有得到兵部的确切信函吗？那帮人，有什么主见，常常是朝令夕改。"幕僚们议论纷纷。

赵尔丰的身边不乏谋士，纷纷出起主意。

听了这些话，赵尔丰的脸色缓和了些。想想，印经院里可不是谈国是的地方！他猛地朝外走去。

来到印经院门口，赵尔丰立刻翻身上马，因为生气，竟忘了向他躬身行礼的印经院红衣大喇嘛还礼作别。

第八章 惊心动魄大角逐

钟颖一根油浸浸的大辫子搭在厚实的背上，两只大手抄在胸前，呆立在墙壁正中那幅西藏地图前，已很有一会儿了。

高原明亮的阳光透进嵌花玻璃来，在光可鉴人的地板上闪灼游移。肥硕惊人的川军协统不由得叹了口气，有些蹒跚地走了几步，坐在一把从英国进口的沙发上，仔细打量起这间土司客厅。这是二楼，窗台上的盆花开得很艳丽。室内的沙发、座钟、壁柜等无一不华美，这让出身钟鸣鼎食之家的他也不得不大大惊讶。率军从成都出发到达这藏东重镇昌都，历时五十余天，晓行夜宿，爬冰卧雪。在那一片不毛之地上跋涉的艰苦，实在令人后怕。现虽已进入藏东，但距拉萨还有一半路程，瞻望前程，实在叫人害怕。谁知到了昌都，住进这样一个土司家，竟是如此豪华舒适。他向来瞧不起藏人，以为藏人即使为王公贵族，也不过如此。现在看来，是大大错了。昌都这样一个土司的享受，实在是出乎他的想象。他真想就这样躺在这安乐窝里，舒舒服服过一辈子。

可是，近日不遂心的事接踵而至：先是季帅进藏事受阻，这对他可谓晴天霹雳。联豫等人内战内行，外战外行，幕后角逐真是一把好手。本来，圣谕任命的新任驻藏大臣赵尔丰，很快就要进藏接手西藏事务了，可是，因为联豫等人的活动，京师竟又下达了一道最新"圣谕"——要赵尔丰"暂缓进藏接手驻藏大臣职"。如此军国大事，圣上竟能出尔反尔？所谓圣上，其实就是太后。显然，太后已经年老昏聩。从内心讲，赵尔丰虽然行事操切，手段残酷一些，但毕竟是个干才。尤其是他治理康区几年来，成绩斐然，声威远播。在西藏，达赖和西藏上层噶厦，还有在背后支持他们的英国人，闻"赵喀嘛"大名而丧胆。

赵尔丰无疑是治理西藏最理想的人才，也是自己可以依赖的大树。大树底下好乘凉。可是，现在风云突变，他有一种失去了保护的惶然！联豫老儿这会儿倒是躲在拉萨享福，弹冠相庆，而他钟鼓明单独面对的则是数万骁勇善战的藏军。他率军到了昌都，就再也寸步难行。藏王命二品僧官色拉寺堪布登珠率兵万余，在他的面前严加堵截。前天，藏军小股骑兵到城外作试探性挑衅，自己手下毫无实战经验的部队，竟一拥而上，仓促应战。敌骑兵自行退去后，学生出身的队官于坚却是热血沸腾，头脑发涨，带一些人策马追去。混乱中，于坚竟被自己人开枪打死。

真是应了那句："福不双降，祸不单行。"这事还未了，接着又下来一道语意含混不清的圣谕；接着又来一道兵部的命令，要他所率的一协川军，在川康受赵钦帅节制，在西藏受联豫节制。

联豫有什么本事，光杆司令一个，躲在拉萨，在背后使阴谋，放暗箭。川军在昌都已坐困多日，没有办法，他只得请求驻扎在山那边德格更庆的赵钦帅派兵支援。赵尔丰立即回信，答应支援，但要他弄清前面敌情。性情使然，赵钦帅在信中，对他的无能有不加掩饰的轻蔑。为了挽回一点面子，他立即号令全军，拟从中选出四名将校前去侦探敌情，然竟数日无人肯应。现在，他命传令兵去传前营管带曾修，他要把这任务派给前营。

"协统，部下到。"隔帘一声轻轻的报告，把年轻的协统从满腹忧虑中唤

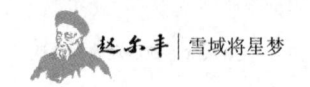

醒。转过身来，只见曾修站在门外，站得端端正正。

"曾管带不必如此多礼，请进！"说时亲自上前为下属轻轻撩开门帘。他虽为贵胄，人又年轻，但在待人接物方面，尤其对下属的客气、谦和，在军中可谓有口皆碑。

曾修进来，钟颖让他坐下，自己也在沙发上落座。有弁兵进来，为他们上了酥油奶茶。

钟颖没有说话，比了比手，示意部下喝点奶茶。

"谢协统！"曾修用双手捧起银碗，仰头喝了奶茶。这就正襟危坐，准备尊听协统大人教诲。钟颖在开口讲话之前，先注意看了看自己的这位前营管带。曾修长得又黑又瘦又高，竹竿似的，辨不清他的年龄；眉重眼深，看人神情专注，一看就知是个工于心计的人。

"曾管带，"钟协统和颜悦色地说，"赵钦帅要我部速查清前面敌情，然则无人应命。你作为我军开路先锋，不知有何考虑？"

"我有什么考虑？"曾修心中冒火，暗暗骂道，"你是一协之长都拿不出个办法，我一个小小的管带还能有啥子好办法？想把这摊子推给我，没门！"当然，这只是他的思想活动，绝对不会说出口来。他只是说："协统，小人愚钝，想不出个办法。"这就将钟颖打过来的球，又原封不动地推了回去。

"这事就交给你前营管带办。"钟颖不再弯弯绕，将事摊开，而且做出对部下非常信任的样子，"这几天局势紧张，你能做主的事尽管做主，尽快派出将校去将敌情探明。"曾修心中暗暗叫苦，心想，别看眼下这个长得面娃娃似的钟颖，那可是一副猪样，心中明亮得很哩！话说到这个分上，曾修还敢说什么，只能站起身来遵命，唯唯告退。

回到营中，曾修的把兄弟、工兵营队队官，长得黑黑胖胖的张洪正在营中坐等他。不等张洪发问，曾修一屁股坐到凳上，气鼓气胀地说："简直要逼死人！钟颖要我派人去探明敌情，那可是龙潭虎穴，我哪里去找这样的人？！"

"真是踏破铁鞋无觅处，得来全不费功夫。我就是来给你说这事的，愿意去探敌情的人，自己找上门来了。"

"谁？"曾修瞪大了眼睛，望着张洪，"难不成是你，你肯去冒这个险？"

"不是我,"张洪的一双三角眼闪亮,"是刚刚从更庆送信回来的前营队官陈奇珍。"

"这是好事呀,他怎么不来对我说呢?"曾修有些怀疑。

"他来了,你不在。我遇见他,他对我说的。这是喜事,所以我特别来告诉你。"

"太好了!"曾修猛拍了一下自己的大腿,要手下弁兵火速去找陈奇珍。

前营队官陈奇珍来了。这个先前赵尔巽、赵尔丰兄弟和钟颖在成都议过的汉子,毕业于长沙军校,三十来岁,身材魁梧,气宇轩昂,中等偏高的个子,鼓鼻子鼓脸;漆眉下有一双亮亮的眼睛。一看就是个精明人。

"坐坐坐,请坐!"曾修显得很客气,用手指了指,示意陈奇珍坐。

陈奇珍正襟危坐。为人向来悭吝的前营管带,又特意让弁兵给陈队官上了酥油茶。

"听说,陈队官有意去探明敌情?"曾修开门见山地问。

"是。"陈奇珍态度激昂地说,"我刚从更庆回来就听说,协统日前在全协征求四名将校去探明敌情,竟无人应,奇珍甚以为耻。奇珍愿去,还有一名通司①应忠愿陪我去。"

"太好了。"曾修喜不自禁,又猛地拍了一下大腿,"陈队官真是忠勇军人。事成之后,我会在协统面前为二位请功。陈队官打算什么时候动身?"

"就在今日日暮时分动身。"

"好,事不宜迟。"曾修说,"你们立刻去好好准备准备。我给军粮府刘少云打个招呼,你们去军粮府领取马牌。"

陈奇珍这就打马回营,自去准备。

夕阳陡地从高天上滑落下来,斜挂在那匹横空出世与昌都城遥遥相对的雪山顶上,像一枚浑浊的鸡蛋黄。

暮霭四合。昌都至拉萨的那条古道本来就荒凉,因战事迫近,现在这个时

---

① 通司:翻译。

165

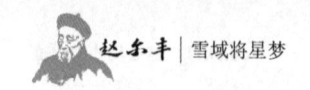

分更是连鬼花花都没有一个。道两边在晚风中摇曳的衰草、残柳无不笼罩着一种恐怖和凄凉。雀鸟正在归巢。

而就在这时，川军前营队官陈奇珍和通司应忠两人两骑，出了昌都，披着浓重的暮色，向藏军占据的纳贯塘方向衔枚疾进。

刚过西藏桥，萧索的荒草中突然有寒鸦千百惊飞，"呀呀！"有声，成群遮道，似乎预示此行的凶险莫测。应忠骑乘的那匹黑马受惊，腾起前蹄，将年约五十，身体早衰，骑术不精的通司坠下地来。

陈奇珍赶紧下马，扶起通司，关切地问："摔着了吗？"应忠虽连连呻吟，但口里却说："不碍事。"但见这位身材瘦弱、精通藏文的通司，在黯淡的晚照中显得更为瘦小，但那双见微知著的眼睛，却展露着四川人不屈不挠的个性特征。陈奇珍扶起通司，问他还能不能骑马，应忠笑道："这点算啥子，能。"二人上马又行。

沿途古道两边有寥寥的藏房，但无人迹。行至腊左山下，见塘房一座。二人打马上前，下马进门。内有塘兵四人，见他二人大惊，指指屋后纳贯大山说："藏军巡骑夜夜都到那里，这里实在危险，我们马上就要收拾行李回昌都城，你们还来？"四个塘兵神色仓皇，问他们藏军的具体情况，一概不知，更没有心情细说。陈奇珍对这四个塘兵的表现甚为鄙视，什么话也不再说不再问，带着通司反身出了门。

"不入虎穴焉得虎子？"陈奇珍对应通司说，"已经走到藏兵脚下，我有心到山上一望，不知通司敢不敢陪我同去？"

"敢。"通司高应一声，而且率先打马先行。他们开始沿迂曲的山道而上，沿途因冰雪凝结，路溜滑。逶迤上行十里后，山越来越高，路越来越滑，不能再骑马，他们下马，牵马步行。将至山巅时，只见白雾迷茫，及至到了山巅，不辨东南西北。空中狂风怒号，雪卷飞腾。寒意锥子似的砭人肌骨。人马一时都因为呼吸不畅而晕倒在雪地上。陈奇珍身体强健，很快清醒过来，牵起马，扶着应忠下山。往下走，气出得匀了。虽是黑夜，但因有雪光映照，道路可辨。下了山，再沿着一条弯弯曲曲的小溪，行三四里，到了山这边重镇腊左。凄清的雪光中，只见这座只有三四十户人家的镇子一片破落、沉寂。

陈奇珍带着通司挨家挨户去问有没有人。竟无一人应。

来到最后一家，终于有人，并且开了门。雪光中，一蓬头垢面的藏族老人站在门楼前，通司上前问询。病病怏怏的老人告诉他，大队藏兵离此不过十来里路，巡逻的骑兵更是夜夜到此。镇上的人都跑光了。他因为老、病，跑不动，只好在家等死。

陈奇珍要老人家保重，并给老人家留下了一袋面饼后离去。敌情基本上弄清了。陈奇珍对通司说："看来，我们不能再往前面走了，再走就是自投罗网了。"

通司赞成他的看法，说是看来今晚只能在这里露营了，这个时分已回不去了。

"这里的空房多得很，我们选间藏房住一夜，这么冷的天，在外露营非冻死人不可。"陈奇珍有实战经验，他选准了隔沟半山腰上的一间藏房，过沟来在藏房前，伸手推门。门开了，院子里一片凄凉。他们跨进狭小的院子，将马拴在楼下木桩上。见住人的楼仅一人高，就沿着木梯上到楼上。推开门，一片浓重的黑暗伴着久不住人的冷寂、霉气扑面而来。

能有这样的地方住宿，也算万幸。他们盘腿坐在地板上，陈奇珍从身上摸出打火石，点燃了随身带来的一根洋烛挂在楼板上，同时从挎包里摸出面饼。

应通司心细，一口吹灭了洋烛，说："刚才那老汉说过，藏军巡骑夜夜到此，这洋烛点燃，岂不是正如你说——自投罗网？"

"也是。"陈奇珍在黑暗中笑了一下，旋即幽默一句，"不过，吃面饼时得小心些，谨防将面饼喂到鼻子里去了！"说着起身走上前去，一把推开了窗子。顿时，惨白的月光和着寒意扑进来，灌满了一屋子。也就在此时，一阵马铃声响，由远而近。

"敌骑来了。"通司一惊，从地上站起，前去关窗。

"不要紧。"陈奇珍安慰通司，"你在楼上，我去楼下看看。不到万不得已，千万不要开枪！一开枪，我们就完了！"看通司点头，他将羊皮大衣翻过来穿在身上，几步下了楼；出门，身姿敏捷地隐身于一块巨石后观察四周情状。

雪光下看得分明，隔着小溪，有敌骑数十，挨家捶门，恶声询问："有人

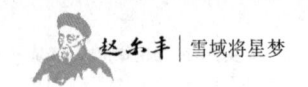

吗?"见各家院落俱无人应,一藏军军官,骑在马上,扯起大嗓门吼道:"各家听清,若来汉军,休得藏匿。若有违反,格杀勿论!"说完,带着马队,蹄声嗒嗒,卷起一阵风而去,转眼间不见了踪影。

陈奇珍放了心,以为事情过去了。他关上门,上了楼,和通司吃起了面饼。他们吃完面饼,刚要睡下,忽然又是一阵马蹄声骤响,铃声、马蹄声比刚才更为宏大。两人大惊,伏在窗前看去,月光下,见有敌骑百余,飞快过了小溪,似乎得知他们就住在这幢藏房里,分成两翼,包抄过来。到了楼前,藏军一个个从马上翻身而下,提着藏刀,跳跃而来。一时,喊杀声、马嘶声一并发作,声震山谷。

"敌军发现我们了,快!"陈奇珍一把拉着应忠的手,下了楼梯,钻进一石窟似的暗室。从暗室中通过一小孔朝外看,藏军已推门蜂拥而至。他们一个个手提四五尺长的藏刀,在雪光映照下,寒光闪闪,森然可畏。显然,藏军发现了他们,刚才如此来去,是在布迷魂阵,试探他们。现在,集中了力量,给他们来个突然袭击。

在一阵乒乒乓乓声中,藏军从楼上搜索下来。通司应忠慌了,见一队藏军迎面而来,赶紧将暗室中的一块大石头掀去抵门。这不是此地无银三百两么?藏军已经发现了他们。与其这样等死,不如先发制人!陈奇珍嘱通司不要动,他猛地掀开石头,一步跳了出去,大喝一声:"休要乱动!"近在咫尺的一个藏军应声掉头,看定陈奇珍,二话不说,向陈奇珍扑来,挥刀就砍。

陈奇珍低头一让。"当——"的一声,幸好藏刀刀长,他藏身的石檐低,刀砍在了石檐上,溅起串串火花。陈奇珍一个扫堂腿,将藏兵扫倒在地。混乱中,藏军一拥而上,对陈奇珍拳脚如雨而下,喊杀之声并作。被包围了的陈奇珍额头被刀背猛击一下,眼前金花乱飞,天旋地转。他倒了下去,不省人事。

清醒过来时,陈奇珍发现自己被藏军驮在马背上,周身疼痛难忍。忽而,蹄声杂沓,像是擂起了一阵急骤的战鼓。月光下看得分明,大队敌骑正在过桥。见马背上驮着俘虏,大批守桥藏军蜂拥而至,欢呼雀跃。过了桥,沿河前进,只见古道两边都有藏军严密警戒。

"梆、梆、梆——!"

"当、当、当——!"这些藏军左敲锣右击鼓。在这苦寂的夜里,这些声音听起来格外惊心。行十多里,到了敌腹地林多坝时,夜已深。迷迷糊糊中,陈奇珍觉得自己被藏军抬上一楼,拴在一根木柱上。楼上有男女数人围坐在火塘边,大块吃肉,大碗喝酒。只听楼梯阵响,一藏军大声呵斥间,通司应忠被牵上楼来,拴在另一根柱子上。陈奇珍细看,万幸通司完好无恙,想是他精通藏语,又没有同敌人短兵相接的原因吧!

正默想间,又听楼梯一阵响——不是那种杂乱的响声,而是沉稳的脚步声,不用问,准是长官上来了。果见围坐火塘边的众男女赶紧站起身来恭候。上楼的军官,衣着鲜亮,端起架子,看来来头不小。显然,他知拴在柱上的陈奇珍是个军官,这就用马鞭指着他,并要应忠通司翻译,他问:"你们到纳贡山下做什么?"

"我们是奉朝廷钦差赵尔丰差遣,专门来此向你下达命令!"陈奇珍急中生智,也不隐瞒,直言告示。他知道,藏人早为赵尔丰威名所震慑。处此生死关头,他搬出了赵尔丰,而且口气很横。

"啊!"那军官吃了一惊,摸摸下巴说,"断不可能。赵大帅现在更庆,怎么一下子就到了昌都?"

"赵大帅向来用兵神速!他日前率精兵八营已到昌都,怎么,你们还不知悉?"

那军官听了显出畏惧。陈奇珍更唬他:"赵大帅听说你等准备拦阻川军进藏,特要我来传达他的命令,要你们万勿相扰!否则,视为朝廷叛逆!"

"啊?"那军官又是一惊,想了想,手一摊,"赵大帅的公文呢?"

"大帅的公文在我的马褡子里。"那军官便掉头吩咐站在他身后的一个藏军下楼去拿陈奇珍马褡子里的公文。然后,又吩咐身边一个藏兵分别给陈奇珍、应忠松了绑。很快,下楼去拿公文的藏兵拿着陈奇珍的马褡子上来了,他向军官报告,陈奇珍的马褡子里根本没有公文。

那军官生气了,将马褡子甩在地上,诘问陈奇珍:"里面哪有公文?"他拉长一张又黑又瘦的脸,与戴在头上那顶斑斑点点的硕大的虎皮帽相映衬,眼神犀利,简直像是要吃人。

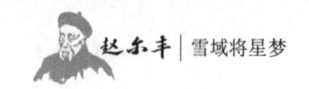

陈奇珍却面不改色，一口咬定："公文就在我的马褡子里。看来，公文被你们弄丢了，又如此折磨我们，你们要负责。如果你们不信，就一起去昌都赵钦差行辕一问！"这样一来，那军官又软了怕了，过去同刚上来的一个军官咬耳朵。怕露出破绽，陈奇珍干脆说："事情紧急，你们又不信，你等赶紧将我们送到堪布登珠那里去！"

"好。"刚上来的军官态度温和些，他对陈奇珍笑笑，露出一口大金牙，"今天去已太晚，等一会儿让你们先吃了饭，睡觉。明天一早送你们去堪布登珠处。现在需先向堪布登珠报告，请问本布官居何职？"

啊，这个家伙狡猾，他是在摸底。陈奇珍暗想，不妨再唬唬他，便装出一副大大咧咧的样子说："我官居三品。"又指指应忠："他是四品通司，专门随我来送赵大帅公文的。"

"咦！"这么一唬，唬得站在面前的两个藏军军官嘴都大了。

"请两位本布下楼睡吧！"大金牙军官说时，微微弯了一下腰，做了个请下楼的手势。

"我们走不动。"陈奇珍抬起身子，委屈地说，"我们被你们的兵打得遍体鳞伤。"大金牙这就让身边的两名藏兵背他们下楼。他们被安置在一处静室，很干净，地上铺着被褥，显然这是长官的卧室。他们坐在松软干净的被褥上，两名藏兵给他们送来了吃食：酥油、糌粑、奶茶、牛羊肉。他们饿极了，也渴极了，狼吞虎咽饱吃了一顿。

"奇珍！"应忠吃饱喝足了后，不无担心地问他，"你今天倒是把壳子冲圆了，明天见到堪布登珠看咋个下台？"

"放宽心。"陈奇珍还在一碗一碗喝酥油茶，他大包大揽，"你尽管放宽心，我见了堪布登珠自有办法。"

熄灯后，疲倦已极的通司很快打起了呼噜。陈奇珍睡下后，静下心来才感受到头伤剧痛，腰间也痛。伸手摸摸，伤口还在流血。室外，寒风呼啸，陈奇珍辗转反侧，彻夜难眠。黎明时分刚刚合眼，却又被惊醒。抬头望窗，天已大明。室外，人呼马嘶，嘈杂不已。

门被掀开了。昨夜那位包金牙的军官进来了，对他们宣布命令，虽然还是客气，但语气中有种不容分说的蛮横。他说："堪布有令，容你们去恩达驻地见面，请即刻起程。"陈奇珍、应忠这就要往楼下走，金牙看陈奇珍确实伤重，要藏兵将他背下楼去，再扶上马。一小队藏军骑兵押着陈、应二位驱马沿山道而行。陈奇珍感到今日的疼痛更甚昨日，咬紧牙关，伏在马背上，上山下山任其颠簸。马队行进虽然缓慢，但陈奇珍伤得较重，途中每过溪沟，或登山爬坡，都痛得钻心。晨风凛冽，寒透心凉，触目荒山野岭，倍觉萧瑟凄凉。

陈奇珍暗暗下定决心，"今天大不了一死，士可杀而不可辱！"想象着自己的计谋被堪布登珠戳穿以后的种种场面，他已想好了届时以死相搏的办法。

不知不觉中，马队已经走完了二十里山路。在阳光照进山谷时，藏军前敌指挥部恩达到了。

"呜——！"莽号吹响了。陈奇珍从马背上挣扎着坐起身来，惊讶得睁大了眼睛。这是怎么回事？藏军竟然摆出了欢迎仪式。在鳞次栉比的营帐前，经幡、旗帜都在晨风中猎猎招展。两边排成火巷子的喇嘛们看他们来到，都弯腰向他们鞠躬致敬。

"欢迎赵大帅的传令官！"正惊疑间，从中闪出一位藏军军官，他来到陈奇珍马前，微微低头，手一比，说，"堪布已在帐中等候多时。二位本布——请！"这就有藏兵上前，轻轻将他们扶下马来，再搀扶进大营。

"本布请坐！"声音很轻很温和，也很友善。陈奇珍看到，大帐中，一个衣着鲜亮、仪表不凡的中年红衣大喇嘛，坐在当中一块氆氇垫上，神情温和地看着他。

扶他的藏兵小心翼翼地将他放坐在一个松软的卡垫上，再低下头去，唯唯而退。不用说，坐在对面的这个文质彬彬的中年高僧就是深受达赖和藏王器重的色拉寺大喇嘛，藏军前敌总指挥，二品僧官堪布登珠了。

等陈奇珍、应忠坐定，堪布登珠吩咐下人给他们送上茶点，并要他们务必吃一点。陈奇珍在喝酥油茶时，注意看了一下盘腿坐在上首氆氇垫上的堪布登珠。他身材高大匀称，眉清目秀，身披一领红色袈裟，手中捻着一串佛珠。黑黑的眉下，有双清亮有神的眼睛。这样的僧官，他还是第一次见到。显而易见，这个堪布登珠是个典型的高僧，显得特别的斯文。

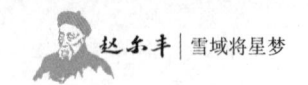

"我们有些误会。"堪布登珠说话了,他的声音好听,语气也诚恳,"我们不知赵大臣已驾临昌都。两位本布来传达赵大臣命令,也事有仓促,以至于此,实在对不起。今请二位本布来此处,想听听赵大臣有何训示。"

"赵大臣特别嘱问堪布!"陈奇珍向来善于言辞,这会儿,他竭力打起精神,对堪布登珠说,"西藏是我大清不可分割的领土,藏人二百年来也恭顺朝廷。年前英人犯藏,达赖喇嘛即向朝廷请兵抵抗。而今我军至此,藏王边觉多吉却又派兵阻拦,这是为何?"说着放大了声量,神态也严厉了些,"是你们同英人背后有了什么协定,还是要反抗朝廷?"

"这个……"堪布登珠似有难言之隐,一时语塞,手捻佛珠,低下头去,久久不语。

"英人见我大兵入境,赶快将侵略军撤了回去,这也还算聪明。"陈奇珍趁热打铁,语气中增加了打击力,"若藏中有人自不量力,硬要阻我大军入境,试问,藏军力量究竟如何,能同朝廷对抗吗?能阻我新式装备的川军和能征善战的边军进藏吗?赵大臣体恤民生,恐大军逼近,一旦开战,玉石俱焚。为免发生亲者痛,仇者快事,中外人奸计,赵大臣特派遣我等来传达他的命令,命令你等速速将藏军退回藏中各地,维持当地治安要紧。如此,当为朝廷奏请恢复达赖大喇嘛封号。"

"今我能征善战之边兵精锐,已由北路出拉里;一协川军则集结昌都待命,已形成对你部钳形攻势。大帅之所以未对你挡路藏军攻击,是体恤无辜藏民,也是赵大臣给尔等最后之机会,望堪布三思!"

陈奇珍的话说完了,堪布登珠却是久久无言。他下意识地摩挲着手中那串翡翠佛珠,目光越过陈奇珍,凝视着帐外白雪覆盖的原野。室内很安静,有哗哗的水声隐隐传入耳鼓,那是辽远而悠长的恩达河在忧郁地歌唱。有什么东西在咬噬着堪布登珠的心?良久,他收回目光,看着陈奇珍,语气很真诚:"我本是一个僧官,不懂军事。因藏王非要我统军,只好勉强从命。之所以按兵不动,也就是表明我没有抗拒朝廷的心。今天,本布既然传达了赵大臣的命令,堪布登珠敢不遵命?我即刻修书一封,请本布带回昌都复命。请以三日为期,三日后我将全数驻恩达藏军撤回。"

"不行!"不意陈奇珍断然拒绝,"我被你的藏军打得遍体鳞伤,马也疲乏不堪,不能从命。"堪布登珠这就站起身来,向陈奇珍赔不是。看堪布登珠言辞恳切,又再三恳求,陈奇珍这才答应了。堪布登珠又为他们施法,念起符咒,命军中藏医在他们伤口上敷了药。奇怪,顷刻间疼痛大为减轻。堪布登珠又送他们良马、藏香、捻珠、奶饼。留他们午宴后,堪布登珠亲自将他们送至恩达桥,又派一小队兵护送,一直护送到林多坝止。

陈奇珍、应忠二人回到昌都时,已是子夜时分。

他们到了营部,除了守门的卫兵,所有官兵都已入睡,万籁俱寂。陈奇珍、应忠刚在马房交了马,出得院来,只听背后一声:"诸葛先生回来了!"闪现在眼前的是前营管带曾修,似乎显得很激动也很亲热,可是,天黑,什么也看不清。曾管带上前分别拉着两人说:"我一直在等着你们,为你们担着心。走,上营部,我摆酒为你们压惊。"

"明日吧!"陈奇珍和应忠都已疲倦至极,竭力推辞。这时同僚们闻讯纷纷而来,围着他们问长问短,原来大家都在为他们担心。招呼、问候、打听……大家悲喜交加,大有相见犹如梦中之感。陈奇珍、应忠为同僚们的情感而感动,这便同大家手携手来到营部坐了。等陈奇珍、应忠粗略地讲了两天来的惊险经过后,大家唏嘘不已,大为感动、嗟叹之时,役夫已为他们赶做好了面饼、蛋汤送上。他们边吃边讲,一直到四更方息。

嘹亮的军号声划破了寂静的黎明。

得知赵尔丰率边军三营昨夜已到昌都,钟颖不敢怠慢,早饭后,亲率川军迎接。上万人马在昌都河东岸摆好了队形。这支在昌都盘桓了多日的川军,一律头戴大盖军帽,脚上打着绑腿,手持九子快枪,沿河排成了一个个间隔整齐的方队。上万支枪刺在冬阳下闪着寒光——好一支银样镴枪头部队。

二十刚出头的川军协统钟颖,这天一反常态,军容严整地站在列队最前面,为的是给钦帅一个好印象。体态丰硕的他,因为腰身太大,腰上没有系军皮带,腆着肚子。进藏时,那么难走的路,他都要乘轿子,今天为迎接赵尔丰,特意穿上了军装,可以想见有多难受。钟颖清楚,赵尔丰非常注意军容

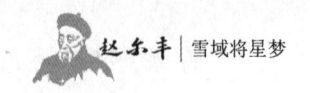

军纪。

该来了吧？钟颖不时从上衣口袋里掏出一只金晃晃的瑞士进口怀表看看，又再抬起头来，眼巴巴地望着河对面。簇拥在他身后的上万名官兵，也都顺着他望的方向看，像是一群群被人提着颈子的鹅。

"来了，来了！"只见对岸高山上出现了一队骑兵，官兵们精神为之一振。

"立正——！"司仪站在队前，大声喊口令。只听一阵阵"啪、啪"的持枪、皮靴磕碰声后，上万名川军全都挺胸收腹，目视着就要出现在大家面前的赵尔丰大帅。

对岸山梁上出现了牵线线的马队。出现在视线中的边兵仍着旧式清军服装——打着黑包头，红色号褂染满风尘，但这批边兵跟着赵尔丰转战多年，功勋赫赫，英勇善战，有口皆碑。在康藏地区行军，川军一天最多只能走四五十里地，而边兵，一天之中且战且走百二十里路是常事。

边军像一阵风似的从河对岸刮过来，络绎进城。

赵尔丰出现在川军将士们面前了。他精神抖擞地骑在一匹高大雄壮的栗青色战马上，走在队伍中列；战马小跑，这就让赵尔丰身上的得胜褂飘飘的。

"敬礼——！"站在队伍前列的钟颖带领全军将士向过了河的赵钦帅行军礼。行着军礼的陈奇珍注意看着赵大帅的面容，三年不见，大帅苍老多矣。那时，他虽然须发花白，但看上去也就是五十来岁。而今霜雪染头，须发皆白。然而，变的是大帅的容貌，不变的是大帅的精神气质。在朔风阵阵中，列队欢迎的川军将士都在寒风中战栗不已，但赵尔丰穿得如此单薄，却毫无瑟缩状，令人感佩。

就在钟颖带着上万名将士向赵尔丰行注目礼时，赵尔丰却不下马，纵马飞驰，径自入城。

就在赵尔丰率边兵入城的当天下午，前营管带曾修正在帐内休息，他的把弟、工程队队官张洪惊惊慌慌跑来，对他惊抓抓地说："不得了，大祸临头了。"

曾修一惊，抓着把兄弟的手问："啥子事，天垮了吗？"

"你注意没有，今天赵钦帅进城，钟协统迎上去，赵钦帅秋风黑脸的，既不下马，也不搭理钟协统，径自打马进了城？"

"这关你我啥子事，他们当官的钩子麻糖①的事多得很。我问的是有没有关我们的事？"

"就是有关系到我们的事。赵钦帅一进城，就找人去问陈奇珍、应忠探敌营事。"

"未必他们冒那么大的风险，去探敌营还拐了么？"

赵钦帅恼火的是，陈奇珍他们见到堪布登珠时乱说一气，谎称他们是赵钦帅派去的信使。赵钦帅为此大发雷霆，追问是谁派他们去的。钟协统只说他把探敌营的事派给了你，具体派的何人，中间种种细节，一概不知。看来，赵钦帅马上就要派人来传你了。我来告诉你，就是让你快做个准备。"

"哎哟，这如何是好，如何是好？"曾修急得如热锅上的蚂蚁，在地上团团转。

"这样办。"张洪给曾修出主意，"一会儿钦帅问及此事，你就来个一问摇头三不知，把事情推个干干净净。"

"赵钦帅如果让陈奇珍他们来对证呢？"

"你又没有把柄给陈奇珍他们拿在手里。刘军粮处马上给他打个招呼。赵钦帅性烈如火，三句话不对头，肯定会让陈奇珍他们死无对证。"

"看来只能如此了。"

"哥子！"张洪趁火打劫，袍哥语言一句，"我帮你哥子渡过这难关后，咋个谢我呢？"

"我还不知你的心思吗？算事，整倒了陈奇珍，就把他的位子给你。"

"一言为定？"

"一言为定。"

"那我就走了，我再给你去做一些应急之事，你哥子小心些。"说着，两位在川军袍哥组织中有排号的军官击掌盟誓。

---

① 方言，意为与别人的关系不清白。

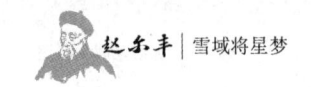

川军和边军的营帐都扎在昌都城外。在一望无边的草地上，白色的营帐鳞次栉比，纵横有序地展开达好几里地。望上去，像是铺向天边的白云。

赵尔丰的帅帐设在边军军营中一个浅浅的缓坡上——从外观看，同普通的营帐没有大的差别，只是帐前竖有一根斗碗粗的旗杆，旗杆上飘扬着一面四周镶嵌着犬牙形的红布条，白字上标有一个大大"赵"字。

昨天，赵钦帅一进昌都就引起川军将佐们的高度注意。他先是谢绝了钟颖的建议，坚决不住已经为他准备好了的土司碉楼，搬到城外和自己的将士们在野地里露营。这样，川军协统钟颖尽管心中一百个不高兴，不愿意，也只得离开城中那座舒适华贵的土司碉楼，将自己的行辕搬到城外，住进了营帐。

再就是赵钦帅一进自己的营帐，就没有见出来过，将钟颖、凤山这些高级将领召进去开会，一开就是半天，而且气氛显得紧张。

赵尔丰到昌都的第二天，一早就派卫士长亲自去川军前营，要队官陈奇珍前去。陈奇珍感到非常诧异，自己小小一个队官，犹如大海中的一滴水，怎么赵钦帅会传自己去见？怀着惴惴不安的心情，他跟着卫士长来到钦帅帐。

一到帅帐前，陈奇珍还没有见到赵钦帅，就感到气氛不对，闻到了火药味。钦帅帐中衣甲鲜亮的戈什哈，看见他进来，如临大敌。

陈奇珍赶紧趋前两步，来到赵尔丰面前，单腿跪下，抱拳作揖，向钦帅行礼、请安，朗声报告自己的姓名、军衔。

"陈奇珍，抬起头来！"坐在帅椅上的赵尔丰一声暴喝。陈奇珍抬起头，只见坐在虎皮帅椅上的赵钦帅满面秋霜，坐在他旁边的川军协统钟颖、边军统领凤山和两边侍立的一些将领都看着他，神情肃然。

赵尔丰用他那双令人生畏的豹眼紧紧盯着他，那眼神，像两根扎人的锥子。

少顷，大帅一声暴喝："陈奇珍，你知罪否？"

"卑职无罪。"陈奇珍毫无畏惧，挺起胸，迎着赵尔丰锥子似的目光，坦然问，"卑职不知身犯何罪，请大帅明示。"

"你日前目无法纪，贪功心切，竟私自带一通司去探藏营。这是一罪。"暴怒的赵钦帅一一数来，"尔等及至被藏兵拿去恩达，见到堪布登珠，为活命，你竟敢假我名义、假传我令，败坏了本军本帅声誉，这些该当何罪？"听完大帅的厉声呵斥，他心中明白了大帅发怒的原因。

"冤枉！"陈奇珍大声抗辩，"大帅，你只知其一，不知其二。"

"何冤之有？"赵尔丰怒气冲冲。

"不是奇珍带应通司私自去探藏营，而是经过前营管带曾修批准。"坐在赵钦帅旁边的协统钟颖，也做了证明。

赵尔丰听这一说，似乎颇感意外，手捋颔下一把银须，略为沉吟，掉头对钟颖说："你在全军征求四名将校去探藏营事，我当然知悉。只是陈奇珍未经长官批准，去私探藏营事，详情你也并不知悉。我专门问了前营曾管带，他言毫不知情。"

赵尔丰说时，一丝疑惑从他那张铁青色的脸上掠过，他以手抚须："陈奇珍，此事你细细讲讲，不得隐瞒，不得牵强附会！"

"钦帅放心，小的所说，句句是实。"陈奇珍这就细细讲开来，"日前，奇珍奉协统命去更庆给钦帅送信。回营后得知，钟协统公开在全协征求四名将校去探藏营。可是，一连数日无人应命，奇珍甚以为耻。于是，我向前营曾管带请命前去探藏营，曾管带立即应允，而且甚为嘉许，促我和通司应忠即刻起程。"

"啊？"赵尔丰又是讶然一声，"此事，你可有凭证？"

"人证——有同我去的通司应忠。还有，曾管带让我们去军粮府刘少云处领的马牌，这有记录。人证物证两相齐全，谁真谁假，大帅一查就明。"

赵尔丰听了这话，又是怒不可遏，要卫士长刘彪速去传前营曾管带、军粮府刘少云前来辨明真伪。

卫士长去后，赵尔丰怒目逼视陈奇珍："就算你不是私自去探藏营，那么，你在堪布登珠面前假我的名，此事不假吧？"

"此事不假。"陈奇珍说，"卑职被俘后，在堪布登珠面前确实假了大帅名义。然，我如此做并没有给大帅威名带来一点毁损，反而让堪布登珠在大帅英名前俯首称臣……"他详细叙说了过程后，说："小的所说，句句是真。当时在场的还有通司应忠，如若大帅不信，可传应通司来对证，是非功过，请钦帅评论！"

"陈奇珍、应忠此举是功大于过。"坐在钦帅旁边的钟颖马上表态。

"禀大帅！"凤山更是为他们请功，"卑职以为，陈、应二位，主动请缨去探敌营，且临危不惧，昭示了大帅威名，扬了我军威，立了大功，应予褒奖。而一旦查出栽赃陷害者或是言语不实者，则应予严惩。"

帐上两边侍立的将佐纷纷附议。

赵尔丰这才点了点头，用手捋起颔下一把银须，目视帐外。

这时，卫士长刘彪将前营管带曾修，军粮府刘少云带到了。两人向赵钦帅行了半跪礼后，并不抬起头来，一副心虚理亏的样子。赵尔丰怒视着他们。瘦得像根竹竿的曾管带的一张瘦脸这时愈亦蜡黄又张皇。而身穿青布长袍，戴一副铜边眼镜的军粮府刘少云身子打起抖来。

"曾管带！"赵尔丰一声怒喝。

"卑职在。"前营管带一惊，双腿一软，整个跪了下来。

"本帅再问你，日前前营队官陈奇珍探藏营一事，是否得到你的批准？"

"这个，这个！"曾管带结结巴巴，脸上出了虚汗。

"你要如实回答。"赵尔丰在案上猛击一掌，"今天人证物证都在，你若是胆敢撒谎，军法不容、严惩不贷。讲！"

"卑职……卑职……"曾修觑了觑站在一边的陈奇珍，结结巴巴地说，"卑职……知悉此事。"

"既然知悉，为何本帅问及你此事，你却又要说假话？"

"因为，因为，卑职一时糊涂，听了张洪的话……"在赵尔丰的威逼下，曾管带哪里还敢隐瞒，这会儿来了个竹筒倒豆子，将前因后果抖了个精光。

"可恶！"赵尔丰恨声说，"尤其是张洪这个人，为了谋取一官半职，竟不惜设置陷阱，不惜置人于死地！"赵尔丰要卫士长带人速速去捉拿张洪。

卫士长遵命去了。赵尔丰又问刘少云，还有何话说？刘军粮哪敢半点隐瞒，身上虚汗长淌，跪在赵尔丰面前，供认不讳。

"你这个家伙！"赵尔丰指着长跪面前的川军前营管带曾修大骂，"你也算是老军人了。以前你在边军，我是如何栽培你的？不意如今你竟堕落到如此地步!"话未说完,只听帐外传来几声"啪、啪"枪响。众正惊疑间,卫士长大步进来报告,言张洪来到帅帐前挣脱逃跑。"我边追边鸣枪告警,张洪竟抽枪还击,我只有将他击毙。"

赵尔丰听完报告,挥挥手,让卫士长去处理被击毙的张洪尸体;掉过头来,看着坐在旁边,虽胖却是一副娃娃脸的钟颖,言道:"钟协统,情况已经昭然,如何处置、办理?这些是你川军中事,你定,我就不越俎代庖了。"

"大帅!"娃娃脸钟颖向大帅拱手行礼请罪,"颖才疏学浅,有治军不严、管教粗疏之责!"自责了两句,掉头看着长跪在地的前营管带曾修和军粮府刘少云,宣布处分:"曾管带犯有栽污罪,本将重处,但念在从军多年,多有战功,且在钦帅面前,也还坦白。拟记大过一次,准其戴罪立功!"说完看着赵尔丰:"不知此处理是否恰当,请钦帅定夺。"

"曾管带虽不该死,但此人毫无操守,不配做军官。"赵尔丰这时反客为主,高喊一声,"来人!"

曾管带以为赵尔丰要判他死罪,面无人色,一边叩头如捣蒜,一边哀求赵尔丰饶命。

两个顶翎辉煌,衣甲鲜亮,腰挎长刀的戈什哈应声而上。

赵尔丰高声:"剥去曾管带刀衣,撤销他的军官职,发配去前营架桥,准其戴罪立功。"

"谢钦帅!"从鬼门关上捡回一条命的曾修叩头谢恩后,从地上起来,跟戈什哈去了。

"钟协统!"赵尔丰看着娃娃脸钟颖说,"我看陈奇珍有胆有识,让他接替前营管带职如何?"

"甚好!"在赵尔丰面前,钟颖还有什么说的。

"那就请协统宣布!"赏罚分明的赵尔丰将手一比。

"陈奇珍——!"钟颖站了起来。

"卑职在。"陈奇珍抢前一步,单腿跪下。

"陈奇珍接过我川军前营管带刀衣!"说时,亲兵双手捧着刀衣送上。

陈奇珍双手接过前营管带刀衣,上前谢了协统和钦帅栽培,说了些报效朝

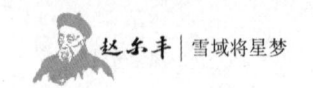

廷、万死不辞激昂慷慨的话。

"我险些错怪了你！"赵尔丰捋着颌下银须，看着陈奇珍，语气中流露出些自责意味，可随即转为严厉，"陈奇珍，你要牢记。你此次冒险深入恩达藏军前敌统帅部探明敌情，英勇果敢，事情处置得当，所作所为值得嘉许。然，往往是，今天功臣，明日罪人，曾修就是一个例子。你若就此不思进取，再犯军纪，休怪我手下无情！记清楚了？"说完，目光灼灼，环视左右，令人生畏。陈奇珍朗声应命。

这一通奖惩完结后，赵尔丰留下钟颖、凤山等几个高级将领开军事会议。其他人员全数退出帐去。

寒风砭骨直入心髓。

当天晚上，头顶着一弯冷月，一支由大部边兵、少量新军组成的五百余人的精锐突击队，由边军统领凤山亲自指挥，踩冰踏雪，在高峻的八毛山上逶迤蛇行。

下午，在赵尔丰主持的军事会议上，赵尔丰指出，川军已在昌都盘桓多日，当务之急是挥师向西藏腹地含枚疾进。虽然藏军前敌统帅堪布登珠有言，三日之内退军。但根据现在接到的军情，在藏王和达赖喇嘛的命令下，堪布登珠不可能退军，只会率藏军阻拦我大军向西藏腹地前进。没有办法，只有打了！

而现在川军、边兵在人数上和面对的藏军相等，都是一万余人。但藏军对地形熟悉，他们背倚险峻高大的八莫山，在山下的恩达草原摆下了长蛇阵，摆开了同官军决战的架势。看得出来，堪布登珠打的如意算盘是，打得赢就打，打不赢也会给进攻的官军以重创。然后，退上八莫山，据险对跟进的官军以迭次打击。

结论是：不能同藏军硬打，硬打吃亏！在西藏作战，官军少一人就少一人，无法补充兵员粮弹，而藏军得到补充容易。最好的办法是派出一支能征善战的精干小分队，从八莫山迂回而下，深入藏军身后，打藏军一个措手不及；正面再发起猛攻，来一个两面夹击，挡道藏军便可一鼓而歼之。

第八章 惊心动魄大角逐

大帅如此精于用兵，凤山当然赞成，并当即表示，他去做这支突击队的指挥。会上，还有一些将佐，比如川军参谋长王方舟等又补充了一些细节，这个战略计划就定了。最后决定，凤山统领即刻去挑选、组织突击队一应事宜。晚上，分别由凤山和赵钦帅统领两军同时起程，定于明日午后十二时，同时从恩达草原和八莫山上向堪布登珠统率的一万余藏军发起前后夹击。破例被叫来参加军事会议的川军前营管带陈奇珍在会上主动请缨，要求参加突击队，而且要求担任突前尖刀！

赵尔丰看着主动请缨的陈奇珍，手捋银须，思索着说："陈管带，本帅之所以让你来参加这么重要的军事会议，是因为你去恩达探过敌营，情况熟悉。而这是首战，首战必胜。川军大都未经实战。你率队参加突击队可以，但就不必担任尖刀了吧？我看，尖刀还是得在边兵精干将校中选？"说着，望着凤山，流露出征询之意。

大帅对川军的藐视，实在是刺激了在场的川军军官们。川军三个标统，就连没有什么主见的协统钟颖都站出来，给陈奇珍坚决扎起：说陈奇珍足智多谋，英勇果敢，对西藏山川风物了然于胸，是最合适的尖刀人选。凤山原先对陈奇珍有些了解，今天通过现场接触，对他有了新的认识。因此，当赵尔丰最后要凤山决定时，他一锤定音，说由陈奇珍担当尖刀最为适宜。

现在，突击队开始下山。

凤山闪身于柴草没膝的山道边一棵百年古松下，注视着从他身边快速经过的部队。在冷月雪光映照下，人影快速移动，无论官兵都一律身着窄衣箭袖的黑色衣裤，腿上打着绑带；肩背九子快枪，腰佩刺刀，鼓鼓的子弹夹从前胸绕到后背。个个精神抖擞，动作利索。

月光下看得分明，随钦帅赵尔丰从川省来康区征战有年的边军统领凤山，已然锻炼得如鹰隼。强劲的山风，将他披在身上的斗篷吹得飘了起来，像雄鹰展开的翅膀。他用一只手紧紧握着那把挎在腰上的宽叶宝刀的刀把。那顶戴在头上的伞形红缨帽下的黄绸丝带，从脸颊上捋过，绷得紧紧的。这就将他那张棱角分明的条形脸，那双机警的眼睛，眉梢上的一块伤疤……一个久经战阵的干练的中高级军官的特征显现得淋漓尽致。

181

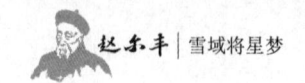

凤山从口袋里掏出一块怀表看了看，对随侍在身边的弁兵吩咐："跑步去告诉前营管带陈奇珍，部队下山后在甲波草坝上宿营。"

"是。"弁兵得令，一溜小跑而去。当凤山随后队到达甲波草坝时，陈奇珍向他报告，前营已遵令扎下营寨。凤山随即传令全军，各营安排哨兵担任警戒之后，就地宿营。凤山以他职业军人的眼光细细打量周围的环境，月光下的甲波草坝很荒凉。就在不远处，旷野尽头，八莫山平地矗立，直指夜色笼罩的苍穹。坝上遍地衰草，草深达五六尺，是个宿营的好地方。各营都已扎好营帐，官兵都已休息。惨白的月光下，到处都有哨兵游动的身影。

凤山又径直去了陈奇珍营帐，两人同宿一个营帐。

"物以类聚，人以群分。"凤山和陈奇珍一接触，都有相见恨晚之感。

他们身下垫一层绒绒的衰草，睡下去很舒适。

本来已经疲倦，但他们都精力过人，谈得又投机，顿时睡意全消。

"凤统！"这样称呼凤山显得亲切，而且凤山也愿意别人这样称呼他，陈奇珍说，"听说打完这一仗，我们川军就要离开你们朝西藏单飞了？"

"嗯。"凤山点点头，"你是知道的，兵部要川军进藏受联豫节制。钦帅是应你们钟协统的要求才率我们来增援的。"

"那就完了！"听得出来，毕业于长沙军事学校，抱一腔爱国热情，胸怀大志，千里来投军的前营管带陈奇珍，与其说是气愤，不如说是沮丧，"本来好好一盘棋，却一换棋手，马上就会被那些家伙下成臭棋、死棋。他们把赵钦帅和钟协统分开，把边军和川军分开，达到了分而治之的目的，川军成了他们手中一张牌。但这些家伙想过没有，这样一来，摆在川军面前的就是灭顶之灾。都知道，我们这一协川军根本就没有战斗力，是银样镴枪头。这一路，千难万险，不要说打仗，如果没有你们边军保驾支援，能不能走到拉萨都是个问题！"

陈奇珍这一席话，说得太精彩，也极中肯。但作为一个高级军官，凤山在这样尖锐的话题面前，不好多说什么，他保持了沉默。

凤山劝陈奇珍："军人以服从为天职，军国大事我们就不议了吧，也不是我们管得了的，你说是吗？"

看睡在旁边的陈奇珍大睁着眼睛却不吭声，凤山感到谈国事太沉重，况且荒原上也太孤寂,他忽然翻过身去,看了看满脸忧思的陈奇珍,脸上浮现出一丝狎邪:"老弟,我问你一事,你可要对我实说!"

"啥子事,这么鬼鬼祟祟的?"

"军中盛传,说你有本事,把人家一个第巴的女儿都放倒了?"

陈奇珍一愣,旋即明白了凤山的意思,不由哈哈大笑。陈奇珍一笑,凤山也大笑起来。笑够了,刚才的担忧、不快就烟消云散了。他们推心置腹地谈起了女人。在这寂寥的荒原上,两个年轻力壮的军人,离女人太久,对女人的饥渴是再自然不过的。因而,他们谈起女人来,自然也是兴致勃勃。

"凤统,你是想你的巧凤了吧?"陈奇珍问凤山。他知道,凤山临进康区才回东北老家娶了妻。妻名巧凤,是满族,具有东北姑娘的特征,长得漂亮,高大丰满,性格豪爽,对丈夫体贴入微。他们的新家安在成都少城蜀华街一幢小小巧巧的四合院里。因为不久后凤山随赵尔丰率兵入康区,只好将妻送回了东北老家。

"想,怎么不想?"凤山老老实实地承认,"军中不是有一句丑话么,叫'当兵三年,老母猪当貂蝉'?何况我的巧凤,何况我们是新婚!"

"后来你将嫂子接来过康区么?"

"接来过,住了一段时间又只得送回去。康藏地区,作战频仍,生活艰苦,动辄辗转千里,连大帅都不带夫人,我们能带夫人么?"凤山说时,双手垫起头,看着营帐外在天幕上巡行的那轮惨白的月亮,沉浸在一种幸福的遐想和难言的思念、焦渴中。

"凤统,你不要太苦了自己。"陈奇珍说,"你不能因为赵钦帅不带夫人在身边,你就不将嫂子带在身边。你是有资格将嫂子带在身边的,只要嫂子肯来。我想,只要你要求,嫂子一定肯来。我是了解东北姑娘性格的。再说,赵钦帅多大年纪,你多大年纪?钦帅身边还有个又年轻又美丽的藏族姑娘卓玛。卓玛这个尤物,白天是钦帅的使女,晚上是妾。钦帅是老牛吃嫩草,吃得香喷喷的,你呢?你这是何苦呢?"

"奇珍!"凤山听后一笑,又故意绷起脸,不无嗔怪地说,"你怎么越说越没有样子了?不过,我会听从你的劝告的。俗话说,听人劝,得一半嘛。"说

183

到这里，脸上笑微微的，"不要再说我了，说说，你是怎样将人家第巴女儿搞到手的？"

"好嘛，既然凤统执意要听，小的岂敢不说！"陈奇珍就着川戏调子，"当大官的是搞得说不得，我们这些小人物是搞得就说得。"看凤山听他这样调侃越发来了兴趣，他又卖起了关子，"凤统，我把丑话说在前头，你可要把握得住自己。如果我把凤统你说得花了心，把持不住，我可担当不起！"

"哪来的这么多废话，快说吧！"凤山催促道。

"还是那年我在赵钦帅手下当兵，驻在打箭炉折多山下的塔公草原上，在一个月夜，我们是通过骑马认识的……"陈奇珍沉浸在一种对往事幸福的回忆里。

随着陈奇珍绘声绘色的讲述，凤山一颗年青的心猛烈地跳动起来。

那是边军的一个临时修养地——折多山下那片草原水草丰美，住的地方也好，风景如画。去作短暂修养的都是军官，生活比较散漫。附近有一个军马场，放牧的大都是统帅部的良骏。其中有一匹钦帅的备马，非常漂亮，周身雪白如银，只有嘴上一点红，取名"雪里红"。那马四肢修长，头如脱兔，肚腹收紧，长约一丈，高约六尺，扬鬃奋蹄时疾如闪电。陈奇珍同放牧钦帅备马的小兵拉上关系，给他一些小恩小惠，这就可以不时骑骑钦帅的这匹备马。他本来爱马，能在这样的地方得钦帅的备马在草原上飞驰，时常有如醉如痴感。

那天晚上活该有事。月华奇好，陈奇珍睡不着，觉得闷得慌，又去那小兵手上借得钦帅的备马骑。"雪里红"牵出来，一跳上去，腿轻轻一磕，只听耳边一阵风响，"雪里红"已将他带到了草原深处。月光下的大草原真是美极了，茵茵绿草在如银的月光下铺展开去，晚上看不清颜色，像是一条硕大无朋的绒绒藏毯。阵阵夜风拂过，草浪、野花翻腾不已。来到草原深处时，"雪里红"乖巧地在草甸上停步踟蹰起来。他翻身下马，一下扑倒在气味清新的草浪里，将脸扎进草浪里，拼命地吸着这种清新气息；双手揽着一堆柔顺的青草，周身有一种说不清、道不明的快意。

"雪里红"时而看看躺在地上的陈奇珍，时而扬起长长的颈子，望着月光下的远方，发出一声两声嘶鸣。夜风轻拂着它颈上的长毛使其飘飘髯髯。忽然，他心中莫名地冲动起来，一下从草丛中跳起朝前跑去。跑了一段路，用手扣嘴，打了一个响亮的呼哨。迎着这声响亮的呼哨，"雪里红"竟长啸一声，扬起碗大的四蹄向他飞奔而来。在夜幕中，月光下，钦帅的这匹备马跑得真是快极了，真是美极了！根本不是跑，而是在飞。它长长的颈上飘拂的鬃毛左右扇动，像是天鹅搏动气流的白色羽翼。就在"雪里红"飞到身边之时，他使出上马绝技，随飞奔而来的"雪里红"紧跑两步，就要乘着惯力，跃上马背时，不知从哪里飞出一个藏家姑娘，闪电似的上了"雪里红"，一闪而逝。就在他兀自惊疑间，那姑娘却又骑马闪电般返回，从马上翻身而下，像片树叶，轻轻站在了他身边笑。在那个月夜，她漂亮极了，简直就是下凡仙女。

两人就这样认识了。她是附近一个活佛的养女，叫央拉，二十来岁，汉话说得流利。月光下，她着一身色彩协调的绒藏袍，身姿高挑丰满；细细的腰上束一根宽宽的红色丝带，高高的胸脯上挂一尊银佛龛，五官精巧的脸上，一双黑白分明的眼睛亮晶晶的，含着清澄和微微的笑意，像是黎明时分从草原上空一掠而过的特别明亮的星星。一头丰茂的黑发梳成多条辫子，用红头绳扎好，花一般散在背上。及至二人交谈起来，陈奇珍才从姑娘口中得知，她已经注意陈奇珍好多天了，她也爱骑马，白天骑，有时有月的晚上也骑。这晚她睡不着，独自一人步出官寨，来到月夜的草原上，算是巧遇。

这样的月夜，这样的草原，这样的未婚男女，这样的邂逅，产生浪漫的爱情是再自然不过的事。

藏族姑娘直爽，尽管她是活佛的女儿，属于上层人家，但她表达爱情的方式很直接。她说她是这一带被很多藏族富裕人家男子追求的女子；她说她不爱他们，她第一次见到陈奇珍，就被他吸引。她愿意跟着他远走高飞，最好到一个没有人的山谷里去……陡然而至的爱情，让他幸福得有些眩晕。他说他不过是在折多山下短暂养病的军人，很快就要归队。

几番接触以后，她直截了当地问他爱不爱她。

他说爱。她说"那你就去向我的阿爸提亲"。陈奇珍感到为难，说"据我所知，汉藏之间很难通婚，尤其你是活佛的女儿"。她说"你放心，我阿妈早逝，阿爸开明，对汉族，尤其对你们边军有好感，会同意我们这桩婚事的

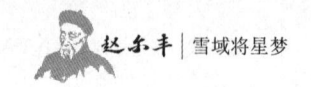

……"她会说汉话，说话的声音很好听。

过后，同样是一个皎皎月夜，也是草原上只有他们两个人。她珠摇玉翠，纯真而又多情，可爱极了。他觉得自己有些沉醉有些恍惚，伸手去握她的手，她不躲闪。他握着了她的手，她也回握着他的手，很直接，不像汉族女子总是欲露还藏的。他的心一阵猛跳，激动中，将她朝怀中一拥，她就倒在他的怀里。一时，他头发晕，双手将她抱紧，她倚在他怀里时，闭着眼睛，像是睡过去了似的。他哆哆嗦嗦地开始抚摸她，当他的手抚摸到她高高的胸脯上时，她像被针扎了似的叫了一声。这一下，他岩浆喷涌似的身体"轰"的一声炸了，不顾不管地将她放在茵茵草地上，翻了上去。顿时，他们两人紧紧地抱在一起，呻吟着翻滚在一起。

听完陈奇珍这段富有传奇色彩的爱情故事，凤山感慨不已，感叹之余学着陈奇珍的腔调，调侃一句："你可要对人家央拉姑娘负责，不要仅仅是放倒了事！"

"那是当然的，凤统你放心。"陈奇珍说时拿出一把精致的小小藏刀炫耀，"这是央拉给我的定情物。"说着，"嗖"的一声抽出寒光闪闪的小藏刀，"央拉说，我如果变心，她就用这把藏刀杀了我。说实话，就是她要舍下我，我也舍不下她了。"

"钟协统知晓此事么？"

"知晓。我们协统是个宽厚长官。在我们川军，同藏家姑娘好的不仅有我，还有军粮官林保民、前营哨官黑娃。协统说，打胜这一仗，他亲自给我们主婚，操持婚礼。"

"央拉现在哪里？"

"随部队了，在帅营为部队做做浆洗缝补之事。"

凤山不由感叹开来，"你们协统真好，毕竟年轻，没有汉藏通婚的成见。你们有这样的协统，是你们川军的福气。我们钦帅什么都好，就是少了钟协统的宽厚待人。"陈奇珍听得出，凤山未尽之意全在其中了。凤山忽然"哎哟"一声，猛地拍了一下大腿，皱起眉头，一副痛苦不堪的样子。

"凤统，你怎么了？"陈奇珍正问，"哎哟！"他也惊叫起来，只觉腿上有软塌塌的东西在移动,奇痒难忍。接着,似有一根钢针,猛地锥进肉里,疼痛难忍。他赶紧翻开裤子,飞跑到帐外。

"哎哟、哎哟!"月光下,好些官兵都跑了出来,都在翻各自的裤子。陈奇珍脱下裤子,从腿上捉到了罪魁——一根旱蚂蟥。其他官兵也发现了旱蚂蟥。捉在手中在月光下细看,这些蚂蟥都吸饱了血,圆滚滚的。

"凤统!"陈奇珍对凤山说,"是了。我在书上看过介绍,说是西藏有些荒原上生长着一种旱蚂蟥,长约两三寸,细小如针。平时隐藏不动,一遇人畜,则昂首蠕动,慢慢穿过衣服、裤子附肉吸血。看来我们遇到的就是这种旱蚂蟥。"

"肯定是。"凤山说,"看来,甲波草甸虽好,却不是我们可睡之地。"说着掏出怀表看看,时辰已经不早了,他这就下达了连夜行军命令。披着月色,突击队官兵们前后相跟,上了八莫山。当晚住在山上,官兵们各依树露宿,虽再也没有旱蚂蟥来侵扰,但栖风露雪,苦不堪言。

天刚破晓,突击队员们草草吃了干粮,又上路了。当上到山顶时,发现高耸入云的八莫山分成了两个世界,这边是阴山,山那面是阳山。当太阳当头照时,部队开始下山。山上参天的古树越来越少,越走越亮堂。渐渐地,山下无边的恩达草原,草原上多如云屯的藏军营帐已历历在望。陈奇珍接到凤山命令:部队提高警觉,搜索前进。很快,凤山接到陈奇珍报告:尖刀营已接近恩达草原,已在山上摆好阵势,未发现前面有藏军。凤山悬起的一颗心,这才"砰"的一声落进了胸腔里,以手加额,暗自庆幸堪布登珠不知兵。倘若他在这险峻的八莫山上随便摆下一支藏军,或设下埋伏,结果就完全两样了。

凤山指挥他的部队,迂曲进入阵地,构筑了简易工事。他们用乱石塞道,修石卡数道,横亘去路,配置火力,做好了充分的战斗准备。

正午时分,草原上突然传来暴风骤雨般的枪声——凤山端起从西洋进口的单筒望远镜看去,赵钦帅亲率的大军,开始对恩达草原上的藏军发起猛烈攻势。排排格林炮弹从天倾泻而下,咚咚地砸进溃散下来的藏军队伍里。随着格林炮每一声尖锐的呼啸,每一发炮弹的爆炸都腾起一片黑烟和死尸……

缺乏训练的藏军,在这猝然间猛烈打击下,完全乱了章法,晕头涨脑的。

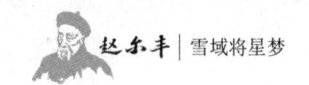

有些勇敢的藏军骑兵开始拼命，他们像是一群群黑压压的乌鸦，举着藏刀，哇哇乱叫，迎着炮火快速反冲上去。可是，却又被溃退的大队藏军挡着了道路……于是，谩骂、呐喊、互相厮打，乱作一团。混乱不堪的藏军简直就像是一群乱爬的螃蟹，你勾着我，我缠着你。而这时，在川边联军强大火力打击下，已经冲上去的藏军骑兵被打得像咚咚坠地的烂果子；步兵像一片片被割倒在地的青稞。

就在藏军极度的混乱中，勇敢善战的边军骑兵杀上来了。他们黑纱包头，在马上直起身子，身子前倾，口中喊着"杀——"，手中举着雪亮的马刀，在纯净的阳光中搅起一片寒光。蹄声嗒嗒，连大地都在颤抖，仿佛天地间骤然间擂起千面战鼓，极长威势。边军的骑兵突进了藏军营地。排排战刀落处，被砍飞的头颅像开了瓢的西瓜纷纷落地。

"呀——赵屠夫的边军杀来了！"

"呀——赵胡子的骑兵杀来了！"

康藏的藏人闻赵尔丰之名而丧胆，畏之如虎。那些被打晕了头的藏军，这当头听说赵尔丰的骑兵杀上来了，更是惊呼呐喊，四处逃命。

草原上，由赵尔丰亲自指挥的联军开始收网，这是一张死亡的网。网越收越紧，到处都在惨叫，到处都在死人，到处是浓烟烈火和混乱。一些失去了主人的战马，惊惶得到处乱窜。

八莫山带着森然的死亡气息，终于沉寂下来了。

夕阳衔山。辽阔的草甸完全沉浸在血泊中。到处都是黑烟升腾，那是藏军被烧毁的营帐。残存的藏军，一群群被押着，像一串串被拴起来的蚂蚱。他们丢盔卸甲，垂头丧气，穿过一排排联军用雪亮枪刺组成的"火巷子"，走向指定的俘虏集中地。

第九章 堪布登珠火中涅槃

　　晨曦拨开恩达草原上缓缓翻腾的牛乳色的薄雾。

　　"嘀——嘀！"雄壮的军号声响起来了，此起彼伏，在密如云屯的联军营帐里传递。各军接到钦帅命令：休整待命。

　　昨天两军成千上万人惊心动魄的厮杀、呐喊、溃逃、追击，似乎都随着夜的离去而销声匿迹了。

　　一轮朝阳冉冉升起。

　　金色的阳光，连天的碧草，鳞次栉比的联军白色帐篷向远方铺去，恩达草原展现出一派和平安宁的气氛。

　　草原纵深处，绵绵的官军营帐中，那顶看似不起眼的赵钦帅的营帐内，一场两军主帅的意志较量正在进行。

　　他是赵尔丰的俘虏——前色拉寺大喇嘛、现任藏军前敌统帅堪布登珠，正盘腿坐在钦帅面前的红地毯上。他身着红色袈裟，手捻翡翠佛珠，腰肢挺直，眼观鼻，鼻观心，神态安详。似乎这

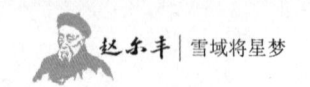

位坐在赵钦帅面前的高僧，忘记了自己是俘虏，是在接受审问？还是他对有"屠夫"之称的赫赫有名的朝廷钦差大臣赵尔丰故意显出藐视？他似把赵钦帅的帅帐当成了佛堂，对高坐堂上的赵尔丰视而不见，似已入定。

高坐其上的赵钦帅，以手拂须，目光霍霍，打量着下首的堪布登珠，显得很有兴趣。赵尔丰少了往常在这种场合中必然表现出来的怒气，似乎对今天这场别开生面的审俘相当重视，穿上了朝服，头戴一品红珊瑚伞形盔帽。在侧陪审的只有几个高级将领，他们是：川军协统钟颖、参谋长王方舟、边军统领凤山。

赵钦帅看了看坐在旁边的钟颖，脸上闪过一丝嘲笑，不以为然地摇摇头，好像在对钟颖说：你看这个僧官啊，真是滑稽！以为神仙难整不开口，他不开口我就把他没有办法？他也不看看是落在谁的手上了，看我如何将他收拾得服服帖帖！堪布登珠这个态度，让素来性情宽厚的钟颖也看不过去，他不时看看赵钦帅的脸色，他估计赵钦帅很快就会被激怒。分坐两侧的王方舟、凤山等将佐这时也脸色愠怒，他们不时看看赵尔丰，心想，真是太阳从西边出来了，何尝看赵钦帅脾气这样好过？又何尝看过这样的俘虏？

确实，盘腿坐在性烈如火的赵钦帅面前的这个僧官、藏军前敌统帅堪布登珠真是不见棺材不掉泪，太不知趣了！

堪布登珠被俘获后，赵钦帅念他是个僧官，儒雅斯文，对他以礼相待。今天早晨，让凤山去带他时，很近的路，竟非要他骑马不行，还说他并非俘虏。

"堪布登珠，"赵尔丰知道这僧官懂汉话，交流起来没有困难，先给他来个下马威，"你要知道，这里不是你的佛堂，这是我堂堂赵尔丰的帅帐。不是让你来这里打坐的，你可知道，你现在是我赵尔丰的阶下囚？"

"非也，"堪布登珠顶了回去，"谁是谁的俘虏还说不一定呢！"

"啊哈，你没有做俘虏，那你这个藏军前敌统帅坐在我这里做什么？"赵尔丰哈哈笑了，坐在他旁边的钟颖、凤山等人也全被逗笑了。

"两军作战，理应先约战期。"堪布登珠不服，抬起头来，无所畏惧地看着以手抚须的赵尔丰，侃侃而言，"两军作战，理当鸣鼓相对，以力相较。而你前攻后袭，又借风势烧我连营，乱我军心。这样作战，类乎于窃。今我虽败，然败而不服。素闻赵钦帅威名，不意赵钦帅如此作战。而今我堪布登珠身为鱼肉，你为刀俎，要杀就杀，我不过作一轮回耳。"说完，闭上眼睛，手捻佛珠，口中念念有词，不再理会周围。

赵尔丰微微笑着，看了看坐在两边的钟颖、凤山等人，他们都笑了。是嘛，这个藏军前敌统帅堪布登珠竟像历史上宋襄公似的愚蠢、迂执？

"堪布登珠！"看着眼前这个迂执的打坐高僧，赵尔丰这时对他不仅没有一点仇视，反而觉得有趣，也有点同情。战争是残酷的，藏王竟让这样宋襄公似的人物担当藏军前敌统帅，也真是难为了这个高僧。赵尔丰便用手捋着颌下银须，笑道，"不知高僧知道《三国演义》么？"

"略知一二。"

"《三国演义》中有段诸葛亮七擒孟获的故事。说的是名垂千古的蜀相诸葛亮率军南征时，南夷头领孟获被能掐会算的诸葛亮俘虏后，如同你一样只是不服，诸葛亮这就将孟获放了，一直七擒七释，直到孟获折服为止。如今你口口声声不服。我也学诸葛亮将你放了，让你回去做好充分准备后再战如何？"

凤山、王方舟等听赵尔丰这样一说，顿时都傻了眼。你看我，我看你，大眼瞪小眼，意思都写在脸上：赵钦帅怎么能这样？这个堪布登珠这会儿坐在这里容易吗？如果不是出奇兵，仗能打得这样顺吗？如果再战，那要费多大的劲？藏人剽悍，再战，一定会有变数，届时鹿死谁手，也可能会说不定呢！《三国演义》三分是实，七分是戏。其"诸葛亮七擒孟获"，无非是要把诸葛孔明美化成神、成仙？你赵钦帅能有书中诸葛亮的本事？这样做，实在是太孟浪、太自信了！再说，俗话说得好"杀人三千，自损八百"，你赵钦帅不能把弟兄们的生命当儿戏！

可是，没有人敢出来对赵钦帅的决定说句二话。赵钦帅可以对这个迂执的高僧容忍，可对他部下"忤逆"断然不会容忍。凤山和王方舟都给钟颖递眼色，要他劝劝昏了头的赵钦帅。

"钦帅！"看赵尔丰情绪相当好，钟颖鼓足勇气，很委婉地说，"是不是先将堪布登珠送回营去，让他休息。让他回去重整旗鼓再战之事缓定？"

赵尔丰脸色一变，相当坚决地摆摆手，意思是，事情就这样定了。

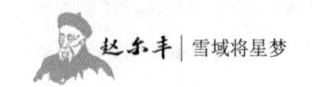

迂执的堪布登珠这会儿却又一点也不迂执了,适时将了赵尔丰一军:"赵钦帅你敢放我回去,让我再整旗鼓与你战,我必大胜官军。"

"好,一言为定!"赵尔丰身姿一挺,目光霍霍,"你现在就定,何时再战?战于何地?"

"期以半月。"堪布登珠言之铮铮,"战于三坝。"

"好!"赵尔丰一锤定音。

堪布登珠这就站起身来,端起手向赵尔丰躬身施礼:"如此,堪布登珠告辞了。"

昌都城郊外。一片连天的草场上,这天一早便喜气洋洋,唢呐声声,锣鼓震天。川军前营管带陈奇珍、军粮官林保民、哨官黑娃章敏同时与三位藏族姑娘喜结连理。由赵钦帅、川军协统钟颖主婚,昌都城活佛证婚,这可是一件破天荒的大事、喜事啊!连老天也来助兴,高原的天一早就放晴,高远湛蓝的天空,像是一块水洗过的蓝玻璃。遥远的天地相接间,有一缕透明的白羽缓缓翻腾,像是老阿妈刚刚从羊羔身上剪下的绒毛团。

联军这天放了一天假。各营司务长们一早就宣布:中午打牙祭、酒肉管够。荒原上本来就没有什么可娱乐的,军营生活更是紧张、严肃、呆板,除了打仗就是从早到晚的军事训练。而这一天,既不打仗,也不训练。三对新人举行婚礼,特别是军中汉藏通婚,意义更不寻常!陡然而至的喜庆,成了联军万余名官兵的盛大节日。

官兵们早早来到将要为三对新人举办婚礼的草场中央,里三层外三层地围成一个大圈。主角还未出场,新人也还未到,场中央有几个边兵在起劲地演奏。他们身着传统的清军服饰:黑纱包头,额前打英雄结,身穿红色号衣,背上有一个"勇"字,打着绑腿。因为久经康藏地区强烈紫外线照射,虽个个又瘦又黑,但显得剽悍。他们中有的吹小号,有的吹唢呐……把极富川味的过山调吹得映山映水的。有的老兵油子在一边大摆"荤龙门阵",惹得不少围在他们身边的二杆子兵们,听得心猿意马、抓耳搔腮。

"来了,来了!"久等后有人大喊,官兵们循声望去,只见身着朝服的钦帅

第九章　堪布登珠火中涅槃

赵尔丰和川军协统钟颖，在凤山、王方舟等一帮高级军官簇拥下，和昌都城活佛一边交谈着，一边走来。无数双眼睛齐刷刷地射了过去，不是射向赵钦帅们，而是射向跟在钦帅身后，军中早有传名，可惜只闻其名不见其人的大帅使女卓玛姑娘身上。

只见赵钦帅一行进了场子，入座后，赵钦帅同坐在旁边的昌都城活佛在亲热地交谈着什么。担任司仪的卓玛，小鸟依人地站在钦帅身后，似在等待三对新人入场，又似乎在思索着什么。她知道官兵们在看她，在小声议论她，脸上带着一丝甜蜜的微笑。今天，又有三位藏族姐妹加入到这个她已经日渐融洽、日渐有了感情的集体中来了；她沉浸在遐想中，全然不管官兵们饥渴的目光如何在她身上钻上钻下。穿在她身上的藏袍虽然肥大，却遮掩不了她那高挑轻盈、丰满合度的美妙身姿和从中流溢出的勃勃青春及成熟妙龄姑娘特有的魅力。她那长长的颈上系了一根金项链，项链末端系一尊小小的银佛龛。那尊小小的银佛龛，躺在她的丰胸上。一道绒绒宽宽的藏袍领线，由斜斜的肩胛划下来，在绕到背上去时，被系在细腰上的黄色宽边丝绸一束，使该突的突，该藏的藏，将衣服上的种种色彩极有层次地展现了出来，给人一种袅娜飒爽感。她那张红玛瑙般的很是俊俏的脸上，一双又大又黑略带野性的眼睛光亮极了，她如同草原上初升的红日一样照人。

三对新人的婚礼举行得简单而富有情调。

钦帅将手一挥，示意婚礼开始，卓玛大大方方来到场中央，将长长的藏袖一挥，说一声"三对新人入场"。瞬时，鼓乐齐鸣。围得人山人海的官兵们主动让开一条通道，三对新人鱼贯入场了，他们先是向赵钦帅、钟协统、昌都城活佛曲身致礼；再按照司仪卓玛的指挥，转过身来，三对新人站成一排，面对场上的成千上万名官兵致礼。一时，场上掌声雷动，官兵们兴高采烈，对三对新人品头品脚、赞不绝口。

三个新郎官中，数军粮官林保民年龄最大，快四十岁了。虽然今天他服饰一新，又特意刮了胡子，着意整得年轻一些，但那一张黝黑的瘦脸上，还是嵌满了康地风霜和人生沧桑的皱纹。川军前营管带陈奇珍，本来就仪表堂堂，有军人风度，在这样特殊的日子里，因为高兴，更是满脸发光。然后就是黑娃章

193

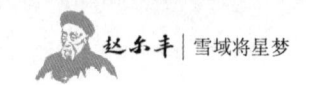

敏了。黑娃最年轻，不过二十来岁，长得虎头虎脑的。也正因为年轻，没有前两位新郎官那样的人生忧患，对场上看着他笑、指指点点的哥们儿做怪相，并时时被场上的哥们儿逗笑，笑得连嘴都合不拢，露出一对小虎牙。

而真正成为官兵们议论中心的是三个新郎官的新娘：央拉、降央、白姆。这三个藏家姑娘，在成千上万名的官兵们眼中，在这样清一色的男性世界里，无疑都是宝贝，都是天仙。她们中，无论长相、肤色、风度，央拉都要更出色、漂亮些，央拉毕竟是昌都城活佛的女儿。

三个新郎今天都是汉族民间娶亲打扮，脱去军装，穿一身崭新的青布长袍黑马褂，头戴博士帽，帽上插金花。肩上斜挎一条宽宽的大红绸带，胸前佩一朵大红花。不过这朵大红花，不是红绒做的，而是从草原上采摘来的真花。

在官兵们热烈的、艳羡不已的鼓噪声和欢快的乐曲声中，司仪卓玛亮起好听的歌喉宣布，由赵钦帅、钟协统、昌都城活佛分别向三对新人赠礼。赵钦帅送的礼很重。他送给三位新郎各人一个蜀绣槟榔荷包，一个从西洋进口的镔铁茶叶筒，里面装满了沱茶——在运输极为困难的康藏高寒地区，盐巴、沱茶很是珍贵稀罕，价格昂贵。送给三位新娘一人一串可以挂在颈上的翡翠色珠串。赵钦帅生性异常俭朴，对三对新人送如此厚礼，让官兵们啧啧赞叹。

一张娃娃脸的钟协统送给三对新人各一个珊瑚塔。

昌都城活佛送给三对新人的是洁白的哈达和对他们的祝福。

之后，钦帅要昌都城活佛以当地地主和出嫁女儿父亲的双重身份讲话。

昌都城活佛，五十多岁，一头银发，身材高大，一口汉话说得也地道。活佛的思维有别于汉人，说出的话让人大开眼界，大为惊讶。他说他之所以同意将女儿嫁给汉军本布，是证明藏汉自古是一家。康藏自古就属华夏。官军本布能看上自己的女儿，是他昌都活佛的荣光。他说，既然汉军本布看上了他女儿，他就应该将女儿像奉献哈达一样双手献上！说着，弯了一个腰。

成千上万官兵，为昌都城活佛的讲话鼓掌叫好。一时掌声如潮，惊雷般地轰向远方。

与此同时，昌都城内好些赶来围在场边看热闹的藏民，也情不自禁地以手触口，"啊火""啊火"地吼喊，表达对活佛讲话的赞同。是的，在西藏，奴隶主对奴隶横征暴敛，肆意欺压，广大农奴生活在水深火热之中。进藏的官军每过一处，都受到广大藏民的欢迎、拥护。藏民朴实，对官军们用得最多、问得最多的是两个词："加通（吃）"没有？"古利琐（喝）"没有？

昌都城活佛最后一席话，可以说是传达了整个昌都地区藏民的希望，他说昌都藏民希望官军在此久驻。倘如此，他愿给未婚的官兵当红娘。藏族姑娘能歌善舞，对男人忠心耿耿，矢志不渝……这一番话，再次引起场上官兵们掌声如潮，欢声雷动。

接下来，司仪卓玛宣布节目表演开始。

官兵们鼓噪："卓玛姑娘先来一个吧！"

坐在一边的赵钦帅以手抚须，笑嘻嘻地看着卓玛，点了点头。

卓玛这就大大方方地轻步走到场中，清清嗓子，对围坐得里三层外三层的官兵们说："我就先唱一支我们康区最为流行的《跑马溜溜的山上》吧！"在一阵热烈的掌声中，她且歌且舞：

跑马溜溜的山上，一朵溜溜的云哟，
端端溜溜地罩在，康定溜溜的城哟……

她杨柳为腰，舞姿轻盈，特别是她那雪山草地孕育出来的好嗓子，幽幽地，有穿云裂帛之妙，有如一轮雪山上皎洁明月吐出的清辉；像是高原金阳照耀下的皑皑雪山，冰清玉洁；像云雀突然从天而降，鸣叫着，欢快地箭一般地向着天际一冲而去。场上的官兵们正看得入神，三位新娘已忍不住，不待招呼，舞起长袖，进入场子，跳起弦子。场上欢快、热烈的气氛达到高潮。

谁也没有注意到，就在这时，赵钦帅的卫士长刘彪轻步来到钦帅身边，俯下身去，小声报告着什么。钦帅起初听而不闻，看着场中歌舞，眯起眼睛，手抚银须，很沉醉，脚尖打拍不辍。坐在钦帅旁边的川军协统钟颖却注意到，随着卫士长的报告，钦帅脸上的笑意逐渐凝固，变得严峻起来。手忽然捋着胡须不动了。钟颖知道，出事了。

卫士长在钦帅耳边嘀咕完了，赵尔丰向钟颖轻轻招了一下手。钟颖赶紧走

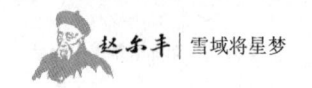

过去，在赵尔丰身边俯下身来。

"鼓明，"赵尔丰小声说，"成都方面，次帅将一封兵部火漆要函派专人快马送来，……我先回去，你代我在这里主持。节目一完，就让各营官兵回营会餐，然后你到我帐中来。"

钟颖答应下来。赵尔丰这就站起身，同活佛告辞后，带着卫士长刘彪回到帅营。

没有经过大事的年轻川军协统钟颖，情知不是好事，心中有如十五个吊桶打水，七上八下的，但他不能不竭力坐在场中稳起。好在官兵们为场中新娘们表演的歌舞吸引。终于熬到了时间，中午了，空气中四处荡漾起爆烤牛、羊肉的香味。钟协统从椅子上直起他肥硕宽大的身躯，拍了拍两只白面馒头似的大手，宣布婚礼到此为止，各营官兵回去打牙祭。肚里早就缺少油水的官兵们听这一说，这就从美梦中醒来。争相起身，拍拍屁股，抢步回营。

午餐空前丰盛。牛、羊肉，青稞酒管够，各营帐前官兵们席地而坐。

钟颖陪着昌都城活佛刚刚回到营帐，弁兵进来报告说，外间天气很好，遵照协统的意思，宴席已在外摆好，请协统和客人入席。

"活佛，请！"钟颖尽管心中很着急，但脸上还是尽量保持镇静；站起身来，手一比。活佛却不肯，弯腰致礼，谢过协统的盛情，笑说他是一个不拘礼节性情散漫的人，他要到女儿席上去，同三对新人一起，聚一聚，说点笑话。

这正中钟协统下怀。三对新人的喜宴摆在川军参谋长王方舟帐内，钟颖手一比，请活佛先行，随手将袍裙一撩，陪活佛去了王方舟处。

天气真好。暖烘烘的太阳照在草原上，微风送来花香、酒香和官兵们的哗笑声。这是一月来，联军最欢畅的一天。

当钟协统陪着年高德重的活佛来到川军参谋长王方舟处，卓玛和三对新人赶紧起身相迎。

"都请坐！"钟颖用双手往下压压，笑着对王方舟解释，"活佛要和女儿、女婿在一起乐乐。恭敬不如从命，只好却之不恭了，请方舟参谋长代为招待！"

"协统放心！"眉重眼深的川军参谋长很精明，他用一口浓郁的四川话说，

"我一定把第巴招待得巴巴适适的。"钟颖看到活佛入座,自己尽了礼数,这就放心去了。

钟颖快步来到赵尔丰营帐。赵钦帅一边向他招手,一边愤怒地拍打着桌上的兵部来信,冷笑道:"哼,真是奇文共欣赏,疑义相与析。你快来看看,联豫和兵部那些人在一起,又搞了个啥名堂!"

钟颖拿起兵部信函,急着往下看。他一连看了两遍,看第二遍时,手有些发抖,瞪大眼睛,显得很有些惊骇。良久,长长地吁了口气:"事情怎么会是这样呢?这些人简直得了神经病!"

事情的发展超乎想象,完全到了近乎荒诞的地步。在这些急送来的兵部急件中,兵部那些人一开头就居高临下、火气很大地责问赵尔丰、钟颖,为何将恩达草原上擒拿的藏军前敌统帅堪布登珠不经请示便放虎归山?进而责问赵尔丰为何一而再,再而三插手西藏军务?信末,兵部那些人严厉命令钟颖即日脱离赵钦帅,单独率军,向拉萨挺进;途中顺道解决为害四方的波密地方势力!

"妈拉个巴子!"属于贵胄的钟协统,第一次用他的东北家乡粗话骂了人。"将在外,君有命臣不受。说得轻巧,拽根灯草!打波密,他们这些高高在上、尸位素餐的兵部老爷们来打呀!联豫老儿来打呀!"钟颖难得愤怒,今天他的愤怒一泻千里:"前几天川军被堪布登珠挡在昌都城外,我致信联豫,这老儿装聋作哑不理,要我权且决定。实际上就是要我求助于赵钦帅。现在,恩达大捷了,这些人又私心妒忌,横加干预!"

钟颖说时望着虚空,满脸迷茫:"让我川军单独去打波密?听说波密山高谷深,那里的藏人凶悍无比,怎么打?这不是要逼死人吗?"说着,两手一拍,看着赵尔丰,脸上竟是一副乞乞求求的神情。

赵钦帅毕竟宦海沉浮多年。最初的愤怒过去以后,他开始冷静地思考起事情的前因后果,以及表面文章之后的深层次症结。不用说,老朽不堪的联豫同京中那些得到了他好处的大员们沆瀣一气,争名于朝,逐利于市,生怕川军成了他赵尔丰手上的工具,让他赵尔丰如虎添翼。因此,他们千方百计中伤他赵尔丰,要将一协川军从他手中剥离出去,这是意料中事。但最让他忧心的是,圣命如此朝令夕改,政出多门,长此下去,是何等令人担忧啊!联想到月前在

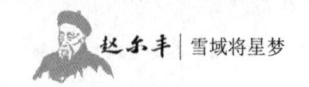

都江堰时二哥谈到离京前,去参见太后、皇上的情景,进而联想到,太后、皇上已然生命垂危,倘若太后、皇上在一个早晨去世,天下必大乱。看来,原先希望通过钟颖打通上层的想法已完全无望。唯今之计,是手中要有实力。任何时候,有枪就有一切。也正因如此,必须抓住、抓好、抓紧手中边军,还有尽可能抓住钟颖这协川军。

"鼓明!"心中主意已定,赵尔丰也就平静下来,他一下一下地捋着颔下银须,对两眼茫然、惊慌失措的川军协统这样说道,"联豫老儿做事只会推诿塞责,然搞起阴谋诡计却颇为在行,我们不能小视。现在兵部请准圣意,让你带兵速去拉萨,中途收拾为害四方的波密地方势力。这也不能不去,不能公开抗命。"略为沉思,又说,"再说,波密地方势力,为害四邻也不是自今日始。养痈为患,那地方与英国人的印度毗邻,简直就是西藏身上的一块毒瘤,将这块毒瘤割除,于国于民于你于川军,也是一件好事情!"

"那,我就去打!"钟颖想了想说,"但如果我打不下来,钦帅你可不能坐视不管!"

"放心,绝不会!"

"可我对波密的情况一无所知。波密,怎么听这名字就怪头怪脑的?"

"鼓明,你来看。"赵尔丰随手将那张英国人画的军用地图摊在几上,钟颖附身去看,随着赵尔丰的指点、解说,钟颖对波密有了最初的印象——波密邻缅甸、印度。境内高峰插天,遍披冰雪,危崖峭壁。波密人当然是藏人,却又与一般传统的土番不同,据说是当年大将军年羹尧征战过此留下的后裔,尚武,极为剽悍……

听了赵尔丰的介绍,钟颖不由心中打鼓,唯一可以聊作安慰的是,波密人数不多,而自己的这一协川军万人,装备也好,兵士都配备九子快枪。而在波密,当地人能得到一支九子快枪,那可是天大的幸事;他们手中的武器大都是弩弓、火药枪,很原始。看钟颖在沉思默想,赵尔丰知他心中没底,知道他的担心,遂提醒他:"你的前营管带陈奇珍能战,且长期研习、留意过波密典籍。用好陈奇珍,或可出奇制胜。"

听赵尔丰这么一说,钟颖心中有了些底,脸色也就好了些。

第九章　堪布登珠火中涅槃

赵钦帅这就喝了一声："刘彪！"

"在！"卫士长趋步而来。

"川、边联军的官兵是否都已在打牙祭？"赵尔丰捋着胡子，学着四川话问，没有就打波密一事同钟颖继续谈下去，而是问起了今天的具体事情。钦帅往往就是这样，在常人看来的关键时刻却能将思路突然宕了开去，显得举重若轻。

"是。川、边两军的官兵都在打牙祭。"卫士长是地道的四川人，一口四川话更是说得有盐有味，"到处都在大块吃肉，大碗喝酒，吃得嗨儿连天的。"

赵尔丰听这一说，哈哈大笑起来，用手一下一下地捋着颔下一把银须，说道："我们的肚儿也打起了川北锣鼓，吩咐弁兵，快将酒菜摆进帐来！"

卫士长得令去了。

很快，几个弁兵鱼贯而入上酒菜。

给钦帅、协统摆出的宴席，自然要比一般官兵席上的菜肴品种丰盛一些，做得也精美考究一些。除了富有康藏地区风味的烤牛、羊肉，还上了川味香肠、红油板兔……这些都是钦帅平时十分喜欢的下酒菜。酒过三巡，钦帅和钟颖的话题又大都集中在兵部命令，征讨波密这些想绕也绕不开的大事上。

酒喝到一定程度，钦帅吩咐上热菜。

席间一大品碗"王妃肉"，热气腾腾，最受钦帅喜爱。他用筷子点着盛在大品碗中的肥实货，对钟鼓明一迭连声"请"。钟颖夹了一筷子吃了，连说"好妃、好嫩、好香、好吃"，又问钦帅："这是哪方名菜，我怎么就没有听说过？"

赵钦帅一手捋着胡子："鼓明你在四川多年，你是美食家，不是说吃遍了川中名菜吗？"

"川中名菜？我怎么不知道？"钟颖简直被考倒了。在成都生活了多年，讲究美食美器的钟颖，早就将中国菜系中居第一位的川菜名品吃遍且能将菜名倒背如流。

"不瞒你说，这康区'王妃肉'也是我的发明。"赵尔丰一边细吃慢咽，一边捋着胡子，不无得意地说："如同我在成都请你吃的'献金瓜'的南瓜一样，

199

这道菜取自我那年挥师西进过新津时,吃了'王爬肉'念念不忘。到康区后,我让厨下改猪肉为牛肉,以此烹制而成……"

原来,这"王爬肉"是赵尔丰那年率军入康时,当晚兵驻新津。他听手下一个新津籍的幕僚偶然说起县城背街上有家姓王的驼子炖的肉很好吃。心想,康藏地区缺少蔬菜,但牛羊多。如果以后可以如法炮制,也不失为一个改善生活的办法,这就让张占标去新津背街上请王驼子来亮了一回手艺。这道菜的主料是五花肉,四四方方一块,加八角、香料等少量调料,一起放入荥经耳子砂锅内,用文火慢慢煨爬。此菜很对赵尔丰胃口,他马上叫人记下了"王爬肉"的做法。到康区后,对"王爬肉"很有体会的赵钦帅又亲自到厨下示范,对厨子耳提面命,让厨子做成了用牛羊肉改良的"王爬肉"。看钟颖赞叹不已,赵尔丰感叹道:眼下的"王爬肉"不过是照猫画虎,滥竽充数,离真正的新津"王爬肉",十万八千里。等以后回了成都,我再把"王爬肉"做得像个样子,专门请你钟鼓明,并将其发扬光大,使其真正成为川菜中的一道名品。

钟颖乖巧,这就故意问卓玛会不会做"王爬肉"?果然,这一问,赵尔丰立刻眉飞色舞,他说,会做。卓玛现在做"王爬肉"很像个样子,比厨下强多了,卓玛聪明。

气氛是这样随意而融洽,赵尔丰端起酒杯看定钟颖,往日一双虎威威的眼睛,这会儿竟流露出父辈的关切和温情:"来,鼓明,我敬你一杯。"受宠若惊的钟颖马上站起:"万万不可,钦帅,该我敬你!鼓明今生有幸,能跟着钦帅一段时期,受益颇多!"钟颖懂事,情知这顿饭已经吃了不少时间,而赵尔丰又是一个惜时如金的人,这又补充一句:"敬了钦帅一杯,鼓明就要向钦帅告辞回营,准备明早率军拔寨启程事宜了。"

"好!"赵尔丰手拂银须,"男儿当如此!""咣"的一声同钟颖碰了杯,仰起头来,一饮而尽。

放下白底蓝花牛眼酒杯,钟颖似乎犹豫了一下:"钦帅,大军启程拔寨之际,鼓明有一事相求,不知钦帅是否恩准。"

"鼓明请讲。"

"我想将两个人留在此地,请钦帅看顾一会儿。"不等赵尔丰发问,钟颖说下去,"今天与藏家姑娘结婚的前营哨长黑娃,日前在恩达与藏军作战时受伤,内伤很重……军粮官林保民年岁大了,身体虚弱。最近天冷起来,猛咳风泡子痰,恐不是长寿之人。我想让他们在昌都养一阵子。"

"好。"赵尔丰慨然应允,想想又说,"康藏局势瞬息万变。我率军离开昌都之时,此二人如何处理?"

"他们是留,是走,请钦帅定。"

赵尔丰想了想,也就点点头答应了。

"呜——!"牛角号吹落满天残星,边坝草原迎来了又一个黎明。

草原上像是在赶集,几千人聚集在一起,闹闹嚷嚷的——他们是堪布登珠从西藏洛隆、三边等地调来的民兵。今天,他们都希望能从堪布登珠手上领到一支先进的英国前膛枪。他们都知道,英国人为了支持达赖抵抗川军入藏,特意支援了达赖三千支新式的前膛枪;枪到手后,达赖毫不迟疑地调了一千五百支给堪布登珠。草原上这些剽悍的康藏汉子,他们并不惧怕赵尔丰的边军,他们惧怕的是边军手中可以连续发射子弹的九子快枪。

盼望已久的时候到了。

"嘟——嘟——!"六支长约一丈的红铜喇叭吹响了。草原上顿时像滚过阵阵沉闷的雷声。

与作为前导的一队吹号喇嘛拉开一定距离,在一队藏军簇拥中,前西藏色拉寺大喇嘛、二品僧官、现藏王任命的藏军前敌统帅堪布登珠,骑在一匹雪白如银的高大战马上,缓缓而来。在他们身后,是几架马车。马车用毡子遮盖得严严实实的。不用说,那用毡子遮盖得严严实实,堆得山高的是枪——英国人送的前膛枪。

骑在白马上的堪布登珠,神态安详,他穿一领红色袈裟,手捻佛珠。见到高僧,草原上的藏民们,赶紧吐出红舌头,弯下腰去,向他表示敬意。堪布登珠迎着初升的太阳,勒住座下白马。迎着堪布登珠澄澈的目光,草原上的几千藏民都一齐跪了下去。看着这些忠于佛祖的臣民,再看看身后几架用篷毡盖得严严实实装满前膛枪的马车,堪布登珠的心里充满了再战必胜的信念。再战还

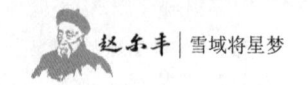

有三天。边坝草原同赵尔丰驻地恩达草原中间隔着乌齐大雪山、敖楚河天险。据各地报,迄今尚无边军出动迹象,而协同赵尔丰作战的川军已经向波密方向而去了,真是大好事。自己这几千剽悍的藏民都会使枪打仗。在人数上,已超过了赵尔丰手中的边军;今天再把英国先进的前膛枪一发,管教赵尔丰有来无回。

既然稳操胜券,堪布登珠决定把这场发枪仪式搞得热闹些,气氛造得足足的。先是让喇嘛诵经,后是跳神。这一切完成后,是最隆重的摸顶。在一处茵茵草地上,卫士将卡垫放上去,堪布登珠再稳稳坐上去,盘起腿,伸出一只温暖的大手,为排成长队鱼贯而来的虔诚的信徒们摸顶。

摸着,摸着,佛法高深的堪布登珠沉浸在一种美妙的境界里:天上有仙鹤引路翱翔,一只背上配着华盖的吉祥的白象翘卷着长鼻子走过来了。他堪布登珠骑在大白象背上,率领着成千上万信徒向极乐世界走去。那是多么美妙的境界啊!他睁大了眼睛,望着草地边缘的雪山。雪山那峻极云天的山巅,已被太阳的金光镀成了一座红色的宝塔。山脊上,无边无际的森林,被阳光的彩笔抹上一道温柔的蔚蓝……

不对!他抹了抹眼睛。怎么突然间,有一股灰黑的铁流正呐喊着,狂飙突进般而来?看清楚了,那是赵尔丰能征善战的边军骑兵。他们骑在马上,高举闪闪发光的马刀,在蹄声嗒嗒中,上千只粗喉咙里发出惊心动魄的喊杀声!

终于,民兵中有人清醒过来,向赵尔丰的边兵开枪了。但是,已经迟了。只见如林马刀排排举起,落下,手起刀落,惨叫声声!惊醒过来的堪布登珠在卫兵的帮助下,赶紧翻身上马,丢下一千五百支新式英国前膛枪和从西藏各地召集来的民兵,带着他的卫队落荒而逃。

一轮苍白的明月升起来了。

川军前营管带陈奇珍踱出帐外久久伫立,望月、望山、望荒原,再掉头望望身后连成一气的军营营帐。连日在险峻的山路上穿插行走的官兵们非常疲倦,早已入睡。除了抱枪在帐前游动警惕的哨兵,眼前的景物竟如蜡塑一般,万籁俱寂。前面,就在苍原尽头,那座平地矗立,高耸入云,纵深达十五里地的达摩大山之后，就是神秘的波密了。他率领的前营，将作为一支奇兵、"箭头"，由达摩大山直直射进波密，同钟颖率领的从后迂进的大军，对波密形成夹击。尽管隔着一座大山，在这洪荒般的静夜里，还是能隐隐听见奔走在高山峡谷间雅鲁藏布江沉雷般的低吼。

他缓步回到自己的营帐中，要弁兵点燃一支红蜡烛。他久久地看着这支流泪的红蜡烛，觉得日前发生的一些事简直不可思议，好像冥冥中，有一只神奇的手在支使这一切。也就是在几天前，藏军前敌统帅、准备再战的堪布登珠，在边坝草原上给民兵们发枪时，如果不是磨磨蹭蹭，有做不完的过场，赵钦帅派去偷袭的骑兵定然不会那么顺利，不会打堪布登珠一个措手不及，令其一败涂地。如果堪布登珠早将一千五百支前膛枪发给了那些民兵，情况或许就会完全是两样的。然而赵钦帅就会下险棋，也善于下险棋。赵钦帅将他的对手——堪布登珠吃透了！这不能不让陈奇珍对赵钦帅佩服得五体投地。

堪布登珠本想逃回西藏，逃回位于后藏的他的色拉寺。可是，赵钦帅早就料到了，派凤山带兵截断了他的后路。真是神差鬼使，昨天下午时分，身边只有两个卫兵、走投无路的堪布登珠，竟像一条漏网的鱼，钻进了川军前营管带陈奇珍的营地，主动当了他的俘虏，这是陈奇珍做梦也没有想到的。也许该一报还一报。他想：当初我陈奇珍夜探敌营，被藏军拿获，送到堪布登珠处，他善待了我、宽待了我。于今，风水轮流转，堪布登珠成了我的俘虏，该我善待他、宽待他了！

他将堪布登珠单独关在一个营帐里，派兵严加看管，一边好酒好肉招待，一边不敢隐瞒，派人报告了驻在工布的他的顶头上司，川军协统钟颖。

今夜陈奇珍心中忐忑，长夜难熬，心中对堪布登珠又充满了好奇。这就让弁兵去带堪布登珠过来作寒夜长谈。

堪布登珠被带进来了。他仍然视若无人，因为是老熟人，对陈管带微微一揖，这就不请自坐，盘腿打坐在卡垫上，捻着手中的佛珠，眼观鼻，鼻观心，似已入定。在摇曳的烛光下，这身披红袈裟的高僧那一张轮廓分明的脸，一半在烛光映照下，显得十分安详沉稳；一半罩在黑暗中，显得莫测高深。

"请问堪布高僧，"陈奇珍是满腹不解，"月前，你我在恩达初识，今日我

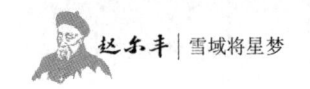

和你竟又在这冷僻得鬼都不下蛋的拉里再会，这可是种缘分？"

堪布登珠言简意赅，双手合十颔首："有缘千里来相会。"

"苦荒原昼短夜长，奇珍有一事不解，想请教高僧。"

"本布请讲。"

"你我在恩达初识，时间虽短，印象颇深。我一直认为高僧一定说话如板上钉钉，如何事后却又出尔反尔？"

"本布请说详细些。"

"高僧作为藏军前敌统帅，在我离开恩达时，你说，闻赵大臣已到昌都，诚惶诚恐，实不愿同赵大臣交兵，并对我保证，三日内退兵。结果何以食言，引得兵戈大起？"

"唉！"堪布登珠长叹一声，低下头去，半晌无言，"本布有所不知，"他声调低沉，一颗显然悲伤的心，好似在长长的暗夜里穿行，"藏中事，犹如一团理不清的乱线团。年前，英人侵藏，大喇嘛（达赖）原想驱逐英夷，求助朝廷和驻藏大臣，结果受朝廷和驻藏大臣冷遇。英人百般笼络大喇嘛，而朝廷却一味让大喇嘛心冷。及至朝廷改弦更张，宣布赵大臣兼驻藏大臣，率兵进藏，这让大喇嘛和藏王大为恐慌，坚决反对。适原朝廷驻藏大臣联豫附议，一致联名上书朝廷。我原答应你三日内退兵，是我以为藏中事尚有可为，且私心不愿对抗威名赫赫的赵大臣，不愿对抗朝廷。适朝廷收回赵大臣兼任驻藏大臣成命，藏中强硬派这就越发强硬。藏王对我严谕斥责，责令我与官军决战，阻止川军入藏。因而，登珠食言，非我本心，实在惭愧得很！"

陈奇珍听了堪布登珠这席话，知道了事情来由，心情越发沉重起来。看来，藏中事之所以乱如一团，一半的原因在于朝廷官场上的斗争。威震康藏声名远播的赵尔丰赵钦帅就要栽倒在蔫不唧、既无德又无能的联豫老儿们手里了。川军如果缺少赵钦帅的统率、支持，前程堪忧啊！正沉思默想间，忽听帐篷外响起一阵由远而近的急促的马蹄声。

他不由一惊，心想，这么晚了，哪来的马，有急事？侧耳细听，一匹马已停在帐外。有人翻身下马，接着是卫兵的喝问声。

"有紧急公文！"来人的声音急喘喘，"是联（豫）帅专门派我们由拉萨送来给川军前营管带陈奇珍！"

陈奇珍一惊。只听卫兵口气好生狐疑："我川军有规定，凡来公文都统一交协统审理，联帅怎会派你们将公文直接送我们管带？"

"你少问，快带我们去见陈管带！"来人口气很横，"联帅亲自交办的公务，你一个小兵竟敢在这里推三阻四？误了大事，放走钦犯，小心你的脑袋！"

听到这里，陈奇珍心中明白了几分。他对堪布登珠说："高僧稍候，我去去就来。"

"本布请便。"

卫兵看陈奇珍步出营帐，给管带敬了个礼，正要说话，被陈奇珍挥手制止。他对拉萨来人手一比："我们借一步说话。"他们来到一个僻静处。月光下看得分明，拉萨来人手中牵着马，身穿翻毛大衣，满身风尘；有一张砂轮般粗糙的脸，背一支九子快枪。稍远处，还有两个相同装束的拉萨来人，拉着马在月光下踟蹰，显然是在立等回命。

拉萨来人用刀子似锐利的眼睛，将陈奇珍从上到下刮了一遍，似乎确认了这个站在面前的军官，就是川军管带陈奇珍无疑，这才掀开大衣，从里面一个贴身公文袋里掏出一封信，交给陈奇珍，并掉头左看右看，神情鬼祟："联帅专嘱陈管带立时处理，并嘱我立等复命。"

"你们还要连夜赶回拉萨去？"陈奇珍看看拉萨来人的神情，很是吃惊。

"正是，"砂轮脸加重语气，"联帅正坐等回音。"

陈奇珍这就看接在手中的公文。一个扁扁长长很薄的信封，信封口上打着火漆，一条长长的红色的框里，填着联豫的亲笔："亲交川军前营陈管带奇珍。"字如其人，瘦而冷硬。

陈奇珍拆了信，就着月光看信，信中，联豫只有一句话："着川军前营管带陈奇珍，见本帅信后，立即将堪布登珠秘密处决。着卫士长青亭将堪布登珠首级带回，切切！"他这才知道这个横撒撒站在自己面前、监视着自己执行命令的就是联豫的亲信、卫士长青亭。

他好为难。

他转身走回营帐，对仍然盘腿在卡垫上打坐的堪布登珠说："实在对不起得很。奇珍俗务缠身，今夜不能领教了，只好改在明日。现请高僧移尊歇息。"

堪布登珠从卡垫上缓缓直起身来，捻着手中佛珠，一下抬起头来，看定陈奇珍。高僧好像预感到了什么，竟说出这样的话来："我登珠自信识人。在恩达，我登珠见本布第一眼，就认定陈本布是个值得信赖的君子，故投之。今登珠好比是本布拴在槽上的一匹马，要杀要剐俱由之。生命不过是一轮回。登珠今生唯信一个诚字！"说完转身出营，飘然而去。

陈奇珍在营帐中转开了圈子，权衡利弊，思绪翻腾。在他看来，像堪布登珠这样一个纯粹的高僧，杀有何益？但在联豫这样的阴谋家看来，却又不一般。假如作为藏军前敌统帅的堪布登珠落到了赵尔丰或是钟颖手里，那可就构成了可以辉耀他们头上顶子的战利品。那么，联豫为何不让青亭将堪布登珠带回拉萨作为他的政治赌注呢？

那更不行。姑且不说一路山高水长，青亭他们带个高僧回拉萨有多难！弄不好还会出事情！想不执行吧，但上面有命令，川军进藏听从联豫号令。现在，自己得到的是联豫的亲笔信，责令自己诛杀堪布登珠！而且监斩官就在外面，该如何是好呢？

愁肠百转的川军前营管带决定拖。他让弁兵请进青亭，他说你们旅途劳顿，外面天冷，夜又已深，先息着吧！不意青亭断然拒绝，"不行！"他斩钉截铁，"联帅吩咐，信到之日，着陈管带立即执行。倘若抗命或我等疏忽，都是格杀勿论！"联豫卫士长说时，用一双嗜血的眼睛盯着陈奇珍，气势咄咄逼人。

"你的意思是？"陈奇珍设法同这个咄咄逼人的联豫卫士长做语言游戏，能多拖一时算一时，他实在不忍下手杀害堪布登珠。

"立即动手！还不动手，更待何时！"青亭近乎咆哮起来。

"本布，你不要替我为难！"陈奇珍闻声转过身来，不由惊讶得瞪大了眼睛。银色的月光下，堪布登珠飘然而来。

青亭看着袈裟一袭，手捻珠串，飘然而来的堪布登珠，大吃一惊，后退两步，随手从背上抄起快枪，"哗"的一声将子弹推上膛，大喝："站住，不准过来，再过来，我开枪打死你！"青亭色厉内荏，连声音都变了。

堪布登珠来到陈奇珍面前，施了一礼，坦然笑道："本布，今晚是我升天

第九章　堪布登珠火中涅槃

的日子，登珠就此向你作别。"堪布登珠如此坦坦荡荡，让陈奇珍一时羞愧难当，口中说："堪布高僧，你这是从何说起？"

"本布不要忘了我本是色拉寺高僧，修行多年，自然与佛爷有心灵的感应。刚才登珠做完功课，就知今夜是我轮回的日子。唉！"堪布登珠说到这里，不由仰天长叹，不胜唏嘘，"在劫难逃啊！我死不足惜，可悲的是西藏雪域由此陷入了一场血光之灾！"

"你不要在这里打胡乱说，妖言惑众！"手中端起枪的青亭对堪布登珠大声咆哮。

"本布！"堪布登珠对眼前大声咆哮的青亭视而不见，充耳不闻，他很平静地对陈奇珍说，"登珠归天之前，有两事相求本布，不知能否应允？"

"请讲，奇珍一定尽力而为。"

"联大臣无非是拿我的人头，拿去就是。只是跟着我的两个卫士无罪，请本布不要伤害他们，让他们安然回归故里。"

"堪布放心，"陈奇珍慨然应允，"我一定让他们回归故里。第二件呢？"

"我藏人升天有天葬、火葬、水葬。我今夜涅槃，请用火葬。"

陈奇珍又是大吃一惊，怎么这个堪布登珠今晚有些神神鬼鬼的，是气糊涂了吗？他不解地问堪布登珠，"你们藏人无论是天葬、火葬、水葬，不都是人死以后的事吗？你现在活鲜鲜一个人，用火葬，那是多么大的痛苦啊？你能经受、愿意经受这样大的痛苦吗？"

"本布有所不知。所谓痛苦，是在得道以前，凡人肉胎的一种感受。而人一旦进入了一种境界，则物我两忘，宠辱不惊，无论何时何地，心如止水。这时，所谓痛苦、所谓欢乐、所谓人世间的种种喜怒哀乐，便已化为虚无。今晚我坐火焚身。焚身的过程，便是涅槃的过程。我失却的仅是一张皮，一个外壳；得到的却是超脱、轮回，是在烈焰中的永生、新生。"堪布登珠说时看了看在旁急得抓耳搔腮的拉萨来人，鄙视一笑，"今晚我以身饲虎，留头焚身。"说着手捻珠串，语调平静，对陈奇珍说："现是子夜时分，请本布勿再迟疑，赶快布置吧！"说完，闭上眼睛，不再理人，口中念念有词，似已入定。

事已至此，陈奇珍无可奈何，当即命令兵士们去荒坡上拾来柴火，架成一

207

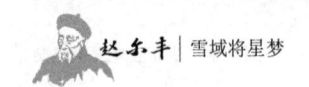

个上尖下圆的柴垛。西藏色拉寺大喇嘛、二品僧官藏军前敌统帅堪布登珠，即将引火自焚的消息，像长上了翅膀，顷刻间传遍了军营。当堪布登珠攀上高高的柴垛，盘腿坐下时，整个川军前营，除站岗放哨的哨兵外，所有官兵都围拢来看。上千官兵簇拥在高高的柴垛周围。凄凉惨白的月光下，只见披着一袭红色袈裟的堪布登珠，盘腿坐在高高的柴垛上，手中捻动佛珠，睁着一双明澈的眼睛，遥望着东方——太阳升起的地方。面对着座下的芸芸众生，视而不见，听而不闻，双手合十，口中喃喃念着六字真经"唵嘛呢叭咪吽"。

柴垛是用干透了的柴火架成。垛下垫有绒绒的干草，点火就燃烧。困难的是，上千名官兵，没有人敢上前、愿上前点火。无奈之下，那个拉萨来的联豫卫士长青亭拨开众人，快步来到柴垛前，弯下腰去，从怀中掏出一盒从英国进口的洋火，半蹲半跪，一边划擦洋火，一边有些胆怯地抬起头，观察着盘腿端坐在柴垛上的堪布登珠。

"嚓——!"他的手有些哆嗦。第一根洋火划着了，他赶紧把燃了的洋火往柴垛上扔。可是，那束通红的小小的火苗，刚刚触到绒草就熄灭了。于是，这个混球干脆将划着了的洋火一根一根往柴垛下的绒草上扔。

火燃了。很快，密密簇簇的火苗在高高的柴垛周围跳起舞来。瞬间，"轰"的一声，一团通红明亮的火焰熊熊地升起来。陈奇珍只觉得一股灼人的热浪扑面而来，他赶紧退后几步。在"噼噼啪啪"的爆裂声中，他极不情愿地将眼睛睁开一条小缝，往烈焰上方看去。只见堪布登珠周身着火了，但他还是保持着固有的姿势；在火焰的爆裂声中，他将六字真经念得更响亮了。陈奇珍目不转睛地望着浑身着火的堪布登珠，他觉得，堪布登珠的周围，像是有大团大团的红宝石在喷涌、旋转……

"噼噼啪啪"的声音逐渐稀落下来。"轰"的一声，柴垛垮了，火熄了。陈奇珍同成百上千的官兵一拥而上。借着惨白的月光看去，堪布登珠跌坐在灰烬上；人整个不动了，但仍然是双手合十，手中握着的那串翡翠佛珠反射着一种圣洁的绿光。他的神态是那样安详，盘腿端坐的身姿完好如生。啊，真是太神奇了！陈奇珍等人不由惊得往后退。

"闪开！"联豫卫士长青亭大步走上前来。"喂！"他用手指在堪布登珠背上一戳,"你个东西是死还是活,在搞啥名堂?"说时,堪布登珠的身子立刻萎下来,成了一堆灰,只有一颗人头骨碌碌地朝他滚去。

"呀!"联豫卫士长青亭吓住了,眼睛瞪得老大,转过身去,朝荒原上仓皇逃窜。堪布登珠的头一直骨碌碌地朝着他追。追上了,一下飞起来,紧紧咬住青亭的衣襟。趾高气扬的联豫卫士长顿时"噗"的一声栽倒在地,一动不动了。陈奇珍似觉不好,赶紧小跑上前,弯下腰去,伸手去摸青亭,哪里还有一丝鼻息?奉命来取堪布登珠人头的联豫卫士长青亭被活活吓死了。陈奇珍正暗自称奇,陡然间,天昏地暗,飞沙走石,狂风骤起,月光隐退。远山、近树、荒原、军营……全都被笼罩在伸手不见五指的黑夜里。天地间的一切,全都披上漆黑的丧衣。陈奇珍等官兵刚刚进了营帐,便漫天飞雪。营帐外、荒原上,磷火明灭。远处,响起群狼凄怆的嗥叫。

"噼噼啪啪!"这时,一阵雪弹子密集地砸在营帐上;接着,又扫过阵阵嘀嗒、嘀嗒的冰粒,像是好些人在嘤嘤哭泣。军营一直战栗到天明。

第十章 亘古未闻：兵送兵

宣统元年（1909）五月的一个早晨。太阳刚刚升起，昌都还未醒来。

这个与前藏拉萨、后藏日喀则齐名，有两百多年历史的藏东重镇，躺在金沙江、雅鲁藏布江和怒江三角交汇地带的大草坝子上，犹如一小簇黯淡的蘑菇群——昌都，不过是一溜两排破破落落的藏房，纵深约半里地的小城；街道狭窄、肮脏。

而雄伟的昌都寺却从一个方面展示出这座古城的不凡和浓浓的佛教氛围——它位于昌都最高处，建于明代，以后受历代皇帝册封，是藏东最大的黄教寺庙；在朵曲河与昂曲河交汇处的龙山上，占地三百余亩。众多的殿宇铺满山坡上的台地，红墙黄瓦、飞檐斗拱，庄严肃穆、气势宏伟，从三面俯视着昌都城。昌都寺那些雕梁画栋上装饰着的飞禽走兽、精致壁画……在早晨明亮的阳光照耀下，熠熠闪光。

最美的是城外边无际的草原。在逐渐加浓的阳光彩笔涂抹下，草原由黛蓝转为了柔蓝。苍穹下，草原像是映在高天上的湖泊，星罗棋布的毡房是静止的，而一大片一大片在丰茂的绿草上蠕动的羊群，像是从巨大的湖泊上飘过的片片白云。

川藏路像一条黄色的飘带，沿着朵曲河从东而来。穿过昌都城时，形成了一个十字。由此，向东到四川，向西至拉萨，向南达云南，往北通青海。

当太阳挂在昌都城上那片柳树梢时，一群蠕动的黑点顺着川藏路，由西向东而来。这群黑点拐过昌都城时才得以看清，原来是一群边兵，都骑着马，足有两百来人。他们黑布包头，着红色号褂，身背九子快枪，腰挎宽叶战刀。一个个脸都很瘦，皮肤黧黑，但精干；马鞍上都驮着干粮和水囊，看来是要走远路。马队走成一个品字形，骑马走在中间的是钦帅赵尔丰和康巴总兵傅华封。卫士长刘彪率卫士们骑在马上颠前往后，注意护卫着钦帅安全。

傅华封本是来接钦帅回川的，现在却反而让钦帅送了他一程。昌都战役以川、边联军大胜结束。之后，钟颖率一协川军奉命西去，顺道打波密。就在赵钦帅率边军三营欲返康地之时，情况突变，赵钦帅竟在一天之内接到两封兵部急电，言川军在波密境内被团团包围，情况危急，要赵钦帅驰兵救援。兵部也不知是不是在川军中安了他们的人，来电中有一段川军在波密境内情状的生动描绘，读来如身临其境："一时枪炮齐鸣，声震山谷，弹飞如雨，捷若霆电……钟颖体肥胖，不能行。初出轿，见弹火喷飞，光明如昼，惧为枪炮所伤，卧地不起……"

傅华封看过兵部要赵钦帅火速驰援川军的命令后愤愤不平："钦帅，兵部那些东西，要人就要人，不要人就不要人！他们有什么资格给你赵钦帅下指令？况且他们朝令夕改，一会儿要钦帅进藏视事，一会儿又千方百计阻挡钦帅进藏。结果，让一协毫无作战经验的川军，在钟颖率领下，脱离钦帅节制，放单飞，去打那么小一个波密，却被人家打得屁滚尿流。好了，这下却又让钦帅你去收拾烂摊子！天下哪有这样荒唐的事？哪有这样的道理？钦帅，未必兵部那些家伙真的就一手遮天，我们就找不到讲理说话的地方了？"

听了傅华封这一席牢骚话，赵尔丰长长地叹了口气："将在外，君命臣有

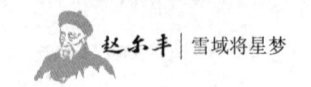

所不受。何况兵部那些人还不是君，我赵尔丰也不是他们手下的臣。我完全可以不理这些混账东西。我担心的是被包围了的川军和连枪声都很少听到过的钟鼓明。担心他们的命。有难不救，不是我赵尔丰的为人！"

听赵尔丰这样说，傅华封也就不好再说什么了，他知道钦帅的性格。他担心钦帅手上的边军三营不够用。整整一协装备不错的新军都陷在了波密出不来，钦帅手上的三营边军再精锐，可能也不敷分配吧？他说了他的担心。钦帅却很自信，说他一手调教出来的三营边军千人，以一抵十，抵百，打波密根本不在话下。

今天，就是今天，赵钦帅马上就要率边军三营驰援攻打波密。傅华封告辞时，钦帅竟坚持要送他一程。

尽管是夏天，高原的早晨仍然冷飕飕的。年届花甲的钦帅是惯常的战时打扮：身着得胜褂，头戴一品红珊瑚顶子伞形红缨帽，背一支二十发连枪。座下是那匹大帅钟爱的走步如飞，体形矫健的蒙古三河栗青马。为了不让座下马走得太快而使骑一匹驯良白马走在旁边的傅华封跟不上趟，钦帅左手轻挽马缰，右手习惯性地不时捋捋颌下一把雪白如银的胡须，同傅华封边走边谈。卫士长刘彪骑在一匹高大的黑马上，不时捋马缰，忽前忽后，晃动着高大的身躯注意警戒，使前后左右的卫士不敢有丝毫的懈怠。

"华封，你对时局常有独到的看法。你看藏中时局会如何发展？"赵尔丰虽然自负，但从不小看傅华封——这个由他从古蔺县山沟里一手提拔出来，几经磨炼，经他力荐，现在担任了康巴总兵的傅华封，思维之严密，遇事从全局思考、判断的能力，都是他私心赞赏的。

"在华封看来，"傅华封思索着说，"最近一系列钩子麻糖事，就是一张网，黑网。这张黑网看起来是兵部给钦帅抛来的，其实不然。"

傅华封说时，伸出三根手指一一道来，这就在他身上亮出了某种策略家的特征："京师的那桐、端方、盛宣怀，同钦帅的恩师锡良总督不睦由来已久。现在季帅、次帅又更是朝廷西天双柱。此消彼长，他们势必处心积虑砍倒'双柱'。砍不倒'双柱'，'单柱'也是要设法砍倒的。这'单柱'就是钦帅。在职幕看来，兵部那几个家伙还是小角色。大角色是他们后面的那桐、端方、盛宣怀——这些人再加上尸位素餐的联豫等,织成了一张抛向钦帅的黑网。"

"我就不明白,"赵尔丰听傅华封这一说,不由点点头,"那桐、端方、盛宣怀、联豫沆瀣一气尚有一说,何以如此大事,圣上就不管不理了呢?"

"钦帅点了题。"赵尔丰这话问得太直接,太敏感,太尖锐,傅华封不能不把话说得含蓄了些,他以问代答,"是不是因当今圣上年龄尚小,中枢失灵所致?"听他这一说,赵尔丰的心不禁一惊,一沉。一段时间以来,这方面的事,他不是没有想过。然而,一经傅华封说出来,他还是感到有一种震动,不禁抬头注意看了看傅华封。一段时间不见,傅华封显得更练达了,这不仅表现在他的思辨力上,也表现在行为举止上。傅华封这天着一件玄色长袍,外罩蓝缎子坎肩,显得很干净。他也不怕路途遥远,风沙扑面,没有戴帽子,一根油浸浸的大辫子拖在背上。傅华封也是年近半百了,但显得年轻而干练,同满头皓发的钦帅在一起,更显少相。他的皮肤黑了些,眼角少皱纹。总体来看,傅华封这文人,自进康区跟随钦帅历经磨炼,特别是最近当了总兵,单独执掌康区全权以来,日渐显出干员特色。

"华封!"赵尔丰想想又问,"兵部让我火速驰援波密,这事,你如何看?"

"这是联豫他们的一石二鸟,用心险恶。"傅华封成竹在胸,滔滔不绝,"打波密,削弱了钦帅手上的实力。他们当然知晓川军协统亲近钦帅,他们可能在这战之后,以钟颖作战不力为借口,撤了钟颖,换上他们的亲信。"

"那依你之见呢?"

"打波密适可而止。"

"你是说不将波密铲平?"

"打波密以战养望。"傅华封并不明说,"此时华封不由想起《三国演义》中《隆中对》诸葛亮对刘玄德说的一句话,'此殆天所以资将军,将军可有意乎?'"

"我明白先生的意思。"赵尔丰第一次称傅华封为先生,"如先生所说,如今中枢失控,大局堪忧。我完全可以自行其是,挥师直指喜马拉雅山麓,千秋功罪,由后人评说。然!"说到这里,赵尔丰长长地叹了一口气,"国家多事之秋,尔丰为朝廷封疆大吏,世受国恩。尔丰受不了这份委屈,尔丰不愿被人在

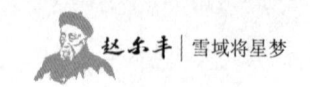

背后指为称雄割据的枭雄。"赵尔丰说完，显出一副感慨良深的样子。

这时，马队走到了一个小山丘，川藏路由此转拐了。

"钦帅留步！"傅华封滚鞍下马，站在赵尔丰面前，拱手道，"华封就此告辞钦帅。"赵尔丰缓缓下马，身后弁兵立刻趋步上前奉上一个黑漆托盘。盘中盛两个琥珀酒杯，杯中斟了泸州大曲酒。

"送君千里终须一别。华封走好！"赵尔丰执起酒杯，一手捋着颔下银须。傅华封似乎还想说什么，却什么也没有说，他将斟满了酒的杯子用双手缓缓举起，举过眉头，给赵钦帅敬酒，"唯愿钦帅马到功成，旗开得胜，早日凯旋。"

"咣！"他们碰杯，溅起两朵高高的酒花；二人一饮而尽，亮了杯底。

用兵讲究神速的赵尔丰率边军三营离开昌都后，以最快的速度，直扑波密境内的枭首白马翁加和岭葛驻地。

当天就进入波密境内，战争的痕迹扑面而来——沿途的藏楼几无人迹。到处是烧焦的战垒，随处可见残骸遍野，碎骨渗沙。波密天暖，官兵们宿营时，往往半夜被臭气熏醒。

山势渐陡峭起来了。连绵逶迤的八浪大山横亘在前，重峦叠嶂，高耸入云，危崖狭道，陡峻异常。队伍上下山，尽量早行晚宿，以免陷深壑绝涧中。这上下纵深数十里的大山，遍生千年古树，高数十丈，直冲霄汉，遮天蔽日。尽管外面是朗朗晴天，阳光也只能在密林中洒进少许金色的斑点。据当地藏人向导介绍：这条险峻的山道，只有偶尔去加德满都的藏商敢闯。过山往往需六日。上山三日，下山三日。山上坡陡，无法安身，藏商们只能傍着大树根凿穴避风雨。这些树穴宽八九尺，深五六尺。如此巨大的树穴，往往尚不及大树一半。

部队翻过八浪登大山，天堑雅鲁藏布江就在脚下了。江宽十余丈，波翻浪涌，吼若惊雷，朵朵浪花溅起深深的寒意。江上本有一座藤桥，但当波密枭首岭葛得知大名鼎鼎的赵尔丰赵钦帅率军来救川军，吓得魂飞魄散，率军退缩至波密的格拉山时毁了藤桥。

率队在前的统领凤山来到江边命令在此安营扎寨，等候钦帅率大队人马而来。他则带通司应忠溯江而上，寻找熟悉当地情况的藏民当向导。

当凤山找到向导回来报告时,赵钦帅已经坐不住了。

"什么,这个叫木嘎的藏族向导保证半天之内让我千余名官兵过江?"听了凤山的报告,赵尔丰根本不相信,"你不会上当吧?凤统,这样的话你都相信?他一个藏人,赤手空拳能保证我千余名官兵过江去?怎么过得去,不是飞吧?"

"钦帅!"凤山说,"我对这个叫木嘎的藏人说过,军中无戏言,而他言之凿凿。"

"言之凿凿?"钦帅一声冷笑,"姑且不说事情是真是假,你就那么相信他,不怕有诈?"

凤山细说了这个藏族向导的情况。木嘎本来就痛恨在此地为非作歹的波密军。恰好木嘎有个如花似玉的女儿,波军中一个长得人不像人,鬼不像鬼的本布看上了他的女儿,将马鞭插在他家。木嘎父女不从,结果女儿被杀,木嘎逃去了野人山幸免于难。他知道队伍要过江,专门赶来帮忙……

赵尔丰听了凤山的叙说,也就信了。赵尔丰知道,在康藏,一般藏民为上层当牛做马,生活很惨,像这样深受压迫的奴隶木嘎因为痛恨波密军,自愿来帮助官军过江也是情理中事。

钦帅让人带藏族向导进来。

站在钦帅面前的木嘎,身材矮小,穿一件脏藏袍,腰有些佝偻,独眼,黝黑的脸上满是刀刻般的皱纹。看不出有多大年纪,神情木讷。

"凤统呀!"赵钦帅很失望,呻吟似的对凤山说,"这个木嘎不是奸人,我相信。可是要他帮助我们过江怎么可能?而且他还保证我大军在半天时间内过江,他该不会是在做梦吧?"

凤山很有把握的样子:"木嘎给我保证,说是如果半天内不把我全军人马渡过江去,他情愿受千刀万剐。"

"咦?!"赵尔丰很不放心,特别唤来通司应忠询问木嘎。

问他全队上千人马过江,要多少时间,木嘎咬死半天。

问他是摆渡还是架桥,木嘎说不消问,马上就可见分晓。

赵尔丰要通司告诉木嘎,果如他说,赏金菩萨一尊,误了军中大事千刀万剐。

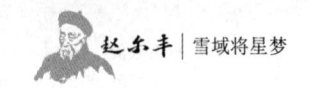

木嘎答应下来，抬脚就走。说他现在就去架桥。

凤山跟木嘎去了。

赵尔丰越想越不安，他坐不住了，他出了营帐，卫士们随后，他要去看这个木嘎有何通天的本事。

只见凤山随佝偻着背的木嘎来到江边。江风浩荡，江中惊涛拍岸。

来到一处江面狭窄，江岸陡峭，江这面高，江那面低的地方，一行人停了下来。

糟老头子木嘎将腰更低地弯下去，"啊——嗬——嗬——!"他向着对岸吼喝开来，声音大得惊人。吼声撞击在对岸的峭壁上，发出经久不息的回声。

"嗬——啊——啊——!"对岸立刻有了回应。随即，江对面出现了一个手持大毛绳的藏人。

木嘎从一个兵的肩上取下一盘毛绳，一手挽起绳套；绳的一端约三四尺部分他执于手上，漾过来漾过去。他忽然转身用力，"嗨"的一声，手臂奋力一扬间，绳头脱手而出，在江上划出一道有力的弧线，直扑江心。说时迟那时快，就在这时，对岸高崖上的绳头也从天而降，"咔"的一个撞击，两绳在江心相交，顿时连成了一条过江毛绳。木嘎与江对面那人将过江大毛绳牢牢地固定在两岸石磴上。全部动作，干净利落，一气呵成，真像是在施法。赵尔丰简直看呆了，也看懂了！

"妙极了！"赵尔丰拍着手从树林里走出来，"真谓鬼斧神工！"他带着通司走到木嘎面前，问："你这是不是要搭绳桥？"

"啊啧啧！"木嘎说，"搭绳桥太费事。就是这根搭在江上的大毛绳，结实、溜光。上千名官兵可以从大毛绳上溜过，过完，要不了半天时间。"然后问道："谁来试试？"

"我来试试。"在闻讯赶来观看的军官们中，应声走出二营管带纪得胜。他是一个大个子，又高又大，足有二百来斤。纪管带若都能从索上梭过去，那全军就没有一个过不去的。木嘎让纪得胜走上前来，他先将一只三角形木质曲尺套在毛绳上，再让纪管带站上临江石磴，钻进曲尺，套在胸前，两手夹紧尺臂。这一切做完了后，他问纪管带准备好没有。

纪管带说准备好了。

木嘎这就将纪管带轻轻一推。"唰"的一声，纪管带双脚离开石礅，飞到江心，随即箭一般射向了对岸。

在官兵们的欢呼声中，纪管带从对岸石礅上站起；木嘎将手中的一根细绳一拉，"呼"的一声，载人的曲尺从江对岸轻盈飞回。

全军以哨为单位，在木嘎指导下，一个个从绳上快速射过江去。在换过了四根毛绳后，全军千余名官兵全数安然过了江。当年届花甲的赵钦帅如法炮制，飞身过江后，凤山等人一拥而上，围着大帅有说有笑，关切慰问。

赵尔丰抚须笑道："我过江时，大有飘飘欲仙之感，真是舒服极了。如此奇计大巧竟出自山野藏人，实难想象。"

赵尔丰当即兑现承诺，重奖了木嘎父子——原来在江对面抛绳响应，搭起了空中绳索的藏族青年，是木嘎的儿子。

对面高高的山梁上，那掩隐在密林中的格拉庙，就是波密枭首白马翁加、岭葛逃遁隐匿地。赵尔丰在凤山等将佐的陪伴下，举起手中的一只西洋单筒望远镜看去：白云缭绕中，金阳朗照下，格拉庙如血的红墙若隐若现，牛角一般向天翘上去的绿色飞檐，无不给人一种鬼气森森的感觉。特别是从格拉庙上响起的无比沉重的法号声令人毛骨悚然——那些用少女胫骨做成的法器，向静默的群山散发出一种横蛮死亡的气息。山风很大，将赵钦帅披在身上的黑色大氅吹得飘飘的。

凤山注意到，性情向来操切的钦帅，这会儿静如止水，向对面高山上的格拉庙看了许久。

在这山与那山之间，突然窝下去处是道万丈深渊，底处湍急的水流吼若惊雷。涧上飘过一道蛛丝般的藤桥，藤桥对面有波军严密守卫。

钦帅放下手中那只长长的单筒望远镜，转过身来看着凤山和纪得胜，脸色严峻。

"凤统！"赵尔丰习惯性地用手捋捋领下一把银须，看着凤山问，"你看计将安出？"

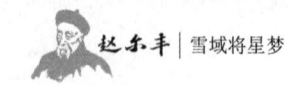

"钦帅，依部下看来。"凤山深思着说，"射人先射马，擒贼先擒王，务必先擒拿两个枭首不可，不能让两个枭首再逃遁山中，一旦逃往山中祸患无穷。如果是打，有两难！"凤山看了看钦帅，手指山下蛛丝一般在风中飘摇的藤桥："那藤桥乃是波枭为我设下的诱饵，诱我去送死。再，如果我去打，波枭方面一旦守不住，就会将藤桥砍断，一跑了之。"看赵钦帅赞赏地频频点头，凤山接着说："两个办法——藤桥既是波枭为我设下的诱饵，也是为他们自己埋下的坟墓。对藤桥，我们可以守而不打，派少量神枪手监视对岸。一旦发现对岸波军要砍藤桥，立即开枪。再就是谈判——设法将两个波枭哄过来，诱捕他们。"

"甚好！"赵钦帅听了凤山之计，很是赞赏，手捋胡须，对簇拥在身边的纪得胜等军官说，"用兵之妙，全在虚实之间掌握方寸。为达目的，一切手段俱可用之！"

中午时分，赵钦帅派卫士长刘彪做他的全权代表，带着通司应忠顺利过了藤桥。一缕高原特有的明丽阳光，透过前面浓密的树丛，照在卫士长身上。看得分明，迈着军人标准步伐行走在两边森林茂密的蛇行小道上的刘彪，高高壮壮，鼓鼻子鼓脸，一双眼睛明亮有神。看得出，这是一个身手矫健，思维敏捷并富有作战经验的青年军人。他们跟着带路的藏兵，沿着一条钻天似的羊肠小道，来到了格拉庙。

一进庙就感到杀气腾腾，鬼气森森。两排身高体壮、相貌凶恶的波番兵，从门口到大殿排成"火巷子"。他们一律身着宽袍大袖藏服，亮着粗大黑亮的右臂，端着叉子枪，枪上上着藏刀，鼓眉爆眼地盯着赵钦帅派出的来使，一副不将他们生吞就活剥的架势。赵尔丰的卫士长什么阵势没有见过？一丝不易察觉的冷笑，浮上他那张棱角分明的国字脸。他带着有些怯意的应通司，穿过波番兵排成的火巷子，进到大殿。猛然一下从阳光明亮的室外跨进黑夜般的大殿，让他一时看不清东西，不由停下步来。

"你个赵胡子的走卒敢闯我格拉寺，是不是想要剥皮？"一声粗野的冷喝突然响起，给刘彪来了个下马威。这是意料中事。不过，能在这样偏远的地方，听到这一口虽不伦不类，也还听得的汉话，殊为不易。

刘彪的一双眼睛很快适应下来，看清了大殿中的情形——波番大头目白马翁加躲了开去，没有出场。出现在眼前的是二头目岭葛。这位山大王高踞殿上一把铺有斑斓虎皮的交椅上，横撇撇的，他二十来岁，特别高大魁梧，披一头马鬃似的头发。整个看去，不像一个人，像是一头雄狮。"雄狮"两手把着椅把，身子前倾，用一双鹰隼似的眼睛盯着刘彪；样子显得特别粗野、凶暴。在"雄狮"的两边，顺台阶而下站着两排相貌凶恶的武士，手持四五尺长、闪着寒光的藏刀。

昂然挺立的钦帅卫士长刘彪，逼视着高踞堂上的波枭："我奉赵大臣命，前来谕示。"

"尔所来何为？"高踞堂上的波枭明知故问，气焰收敛了些。

"赵大臣谓，尔等不守本分，为害四方。朝廷派大军前来兴师问罪，尔等不仅不思改悔，反而围我大军，大有反叛之心。赵大臣声威赫赫！今亲率能征善战之边军前来，本可一举痛剿，将尔等擒拿，绳之以法。然，赵大臣一是虑及战端一开，必伤及波密广大苍生，于心不忍。二是念尔等表示愿在赵大臣面前俯首称臣，于此赵大臣不忍大开杀戒。赵大臣今命你！"刘彪用手指着高踞堂上的岭葛，"还有白马翁加即刻过桥去，当面向赵大臣表示诚意悔过，把话说清。事情就此了结，赵大臣再发还尔等土司印信。"

"此话当真？"岭葛毕竟年轻，默了默，问。

"当真。"赵钦帅的卫士长将话说得斩钉截铁。

岭葛又想了想："大头目白马翁加不在，可否由我一人同你去面见赵大臣？"

"也行。"刘彪答应下来，心想机不可失，时不再来，白马翁加、岭葛这两个凶悍的波枭能擒获其中一个也是好事。

岭葛担心中计，要刘彪保证让他过得去，也回得来。刘彪当即拍了胸口，说他既是赵钦帅的全权代表，说话自然是算数的。

岭葛还是不放心，提出让刘彪同他一起在佛前发誓，并钻牛皮。藏人信佛，佛法无边。在他们看来，一个人的承诺若是有假，绝不敢在佛前发誓，更不敢钻牛皮。

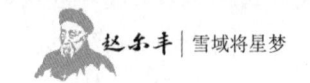

赵钦帅的代表在佛前信誓旦旦，并表示愿意钻牛皮。

钻牛皮是有过场的。

"呜——！"法号在格拉寺的大殿里响起来了。格拉寺大殿里本来光线黯淡，猛然间滚过闷声闷气的法号声，越发显得鬼气森森。

两个喇嘛应声而出，他们将手中的一张整牛皮拿了开来。一群喇嘛在他们身前身后跳起神秘的环舞。岭葛抓住赵钦帅代表的手，一起钻了牛皮。

午后时分，那只从西洋进口的单筒望远镜里，清晰地出现了刘彪和波番二头目岭葛的身影。

"他们来了！"凤山说时，趋前将单筒望远镜捧送给坐在卡垫上休息的赵钦帅。赵尔丰接在手中，端起望远镜看去，刘彪带着岭葛出了格拉寺，沿着一根飘带似的羊肠小道走来。他们一行三人：刘彪、通司和岭葛。镜头下移，藤桥这边，茂密的草丛中，快速游动着神枪手们的身影。钦帅有令，枪手们严密警惕对岸波军动静，不到迫不得已，不得随便开枪，以免打草惊蛇。

赵尔丰眯了一下眼睛，从卡垫上站起身来，随手将望远镜递给凤山说："客人来了，我们就摆起迎客的架势吧！"

岭葛过了藤桥，同上前检查的钦帅亲兵发生了争执。岭葛说他挎在腰带上的那把镶金嵌玉的匕首不是武器，那是每个藏人必备的装饰品。刘彪态度很好地对他耐心解释：赵大臣赵钦差不是一般的命官，你去见赵大臣如同赵大臣朝见皇上一样，身上不能有任何铁器。这是一个规矩，大土司你不必多心。我刘彪是赵大臣的卫士长，也是赵大臣派去同你们谈判的代表，牛皮都敢同你钻，你还有什么信不过的？岭葛想想也是，这就解除了身上最后一道武器。

过了一片密林，出现在眼前的是一片平地。那位坐在一只粗糙的木椅上，头戴红珊瑚顶子红缨伞形帽，身穿得胜褂，神态俨然的老者，不就是声威赫赫的赵尔丰赵大臣么？！只见那老者看着走近的岭葛，一双锥子似的眼睛突然放光。那神情简直就像是一个老猎人看着猎物落进了自己亲手设置的陷阱……岭葛只闻赵大臣赵尔丰的大名，从没有见过赵尔丰，眼前这位老者的阵势、声威，除了赵尔丰赵钦帅还能有谁！

"见了赵钦差赵大臣还不下跪!"刘彪一声猛喝,让岭葛觉得膝下一软,"扑通"一声,跪在了赵尔丰面前。

"还不将这孽障拿下更待何时!"不意赵尔丰二话不说,一声暴喝,手一挥。钦帅身边亲兵闻声一拥而上,将岭葛拿捏个紧。

长得雄狮般的岭葛虽已被拿,却暴跳如雷,他掉头看着身边的钦帅卫士长刘彪大声喝问:"你可是代表赵大臣同我发过毒誓、钻了牛皮的。你们这样说话不算话,可是要遭报应的!"

而这时刘彪站在一边冷笑。赵尔丰眯起眼睛,不胜其烦地挥了挥手,示意亲兵们将他押下去。被绑得粽子似的岭葛,被赵尔丰的亲兵们推搡着走了几步,猛然发作,从亲兵们手上挣脱开去,放开健步,几个腾跳,就下了山,飞一般上了藤桥……一系列无比猛烈迅捷的动作令人眼花缭乱,匪夷所思。眼看就要脱逃,就在这时,在岭葛身后,枪声骤然爆豆般响起。浑身中弹的岭葛在踉跄一阵后,倒地之时转过身来,用愤怒的眼睛看了看山上。与此同时,早就埋伏在藤桥这边的边军神枪手们,一阵排枪将那边欲抢桥过来接应岭葛的波军悉数消灭。机不可失,时不再来,凤山赶紧命令前营杀过藤桥,一鼓作气趁势冲进了对面山上的格拉寺。

下午时分,战斗结束了。波枭巢穴格拉寺已然在手,然而波军大头目白马翁加却带了少量波军逃向了野人山。这让赵钦帅叫苦不迭,野人山可谓死亡之地。走前山去,不可能,那一带有瘴气,人畜闻之即死;走后山吧,空气稀薄,是生命禁区,而波枭大头目白马翁加非捉住不行。不然,边军去后,波密必然会再生事端。

当晚,统领凤山前去钦帅营帐请命:"钦帅,我边军是向野人山挺进,还是兵退冬九休整?山区风雪早到,几天后这里就会变个样子,寒风呼啸,大雪封山,部队如果在此裹脚不前,将会陷入进退维谷的险境。"赵尔丰将手一挥,下令:"兵退冬九休整!"

凤山一惊,部队退到冬九,打野人山就无从说起。

"凤统,你不要担忧,执行命令吧。"赵钦帅说时,霍地站起,以手抚须,阴笑一下,"重赏之下必有勇夫!不怕他白马翁加溜得快,会藏猫猫,我可以

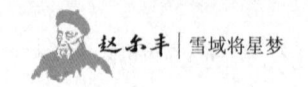

假藏人之手,取他的头如探囊取物耳!"

凤山怔怔地看着赵钦帅,一时不明就里。

一只灰褐色的岩鹰,平展长长的双翅,像枚怪异的铁钉,静静地钉在无人谷白云缭绕的晴空中。时强时弱的山风,在狭长阴森寂静的空谷中隆响。这里,没有一个人,没有一滴水,没有一丝声音。

"汪汪汪!"忽然,一条大如牛犊、凶猛狰狞的黑色藏獒出现在无人谷里。随即,在藏獒的身后陆续出现了一匹粗壮的黑马和一头体长腿短、体形硕大、短角多毛的牦牛。后面是一匹体形俊逸的白色乘马,马上坐着一个干瘦的中年红衣喇嘛。牦牛身上驮满了糌粑和盛满了水的几个羊皮囊。在强烈的阳光照射下,这位云游四方的红衣喇嘛,手搭凉篷眯起眼睛极目望去。层层叠叠苍茫透迤的群山,像是陡然腾起的巨浪,向着西边苍穹排排涌去。遥遥地可以看见,群山顶端有一座耸起的被皑皑白雪覆盖的主峰。稍后,闪闪发光的雪线下,有一抹奇怪的蔚蓝——那就是波枭白马翁加的藏匿地野人山。这位骑马进了无人谷的红衣喇嘛,就是要穿过面前这片广袤的无人区,从野人山背后进山。

骑在马上的是大名鼎鼎的昌都寺管事喇嘛泽仁努拉。也许他已经走了不少路,穿在身上的一领红色袈裟,变成了黑色,一头马尾似的头发又脏又乱,还夹杂着干草。他那张脸和身肢都显得干瘪黝黑,像具没有了灵魂的木乃伊,唯有嵌在高高眉棱下的一双眼睛鹰隼般闪亮,透露出迫切、贪婪、残忍的神情。努拉是远遁野人山中白马翁加的故交,赵大臣许他除掉白马翁加后的回报相当惊人。赵大臣原先答应的条件是,送他华丽庄院一座、纯金菩萨一尊等。努拉都不肯,最后加码到除此以外,由赵大臣作保,让朝廷册封他为昌都喇嘛寺堪布大喇嘛……努拉这才答应下来。

努拉骑着他的马,驱着他的牛,领着他的狗,往那似乎可望而不可即的雪山走去。

前方,那一缕比雪还要白的云在不停地翻滚着,努拉向着那缕缥缈的云走。可是,远方那座神秘的雪山好像越走越远——皑皑的雪山主峰,缠绕在雪山顶上缕缕比羊羔毛还要白还要嫩的云,同亘古不变的深长寂静交织在一起,

第十章　亘古未闻：兵送兵

像是有种冥冥的气息在昭示着什么？是喇嘛寺莫测高深，空幻森严的号角？还是虔诚的信徒，一路叩着长头而来，最终挨不过无人谷，不得不将生命安息这里时，仰望上苍时漠然无助的目光？

在稀薄的空气中，长于在山路上跋涉的努拉感到呼吸越来越急促，越来越艰难了。座下那头千里挑一的粗壮黑马，肚子在急速地喘动。连高原上生命力最旺盛的牦牛，也放慢了步子吐出了红舌头。进入野人谷不久，那头活蹦乱跳的藏獒，便一头栽倒在地，再也没有起来。原先很自信的努拉有些害怕了，后悔了。他想，不该冒险走这野人谷啊！渐渐地，他感到了眩晕、头重，身子又轻又飘，像是一个倒光了奶子的羊皮筒。

当夕阳从那神秘的雪山陡地滑下去后，天很快就黑了下来。

当夕阳第三次从那神秘的雪山上滑落下去后，努拉身边已经没有了牛，没有了马，但他终于来到了野人山。他想喊，没有了力气。他鼓起身上最后一丝力气，气喘吁吁，踉踉跄跄，挣扎着朝那一抹奇怪的蔚蓝走去。最后，努拉倒在了地上，气息细如游丝。随着一团如烟似雾的黑幕在眼前升起，他渐渐失去了知觉。

努拉醒来时发现自己躺在一座蘑菇似的木棚里，一团红宝石似的篝火在如漆的夜幕中跳跃。一只黄铜转经筒在头边嗡嗡转着，一个似曾熟悉的声音在耳边轻轻念诵着六字真经——"唵嘛呢叭咪吽"。一股诱人的香味在木棚里弥漫，饿极了的努拉像被一把神奇的钩子钩住了似的，一骨碌翻身坐起来，饿得发绿的眼光闪电似的向发出香味处扫去。

"啊，你终于醒过来了？"黑暗中随着一丝幽幽的熟悉的声音，一个温暖的瓦钵递到努拉手上。努拉什么也来不及想，迫不及待地一把揭开盖子，开始狼吞虎咽瓦钵中那团湿乎乎的香物。肚子里那团饥饿的火焰开始熄灭，努拉开始了思维，他明白自己吃的是已经久违的野人山美味——牛肉炖蚂蚁。用那些又大又黑的蚂蚁炖牦牛肉，又除湿又养人，在这贫瘠的野人山上，这可是大头人才能享受到的美味啊！

"你是谁？"努拉睁大眼睛竭力想看清坐在黑暗中的救命恩人。

"我是强巴。"坐在黑暗中的恩人说话了，他说话有种呲呲声，听起来既熟悉又陌生,"大喇嘛你忘了吗,我的名字还是你给取的!"

"啊,我想起来了。"坐在黑暗中的强巴,就是那年辗转千里到昌都喇嘛寺转经的人,当时他还是个连名字都没有、一身肮脏的小喇嘛。是的,强巴这个名字是他努拉给取的,没有想到当年那个连名字都没有、一身肮脏的小喇嘛现在出息成了野人山中一个头人,成了他的救命恩人。

这个像野人似的强巴头人出现在自己面前,是努拉万万没有想到的。他想,这是佛祖的恩赐啊!脑子里一朵奇异的火花一闪,一个借刀杀人的主意忽然而生。这让吃了蚂蚁炖牛肉的努拉霍地来了精神,先是对不期而遇的野人山头人说了一些含混不清、富有感激意味的话。

"野人山谷是只有神才能来的地方啊!大喇嘛你是撞到山鬼了吗?你那么精明一个人,怎么朝阎王鼻子里钻?"野人山头人不解地发问。

"强巴头人呀,野人山大祸临头了,我是专门冒险给你送信来的。"

野人山头人吓得一愣。

"名震康藏的赵尔丰赵大臣你是知道的吧?"

"康藏地区哪个不晓得赵胡子、赵喀嘛、赵'屠夫'!小儿夜哭,听说赵喀嘛来了,吓得不敢再哭。不过,他是他,我是我,我又没有惹他,他能把我咋的?再说他能到野人山吗?"野人山头人强巴不善言辞,一番话说得结结巴巴的。

"波番大土司白马翁加逃到你们野人山来了吧?"

野人山头人点头。

"赵大臣一心要捉拿白马翁加。赵喀嘛平定波密后,集兵力数万。赵大臣知我与你有旧,特遣我来,让你设法交出白马翁加。若是抗拒,必挥师杀来,大军所到之处,连草都没有一根可以活的。"

强巴大惊,苦着脸问:"大喇嘛何以救我野人山?"

"赵大臣说了,你若能生擒交出白马翁加,或是杀掉他,不仅野人山能幸免于难,强巴头人你还可得到重赏。"

"赵大臣能赏给我啥?"强巴一听有赏瞬间来了精神,一双眼睛眨巴眨巴。

"要啥给啥。"

"能赏给我盐巴？能赏给我沱茶？"

努拉笑了："强巴呀，如果你能献出或是杀掉白马翁加，赵大臣不仅赏给你盐巴，赏给你沱茶；还会赏你像天幕上星星般闪耀的金子、银子，再加一颗野人山山官印信。以后呀，你就是野人山说一不二的大喇嘛！"

看强巴又是一阵眼睛眨巴眨巴，昌都管事喇嘛适时问："白马翁加现在何处？"

"就在对面山上，我没有让他过火惹桥。"

"你是捉他还是杀掉他？"

强巴想想："还是杀掉吧！"说着似又有所担心："白马翁加强悍万分，我打他不赢。"

"这好办，我来帮你，保证杀他比杀一头牛还容易。"

"波番不好惹，杀了他们的首领白马翁加，以后他们报复咋个办？"

"强巴呀，你咋个像个不长胡子的女人？你不让白马翁加过火惹桥就已经得罪了他。你就不怕得罪赵大臣吗？再说，赵大臣率边军一走，白马翁加还不把你剁成肉泥？不如来个先下手为强，借赵大臣之手除掉白马翁加。这样，又得重奖，又除掉了仇人，哪点不好嘛？"

"嗨，还真是。"野人山头人的榆木疙瘩脑袋，被阴谋家努拉点醒，他想了想，说，"好。"这就将戴一顶破藏帽的头向昌都管事喇嘛伸了过去，两人窃窃私语。在这乌鸦翅膀裹紧了似的黑夜里，他们细细策划了谋杀白马翁加的所有细节。

早晨，一轮新鲜明丽的太阳照于野人山上。密密森林刚刚从黑暗中醒来，金色的光斑在密林里闪烁游移，编织出一个个梦幻般的图案。风过处，百年古松用惊惶的丝丝细语低语呼应了一阵，于是，雪白的干霜带着簌簌的不安声从粗大的树枝上飘洒下来。

骤然而至的风，又骤然而止。一棵棵要两三人合抱的古树，重新变得麻木而僵硬；森林中响起了种种嘈杂的声音：啄木鸟的"笃、笃"声，野狼的嗥叫声，山鸡的"咕、咕"声……

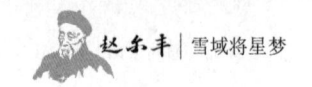

忽然间，这一切声音都警觉地停止了，消失了，远遁了。

密林中响起了一阵熟悉的脚步声。借着林中斑驳的金色光点，可以看清这是十来个剽悍的野人山杀手。他们真的像野人，身着光板兽皮衣裙，又粗又硬又黑的头发狮毛般披在肩上。一手执一张硕大的弯弓，一手警惕地拨开眼前的树丛，轻手轻脚的，束在腰间的宽大的生牛皮带上悬一只牛角箭壶。箭壶里装满了毒箭。他们不再前进了，一个个悄悄隐身巨树后，用鹰隼般的目光盯着山下的藤桥——火惹桥。

藤桥对面就是波枭白马翁加藏身的火惹山。两岸之间绝壁万丈。岸高百余米，涧中水流湍急，吼如惊雷，深涧宽六七十丈。两岸绝壁之间遍生粗如刀柄的野藤，枝繁叶茂，在空中相交相织成一架宽达丈余的藤桥。藤桥裹成一个圆筒，形如长龙，坚固无比，可谓鬼斧神工，人过桥犹如在隧道中穿行。

寂静的森林中突然响起了一声鸟鸣——那是预先定好的暗号——白马翁加出现了。准备！埋伏的弓箭手中传来一道低声命令，于是，隐身大树后的射手们开始弯弓搭箭，不约而同将目标瞄准。

野人山头人强巴恭迎波番大土司白马翁加过了火惹藤桥时，主人弯下腰，吐了一下舌头，算是有礼，并礼让客人先行。他们一先一后顺着逶迤的山道，迎着初升的明丽的阳光，向山上走来了。看得愈来愈清楚，走在前面的白马翁加不愧是身材雄健的波密大土司，相貌魁伟，肩宽腰细，身姿青松般笔挺，着一件窄袖袍藏式兽皮衣，这样，人便越发显得高大粗犷。还是早晨，有些寒意，白马翁加却似乎嫌热，把兽皮衣撩开，露出了扇面形的胸脯，鼓起的块块胸肌，被早晨灿烂的阳光抹得黑油油的闪亮。他那张黝黑的脸颊上有道刀疤，眉重眼深，红绸腰带上一边斜插一把做工精致的铜把匕首，一边插一支张着机头的二十响德造手枪，一举一动显得特别利索、凶狠。而跟在他后面的头人强巴却像一块黑泥搓成的未经烧制的人形粗坯，又黑又矮又瘦，低着头走路，头一搭一搭，伸头缩脑，像一只见不得阳光的耗子。看得出来，白马翁加根本没有把这个野人山头人放在眼里，身边没有带一个人，走得甩手甩脚，放放心心的。

当客人向主人说话却没有人理时，白马翁加掉过头来，这才发现，哪里还有野人山头人的影子？白马翁加一怔，似乎察觉到了什么，又似乎不信，停下步，再掉过头来，警惕地看了看幽深的密林。敏锐的直觉似乎在提醒他——危险在即！白马翁加持枪在手，瞪起一双鹰隼般的眼睛，小心翼翼一步一步往后退去。那神情，就像一只马上要扬蹄飞逃的马鹿。

可是迟了！就在这当儿，只听"嗖——嗖——嗖"，林中毒箭向他飞蝗般射去。瞬间，波密大土司白马翁加像个被箭扎满了的柴垛子。他痛苦地呻吟着、挣扎着。在他倒下之前，还艰难地扭着身子，想弄清暗箭来自何方？他在寻找置他于死地的仇人，眼睛里喷出仇恨的火焰。他顽强地转了几个圈，终于支持不住，"噗"的一声倒下去。因为浑身有长长的箭杆支着，他并没有着地。他死了，整个身躯半仰起。他死不瞑目，大睁着一双鹰隼似的眼睛，漠然地望着面前野人山莽莽苍苍的原始森林。

大树后闪出了野人山头人强巴，他蹑手蹑脚走近前去。体形消瘦、动作敏捷、黑如炭圆的头人像只猎食的苍狼，尽管猎物在握，他却还是小心又小心。待他确信面前这个巨人般的波密大头目白马翁加已死，不会再反抗后，这才从腰带上摸出了一把利斧，高高举起。只见寒光一闪，白马翁加立即身首两异。当野人山头人丢下血淋淋的斧头，迫不及待地用他那双漆黑如墨的瘦手捧起白马翁加血淋淋的头时，昌都管事喇嘛已幽灵般地站在了他身后，正若无其事地手捻佛珠，低首弯腰，口中念念有词，昌都管事喇嘛煞有介事地在给白马翁加超度灵魂。

"哈哈哈！"野人山头人突然仰头放声狂笑起来，那么小个身躯，笑声却大得惊人。

赵尔丰沉浸在巨大的喜悦中。

波密大头目白马翁加终于人头落地，让他多日悬起的一颗心落回了胸腔里，这也同时意味着他率边军三营征讨波密的战事大功告成。迄今为止，他在康藏东征西讨，以少胜多，功勋累累。可谓登高一呼，山鸣谷应，让达赖和想染指西藏的英人闻之丧胆，气焰被压了下去。更为可喜的是，日前，圣上降旨，任命二哥赵尔巽为东三省总督，川督遗职由他接任，这是多么大的荣耀和荣升啊！不仅如此，他举荐心腹傅华封接任川滇边务大臣职，圣上也恩准了，不过加了一个"代理"而已。这一切是因为圣上的睿智？不！不是，也不可能，宣统皇帝才只有三岁，不过是打扮起来，坐在金銮殿上一个过早失去童趣的可怜孩子。所有的政务，都由他的父亲摄政王等人代理。

他捋着银须，沉浸在一种想象中。一直同自己掰着手腕、远在拉萨的联豫老儿这时恍在眼前：终年四季身穿朝服，迈着方步，头戴二品官衔顶戴的伞形红缨帽，腰挺得笔直。见下属昂起头，颐指气使，神情倨傲冰冷，遇同僚则假殷勤，作拱打揖。表面上假哈哈打得脆响，脚下却大使绊子。看人时，寡骨脸上觑起眼睛，流露出一种市侩和狡黠。也就是这会儿，我赵氏兄弟弹冠相庆之时，躲在拉萨的联豫老儿和京城中的端方、盛宣怀等人该有多么沮丧啊！

是的，在搞阴谋诡计上，自己不是这些人的对手，自己连连栽在他们手上，然而朝廷最终还是要倚仗我赵氏兄弟，给我们加官晋爵，这就再次说明，没有实力作保证的权势，犹如草上的露水。

想象着最终丢尽面子的联豫和他们那帮人的狼狈，赵尔丰觉得好解气。日前他接总理内阁那桐一道更显滑稽和无可奈何的命令：着他率手中的边军三营将一协川军送至离拉萨只有三天路程的江达，然后，回康区与傅华封交割一应事宜后，速速回川就任川督。自己虽身处山沟，但对外界的一切却了然于胸。一心要推翻朝廷的孙文乱党在内地坐大，暴乱蜂起，大局摇动。从来电中，他看出了朝廷的空虚和对他们这些手握重兵的封疆大吏的依赖。

天下竟有这样的事？兵送兵——让他赵尔丰率领打了许多恶仗，没有休整的三营边兵去送一协装备比边兵好得多，人数上也要多几倍的川军进藏，这可是天下奇闻！送就送吧，前面已无艰险，这对他赵尔丰来说，犹如摆在面前的小菜一碟，也只有他赵尔丰才能有这样的雄才大略，才能在康藏纵横捭阖，所向无敌！想到这些，赵尔丰感到又自豪又解气。

卓玛进帐上奶茶来了。看钦帅心情很好，笑说钦帅喜事重重，老天也来凑趣，阴了多少日的天今也放晴，一早就出了太阳。说着调皮地要弁兵将厚重的帐门掀开。果然，外面，辽阔的草原上，春阳朗照。她说她想陪钦帅去草原跑跑马，大帅的良骏"追风青骢"早就引颈长嘶，跃跃欲试了！卓玛这一说，正中赵尔丰心意，他笑着应允。赵尔丰虽年届花甲，但身手矫健，酷爱骑马，马术也好。这样的天气，这样的心情也最宜跑马。

早饭后，统领凤山来帅帐聆听训示时，赵尔丰笑着对凤山说："今日无甚要事，我去跑跑马，散散心，有事来报。"凤山连连点头，说："是。钦帅早该去遛遛马，散散心了。"这就嘱咐随大帅去的卫士长刘彪注意护卫。

"不要不要。"赵尔丰连连摇头，"我只要卓玛在身边作陪就够了。"赵钦帅的脾气凤山是知道的，凤统也不同钦帅争，只对卫士长使了个眼色。赵钦帅转进内帐换装，出来时，身着一件跑马服，显得非常精干，跟在钦帅身后的卓玛也是窄衣箭袖，精神抖擞。

"呀，钦帅一下年轻了十岁……"凤山、刘彪连连赞叹。

"呵呵呵，老了，老了。'廉颇老矣，尚能饭否？'"赵尔丰一边自嘲着老了，一边带着卓玛健步出了帅帐。凤山、刘彪簇拥在他们身后。

赵尔丰一出帐便来了一个绝技，飞也似的向前疾跑，卫士长刘彪手一挥，牵马弁兵这就赶紧将早就显得不耐烦的青骢骏马带着往前疾跑两步——这匹骏雄是日前川军协统钟颖派人送来的河曲骏马，协统情知钦帅爱良骏，费了好些功夫，是出重金从一个马贩子手中买来送给钦帅的。此马身高六尺，扬鬃奋蹄时超过一丈。全身青白相间，好像是一张油画贴在马身上：在一片雪白的背景上，均匀地旋起一团团青色的菊花状斑纹。马头如兔，马鬃纷披，油光水滑，四肢修长，颈细臀圆，显系良骥。赵尔丰甚爱之，昵称此马"追风青骢"。

当赵尔丰跑到两丈开外的一个浅坡时，回过头来，弁兵已将手中握着的马缰朝"追风青骢"颈上一扔，就在"追风青骢"起动时，弁兵顺势在它臀上拍上一掌。倏时，"追风青骢"犹如出弦利箭，扬起碗大四蹄飞奔而上，赵尔丰助跑两步，与"追风青骢"并行时，借着冲力，一跃上马，手握缰绳，两腿一夹。嗒嗒嗒——像是擂起一面急促的战鼓，"追风青骢"风一般向开满格桑花的草原深处一掠而去。部属们明白，这是钦帅心中高兴，每当钦帅特别高兴时，都要这样跑跑马，让心中的欢乐得到尽情的宣泄。卓玛打马跟上。刘彪率一班卫队也打马跟了上去。

这多么惬意啊！风在耳边呼呼响，无边无际的冬九草原像是在眼前急速展

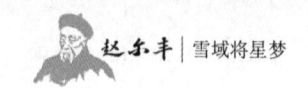

开的一幅美不胜收的画卷。丰茂的绿草在金阳照耀下变幻着色彩，一排排的蔚蓝、柔蓝、深蓝……拍击而来，赵尔丰觉得，这多像久违了的家乡——蓬莱阁下黄海和东海相交时涌起的彩色波涛。一丝柔情一股温暖在心中油然而生，来到草原深处的赵尔丰不知不觉将马缰一带，让"追风青骢"渐渐放慢了速度，他在等卓玛。

骑一匹雪白如银骏马的卓玛来到赵尔丰身边，请钦帅下马在绿绒似的草甸上坐坐。赵尔丰闻声掉头，看看卓玛，猛然一阵心跳。最近一段时间因军务缠身，烦心事多，卓玛虽天天在身边却被忽视了，钦帅蓦然发现她丰腴了许多，漂亮了许多。她今天身着薄薄的绿色藏袍，腰系一根宽宽的红绸带，红玛瑙般俊俏的脸上很有光泽，一双玉髓似的眼睛里波光闪闪，英姿飒爽。那尊在阳光照耀下闪光的银佛龛和挂在颈上的绿松石项链交相辉映，垂到高耸的胸上，随着急剧起伏的乳峰而颤动，浑身上下流露出一种动人心魄的香甜气息。钦帅一时觉得热血上涌，浑身都有一种异样。

卫士长刘彪带一班卫士知趣地掉在稍后处，远远地在四周警惕游动。

怦然心动的钦帅忽觉全身发软，滑下马来，躺在柔柔草丛中。卓玛轻轻下了马，偎睡在赵尔丰身边，这时，一种只有年轻丰腴漂亮的姑娘才有的温润的体香扑面而来。大帅很想伸出手将卓玛揽在怀中，但卫兵就在后面，钦帅竭力控制着自己的神思和激动，用双手垫着头，望着草原上方的晴空。天上，时时有一只两只矫健的苍鹰飞过。很快，钦帅心中涌动的激流过去了，他被博大、辽阔、美丽的草原吸引了、征服了。一时，他感觉到天地之大，人之渺小。清风徐来，气候也好，不冷不热。草原上起伏的绿草中点缀着万千朵各种各样的花。这些花，有的打着金鼓，有的撑着红伞……一只云雀从不远处的草丛里一冲而起，飘逸多姿地浮游在空中蓝色的波浪里。风过处，隐隐传来远处藏族青年男女放牧者婉转的歌声：

  我们想到圣地去
  波密大山隔断了路径
  我们想把歌儿唱给圣城听

又怕风吹散了声音……

赵大帅陶醉了,微微眯起了眼睛。

"卓玛呀,"他对睡在身边的卓玛问,又似在喃喃自语,"我们把川军送到江达就要远离你的家乡,回到内地,回到四川,要进成都了。你舍得你的草原吗?舍得阿妈、阿爸吗?"

"成都是什么样子?有草原吗?可以跑马吗?"从未到过内地的卓玛姑娘沉浸在一种遐想中。

"傻姑娘!"钦帅觑一眼旁边憨态可掬的卓玛笑了,"成都是座温柔富贵之乡。在这座大城市里,万瓦鳞鳞,市廛繁华,人文荟萃。清冽的锦江穿城而过。那里没有草原,却有数不清的文物古迹。古柏森森的武侯祠里,诸葛武侯的塑像栩栩如生,他的丰功伟绩,高风亮节千古流传,荡气回肠;万竿秀竹的望江楼内,飘着女校书薛涛的墨香。成都有火红的夜市,在两百多条古色古香的大街小巷里,有数不清的茶楼酒肆,里面有摆不完的龙门阵……"卓玛听得似懂非懂的。

"钦帅呀,卓玛孤陋寡闻,对山外的花花世界也没有兴趣。只知道,钦帅是骑手,卓玛就是你胯下一匹马。阿妈、阿爸将我送钦帅以奉巾栉,我就生是钦帅的人,死是钦帅的鬼。钦帅走到哪里,卓玛跟到哪里。"

赵尔丰有些感动,睁开眼睛时,眼前的画面破坏了他的好兴致——两棵高秆草茎上,不知什么时候,一只黑蜘蛛不声不响地织好了一张透明的网。一只美丽的红蜻蜓撞在了看似透明,实则坚韧无比的蛛网上。当蜻蜓被缠得精疲力竭时,那黑蜘蛛便爬上去,慢慢吃掉比它大几倍、看起来也强大得多的飞物。

呀,这就叫明枪易躲,暗箭难防!多年宦海沉浮的赵钦帅,倏然间联想到了近在咫尺,身在拉萨的老对头联豫老儿。这会儿他和他的一伙人在干什么呢?联豫们不会就这样认输的!这会儿他们会不会又在玩弄什么阴谋诡计呢?两天来他隐隐有一丝疑惑,一丝不安,这会儿变得清晰而具体起来——钟颖,他率军驻在近在咫尺的德摩,怎么没有来看望我呢?最近发生了这么多事,于公于私,他钟鼓明都不能不来拜谒下我呀!那么,钟颖是遇到什么麻烦了?钟颖像眼前这只美丽活泼而幼稚的红蜻蜓，一头撞到联豫老儿们布的黑网上去了吗？

想到这里，赵尔丰再也不能躺下去了，他霍地站了起来，向正在近处与卓玛那匹白马交颈亲热的"追风青骢"走去。"追风青骢"似乎懂得主人的心意，赶紧向他小跑而来。

也不顾卓玛在后面怎样问，这会儿赵尔丰的心思已经转移，他对什么都听而不闻，视而不见了。他一个箭步跨上"追风青骢"，勒转马头，"追风青骢"扬起四蹄，向着来时方向飞奔而去。赵尔丰决定马上派人到德摩去看看钟鼓明。

果然不出所料，此时此刻，在德摩，年轻的川军协统钟颖正挣扎在一张黑网里，载浮载沉。

罗长倚这个原先在钟颖面前毕恭毕敬的中级军官，如今攀上了联豫这棵大树，并于新近被联豫任命为参赞，从拉萨来到了德摩，当这家伙一脚跨进川军协统钟颖那顶豪华的大帐时，气势与以前已经大为不同，虽然在钟颖面前照样礼数周到地打拱作揖，哈哈打得脆响，但那份小人得志的神情明显地写在脸上。"鼓明别来无恙？"罗长倚对着钟颖问道。其时，钟颖正在同参谋长王方舟细谈部队开拔工布江达种种军务。王方舟知道拉萨来人有要事，这就起身，同罗长倚互相拱了拱手，虚应两句，去了。

待人向来宽厚的钟鼓明这时却稳坐不理，神态很冷，既不让坐，也不唤弁兵给长途跋涉的拉萨来人上茶送点心，甚至连应酬话都没有一句。罗长倚觑了觑钟颖的神情，只见大白面娃娃似的钟颖正拿冷眼看他，不由心中一声冷笑：哼，你不要抠起！这个位置马上就该我坐了。

罗长倚脸皮厚，也不要人请，甩甩宽袍大袖，大大咧咧坐在了钟颖前面的椅子上。看着昔日的上司，满脸都是嘲讽的笑。

一时，帐内两人——昔日的上司、下属，今日的冤家对头，你看着我，我看着你，僵持了起来。

钟颖向来以脸白闻名，皮肤像上等的发面。进藏后，受强烈的紫外线照射，黑了些，皮肤变成像加多了碱的白面，有些泛黄，但在西藏，这也算是相当白了。还是那么胖，还是那副公子哥儿的样子。着一袭满式黄绸便袍，一根黑浸浸的大辫子披在宽厚的背上，腰上挂一个槟榔荷包。那副样子，好像他不是非常时期率领千军万马的将军，而是一个游山玩水的散客。

罗长倚原先是钟颖从钦帅手中要过来的，并引为知己，委以重任。月前，钟颖派他去拉萨同联豫洽谈有关进藏事宜，却不意"赵巧儿送灯台——一去不回来"。罗长倚又攀上了新枝，成了联豫的亲信。

钟鼓明冷冷地打量着眼前这个联豫的新贵。真是"士隔三日，当刮目相看"——原先在自己面前毕恭毕敬，好话说尽的罗长倚，这天着一件玄色长袍，外罩一件镶有绒毛的对襟蓝缎背心，五官也还端正。然而，那张青白脸上一双闪闪霍霍的凹眼睛，以及流露出的那种大权在握的策士的某些特征，让钟颖想起最近这段时间罗长倚卖主求荣的言行，从而感到鄙屑、恶心。

"罗参赞，你现在是联大帅的心腹、股肱、智囊，一刻也不能离的槟榔香荷包。"钟颖沉不住气了，用这一番冷嘲热讽的话打破了场上的沉默，"你从拉萨赶来，想必是带有联帅的啥子尚方宝剑？你这么一声不吭，不至于是来陪我坐冷板凳的吧？"

"鼓明聪明！"罗长倚毫不动气，冷然一笑，随即站起，摸出一封信，双手捧起，趋前两步，递给钟颖，"这是联帅给你的手令。联帅请你即刻卸任，即日去拉萨，联帅另有借重！他要我来坐你的冷板凳！"钟颖一惊，接信在手，看完后，脸色惨白，拿信的一只手微微有些抖；一会儿将信松开，一会儿将信捏紧，半晌无言。

"鼓明还有什么事要交代的吗？"罗长倚急不可待了。

"如此大事，赵大臣是否知悉？"

"这与赵大臣无关嘛，简直无关！"罗长倚打着哈哈说，"赵大臣高升川督，怕是这会儿嘴都笑得合不拢了呢，还管得了这些？再说，也不该他管！圣上有令。"罗长倚双手作拱，向着北方一揖，"川军进藏听命于联帅。"

"好，既然如此，我即刻卸任让位于你。"钟颖有些负气，略为沉吟，又说，"我卸任去拉萨前，最好还是去冬九向赵大臣道个别。"钟颖说着有些动容:"波密之战多亏赵大臣鼎力相助。不去道个别,情理上说不过去。再说,赵钦帅升任川督,我也该去向赵钦帅表示表示贺意。川、康、藏唇齿相依,就是我率军入藏,以后仰仗赵钦帅处也甚多。"

"不必了!"罗长倚断然拒绝,口气很横,尚未上任,便把令来行。

"人不能过河拆桥!"钟颖火了,言在此而意在彼,"人不能如此忘恩负义!"

"鼓明,"罗长倚也不动气,以教训的口吻说,"你年轻,年轻必然气盛。我们毕竟共事过,我在这里不妨劝你一句——识时务者为俊杰。实话对你说,若不是我看在昔日的情分上,劝着联帅,联帅早就治你的罪了。"

"何罪之有?"

"哎呀呀,鼓明你是装糊涂还是真糊涂?联帅让你率一协之师去征区区波密,因你指挥无能,被人家打得屁滚尿流!赵尔丰只率边军三营就将波密收拾得服服帖帖。两相对照,何其鲜明!你这不是让联帅丢面子吗?这不是渎职吗?就这一点,联帅就可以治你的罪!还有……"他本想说钟颖与赵尔丰勾勾搭搭,也是罪。但又一想,赵尔丰还在台上,这一说被拿住话柄反而不好,就把话咽了回去。

"鼓明——!"罗长倚叹了口气,又开始做好人,"你年轻没有经历过战阵,对西藏方方面面也不熟悉,率军去打波密,也真是难为你了。指挥失误在所难免。这话,我劝联帅时是这样说的。其实,联帅并不想治你的罪,联帅之所以让你快去拉萨,交权于我,是联帅怕你这个时候被人利用。我们这也是为你好。快些交出印信,快去拉萨,免得联帅不放心。"

罗长倚把话说到这个分上,说得这样露骨,钟颖的一颗心直往下沉。他看出来了,联豫等人对他和赵大臣撒下了一张黑网,自己笼在其中,如果挣扎,会越挣越紧,弄不好不仅自己栽了,还会影响到赵钦帅。但如果就这样,同近在咫尺的赵钦帅招呼都不打一个就走,也实在于心不甘,想了想,找了个理由:"联帅不是假内阁、兵部之手,要赵大帅率边军将我川军一直送到工布江达吗?届时,我再去拉萨不迟!"

"不行!"罗长倚脑袋摇得拨浪鼓似的,"联帅反复交代过,要你立即交印,立即去拉萨!"看钟颖还要说什么,罗长倚将手一挥,"鼓明你不要担心路上的安全问题,安全绝没有问题,联帅吩咐过,让送我来此的一营缇骑把你安全送至拉萨!"

至此,钟颖还有什么说的?还能说什么呢?

"鼓明!"罗长倚趁热打铁,"时间紧急,请即刻叫王方舟他们来听令吧,你我马上办交接!"钟颖被逼无奈,只好唤进手下副官,让副官立即去请来川军参谋长王方舟和两个标统,由罗长倚当面宣读了联帅的手令,并向罗长倚交了协统印信。

"非常时期,就不给钟协统饯行了,待我们到拉萨后再补吧!"面对着钟颖的下属们,接任的罗长倚话说得很客气,"今日天气晴好,请钟协统午饭后启程。哈哈,联帅求贤若渴,我们想留两天也留不住呢!"

这无疑是一场绑架。当钟颖被罗长倚带来的一帮缇骑簇拥而去时,没有人敢出来送行。王方舟等虽向来与钟颖相好,但军令不敢违。

钟颖骑着他那匹银色的骏马,在一营拉萨缇骑簇拥下,登上了后山高高的雄鹰嘴。他勒转马头,留恋地转过身来,想再看看自己费时三年训练出来并和他关系融洽的川军官兵们,特别想看看近在咫尺的赵尔丰大帅。可是,都看不到了。只见山下云遮雾锁,有几只矫健的雄鹰在凌空翱翔。

"钟协统,时候不早了!"拉萨来的缇骑管带轻抖马缰,驱马近前说,"请上路吧!"钟颖收回留恋的目光,由缇骑拥着,顺着那条通向西方苍茫远山的小道按辔徐行。年轻的钟颖万万没有想到,他同赵尔丰就此遗憾一别,竟是永别。

第十一章 回关夜，雪落无声

　　帐里只摆有一张八仙桌——这是赵尔丰对川军昨日宴请的回请。

　　这会儿，几个大帅弁兵在往八仙桌上铺雪白的桌布、安椅子，做一应开席前的准备。

　　今天，赵大帅要请的客人只有两位——川军新任协统罗长倚、参谋长王方舟。这是小晌午时分，离宴请的时间还有好一会儿，作为主人的赵尔丰赵钦帅却已经来了，他和统领凤山坐在隔壁的帐篷里谈话。在清廷官场上，无论是文官还是武将，都有一个陈规陋习——不守时。而且，越是官品大的，越不守时，他们无论是出席公开的会议还是赴宴，都要人等——这是抠架子。而赵尔丰却是个例外，他很守时，不用说，他的部下也绝对守时。

　　"凤统！你对罗长倚印象如何？"

　　坐在圈椅上一只手扶着椅把，一只手习惯性抚着颔下一把已然银白的胡须的赵尔丰开门见山地问凤山。

凤山坐在赵钦帅对面一个木墩上，正襟危坐，标准的军人姿态。

听大帅问询，不善言辞、为人厚道、平素很少说人短处的边军统领，摇了摇头："这个人，一点真的东西都没有。"凤山这话虽说得朴素，但可谓入木三分，钦帅不由得点了点头，眼前闪出他们昨天应邀去罗长锜处赴宴的情景。

日前，赵尔丰率边军三营将一协川军送至工布江达后，离别在即。就是昨天，新任川军协统罗长锜恭请赵大帅过营赴宴，以示谢意。罗长锜食不厌精，在老上司赵尔丰面前备极恭敬。无奈长途行军，拿不出什么好的东西招待。虽到了工布江达，也仅买到一些牛羊肉而已。好不容易凑成了九斗碗，酒是青稞酒。

席间，赵大帅只对摆在自己面前的一大品碗"王炆肉"赞不绝口——这是用一块上好的猪肉烧的，在这样的地方，也不知罗长锜到哪里去找的这样一块猪肉。里面还加了香菇等，这在康藏地方殊为难得。这也是罗长锜的乖巧处，他是投大帅所好。凤山便问罗长锜哪来的这么大本事，到哪里去搞到的猪肉。而罗长锜却顾左右而言他，只是在赵大帅面前献殷勤："卑职知道大帅有此一好，竭尽全力弄来的。"罗长锜就是这样一个人，哪怕就是一件小事情，要想从他嘴里问个明白都不容易。

宴会在一间藏式厅堂里举行，罗长锜表现得很大方，摆了三席，让川、边两军统以上的将佐都来作陪。席间，酒过三巡，该说的话都说后，军官们大快朵颐之时，坐在首席首位的赵大帅，用一双极有神的眼睛看着对面陪坐的罗长锜——"罗协统！"赵大帅用的是这样正式的称谓，可一双眼睛眯起，流露出明显的不屑。罗长锜虽然不再是赵尔丰的下属，地位也今非昔比，但在赵尔丰面前，还是怯怯的。听赵大帅点到他的名，罗长锜不敢怠慢，赶紧点点头，抬了抬屁股，模样恭谨，以备大帅问询。

"我们在这里大碗喝酒，大块吃肉，本帅还吃到了一碗真资格的'王炆肉'，不知一路辛苦的川军将士们是否也在打牙祭？"

"这个、这个……"赵大帅这一问将罗长锜问住了。他本来想打几个假哈哈滑过去，但他不敢，他结结巴巴地解释，"军中给养简直没有了。工布江达虽也算个大镇，可惜啥都买不到。卑职嘱咐中军，让他们今天中午给兵士们每人加一个菜。到拉萨后，卑职再设法犒劳全军官兵。"

"给兵士们加的啥子菜？"赵尔丰打破砂锅问到底。

"这个、这个……"罗长倚不敢将假话继续说下去，在赵大帅面前现相了，让在场的川、边两军一二十个将佐抿嘴忍俊不禁。

时间到了，大帅请的客——罗长倚和王方舟也早到了一步。今天比昨天在排场和人数上都差了一截——昨天罗长倚请的是三桌，二十多个军官，今天赵大帅只摆了一桌，主客四人。

按照请客的规矩，客人应居上首。然而，赵尔丰请罗长倚又当别论。赵钦帅也不谦让，理所当然地坐了上首，连客气话都没有一句。罗长倚仍然是坐在赵大帅对面。陪客王方舟和凤山两边打横。赵尔丰向来崇俭戒奢，尤其在这个时候。这次宴会极为简单，桌子上只摆了些烧烤牛羊肉而已。每人面前摆一个瓷碗，一双筷子。还有一盘辣椒面，一碟盐。

看赵大帅示意，随侍在侧的清秀弁兵提一个耳罐上前，给每人的白碗里斟满青稞酒后，轻步退下。

"罗协统，"赵尔丰指指桌面说，"没有啥好招待的，也就搞了些牛羊肉。当然，我也没有忘记嘱咐中军给每个兵都加菜、打牙祭。"看罗长倚一张青白脸窘得通红，赵尔丰也就不再说下去。

"离别在即，请！"作为主人，赵尔丰率先将手中酒碗一举。

"不敢，不敢！"罗长倚赶紧站起身来，将手中酒碗举起来，"咣"的一声，先同大帅，再与同时站起来的王方舟、凤山碰了碰碗，却没有立马喝下去，他弓着身子，对赵尔丰说，"大帅劳苦功高。祝大帅沿途顺利，鹏程万里！"看赵大帅仰起头，将碗中酒一饮而尽，罗长倚也才饮了酒，怯怯地坐了下去。三巡过后，赵尔丰要大家随意。赵尔丰注意到罗长倚神情吓兮兮的，不时偷眼看自己，小心翼翼的，手都在打抖，觉得心里出了一口长气。想想撤换钟鼓明，也不关罗长倚好大的事；而且尽管自己从昨天到今天都没有给罗长倚好脸色看，不断打他的"头子"，但这个人还是对自己恭敬如仪，怕得不行，可见自己在罗长倚心中还是很有分量的。这一想，虚荣心得到了满足。赵尔丰是个吃软不吃硬的人，心中宽泛了好些，觉得犯不着同这样的无聊文人过不去。再说，悠悠万事，社稷为重。这协川军好不容易才被自己带到这里，离别之际，自己作为朝廷封疆大吏，有必要给这个赵括似的善于清谈的新任川军协统一些教诲。心里这样想着，脸色也就好了。于是，他看着罗长倚，捋着颔下一把银须，顿时像个宽厚的长者。

灵醒的罗长倚当然看出了赵尔丰神态的变化。从真心来说，他对赵尔丰还是佩服的。想到他这一去，自己肩上的重担必然会更重，便虚心向赵尔丰请教，他抱拳作揖道："长倚才疏学浅，西藏局势不知会如何变化，川军沿途当如何？种种，请大帅不吝赐教。"赵尔丰手抚银须，沉吟半晌道："达赖喇嘛目前虽有叛国之心，却无公开叛国之力。西藏局势目前尚无大碍，尤其是这协川军进了拉萨，对达赖喇嘛、对西藏上层都是一个震慑，希长倚善自为之！朝廷的心腹大患在内地，尤其是在川地。内地乱党势力已经坐大。此间虽康藏消息闭塞，但内地乱党势力必会波及而来，若掌握不好，必军心大乱。因而，当务之急，祸不在外而在内。长倚目前尤需注意掌握你手中这支川军，这才是根本！"话说到此，只见罗长倚频频点头称是。

"来来来，要说的话都说了，就不多说了。"赵尔丰不是一个饶舌的人，说完这些，这就用手指了指桌面上的烧烤，转换了话题，"请吃请吃。"他很有些风趣，"内地的牛羊肉有一种膻气。康藏的牛羊肉却很好吃，特别是做成烧烤，美味无比。凤统对此特别钟爱，也有特别的体会。据我所知，凤统一顿可以吃一只牛腿。"大帅把话题巧妙地引向自己的爱将。凤山不会应酬，在这样的场合，大帅有心让只会打仗不善于讲话的年轻将领凤山讲讲话，露露脸，活跃活跃气氛，同大家联络联络感情。

川军参谋长王方舟赶紧凑趣："凤统不妨赐教一二。"

脸色黝黑、相貌英武的凤山憨厚地笑笑说："这是逼出来的。刚进藏，见藏人用刀削风干的牛羊肉吃，特别是吃风干的牛腿，一副甘美如饴的样子，甚为鄙视，以为人家粗野。以后尝试，觉得很不错。原来西藏牛羊风位与内地不同，又因气候严寒干燥，牛羊杀后稍为风干即可食。特别是牛腿，其味胜过内地的烟熏牛肉。长途行军，有此美味，耐饥、进补、享受美味兼而得之。"

"牛腿大有讲究。"美食家罗长倚见赵大帅不再为难他，听这一说也来了兴趣，"我在拉萨，赴过一个噶厦家宴。席上一道最美味的佳肴就是烤牛腿——一条整牛腿。藏厨做时，有好多道工序。先要将牛腿刮得干干净净，剥蹄，绒毛都不能有一根。然后，在烧红的灶壁内，翻过来覆过去地烤，再刷上不同的香料。烤一会儿，刷一层，掌握火候更不容易。烤一条全牛腿，需要高明的藏厨花两昼夜功夫。届时上席，黄嫩嫩、香喷喷。"美食家还想说下去，见赵尔丰皱了皱眉，便赶紧打住。

吃饱喝足，赵大帅便宣布散席，时间比昨天短了许多，也少了许多繁缛礼节。

夜幕刚刚降临。"嘀嘀——嗒！""嗒嗒——嘀！"川军和边军的熄灯号便吹得此起彼伏，这是在发布命令："熄灯、睡觉。"自进西藏，无论是川军还是边军，生活都极为艰苦紧张：打仗、宿营、睡觉、行军——周而复始。

这时，作为已经荣升川督，明天天一亮就要率三营边军离开工布江达，离开苦寒的康藏，回到让人艳羡不已，号称温柔富贵之乡的成都视事、享福的赵尔丰赵钦帅，却颇为不安地在他帅帐里不停地踱步，身上不见有一丝一毫的喜悦，更无一丝归心似箭的冲动，显得心事重重。这让卫士长刘彪和卓玛都很奇怪。大帅这种反常的举动，是在他中午宴请川军新任协统罗长倚后出现的。忧思重重的大帅，思绪陷得很深，在帐篷里踱过来踱过去。大帅是舍不得离开康藏还是怎么的，晚饭也不吃，只喝了两碗酥油茶。

天黑尽了，卓玛轻步而进，在那架显得孤零零的铜灯架上点上了一支大红蜡烛。想说什么，见大帅思绪深沉，就什么也没有说，进内帐去了。

烛光幽微。赵尔丰的剪影在帐篷中拖得很长。他身着宽袍大袖，站立不动时，在烛光映照下，很像是一个古代在泽边徘徊复徘徊，冥思苦想，寻寻觅觅的行吟诗人。

明天，赵尔丰就要率边军打道回府了，这协川军就要由罗长倚带着去拉萨了。同时，他在康藏的七年经边生涯也就此结束了。然而，人将离去，心却没有离去。这时，赵尔丰觉得，自己与脚下这片土地竟然有种难以言说，难以割舍，刻骨铭心的感情。自己在这里，有壮志未酬之憾；而且，更现实的是，川、康、藏地域相邻，唇齿相依。作为一个手握重兵的封疆大吏、四川总督，按例以后不仅要对四川负责，也要对康藏负相当的责任。这就让他在这离去前夕，除了心中涌起阵阵恋恋不舍、难以言说的感情之外，总感到有一种隐隐的担忧。

他想到了钟颖的命运。

钟颖这会儿被联豫老儿羁绊在拉萨，不过这不要紧。联豫老儿仅仅是垂涎钟颖手里的一协川军，钟颖手中的部队被联豫夺去就了了，钟颖并无什么大不了的，更无性命之忧。年轻的钟颖本身同联豫等人并没有什么大的过节，何况瘦死的骆驼比马大，钟颖毕竟是太后的亲侄儿，是皇亲国戚。虽然太后去了，但钟鼓明的上层关系网毕竟盘根错节，树大根深，这就让联豫等人不管在什么时候，对钟鼓明都不能不另眼相看的。

他想到了这一协川军，由川军又想到了罗长倚。想到这里，他的心不由紧了一下，突然驻步。这时，他才明白，困扰自己半天的不是别的什么原因，是罗长倚。直觉再次明白无误地告诉他，这一协川军交到罗长倚手中是天大的错误。

唐太宗有句名言，"民可载舟亦可覆舟"，强调了看似不起眼的黎民百姓的厉害。在这个特定的地方、特定的时候，率领手握枪杆、足有万余人川军的统帅简直就是一个骑上老虎的驯兽师。罗长倚能驯服这只虎吗？回答是否定的。

赵括清谈误国误军，罗长倚还不如赵括。他不仅喜欢夸夸其谈，无实际能力，表里不一；而且，最为致命的弱点是，这个人心胸狭隘，口是心非，利欲熏心。若罗长倚仍然是过去的罗长倚，还不至于误事，但他现在是一协之长就非误事不可。拿他同钟颖相比，钟颖虽年轻幼稚，但这协川军是钟颖带出来的，且钟颖为人宽厚，部下官兵对他有相当的感情。钟颖无故被贬，罗长倚接任协统，这本身就在川军中引起强烈不满和义愤。罗长倚对此不知引导，不知作出表率以化解矛盾，而是在川军内大搞小集团，集中权力，重用他从拉萨带来的一帮人。真是一朝权在手，便把令来行！这样行吗？绝对不行！

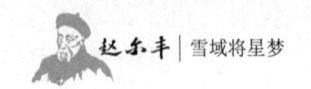

这一路上之所以风平浪静，是因为有自己压阵，而自己一旦离去，罗长倚压得住吗？川军中会不会出事？另外，内地的革命组织会不会已经进入了这协川军？但是，事已至此，自己能有什么办法呢？况且朝廷有令，川军进藏后听令于联豫，自己只是将这一协川军送到此为止！

也许自己这是多虑了吧？"天下本无事，庸人自扰之"——但愿如此，他开始宽慰自己。

"嚓嚓嚓！"万籁俱寂中，一阵熟悉的脚步声由远而近，是凤山来了。因为大帅吩咐过，凤统什么时候来，什么时候让凤统进，不必禀报，因此帐外卫士长刘彪在和凤山打过招呼后，将帐帘一掀，凤山进来了。

"钦帅！"凤山对大帅作礼后请示道，"部队开拔的一应事宜都好了，明早什么时候启程？"

"明早五时造饭，六时启程。"大帅想了想，嘱咐凤山，"万万不可兴师动众，让罗长倚他们不要来送行。川边两军，好些都是川人，有不少还是老乡。如果川军前来送别，不仅兴师动众，还容易感时伤怀，徒生伤悲！"

凤山得令，就要去时，这才发现，不知为什么钦帅神情有些怔忡，穿得也单薄，便不无关切地说："钦帅，时辰已经不早，明天还要赶路，请钦帅息了吧，外面下雪了。"

"下雪了？"赵尔丰这才注意到凤山披了一件大氅，头上身上都是雪。

"是，"凤山说，"雪还下得大。"

"时序快进五月了。"赵尔丰不由感叹，"内地这个时节已是绿荫草长，黄莺乱飞，一派浓浓的春意，而这里还在下雪。"说着踱了两步，嘱咐统领凤山，"注意部队官兵，不要冻着了。"略为沉吟后，又说："除了路上必要的物资，一应军需，都留给川军。我们是往内地走，越走越好。人家往里面走，越走越苦，虽说拉萨好些，也很有限。"

凤山一一答应照办，去时，用一双清清亮亮的眼睛看了看赵尔丰，有些惊异。平素说话做事刀切斧砍，被一些人称为"屠夫"的大帅，今夜却是少有的慈祥，像个宽厚的长者。

凤山前脚走，卓玛后脚出来，说钦帅诸事已毕，请钦帅进内帐安息。

第十一章 回关夜，雪落无声

赵尔丰点了点头。他们前后相跟，进了内帐。摇曳的烛光中看得分明，这间不大的内帐里，帐壁厚厚的，地上铺着猩红地毯，给人一种安全感、舒适感，处处洋溢着温暖舒适的家庭气氛。可能是考虑到大帅的睡觉习惯吧，帐中铺了一张床。这床很特别，显然是根据女主人的理解和战时的考虑而制作的——很大很矮，没有床沿；床上一床鸭绒被已经铺开，揭开一角。地上有个小小巧巧的藏式火炉。火炉上，红宝石似的火苗舔着一个做工考究的鸡锡铜茶壶，壶嘴上喷着酥油茶的香味。卓玛替大帅脱了外衣，让大帅坐在了床上。内帐里温暖如春，大帅脱了外衣，着一件薄薄的湖蓝色绸缎夹袍，很惬意地盘起腿来，脸被炉火烤得红晕晕的，人都年轻了一轮。

卓玛这就将一个矮腿茶几摆在大帅身前，再将一个锃亮的银碗放在茶几上。上前一步，给大帅上酥油茶。随着卓玛弯着的腰逐渐直起，手中的铜壶缓缓上升，一道优美的弧线，喷着热气，溅着香味，注满了赵尔丰面前的银碗。她将壶放回火炉，转过身来，弓下腰，双手把银碗举过头顶，献给大帅。赵尔丰从她手中接过酥油茶，一饮而尽。

大帅一连喝了三碗，脸上浮现出一缕似有若无的红晕，他有些热了。卓玛这就给大帅做糌粑——她在一个银碗里放上半碗青稞面，掺上酥油和奶茶，用手灵巧地在碗中团出一个个胖胖的粑，然后又躬身上前，双手把银碗举过头顶，让大帅喝酥油茶，吃糌粑。

在温暖如春的帐房里，为大帅忙上忙下的卓玛只穿了一件藕荷色的丝质薄藏袍，腰上系了一条宽宽的红色绸带，这就把她的美妙身姿暴露得淋漓尽致。她的身材颀长健美，腰肢细细的，胸鼓膨膨的，臀部圆圆的。一副漆黑的眉直插鬓角，一双玉髓似的黑眼睛显得既有灵气又坚毅。她带着微笑，那红玛瑙般的脸，在红宝石似的炉火映照下，非常动人，浑身上下散发着一种动人的，只有年轻、健壮、成熟、漂亮女性身上才有的温润动人气息。

赵尔丰的心不禁猛烈跳动起来。"睡吧！"习惯熬夜的大帅，故意打了一个呵欠。卓玛这就上前为大帅脱靴，大帅乘机伸出有力的臂膀，将卓玛的细腰一搂一抱……

一缕晕黄的烛光随之熄灭了。帐中那张"席梦思"似的大床大动一阵后，

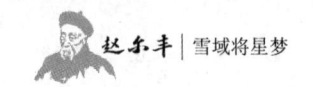

安静了下来。万籁俱寂。只有纷纷扬扬的大片大片的雪花绵绵不绝地洒落在帐篷上，发出持续不断的、若有若无的沙沙声。

曙光撕破夜幕，阳光照进山谷。

"嘀——嘀——嗒！"边军的军号吹响了，一声比一声高亢，一阵紧接着一阵。大雪在天亮前停了，太阳刚出来，满地光明。灿烂而无热力的金阳照在号兵那飘着一束火焰般红缨的军号上，反射出炫目的光彩。

三营边军排成两路纵队，向东开拔了。尽管大帅打过招呼，川军官兵不必前来送行，但是，闻讯的川军官兵还是自觉前来送行——他们夹道两边，排出一两里地，向月来在战斗中与之结下深情厚谊的边军官兵频频挥手、声声道别。两军基本都是川人。一时，互道珍重声，托人带信声……声声盈耳，老乡别老乡，两眼泪汪汪。有的官兵，本是街坊邻居、同乡或同村，一旦作别，大有生离死别之感。场面很是凄楚感人，好在这个场面很快过去了。

三营边兵沿川藏线绕过不多几幢破破烂烂的藏房，工布江达就算过了。

赵尔丰身穿得胜褂，骑"追风青骢"雄骏，走在大队中列。管带纪得胜在前开路，凤山在后压阵。卫士长刘彪率卫队簇拥在大帅前后，注意护卫。卓玛骑一匹枣红色骏马，本来走在大帅旁边，因为罗长倚坚持要送大帅一程，就懂事地稍稍掉后了一些。

照例是说些客套话。赵尔丰知道这不过是罗长倚履行的一种礼仪而已。觑一眼身边这位清客，不由一惊，罗长倚脸色很霉气，想到自己的担心，不由问他原因。

"昨晚我老做噩梦。"罗长倚似乎还沉浸在噩梦中，怔怔地说，"梦见有人拿刀一直追杀我，现在头都昏昏沉沉的，大帅见笑了。"

赵尔丰闻言不由一惊，不由将马缰一勒。这时，部队转上了大路。

"大帅，送君千里，终有一别，恕长倚就不远送了。"罗长倚勒马，垂首，拱起双手。赵尔丰知道，罗长倚这是要演长亭把酒话别这一出了，便勒过"追风青骢"同他一起出列。

看赵尔丰要下马，已滚鞍下马的罗长倚赶紧拦着，"大帅！大帅不必下马

第十一章 回关夜，雪落无声

了。"说时，手一挥，早有一个跟在他跟前的清秀弁兵将一个红漆托盘送至马前，里面有两个装满青稞酒的白瓷描红景德镇酒杯。罗长倚端起一杯，捧到大帅手上。自己再端起一杯，趋前一步，举至眉头，望着马上的赵尔丰说："祝大帅一路顺风，回到成都，就任总督，马到功成！"

"彼此，彼此。"赵尔丰客气一句，在马上同罗长倚一饮而尽。赵尔丰在将酒杯放回托盘时，似有不忍，嘱咐一句，"长倚，此地离拉萨虽已不远，但非常时期，你也要事事小心，处处留意。个人事小，朝廷事大。总以社稷为重。"看罗长倚咀嚼话中意味的样子，他再郑重叮嘱一句："川军前营管带陈奇珍是你的湖南老乡。其人有勇有谋，且为人正直，在军中还得人心。一旦有事，可堪信任重用。"赵尔丰注意看去，一丝不以为然的笑，挂在罗长倚那张清白脸上。赵尔丰不由长叹一声，不再说一句，勒转"追风青骢"雄骏，蹄声嗒嗒，绝尘而去。

就在赵尔丰率三营边军离去的当天下午，新任川军协统罗长倚在大帐里宴请管带以上的军官，共二十来人。请神容易送神难。哎呀呀，赵尔丰终于走了，自己这个川军协统该当当家了！在这个宴会上，罗长倚要宣布一些重要的人事任命，以组成自己的贴心班子。

刚五点钟，军官们都准时来了。

帐篷很大，但要摆六七张桌子显然还是局促了些。邱春林决定，沿袭常见的戏台上番军设宴方式，在地上铺地毯，主客都坐毯上。罗长倚是主帅，面前摆一张赵尔丰用过、留下来的还算精致的短腿矮几。待王方舟和标统、管带们按官位大小依次盘腿入座后，罗长倚很有气魄地手一挥，弁兵们鱼贯而入开始上菜。

每位军官面前摆一双筷子，一壶青稞酒，一个牛眼酒杯，两钵菜。一钵盛白花花晶亮亮的大米饭，一钵盛香喷喷的土豆烧牛肉。军官们明白，此时此刻身处藏区，又在行军路上，能吃上这些，是相当不错了，算是盛宴。

坐在左边末尾的前营管带陈奇珍，在弁兵上菜时就注意到，场上气氛并不融洽。陈庆、刘介堂这些深孚众望的将佐们，看新任协统时，都流露出不屑的表情。

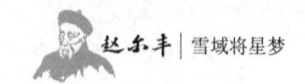

罗长倚今天的打扮与往日有异。他平时总戴一顶标志他身份的三品顶戴红缨伞形帽，而今天没有戴，他身着一件蓝缎夹袍，外罩对门襟黑马褂，一根掺了些许白发的辫子披在肩上。顾盼间，显出一种趾高气扬、颐指气使的意味。

罗长倚从拉萨带来的邱春林、周大成、张青三人，竟都坐在他左右靠前位置。

"诸位兄弟！"罗长倚举着酒杯缓缓站起，军官们也站起来，举着酒杯，显得颇为勉强。

"长倚就任以来，"罗长倚字斟句酌，"早想请大家，无奈因军务繁忙，无暇顾及。至今日方得宽余，特想方设法，置一杯水酒，同诸君见面，犒劳诸位。条件限制，只能如此，聊表长倚心意而已。"说完他略为停顿，环视一番左右又说："长倚奉命从拉萨来时，联帅带话给诸位，大军到拉萨之日，就是诸位升迁、受赏之时。"说着执杯在手，转了一个圈子示意。将佐们都举杯，同他一饮而尽。他招招手，示意大家坐下。不用说，接下来该是下属们对新任协统表示恭贺了；然而，反响却甚为冷清，一时，场上没有一个人说话，也无任何表示。

罗长倚对此似乎毫不介意，又将他从拉萨带来的邱春林等三人给大家一一作了介绍。"都是些没有名堂的人嘛！"陈奇珍心想。

"各位随意。"没有办法，罗长倚只好自己给自己找台阶下，将手一比，示意开始吃。座上军官们也不客气，开始享受这难得的美味。罗长倚显得有点难堪。

坐在川军参谋长王方舟之下的邱春林，气不过，这就端起斟满了酒的牛眼杯，霍地站了起来——这是一个三十来岁的汉子，不高不矮不胖不瘦，人很精干，五官也端正，只是那双眼睛，又大又圆又鼓，说话看人时滴溜溜转，使人不由想起夜晚的猫头鹰。他闪身而出，快步走到罗长倚面前，双手恭恭敬敬举杯至眉，环视左右，朗声说道："谢罗大帅体恤川军将士！罗大帅文韬武略，有口皆碑！有罗大帅统领，我川军必建盖世奇勋！"

哎呀，罗长倚一下子就成了大帅？邱春林一口一个罗大帅，真是太肉麻、太无耻！哪里跑出来的这个跟屁虫啊？正自顾自大碗喝酒、大口吃肉的好些军官都不禁拿眼盯他,满脸怒容。周大成、张青也接着站起身来,上前给罗长倚敬酒。这一来,场面上泾渭分明。

川军将佐们对主帅的不满和对立情绪,罗长倚当然注意到了。他抬起头,一张青白脸上挂起一丝冷笑,暗想:我堂堂川军统帅还怕了你们这些人不成?干脆今天就来个硬的,亮亮威风,杀杀钟颖党羽的邪气。他正襟危坐,挺了挺胸脯。

"各位,"罗长倚说,"本协统要借此机会宣布一个任命。"顿时,在座的军官们都看着他,全场鸦雀无声。

"邱春林——"罗长倚大声唱名。

"卑职在——!"邱春林喜滋滋跨一大步而出。

"一标标统职长期空缺,"罗长倚宣布,"从即日起,由邱春林担任。"接着,周大成、张青也都分别被任命为管带。无功而受禄,全场哗然,议论纷纷,连王方舟、陈庆这样为人圆滑的川军资深军官,一张张脸也都黑得绞得出水。

"感谢罗大帅栽培!"邱春林、周大成、张青分别谢了恩,刚刚退回坐下,有人发作了。

"呼——"的一声,场上站起绰号"二火锤"的川军二营管带程丁。他脸黑,眼棱,平时最崇拜张飞,长得也很有些像张飞,脾气暴躁,但为人正直,作战勇敢,在川军中很有威信。

"罗参赞,我程丁倒要请问,你一来就封你这几个兄弟伙当标统、当管带,官都让他们当完了。他们究竟凭啥子?他们究竟有啥子功劳?俗话说无功不受禄,你就当众摆来听听!在座的哥子们大多都是有战功的,就是没有功劳也有苦劳。这些人今天你都不封,就封你从拉萨带来的人。难道那姓邱的几个人刚才一句'罗大帅'把你喊安逸了?就把官喊来当起了。难不成真是枪林弹雨钻炮眼,当不住一番甜言加蜜语!"

话丑理端!"二火锤"这番话说得何等犀利有力、何等解气!

"哈哈哈!"在场的军官们都肆无忌惮地哄笑起来,他们用笑声给"二火锤"应援。

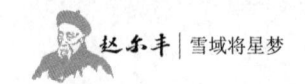

"好个程丁！"罗长倚借此发作了，那张青白脸上露出一股杀气，喝道，"你竟敢公然反对本官命令，目无军纪，该当何罪？本协统有升迁罢免下属的权力。你要搞清楚，我不是钟鼓明，不是那么肉扯扯的。"说着，他环视全场，伸出一根细手，指着程丁，恨声说："念你是初犯，姑且作罢。若再这样桀骜不驯，一定严惩！"

罗长倚以为至少会有人出面打圆场。可是，接着出现的场面更让罗长倚差点气得吐血。

只见"二火锤"气呼呼站起身来，拂袖而去。牛高马大的五营管带牛耀武也立即响应，站起身来退场。接着，又是一个，又是一个……这些军官离场时，竟把别在腰上的军刀和手枪故意磕碰得山响，带有明显的挑衅、威胁意味。这还得了吗？这不是要造反吗？纵然是没有离去的好些军官也都气不顺，将脸朝向一边。罗长倚气极了，很想当即叫自己的卫队去把程丁、牛耀武这些人抓起来。但他想了想，没有敢动手。他知道，这些人在军队有一定的威信，怕激起兵变。这就不禁拿眼去看稳坐在身边的参谋长王方舟。不意显得有些斯文的参谋长王方舟也不卖罗长倚的面子，竟然虎着脸站了起来，丢下一句"各位兄弟请自便"后竟飘然而去。

一阵脚步声响过后，场上只剩下罗长倚和他的三个亲信：邱春林、周大成、张青。罗长倚当即布置，要他的三个亲信分别率领他的卫队，共百来号人，分头加强对川军军官们的监视，重点是程丁、牛耀武。他原想第二天率军西行，现在看来，恐怕得稍缓两日。

罗长倚回到自己帐中呆坐至晚。对今天宴会上发生的情形，他缺乏思想准备。至于下一步如何应对？他还未理出一个头绪。

"大帅，情况我已弄明，凶险哩！"不知什么时候，邱春林轻手轻脚进来了，脸上显出一分得意。

"有什么凶险？"罗长倚一惊，腰一挺，目不转睛看定做贼似的邱春林。

"怪不得今天宴会上程丁敢对大帅叫嚣，"邱春林赶紧报告，"原来是川军中有哥老会。'二火锤'就是一个大头目！"

"此事当真？"罗长倚闻言一惊，眼都瞪大了。问，"你怎么知道的？"

"春林平时就注意在川军中收罗亲信。敢说，现在川军六个营中都有我的耳目。"

"是你的耳目向你报告的？"

"正是。"

"不会有错吧？"

"绝对不会。而且'二火锤'他们现在就在秘密结集开会。"

"在哪里？"

"在'二火锤'的营帐里。"

罗长倚霍地站起，在地上焦躁地踱来踱去。

"哥老会"令罗长倚闻之丧胆。"哥老会"又称"袍哥"，具有明显的反清倾向，清末在四川深入到了各个阶层。"哥老会"之由来要追溯到明末清初在福建一带坚持抗清的郑成功。清顺治十八年（1661），已经从荷兰人手中拿下了台湾的郑成功破天荒地开山立堂，与手下将士结为异姓兄弟，并派兄弟们潜入大陆，发展反清复明秘密组织。蔡德英在东南几省发展的组织称洪门，陈近南在西北几省发展的组织更为迅速，后经顾炎武、王船山演变为"汉留"，通称"哥老"，亦叫"袍哥"，很具号召力。袍哥迅速发展到全国，以四川为最。其发展对象为三教九流及江湖人物。三教即儒、释、道；九流即一流举子二流医、三流地理四流推、五流丹青六流相、七僧八道九琴棋；各地组织鱼龙混杂。

"大帅，我看得对'二火锤'他们几个来硬的了！"邱春林提醒只知在地上走来走去，拿不出办法的罗长倚。

"是只有来硬的了！"罗长倚猛然止步，青白脸上满是杀气，略为停顿，他问邱春林，"你看要不要征求王方舟他们的意见？"

"罗大帅！"邱春林牙疼似的叫了一声，"你没有注意今天宴会上王方舟这些人的态度？"

"若'二火锤'他们拒捕呢？"罗长倚依然拿不定主意。

"那就镇压！我们手上的家伙也不是吃素的。我带卫队去采取突然袭击，然后赶紧稳住堂子，造反的也不过就'二火锤'这几个人。"

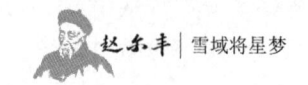

罗长倚又在地上快速踱了两步，下了决心，霍然站定，对邱春林说："好，事不宜迟。现今形势间不容发，不是他死，就是我亡。为以防万一，我立即带一帮兄弟向半里路外的喇嘛寺转移。你们动了'二火锤'他们后，有两个可能：一是就此压住了堂子，事情就可以在小范围内解决。二是，川军全面暴动。若是这样，你们完事后，赶快撤到喇嘛寺，我们抱成团要紧。若川军来攻，我身边卫队二百多人个个武艺超群、武器精良。又是黑夜，他们占不到半点便宜。另外，我立即派人去游说我的老乡陈奇珍，许他高官厚禄。听赵尔丰说，陈部是川军中唯一能战之师，若他肯为我用，我稳操胜券。若有不测，我们连夜突围！"

　　邱春林连声说好，"唰——"的一声掏出手枪，把子弹顶上膛，带着人去了。

　　川军驻在工布江达郊外一片空旷的野地里。各营驻地相对独立，间隔一二里。如屯的营帐连绵铺展开去，这时全都被浓稠漆黑森冷的夜幕裹紧。一协上万川军驻此已有一些时日，没有敌情，因此，都相当松懈麻痹。特别是到了晚上，天冷，各营放的那一二个哨兵，也不知钻到哪里去了——二营今晚也是如此。

　　绰号"二火锤"的二营管带程丁的营帐离部队有点距离，像一座孤岛。在这伸手不见五指的夜里，他正召集哥老会骨干们开会。他们万万没有想到，秘密已被罗长倚发现，哨兵也被人家整死了！现在，危险正向他们逼近——邱春林率领罗长倚卫队二三十名精干的官兵已无声无息而来，像游蛇似的将他的营帐包围。

　　"……我哥老会宗旨就是推翻清朝廷！"摇曳的烛光下，"二火锤"正激昂慷慨地演说，"内地马上就要动手了。赵尔丰不在，那个姓罗的算个球[①]！他龟儿子罗长倚要当清廷的孝子贤孙，还要在我川军中马干吃尽。不像钟（颖）胖子，虽说是满人，还逗人爱！虾子可恶。就这样子办！大家回去后立马串联

[①] 算个球：川话，不行。

兄弟们，三更以我枪响为号，把罗长倚几个虾子先弄来关起再说。现在是我们借机举事的最好时机。我的话就这些，看哪位哥子还有啥子要说的？"

"没有了！没有了！"帐中十来名哥老会骨干纷纷站起，就要离去时只听一声怒喝："逆贼们哪里走！"四面帐篷被利刀忽地划开，只听"轰——"的一声，从燃烧的火把中看得清楚，为首一人是邱春林，手中举着张开机头的连枪，身后跟着二三十名罗长倚训练有素装备也好的卫士。他们将"哥老会"骨干们团团包围，端着枪，杀气腾腾，大声喝道："举手投降！"

在邱春林逼视下，程丁用一双愤怒的豹眼盯紧他，手开始慢慢举起来。就在程丁的双手即将举伸时，他突然迅雷不及掩耳地挽出一个花子——"唰"的一声，只见白光一闪，藏在他袖中的匕首飞出。早有提防的邱春林将头一偏。只听"呀——"一声惨叫，站在邱春林后面的一个卫士应声倒地。

"砰、砰、砰！"枪响了，火把熄了……混战中，程丁被乱枪打死，而牛耀武等三名"哥老会"骨干跑脱了。

枪声把整协已入睡的川军官兵打醒了、打惊了。情况当然很快就弄明了。顷刻间，罗长倚估计的最坏的场面出现了。这支百分之九十官兵都加入了"哥老会"的川军，在"哥老会"头领们的带领下，将王方舟等高级军官挟持起来，再在大小头领带领下，提起枪，涌出营房，潮水似的向罗长倚们藏身的喇嘛寺涌去，里三层、外三层地包围了喇嘛寺。

兵变发生了。

"千刀万剐罗长倚！"

"生吞活剥邱春林！"

"以血还血，以命抵命！"……愤怒像决了堤的洪水。在"噼噼啪啪"燃烧的火把中，二龙头牛耀武站到了场中煽动道："弟兄们，罗长倚狼心狗肺，同联豫串通一气，先从钟颖手中夺去兵权，进而杀我兄弟，大家说，咋个办？"

"没得说，打进喇嘛寺，活捉罗长倚那帮龟儿子！"

"点他龟儿罗长倚、邱春林们的天灯！"……

寺外的川军闹震了，夜幕中的喇嘛寺却不祥地沉默着。它建在一块高地上，平地矗立，无疑是一个极好的制高点。它被漆黑的夜幕笼罩着，黑黝黝的，像个凶险的庞然大物，蹲在那里，虽然不动，却散发着嗜血的杀伐气息。

急欲报仇雪恨的哥老会弟兄们，先是迫不及待地将瓢泼似的弹雨泼进寺去进行试探，见寺内无反应，好些人往里冲。突然，喇嘛寺开始还击。密集的子弹曳着红光，在漆黑的夜幕中织起一张死亡的网。冲在头里的川军，非死即伤，进攻的川军开始溃退。

"哎哟！"倒地的受伤官兵发出的一阵阵惨叫声，刺激着围攻者们。忍受不了这种强烈悲哀和刺激的官兵们又以命相搏，又冲上去，又接着上演惨剧。

二龙头牛耀武召集哥老会骨干们开过紧急会议后，决定围而不打，坚持到天亮，再一举收拾。

"耀武，你注意到没有，陈奇珍的队伍今晚一直没露面哟！"军需官杨定对牛耀武说，他是哥老会三排，长得矮小，面白无须。四川有句俗话："巴地草根多，矮子鬼心多。"他是属于那种师爷性质的人，平时藏而不露，胸中有计，被称为"智多星"。今晚大龙头"二火锤"召开会议时，嗅觉敏锐的他就借故没去，逃过一劫。

牛耀武拍了拍自己的头，猛然清醒。

"硬是、硬是哩！前营给陈奇珍收拾得巴巴适适的。他同罗长倚是老乡，万一率部攻出来，我们不就被这两个湖南人包了饺子？你看，我们要不要分兵迎敌？"

"要不得、要不得！"微弱的光线中，只见哥老会三排习惯性地摸起自己无须的下巴，俨然戏台上谋士们的样子，"这样子反而会让陈奇珍多心。我现在去他那里一趟，保证说得让他不对我出手。"

"你一个人去？"牛耀武眼都张大了，杨定点了点头。

"你茶壶头装汤圆——心头就那么有数？"牛耀武不无担心。

"你注意掌握部队就是。我片刻即回，静候佳音吧。"哥老会三排说完这句，矮小的身影已没入黑夜。

当杨定一进入前营阵地，立即被陈奇珍戒备森严的官兵发现。鼎鼎有名的哥老会三排、"智多星"杨定，陈营官兵谁不认识？问清了缘由，他很快便被带到陈奇珍营帐。

"杨军需，我就知道你会来。"陈奇珍让了座，用那双清亮的眼睛看着哥老会三排，一笑，"你的来意不说我都清楚。"

"那我就不多说了。陈管带是个聪明人，在军中深孚众望。"哥老会三排懂得合纵连横之术，可惜用语多上不得台盘，且多帮话。他盯着陈奇珍言道，"陈管带是打的啥子定盘针？请言语一声。"

陈奇珍仰起头哈哈大笑："你们两边都在拉我。这会儿我陈奇珍就这么值钱？"随即收住笑，有棱有角的脸上，神情转为严峻，"我想先问杨军需几个问题。"

"请讲。"

"你们打算如何处置罗长倚？"

"他欠下了我哥老会弟兄血债。抓着罗长倚、邱春林，我哥老会兄弟全体公决，兄弟不敢自专！"

陈奇珍自知此事断无调和的余地，又问："你们同罗长倚之间的恩怨解决以后，川军欲何往？"

"此事还未同兄弟们商量。不过，陈管带既然问到了，兄弟可以坦言。我等不能回内地，回内地必被赵尔丰问罪。"略为沉吟，他看定陈奇珍又说，"从拉萨传来的《泰晤士报》报道，大局已经乱了，宣统小儿的江山已经打偏偏了。在乱世，有枪就有一切。我意将全军拉到西藏，拥戴钟颖，占据拉萨自重。"说完，他看着陈奇珍，"兄弟把啥子抖包包的话都给你说了，现在就听你的了。"

"我有两个条件要你当面答应。"陈奇珍看定杨定，满脸的郑重。

"请讲，看兄弟办不办得到。"

"不要滥杀无辜。罗长倚、邱春林身边好些人还是跟着跑的。"

"好！"杨定想了想说，"这事兄弟答应你。还有呢？"

"不瞒杨军需，"陈奇珍长叹一声，"我对前程已失去信心，决计返回内地。我营官兵，何去何从，届时听其自愿。届时，请你们不要阻拦我。我的条件就是这些。"

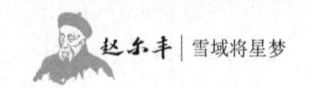

"啊？"哥老会三排听了这些话似乎有些吃惊。他眼睛一眨不眨地看定陈奇珍，似乎想看出他的真心。良久，似乎确认面前这个人说的是真话，动了恻隐之心，劝道："陈管带所言，兄弟敢不遵命。不过，回内地，你回得去吗？过得了赵尔丰的手吗？据兄弟所知，'赵屠夫'对你在处理堪布登珠事上就很不满意。这次江达事变，他肯定闻之暴跳如雷。赵尔丰性烈如火，不怕他一时盛怒之下难分皂白，杀了你？"

一丝凄楚的笑挂在陈奇珍有棱有角的脸颊上。

"感谢杨军需提醒！"他说，"我可以实话告诉杨军需，正因为如此，故我不走康区回内地，拟冒险闯过青海酱通大沙漠回内地。"

"陈管带就不能留下来吗？"哥老会三排觑了一眼陈奇珍，"都是川军里的故人，彼此熟悉。你的军事才干向来为弟兄们钦佩。如果你同意留下来，我杨定敢拍胸脯子，保证这支川军听你指挥。"

"唉——！"陈奇珍仰起头，又是深深一声叹息，"奇珍不远千里，从三湘福地来到康藏从军，满腔热血，一心报效朝廷。而今从军七载，所作所为问心无愧。然而，"他摇了摇头，一副往事不堪回首的样子，"而今，我只望带着妻子平安回到故里，终老桑梓，今生足矣，望杨军需体谅！"一副言犹未尽的样子。

"既然陈管带拿定了主意，我也就不多说了。事情就这样说定了，我们井水不犯河水！？"看陈奇珍点头，哥老会三排站了起来。陈奇珍旋即站起，把他送至帐外。哥老会三排转过身来，双手作拱，叮嘱了一句帮话："陈管带，你我兄弟红口白牙说的话，犹如板上钉钉。届时有啥子事要我们帮忙的，只要你哥子言语一声，我们保证不得扯怪叫！"

"定了、定了！"陈奇珍答应时，杨定矮小的身影已没入了黑夜。

陈奇珍在寒冷的旷野里站了很久。夜幕中的喇嘛寺影影绰绰。看不见围寺的数千名红了眼睛的川军官兵。也没有了枪声、呐喊……万籁俱寂中远远传来饿狼的嗥叫，听起来格外令人惊心。他当然知道，空前的沉默尽头是一场残酷的杀戮，虽然杨定说得好听，但哥老会的滥龙们不是他想招呼就能招呼得了的。对湖南老乡罗长倚的命运，他纵然有救人之心，也无救人之力。实际上，刚才他同川军哥老会三排"智多星"杨定谈判时,多少有些讹诈的意味。如果真的要他陈奇珍指挥自己的一营川军去打,不要说他的指挥会立即失灵,弄不好,自己的命也会搭进去。

"罗长倚,你不要怪我不念乡梓之情。"陈奇珍在心中喃喃自语,"你本是一介文人,不是一个将才。如果你老老实实做人,不想方设法去攀龙附凤,命运完全不致如此。"想到自己的老乡、一代湘军名将罗泽南的嫡孙罗长倚注定难以逃脱的厄运,他心中不胜唏嘘,直到妻子央拉带着弁兵寻来,他才迈着沉重的步履走了回去。

工布江达的黎明姗姗来迟。

被川军铁桶般包围着的喇嘛寺怯怯地露出了身姿。昨晚蜂拥而上被打死在寺外的川军的累累尸体已收拾干净了,但砂地上还有血迹。风吹过,可以闻到血腥味。经过哥老会首脑们一夜的整顿,川军已恢复战斗序列——他们或隐身在草草挖成的战壕里,或借着地形掩护自己,极有耐心地等待着攻击的号令。

"哒哒哒!"清脆的机关枪声响了起来,打掉了喇嘛寺飞翘的檐角和一个叮当作响的风铃——攻击即将开始。

喊话队开始向寺里喊:"冤有头、债有主。川军要擒拿的只是罗长倚、邱春林两人。我们把一炷香插在了地上,以一炷香烧完为限。届时,若你们仍执迷不悟,我川军发起总攻击,就不要怪枪弹不长眼睛,认不得人!"

结果是可想而知的。寺前空坪上那炷带有明显警慑意味的香,刚烧了不到一寸,只听寺里"砰"的一声枪响,接着两扇红漆大门洞开。罗长倚被他的卫士们押出来了,而他的得力助手邱春林已被击毙。

急欲报仇的哥老会兄弟们一拥而上。

"不准乱来!"虽然哥老会三排杨定带着他身边几个亲信赶紧去挡,竭力维持秩序,但现在就是天王老子来了,也不行。拳头、脚头在谩骂声中雨点般挥来,连哥老会三排杨定身上都误挨了几下。于是,他干脆退下去不管了。

罗长倚简直不成个人形了。他被两个凶神恶煞、身高力大的兵提着衣领,推来搡去,像老鹰嘴里叼着的小鸡。他脸色惨白泪如雨下,身上的一件毪子风衣被拉开来，里面贴身的夹衣又是泥又是痰的。他被背剪绑起，无力地挣扎着，一双凄凄的眼睛到处逡巡，似乎祈望有什么人来救他。人本来就单薄，现在浑身哆嗦，像是寒风中抖动的一片残叶。

"罗长倚，你龟儿子跑得过初一，跑不过十五！"大块头、哥老会二龙头牛耀武口里骂着，一路拨开众人，几步窜了过来，一把提起罗长倚，站到了一块高坡上。

太阳升起来了。数千名官兵扎成了一个大圆圈，里三层、外三层，踮起脚看大块头咋个收拾罗长倚。这是牛耀武的拿手好戏——他捋起袖子，大柱般粗的胳膊上，块子肉努起。头上戴的有檐军帽歪起，那张被高原紫外线照得又黑又红的脸，因为激动充血，像剐了皮的兔子。他那素常铜钟般的嗓子，因不断嘶喊而干涩涩的，像打响一串串干雷："这个联豫的狗腿子，杀了我们的大龙头程丁和好些兄弟！大家说，咋个处理这个杂种？"

"按我们帮会的规定，三刀六洞！"

"拿他千刀万剐，五马分尸！"呼声像怒涛拍岸，此起彼伏，从四面八方响起。

"把驮炮的那匹大黑骡子给我牵上来！"牛耀武向场上招了招手。

"笃笃笃"，只听一阵蹄声响，大黑骡被人牵来了。这匹骡子身高六尺，长及丈余，四条腿粗如梁柱，四蹄如四个大品碗，浑身漆黑。走步扬首间，披向两边长长的乱纷纷的鬃毛一飞一飞的。两只褐红色的大眼睛闪着愚憨的光。一看就知道，这匹大黑骡是牲口中的大力士。

"牛管带，你不要这样！"罗长倚惊恐得大叫起来，不断往后缩。他看出来了，牛耀武这是要对他施极刑——用大黑骡子把他活活拖死。

"请你看在我们都从关内出来的面上，给我一粒子弹让我死得痛快些！"这时，罗长倚头上扎的那根大辫子已完全散了，他竭力挣扎，连连哀求，给掌握着他命运的哥老会二龙头下跪求饶。然而，他的努力全然白费，身体单薄的他，在两个大力士手中，还不如一只待杀的鸡。

大黑骡子被牵到了罗长倚面前。执着他的两个大力士找了一根粗麻绳，不管他如何哭、闹、求情，全然无动于衷，他们先将他的两条腿绑起。然后把他

第十一章　回关夜，雪落无声

放倒在地上，再将绳子的一头拴牢在骡鞍上。

"驾——！"牛耀武用解下的腰皮带猛地一扬，用力抽打在黑骡身上。那畜生负痛，咴咴一声，猛地往前蹿去。就在它启动的同时，大块头牛耀武纵身跳了上去，用靴子猛磕黑骡肚子，不断扬起皮带抽打。黑骡负痛，拖着罗长倚没命地往荒原深处跑去。罗长倚的头、手、背全被拖在地上。在惨绝人寰的号叫声中，随着渐去渐远的一缕烟尘，砂砾地上被犁出一道浅沟；很快，浅沟中留下了斑斑血迹。罗长倚被哥老会二龙头牛耀武用大黑骡拖得皮开肉绽、脑浆迸裂，死得惨不忍睹。

而这个极为残酷的血淋淋的场面，竟让许多官兵鼓掌叫好。

工布江达兵变在罗长倚的亲信周大成、张青和卫队中一些人接着被杀戮后结束。黄昏时分，这支上万人的川军，在牛耀武、杨定等一帮哥老会大小头领带领下，裹挟着王方舟等川军将佐，乱哄哄地沿着藏东大道，向拉萨去了。

当新一轮朝阳重新照耀在工布江达，照耀在那浩瀚无垠的酱通大沙漠上时，有一支队伍正艰难地跋涉在茫茫无际的沙漠中。如果从天上俯视，这一行人，渺小得像几只在大漠中爬行的蚂蚁——那是陈奇珍率领的队伍，共一百二十五人。他们一人骑一匹马，带着一串驮有粮食、水等必需品的牦牛，顶着漫天的黄沙和风雪，正一步步向凶险的沙漠深处走去。两个月后，当这支迷了路的队伍历经千辛万苦终于走出大漠到达西宁时，只剩下陈奇珍、央拉等七人。

陈奇珍同他相濡以沫的藏族妻子央拉到达西安后，住在一个简陋的鸡毛店里。央拉因不服水土，生了重病，又囊中羞涩，无力医治，渐至深沉。生命垂危之际，她突然清醒，哭着对陈奇珍说："我昨晚在梦中回到家中。阿妈招待我吃杯糖，饮白酒。按我们藏人的习俗，做这样的梦必死。"尽管陈奇珍百般劝慰，她始终不能释怀。入夜，陈奇珍一直守着她，熬汤喂药，困极时刚刚合上眼皮便被央拉摇醒。只见她呼吸急促，一脸通红，摸她的手，热得烫人。

"央拉，央拉，你怎么了？"陈奇珍发现她神色不对，大惊，急得流泪，马上就要出门，说，"我去捶当铺的门，将身上这件皮坎肩当了，马上去请医生，你要挺着。"

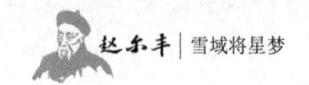

"不必了。"央拉哽咽着说，"万里从君，本想为君奉巾栉终生。不意病入膏肓，中途诀别。然而，君终于走到西安，想来家里接到你的信，很快就会复信，顺利到达家乡不成问题。如此，央拉放心了。"喘喘又说："请见到湖南的阿爸、阿妈时代问个好。愿君归途珍重。"说完，头一耷，没了声气。陈奇珍一摸，已无鼻息，不禁失声大哭。

当江达兵变发生之时，赵尔丰全然不知，正在昌都城里同当地藏民依依惜别。

早晨，部队就要开拔了。闻讯赶来送别的藏民们络绎不绝。

夹道欢送边兵的藏民们，一个个衣衫褴褛。他们伸出枯瘦的手，弓着背，争先恐后向边军送上自家好不容易从嘴里省出的一点牛羊肉，捧上羊皮桶——那是他们从很远的家里背来的青稞酒，他们已经尽其所有。他们不善言辞，也无法用足够的汉语同即将舍他们而去的边兵进行交流。但是，他们的悲哀、恐惧全刻在一张张脏兮兮黝黑瘦削的脸上，刻在老阿爸、老阿妈深深的皱纹里，刻在清晨寒风中飘动的散乱的头发上。特别是他们的眼睛里流露出的神情，格外令人怜悯——像是一群失去保护，即将被豺狼吞噬的可怜的羊。他们知道，边军一走，穷凶极恶的藏军马上就会接踵而来。比锅底还黑的日子又会罩在头上：母鸡生蛋要交税，孩子生下来是双眼皮要交税；藏军本布看上哪家姑娘，马鞭子往哪家门上一插，就在哪家过夜……

边军在此数月，虽也不尽如人意，但对饱受藏军蹂躏的昌都人来说，还是犹如做了个好梦。好梦醒了，令藏军闻之丧胆的赵大帅要走了，他们害怕、伤心而又无奈。

昌都城里的送别，没有半点欢乐，全是哀愁。

赵尔丰手执昌都城活佛的手话别。

身材高大魁梧、相貌堂堂的活佛，一个晚上就老了。青松般挺直的腰躯佝偻下来，一双大廓廓很有光彩的眼睛蒙上了云翳。

"大帅！"活佛泣道，"大帅此去，相会何年？此一别，恐不能再见！"说着，他接过一碗酒来，跪到地上，双手把碗高举过头，双手颤颤，说："这是我敬大帅的最后一碗酒！"说时，老泪纵横。周围的藏民看他们的活佛跪下，也跟着跪下。

"活佛何故悲伤如此？"赵尔丰以为他是触景生情，想起了自己的爱女，宽慰道，"想来令爱已跟陈本布奇珍到了拉萨，不日就会有信来。"说着扶起活佛，接过碗来，一饮而尽。

"女儿能跟着陈本布而去，是她的造化。我是担心藏军卷土重来，变本加厉，如狼似虎，荼毒昌都人。"

"活佛多虑了，"赵尔丰捋起颔下银须，连连摇头，"边军虽已离去，但藏中还有一协川军，定能稳定大局。不至于、不至于的。"大帅笑着摇摇头，用手指着周围团转忧思很深的藏民，"还要请活佛劝慰你的人民。"活佛听赵尔丰如此说，似稳定了些，向周围的藏民传达了大帅的意思，伏在地上的藏民才都站了起来。

时候不早了。身边的"追风青骢"雄骏引颈咴咴啸叫起来，似在催促大帅上路。赵尔丰环视左右，似乎有些焦急。他在等两个人。

"大帅，请恕我们来迟！"这时，川军前营哨官黑娃夫妇和川军军粮官林保民才赶到，他们双双闪身跪在赵尔丰面前。

"你们何以下跪？你们难道不跟我走吗？"赵尔丰看他们那副样子，吃了一惊。

"大帅请允我缓行，"黑娃章敏说，"我妻已生子，刚月余，恐母子经不起路途遥远，塞外风寒，请大帅准我缓行。"

"啊，你呢？"赵尔丰这又掉头问林保民。军粮官说的话同黑娃如出一辙。

赵尔丰长叹一声："我受你们的协统钟颖所托，一直在等你们。既如此，我也不勉强你们。然而，我大军一去，藏军若来，他们能放过你们这两个川军军官么？倘若你们连自身都不能保，还能保全妻儿性命么？"说着上前扶起二人。年近半百的军粮官林保民万万没有想到，平日刚烈如火的赵大帅对下级能有如此的温情，不禁感动得热泪盈眶。他说："谢大帅！军情似火，请大帅率军先行；待我回去安排一下，随后赶来！"

"你呢？"赵大帅很不放心地再问章敏。

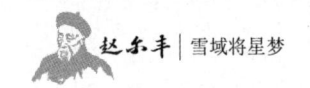

"我同林军粮官相距不远,我同他一起来赶大队。"黑娃低着头,也如是说。

赵尔丰知道,他们口中的话都是遁词。他知道,这两个贪恋家庭温暖的川军军官是不会走的了,喟然长叹一声:"既然如此,我也不能勉强,你们善自珍重吧!"他转过身去,郑重地向活佛拱了拱手,道了声珍重。赵大帅似乎不忍心继续看到这样离情别绪、愁肠百转的场面,从弁兵手中接过缰绳,一下跨上"追风青骢"雄骏。青骢骏马似解人意,一溜小跑,向东而去。

清亮的晨光中,边军开始移动开来,车辚辚马萧萧,边军大队渐渐没入在漫天的黄尘里。

军粮官林保民和黑娃章敏却久久站在那里,目送着渐行渐远的赵大帅和他率领的边军,顿觉心中空落落的,像掉了魂。

身材魁梧的昌都活佛迈着沉重的脚步往回走去,每一步都走得很沉很沉。

边军走了,藏军来了。

第三天早晨,寒风阵阵,阴霾低垂。昌都郊外的一片旷野里,布下了法场。场中站着一群藏民,是藏军从四面八方驱赶来的。旗幡在寒冷的晨风中哗哗飘响。四周林立的藏兵都身穿肥大藏袍,头戴黑色博士帽,挎刀持枪;他们一个个身材高大,肤色黝黑,样貌狰狞。

法场中间一块缓坡上,军粮官林保民、央金夫妇和川军前营哨官章敏、降姆夫妇,还有令人尊崇的昌都城活佛,被一班穷凶极恶的藏军刀指枪逼着。年近半百的军粮官林保民,似乎意识到今天是他的临难日,他穿得少有的周整,单薄的身躯着崭新的青布长袍,外罩黑马褂,竭力挺起胸。站在他身边,抱着襁褓中儿子的妻子央金对他说了一句什么话。他侧过身来,从妻手里接过孩子。一时,青白瘦脸上放光了,目光变得异常温柔慈祥。他抱着还在睡梦中的孩子,看了又看,想吻吻,似乎又怕自己颌下的几根虾米胡子扎疼、扎醒了襁褓中的孩子。人们看见,亮晶晶的泪珠在他眼眶里滚动。

黑娃章敏的打扮与林保民形成了鲜明对比。他今天一副川军哨官标准穿着,头上戴一顶有檐大盖军帽,黄军服上,腰扎皮带,腿上打着绑腿,显得格外敦实利索。一双眼睛望着面前的藏军,流露出无比的仇恨。

昌都活佛身披红袈裟，面向东方，神态娴静，口中念念有词，有如入定。

"呜——呜——呜——！"突然，凄厉的法号响起，吹得每棵山草瑟瑟发抖。一个穿黑色藏袍，脸黢黑，身高体胖，看上去像是从煤窑里挖出来的藏军本布，大摇大摆地走进场子。他的后面鱼贯跟上四个露着一只膀子，手端雪亮藏刀的刽子手。还有一个披着红色袈裟的跛脚喇嘛，一摇一摆地跟上来。

藏军本布站在了缓坡前，面对一大群在寒风中哆嗦不已的藏民，扯起鸭公似的嗓子："两个汉军军官罪不容诛，他们的婆娘也是佛祖的叛逆。最可恨昌都活佛交好汉官，竟然将女儿送汉军本布为妻，十恶不赦。"

"呜——呜——呜——！"法号声中，跛脚喇嘛开始捻起手中佛珠，黑炭似的藏军本布宣布先对林保民用刑。

"放过这两对夫妇！"昌都活佛一声怒喝，目视杀人不眨眼的黑炭本布，朗声道，"这两对汉藏夫妇是我做的媒。你们要杀就杀我一个，他们循规蹈矩，在场乡亲可以做证。妄杀他们天理不容！"

"请本布不要妄杀人！"场上许多人都向黑炭本布下跪，请他手下留情。

"好吧，那就先拿你的头是问！"黑炭本布不容分说，伸出一只青筋暴突的黑手，向侯在活佛身边的两个刽子手做了一个开斩的手势。

"跪下！"刽子手来到昌都活佛面前，冷然一声暴喝道。

"笑话，我怎么能下跪！"身材高大、相貌堂堂的昌都活佛仰头大笑起来，笑完，转过身来，看着黑炭本布，大声喝问，"藏汉自古一家，西藏是中华一部分。官军进军西藏，固朝廷西南藩篱，本活佛迎官军，不过是尽本分而已，何罪之有？"

本布理屈词穷，咆哮不已，刽子手又动手按他跪下。

"滚开！"昌都活佛一把推开刽子手，上前一步，朗声道，"我堂堂昌都城活佛怎么会向你们这些孽子下跪？来吧，我站着死！"说完，手捻佛珠，面不改色，凛然端立。

"呼——"的一声，站在他后边的一个毛大汉刽子手将手中那把寒光闪闪的藏刀抡起，狠劲一挥。

"嚓"的一声，昌都活佛的头骨碌碌滚到一丈开外，向着乡亲们，却没有

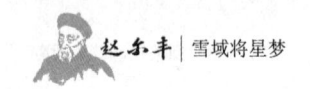

闭眼睛,面貌如生。血"呼"的一声喷出来,溅了刽子手一身。昌都活佛的无头身稳了好一会儿,才"扑通"一声向前倒了下去。

接下来藏军刽子手残杀林保民。

军粮官最后吻了一下襁褓中的儿子。

"感谢你,央金。"军粮官深情地说,"我这辈子对你不起。倘若再有来世,我林保民愿当牛当马来报答你!"说完,几个藏兵用劲拉着哭着扑上去的央金。林保民坐在地上,望着东方他的家乡引颈被屠戮。

"保民——!"就在林保民的头颅被砍下之时,随着一声泣血的呼喊,气得快发疯的央金,一手抱着已被吓醒、哇哇直哭的孩子,披头散发,没命地向黑炭本布撞去,藏军本布一怔之时,"砰!砰!"枪响了——藏军本布掏出手枪,对着她和她怀中的婴儿开枪了,枪打得很准。一颗子弹从婴儿头颅射进,孩子哼都来不及哼一声,就没有了气。一颗子弹直直从央金心脏部位射进,鲜血立刻汩汩地往外涌。她弯下腰去,一手紧紧揽着孩子,一手扪着胸口,向前挣扎了两步,两手往前一扑,带着死去的孩子紧紧地拥在林保民身上。他们死了。全家三口人都被藏军残杀了。顷刻间,地上被玫瑰似的鲜血浸透了。

"老子与你们这帮禽兽拼了!"只听一声雷鸣似的呐喊,众人掉过头看时,只见忍无可忍的章敏不待刽子手动手,像头发怒的雄狮,"嗵"的一声冲上前去,将那相貌狰狞、黑炭似的藏军本布撞翻在地。转身朝草原上飞奔,边跑边解手上的绳子。

"黑娃——!"背后传来妻子降姆的声音,"跑快些,别管我们!"

这时,身手敏捷若野鹿的章敏已狂奔至旷野尽头,三纵两跳上了山道。只要他再跑几步,一头扎进原始森林,就算躲过了这场劫难。

"呀!"身后突然传来降姆中刀的惨叫声。章敏不禁停步转身,只见刽子手从惨死的妻子手中夺过刚满月的儿子,抛到空中。随着一道悲惨的黑色弧线落地,在"哇——"的一声惨绝人寰的绝叫后,婴儿再无声息。这是妻儿在向他诀别!

黑娃章敏不跑了。他怒视着刽子手们,从山上走了下来。他越走越近。刽子手们被黑娃视死如归的神情所震慑,一声泣血的呐喊从黑娃胸中迸出,像打雷一般："狗日的东西！你们滥杀无辜，还命来！"他挺起青松似的身躯，举起一双铁拳，就要冲上去拼命。

"开、开枪！开枪！"黑炭似的藏军本布吓坏了，边往后退边下达开枪的命令。

"砰、砰！"枪声响了。黑娃章敏身中数弹，踉跄着，手扪着从胸口涌出的大团大团鲜红的血，迎着人们投来的愤怒、悲伤而又无奈的目光，流露出感激留恋之情，喘息着说："乡、乡亲们，我黑娃章敏……二十年后再来……再来看……你……们！"他艰难地转过身，手指着那直往后退的黑炭本布和刽子手们，圆睁的怒目中，射出两道火焰般的光芒。他用尽最后力气，迸出怒吼："狗……日的，歹……毒之……至……你……们……不……是……东……西！"说完，像一座巨大的山峰，轰隆一声仰倒在地。霎时，热血迸溅如雨。黑娃那一双充满了留恋、不甘和愤恨，彪圆的眼睛睁得大大的，望着乌云滚滚的苍天。此时此刻，阴沉的天上突然飘起纷纷扬扬的鹅毛大雪。

这一天，千里康藏漫天皆白。飞扬的雪花，像是老天流的泪。

第十二章 历史夹缝中的抉择

1911年（辛亥）六月，高墙深院、气象森严的巴塘行辕一早便张灯结彩。新任川滇边务代理大臣傅华封正在为即将告别康区的新任四川省总督、识拔他的赵尔丰举行盛大的欢送宴会。

花厅里摆放了两张硕大的红漆八仙桌，桌上铺了雪白的桌布，摆有花瓶和点心。那两只长颈鼓肚、蓝花白底具有清宫风格的花瓶里插上了从山上采摘来的带着露水的几束格桑花、马蹄莲，艳艳的，这就给战地生活非常粗犷的日子平添了一丝温润和喜庆。当喜滋滋的赵尔丰大帅在傅华封、凤山、彭日升、顾占文等一应边军主要将佐、幕僚簇拥下龙骧虎步步入花厅时，傅华封告诉大帅，今天要破天荒地给大帅上满汉全席。为了以示正宗，日前专门派人去成都花高价请来名厨黄德元主理。看着大帅捋着银须，不以为然地摇头，傅华封赶紧解释："我等跟大帅入康七载，牢记大帅崇俭戒奢教诲，平素日子总是粗茶淡饭，过得紧绷绷的。今日给大帅饯行，非比一般，决不能简慢了，这也是边军全体将士的公意。"

"傅大臣说得是。"凤山等将佐在旁异口同声。

"哈哈！"赵大帅抚须笑道，"难得你们一片诚心，我这就只好领受了。"说着来到首席也不假谦让，坐了首座。傅华封和凤山两边作陪，其他将佐按官位大小顺序入座。也没有多的过场，坐下就开席。毕竟是边地，毕竟是军营，上菜的是几个身着干净军服、相貌清秀的弁兵。他们手捧红漆托盘鱼贯而来，第一道菜上的是佐酒的冷盘，每桌八大盘，有缠丝兔、唐昌板鸭、椒麻白斩鸡、卤牛肉等，全是对镶川味。酒是颇负盛名的绵州大曲，赵尔丰最喜饮此酒，兴致来时，一人可独饮两瓶。

酒过三巡，以傅华封、凤山为首的边军将佐、幕僚们依序举杯，恭祝大帅荣升川督，颂说一些大帅劳苦功高、恩重如山、鹏程万里等类似祝词、谢词后，宴会便进入随意阶段。

出席这个盛大宴会的都是边军重要将佐。他们明白，这个宴席上，赵尔丰和傅华封实际上是要办交接，这就涉及自己的命运，这"随意阶段"才是过筋过脉的。因而，一个个都很留心，洗耳静听赵大帅和傅华封的谈话，生怕漏掉一句。

"大帅！"本来傅华封已经致过祝酒词了，因为关系不同，上热菜前饮最后一杯酒时，这又情不自禁站起来，敬大帅最后一杯酒，说出的一番话饱含感情，"华封本一介布衣，能走到今天，全靠大帅识拔栽培，往事桩桩件件，让华封时时感念铭心。大帅入康七载，改土归流，劳苦功高，有目共睹，有口皆碑。今大帅为朝廷倚重，回蓉就任川督，华封特为大帅喜！而念及大帅所交重担，却又不胜惴惴，唯有战战兢兢，勤于王事，以勤补拙，办好康事，或能不负大帅所望。康地要务，望大帅日后一如既往指导之。分别在即，华封偕边军同僚在此，济济一堂欢宴送别大帅。在华封，是第一次，也是最后一次。"说着高举酒杯向赵尔丰伸来，赵尔丰"咣"的一声同傅华封碰过了，傅华封又同凤山等一一碰了杯。这就都饮了。傅华封坐下时，开始上热菜。

赵尔丰听傅华封如此一番说，本来也是在意料之中，他听得真真，字字入

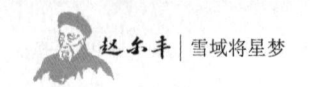

耳，句句在心，不意傅华封最后一句却让赵大帅颇感意外。他觉得傅华封最后一句话流露出了哀音，有些不祥，却又不知傅华封为何如此说。这就不禁掉头注意看了看陪坐在侧的傅华封。

这天，傅华封仍然是一副绅士派头，潇潇洒洒的文人姿态。他体态匀称，颀长的身上着一袭蓝缎长袍，外罩一件黑缎马褂，疏眉朗目，一根油亮的大黑辫子拖在背上。年届半百的人了，却没有丝毫老态，显得很精干。皮肤黑了些，眼角上有几根浅浅的皱纹，举手投足间多了几分实权人物特有的矜持。除了傅华封，这天出席宴会的人都身着朝服，显得很隆重，赵尔丰大帅更是穿戴得少有的齐整。

"大帅请！"傅华封说时，伸出一双乌木红头筷子，撮起一块圆嘟嘟嫩乎乎香喷喷的雅河江团放进大帅身前的白瓷盘里。大帅点了点头，一手习惯性地将起颔下银须，一手用筷子夹起傅华封为他夹的江团，送进嘴里细嚼慢咽，他一边吃一边问："华封你方才说偕边军同僚在此，济济一堂，欢宴送别本官。在你，是第一次，也是最后一次。此话怎讲？"

"白云苍狗，世事多变。我等多年跟定大帅，视大帅如再生父母。大帅今日离去，明日就是关山相隔，康川两地，千里遥遥。如昔曹孟德言：人生如梦，譬如朝露，去日苦多。非常时期，华封不知何日才能再见大帅了，大帅也断不会再来康区了，因发此言。"

赵尔丰看出来了，因自己要离开康区回到富庶的成都，傅华封是触景伤情，想家、想内地了。傅华封作为一个川滇边务代理大臣，说这样的话，这样的情绪流露，就显得有些缺少铁马金戈的男儿气了，这让赵尔丰心中微微有些不满、不安。但转念一想，傅华封毕竟是个文人，文人往往就是这样多愁善感，也就释然了。

因傅华封这一席话，让宴席上的气氛一时显得有些沉闷。

"来来来，各人门前净！"赵尔丰笑着以手抚须，说着端起杯来，"好男儿当金戈铁马裹尸还！建大功业非吃大苦不行！大家满饮此杯。本帅离去后，重担就落在华封和诸君肩上了。"他说着也动了感情，神态变得有些严峻，亦有些低沉："尔丰入边七载，未能最终扬鞭跃马喜马拉雅山麓，终是一个遗憾，也是一个隐患！康区历史上就是川省属地。"赵尔丰说着态度渐趋激昂："本帅现在就是不想管康区都不行。"

"好！"傅华封乘机插话，提出要求，"大帅说得真是精妙极了，康区非有一支有威慑力之军，不足以巩固大帅之既得成果。请大帅无论如何得将多年精心培育出的十一营边兵和在座能征善战的将佐们尽可能留在康区。若不其然，剩我一个光杆司令，在康区不要说创功立业，就连一天也待不下去。"两桌宴席上的将佐们，都注意着赵尔丰对傅华封这番话的回应。

"现边兵十一营，我只带走一营，余皆全留康区。"赵尔丰应声作答，毫不犹豫，此话一出，全场更是鸦雀无声，因为在座的将佐们都希望能跟着大帅回内地。

赵尔丰将这一切全看在眼里："本帅究竟是带一个整营回内地，还是把各营打散，合拢而成一营？还没有同傅大臣和凤统商量。"说着，看了看在座的将佐们的表情，不知是不是试探，他说："这样吧，若在座谁留在康区真有碍难，下来后可到凤山统领处报个名。"话刚说完，从成都请来的名厨、胖乎乎白生生的黄德元进来了，告了得罪，请大帅一应移尊隔壁就座，马上换席。

赵尔丰等一干人还他一个辛苦，纷纷站起，踱到隔壁品茗。很快，黄德元大师傅又过来笑容可掬告了得罪，请大帅一干人再次入席。移尊入座，只见桌面已经换过，餐具也全部换过。这次上的菜以烧烤为主，上了熊掌、鹿唇等上八珍，品种达上百款，备极精美豪华。又吃了一个小时，按规矩，又该换台面了。至此，才刚过一半。如果要按部就班进行到底，还要换两次台面，馔肴品数还有一半，从早晨吃到天黑才行。赵尔丰已显出不耐烦，再看陪坐的将佐们好些也打不起兴致。显然，他们有的是在关心自己的命运，有的是因为离情别绪，多已无心吃席了。傅华封看出来，盛宴最好适可而止。

"大帅，"傅华封知趣地向赵尔丰请示，"你看，这宴席还——？"

"不吃了，不吃了！心领了，情领了。"赵尔丰连连摇头小声道，"时间紧迫，我还有些话要同你私下谈哩。"说着，赵尔丰站起，"各位！"他举杯环视左右，目光炯炯。边军将佐们纷纷执杯站起。

"众所周知，目前川省争路运动如火如荼！"赵尔丰环顾左右，"此事若弄

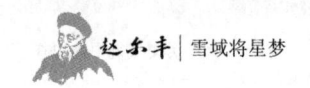

不好，变生顷刻，圣上为此忧心如焚，着尔丰火速赴任。替圣上分忧，鞠躬尽瘁，是我等为人臣、为属下应尽的本分。在座的都是康区栋梁，希一如既往，兢兢业业，辅佐傅大臣。尔丰虽已离去，在蓉城也会引颈西望的，诸君建盖世之奇勋，定来日可期。"说着举起酒杯，"尔丰在此借花献佛，同诸位告别了！"

"谢大帅！"又是咣咣一阵酒杯响后，盛宴散了。

傅华封送走大帅，专门到厨下向黄德元大师作了解释，再三道了辛苦，这就赶到隔壁大帅处。

暮霭已经朦胧地走近。大帅也没有吩咐来人掌灯，在大帅小巧的客厅里，他们一边品着"蒙顶毛尖"花茶，一边细谈。

"在宴席上，"赵尔丰以这样风趣的话开了头，"我看出来了，一些人一听说回成都，急不可耐，这些人一心以为回成都就是进了天堂，恨不得赶紧逃离康藏。"他捋捋颔下银须，不屑地说，"这不仅是没有志气，也是一种短视。华封你就不一样，知道康区的价值。其实，连当过四川护理都督的王人文这样娇嫩、怕苦的大员也知道康区的价值，垂涎康区。他连川省护理总督这顶官帽都不想要，也曾想来夺这个川滇边务代理大臣的位子。可见，康区还真是个令人眼红的红果子呢！朝廷最终点你华封的将，我竭力推荐是个原因，主要还是华封的才具在康区几年得到了发挥，有口皆碑。"

"感谢大帅栽培！"傅华封听这一说，又站起来，对赵尔丰拱手致礼，一副感激涕零的样子。

"不必如此多礼。"赵尔丰要傅华封坐下来慢慢谈。

傅华封这时情绪完全平静了，他做深沉状，手摸到身后的大辫子，再将辫子理到胸前，管（仲）、乐（毅）风采俨然再现。略为沉吟，他说："大帅刚才一席话可谓鞭辟入里，也让华封自省。这也是我们大不如大帅之处，看事看得短浅，不像大帅高处着眼，大处着手。边军中一些人以为成都如何，内地如何，以为那些地方就是天堂，康藏是地狱。这其实就是短视，是这山望着那山高。"

赵尔丰喜欢听这些话，听傅华封如此说，他高兴起来，以手抚须，用一双目光灼灼的豹眼看定傅华封："华封，在你看来，川局现今局势如何？当局者

第十二章 历史夹缝中的抉择

迷,旁观者清,也许我这个川督,不一定看川局就有你清楚呢。"

"华封虽长处僻地,但对内地的局势时时关注,不敢有一天懈怠。现今内地乱党蜂起,大有燎原之势——已切实酿成朝廷心腹大患。"看赵尔丰频频点头,他这就接着条分缕析,侃侃而谈。

"华封窃以为,而今已是大清开国以来最危险期。川省是全国乱中之最,大乱之引爆点,是川人大闹特闹的争路!而真正搅乱朝廷的是孙文乱党推波助澜,妄图搅动大局。加之邮传部大臣盛宣怀、端方、联豫一班人利欲熏心,蒙蔽圣心!他们在给圣上,给朝廷帮倒忙!"看赵尔丰以手抚须,频频点头,傅华封接着往深里说:"而今引发事端的川汉铁路由川人筹资兴建,这并没有什么错,这是先皇定下的国策。目下川人修路资金筹措得也差不多了,可谓是骑在了马上,盛宣怀等却硬要川人下马,他们要向英美等西方列强'借债收路',这岂不是火上浇油,挑起事端吗?他们这是置大清命运于不顾,想浑水摸鱼,肥了自己。"

"而现今川政好比是一颗烫手的红炭圆。大帅回川主政,其难度要超过康藏十倍百倍。政治、军事、乱党、争路、朝廷内外,种种矛盾纵横交错,牵一发而动全身,稍一不慎,祸生顷刻……"

看赵尔丰用手捋着银须时,眯起眼睛,谙熟赵尔丰心思的傅华封知道,自己所说的这些,赵大帅其实心中都清楚。这不是大帅最关心的,大帅现今最关心的是他傅华封——作为四川西部的屏障和跳板的康区的代理大臣对他的态度。大帅需要的是傅华封如何表态。

"大帅,华封在此向大帅郑重保证做到三条:一、为大帅守好康区这个川地的西大门;二、将大帅改土归流的成就发扬光大,储备力量;三、内地局势万一有变,只要大帅有令,华封随时调遣边军回援,必要时亲自带兵回川勤王!"

"好!"赵尔丰猛地睁开眼睛,手捋着银须笑了,这是他最需要听到的,他笑了,笑得相当会意、舒心。

接下来,赵尔丰提起随他回川的一营边军人选。大帅的意思是整抬纪得胜之第一营回川,以免军中飞短流长,人心浮动,平添是非。将顾占文这些在康

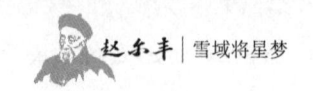

区久经战阵的战将留下。这些傅华封都点头不讳,大帅又主动提出,将统领凤山留下统军,不知华封意下如何?

看傅华封一时不语,赵大帅怕他多心,这就将话挑明:"华封,不是我信不过你,而是康区紧邻西藏,目前又是非常时期。我走之后,达赖必然西犯。凤山对康藏情况熟悉,身经百战,且在边军中深孚众望,留下来可帮帮你,也可稳定军心。你肩上担子重,没有一个得力的人帮怕不行。况且凤统人品方正,你看呢?你会不会有掣肘感?总之,凤山留不留,以华封之意为是。"

傅华封瞬即笑了:"大帅过虑了。大帅虑及如此周详,华封感谢大帅。能将凤统留在康区,华封求之不得。军事上,华封半路出家,无法同凤山比拟,凤山在军中威信也高。况且,如大帅所说,凤统为人忠厚、勇毅,向为我等尊敬。只是华封担心,凤统愿不愿意留下来?"

"那好,本帅这就找凤山谈。他留不留,以他个人意愿为定。"看傅华封连连点头,赵尔丰又说,"时不我待。我明早即启程回川,届时万万不要张扬,以免军心摇荡,你等更是要以身作则,切切不要前来送行。"恭敬不如从命,傅华封当即唯唯连声,适时起身告辞。

"橐橐橐",熟悉的牛皮战靴声传进耳鼓,一听这熟悉的脚步声,就知是凤山来了。赵尔丰降阶迎接,算是殊礼。

"大帅!"凤山趋前一步,向赵尔丰拱手行礼。

"请。"赵尔丰亲热地执凤山手,让进客厅。

"大帅先请!"凤山坚持要赵尔丰先行,他们相跟着进了大帅行辕的小客厅。其时,夜幕已弥漫室内,弁兵给客人上了酥油茶,又在旁边燃得正紧的枝子形黄铜灯架上再添一支大红蜡烛,点燃后,看大帅再无吩咐,轻步而退,并轻轻关好门。

赵尔丰看着在明亮烛光下始终保持着军人风纪,正襟危坐的凤山好半天没有言语,心中不禁泛起感情的涟漪。

不管什么时候,凤山都保持着职业军人的特征。他高高的个子,黑红的脸膛,身躯结实魁梧。身穿得胜褂,腰上系宽宽的皮带,右手紧执刀柄。伞形红缨帽下,一张有棱有角的脸,神态沉稳。此时,他坐在这儿,坐姿如青松,神情磐石般镇定。特别给人印象深刻的是凤山那双眼睛，有种穿透力。现在他一如平时，寡言少语，安安静静，像一个腼腆的姑娘，准备接受大帅的垂询。

"凤统！"赵尔丰沿袭着边军中大部分官兵对凤山的称呼，用这样的称呼显出别样的亲切，"你跟我南征北战有十年了吧？"

"是。"凤山点点头，他的话很少。赵尔丰眼中透出一丝犹豫，更多的是关切，"明天我就要回成都去了，对于你的去留，我拿不定主意。你知道，康地需要你，我身边也需要你。你看你是跟我去川省带兵，还是就留在康区主持军事？"

"全凭大帅调遣，军人以服从命令为天职。"

"难得！"赵尔丰心中不禁涌起大波，霍地站起，在室内来回踱步。一时，他有些踌躇。从内心讲，他很喜欢这个年轻有为，身经百战的将领，很想把他带回去。但康区目前更需要他。他在边军中的威望比傅华封高得多。况且，目前好些将佐兵士都想回川省。将凤山留下，可极大地稳定军心。想到这里，赵尔丰决定了。赵尔丰重新坐下去后，看着凤山，说了一番话，很真诚也很动情："凤山，你素来深明大义。说真话，我是很想带你回去，因为目下川局也急需你这样的军事人才。然而，我前脚走，藏军后脚必然西犯。藏军背后有英人支持，不断得到新式武器补给，接受英国人的训练，战斗力日益得到加强；华封毕竟是一介文人，谋划可以，但临阵指挥，难望凤统你的项背，他军事上不如你。康区不稳，不仅川局动荡，进而会西南摇撼，甚而动摇社稷！因而，我思虑再三，想委屈你在康区再带一段时间的兵。不知尊意如何？反正，以尊意为是。"说完，看着近在咫尺的凤山。

"大帅放心！"凤山说出的话掷地有声，"凤山是军人，忠君报国是军人的本分。好男儿当马革裹尸还。凤山在此向大帅保证，一定率边军，像钉子一般守牢西部边陲。有大帅一番话，凤山一腔热血，愿洒在康区！"

"血不要洒在康区，凤统！"赵尔丰动了真情，殷殷叮嘱爱将，"你既要打胜仗，又要保存自己。"看凤山点点头，赵尔丰又站了起来，在地上踱了两步，抚须长叹，不胜唏嘘，"朝廷有幸。有凤统这样的忠臣良将镇守康区，西南边陲稳如磐石矣！"

看没有了事，凤山这就适时站起，向大帅告辞。

"且慢。"赵尔丰说时走到书桌前，就着红烛，提笔展纸。只见他笔走龙蛇间，写下了"疾风知劲草，板荡识忠臣"十个大字送给凤山——赵尔丰今晚送凤山的条幅写得丰神峻骨，回肠荡气。

"俗话说得好——千里送鹅毛，礼轻情义重。"赵尔丰说，"明天我们一早就要走了。算起来，我们共事前后已有十年，临别我送你两样礼物：一是写这个条幅送你。这既是对你的气节写照，也是我们的共勉。二是我将我的爱马'追风青骢'作个纪念送你。"

"万万不可！"凤山连连摇手，"大帅的墨宝我愧领了。宝马万万不能要！这宝马是钟（颖）协统送大帅的。"

"凤统！俗话说得好，小场子难跑骏马，花盆养不出万年松。'追风青骢'应该属于将军、应该属于康区辽阔的雪山草地。希将军不要推辞，请接受我的一片心意。"说着挥挥手，示意凤山不必再推辞。末了，赵尔丰将凤山一直送出中门。

晨曦刚刚露出鱼肚色，巴塘还在最后一线夜幕中沉睡。城郊川藏路上已响起一串经久不息的嗒嗒马蹄声——新任四川省总督赵尔丰带着他的卫队和纪得胜营悄悄出了城，上了官道。毕竟是训练有素的边军，令行禁止。昨天晚上赵尔丰就对傅华封说好了，并三令五申，不准任何人前来送行，包括傅华封本人。今天早晨确实如是。

巴塘已甩在身后两三里地，忽听背后传来一阵熟悉的咴咴骏马嘶叫声。

"啊，是大帅的'追风青骢'马追来了！"……

官兵们不由得欢呼起来。赵尔丰不禁一惊，掉头勒马看去。只见"追风青骢"披着淡淡的晨曦，像一支利箭，从后方射来，端端射到东去的军队前方，用一个漂亮的战术动作，截着了队伍。再顺着队伍像一朵彩云似的飘了过来，来在赵尔丰面前，"追风青骢"两只前腿支起，后腿立地，立成一个人字，咴咴两声中，凤山滚鞍下马，站在大帅面前。

"凤山你来干什么？"赵尔丰佯怒，手指凤山责备，"我再三声明，不准将士前来送行，你身为统领，却如此带头不执行命令。"

"大帅息怒！"凤山说，"大帅不准送行的命令，昨晚就已传达全军。然，当大帅刚走，'追风青骢'就咴咴嘶叫长鸣，似泣血不已。马通人性，凤山心觉不忍，特陪它来送大帅一程。"

赵尔丰长叹一声，跨下马来，上前两步，手抚"追风青骢"："成都没有你驰骋的地方，你就留在你的家乡——大草原上吧，跟着凤山统领，保卫乡梓，我们后会有期！"说罢，重新上马。也真是奇怪，"追风青骢"似乎听懂了赵大帅的话，咴咴长啸两声，掉过头去。

"大帅保重！"凤山拱手说了这一句，似乎不忍卒别，猛地跳上"追风青骢"。嗒嗒嗒，一阵急促的马蹄声响过之后，凤山连人带马消失在曙光初露的草地尽头。

过了泸定，越往东走，地势越平坦，人烟越见稠密，土地越见膏腴，部队士气越见高涨。五天后，赵尔丰一行翻越险峻的大相岭，又行两日到达雅安。那是中午时分，拐过一个山头，蓦然间，天高地阔，久违了的青山绿水，平畴沃野和着万瓦鳞鳞的城郭，在暮春的朗朗阳光下一齐扑进眼帘。身居康藏七年的一千余名官兵见状，先是一惊，继而一个个睁大了眼睛，大有如在梦中，云游天堂，今夕何夕的恍惚感，待始信是实时，都欢呼起来，有的更是喜极生悲，一下跪在沃土上，潸然泪下。

赵尔丰大帅也自觉眼睛一亮，情绪受到感染，不禁勒着马缰，拂着颔下银须，在充满绿意的阳光下，眯缝起眼睛，眺望着久违了的内地风光，不胜唏嘘。想当年随自己出关的傅华封、凤山等多营边军官兵还留在水瘦山寒的康区戍边卫国，心中感慨莫名。

一阵嗒嗒的马蹄声将赵尔丰从沉思中唤醒。抬起头来，只见管带纪得胜在自己面前滚鞍下马，拱手禀报："大帅！川省派出的代表饶凤藻等人，早两日到雨城迎候大人。现已在城外摆好香帛迎候大人了！"

"好！"赵尔丰勒过马头，情不自禁地掸了掸自己身上穿着的得胜褂，再拢拢头上戴的饰有一品顶戴的伞形红缨盔帽，朗声命令："各队整好衣冠，排好队形,两路纵队,随我进城。"

过了金鸡关,一马平川的富饶的川西平原便尽现眼前。无边无际的绿野平畴、蛛网般的水渠、浓荫掩隐的林带、袅袅的炊烟……愈往东行,愈给人一种美不胜收之感。川藏线也陡然变宽了。然而,赵尔丰一行反而走得慢了起来。不是别的,只因在饶凤藻等川省代表坚持下,新任总督大人赵尔丰乘上了八人抬绿呢大轿,抠起了架子,讲起了排场。一路上州官、县官鸣锣摆香帛接送、叩拜、庶民回避,数不尽的繁文缛节。雅安到成都不过三百来里平洋大坝,所经之处,不过雅安、名山、邛崃、新津、双流五州县,赵尔丰却在第五天上午才到成都。

"总督大人,武侯祠到了!"当新任四川省总督赵尔丰乘坐的八人抬绿呢大轿,在一群翎顶辉煌的戈什哈护卫下,于成都南郊古柏森森的武侯祠前停下时,川省代表、未来的幕僚饶凤藻趋步上前,挑起轿帘,轻声禀报:"川省所有大员都出城欢迎大帅来了!"

"嗯!"赵尔丰很矜持地哼了一声,轻提袍裾,缓步走下轿来——宣统三年(1911年,辛亥)闰六月十一日,在康藏经边七载,功勋赫赫的赵尔丰回到了久违了的成都。性情还是那样执拗,周身裹着塞外风尘的大帅,下轿伊始,对香帛前排列得整整齐齐,等着朝见的大员们视而不见,却转过身去,伫立轿前,以借看川西风情掩盖内心的滚滚思绪。

成都附近的农村最具天府特色,有一种温柔富足的气息。远处,水平如镜的秧田中,有星星点点的农人躬着腰在插秧。一缕轻风从田野上滚来,传来农家小伙唱的栽秧忙山歌,极有韵味:"太阳下山月出山,照得黑夜变白天。晃醒了我家鸡娃子,叫得我,天还不亮又下田……"但赵尔丰知道,这不过是一种表象。自己捏在手上的绝不是一个令人垂涎的红果子,而是如傅华封所说,是烫手的红炭圆!在这里,他再也见不到二哥了。因为前任川督赵尔巽月前升任东三省总督,在朝廷催促下,等不及三弟来接任就走了。在任总督不等新任总督来办交接就走,这在清廷历史上,也是从未有过的事啊!可见局势之严峻。二哥临走前给他留了一封信,算是新老川督的交接,也是哥哥对弟弟的忠告。二哥在信中谈了蜀中危机四伏的局势，指出关键是要解决好川人的保路运动。至于如何解决才好？对此，二哥没有提出明确的对策，只是再次引用了前人箴言"天下未乱，蜀先乱，天下已治蜀后治"，这无异是在提醒他，主持川政，切切要审时度势。

"大人！"饶凤藻趋步来在身边，打断了他的沉思，轻声提醒道，"朝拜的大员们已等候大人多时。"

"嗯！"赵尔丰这才转过身来，走上前去，以他素常傲慢的姿态，接受川省大员们的朝拜。其中唯一引起他注意的是一位高个子军官。很年轻，相貌很是英武，漆眉亮目，声如洪钟，英气逼人，态度不卑不亢。他想起二哥在给他的信中，对蜀中俊杰逐一介绍时，提到过的尹昌衡，说这人虽然今年才只有二十七岁，但在川军中威信很高。二哥在信中特别嘱咐他注意，说尹昌衡是个不成龙便成蛇的人，万万不可小觑……

"唔，这娃娃是哪个？"他让师爷送过手本清对。没有看错，就是他——尹昌衡。啥子那么凶，一个刚出世的新毛猴嘛！自视甚高的赵大帅并没有太注意尹昌衡，草草结束了这礼节性的应酬，不胜其烦的赵大帅登上八人抬绿呢大轿，在前呼后拥中直奔督署而去。

人说赵尔丰办事操切，果然是。他上午刚到，下午就去了岳府街保路同志会。为了给蜀中士绅一个礼贤下士的好印象，他身着便装，青衣小帽，乘一顶二人抬小轿，跟班也只有一个师爷，另带一个穿便装的卫士——草上飞何麻子。

赵尔丰一进门就感到气氛火辣辣的不对。阳光透过嵌在雕龙刻凤的木窗上的花玻璃，洒在好大一间房内。房内坐了满满当当一屋的士绅们，因为激愤，这些士绅一改往日司空见惯的文质彬彬的样子，争着发言，在大声武气地声讨邮传大臣盛宣怀、川汉铁路大臣端方：

"他们是卖国贼！只图自己的私利，不惜把主权拱手送给洋人！"

"卖路就是卖国！哪个龟儿子敢卖路，我们就和他们拼命！"

有个老者说着哭了："我宁愿把家产都捐了。我们川人生是中国人，死是中国鬼……不……不当……亡国奴……"

"各位股东，请安静！"股东会副会长张澜进来了，他拍了拍手，会场安静下来。人们的目光转向了一部大胡子飘飘洒洒，一双大眼光芒乍乍的他。

"报知大家一个好消息，"张澜说，"新上任的制台大人赵尔丰来参加我们的股东会来了。欢迎！并请赵制台就争路之事讲话！"

会场上，巴巴掌响起来了。早有仆役将雕有云纹的黑漆太师椅送到主席台上。赵尔丰龙骧虎步走进屋来，当中稳稳当当坐了。他虽穿的是便装，但颐指气使惯了。端坐不动，两道凌厉的目光在屋内来回扫了两遍，在股东们关注的目光中，赵尔丰轻声咳了一下，开始说话，带有训示的性质。

"尔丰虽久在川边，但对川省的护路、争路了若指掌……"他在讲了一番强国必须修铁路的大道理后，亮出了自己的观点，"朝廷深体民难，认为四川太穷，七千万两银子的路款，是负担不起的。四川业已民穷财尽，再筹资修路，无异于敲骨吸髓。当然，借外债修铁路之举并非不可议，然众所称废除朝廷与洋人已签订的修路协约则大可不必。本督部堂特来聊尽良言，希望大家一定要平心静气，为大体着想。若因情绪激动，做出什么过激之事，就不好了！"满以为自己一言既出，百人噤声！可这里不是康区。股东们也不是他管惯了、管驯了的边军。他话刚落音，下面纷纷予以驳斥。赵大帅的脸面有些挂不住了，掉头去看坐在旁边的张表方①。

"嗯！"张澜摸着自己的一部美髯，用光芒乍乍的大眼看定向自己求援的赵尔丰，不仅不帮他的忙，反而说出一番让他狼狈之至的话来：

"大帅这话我张表方就不懂了，事情的由来尽人皆知。光绪二十九年（1903），法、英、美趁我甲午战败，八国联军攻陷北京，迫使朝廷签订了耻辱的《辛丑和约》。为加紧对我掠夺，西方列强开始争夺对我铁路建筑权。英国学者肯德就公开在报上撰文，从而泄露了天机。他说，'这个省份（四川省）的财富和资源，是世界上任何地方都无法比拟的'。为了掠夺，英国政府计划修建一条由上海经南京、汉口、宜昌、万县到成都的铁路。要在英国人的势力

---

① 张澜字表方。

范围内，将'条约港重庆'建成'远东的圣路易'。这哪里是在修铁路，分明是对我的蓄意觊觎！大帅的恩师、前锡良总督早看出了西方列强险恶的居心，在川主政时即上奏朝廷，谓：'川省高踞长江上游，倘路权属之他人，藩篱尽撤，且将建瓴而下，沿江数省，顿失险要……非速筹自办不可。'在大帅未回川之前，护理川督王人文同情川人态度，反对铁路国有，屡次为我代奏力争，屡受朝廷申斥而不悔。他说，'虽三、四奏，直至罢职，亦乐为川人尽责'。最后人文专折参盛宣怀，惹恼京师。朝廷下旨严斥人文，谓'如滋事端，唯该督是问'；随后即调人文去京。锡良、人文在为川人争路之事上，在巴山蜀水可谓有口皆碑。大帅经营康藏功勋赫赫，但望在此事上，不要寒了川人的心！"张澜的话说到这里，戛然而止。说得何等干脆利落，有理、有利、有节，让赵大帅半天作不了声。哎呀呀，他原是想挟大帅的威风，来此灭火的，不意竟陷窘境。全场鸦雀无声，士绅们都在看着他！

赵尔丰老脸上，白一阵，红一阵的。他始知道，锅儿是铁打的，这帮股东不好惹。这个四川保路同志会，在全省一百四十二个州、县、镇、乡都成立了分会。而在全国保路呼声最烈的川、湘、鄂三省中，又尤以川省为最。

现在这儿同自己对阵的还仅是保路同志会副会长张澜和股东们，会长颜楷，以及同湖南谭延闿、湖北汤化龙齐名的四川咨议局议长蒲殿俊，副议长罗纶等人都还没有来，这些可尽是些要功名有功名，要才有才，尖嘴利舌之士啊！咦，若是这第一回合自己就输了，以后咋整？川局硬是复杂得很哩！耳边分明响起了火药引线燃烧的"吱吱"声。弄得不好，真要出大事哩！为了摆脱现实的尴尬处境，求得主动，赵尔丰开始机变。他看着张澜笑吟吟地说："本督部堂今天来，说是说，但若要我就你们的争路表个态：我以川人之意旨为意旨。"

场上立即响起了热烈的掌声。张澜用那一双光芒乍乍的大眼睛看定赵尔丰，暗想，人人都说赵尔丰性烈如火，宁折不弯，其实也不尽然。当他在战场上作为大帅指挥作战时，往往显露的是刚硬的一面；而在政治上，赵尔丰看来也还有阴柔的一手。明明他刚才表明了自己的态度，然而一旦发现处境不利，就立即转了向，像条变色龙。

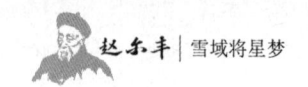

张澜抓住机会顺杆爬，他说："既然制台大人这样表态，那就请将我同志会股东会之决议向朝廷代奏！"

"好吧！"赵尔丰慨然应允，"不知股东会议定了何事？"

"我股东会决议，坚持川路商办。截至本年四月，我川路已集股一千五百余万两银。除已支销外，尚存生银七百余万两，大大多于湘、鄂各商办路之股款，而且由宜昌至归州已筑路基三百余里，而可通车料段已有三十余里，如此等等，充分说明我们四川既有集股之财源，又有筑路之能力。因此，坚决请求朝廷收回国有成命。另外，川汉铁路公司驻宜昌总理李稷勋为盛宣怀、端方所收买，擅将川路股款七百余万两交付盛、端二人。请总督大人代奏：撤查李稷勋，参劾盛宣怀夺路劫款！"

"啊！有这样的事？"赵尔丰大大吃惊了，他霍地站起来，义愤填膺地表示，"你们所说盛、端侵吞股款之事，十分重大，我立即就可以查明。果如此，不要说你们不依，本督部堂也不依！我现在既为你们的父母官，就要为你们办事。事不宜迟，我立即回督署，将你们的请愿，用急电直接发送内阁。"

"总督大人辛苦！"张澜立即率股东们站起，向新任总督赵尔丰施礼，态度很真诚、很尊敬。刹那间，气氛变得很融洽，刚才的隔阂荡然无存。赵尔丰适时站起走了。

"总督大人慢走！"张澜等股东们一直把赵尔丰送出门，看他上了那乘两人抬轿子，再目送着他远去。股东们回去后，又议论了一番赵尔丰刚才那番话的本意。认为赵尔丰才从山里出来，情况不明。他是朝廷封疆大吏，受当朝大员影响，放几句厥词是自然的，并非反对保路运动。

是哈！堂堂总督大人上午刚上任，下午就来参加股东会，这是给了股东会好大的面子！这样的官哪去找？……股东们议论纷纷，联系到赵尔丰为官以来，生性清廉，性格刚直种种，最后结论趋于一致，即新任总督赵尔丰还是很有希望的。就在四川保路同志会和股东会的绅士们对赵尔丰表示乐观之时，唯有张澜在一边沉思默想，没有表态，神情显得冷峻。

晨曦初露。

第十二章　历史夹缝中的抉择

督署后院里的茂林修竹，亭台楼阁，鱼池假山全都缭绕着淡淡的晨雾。五福堂外，一株虬枝盘杂的千年古楠木树下，新任四川总督赵尔丰在一片茵茵草地上仗剑练武。他穿一套宽松的白色绸缎服，脚蹬软靴，一根如银的发辫盘在颈上。

他开始金鸡独立，左手虚指，右手出剑；腾、挪、跌、跃，如阵阵旋风，全不像年过花甲的老人。看得出，他是有相当功夫的。可是，他今天感到有些不对劲，剑舞着舞着就乱了套。眼前闪现出两张他厌恶而又不得不正视的脸：先是邮传部大臣盛宣怀———一颗硕大的头颅，一张带着粉壳似的阔脸盘上，一双恬不知耻的金鱼眼，永远灵活地转动着。接着是川汉铁路大臣端方———一根油黑的大辫子一丝不乱，无须的白净脸上，不笑不说话；虽然上了年纪，但翩翩美少年风姿犹存———这可是两个当朝炙手可热的人物啊！一开始，他凭着良心，更是因为需要，确实将保路会、股东会的请求向内阁上奏了。但结果是：不惜将川人七百万两血汗钱拱手交给盛宣怀以换取自己前程的李稷勋不仅没有被免职、追查，反而由盛宣怀奏请，内阁钦派李稷勋为川汉路驻宜总理。同时上谕下达，谓："四川集会争路，为少年喜事，别有阴谋，饬赵尔丰严行弹压。"消息传出，群情大哗。保路会、股东会于七月一日召开大会，到会者万余人，闻讯愤怒万分。大会决议自即日起在全省罢市、罢课。全省数十州、县立即响应。极度的惶恐中，赵尔丰于七月五日，同成都将军玉昆联衔奏请朝廷，将借款收路问题交资政院议决，并请准于暂归商办。然而，内阁不准！

事情闹大了。原来，不仅保路会、哥老会已经合流，而且被朝廷视若洪水猛兽的"乱党"———同盟会也插了手。据悉，孙中山从日本派吴玉章回了四川！看来火药桶即将爆炸！同盟会利用的是保路问题。当今之计，避免火药桶爆炸的唯一办法是铁路暂归民办，即便是权宜之计也好。作为最了解四川情况的总督，赵尔丰于七月十日向内阁协理那桐发去急电，痛切陈词，指出："……当今之时，如不准川人所请，动乱将顷刻变生，为准归商办，可免糜烂！请速定办法！"然而，他最后的建议也遭到了朝廷的粗暴拒绝。北京来电以宣统皇帝的名义严饬他迅速解散、弹压保路会等"非法组织"，并对他的软弱作了申斥、威胁。斥其若再优柔寡断，将被撤职，押解进京审判！

"真的就没有办法，没有半点转圜的余地了吗？"赵尔丰收了剑，喃喃自语。他披上衣服，久久地注视着正渐渐散去的乳白色的晨雾。远远地，议事厅上，黑漆匾上"五福堂"那三个金色的大字，在朝阳下熠熠闪光——那是川督权力和威严的象征。他想，如果自己违逆朝廷的指令，"五福堂"很快就会换主人。那么，我赵尔丰半世英名岂不是就付诸东流？按朝廷的意旨去办吧，这火药桶一旦爆炸，自己可就会被炸得粉身碎骨！形势间不容发，怎么办呢？"每临大事有静气！"他暗暗告诫自己：不到最后关头，决不轻言放弃！为了尽可能地扭转局势，今天，他准备做最后的努力。

"大人，你要找的人都来了。"赵尔丰正在沉思默想间，教练处总办，他的亲信王淡来了。

"嗯！"赵尔丰鼻子里哼了一声，上下打量了一下他这个亲信。赵尔丰有个特点，任何人，不管是第一次见面，还是每天都在身边的下级，见面时，他总要把别人看仔细，似乎要看清下属在这一天中，说话做事对自己有没有戴假面具，有没有踩假水。王淡在他面前微微低着头，笑着，做出一副随时听从上司驱遣的姿态。王淡是个矮胖子，人白，就像团发了酵的面团——笑官打死人，这个王淡是尹昌衡的顶头上司，是大帅身边须臾不可离的槟榔荷包。

"嗯。"赵尔丰在鼻子里哼了一声，着意问，"保路会、股东会的首领蒲殿俊等九人可都到了？"

"都到了，制台大人！"王淡回答小声却很清晰。他的声音很奇怪，又尖又细，第一次同这矮胖子见面的人，对其印象最深的就是他这声音。

"张澜同罗纶来了？"大帅又特别问询。

"来了！"王淡说时看着主子，回答也大声。他当然知道赵大帅对这两个人特别恨，当然也就特别留意。没等大帅再说什么，很乖巧的他趋步上前，一边替大人拿剑，一边讨好地说："我让他们在五福堂坐等大帅。既然他们已经来了，就让他们等着吧。"王淡知冷知热地说："大帅你就消消停停把早饭吃好后再去。"

"什么时候了，还消消停停！"不意大人不领情，边走边说，"你去请他们稍坐一下，就说我马上来！"

"是!"看王淡要走,赵尔丰又想起什么似的追问,"我们这边的人来没有?"

"都来了,早来了!"王淡连连说。赵尔丰这才放了心,沿着花草夹道的曲径,向前院快步走去。

赵尔丰快步走上堂,在签牙桌后坐下,威风凛凛地抬起头,看得分明,出席今天这个会议的人分坐两排,乃两个营垒中人,泾渭分明。一边依次坐的是:蒲殿俊、罗纶、颜楷、张澜、彭兰芬、江三嵊、邓孝可、王铭新、叶秉诚等九人。一边坐的是:赵尔丰表侄布政司尹良、兵备处总办吴钟容、巡防军统领田征葵、教练处总办王淡、心腹幕僚饶凤藻等。与会人员都注意到,向来衣着随便的赵制台今天特意穿了官服:头戴一品红珊瑚顶伞形红缨帽,身穿有仙鹤的蟒袍,脚蹬粉底皂缎靴。真应了四川一句俗话,"人是桩桩,全靠衣裳",向来神态冷峻的赵大帅,这一穿着使这个会议显得越发郑重,手握生杀大权的大帅神态间也露出了一种只可意会不可言传的森然肃杀之气。

"今天,"赵尔丰用手捋捋胡子,瞟了一眼张澜等人,正襟危坐,说道,"来的诸位皆蜀中名绅,本督请你们来,一是向你们通报朝廷的态度。二是商量一下,拿出个解决当前混乱局面的办法!"他一边说一边示意,王淡赶紧站起,来在签牙桌旁,拿过内阁的复电挨次给九名保路中坚看。张澜等人细看,内阁的复电中称争路的首领们是:"……倡议之人皆少年喜事,并非公正士绅……且闻留东学生纷纷回川,显有学人煽惑情事。名为争路,实则别有阴谋。非请明降谕旨,责成赵尔丰严重对待,殊不足以遏乱萌而靖地方。""倘再借端生事,贻误大局,定治该督之罪"……

"我就搞不懂了!"五福堂内响起咨议局副局长、保路会副会长罗纶浓郁的川北口音,"圣上多次明示,当今所做一切,俱按先德宗景皇帝(光绪)定下的国策进行。关于修路,光绪皇帝早就明确说过'庶政公诸舆论,铁路准归商办'。可是?"

"一朝天子一朝臣!"赵尔丰相当横蛮地打断了罗纶的话,很歪酸地教训道,"诸位都是些有学问的人。应该知道,时代变,有些国策也要随着变。哪能食古不化?哪能削足适履?"

"我蒲伯英倒要请教制台大人!"咨议局局长、保路会会长蒲殿俊发言了。

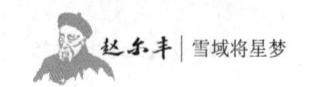

这个曾中乡试首名解元，被清廷首批派出国学习法政，毕业于日本法政大学的饱学之士，在这一群穿长袍的绅士们中间，是唯一穿西服打领带的"新派"，背后拖的那根辫子是回国后做的。他说："制台大人刚才谈到了时代变，有些国策也要变，这确是至理名言！"看赵尔丰连连点头，蒲殿俊话锋一转，开始了连珠炮般欲擒故纵式的驳问："比如税捐，先皇帝规定，不准预收税赋。然而，四川的税赋已收到了宣统四十年。又如，先皇帝规定，官绅犯法，与民同罪。然邮传部大臣公然侵吞我路款，却不仅不治罪，反而在一旁弹冠相庆……究竟哪些可以变通，哪些不能变通？让人抠脑壳！如其这样可以随意变通，老百姓可能也要变通啊！"

看总督大人气得脸上青一阵白一阵，吴钟容适时站起来打圆场。"诸君！"他笑着说，"今天大帅是求贤，请你们来是要请诸位体谅大帅的难处。有什么事，也要心平气和，不要搞成诸葛亮舌战群儒了，是不是？"他看了看赵尔丰的脸色又说，"你们还有什么话，是不是找一个人出来说？免得东说南山西说海的！"

赵尔丰点了点头，说："本督部堂已代川人上奏，尽了力。诸位刚才也看了内阁回复。我现有棘手处。我不敢不努力，但大家也不要太急躁。总之，朝廷体恤川人，川人也应体恤朝廷，一切以大局为重。"

美髯公张澜应声出口："朝廷不准我筹款修路，口口声声说是体恤民艰，这话不通。我接着伯英刚才的话往下说。试问，朝廷取于四川的肉厘酒捐等，年年有加无已，何以不体恤民艰，减少些？何以独于修路一项便恤起民艰来了？再说，盛宣怀将我修路的七百万两血汗钱硬吞了下去，若朝廷真的体恤民艰，就该要他吐出来，并将他明正法典才对。显而易见，这分明是夺我四川百姓权利，却奢谈体恤民艰，这真真是欺负川人欺上头了。如今，全省一百多州、县宣布罢市、罢课，自然是顺理成章的事。大帅找我们来，无非是要我们出面，让川人停止罢市、罢课！实话实说，我们办不到，也不会去办。当今唯一之法，就是上面收回成命，铁路准我川人自办，依法惩处盛宣怀等。如此，风浪自会平息。"

张澜的话铿铿锵锵，一气呵成，极为有力，令在场的人大吃一惊。都知道张澜平时说话有些结巴，却不意在这样的场合口齿反而如此流利。

"你们这还有王法吗？"赵尔丰在桌上"砰"地猛拍一掌。他发怒了，豹眼环张，手中扬起一张《川人自保商榷书》，一声冷笑，"这是你们保路会散发的吧！公然煽动全省百姓不纳粮、不纳税。我实话告诉你们，就这一条，本督就可以治你们的死罪。本督部堂怜惜你们都是有功名的士绅，才请你们来，本想开导你们，共襄盛举。不意你等一个个如此任性乖张，不知底止。再这样，哼！"有"屠夫"之称的赵尔丰暗想，堂下这些人不过是一帮书生，被前护理总督惯坏了，经自己如此一番震怒威吓，这些捏在自己手心里的书生该吓"炣"了吧？该乖乖听凭他摆布了吧？谁知话未落音，股东会会长、年仅三十一岁的颜楷硬顶一句："有什么了不起的？流血罢了，四川人还怕流血吗？"

赵尔丰简直气昏了。

"你……你……你们……"他哆嗦着手，指着堂下一班人，脸色橘青。

"送客、送客！"赵大帅的表侄、布政司尹良看情况不对，赶紧宣布散会。

赵尔丰的如意算盘打拐了。

夜已深，督署内万籁俱寂。

五福堂内，孤灯一盏。上任不足三月的总督赵尔丰坐在堂上发怔。上午，尹良宣布"送客"以后，他又留下亲信们议了一阵，却全然不得要领。他只好厌烦地挥了挥手，要他们都走，把自己关在屋里，苦思对策。软的不行，看来只得来硬的了。这样行吗？他反复问自己。问题太大了！他拿不定主意。为官以来，何曾看到赵尔丰愁成这个样子？午饭和晚饭，发妻李氏让仆役们送上，又原封不动端了回去。没有人敢劝他吃饭，谁劝谁挨骂。深重的忧愁使赵尔丰在半天的时间里，丰颐的脸颊凹陷了下去，唯有那双豹眼灼灼闪光，透出凌厉凶横的神情。刚才，发妻李氏由丫鬟云儿搀着，蹒跚着三寸金莲小脚亲自给他送饭来。他也不领情，站了起来，挥着手，大声武气地说："端开、端开！我不饿。不要来烦我好不好？"发妻知道他的脾性，但像这样，愁得连饭都不吃的时候可是绝无仅有的啊！发妻讪讪而去后，只好去请卓玛来。还是卓玛面子大，硬让大帅吃了一个馒头，喝了一碗酥油茶。

"唉——"随着一声长叹,赵尔丰站了起来,在屋里来回踱起步来。踱着踱着,他步子猛然加快,重新坐到桌后的太师椅上,目光再次落在摆在桌子正中的一份急电上——那是新任东三省总督的二哥赵尔巽刚从沈阳发来的。

"……弟向来办事明敏果断,何以在此关键时刻优柔寡断?当今之时,决不能姑息养奸……需速将四川保路风潮压制下去,贯彻国有政策,不然将摇动大局,养痈为患!"二哥的话句句千钧,赵尔丰的天平动摇了。在他们四兄弟中,赵尔丰最信服二哥,兄弟间感情也最好。他认为,尔巽二哥不仅学问好,有政治才干,而且对他真心诚意地爱护。远的不说,月前二哥临走时,怕他来川摸不着火门,给他写了一封留意川中时局和人员的信,并在信中反复叮咛,让他感激不已。况且,二哥身在奉天(沈阳),离京畿很近,信息灵通,朝中朋友又多……是的,二哥是有真知灼见的,也是真心诚意关心爱护自己的。二哥的话要听、必须听!

"是的,我不能再优柔寡断了!"赵尔丰的主意定了。

"来人!"赵尔丰猛喝一声。

"大帅,卑职来了。"门推开,进来的是新近升任为大帅卫士长的草上飞何麻子。

"速传田征葵、尹良来见我。"

"是——!"何麻子得令,小跑着出去。这会儿,原先举棋不定的大帅已然成竹在胸,人也顿时释然了。为了迅速将四川如火如荼的保路风潮压下去,他要来个"擒贼先擒王"。想想,还有什么思虑不周之处?对,得立即向朝廷表明态度!他从笔架上取下一支狼毫小楷,饱蘸墨汁,在一张素笺上笔走龙蛇,写下了这样的语句:"……川人不听解劝,唯假兵力剿办,请朝廷主持,内阁维持。"这是他亲拟的发给内阁的电文,也是他向当朝权贵卖身投靠的凭证。

辛亥年(1911)九月七日。三十九岁的立宪派中坚,四川保路股东会副会长张澜,长衫一袭,步出他借住的川北南充会馆,迎着初升的朝阳,沿着藩署街、提督街,往岳府街保路会而来。

这是蓉城最美好的季节。金阳轻轻揭开了雾纱,尽情地展示出这个地处天府之国最富庶的川西平原腹地上的省会城市特有的韵味。这个早在汉代为全国五大都会之一、在唐代就有"扬一益二"美誉的古城,首先展现在眼前的是:长街两边无尽的花草树木和鳞次栉比的店铺,阳光下熠熠闪亮的各种各样、极具文化特色的铜质店招。微风徐来,清新的空气中有醉人的花香。

来自川北南充的张澜满有兴致地打量着这座饮誉中外的古城。唐代时,这里商贾云集,富甲天下,因盛产蜀锦,有"锦城"美称。这是一座花城。早在五代时期,成都便是一座花团锦簇的城市。《成都记》载:后蜀国君主孟昶令人在成都城墙上遍种木芙蓉,每到深秋,芙蓉盛开,色彩艳丽,高下相照,四十里如锦绣,成都故称"蓉城"。

放眼看去,幺师们站在店铺门外,热情延客入内。各种店招令人目不暇接且取名极讲究。餐馆多"味之腴""聚丰园"类,叫人一见口舌生津。茶馆叫"香茗""饮涛"……旅店称"静园""客安"……有的取其典故,如"诗婢家",有的强调环境,如"枕江亭",求生意兴隆的取"聚丰",劝客上门的,取"对又来",亦庄亦谐的取"姑姑筵"……而且装饰无不极具匠心。店招有纱灯、牌匾、挂牌,纱灯一律用红纸裱糊。饭馆多写"酒饭便宜,炒炖俱全",绸缎铺写的是"洋广匹头,绫罗绸缎"。牌匾多为长方形,悬挂门楣之上,黑漆金字,端庄醒目。有的店招图文并茂,将所售物刻形其上。好些匾额都是名人题写的。

张澜捋着一把大胡子,微微眯缝着眼睛,边走边满有兴致地品味着这些店招的内涵韵味时,猛然,他看见一支保路游行队伍出现在眼前,这是在燕鲁公所街口。两个颈后拖着长辫子,身穿短褂排扣服的人举起一幅"成都人民保路游行"的横幅走在前面。后面跟着长长的市民队伍,队伍中,有穿长衫的士绅,有穿短褂的下层劳苦人,还有市民、商人、青年学生……他们沿途高呼口号:"誓死争回筑路权!""严惩贪官污吏盛宣怀!""全省父老乡亲紧急行动起来,罢市!罢课!罢工!罢耕!"同时,沿途散发传单。顿时,幽静的五世同堂、新巷子街被人群轧断了,大街小巷挤满了前来欢迎和参加的人,游行队伍停下来了。张澜驻步细看时,走出来一位艺人。"呱嗒、呱嗒"地打响手中金

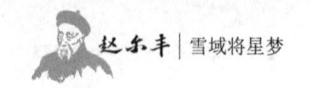

钱板——这是在四川民间流传甚广,深受群众欢迎的一种曲艺,其道具只有手中的三块竹板。只见他边打边唱了起来。唱的是《反对铁路借款合同歌》:

这几天闹喧喧,四川人结同志团。同志团为哪件?为的亡国事儿在眼前。亡国事是哪件?就是外国人儿勾通了汉奸。汉奸的罪状不忙谈,先把外国借债说根源。英法德美联成一串,把我中国当老宽。定个合同命难扳,绳子捆来索子拴。任你是个铁心汉,看看合同也泪涟。忍着泪儿睁着眼,从头至尾都看完。看完即便摇旗喊,喊醒国人莫酣眠……

这个艺人的金钱板确实打得好,声音清朗,时而激昂慷慨,时而悲怆难抑。本子写得也好,用朗朗上口通俗易懂的语言,对清廷同洋人签订的二十五条逐一进行了形象的批驳。这个艺人最后,用煽动性的语言这样结束:

说罢合同泪难展,颗颗泪儿湿衣衫。这合同深沉又狠险,这合同刻薄又尖酸。把中国人好比猪一圈,任他外国人来牵拴……要把我们路权占,要将警察陆军来压弹。他的政策步步碾,我们都在他势力圈。等到他势力都布满,那时节就到了亡国的一天。当他的奴隶谁都不愿,莫奈何要受熬煎。唱到这里高声喊,大家把办法来详参。一不是举旗要造反,一不是酿祸的义和拳。一不是仇教要把教堂来打烂,一不是领人把公使馆来掀翻。大家抱定一个主见,废合同才是生死关……

人群中有人哭泣,更多的人摩拳擦掌。显然,这金钱板不是文人编的,文人反而编不到这样好。张澜知道,这是"同盟会"在下面暗暗使劲,让民气高涨。看来,真正的智慧和力量还是在民众中啊!作为立宪派的一个领袖,铁路股东会的副会长张澜看到这里,不禁深受启发。打金钱板的艺人刚下场,游行队伍中走出一位眉清目秀的年轻人,穿一袭整洁的青布长衫,脑后拖根黑浸浸的大辫子,看样子是个读书人。他站上附近市民送来的一个方凳,高声呐喊:"父老兄弟们,大家已看清楚了,我们川人的争路保路运动已到最后关头!"接

第十二章 历史夹缝中的抉择

着,他条理清晰地向人群报告了朝廷对川人的呼声如何置之不理,叛贼李稷勋如何违法乱纪侵吞修路公款,反而被钦命为宜昌官办铁路总理;吞了川人七百万两银的邮传部大臣盛宣怀也毫毛未损,越发趾高气扬;川人不仅争路失败,而且,上谕还要惩办争路川人的种种最新情况后,场上的气氛达到了高潮。伴随着阵阵恸哭,场上愤怒的呼声大起,如阵阵雷鸣:

"这是朝廷不要我们四川人了……欺负我们四川人……把我们往死路上逼……"

"罢工、罢市、罢耕,以非对非!"……

有人提议:"光在这哭、吼,顶啥子用?走,到督署请愿去!"

"对,到督署请愿!"许多人响应。眼看事态就要扩大!张澜怕人群中鱼龙混杂,事情弄得不可收拾,便大步走上前去说:"各位父老乡亲,请听我张表方一句!"

"对的,对哩!"场上好些人认得保路股东会副会长,便响应,"张表方是对红心①,听他的没拐。"

"这样子!"张澜说,"先不忙去督署,人多嘴杂,说不清,还容易弄来糊起。由我们保路会把大家的要求转上去,大家说,要不要得?"

"要——得!"场上众人齐应。看游行的队伍又向前去,满街的人已大半散去,张澜再也没有观街望景的心情,是的,群众已经起来了,保路会、股东会该有些什么新动作呢?得赶快同罗纶他们商议商议。怀着这样一种心情,他急急朝设在岳府街的保路会走去。

跨进保路会的红漆门栏,穿过有鱼池假山的天井,过照壁,一脚踏进议事的东厢房,坐在沙发上的蒲殿俊赶紧向他招手:"表方,来,我们正等你!"说着把今天成都各地发生的若干起罢工、罢课情况详细向他作了通报。正说着,门外响起一个尖细的声音:"嗬,各位都在这里!"一看,是赵尔丰的亲信王淡,已站在门外,一副笑容可掬的样子,正向大家点头。

"稀客得很!"颜楷生性幽默,"进来说嘛!站客不好打整。"

---

① 对红心:四川方言,对头的意思。

"只一句，"王淡说，"大帅要我来告知各位，邮传部又来了一份要电，请你们都去督署看。"

"啥子内容？"邓孝可问。

"我也不晓得，"王淡神秘兮兮的，"说是刚来的，很要紧，你们看了就会晓得。"

"对嘛！"立宪派首领、保路会会长蒲殿俊同大家交换了一下眼神，说，"我们马上去。"

"那我先走一步了。"王淡说完，想想，又嘱咐一句，"大帅请你们到督署后，直接上五福堂。"看绅士们点头，他这才去了。

当岳府街保路会的主要负责人蒲殿俊、罗纶、颜楷、张澜、彭兰芬和邓孝可、江三嵊、叶茂林、王铭新等九人来到督署，早有师爷在外接着，迎了进去。他们在偌大的督署里的走马转阁楼间转了一会儿，才来到五福堂。让了座后，师爷说："诸位请稍坐，制台大人马上出来。"说完，影子似的不见了人。坐了好一会儿，众人愈感不对劲，没有人来上茶水，没有人露面，大帅的办公重地周围怎么连人花花都没有一个？难道是在演"白虎堂"这一折戏吗？绅士们正在狐疑时，只听一阵急促的脚步声由远而近，伴着吓人的枪械磕碰声。

"绑了、绑了！把这几个杂种统统都给我绑了！"赵尔丰的卫士长草上飞何麻子一进门就大声武气地吼嚷。一拥而进的是赵尔丰新近从康区调来的一批巡防军。他们一律黑纱包头，手上端着九子钢枪，腰上挎着战刀，个个凶神恶煞。巡防军如狼似虎般扑上来，用细麻绳把九个老爷绑成粽子一般。特别对张澜、罗纶"优待"——绳捆索绑犹嫌不足，巡防军们以刀架其颈，以枪抵其胸，大有不刀劈即枪毙之势。何麻子更是把袖子挽起老高，露出手臂上的块子肉和饱绽的青筋。麻脸涨得通红，一双眼睛充血，像要吃人。他手中拿着一块一尺多长的白布，在手上拿着的那把四五尺长、寒光闪闪的宽叶大刀上擦了又擦。九位老爷中，除张澜、罗纶又跳又闹外，其他都吓得打哆嗦。

九位老爷被带到花厅后，主角赵尔丰出场了。

"哼！"赵尔丰进到花厅，也不落座，用手指着这帮老爷们，厉声斥责，竭尽歪酸刻薄之能事，"枉自你们还都是有功名的人！君要臣死，臣不得不死；父要子亡，子不得不亡——这是千年的圣谕，做人的基本道理！这些你们都不懂，书都读到哪里去了？既是借款修路，路归国有的大政方针已定，你们还在一边横扳顺跳做啥子？你们煽起民众反抗朝廷，借题发挥，制造混乱。你们是一群乱臣贼子！事到如今，你们只有认错；否则，本督非严办你们不可！"

今天，赵尔丰一改往日的迂回曲折，露出了"屠夫"本色。他高踞堂上，肃然端坐，脸色铁青，显示出一种足以征服任何对手的力量。他那有棱有角的脸，那皱蹙的眉，那环张的豹眼，无不蕴藏着一股杀气、一股风雷。

"赵制台此言大谬！"被背剪绑起的张澜毫无畏惧，对赵尔丰那番"宏论"予以痛斥，"先圣人有言，民为重，君为轻。铁路准归商办是先皇帝光绪定下，现仍实行的国策。朝廷既准我川人筹资修路，为何今又出尔反尔，说我护路非法？这从何说起？依理依法，该惩治的是那帮贪赃枉法，拱手将铁路大权送给洋人，引狼入室的盛宣怀等人，大帅怎么一反以往，对我等镇压起来了？"张澜这番反驳、诘问叫赵尔丰无力反驳。

赵尔丰万万没有料到这帮蜀人这么难对付，真应了四川人的一句俗话："鸭子身上的毛——难打整！"看罗纶又要开腔，理屈词穷的赵尔丰赶紧闸着，拍案厉声呵斥："张澜太豪强！"手一挥："把他们给我押下去！"何麻子带着巡防军一拥而上，大动干戈；一阵"乒乒、砰砰"乱响之后，张澜等九名老爷被押下去关起了。这时，一阵阵传呼传进花厅来："成都将军玉昆到！"赵尔丰站起身来，走出花厅，降阶相迎。

玉将军进到花厅，稳稳坐在当中那把雕龙刻凤的黑漆太师椅上，端起仆役泡上的盖碗茶，一手拈起茶盖，用茶盖轻推茶汤、弹花，把过场做够了，开始呷茶。好像他到督署不是来同赵尔丰商谈什么机要大事，而是来喝盖碗茶的。赵尔丰一边冷眼观察眼前这个成都将军的神情，猜测着玉昆来意，考虑着措辞。玉昆将军文静，脸黄无须，一看就是那种头脑冷静，平时豁达，遇到大事不糊涂的人——他是一个真资格的满人，镶黄旗，地位虽在赵尔丰之下，但地位很特殊。沿袭清廷的规定，玉昆将军不仅负有保护成都满城内数万满人的责任，而且凡属重大问题，总督必须与成都将军同时签字画押才能决定。玉昆将

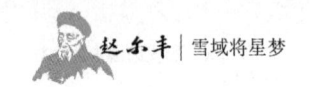

军在对待四川人争路保路问题上态度一贯鲜明：同情、支持。作为成都将军，他耳线密布，岂有不知赵尔丰今天干的事情？！但这会儿却佯装不知，也不说话，稳起。

求人难！矜持的赵大帅想了想，没法，只有这样试着启齿："玉将军，你知道吗？我已将煽动闹事的保路会、股东会首领张澜等一干人拿了。"也不等玉昆问询，他先将拿这些人的理由讲明。

"赵制台意欲如何处置这些人？"

"治乱世需用重刑。现我省抗粮抗捐已在这些人的煽动下闹起来了，大有燎原之势。我意将这九人立即正法！请玉将军同我共同签名上奏！"赵尔丰快人快语。

"不行！"不意平时说话慢声细语的玉昆今天拒绝得如此果断，赵尔丰不由一怔。

"这几位被捕者都是士绅，不是土匪。总不至于因政见不合就要杀人吧？"玉昆抬起头来，看着赵尔丰，不满地诘问，"这样大事，季翁怎么不先向朝廷请旨？"

"朝廷只知责备季和对川路事处理不力、镇压不力。然而，季和早就将处理这几个闹事带头人的奏章上报，时至今日，却无踪影。"赵尔丰似有无限怨气。

"如此看来，朝廷尚慎重。我们怎能随便抓人、杀人？要知道，人头不是韭菜，割了又会长起来，须慎重。我看，还是待请示后再说吧。"看玉将军话说到这里，就要起身离去，堂堂的赵大帅赶紧做出一副可怜兮兮的样子，来争取同情，他说："玉将军，非季和不慎重，是我电奏后，又电询再三，朝廷始终不批不理；而川省种种动乱，日盛一日。当今之势，若不杀鸡给猴看，猴子真的就要反朝了！"

"此事非请准圣旨不可！"玉昆毫不通融，语气坚定，"谅弟不能签这个字！"说完后，拂袖而去。

咦，这可是你们满人的天下啊！赵尔丰看着玉昆消失的背影，心里怨恨不已：天都要垮了，我赵尔丰在一边干着急，你个真资格的满族人倒在打倒锤？！赵尔丰气得颔下那把白胡子一翘一翘的。

第十三章 图穷匕首现

九里三分的成都躁动不安。中午时分,"当、当、当"的锣声在全城两百多条大街小巷惊诧诧地响起:"各位父老乡亲周知——督署抓了我保路会、股东会首领蒲殿俊、罗纶……"金属沙沙的颤音和着敲锣者泣血的呼喊,让早就义愤填膺的成都人民再也忍受不住了,纷纷冲出家门朝督署拥去。

"龟儿子赵尔丰太欺负我四川人!"

"大家走啊!到督署去,要他们拿话来说!"

"走!去给我们的人扎起!"……从七月十五日午前十时起,成都成千上万的男女老少,手拈香,头顶光绪牌位,从四面八方牵群打浪拥向位于督院街的督署衙门;愤怒的人们沿街比户,号泣呼冤,要求释放蒲、罗诸君。

"你们要造反吗?"高墙深院的督署门前,巡防军们弹上膛、刀出鞘,同愤怒的成都市民们紧张对峙。赵尔丰卫士长草上飞亲自指挥着巡防军，他袖子挽起老高，粗胳膊上青筋全都鼓起，手中挥着大张着机头的连枪，吆喝着，麻脸涨得通红。有几个老者手举着光绪牌位，哭着跪下道：

"我们要见罗（纶）先生他们……"

"我们要见赵制台！"

"赶快放出罗先生他们九人！"

"赵大帅有令！"草上飞走上前来，手一挥，凶神恶煞地哑着嗓子吼，"你们赶紧回去。谨防你们中有乱党！聚众闹事者，格杀勿论！"

"哪个是乱党，你指出来！青天白日，你在这红口白牙胡说些啥子？"人群中站出一位青年，长衫一袭，模样精明。他叫曹笃，是同盟会会员。

"说清楚，哪个是乱党！"众人不依，有人怒道，"随便栽污人不行！"周围应声如雷。

赵尔丰卫士长草上飞何麻子一怔。"他就是乱党！"说着，用手把曹笃一指，提着枪冲上来就要抓人。愤怒的群众一拥而上，把何麻子团团围紧。一人不敌众手，混乱中，"啪、啪"，何麻子脸上挨了两巴掌。几个如狼似虎的巡防军冲上来帮何麻子的忙。顿时，秩序大乱。密密层层的人流，趁势冲进了总督府大门，再冲进左右仪门……

"砰、砰、砰！"这时，巡防军接到了赵尔丰"开枪镇压"的命令，竟冒天下之大不韪，向手无寸铁的和平请愿居民开枪了。一时，枪声大作，流弹如雨，惨叫声声。瞬时，督署内伏尸累累。光绪皇帝的牌位和民众的鞋子、衣物等散落满地。冲进督署的人群惊慌失措，纷纷从督署内又拥了出来。可是，早就埋伏好的巡防军又奉命扎着了街口，开枪乱击。马队驰出，冲撞践踏……这时，老天垂泪，下起了倾盆大雨。

在这场震惊全国的"成都大血案"中，巡防军当场打死和平请愿民众三十多人，受伤数百人。赵尔丰下令："三天不准收尸！"数具尸体被大雨冲刷浸泡后，腹胀如鼓。先皇牌位，多系纸写，雨水一冲，一片狼藉，年龄最小者仅十三岁，其状惨不忍睹。消息传到城外，四乡八邻的农民在袍哥或同盟会组织下，成千上万人赶进城来声援。他们一律身穿白色孝服，一路哭哭嚷嚷而来，有好些还是七十岁以上的老人和十二三岁的少年。赵尔丰命令守城的巡防军开枪，击毙了一群又一群。一时，哭声遍野，愁云惨雾笼罩了九里三分的成都城。有《竹枝词》控诉这桩骇人听闻的惨案：

  手抱神牌有罪无，任他持械妄相诛，署中喊杀连开枪，我是良民，官才是匪徒。

  夜幕降临了。往天这个时候，锦城大街小巷内数不清的茶楼酒肆宾朋满座；戏院里，弦歌袅袅……但今夜整个成都万籁俱寂；赵尔丰已下达戒严令，关闭了四道城门。巡防军正在全城清查搜捕"同盟会员"，关闭了保路会、股东会，逮捕了一些人。细雨沙沙，凄风苦雨中，鳞次栉比的店铺也早就关了门。

  曹笃趁着夜幕，朝五世同堂走去。他走在提督街上，即使碰到熟人，天黑也不会看出他来。但为了以防万一，他还是化了装，戴一副墨镜，头上戴顶青缎瓜皮帽。大街上行人寥寥，都步履匆匆。夜幕中，间或有些灯火——那是些吃了上顿没下顿的小摊贩，在阶沿上点一个红灯笼，守着一个小摊子卖蘸红辣子白斩鸡，卖麻辣牛肉，卖五香缠丝兔……远远望去，那些红浸浸的幽微灯光，像是今天督署内流的血。风吹过，"沙、沙、沙"——细雨敲打着路边肥大的蕉叶、梧桐、垂柳，它们齐声发出轻吟，有种说不出的凄迷意味。

  顺着一条小街拐弯，走进了五世同堂。这是一条幽静的小巷，走到小巷中段，曹笃在一间青堂瓦舍、白壁粉墙的公寓前停下来，借着幽微的天光，看得清门楣上的两个篆体大字"卢寓"，门边有一个长方形的匾，上面镌有"医师卢胜景"五个中楷黑底金字。没有错！曹笃举起手来，握着黑漆大门上的铜质兽环，轻轻摇了三下，又猛摇了两下。少顷，屋里响起了"嚓、嚓"的脚步声，脚步声由远而近。

  "呀——！"黑漆大门轻轻裂开了一条缝。"请问，你找哪个？"是一个男人警惕的声音。

  "卢太医夜晚出诊吗？"曹笃用暗号问。

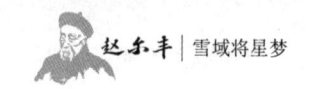

"你先生出得起脉理钱吗?"屋里人说,"卢太医是名医。"

"出得起!按规定,晚黑出诊,一块大洋,车费在外。"

门一下大打开来:"先生请进!"曹笃闪身而进后,那人复又关上门,带他过天井,绕照壁,来到后院,一脚跨进东厢房,同盟会四川支部负责人董修武用手招呼他:"曹笃,来,人都到齐了,就等你。"等他落座,董修武说:"开会。赵尔丰今天大开杀戒,他以为这样一来,就吓住了川人,就可以把四川的保路运动压下去,保住他头上的顶子,他这是大错特错了。我们要因势利导,切实贯彻孙中山先生'借保路之名,鼓动人民以行革命之实,推翻鞑虏'的指示……"曹笃一边听董修武讲话,一边打量董修武。

三十一岁的董特生[①],巴县人,1904年留学日本,1905年由孙中山亲自介绍加入同盟会,与同是川人的熊克武、但懋辛、吴玉章、吴鼎昌一起,成为在同盟会总部任职的评议员。年前,他同吴玉章等人一起,受孙中山委派,秘密潜回四川,进行旨在推翻清王朝的革命斗争。

"现在,我们必须抓住这千载难逢的时机,刻不容缓地发动民众,开展武装斗争!"董特生目光灼灼,环视坐在左右的同志们,继续说道,"中山先生指出,四川的会团有很大的势力,且有强烈的反清倾向,我们现在当务之急的工作是:一、立即将今天成都发生的血案告诉全川人民;二、立即派人去新津、华阳,同侯宝斋、秦载赓联系!"曹笃知道,同盟会早就在大袍哥侯、秦两人身上下了很多功夫,建立了值得信任的关系。这个时候,能将近在咫尺的侯、秦二人掌握的强大帮会武装用起来,显然是步绝妙的好棋。雪亮的美孚灯光下,只见董特生的眉皱了起来:"但是!老奸巨猾的赵尔丰自血案发生之时,就下令封了城。我们怎样才能把消息送出去?我们的人怎样才能出城?"说完,用征询的目光,环视了一下出席会议的同志们。

出席会议的同志都还不认识,你看看我,我看看你,都希望能从别的同志身上受到些启发。

"有了!"曹笃突发灵感,喜不自禁地对董修武说,"请将此事交我立刻

[①] 董特生:董修武字特生。

办理!"

"好!"董修武大喜,"但不知曹先生如何即刻办理?"

"我去发水电报!"

"什么?什么?发水电报?"这真是闻所未闻。全世界,哪有发水电报的?不仅主持会议的董修武惊讶不解,全场的人也无不惊讶,齐刷刷把目光瞄向曹笃。

"成都水渠纵横,城中不是还有一条逝水滔滔的锦江吗?"曹笃成竹在胸,反问众人。但这同发水电报有啥子关系?看众人的神情仍然纳闷,他亮了底:"现在正是涨水季节。我意在一块块木板上写上这样的字:'赵尔丰先捕蒲、罗,后剿四川,各地同志,速起自保。'然后,在木板上涂上桐油,投入江中,任其漂流而下。消息不是就可以很快传遍全川了吗?!"

"好极了!"董特生一双亮目闪射出惊喜,说,"等会儿散会后,我们多去几个人发水电报。"

"我连夜缒城去新津、华阳通知侯、秦起义!"灯光黯淡的角落里,朱国琛"呼"地站起,说,"边军中有我的兄弟伙在守城。我今晚出城送信,绝无问题。"

"我也是这样,事不宜迟!我也连夜缒城赶回荣县,吴玉章正等我的信!"说话的是英武少年龙鸣剑……他们详细研究了行动方案后,老练精干的同盟会四川支部负责人董修武最后这样说:"人多出智慧。各位同志的计划很好。现在,巴蜀大地都燃起了愤怒的火苗。各位同志就要奔赴各地了。我们就是要'煽风点火',让遍地的火苗变成燃遍巴山蜀水的冲天大火。我们要把各地同志会发动起来,联合一切力量,打赵尔丰一个遍地开花,使他坐困成都,十根指头按不住十个跳蚤。我们就是要在各州、县,截留赋税,招兵买马,堂堂正正,闹他个天翻地覆。只要占领了几个重要城池,就把我们的军政府成立起来。"想了想,又说:"各位同志在各地组织起义军后,看情况而定。不必非要向成都进军,若条件成熟,各地可以先宣布独立!亮出我同盟会定下的'驱除鞑虏,恢复中华,创立民国,平均地权'的政治纲领。看来,孙先生希望我们的'将保路之面具揭去,而树同盟革命之旗帜'的时候到了!"董修武讲完后,

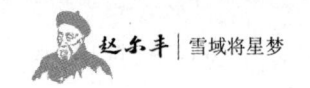

场上群情振奋。来自各地的同盟会中坚们，刚刚认识又马上要分别了。同志们相互勉励，大有"风萧萧兮易水寒，壮士一去兮不复还"的悲壮气势。

五福堂上。

气氛冷到了冰点。"你们说话呀！"赵尔丰气哼哼地逼视着座下一个个泥雕木塑般的亲信们。王淡、田征葵、尹良、吴钟容等一个个低着头噤若寒蝉。谁能想到局势会变得如此快，如此稀里哗啦，一塌糊涂！一个早晨，荣县等十几个县先后宣布独立。官军不肯用命，一出城同民军接仗就溃败。数万民军已将成都包围得铁桶一般。城外的粮食、蔬菜等生活必需品运不进来，城内的垃圾、粪便运不出去。所有的电杆都被砍断，成都同外界的联系完全中断了。登城四望，辽阔的川西坝上，各地民军往来不绝，营屯四接，旌旗相望，令人惊心动魄，成都已确确实实成了一座孤城。更可怕的是，继邛崃县巡防营书记周鸿勋率军反正以后，驻凤凰山的新军也做出了公开造反的架势。日前，新军统制朱庆澜在凤凰山召集新军训话时试探，要"拥护保路的站到右边去，拥护大帅的站到左边来！"结果，基本上所有的官兵都站到了右边。朝廷得报后，紧急从湘、黔调派进川内担任清剿、镇压的官军犹如杯水车薪，被各地民军分片包围，打得落花流水。而此时让赵尔丰最头痛的是北较场的陆军学校内，一两千名军校学生看来也要造反了，以李家钰、陈离等为首的一些学生，日前竟将军校总办（校长）姜登选痛打一阵后，逐出了校门。赵尔丰派去的人，去一个，被学生打回来一个。更有甚者，在这些无法无天的学生中，有的已经溜进了城……这些失去了管束的军校学生，有文有武，社会能量很大，若是同民军、同盟会裹在了一起，后果不堪设想。会议从上午拖到了掌灯时分。最后议题集中在派谁去收拾军校这个乱摊子。看平时一个个争强斗狠的部下们脑壳耷起，赵尔丰失望已极。摇曳的灯光下，平时铁钉子都咬得断的赵大帅满脸凄惶，发出哀叹："本督部堂为官数年数省，何曾见过如此软硬不吃的川人？康藏的藏人何其剽悍，而我一路挥师狠杀过去，还不是变得规规矩矩?！这些川人，一个个都不见高大魁伟，一年四季，脸都是白刷刷的，怎么这样凶、这么难缠？我咋都不明白！"

"大帅不知，四川人的难缠是出了名的！"王淡接上话，开始卖弄学问，"当年，乱党头子孙文在日本同宫崎寅藏谈论反叛朝廷的策略时，对四川极有研究的宫崎对孙文说，四川在中国极为特殊，不仅有才略兼备任大事者，而且地理位置十分重要，建议孙文以四川为负隅之地，在张羽翼于湘、楚、汴梁之郊……"赵尔丰这时哪有心思听他摆闲龙门阵，摇了摇手说："现在，形势危急万分。大家的意见也趋于一致，我们目前心腹大患是近在咫尺的军校。覆巢之下，安有完卵？还是谈谁去军校任总办要紧。"说着拿眼去罩王淡，可这会儿，惯会筛边打网的王淡却连忙把肥胖的身躯往黑暗里缩。看样子，有个地洞他都要钻下去。没有人说话，都把脑壳耷起。赵尔丰很失望，长叹一声，宣布散会。

群僚们争先恐后走了，只有兵备处总办吴钟容还在一边磨磨蹭蹭地收拾文件。见五福堂上只剩总督泥雕木塑般枯坐，吴钟容知时机已到，开始试探着说："职幕看大帅为找不到军校合适的人选忧心如焚，想进一言，提出一个人，不知大帅是否愿听？"

"讲！"赵尔丰点头，"但说无妨。"

"职幕以为，要收拾军校这个烂摊子还非一个人不行！"

"谁？"

"尹昌衡！"

"啊？"赵尔丰想了想，点点头，又摇摇头。随即，一幅画面闪现眼前。

就在"成都血案"发生当天晚上，省府会办尹昌衡求见。也不看看什么时候，小小的一个尹长子（高个）也来凑热闹？真是讨厌！赵尔丰本不想见，但朝廷规定在先：凡到一定级别的官员向总督上条陈，总督不能不见。尹昌衡虽是一个闲职，但是旅长级，只好接见。尹昌衡被让进了五福堂。只见尹长子戎装笔挺，英气逼人。

"尹会办！"赵尔丰坐都没有让他坐，瞟了尹昌衡一眼，"你有啥子事情，这么立马追风地来见我？"一副拒人于千里之外的样子，他可没有哥哥赵尔巽那样的好脾气。

"禀季帅！"尹长子中气很足，出语朗朗，"古圣人曰，民如水，可载舟，亦可覆舟……"

"啊哈，教训本帅？"赵尔丰不屑地看了看站在面前长相英俊的尹昌衡，没好气地把手一伸，"有条陈就上！"尹长子划动长腿走到桌前，恭恭敬敬把条陈双手呈给他。他漫不经心地展开条陈一看，不由吃了一惊。尹长子说是只要给他一标（团）人马，他就可以把全川的暴乱肃清……有这样好的事吗？！白日做梦，真是好大喜功之辈！倒是条陈文理清晰，用词精当，思绪深沉。再看那手字——魏碑变体，写得相当雄浑、流利，大帅暗暗称奇。当时，心乱如麻的他也没有多想，只是不耐烦地把手一挥，颇带讽刺地说："条陈放在我桌上。非常时期，我可没有心思读你的锦绣文章、听你给我讲圣谕！"……

赵尔丰默了一会儿，想了想对吴钟容说："是，也只有他去才招呼得到，他在川军有威信。可是，他跑到哪里去了呢？这一个多月都不见人，我派人到处找他也找不到，你能找到他？"大帅知道，吴钟容同尹家有亲戚关系。

"只要大帅安心找，没有找不到的。"

"好吧！吴总办，那你就以我的名义去请他来。"

"什么时候？"

"越快越好，我就在这里坐等。"看赵大帅着急且有诚意，吴钟容乐得梳个光光头，点头应允。吴钟容出了督署，直奔颜公馆。

听说兵备处总办吴大人深夜来到，颜缉祜老先生立刻迎到客厅。

吴总办先说了颜楷等人在狱中的情形。说是大帅对他们以礼相待，颜楷每天和张澜等人在来喜轩里饮酒赋诗、打麻将、听戏……之所以还没有放出来，是因为大帅认为局势尚不稳定，局势稍好一些后，大帅立刻将他们礼送出来。

白发苍苍的颜老太爷听吴总办这样一说，对儿子的担心顿时释然了。感激之余，颜老先生嘱咐总办，务必看在亲戚的面上，多多看顾颜楷等人。吴总办自然是连连点头答应。看老先生一张慈祥老脸上那密布的皱纹笑成了菊花瓣瓣，吴总办适时托出了今晚来的主题。说是赵大帅要起用尹昌衡……颜老先生甚喜，立刻要人把未来姑爷请来客厅。尹昌衡听总办说了来龙去脉，毫不犹豫，当即答应下来，立刻跟吴钟容连夜去了督署。

赵尔丰果然枯坐在五福堂上等。吴钟容先一步跨进门去。

第十三章　图穷匕首现

"尹昌衡喃？找到没有？"一见到总办，赵尔丰便急切地问。

"尹昌衡来了。"话未落音，尹昌衡一步跨了进来。赵尔丰一喜，故意开骂："大丈夫怎么那样小气？这一个多月你跑到哪里去了？我到处找你。"尹昌衡给大帅作了一揖，故意做出一副很怕的样子："月前给大帅上的条陈不好，怕大帅怪罪。因而暂时回避，今夜特随总办来向大帅请罪。"

"不说了！过去的事不说了。"大帅大度地挥了挥手，说，"尹昌衡，现今有桩要紧的事，非你莫属。本督要借重你。"

"不知大帅有何吩咐？"尹昌衡假意不知，心中暗暗高兴。于是，赵尔丰这又亲自对尹昌衡说，要他亟夜赶去北较场的陆军学堂接任总办。

"不敢、不敢！"尹昌衡故意抠开了架子，"我没有那样大的面子。姜登选都被那些学生娃娃打跑了，我人微言轻，还不给那些学生打趴下？挨了打，无脸见人。"赵尔丰摸了摸下巴上的一绺银白的胡子，用一双有神的豹眼看定尹昌衡。他知道，这"新毛猴"在拿架子，便给尹昌衡戴起了高帽子。"硕权！"赵大帅口气很亲切，"都知道，你在川军中的威信高得很。那些娃娃放出话来，就只欢迎你去，只有你去才压得住堂子……"

看着火候到了，尹昌衡这才松了口。他说："大帅实在要我去？那就下个札子（任命书）。不然，我师出无名。"

"要下、要下。"赵尔丰语气很急，"不过，今夜来不及了，明天补办不迟。你现在就骑我的马，打我的灯笼，再带两个戈什哈去。"

当今之时，抓到军权何等要紧！尹昌衡见好就收，点头应允，当夜赶去了北较场军校。吴钟容果然好眼力，尹昌衡一去，军校那些横扳顺跳的学生娃娃们立刻规规矩矩的了。赵尔丰大喜，再亲笔写了委任尹昌衡为四川陆军学堂代理总办的札子，派吴钟容送了去。

"哎呀呀，尹昌衡钻了大帅的空子！拐了！拐透了！"刚去川藏线上的枢纽新津县担任督军，又一败涂地回来的团练处总办王淡，一听说尹昌衡被任命为陆军学堂代理总办，就像被蛇咬了一口似的，惊风火扯地跑进督署，见到大帅便这样说，如丧考妣。五福堂上，赵尔丰目视着这个矮胖、俗气、一口江浙腔的亲信，有点瞧不起他。而王淡唯一可取之处是"贴心"。赵尔丰知道他有嫉

299

贤妒能的毛病，且同尹昌衡向来关系不好，他骂尹"狂"，尹骂他"瘟"。但又一想，王淡毕竟是尹的顶头上司，是二哥留给自己的一条"狗"，对四川的人事知根知底，况且，王淡像这样冲动，还是第一次。于是，大帅抱着姑且听之任之的态度，很冷淡地说："有啥子话就说嘛！"

"大帅！"王淡巴巴地望着昂然而坐的主人说，"陆军学堂那班娃娃那样野，大帅派的人去一个，被打回来一个。大帅想过没有，若大帅亲自去，会怎么样？"

"当真？！"这话给赵尔丰提了个醒。王淡的意思很明白：若你赵大帅去，也未必摆得平！换句话说——尹昌衡的威信要盖过你赵大帅。

"好嘛！"赵尔丰也不评述尹昌衡，只是从口中吐出语意不明的一个短句。

王淡看大帅"执迷不悟"，这就使出了"撒手锏"，他问大帅可知道尹长子的底细。

"知道一二，你既然摸他的底，可说来听听。"赵尔丰说时心想，既然二哥都可以用的人，又会"拐"到哪里去。

"大帅不知！"王淡做出一副谈虎色变的样子，"尹昌衡是个乱党中坚分子。次（珊）帅在川主事时，是因为托不过颜缉祜面子，才给尹昌衡安了个闲职，说起来好听，可从未让他掌过刀把子。"

"咋个一回事？你再说下去。"听王淡的口气，大有深意，赵尔丰暗暗吃惊。他听说过二哥当年在凤凰山阅兵时，尹昌衡大出风头顶撞二哥的事，可从没有在二哥口中听说过尹昌衡是乱党分子。王淡这便细细抖出尹昌衡的根根底底。他说，别看尹长子年纪轻轻，复杂得很哩！他早在日本留学时期，就和同班同学李烈钧、唐继尧等秘密加入了孙中山同盟会中的一个秘密军事组织——"铁血丈夫团"。回国后，去北京会试受到申斥，未被录用。后来被广西巡抚张鸣岐看中，认为其人有"元龙之气，伏波之才"，延聘去广西陆军学堂做教务长，与早他三期，也在日本士官学校毕业的先后同学、作为军校总办的蔡锷共事。他们两人把广西军校办成了同盟会的根据地，也确实给广西发现了人才。一段时间尹昌衡在那里被吹得神乎其神，就因为他发现了"广西三杰"：李宗仁、白崇禧、韦旦明……

"以后，尹、蔡在那里同当地同盟会勾搭的事被张巡抚发现了，特别是尹昌衡。他同吕公望、赵正辛等人主办的《指南月刊》，因言辞激烈，被张鸣岐勒令停刊，驱逐出广西。"

"啊，尹昌衡原来是这样一个人?!"赵尔丰牙疼似的嘘了口气，要王淡别再说下去，想不到尹昌衡年纪轻轻的，名堂还硬是深沉！大帅在堂上焦躁地踱了几步，突然站定，转过身来，望着王淡目光灼灼地言道："你把尹昌衡说得那样凶！为什么次帅在川时能容他？你是督府老官员了，这些话咋留到今天才说？"

"这些情况次帅知道得清楚！"王淡解释，"不过因为尹长子狡猾得很，没有拿到他加入乱党的证据。因而，次帅对他是'冷处理'！"

王淡看自己一番苦口婆心的话还不足以动摇赵大帅的决心，便又退而求其次，换了一个角度说："大帅！姑且不论姓尹的是不是乱党分子，但有一点是一致公认的，他野心勃勃，是条喂不饱的狗。尹昌衡抓住了军权，他绝不会唯大帅之意而从，不会唯大帅之话而听！军校有学生一千来人，胜过一般兵士五倍、十倍，况且他们手中又有真枪实弹，让尹昌衡将军校抓在手里，岂不是危险之至?!"

"这话有道理。"赵尔丰表示了首肯，"总办的意思是？"赵大帅摸着胡子开始向王淡问计，"我是不是再赶紧下个札子去，把我日前下给尹昌衡的札子追回？"

"这样会打草惊蛇！当务之急，恐怕首先得把军校那千余支快枪提出来，解除他们的武装最要紧。"

"嗯！"大帅点了点头，又不无焦虑地问，"咋个才能把军校的枪提出来？"

"借口同志军攻城，守城部队的快枪不够，向他们借。"

"此计甚好！"赵大帅高度赞赏王总办的智慧。最喜欢邀功的王淡正在暗暗高兴，不意大帅一句话将他三魂吓掉了两魂，"你对尹昌衡最为知根知底。此事，你去负责办理。"

"我?!"王淡一惊，哭丧着脸怔怔看着总督大人，意思很清楚，他同尹长子形同水火。他去，咋个行！但大帅不知哪根筋不顺，铁青着脸就是不松口，

301

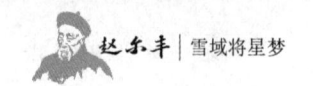

不改口。王淡不敢抗命，只好带了大帅的两个戈什哈，硬着头皮去了北较场陆军学堂。

陆军学堂总办室里，尹昌衡一见畏畏缩缩的王淡，便冷着脸，毫不客气地说道："你来找我有啥子事？"王淡无奈，转弯抹角说明了来意。

"砰"的一声，王淡吓了一大跳。抬起头来，只见尹昌衡把手枪拍在桌上，满脸怒容，指着他的鼻子，大骂："你又在说白[①]！大帅是个明白人，不会不明白事理。军校有枪械，是圣上定的！哪个有狗胆敢违反祖宗规定？违反圣谕还要不要命？"

人在屋檐下，哪能不低头？王淡在尹长子的地盘内，见尹昌衡那副样子，怒目金刚似的，脚便有些打闪，心想，好汉不吃眼前亏，三十六计走为上计，便说："反正大帅的话我是带到了，执不执行在你！"说着想溜。

"想溜？没那么容易！"只见尹昌衡手一招，阶檐下走来几个满脸杀气的学生。

"咔——"的一声，两把上着寒光闪闪刺刀的步枪在他胸前一挺，把住了门。

"你们这是要做啥子？"王淡哭丧着脸，想，"糟了，今天这条命怕是要丢在尹长子这儿了！"他身上虚汗长淌，双脚打闪。

"走！"尹昌衡走到他身边，忽然张开铁钳似的大手，一把捏着他肥肉哆嗦的胳膊。

"你、你究竟要做啥子？"王淡惊恐至极，使劲去掰那只铁钳似的大手，却怎么也掰不开，反而越卡越紧。

"你假传指令！"尹昌衡喝道，"走，我们去找大帅对证！"

哎哟，这个家伙还敢去找赵尔丰对证，这不是自投罗网吗？好得很。王淡听尹昌衡如此一说，顿时放了心，恢复了镇静，嘴又硬了起来："走就走嘛，未必哪个还怕哪个不成！"

尹昌衡骑马，王淡坐轿，两人出了军校，相跟着转街过巷，很快到了督

---

① 说白：四川话，说谎的意思。

署。王淡刚下轿，尹昌衡立刻翻身下马，上前一步，抓着王淡的手，说："走！我们两人一起进去找大帅说清楚。不然，你又要说白！"王淡也不示弱，两人这就很滑稽地手挽着手，吵吵嚷嚷地进了督署，上了赵大帅办公的五福堂。

这实在是想不到的事！赵大帅很是惊愕，一双豹眼瞪得溜圆，看着在堂前争说是非的尹昌衡和王淡。

"王淡说白。"尹昌衡抢先将情况说了个明明白白。

"是我的意思！"赵大帅并不推诿，大包大揽，王淡在一边讪笑不已。

"啊？"尹昌衡做出一副很吃惊的样子，继而显出迷惑，"督署武器库里不是还有整整两师人的装备吗？为何非要来提军校的枪？"说着，又掉头看着站在身边的王淡，做出愤怒的表情，"肯定是他装怪！大帅是知道的，这个人向来同我尹昌衡过不去。"

"尹昌衡，你不要在这里打胡乱说。"王淡指着尹昌衡的鼻子喝道，"你要知道尊卑，弄清楚自己的身份。你既为军人，就应该无条件服从大帅的命令。"

"不行！"不意尹昌衡的反应相当强烈，断然道，"要我在军校提枪？学生们非把我捶成肉泥。不要说提枪，只要这个消息传了出去，好容易才团拢起来的学生娃娃们非闹个天红不可。再说，军校有枪，是圣上定下的规矩。提枪就是违抗圣旨！违抗圣旨要杀头！我尹昌衡胆子再大，也不敢违反圣旨！大帅要提枪，请将我就地免职！"

尹昌衡这一将军，让赵大帅没抓拿了。他呆坐五福堂上，犹犹豫豫，半天开不了腔。听王淡的吧？说人家尹长子是"乱党分子"，却又毫无根据。况且王淡同尹昌衡关系向来不好，这点督府内人人皆知。王淡无行，人品不端，他也知悉。若找个借口把姓尹的软禁起来，那些学生娃娃又要闹事……权衡利弊，他决计卖个面子给这个至关重要的尹昌衡。默了默，主意已定的赵大帅发话了，言语中有一种知疼知热的意味："尹代总办的话有道理。尽管本督都堂确有困难，但总不能让尹代总办为难。这样吧，再大的难题也让本督部堂承担，军校的枪就不提了。尹代总办你赶紧回去，稳住军校至为要紧！"

尹昌衡心中暗喜，给赵尔丰敬了个礼，转身时傲慢地瞟了一眼王淡，迈开大步，趾高气扬地朝督署门外走去。

"糟了！"王淡暗自伤感，"好狡猾的尹长子，连赵尔丰也打不过他的手板心。他这下滑脱了，鲤鱼脱了金钓钩——摇头摆尾不再来！大帅呀、赵大帅，今后置你于死地的不是别人，必尹长子无疑！今天，你放了他，届时，他整到你我时，恐怕你我连哭都来不赢啊！"可是，这会儿自己能说什么呢？在刚愎自用的赵大帅面前，自己还敢说什么呢！侧耳细听，尹昌衡那带马刺的皮靴踩在甬道碎石路上——"橐、橐、橐！"一声声，令人心惊。

第十四章 赵大帅以退为进

真真假假的消息,像风一样传遍了已成了孤城的成都两百多条大街小巷,闹得人心惶惶。

"武昌革命党人起义,湖广总督瑞澄被赶走,中华革命军政府成立了!"

"江西、湖南……宣布独立,脱离清廷!"

"盛宣怀被资政院革职,永不叙用!"

"赵尔丰的川督职已被朝廷革除,圣上派岑春煊接替;到任之前,由已行入川的端方署理!"

赵尔丰枯坐五福堂上,沉思呆想,形神憔悴。他知道,有关自己的消息的确是真。而且,一心垂涎川督职的端方已由重庆到了离成都不远的资中县城。向来对名位看得很重,自以为对朝廷有大功的赵尔丰,在证实了这条消息后,简直像被捅了心窝子。常言道,飞鸟尽,良弓藏,狡兔尽,走狗烹。我赵尔丰为朝廷卖命不遗余力，却受到如此对待，天理何在？想当年，朝廷刚刚任命自己为驻藏大臣，却又出尔反尔，让自己颜面丢尽。川局危急，我赵尔丰临危受命，一次次委曲求全，为朝廷忠心耿耿。然而，朝廷现在却要像扔死耗子一样扔掉自己，让无半点功绩的仇人来取代自己，朝廷实在对我赵尔丰太寡恩了！既然朝廷如此皂白不分，错勘贤愚，不给我立足之地，逼我走投无路，那可别怪我赵尔丰对不起朝廷了！

在对全国糜烂不堪的局势进行了一番默思、估计、判断之后，心神疲惫的赵尔丰清晰地听到了清廷轰然坍塌的声音。盘算再三，怀着一种极为痛苦的心情，他准备倒拐了。

"钟容兄！"赵尔丰掉头看着陪坐在自己身边的亲信，这样亲热地叫了一声。兵备处总办吴钟容听大帅如此称呼自己，不由得吃了一惊，不敢答应。赵尔丰可是个很讲究称谓的人啊！今天怎么破天荒的同自己称兄道弟起来了？他不由得心中一怔，往日钢筋火溅的赵大帅坐在签牙桌后，此时满脸凄惶，一副无可奈何的样子，他直感到一阵心冷。连赵尔丰这样有"屠夫"之称，对清廷忠心耿耿、意志坚定、身经百战、功勋赫赫的铁血将军、封疆大吏，因惹恼了七千万四川人，被革命军铁桶般包围之后，此刻也是束手无策，枯坐孤城，显出了一副惨象。而这个时候，朝廷对赵尔丰不仅不抚慰，反而落井下石，派老对头端方来趁势夺他的权！天理何在？公理何在？吴钟容作为大帅的亲信，也不禁愁肠百结，对赵尔丰的怜悯之情油然而生。

吴钟容恭恭敬敬应道："卑职在，大帅有何吩咐？"

"国难显忠臣，时穷节乃见。"赵尔丰感慨道，"难得！钟容兄乃真君子！不像王淡，嘴上说得蜜蜜甜，心中揣把锯锯镰。在此艰危时期，他像条游蛇，梭得连影子花花都没有一个了。"随着一声沉重的叹息，赵尔丰明知故问："钟容兄，你同省法政学堂总监邵从恩的关系还好吧？"

"好。"吴钟容点头不讳，一边据实回答，一边猜测着大帅问话的意思。

"邵从恩同张澜的关系很好吧？"

"是。"这会儿，兵备处总办已经清楚大帅要打的牌了。

"钟容兄，请你去法政学堂会会邵从恩，请从恩兄转告张澜等人，本督部堂先前逮捕他们实在是朝廷逼迫，本督迫不得已而为之。然本督对他们九位老爷却是私心仰慕，名为软禁，实则让他们修养。这，你是看到的。本督让他们天天在'来喜轩'饮酒赋诗，听戏，打麻将，顿顿好酒好菜款待，备极优厚礼遇。现在，本督准备冒被朝廷处分的风险，释放他们，希望邵总监从中转圜。"

"此事不难。"吴钟容领命后就要走。

"钟容兄且慢，"赵大帅对自己的亲信口授机宜，"若你对邵总监这样一说，他欣然答应，你就请他来督署，就说我有要事与他商议。有一才有二，若你一说，他很勉强，就不必再说二了。"

"大帅尽管放心，卑职一定办得巴巴适适的。"吴钟容这就起身，离了督署去省法政学堂。

因为罢课，吴钟容跨进法政学堂的大门时，只见偌大的校园里清风雅静。古色古香的照壁旁，一间小小的传达室里探出一顶毡帽——是一个看门的小老头。他有一张黄焦焦的瘦脸，说话也有些结巴，看着吴钟容，小老头神情警惕地问："先生，你要、要找哪位？人都、都走光了，学堂都……空了……"

"邵总监不会走吧？我找邵总监。"督署兵备处总办说着掏出了一张洒金名片递给看门小老头。

"你老说对了！"小老头看了名片，一下变得殷勤起来，恭敬起来，捏着名片的手也是哆哆嗦嗦的，"邵总监在，邵总监好坐性，他就住在后院里，天天读书，天垮下来都不得动。你老请稍坐，我这就去给你通报……"看人说话的小老头说着颠颠走了。很快小老头就回来了，他手一比，对吴钟容说："邵总监请，我这就带先生去。"小老头带着吴钟容穿廊过檐，来在幽静的后院，指着浓荫匝地、有两扇古色古香黑漆月亮门虚掩的独院说："邵总监就住在这里面，总监说了，请先生进去，我就不送了。"说时，笑着为吴钟容推开了一扇掩着的黑漆月亮门。

"咿呀——"一声，黑漆月亮门发出一声空洞的回声，吴钟容用手轻提着袍裙，跨过门槛，进了小院。只见对面堂屋门前竹帘一晃，那熟悉的极有韵味的川音便在耳边响起："稀客！钟容兄，是哪阵风把你吹来了？"说时，长衫一袭，面容清癯的四川法政学堂总监邵从恩打着脆哈哈走了出来，拱手相迎。

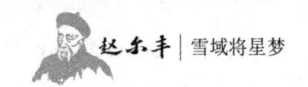

"惭愧！"督署兵备处总办趋前一步，双手抱拳作揖，"钟容早就想来看望从恩兄，因最近俗务纠缠，无法脱身。不过钟容时时对从恩兄怀云树之思。"

"你我不是外人，不必拘礼！请！"邵从恩上前一步，亲热地执吴钟容手，步花径、上台阶，竹帘一掀，进到了邵从恩的书房里。仆人进来给客人泡上一碗盖碗茶后，轻步而退。屋里剩下主客两人。斑斑点点的阳光透过窗外肥大的绿色蕉叶，洒进屋来，在红漆地板上变幻着一个个神奇的图案。

"钟容兄，请茶！"邵从恩端起黄澄澄的铜质茶船，用五指拈起茶盖，笑眯眯地看着督署兵备处总办，一双见微知著的眼睛流露出问询之意。

"从恩兄，请！"吴钟容用一只茶盖推了推茶汤，呷了一口，考虑着措辞。

"大帅这几天饮食可好？"天气并不热，邵从恩笑眯眯说时，顺手拿出一把大纸折扇打开，将那把画有水墨梅花的大折扇拉得哗啦啦响。

"不好。"吴钟容老老实实地说。

"大帅睡得可还眠实？"

吴钟容又摇了摇头。

"这是意料之中事！"

听邵从恩说话的口气，再看他那一副胸有成竹的样子，兵备处总办心中有数了，知道今天大帅要他办的差事，有门。邵从恩出生川省青神县，先中进士，后留学日本，毕业于东京帝国大学，回国后在京任过法部主事，因受桑梓故友邀请回川教学。他处乱世深居简出，韬光养晦，同立宪派领导人蒲殿俊等交情很深。

知道法政学堂总监对自己的来意已然有数，吴钟容也就不卖关子，笑道："从恩兄是个有学问，有阅历的人，来意我就不用细说了吧？"

"钟容兄是替赵大帅为张表方他们的事来的吧？"

"正是。"吴钟容双手一拍，"从恩兄真神机妙算矣。赵大帅还要请从恩兄挪大驾移尊督署有要事相商。"

"不知有何事相商，能否先透一二？"

"这个，这个，大帅没有透过口风。"

邵从恩一笑："是想让我从中转圜，让赵制台好下台阶——赵制台是要向张表方他们做有条件的让权吧?"

"会有这样的事?"督署兵备处总办故作惊讶,"不至于吧?虽说那些乱党分子而今把成都围得铁桶一般,但大帅什么场合没有见过、经过?赵大帅能征善战,手中握有康区的百战边兵十一营,召之即来,来之能战,战之能胜。这些乌合之众算什么?怎么会谈得到向张表方等人让权?哈哈,从恩兄过敏了。"兵备处总办故意把头摇得拨浪鼓似的。

"还能指望傅华封的援兵?"邵从恩不置可否地一笑,那笑很机敏很睿智,也很幽默,说时顺手将手中折扇"唰"地合上,往左手掌心里一敲,"赵制台现已落入四川七千万人的汪洋大海。不要说傅华封的援兵过不来,即便过了大相岭,也会葬身于川人愤怒的大海。"说时一声长叹:"皮之不存,毛将焉在?两百多年的清朝都要垮慌了,赵制台还能独撑天下?何况,清廷现在不是要将他撤职查办么?赵制台的性格我清楚,这事他能不气得吐血?既然如此,他何苦要为清廷殉葬?值此非常时刻,他若再不采取主动,难道要束手待缚么?他这时候下台,是明智的选择!"看吴钟容认了,默默点头,邵从恩坦然道:"为了尽可能免除战乱,让政权和平过渡,乡人少受苦难,我愿居间调和,给上台下台的都搭个体面的梯子!"

吴钟容听到这里,心里舒了口长气,赶紧给邵从恩戴高帽子:"从恩兄真乃'水深必静'!不想从恩兄平时大门不出,二门不迈,稳坐学堂,其实对外面的一切了如指掌。真可谓:风声、雨声,声声入耳;国事、川事,事事在心。哈哈,从恩兄请吧,大帅都等急了!"

"钟容兄,先请!"邵从恩欣然从命,站起身来,手一比。

来到督署,赵尔丰对邵从恩格外客气,让仆役进来上了好茶,又唤卫士长草上飞何麻子进五福堂来专门嘱咐:"没有什么大不了的事,不准来打扰。"何麻子唯唯而退时,为他们轻轻带上门。

"制台大人唤从恩来,不知有何吩咐?"看赵尔丰一副神神秘秘的样子,邵从恩心中有数,微微笑着,右手将一把大折扇"唰"地拉开,复又合上。合上拉开,拉开又合上。

"邵先生!"心神憔悴的赵尔丰说,"你是个'智多星'。现在川省和全国的形势我不说你也清楚。总而言之,危急万分。川省已陷于分崩离析,川省以外,也祸患丛生,形同鱼烂。兄弟已计穷力竭!先生耆年凤德,博学谋深。特请来恳谈,望勿吝珠玉,倘有治乱安民之计,兄弟断无不采纳之理!"话说到这里,戛然而止。谁说赵尔丰有勇无谋,有刚无柔?看,他来得多深沉,明明是他有求于人,到了面前,他却又稳起。邵从恩看事到如今他还不老实,便也稳起了。没有办法,走投无路的总督大人只好先来个启发式的交底:"邵先生,听说,你同张表方、蒲殿俊、罗纶他们交情颇深?"

"是。"

"他们都是少有的人才!"赵尔丰叹了口气,做出可怜巴巴的样子,"月前,我软禁他们实在是迫不得已。再则,也是为了保护他们。今天,我准备释放他们。请从恩兄从中转圜转圜。你说的话,他们肯听,尔丰期望与他们前嫌冰释,携手共赴国难!"总督大人这番话说得何等委婉、好听!邵从恩打着浅哈哈,唔唔虚应,他今天倒要看看,看赵尔丰把下面的戏怎样唱下去。

"不知从恩兄看过这样的传单没有?"赵尔丰说着,从签牙桌后弓起身,递过来一张传单。邵从恩接过看,是同志军广为散发的《蜀中同志会纪事》:

鱼凫疆域阵如云,弹雨枪林处处闻。
一百四十余州县,羽檄交驰势若棼。
吾不闻,革命党,大江南北皆抢攘。
又不见,同志军,全川西南戎马纷。
民军整,防军败,散而遇整不敢战。
防军少,民军多,少不胜多若奈何。
城外防兵多失利,城中陆军无斗志。
锦城险作九里山,四面楚歌魂惊悸……

邵从恩看完传单,合起折扇,轻轻叩打着左手心,皱起眉头:"情形确如传单上说的那样严重啊!"赵尔丰略为默然,惨然一笑道:"是。不瞒邵兄,我现在可谓前有刀山,后有火海,局势艰危,不知从恩兄有何妙法救我?"

"言重了，大帅！"邵从恩看火候已到，开始进言，"依我看，大帅现手中的一盘棋还不算是死棋，有改的法子。"

"请讲，尔丰愿闻其详。"

"依我看，这盘棋的唯一下法是：进则死，退则生！"看赵尔丰一副等待他说下去的样子，邵从恩将话挑明，"大帅现在与其被朝廷像死耗子一样甩到一边去让川人朝死里整，让端方松松活活从你手中将川督宝座夺去，不如在川人面前梳个光光头——让位！大帅的势力在康区，大帅干脆就退回康区去，躲过这阵急风暴雨。只要手中掌有兵权，还怕不能东山再起？当今之下，何恋区区总督职位？！"

"明大势者，从恩兄也！知我者，从恩兄也！"赵尔丰闻言大喜，站起身来，向邵从恩作了一揖，"我愿退回康区，经营我的川边去！与其让端方或乱党分子，从我手中将川督夺去，我不如趁早让位于蒲伯英等立宪派人。从恩兄，是不是现在就请你去'来喜轩'同蒲伯英张表方他们商谈我让位的条件？晚上，我宴请你们。"

邵从恩站起还礼道："制台大人请放心！这事保证办成。我这就去见蒲伯英他们……"正说时，似乎早就计划好了，门轻轻开了，督署兵备处总办吴钟容笑吟吟进来了。

"钟容兄！"这时，愁容一扫的大帅轻轻挥了挥手，高兴地说，"你先陪从恩兄去'来喜轩'见蒲伯英他们，好好同他们谈谈。我随后就来。"

檐角飞翘、风铃鸣响的明远楼内，正在进行一场政治交易——由邵从恩牵线搭桥，立宪派领导人蒲殿俊等几位老爷，同双手沾满川人鲜血，川人恨之入骨的"赵屠夫"捐弃前嫌，今天在这里签约，准备交接政权了。

明亮的秋阳，透过扇扇雕龙刻凤、镶有花玻璃的窗户洒进屋来，闪烁游移。在很有些年代的议事厅内，流溢着一种非比一般的肃穆庄重而又陈腐的气息。红漆地板上今天特意铺上了红地毯。那张硕大的长方形桌上铺上了洁白的桌布。桌子两边分别对坐着即将下野的"官"们和即将执掌川省七千万人命运的"绅"们。

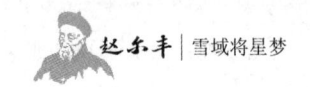

"官"方是：总督赵尔丰、布政使尹良、陆军统制朱庆澜、兵备处总办吴钟容等。"绅"方是：蒲殿俊、罗纶、张澜、颜楷等立宪派首领。

"成都独立条件"经过民主协商，互谅互让，已经确定。这是一个"伟大"时刻的间隙，官绅们各有所得，都很满意。有的眯着眼睛在品茶遐思，有的摸着胡子再看一遍协定，故作深沉。

"条件"是按赵尔丰的要求炮制出来的。规定：新政府名"大汉四川军政府"。新任都督蒲殿俊，赵尔丰的原部属、新军统领朱庆澜任副都督。赵尔丰待诸事交接完以后，回川边复原任，用赵尔丰的话说，"替四川守西大门"。

"诸君！"西装革履，即将上任的三十六岁的蒲伯英挺起胸来。他容光焕发，中等身材，一张四方脸上有双大而亮的眼睛。他用一只白皙的手轻轻敲打着面前摊开的一纸《成都独立条件》，环视左右，特别看了看坐在对面的赵尔丰——用手撑着头，一副焦眉愁眼、吃了大亏、忍辱负重的样子，不禁暗暗一笑，朗声总结："武昌、湖南等地纷纷宣布独立。我巴蜀不落人后。经吴钟容、邵从恩、周善培等君努力奔走，再经各方反复商议，终于制定了我川省独立的'官、绅'条件。现由我念一念。看在座诸君，哪位还有意见？若无异议，请挨次签字算是通过！"他开始念："一、官定独立条件：不排满人。安置旗民生计。不论本省人与外省人视同一样。不准仇官及有他项侮辱言行。保护外国人。保护商界。不准报复。不准仇杀。不准劫狱。不准抢掳。不准烧杀。以上十一条违者严行惩办。

"另：万众一心，同维大局。谨守秩序，实行文明。川省所有军队，悉交朱庆澜统管。边务常年经费及兵饷银一百二十万两，由川省担任供给。边务如需扩充军备，饷银子弹由川协助。除原有边军外，应再选八营。边款仍照常协济。

"二、绅定独立条件：现因时事追切，请帅出示晓谕人民，川中一切行政事宜，交由川人自办。西藏为四川屏障，望帅唯保全四川之心，仍遵朝命赴边，办理边务事宜，所有兵饷及行政经费，概由川省担任。宣告之后，仍请帅暂缓赴边，以便遇事商求援助指导。军提都统各宪由绅面达，事后如愿驻川，仍待以相当敬礼，如欲回籍，需用川费，由川人从厚致送……"

从这份独立条约中可以看出，立宪派领导人对赵尔丰的要求可以说是有求必应。而且，"请帅暂缓赴边，以便遇事商求援助指导"，立宪派领导者们简直就是拜倒在赵尔丰脚下，这个"军政府"简直就是赵尔丰手上玩弄的木偶。然而，立宪派领导者们已很满足了。蒲殿俊宣读完毕，无人异议，挨次签了字。

"季帅！"蒲伯英弓起背来，将签了字的"条约"恭恭敬敬放在赵尔丰面前请教，"值此艰危时期，我等挑起四川独立重担，实在是勉为其难。新政府上任，百事待举，不知季帅以为当前最要紧的是哪件事？"

"窃以为，"赵尔丰手拂着颔下那把雪白如银的胡子，一双眼睛二眯二眯，颐指气使地说，"最要紧者，无过于解散乌合之众——同志会！"

"季帅所见高明！"毫无从政经验的新任都督在向赵尔丰虚心求教的同时，私心也以为所说甚是。他问赵尔丰："这些人自认为有功，咋个解散得了呢？一解散，会不会闹事？"蒲伯英说这话，好像他面对的不是差点杀了他的"屠夫"而是可以信任的老师。

"具体咋个弄，那就是你们自己的事了。哈哈，我这个下台总督就不好参言了！"赵尔丰脸上浮起一丝不屑的笑意。

"伯英！"年轻气盛的颜楷实在看不下去了，不满地看了赵尔丰一眼，"啥子事那么深沉？我们即刻以军政府的名义发份'告全川人民请解散同志会停止战斗书'下去，保证解决问题。同志会是我们自己的人嘛！只要讲清道理，肯信哪个就油盐不进！未必硬要开红山（杀人）才弄得平？我就不信！"毕竟是大学士，颜楷的话不显山不露水，却棉层有针。张澜连连点头，捋着颔下一部美髯，得意地拿眼去看赵尔丰时，他像是被锥了一下似的一怔。只见赵尔丰的豹眼一下张开，看着颜楷，面露凶相，简直要吃人。可是凶相一闪而逝，赵尔丰很快恢复了镇定。又眯起了眼睛，用手捋起胡子，一副置若罔闻的样子。实际上，赵尔丰尖起耳朵在听。此一时，彼一时矣，赵大帅现在要韬光养晦。

在座的老爷们听颜大学士如此一说，豁然开朗，来了精神，都说对。都是些文章高手，满肚子锦绣，个个出口成章，纷纷附议，说道："今全川政治上之变动如此之大……保路同志会之目的，实已贯彻无阻……若犹冒进不止，必致使祸毒日延日广，大局日坏日甚……"

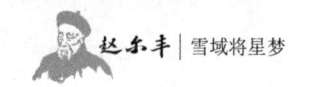

"……保路同志会之事已完，则斯会可以终止……"

七嘴八舌间，一篇锦绣文章已见雏形。新任都督蒲伯英心好，见赵尔丰坐在一边受冷落，特别是受到颜楷奚落后气呼呼的样子，便说："季帅，我们在这儿再凑一凑句子。你老是不是请回督署去休息？"赵尔丰这就缓缓站起身来，什么也不说，在吴钟容、朱庆澜等人的陪同下，径直往门外走，蒲伯英亦趋步去送。他们两人走在一起。卸任的大帅穿的是闪光缎面长袍，脚蹬一双朝元黑布鞋，年过花甲的他，身姿笔挺，一副虎死威不倒的样子。即将上任的蒲伯英西装革履，走在赵尔丰身边，步态却远不如人家沉稳。他们一老一少，服饰对照鲜明。然而，相同的是，他们颈后都拖有一根又大又长的辫子。

赵尔丰坐进八人抬大轿，在卫队簇拥下，缓缓悠悠沿着长街向督署方向而去。平时很爱掀起轿耳，打量街景的他，今天却将头仰起，靠在舒适的软枕上，闭上了眼睛。大轿颤悠颤悠，很舒适。即将卸任的赵大帅心中却是空落落的，头脑中不禁浮现出一个人——仪态端正、能言善辩、满口京腔的端方恍在眼前。其人字午桥，满洲正白旗人，时年五十岁；历任直隶霸昌道、陕西布政使、陕西巡抚、湖北巡抚、代理两江总督等要职。一九〇九年在直隶总督任上，因在东陵偷拍慈禧葬仪，被摄政王载沣免职。一九一一年初，被朝廷起用为川汉、粤汉铁路大臣。一心想当"四川王"的他，在四川保路运动一开始，就同盛宣怀勾结，百般中伤自己，千方百计想取而代之。如今机会终于来了！朝廷终于命他从湖北率新军一标（团），大约一千二百人，入川镇压保路运动，接替川督职……然而，想象着当端午桥得到自己将政权拱手送给立宪派人，成都成立军政府的消息时，惊得目瞪口呆的样子，心中不禁产生了一阵报复的快意。哼！端午桥呀，你毒我更毒！你狠我更狠！转而又一想，心中不由得又涌起一阵悲哀和怨愤，端午桥呀、端午桥！你若不逼我，事情何至于此？现在好了，弄得你我两败俱伤！我赵尔丰交了总督权，但还可以退回我的康区去！而你只怕夔门好进，进来就不好出啊！弄不好，将死无葬身之地……赵尔丰就这样在自怨自艾的忧思中，回到了督署。

辛亥年（1911）十一月二十七日午后，几朵鸭绒似的薄云，挂在红墙黄瓦的成都皇城上空。城中间那扇高大厚重的拱圆形的城门洞一侧，破天荒地挂出了一个白底黑字的"大汉四川军政府"大牌子。市街上，各处的商店前、民居屋檐下，都斜挑起一根竹竿。竿上挂起的白旗上，中间署有一个鲜红的"汉"字，十八个黑色的圆圈环绕在它周围，象征与川省相邻的中华大地上的十八个省份。秋风中，它们哗啦啦地飘舞得很起劲。

古城成都的两百多条大街小巷内，居民们无不站在这陡然挂出的军政府的旗帜下议论纷纷，不无惊异。

"这旗子咋怪眉怪眼的，大圈连小圈的，啥子意思？"

"蒲伯英他们搞的啥子名堂呢？赵尔丰还在督署嘛，咋就成立了军政府！安逸！现今成都有两个政府，叫我们听哪个的？"

"天无二日，国无二君。以后还够得扯，哭的日子怕还在后头！"

"明明是旧瓶装新酒嘛！赵尔丰虽说是下了台，他的大将朱庆澜还不是掌着我们的刀把子？"

"这样的军政府拿来干啥子？走啊！"于是，人们散了，各走各的路，各做各的事，并无多少热情。军政府虽然成立了，却像有人往死寂的湖水里扔了颗小石子而已，连响声都没有溅起一个。

夜幕降临了。

天上有苍白的月，四周有缥缈的黑云，惨白的月光不时洒向在战乱中战栗不已的资中县城，夜晚显得格外凄清。天刚擦黑，家家便关门闭户。到子夜时分，浮云遮月，笼罩在黑暗中的县城，寂如坟茔。

夜深时，通往东大街钦差大臣端方临时行辕那条鸭肠似的小街上，黑影幢幢。约有百余人，正鱼贯而来。他们个个窄衣窄袖，有的手握大刀，有的手握张着机头的连枪，神情警惕。一看就知道，这是支训练有素的部队——他们是端方兄弟带进川来的鄂军，足有一团，是新军。这支新军在武昌时就倾向革命，到了重庆，得知武昌起义已经成功，深受鼓舞，暗中串联，摩拳擦掌，跃跃欲试。今夜，他们得知成都方面军政府成立的消息，觉得时机已到，决计暴动，趁夜前去取清廷重臣端方的命。

钦差大臣端方这时尚未安睡，他呆呆地端坐桌前，对着一支似在流泪的红烛黯然神伤。川省总督职像是他的招魂幡。在京领命后，月前，他带陈镇藩团不顾一切地由鄂入川，晓行夜宿，乘兴一路向成都紧赶慢赶，恨不得早一天赶到成都，戴上他昼思夜想的川督红顶子。到了资中，离成都不过两三百里了，因情况不明，只好暂停前进。今日赵尔丰宁将川省交乱党也不予自己的消息接踵而至，顿时吓得他魂飞魄散！同时发现部队不稳，自己进退维谷了，且捉襟见肘，没有办法，只好以大话哄人，竭尽笼络之能事。今天中午，就在他得知"大汉四川军政府"成立消息时，预感到大祸临头，赶紧采取措施，倾其银钱，要火伕上街买回猪羊，宰杀后犒赏官兵。宴席上，他让其弟端锦代表自己向一千二百名鄂军官兵致辞。"诸君追随我们至此，甚为辛苦。"端锦笑微微的，"现在，我们不去成都了，打算折道去陕西。为略表微忱，愿酬劳大家白银四万两。若能同至陕者，另有重赏……"官兵们知道端锦在说大话哄人，讪笑道："那你把四万两银子拿出来兑现再说呀！"端锦支吾："现在钱不够，到陕西后保证兑现！"底下开始起哄："拿不出钱，我们不去。"说罢，一哄而散！情知不妙，端方赶紧召集身边卫队训话，竭尽威逼利诱之能事。

但是，卫队就靠得住吗？他预感到情况不妙有什么事要发生，内心有一种莫名的空虚和恐惧，心道：我端午桥活到这把年纪，什么事没有见过、经历过？难不成这次就过不去了吗？五十岁的男人，正是大展宏图的年纪啊！可是，如果自己就这样死在四川，真是死也不会瞑目啊！其实，自己是完全可以不来四川的。不来四川，哪会有这样的灾祸？可是自己被诱人的四川总督名头迷了心窍，一头钻进了盆子底，可能就再也出不去了。后悔，来不及了！悲哀……他正沉思默想间，"啪"的一声，红烛爆了一下，摇曳不已，好像要熄，屋里的光线更趋黯淡。端方陡然一惊，深信命运的他，看着这支似要熄灭的流泪的红烛，无限伤感。渐渐地，他的眼睛湿润了。一颗颗泪珠，顺着他白净的脸颊慢慢往下滴。"谋事在人，成事在天，生死有命！"他心中喃喃自语，神志有些昏乱。他的手慢慢伸出去，在桌子上的暗影里摸着了酒壶，"何以解忧？唯有杜康。"他的嘴对着壶嘴，慢慢仰起头，一口一口地呷着绵州大曲酒……他醉倒在桌上了。

第十四章 赵大帅以退为进

"咕咕——咕!"钦差大臣行营门外,轻轻响起了三声清脆的鸟鸣——这是起义鄂军突袭队向作为内应的门内卫队发出的暗号。

"咕——咕咕!"随着门内发出的三声暗号,钦差大臣临时行辕那两扇沉重的黑漆大门轻轻开了。军官任永生、卢保汉率领着突袭队一拥而上。卫士长杨毓麟闪身而出,向突袭队官兵们指示了端方兄弟的卧室。突袭队员们立刻准确地向端方、端锦的卧室扑去。

"哥、哥,快来救我!"当端方被军官刘怡风等人五花大绑,从卧室里推到花园里时,只见住在对面屋子的弟弟端锦也被五花大绑押了出来,正向端方大声呼救。他们兄弟被起义官兵押到后院"天上宫"殿前丹墀下。夜幕沉沉,惨白的月光时隐时现。不远处传来霍霍的磨刀声。平时作威作福、不可一世的钦差大臣端方,自知死在今日,吓得魂飞魄散。他向挺刀举枪、环绕在自己身边、怒目相向的官军们哀告道:"我平时待诸君不薄,今夜何故如此?"

官兵们纷纷愤然作答:"你待我们固然不错,但哪里是真心?不过是把我们作为你手中的工具而已!"群情激愤中,身材高大,一脸络腮胡的标统陈镇藩大步走了过来。

"端午桥,我要让你死个明白!"陈镇藩用手指着五花大绑的钦差大臣,"今天你们兄弟遭此劫难,实因你们先人种下的祸根。当初,清军攻下扬州、嘉定后的大屠杀,我们怎能忘记?汉人不愿剃头者,你们格杀勿论。读书人写错一个字,轻者坐牢,重者杀头,甚至株连九族。二百年的血债,到该偿还的时候了!"

"陈标统!"端方昂起头犟嘴,"先人的罪恶,不该我端午桥偿还!"

"那就说你吧,你端午桥也是死有余辜!武昌起义,天下响应,你不仅不回师响应,反而百般封锁消息,想将我们带去河南,与那里的清军会合,镇压革命!及至今天,你死到临头还想将我们玩弄于股掌之中。"说到这里,陈标统提高了声音,"今日之事,公仇为重。不诛你等丑虏,不是黄帝后裔!"说完,一挥手:"执行!"

下级军官任永生提着一把寒光闪闪的军刀走上前去,对端锦连砍数刀,端锦断气死去。陈仪亭提着一把指挥刀走到端方背后,先伸手在端方肩上猛地一

317

拍，喊一声"看刀！"就在端方下意识地将颈子一挺之时，陈仪亭将刀高高一举，狠劲往下一劈。倏忽间，只见寒光一闪，直直劈向端方的身体。端方猛地一抖，便被从肩到胯斜斜地劈成了两段。起义官兵再割下端方、端锦兄弟脑袋，装进盛着石灰的子弹箱内，一千二百余名官兵连夜剪掉辫子，宣布起义。当夜，整座资中县城都闹翻了。天明，陈镇藩带着起义的一团鄂军，离开资中，朝着家乡湖北方向大步而去。

当端方兄弟在资中被起义鄂军诛杀的消息传到赵尔丰耳中时，已是第二天早晨。巡防军统领田征葵奉命准时来见赵尔丰。刚绕过假山，赵尔丰已从书房中快步走出，降阶相迎，"田统，快请！"他脸上挂笑，亲热地执着目前这个唯一亲信将领的手。

他们进了书房。巡防军统领在太师椅上落座后，赵尔丰亲自泡了一碗盖碗茶递到他手上，算是殊礼。

"哎呀，大帅，"田征葵受宠若惊，赶紧站起身接过茶船，"这真是折煞部下了！"田征葵年届半百，武举出身。穿的是传统的边军服装，黑纱包头，青布战裙。肩挎德造二十响连枪，腰挎宽叶宝刀，粗眉凹目，身材高大结实硬朗，鼓筋暴绽，满脸络腮胡，身手矫捷，看人目光凌厉。一看就知是个心狠手毒、敢想敢干的人。

"快请坐，我们不是外人。"赵尔丰挥了挥手，示意田征葵不必虚礼，捋着银须，神情沮丧地问，"端午桥遇难的事知悉了吧？"

田征葵点了点头。赵尔丰不断叹气，"哎——！"他长嘘一声，"端四爷若直到成都，凡事同我商量，何至于此？"

"事情都是给端午桥搞坏的！"田统领恨恨地说，"端方若不逼大帅，大帅不会交权；大帅不交权，他端午桥就不会丢命。"

"端方是个成事不足败事有余的人。不说他了！"赵尔丰摇摇手，一副往事不堪回首的样子，说完，他抬起头来，用审视的目光看了看亲信，沉默半晌后，问，"明天的事，都布置好了？"看样子，他很有些不放心。

"好了。大帅放心，万无一失。"

"兵变现场谁指挥？"

"大帅卫士、亲信张德魁。"

赵尔丰低头沉默半晌后,"嗯"了一声,他对于田征葵办事还是放心的,便不再多问。想了想,又抬起头,用一副阴鸷的目光看定自己的亲信,叮嘱道:"征葵你多年带兵,我深知你做事稳慎细致。不过,还是要切记,机不可失,时不再来。蒲伯英书生一个,毫不知兵,明天是我颠覆军政府最好时机。若此举成功,你我前途一片光明,若是失败,你我将死无葬身之地。嗯?再想想,看还有无考虑不周之处?"

"容卑职向大帅细细禀报。"田征葵的头向赵尔丰凑了过去。

"嘘!"赵尔丰做了一个手势,示意他不忙说下去。站起身来,亲自上前拉开门。头伸出去,弓起身子左看看,右看看,确信无人后,再关上门,坐到田征葵身边的太师椅上,头凑过去,模样很诡谲。

他们开始细细商议,窃窃低语。赵尔丰同他的亲信田征葵对第二天的兵变细细策划了几乎一天,连午饭都是叫下人送进去吃的。

第十五章 成都在暴乱中呻吟

辛亥年阴历十二月七日夜，寒风砭骨，阴冷阴冷的。

成都皇城，军政府内灯火辉煌。刚上任的军政府都督蒲殿俊、副都督朱庆澜、军政部长尹昌衡研究完第二天的阅兵诸项事宜后，已是深夜。散会后，尹昌衡独自出门，骑上马，带弁兵马忠，缓缓往家走去。

万籁俱寂，大街小巷都在寒夜中沉沉入睡。

马蹄在石板路上撞击出轻微的火花，发出清脆的回声。骑在马上的尹昌衡闷闷不乐。这几天的变化就像一个急速变化的万花筒，一切历历在目，却又那么让人忧心忡忡。军政府宣布成立的第二天，蒲殿俊就宣布了各部部长名单，唯独缺了最重要的军政部长。新军中很有声望的彭光烈、宋学皋等人不依，他们怒气冲冲找上明远楼，质问蒲都督："明明尹昌衡是大家公认的最合适的军政部长人选，为啥不让他出任？未必以往赵尔巽、赵尔丰兄弟压制他，今天你蒲伯英执政还是容不下他？这事不说清楚，弟兄们不答应！"看着满屋身穿二尺五长黄哗叽军服的军官们，个个腰带上挎着战刀，别着手枪，样子很横！副都督、掌军权的朱庆澜心虚，早躲了。蒲都督被军官们围着，暗暗心惊。他微笑着，做出一副虚心听取大家意见、和蔼可亲的样子。

"都请坐，请坐！"中等身材，西装革履，方正的脸上有双大眼睛，剪了辫子，留一头短发的都督故作轻松地招呼大家，"都请坐下来说话，站客不好打整。"这又唤仆役上来给每个兵爷上茶、送点心，希望借此缓和气氛。看大家陆续坐下，他说："各位有这个要求，很好。我们会慎重考虑。请大家先回兵营去，容我们细细商量后再定。"

"不行！"彭光烈看出来了，蒲伯英在施缓兵之计。他发作了，霍地站起，把茶船往茶几上一蹾，两道浓眉一耸，满带杀气，"既然军中弟兄都推举尹硕权[①]为军政部长，还有啥子事要细细商议的？四川人办自己的事，肯信还要哪个点头才行？怪了，俗话一句：四川猴子服河南人牵，哼，怕没那回事！"在座军官们都给彭光烈扎起，屋内顿时弥漫起一股火药味。蒲伯英内心本不愿把这样重要的位置交给尹昌衡掌握，但看这架势不依不行，便下炕蛋："好吧！"他说，"既然诸君如此信得过尹硕权，军政府一定慎重考虑。不过事关重大，总得有个程序，请诸位宽限两日，再宣布，啊？"彭光烈见目的已达到，见好就收，这才带着请愿的军官们离去，他们故意将马靴、腰刀等枪械磕碰出吓人的铿锵声。

最终，军政部长职还是由尹昌衡就任。而蒲殿俊刚上任竟宣布军队放假十天，以庆祝军政府成立。好容易才把这些兵收拢，明天蒲殿俊又要阅兵，这样搞，会不会出什么事情？尹昌衡对军中的情形熟悉，觉得蒲伯英做事太孟浪了些，这样搞，纯粹是把军队当作提高自己威信，当作招之即来、挥之即去的玩具嘛！有枪有炮的军队岂是那么好玩的？特别是在这样的非常时期！但自己又不好反对太烈。尹昌衡知道，军政府内有些人对自己早有异议。他不愿意一上台就给人家提供一种不好合作共事的口实……

————————
① 尹昌衡字硕权。

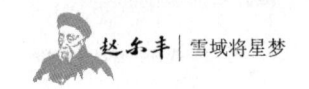

"部长，到家了！"经紧跟在身后的弁兵马忠提醒，尹昌衡才从沉思中醒来。翻身下马，一手把马缰绳扔给马忠。二人相跟着进了尹府。马忠牵着马去马房时，军政部长喊着他，嘱咐他明天一早去办一事："这匹川马虽说个小能负重，打得粗，好养，但上不得大台面。明天我首次亮相，务必要威风些，得骑匹高头大马。你明天一早去彭光烈处给我借匹雄赳赳的大马回来！"

"没得问题！"马忠点头，"彭爷劝过部长多少次，让你从他那里挑匹高头大马回来，你总说，川马打得粗。你借马，彭爷还有啥子说的！"

"话就说到这！"军政部长笑着打断了马忠好意的啰唆，嘱咐，"这事你务必一早办好。我们九点钟准时去东较场阅兵。"看马忠连连点头，军政部长才放心地跨进了后院。

东方刚现出鱼肚白，尹昌衡就起床了。他在院里先练了一会儿剑，洗漱完毕，吃过早饭，整完装，室内的自鸣钟"当——当"敲响九下。当他准时来到后院时，马忠早已从彭光烈处借回一匹枣红色骏马，并备好了鞍在等他了。军政部长甚喜，从马忠手中接过马缰，翻身上马。有"长子"之称、相貌英俊、二十七岁的新任军政部长尹昌衡骑在雄骏上，越发显得英姿勃勃，威风凛凛。他带着马忠出门去了东较场。

一进较场就发现气氛不对。演武厅下，已经列队，准备接受检阅的新军、旧军都军容不整，好些官兵都在交头接耳，神色很有些诡秘。军政部长一惊，赶紧下马，问一个将步枪当拐杖拄在地上，头上包黑纱的巡防兵在议论些啥子。见是军政部长，巡防军们围了上来，一个个牢骚大得惊人：

"三个月没领饷了，这兵有啥当头！"

"当官的倒弄肥了，我们这些当兵的肚儿都箍球不圆！"……特别令军政部长吃惊的是，连向来纪律较好，拥护革命的一些新军也跟着起哄。"要拐事！"他敏锐地意识到了这一点，见势不妙，立刻翻身上马，朗声宣布："弟兄们！军政府决定，检阅下来，立即发给兄弟们一个月的饷。剩下的饷，一个星期内补发。"军政部长的嗓门再大，他说的话，在这方圆十来里的较场上，能听到的兵们毕竟有限。偌大的较场上，到处嘈嘈杂杂，怨气冲天的兵们火气越来越大。尹昌衡直觉得这些星星火苗，正呼呼作响，马上就要"嘭——"的一声燃起冲天大火。军政部长意识到了问题的严重性和急迫性——这些就要闹事的兵们后面,有一只黑手在操纵,在煽风点火。但形势已间不容发,此时此刻,他只能骑在马上,反复驰驱,大声宣布"军政府决定"……直到嗓子都吼哑了,场内秩序才安定了一些。

这时,天光大亮。一轮冬阳艰难地拨开满天阴霾,照得较场坝里四下亮堂堂的。越发看得分明,较场正中的演武厅好气派!由青砖红石砌成,离地足有五尺高,飞翠流丹的重檐大屋顶,雄伟壮观。台后木屏风上,彩绘有一虎四彪,象征着即将实行的四川军制的一军四镇。场内兵山一座。受检阅的有九营巡防军,一营新军,还有几个大队的同志军。军官们开始喊口令,部队已经持枪列队。

军乐队出来了,开始奏乐——他们是特地从凤凰山新式陆军处调来的,军容齐整,一律戴大盖帽,脚蹬黑亮的马靴,穿黄哔叽新式军装,挺精神。在雄壮的军乐声中,新任都督蒲殿俊率军政大员们鱼贯上台入位。蒲都督是新派,西装革履。他在演武厅上一站,双手按着铺着洁白桌布的桌子,一缕阳光照在他别在胸前的大红花上,越发显得容光焕发。

"各位革命军人!"就在蒲殿俊刚刚开始演讲之时,忽然"砰"的一声,不知哪里传来枪响,而这就像是打了一发信号枪,场上立刻到处响起了枪声。蒲都督吃惊地往下看时,场上已是枪声大作,秩序大乱,兵们豕突狼奔。有人在煽动:"军饷根本没搞,尹昌衡是哄我们的,只图娃娃不哭了事。"

又有人举手煽动:"走啊,大家都上街去打起发①才是真的!"

"大家都散了,瓜娃子才在这里!"

"还不快走,在这里捞球?"……

顷刻间,形势完全失去了控制,乱军们一团团裹起,啸聚、呼吼、乱放枪……像晴朗的天上忽然涌起的团团乌云,往较场大门外涌去。

兵变发生了!

在台下监视秩序的军政部长见状大惊,赶紧朝演武厅狂奔,他想跳上台去

---

① 打起发:抢劫。

镇住堂子。

　　一双鹰隼似的眼睛一刻也没有离开过尹昌衡——在演武厅右侧,有个混入乱兵中的大汉,身材魁梧,满脸络腮胡子,他一边注视着场内的情况,一边不时举起手枪"砰,砰"地向天射击——他是这场兵变的现场指挥。他叫张德魁,是个山东大汉,是赵尔丰的贴心卫士。在今天这场精心策划的兵变中,他奉赵尔丰、田征葵命令进行现场指挥。

　　"各部听从我的指挥!"军政部长跳上台,放开洪钟似的嗓门大喊,企图维持秩序。这时,台上原先春风得意的军政府大员们都像驾了地遁,逃得无影无踪。都督蒲殿俊噤若寒蝉,同副都督朱庆澜正往台后躲。

　　"万万躲不得!"尹昌衡急切地对蒲殿俊喊道,"现在最要紧的是镇定,越躲乱子越不可收拾!"而这时,原陆军学堂总监、新任军政府参谋长姜登选不知从哪里钻了出来,把站在台中的尹昌衡一掀,横眉道:"你要去弹压,你自己去!晓得你们这些四川人今天在搞些啥子鬼名堂!"尹昌衡来不及同他理论,台下新军教官赵康时挺身而上,对拥到台前的巡防军们大声吼喝:"回去、回去!遵守秩序,不要上坏人的当!"

　　"那你就把欠我们的军饷发给我们!"乱兵们不听,吼着往前拥。

　　"我说话算数!"军政部长在台上向乱兵们保证。赵康时在台下弹压,这样一来,已经拥到台前的乱兵们像被一堵堤岸堵截的波浪,停止了向前冲击,声势也渐渐缓了下来。躲在人群后的张德魁好不着急,眼看就要燃起来的怒火就要熄灭!赵尔丰的贴心卫士气得把一口大牙咬得咯咯响,顺势把盘在脑后的那根油浸浸的大辫子一甩,盘在颈上,暗暗一声冷笑,举起德造二十响手枪,连连开枪指挥……

　　散布在各角落的心腹们得到了信号,又开始裹哄着巡防军们惊呼呐喊往前拥。赵康时勇敢地迎上前去,举起手枪,刚喊一声:"不准冲!"话未落音,"叭!叭!"一阵乱枪打来,赵教官顿时倒在血泊中………

　　台上的蒲都督见状,吓得脸色煞白,全身抖得像筛糠,赶紧从后台溜下去,由护兵扶着上了较场边城墙,缒城逃了。瞬间,台上的大员们变戏法似的跑得一个也不剩,台上的军政部长见红了眼的乱兵们正向自己逼来,赶紧一个箭步从台上纵下,带着马忠和一个弁兵跑出后门,再划动长腿朝玉皇观方向飞奔。

"吱——吱!"后面有追兵赶着,枪子追着。马忠和跟在尹昌衡身后的弁兵已受伤倒地。军政部长人长脚快,可惜穿着马靴,始终同追兵拉不开距离。刚跑到东珠市街,一匹白色的川马如离弦之箭向他迎面而来。这不是家中那匹川马是什么?这马之所以适时而来,是因为他家离东珠市街不远。枪声爆响时,家中养的那匹川马因久经战阵,闻之兴奋不已,挣脱缰绳跑出门来,往枪响之处飞奔,正好救了主人的急。

身逢绝境的军政部长见状大喜,用手指在嘴上打出一个响亮的呼哨,止住这马,两步窜到跟前,翻身上马,打马朝凤凰山方向飞奔,他要去凤凰山调新军镇压叛乱。

尹昌衡不断地用腿上的马刺磕打着胯下那匹川马,如飞般驰出北门城门洞,沿着一条乡间碎石路向着凤凰山飞奔。凤凰山是离成都仅两三里地的山丘,连绵起伏,状似凤凰,山上遍种桃树,一年四季郁郁葱葱。此山既是成都的屏障,又是城里人闲时踏青、游玩的好去处。这会儿,凤凰山在午后阳光的照耀下,那满山的绿,流光溢彩,像凤凰抖着金翅,每根翎毛都闪闪发光。

尹昌衡骑着川马上了山,驰进新军军营。当他从满嘴吐着白沫的川马背上跳下时,闻讯而来的标统周骏站在了他面前。真是"不是冤家不对头"!军政部长暗叹倒霉。周骏也是川人,是尹昌衡留学日本士官学校的同学,其人官瘾大,很是嫉恨尹昌衡当了军政部长。

"老同学!"在周骏面前,军政部长做出一副毫无芥蒂的样子,亲亲热热地称呼,轻轻松松地问,"现在,凤凰山还有多少新军?"

"你不是都晓得吗?"矮笃笃的周骏钉子似的戳在那里,眨着一双恨眼看着军政部长,没好气地说,"都跑光了,都到城里打起发了。我好不容易才团拢起这一营人,你要咋个嘛?"

"成都正处于血泊之中!"军政部长简明扼要地讲了兵变的情形,斩钉截铁地说,"没有办法,我现在只好把你手中这点兵调进城去平叛,请立即召集。"

"想得倒好!"周骏毫不买账,冷笑一声,"你要从我手中调兵?拿蒲都督的手令来!"

"情况如此紧急!"军政部长压着火气,耐着性子说,"现在这个兵荒马乱的时候,到哪里去找蒲都督?等找到人,怕成都早被乱兵烧光了、抢光了。"

"找不到新都督,找原总督拿手令也行。"周标统的口气很硬,也歪酸得很。

"周骏你说的啥子话?!找不到蒲殿俊就去找赵尔丰要手令?"

"是这话。"

"周骏!"军政部长再也忍不住了,他发作了,"你——太混账!军政府都成立了,你还要赵尔丰的手令调兵?你是何居心?你是不是也想趁火打劫?"

"随便你红口白牙咋个说!"周骏态度相当蛮横,"没有蒲都督的命令,我不发兵。"

"我是军政府军政部长,我有权调动部队!"

周骏一听,火冲脑门,冲动地吼:"我认不得你这个军政部长。你头上那顶乌纱帽还是从我头上抢去的!"周骏的胡搅蛮缠,让二十七岁的军政部长气极了,理智失去控制。

"走!你这个赵尔丰的余孽!"军政部长说着,冲上去要拿周骏。仇人相见,分外眼红。周骏也不示弱。两个人这就扭打起来,边打边吼闹,不可开交。陶泽琨、向树荣、马传凯等赶紧上来劝架。

军政部长很快清醒过来。军心要紧,不能同周骏一般见识,他收了手,趋步跨上旁边一个石磴,亮开洪钟似的嗓门,对围在身边的新军官兵动情地说:"弟兄们,成都危急!"口才很好的军政部长在简略地讲了今天上午发生的暴动及严重后果后,看官兵们的情绪已经调动起来,一挥大手,激愤地说:"现在,新生的军政府需要你们保卫。这次兵变是'赵屠夫'精心策划搞起来的!我有确切的证据。显然,他是要东山再起,要复辟,要将我们打进血泊中去。你们说,怎么办?"

"坚决听从军政部长指挥,平息叛乱!"场上三百军人义愤填膺,举枪齐呼,"决不允许赵尔丰复辟!"

"好!"尹昌衡无比欣慰,"你们深明大义,不愧为革命军人!愿意跟我进城平息叛乱的举手。"

场上三百支枪齐刷刷举了起来。

"好！"尹昌衡感动得连连点头，"平息此次叛乱后，你们都是功臣。四川存亡，在此一举。昌衡代表军政府感谢你们！"说着，声泪俱下。三百健儿群情激奋，再次举枪誓师。

掉过头来，尹昌衡看看站在一旁的标统周骏，周骏尴尬孤立，油黑脸上有赧然之情。知道他不过是名利熏心而已，并非有意破坏革命。军政部长对他说："周标统，我带你的部队进城平息叛乱去了，留给你十几个人守军营。你我互相知道各自的脾气，只要你服从命令，完成任务，平叛之后，照样给你记功！"周骏明白大势不可逆，这会儿他改变了态度，很爽快地点头答应军政部长："是。"

军政部长这下才放了心，转过身去，大手一挥："出发！"他带着这支只有三百人的小部队，顶着暮色，跑步进城。

天完全黑了。今日的锦城完全变了样。从北较场到皇城，长街两边，那些鳞次栉比的茶铺、旅舍、饭馆……全都关门闭户。而往昔这个时候多么热闹！纵然在同志军把成都围得铁桶一般时，会享受的成都人也没有让街市冷落过。入夜，锦城越发显出它畸形的繁荣：茶馆里座无虚席，氤氲蒸腾，唱清音的打着鼓板，哈哈调唱得茶客们如醉如痴；小吃店里卖糍粑的"三大炮"甩得山响；红锅馆子里热气腾腾，幺师们站在檐前，长声吆喝，殷勤延客入内……然而，今天一路行去全都寂然无声。远远地，只见东大街等闹市区方向，有束束燃烧的大火，冒着浓烟，呼啸而上，像童话世界里镇妖的宝瓶不慎被打开，突然钻出的魔怪。它们那巨大的身躯突起在半空中，披头散发，伸着红舌头，粗暴地舔噬着夜空。成都在惊恐中战栗。有惨白的月光吃力地透出云层洒下来。长街两边的花草树木、店招……全都朦胧苍白，似举行葬礼一样的凄惨。

来在北门大桥上，军政部长将区区三百新军分成三队：派马传凯带一队守造币厂，向树荣带一队守武器库。自己带一队进入军政府所在地皇城。为虚张声势，震慑乱军，分别时，军政部长嘱咐：各队尽可能地吹号打鼓，极尽张扬地进入阵地。

九里三分的成都城已面目全非。继上午十一营巡防军和几营新军哗变后，市内的上千名警察和散驻城内大街小巷庙宇内、打着同志军旗号的土匪和一些哥老会也加入了抢劫的行列。首先遭殃的是市内的大清银行、浚川源银行、通商惠工银行、铁道银行——这是当时成都几家略有规模的新式金融机构。接着，天顺祥、宝丰隆、百川通、金盛元、日升昌、新泰厚、天成亨、协同庆等三十七家银行、捐号、票号都遭到浩劫，连同军人自监自盗的藩库、盐库等，共计损失现金二百万元大洋，尚未计十余家金号的损失。只有四川造币厂例外。它僻处城墙东南隅，是个死角，没有引起乱兵们注意，这就为军政府侥幸地保存了白银十余万两、铸造好的大清龙纹银圆数万枚。

成都东大街、劝业街、大什字、小什字、暑袜街、总府街、湖广街、棉花街等十多条素称繁华的街上的所有商号也被乱兵们洗劫一空。情况往往是，官兵们满足欲壑走后，再让那些等在门外，看得眼睛出火，直淌垂涎的差役们抢。最后拥入的是那些游手好闲、掌红吃黑，整天茶坊进，酒馆出，打条骗人，专拣便宜的地痞流氓。他们一边高声大喊："上山打猎，见者有份"，一边不由分说，开始细细搜刮残余。

有些商号、华宅被洗劫一空了。后到的乱兵什么也没捞着，恼羞成怒，他们砸穿衣镜，用马刀砍门窗、家具……往往连挂在壁上的时贤字画，也被抓下来撕得粉碎。锦绣成都到处都是烛天的火光和叫声，"温柔富贵之乡"已被蹂躏得不成样子。

赵尔丰这时久久地站在五福堂前，望着高墙外股股烛天的火炬升腾而起，它们像一条条火龙，在漆黑的夜幕中，疯狂地、张牙舞爪地扭动着身姿。火龙吞噬财产时发出的噼噼啪啪的声响混合着失去家园的平民凄惨的哭泣，阵阵传来，声声入耳。忽闪忽闪的火光映在赵尔丰有棱有角的脸上，他那一双阴沉多日的豹眼此时注满了一种残忍的兴奋。他的一双手不由得握成拳。兵变成功，在他意料之中，形势急转而下，又在他意料之外。而这一切，都使他这个阴谋的策划者和组织者，因为激动，而全身微微发抖。

不久前，在极度的惊吓、失望中，他向立宪派人交了权。但随着端方被

第十五章 成都在暴乱中呻吟

诛、成都解围、讯息畅通后，大帅很快后悔了。是的，革命党人在武昌搞的起义是成功了，全国好些省也宣布了独立。但是，宣统帝还在北京紫禁城里稳坐龙廷，并没有退位；朝廷重臣袁世凯还手握重兵，正挥兵以千钧霹雳之势向革命党人压来。大局尚有可为。

嗜权如命的他下野后，大权旁落，那滋味真是比死还难受啊！再看立宪派蒲殿俊等人不堪一击，于是，他瞅准机会，利用军政府之间的各种矛盾，趁蒲伯英较场阅兵时搞复辟，他成功了！正沉思默想时，只见卫士长何麻子快步走上前来，附在他耳边，轻轻说："大帅，外面有七八个老者要见你？"

"他们是些什么人？"赵尔丰霍然转过身来，看着卫士长，满怀期冀。

"成都的五老七贤。"

"啊？"赵尔丰大喜，转身向着站在黑暗中的田征葵说，"征葵，你代表我去请他们上五福堂来！"

"是。"巡防军统领会意。

"大帅！"当胡须银白，头戴黑缎瓜皮帽，穿青缎长袍，外罩黑布马褂，一条干焦焦的发辫在背上扫来扫去，八十高龄的咨议局议员伍肇龄在几个深孚众望的老人搀扶下，拄一根龙头拐杖，颤颤巍巍进到五福堂时，态度向来傲慢的赵尔丰竟趋步上前，一边故作吃惊地说："如此深夜，何劳伍老先生夤夜而来？"一边亲自扶伍肇龄坐到一把软椅上。

"大帅！你可要救救我们成都啊！"不意伍老先生不肯落座，屁股往下一梭，就要叩头。赵尔丰扶住伍老先生，心中暗笑，嘴里却说："不敢当！不敢当！老先生有话尽管说。只要尔丰办得到的，一定照办。"说着扶老先生坐好了，自己才坐下。

"蒲伯英才多大岁数？"伍老先生气愤地把龙头拐杖往地上一拄，"不过才三十六岁嘛！还是个青勾子娃娃①，一个四川省的都督是那么好当的？看看，这不出事了？出大事了嘛！"伍老先生数落一阵后，道出主题："大帅，我们是代表成都人民来请大帅出山收拾乱局！"说着，看了看簇拥在他身边满脸惊惶

---

① 青勾子娃娃：四川方言，不懂事的男孩。

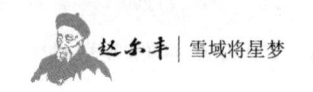

的老人们，以目示意。五老七贤们赶紧纷纷给赵尔丰粉起：

"当今这个乱局，非得大帅出面才捡得顺！"

"以大帅你的威信，只需出面打一声招呼，保证刀枪入库，马放南山。"……

在座的五老七贤都是秀才、举人出身，话一个比一个说得好听。赵尔丰好不高兴，却故意稳起，做出既为难又悲天悯人、无可奈何的样子，把手一摊："诸位老先生，不是尔丰不愿救民于水火。只是尔丰已将总督职交给了蒲伯英，即将赴康区，这时候插手怕多有不便，怕引起误会。恕尔丰不能遵命！"

"大帅，求你了！"伍老先生又从软椅上梭了下来，要向赵尔丰下跪。

"哎呀呀！"赵尔奉赶紧弯下腰去，伸手扶起伍肇龄老先生，做出一副豁出去了的样子说，"各位耆年硕德的先生既如此说，尔丰敢不遵命？纵然前面就是火坑，尔丰也跳！"

"大帅准备何以应对？"伍老先生似乎对赵尔丰的保证不放心，打破砂锅问到底。

"我立马以个人名义下文，出告示，要新军、旧军立即返回军营，不准扰民。我想我赵尔丰只要给他们打声招呼，这些兵会听话的。"

"大帅只要肯出马，我们就放心了。"伍老先生等五老七贤看赵尔丰信誓旦旦，这才放下心来，对他千恩万谢，颤颤巍巍鱼贯而去。赵大帅作出礼贤下士的姿态，一直把他们送出大门。

第二天的黎明姗姗来迟。成都的两百多条大街小巷内都已贴上了告示，白纸黑字，引人注目："不论是巡防兵或者是陆军，迅速到制台衙门受抚，不咎既往，一概从宽。宣统三年十月十九日。"告示署名很特别："卸任四川总督，现任川滇边务大臣赵尔丰。"因为总督大印已交军政府，赵尔丰不厌其烦地在每一张告示后面签上自己的名字，字体乃篆体变体，像一只只飞翔的白鹤，别有含意。

"咦！赵尔丰又出山了!？快来看、快来看！"不出赵尔丰所料，天刚亮，在那些被一夜大火焚烧得不成样子的大街小巷里，在每一张有赵尔丰署名的布告前都围了一圈又一圈的人。人们对关系到自己切身利益的政治的关注，压倒了对现实的恐惧。他们纷纷指点着、议论着：

"这么说军政府是垮杆了？赵尔丰又抽正了？清朝还没有倒？若不是，咋告示用的都是宣统年号呢？"

"不对，不对！"有人质疑，"若说是赵尔丰又抽正了，咋个章都没有盖一个哩？歪的嘛！我倒是听说，军政府的军政部长——尹长子从凤凰山带兵昨黑就进城平叛来了，已经平下来了。"

"管那么多捞球！"有人更实际，"你我小老百姓，赶紧回去把着门要紧，不要让乱兵打了起发——各人抱到自己的娃娃不哭！"

想想也确实是这样。国以民为本，民以食为天。国家大事岂是你我小民能管得了的？穷家小户，贱民百姓还是照看好自己要紧！于是，人们一哄而散，带着各种各样的心情，匆匆忙忙，各走各的路，各忙各的事去了。

第十六章 跳出来的中流砥柱

"嘀嘀嗒！嘀嘀嗒！"军政部长率一百名精神抖擞的新军，在子夜时分张张扬扬地来到了军政府所在地——皇城。抬头看，红墙黄瓦的深庭大院里寂如坟场，全无往昔军政府首脑机关那种繁忙紧张的气氛。拱圆形的城门洞前，往昔门楣上悬挂着的垂着流苏的两盏大红宫灯，岗亭里二十四小时站得笔直的卫兵，就像变戏法似的，今夜全都荡然无存。月影移墙，竹梢风动，格外凄清。

军政部长望着这陌生的要地，一时甚至怀疑这里面会不会暗藏着什么凶险？他先派一哨尖兵进去搜索，确信是一座空城后，再将部队精心布置，化整为零：岗亭里照旧站上卫兵，将两扇红漆大门虚掩，六十名士兵在门内用麻袋等做好掩体，准备迎击敌人，剩下三十名守后门。军政部长的整体构思是虚虚实实，外松内紧，竭力从心理上震慑敌人。然后，军政部长带着剩下的十来名兵士，沿着花径，往明远楼而去。

昏黄月光下，只见殿宇重重，庭院深深。偌大的一座深宅大院内没有一盏灯，没有一点声音，令人莫测高深。军政部长带着人上了楼，向致公堂走去。十来双皮靴踏在楼板上，发出空洞吓人的回声。

"咿——"致公堂的门被掀开了，军政部长尹昌衡率先一步跨了进去。

"看剑！"尹昌衡忽觉眼前寒光一闪，从侧面一张桌子后闪出一个胖的人影，人到剑到，一把冷飕飕的利剑直向军政部长刺来。

"哎呀！"跟在他后面的兵们的惊喊还未落音，日本士官学校毕业的高才生，在国内和国外都受过严格格斗训练的尹昌衡早已从刀鞘里拔出利剑还击，"当"的一声格开来剑，侧身一跳，稳住阵脚，再挥起利剑，向刺客还击。

致公堂内光线黯淡，士兵们知道军政部长武艺了得，又怕看不清反帮倒忙，便都站在一边观战。影影绰绰中，只见他们一高一矮两人斗剑。矮的劈来如牵出一道闪电，触之便死；高的利剑迎去直指杀手眼睛，如撒开万点寒星，必力擒刺客。双方并不作声，只在剑招上有来有往，二人剑法纯熟，打斗得非常好看。

军政部长终归技高一筹。几个回合后，只听"当"的一声，刺客手中的剑被击落在地。但他并不惊惶，只见他蹲下去，抱着件什么，头都不抬，大声叫骂："反叛逆贼，你们杀了我吧！"

"你是谁？"听声音如此熟悉，尹昌衡吃了一惊。这时，马忠举着一盏油灯出现在门口。啊，是军政府咨议局局长罗纶嘛！这个白皙的矮胖子，正抱着地上一面"汉字十八圈旗"痛哭流涕。

"梓卿兄，你死到临头了！"军政部长玩笑一句，"也不抬起头看看我是谁？"军政府咨议局局长应声抬头，看清了站在自己面前的竟是军政部长尹昌衡后，大喜，破涕为笑，一下站起身来，趋步上前，握着尹昌衡的手，再望望簇拥在周围的军士们，问："硕权，你是带兵进城平叛来了吗？"

"正是。"军政部长告诉了他详情。

"哎呀！"听了尹昌衡的话，罗纶却是转喜为忧，"你带这几个兵来能平叛？无异杯水车薪嘛！"

"兵不少，不少！我自有平叛之计。"军政部长说着，要兵士们退出，他要同罗纶商量机宜。明远楼里，那盏灯直亮到天明。

天刚放亮。尹昌衡和罗纶并肩站在皇城明远楼上，往下眺望。万瓦鳞鳞中，陕西街上那座法国人修建的高耸的教堂，还披着牛乳色的晨雾。皇城坝周围，那纵横交错的回民牛肉馆、饭馆……全都关着门。而城门洞外，那偌大的、往日百戏杂陈、无奇不有、人声鼎沸的坝子上，今天出奇的安静。偶尔有人出现——那是吃了上顿没下顿，不得不出门觅食的千人。他们衣衫褴褛，拄棍笃棒，神情惊惶，像一只只既惊怕又可怜的麻雀。

"硕权！"罗纶用手指着平安桥方向一幢大院里的碉楼告诉军政部长，"看，那就是武器库。据我所知，武器倒是还未流失，但拥进去了许多乱兵。"

电光石火般，一个迅速制服乱兵、稳住大局的计划在尹昌衡脑海中形成。他转过身来看着罗纶，目光灼灼，语气坚定："梓卿，我们分个工，你在城中驻镇指挥——学一回诸葛亮唱空城计——要紧的是稳起！我带一哨兵士去把武器库捡顺……"

听了尹昌衡出奇制胜、身先士卒的计划，罗纶觉得军政部长一身是胆，智勇兼备，他顿时有了信心，点了点头，嘱咐一句："硕权，务必小心！"

"轰！"皇城那两扇圆拱形的沉重的红漆木质大门被推开了，一哨军容整齐的新军，跑步而出。他们排成两路纵队，由军政部长亲自带队，向平安桥方向而去。他们披着淡淡的晨雾，沿着清澈见底的平安河来到了向荣街。这是一条模范街，两边栽满女贞树，平时就以幽静闻名。现在，更是连鬼花花都没有一个。顺着一条曲里拐弯的窄巷一拐，尹昌衡带着部队向武器库走去。

走过一条狭长幽深的两边是高厚的夹壁似的风火墙的甬道，众人来到武器库，只见大门敞着，并无人把守。军政部长带部队在门外停下来："马忠！"他开始下达命令。

"到！"已升任副官的马忠应声而出。

"把弟兄们分成两队警戒。两挺机枪，一挺架在门外，对着武器库，以防乱兵暴动；一挺架在甬道外，不准放一个外人进来，也不准放一个乱兵出去。"

"是！"马忠接受了命令，分头布置时，看军政部长执意要一个人进去，忙劝:"部长,里面那么多乱兵,危险!还是让我跟你进去吧!?"

"人多了反而容易引起乱兵惊慌。服从命令,注意警戒。"尹昌衡说时,单身一人进了门。

偌大的院子里,到处闹哄哄乱糟糟的。四周呈辐射线散布出去的一间间木质穿拱房里,乱兵们蜂涌蚁聚,或喝酒划拳,吆五喝六,或扯起破嗓在吼川戏……无人注意到进到大院来的尹昌衡。军政部长径直来到院中,站到一块石礅上,手一挥,亮开洪钟般的嗓门:"诸军听令,我是军政部长尹昌衡!"这一喝,院内顿时鸦雀无声。具有传奇色彩的军政部长的大名,在川军中,可谓无人不知,无人不晓!乱兵们赶紧拥到院里,怔怔地望着只身站在石礅上的气宇轩昂的军政部长,露出满脸的崇敬和惊讶。

尹昌衡用他那双亮眼,迅速扫视了一下全场,乱兵们的神情让他放心了。

"各位兄弟!"军政部长亮开洪钟似的嗓子,开始政策攻心,"这场兵变,是赵尔丰蓄意制造的,责任不在你们!现在,只要各位听从我的命令,军政府保证过往不咎,立功受奖……"

军政部长的话讲完后,立即有兵问:"请问部长,军政府理不理抹财喜?"这就是说,事过之后,军政府对乱兵在打起发中抢劫的赃物清不清理?看场上的乱兵们盯着自己眼都不眨一下,尹昌衡知道,这个问题至关重要。弄不好,要出乱子。本来他想说:"事情各是各,休想趁此机会滑过去!打劫之物必须退回,事情必须清理!"但话到嘴边却很囫囵:"全看你们自己!"

千万不要再出什么难题!军政部长正暗暗着急,乱兵群中走出一位下级军官,朗声说:"部长说得很对,策动此次叛变的是'赵屠夫',弟兄们都是莫名其妙被人家裹着跑的。现在大家知道不对,又不知该咋办才对。部长不惧凶险,亲自来给我们指明前程,我们心中感激万分。没得说,部长咋说我们咋办,指到哪里,我们就跟部长打到哪里。"

"对!"底下兵们齐应,"乔得寿说得对。我们愿随部长驰驱,以死听命!"尹昌衡素来善识人才,见其人长得雄壮,话也说得得体,认定这个下级军官是个人才,很高兴,问:"你叫什么名字?"

"部下名叫乔得寿。"

"职务?"

"哨官。"

看乔得寿官不大,但还有威信,尹昌衡想探一探其人究竟有多大的影响力,他用一双亮眼扫了一眼院里站得满满当当的乱兵,说:"愿意跟乔哨官一起效忠军政府的,举手!"满院子兵,齐刷刷举起了手,约莫有千人。

"乔哨官!"

"有!"乔哨官应声而上,站在尹昌衡面前,双脚磕响皮靴,"啪"地给军政部长敬了个标准的军礼。

"我命令你:即速将此院内的弟兄们整编为战斗序列,听候我的命令!"

"是!"乔哨官接受了命令,转过身去,几声命令一喊,上千乱兵立即分成几排,站得整整齐齐。好个乔得寿!军政部长心中暗暗赞许。

"现在,我命令!"军政部长朗声道,"你们为军政府暂编第一标(团),乔得寿为代理标统。你们的任务是替军政府守好武器库,弟兄们有没有信心?"

"有!"大院里,黑压压的兵们齐声呼应。初战告捷,给了军政部长信心,看来,兵变不得人心,绝大部分乱军还是人心归顺军政府的。前后不到两个小时,尹昌衡不仅解决了武器库的问题,而且,手中又多了一标人。尹昌衡这就出了武器库,带着守在门外的一哨人去了湖广会馆。

军政部长如法炮制,将一哨兵留在门外,架起机枪封门,以防万一。他只身进了白壁粉墙的湖广会馆大门。里面的乱兵更多,三进的院内,少说有一两千兵,全像没头苍蝇,窜来窜去,有的在打牌,有的在亮谁抢的东西多、值钱……到处闹闹嚷嚷,乌烟瘴气。军政部长进到第二个院内,见一伙乱兵打起架来。尹昌衡人高,透过人墙看去,主打的是两个巡防兵,都长得牛高马大。劝架的把他们拉开了,他俩包头的黑纱散在地上,足有一丈长。俩人一边骂着,一边迅速将黑纱又裹在头上,像垒起的两座黑黑的山头。

武打收场,又开始文攻。那络腮胡用手指着自己的鼻子,上前一步:"老子肯信你虾子吐把口水把我吞了!"

"大家看倒在哈!"对手也是个大块头,有一对牛鼓眼,也用手指着自己的鼻子,唾沫飞溅,"你是不是还要动手嗦?打嘛,哪个不打哪个是虾子!"这充满浓郁川味的骂架，让百无聊赖的乱兵们乐得哈哈大笑，两边的支持者跟着起哄。

"算了，算了！"有人劝道，"你们公说公有理，婆说婆有理，我看还是找张五哥来评个理！你们两边认不认？"

"要得，要得！"

"对嘛，对！"这个提议竟得到两边的一致赞成。军政部长不由问站在身边的一个乱兵："这张五哥是啥子人？"

"当兵的。"

"叫啥子名字？"

"张鹏舞。"

"未必这个当兵的比当官的还关火？"军政部长很有兴趣地问。

"是嘛，人家张五哥是对红心嘛！"军政部长心中正暗暗诧异，一个小兵领着张五哥调解纠纷来了。尹昌衡注意看站在圈子里的张鹏舞，不高不矮的个子，稍显单薄的身躯、清癯文静的脸，看得出这是一个投笔从戎的书生。他那两道扬起的漆黑的剑眉，一双亮眼中流露出的深沉果敢的神情，是只有那种既有慧根又经历过行伍生涯磨炼的人才能具有的。他穿一套洗得发白的军服，腰上勒一根黄锃锃的宽牛皮带，越发显得身姿笔挺，神情精明。张五哥言语精当，思路清晰，评析深刻，立场也很公正，说得打架的双方口服心服。军政部长若有所悟：看来，人才往往深潜在基层中；战争之伟力，也往往是由这些不起眼的兵构成的。

一场混乱被平息了。看张五哥要走，军政部长拍了拍身边小个子兵的肩，说："喂，兄弟！"待那兵转过头来，军政部长说："劳驾，你帮我喊声张五哥，就说有人找他。"

小个子兵去了。很快，张鹏舞来了。张五哥一见站在大院旁大白果树下的这个高个子军官，戎装笔挺，气质不凡，知道非同一般，赶紧跑步上前，"啪"地立正，给他敬了个军礼。

"你就是张鹏舞？"军政部长声音不大，但自有一种威力。

"是。"张五哥不由得仔细打量站在自己面前的这位仪态不凡的青年军官。

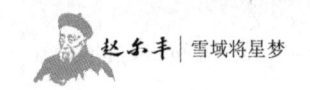

他那颀长魁梧的身上，穿一身整齐干净的黄哔叽军装，一条宽宽的牛皮带束在腰间，上面系一支连枪。他有一张长条形的脸盘，一副剑眉漆黑，一双星眼晶亮，隆准下的嘴唇上有一串并不浓密却显潇洒的黑胡须。看不出这位青年军官的军阶。但办事阅人颇有深度的张鹏舞看出，这位青年军官与众不同！

尹昌衡专注地打量了一下张五哥。张五哥觉得，正打量自己的军官的眼神深沉有力，深邃而又智慧；顾盼间又洋溢出一种风流倜傥的韵致，抑或还有一丝诡谲。

"你是军政部长吧？"陡然间，张五哥将耳熟能详的、军中广为流传的尹昌衡的若干传奇故事同眼前这位青年军官联系了起来，猛然醒悟。

"是。我是尹昌衡！"军政部长问张鹏舞，"这会馆里有多少兄弟？"

"一千多人。"张五哥据实回答。

"你能将他们团拢吗？"

"能。"

"好。"军政部长说，"你去将这些人都召集起来，就说我要训话。"张鹏舞领命转身而去。不多时，张鹏舞将三进院中乱军全部集中到了这个大院里，足有一标（团）人。军政部长的训话又是如法炮制，说是只要弟兄们听从命令，军政府过往不咎，还能立功受奖。当有人再次提出大家最关心的军政府理不理抹财喜这个问题时，按尹昌衡往常的脾气，当然是要理抹；但这个时候，他不能不讲点功利主义，不能不做出些妥协。因此，向来讲话利索的军政部长说话打起了弯，还是那句："在你们！"这样，乱兵们唯一的心病没有了，个个高高兴兴。军政部长大声问："你们想不想归队？"

"想！"场上千人百众齐声回答。

"你们愿不愿意听从军政府的命令？"

"愿意！"一时间，大院里，应声如雷。

"好！我现在宣布命令。"尹昌衡趁热打铁，"你们为军政府暂编第二标！张鹏舞！"

"有！"被弟兄们称为"对红心"的张五哥应声出列。

"我命令你为暂编第二标标统。任务是，带领弟兄们上街，维持秩序。组建纠察队，收罗在街上打流的弟兄们归队。详细办法，下来听我的布置。"

"是。"众望所归的张五哥升官了，给军政部长敬了个标准的军礼。大院里，响起了一阵接一阵巴掌声。

街上又飘起了汉字十八圈旗。

从十二月九日早晨起，街上的枪声和乱兵们打起发时令市民们心惊肉跳的"不照、不照"暗号声几乎完全销声匿迹。全城两百多条大街小巷内，再不见那些斜挎起沉甸甸包袱趾高气扬的巡防兵，也不见了给乱兵们抬东西的轿子。刚开始，上街的人见到对面兵来，还大气都不敢出，畏缩地躲在屋檐下让路。然而这些兵大爷一夜之间就像被谁吓掉了魂，见了人，就像耗子见了猫，你若正颜厉色看他两眼，他便赶紧怯怯地躲开。

"当、当、当！"怎么青天白日，打更匠打起更过来了？正在匆匆走路的人停了步。与此同时，"噼噼、啪啪"一间间街铺也开了门。瞬时，清风雅静的街上人头攒动，大人小孩都出来看稀奇。只见着短褂的打更匠和穿长衫的绅士走在前面，跟在后面的是两三名全副武装的骑兵——他们是军政部长派出的招抚队，他们骑在马上，往往右手挽缰，左手执一面小红旗，在街上缓缓巡行。见到有流窜状的兵，只听"当"的一声，打更匠先吆喝："弟兄们慢走，军政府有令！"后面的骑士立即接道："命令你们不要再生事，赶快回到各自的营盘里去。只要你们听话，随便以往咋个，做过啥子见不得人的事，保证没事！"完了还怕兵们听不懂，再加上一句流行的袍哥语言："只要你哥子言语拿得顺，啥子事都搁得平！"

那些被招呼着的乱兵往往便问："要是带着财喜回去报到，可不可以不理抹财喜？"招抚队的回答也总是让乱兵们放心。

在盐市口、东大街、走马街等热闹地方，到处围了一堆堆的人，在看贴在墙上的军政部的安民告示。有尹昌衡签名的告示规定，凡逾期不归队者，将重惩；行刑队抓着抢劫犯、强奸犯……就地正法！

"凶啊！"成都人善言词，会表情。街上没有了危险，于是在不少告示前，便有许多人边看告示边议论。

在东大街，一家成衣店前，好些人围着一张刚贴上的告示绘声绘色讲："晓得不，尹昌衡昨夜亲自带兵巡逻。昨天到今天，已杀了二十多人。看哪个还敢打起发？"于是，立刻有人参与："看不出来啊，尹长子青勾子娃娃一个，硬凶喃！"

"有志不在年高。倒是正、副都督不得行！那天较场坝枪一响，蒲伯英就吓得拉了稀，现在都找不到人。"

"不摆了！"有人摇头，"蒲伯英书生一个，这时候有球用处！倒是朱庆澜可恶，他本来就是赵尔丰的人。"

"军政府该换人了，我看尹长子当都督最合适。"

"我看该把'赵屠夫'拉出来整，这场兵变就是他在里头装怪！"人们的议论越来越深沉，越来越精彩，围的人越来越多。这时，只听有人喊："快看啊，尹昌衡尹都督来了！"

"哄"的一声，围在告示前的人散了。沉寂了两日的东大街万人空巷。街两边的屋檐下，人们排成火巷子，争着瞻仰极具传奇色彩、雄姿英发、年轻英俊的尹昌衡。过来了，过来了！在一队骑兵的簇拥下，戎装笔挺的尹昌衡骑着一匹如火的雄骏，一缕绚丽多彩的秋阳照在他的身上。他一手挽缰，另一只手则举起，不停地向欢迎自己的百姓挥手致意。他微微笑着，顾盼间，那副自信、潇洒和无与伦比的阳刚之气流露得淋漓尽致。

忽然，军政部长的眼睛盯着一个地方不动了。在千人万众中，他发现了一双与众不同的眼睛。就在那间鑫记成衣店前，屋檐下的一根高板凳上，站着一个绝色少妇。尹昌衡的一双亮眼看得分明。她大概有二十三四岁，脸儿白白，一副若剪若裁的漆黑细眉，伏在一双美目之上，微微挑起，斜斜地插入鬓角。她的个子高挑而丰满，穿一件淡绿色的旗袍，一条油松大黑辫子从颈后弯过来，搭在高高的胸脯上；她目不转睛地看着尹昌衡微笑。在灿烂的冬阳下，她那美丽的脸上露出的酒窝，使她的一切都显得格外动人。军政部长不禁怦然心动。

鑫记成衣店虚掩的门开了，出来一个烟灰样的瘦男人，附在那少妇耳边说着什么，似乎在喊她进去。但她理都不理……军政部长心中有数了。

第十六章　跳出来的中流砥柱

瞬间，年轻有为、风流倜傥的军政部长心中有了一个近乎荒唐的决定。

他要走了——军政府正等他去主持召开一个关系到四川未来的重要会议。他不能不走了。他向万头攒动的成衣店方向挥了挥手。灿然的冬阳下，他看见，她那深潭似的明眸正向着自己，秋波忽闪忽闪，里面包蕴了许多情谊，许多话语。他知道，这只可意会不可言传的情状表明，自己和那成衣店里少妇的心思是完全一样的，而且是迫不及待的。

军政部长在万人仰慕中，由他的骑队护卫着，向皇城方向渐行渐远。

当军政部长尹昌衡迈着大步，一脚跨进致公堂，巴巴掌声"哗"的一片朝他响来。

"不敢当！不敢当！"在满屋德高望重的名绅们面前，向来敢说敢当的尹昌衡，一时神情竟有些赧然。他向满屋的名绅们拱手作揖致谢，然后，同主持会议的罗纶点了点头，谦辞两句，坐在专门给他留下的位置上。

起眼一看，张澜、邵从恩、颜楷等该来的都来了。他们坐在垫有红绒毡的雕花太师椅上，围在椭圆形桌子四周，一个个神情肃然，看得出来，他们大有话要说。只是不见当了十二天正副都督的蒲殿俊、朱庆澜二人。

"梓卿！"军政部长比了一下手，对罗纶说，"请开始吧。"善于言辞的军政府咨议局长罗纶开始致辞："……众所周知，在赵尔丰精心策动的这场兵变中，军政部长尹硕权力挽狂澜！"顿时，场上热烈的巴巴掌声又起。尹昌衡又站起向大家表示谢意。

罗纶用手往下压了压，示意大家安静。

待场上安静下来，罗纶接着说："现在，形势仍然危急。虽然兵变压下来了，但是，赵尔丰率三千精兵至今稳坐督院，他煽动叛乱，妄图卷土重来，亡我之心不死。值此艰危之际，人心惶惶之日，新生的军政府急需强有力的领袖带着我等征腐恶、开新篇之时，都督蒲伯英不知方略，不听劝告，先是让赵尔丰以售其奸，酿成兵变，继而临阵脱逃，洋相出尽。今天，我们派了人去请他们来开会。可作为都督、副都督的他们至今不见踪影。因此，特请诸君前来，看目前该怎么办?！"

罗纶的话音刚落，徐炯噌地一下站起。他字子休，是个很有威信，性格极

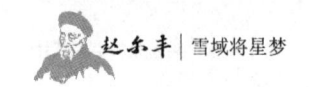

刚直的教育家。他人黑、瘦，穿件青布长袍，瘦脸上戴副鸽蛋般大小的铜边近视眼镜，那一头剪得短短的又粗又硬的头发，根根直立，就像他刚直不阿、疾恶如仇，乃至偏激的个性。因为激动、愤怒，他唇上蓄的两撇黑胡须在微微抖动。

"罗梓卿的话刚才说得很清楚了。"徐子休的话单刀直入，"蒲伯英懦弱无能。朱庆澜本来就是赵尔丰安在我们里面的人。我看，当今都督这副重担应该交尹硕权挑起。"

堂上众人纷纷表示同意。

"不可，不可！"尹昌衡正在推辞时，蒲殿俊进来了。全场顿时清风雅静，没有人请他坐，没有人招呼他。往日的朋友们这会儿个个都冷起脸看着他，那表情有藐视，有冷漠，甚至有敌视。三十六岁的蒲殿俊几日不见，明显消瘦憔悴，面带病容。他最初挂在嘴角上的一丝笑意很快凝固了，他那露着一点光彩的眼睛，马上就阴暗了。在尴尬的气氛中，他动了动嘴唇，似乎想说什么话，却又什么都没有说。

当了十二天都督的他像受审似的呆呆地站在那里。有一分钟，也许有两分钟，他望着似乎已不认识他了的同人们。在最初的一瞬间，他由于难堪，脸色唰地一下变得苍白，随即，赧然地低下头，脸、耳朵，甚至连颈项都变得潮红。

"你身为都督，做了些啥子名堂啊？还好意思来！"徐子休发作了，走上去，"呸——"地吐了蒲殿俊一泡口水。羞愧至极的蒲伯英什么话都没说，只是从口袋里掏出手帕，揩了脸上的口水，转身走了。

接着开会。

"徐先生刚才说得很对！"说话的是新军标统彭光烈，他是军政部长尹昌衡一贯忠实的支持者，在川军中也很有威信。

"朱庆澜是个什么东西？也配掌我军权！"彭光烈说时，身高力大的他把一只熊掌般的大手捏成拳，"嗵"的一声砸在身边的茶几上，豁地站了起来，故意把一副浓眉皱起，两只虎彪彪的眼睛瞪圆四下一扫，噘起嘴唇，沙声沙气地吼道："莫再讲啥子啦！当务之急是选出都督。我们一致推选尹昌衡当都督！"

第十六章 跳出来的中流砥柱

"对!"

"是这个意思!"宋学皋、孙兆鸾等也都站了起来,一致附议,"我们代表全体川军将士,公推尹昌衡担任都督!"场上顿时气氛热烈,一片劝进之声。有的说:"古人言,'天命无常,有德者居之',尹硕权当都督顺乎民心!"

有的说:"都督是我们选的,我们就有罢免和重选的权力!"场上异口同声,可尹昌衡却竭力推辞:"蒲伯英这个都督是大家正儿八经选出来的,咋能这样要人家下台就下台?"正争执不下,只见一个身穿短褂的仆役快步进来,走到罗纶身边,送上一张条子。罗梓卿接过看完,面露喜色,随手递给坐在旁边的徐炯。徐子休边看边站起来说:"硕权不要争了,蒲伯英宣布自动退位。"原来小纸条是蒲殿俊送来的,徐子休开始向场上众人念他的信,蒲殿俊在写来的信中,除了明确宣布辞去都督职外,用这样悲怆、沉痛的诗句结尾:"我生失算小雕虫,迂愚妄插乾坤手!"蒲殿俊的信念完了,场上顿时鸦雀无声。大家很有些触动,才又细细地对当了十二天都督的蒲殿俊进行审视。是的,蒲伯英是犯了大错,那是因为他缺乏政治斗争经验,可贵的是,他不推诿!他在这场严酷的斗争之后,认识了自己。承认自己只会干些吟诗弄文写字这些雕虫小技之事,没有干政治的才华,后悔自己插手政治。

"蒲伯英不愧为君子!"徐子休说,"我的行为过火了,等会我去向他道歉!硕权!"说着掉头看着尹昌衡,"这下,你没有话说了吧!"

二十七岁的尹昌衡这会儿又兴奋又犹豫。他坐在那里,脸绯红。向来自命不凡、敢说敢干的他,这会儿当四川都督的重担突然落在他肩上时,他似乎还缺乏思想准备,有几分紧张,有几分惶惑。

"如果诸君一致推选我,"尹昌衡说,"那我就当副都督,罗纶兄当都督。因为当了都督就得整天在城里坐镇。而我现在急于要出城——扩充部队,四处联络。"

"硕权的理由不成其理由!"罗纶将头摇得拨浪鼓似的,"非常时期,我一个文人咋压得住堂子?"

在各界中都有威信的邵从恩这时站了起来,他的话一锤定音:"一文一武,任正副都督正合适。谁正谁副?你们别争。请硕权、梓卿尊重民意好么?"

343

"好!"场上众人齐声响应。尹、罗也点头应承。知道致公堂外簇拥着民众,对选谁做都督非常关心。张澜应声而起,大步走出致公堂,用他那双光芒乍乍的眼睛看着檐下铺天盖地的民众,捋捋唇上那把飘髯的大胡子,扬声发问:"各位父老兄弟听清了,你们说,都督是选尹昌衡,还是选罗纶?"

"我们要选——尹昌衡!"万人齐应,像场上滚过一阵春雷。

没有听到尹昌衡答应,致公堂外成百上千的民众急了,齐刷刷跪在石阶上,齐呼:"请尹大人就任!"

致公堂内的老爷们纷纷走了出来。他们簇拥着人民的希望之星尹昌衡,让他站在最前列。徐炯在尹昌衡背后猛击一掌,喊道:"尹硕权!你看,人民大众这样拥护你!你还忸忸怩怩做啥子?!"

尹昌衡直觉得血往上涌,眼睛有些湿润,"各位父老兄弟!"他扯开洪钟似的嗓门。他的身材本来就比在场的任何人都高,又戎装笔挺,沐浴着一缕冬阳,显得格外威风凛凛。"承蒙大家信任!"他提高了声音,"昌衡愿就任都督。一腔热血,愿为四川洒!"

致公堂内外万人齐呼:"拥护尹都督!"

"拥护大汉四川军政府!"

又有人呼:"千刀万剐赵尔丰!"

甚至有激进者喊起:"大汉民国万岁!"

呼声此起彼伏,像滚过串串炸雷。

一九一一年阴历十二月八日,新一届四川军政府成立。

组成人员是:

都督　尹昌衡

副都督　罗纶

总政处总理兼财政部长　董修武(同盟会四川支部长)

民政部长　邵从恩

警察总监　杨维

交通部长　郭开文(郭沫若的大哥)

川军第一师师长　宋学皋

第二师师长　彭光烈

第三师师长　孙兆鸾

张澜、颜楷及徐炯等谢绝推选，答应随时替军政府策划，有事出山。军政府中，同盟会会员占了百分之六十。

恢复了秩序的成都又到处飘扬起大红汉字的十八圈旗。

"挂起来，把我们的旗帜挂起来！"不用任何人命令、吩咐，好像什么都见过，对什么事都漫不经心的成都人今天对汉字旗情有独钟。长街上鳞次栉比的店铺开张之前，老板都不会忘记督促伙计用竹竿穿起旗，再从屋檐下斜挑出来挂起。这些遍街飘拂的旗帜，旗幅都不大；中间那个红色的"汉"字写得往往也不够周正，周围团转的十八个黑色圆圈排列得也不够均匀。但无论什么人，绅士、下苦力的……着短褂的、穿西装的、着长衫剪了辫子或还没有剪辫子的老爷，看到它，都无不抬起头来，深情地仰望着它——在寒风中骄傲地"哗啦啦"飘扬的汉字旗啊，浸透了川人的血和泪，凝聚着巴蜀大地的希望，代表着一个强有力的军政府即将在历史上翻开新的一页！在九里三分锦城的两百多条大街小巷内，有些人望着它，望着望着，竟跪了下去，热泪长淌。人们的思绪，像开闸的湖水，在激越飞进。心花，随着欢腾的大红汉字旗在升腾，升腾！

第十七章 动人春色何须多

新任都督尹昌衡掷下手中的一支狼毫笔，从堆积如山的公文中抬起头来，仰靠在高背椅上，闭上眼睛，轻轻吁了口气。他透过窗户向外望去，只见朦胧的暮色正在急速地走近。缕缕夜色正如水一般冉冉漫上红墙黄瓦的皇城，漫过明远楼，再漫进自己办公室的雕花窗棂……于是，宽敞的办公室内便如同蒙起一层蝉翼似的黑纱，很有些梦幻的意味。

鑫记成衣店那丰腴可人的少妇好像就在眼前……下午在东大街，临别前自己"醉翁之意不在酒"的招手，她心领意会地点头，特别是她那双充满渴求摄人精髓、动人的眼睛……无不是对自己深情呼唤的回应，她那深蕴的地火般的激情烧得自己一刻也不能安静！如果今晚上不能同她相聚，真不知怎样才能熬过这漫漫长夜。

"傅师爷这会儿该去了吧？"他不时地从衣兜里掏出进口的瑞

士金壳怀表看看。回想着下午给傅师爷交代任务时，自己都不好意思，吞吞吐吐的，"……嗯，傅师爷，这回，这回务必请你帮个忙……"幸好傅师爷是个有经验的过来人，官场斗争门门精通，儿女私情样样在行……尹都督风流倜傥，世人皆知；况且，只有二十七岁，尚未完婚——尹都督的未婚妻，大学士颜楷的妹妹颜机，目前尚在广西。自古英雄爱美女！尹都督巡行时在街上突遇天仙，一男一女一见钟情，你有情我有意。现在，尹都督，要自己帮忙玉成此事，也是情理中事。

瘦脸上长有一双见微知著细长眼睛的傅师爷独自坐在年轻都督面前，以恭谨的态度耐心地听完都督一番拐弯抹角的话后，成竹在胸，用一只瘦手捋了捋下巴上的虾猫胡，相当老到地说："心有灵犀一点通。都督雄才大略，才貌双全。都督若看上成都哪个女娃子，哪个会不肯？怕是做梦都要笑醒哩！"这碗米汤灌得尹都督好舒服。看尹都督笑了，傅师爷反倒神态肃然了。他说："都督，这桩美事还是只有我去办。我嘴稳，换个人，说出去不好听！"看都督点头，他又说："这事，办得成，都督不要谢我！"

"要谢、要谢！"尹都督忙说。

"不！"傅师爷越发作古正经。看都督脸上露出不解的神情，师爷说："如其弄不成，请都督也不要怪我！"

"师爷，这话咋个说的？"都督着急了。

"你想，"傅师爷真像个能掐会算的诸葛亮，"那女子十成是裁缝铺的老板娘。这事情还不能大白天去说，只有等他们关了铺子才能去！"看都督佩服得连连点头，傅师爷继续抖包袱，"我这去一说……"

"一说怎么啦？"年轻都督紧张了。

"我这一说，若遇到老板明理懂事，好办；若遇软硬不吃的横绊筋，就麻烦了……"傅师爷分析得头头是道，"最后一句话归总：谋事在人，成事在天。总不能抢人！也不能闹起来。这些桃色新闻闹起来，若报馆再拿去一渲染……啊呀，那都督就惨了！"最后的结论是，总之，顺其自然。

"那是、那是。"年轻气盛的都督话虽是这么说，但当傅师爷向他告辞时，他还是再三再四向傅师爷下话，希望傅师爷尽心尽力……

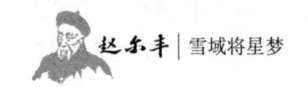

估计还有两三个时辰傅师爷才会回话。尹都督这会儿心焦泼烦,心想不如微服出去散散心,看看兵变平息后成都的夜市!想到这里,他开始喊人。

夜幕降临。尹昌衡带马忠和两个贴身卫士,换了便服,从皇城后门出去,沿着成都最热闹的街市,一路逶迤而去。商贩们已纷纷点起马灯、油灯。漆黑的夜幕中,极目望去,像远海密集游弋的渔火。

盐市口至城守东大街一段,街道较宽。各大商店虽已关门收市,而做小生意的却又在阶上檐下遍设摊市,卖的多是旧货;好生挑选,可以买到价廉物美的东西。行人络绎不绝,也还热闹。城守署至走马街多为卖小吃的:"夫妻肺片""王胖鸭""二姐兔丁"等各种小吃应有尽有。只是讨口子①多得要命。

"马忠!"尹都督看到讨口子,心里不是滋味;他问走在身边的副官,"民政部不是对我说,他们在各街都设有施粥棚,给这些讨口子救济吗?"

"民政部是在各街都设了施粥棚。"副官说,"可是,僧多粥少。要饭的人还是多……"

"这么富饶的川西坝子现在竟有这么多讨口子!可见,这乱世把天府之国整成了一副啥子鬼样子!你看——"尹都督指了指街上牵群打浪的讨口子们,不无惆怅地说,"好些人还是全劳力,可见,军政府的首要任务是要解决劳苦大众的吃饭问题。'民以食为天!'"说着,叹了口气。拐过一个街口。只见一个光线黯淡的敞坝子上,有一个简陋的蘑菇似的木棚子。木棚子里有一口毛边大铁锅,里面热气腾腾,稀饭刚刚煮好。

"站好!站好!"有人大声吆喝。黑压压的讨口子们吵吵嚷嚷不得已而排着队,他们手里拿着破瓢烂碗,一个个蓬头垢面,在寒风里打着哆嗦……

"都督,我们走吧!"作为长期跟随都督的贴身副官,马忠当然知道年轻都督此时此刻的尴尬和无奈,他对尹昌衡建议,"我们到皇城去看看吧!"他知道,那个叫扯谎坝的广场上花样百出,可以博都督一笑。尹昌衡点了点头。

兴味索然的年轻都督在马忠等人暗中护卫下,信步来到皇城前偌大的坝子上。夜幕中,只见一堆一堆的人群中,有卖打药的,有看命算相的,有耍猴

---

① 讨口子:乞丐。

的……场中，有个地方人最多，围了个里三层外三层。尹昌衡好奇，挤了上去。他人高，看得分明。中间是个卖打药的，这是一条壮汉，脱了上衣，露着赤膊，下身穿一条粉红色彩裤；只见他走到圈中，闪了闪腿，试了试拳脚，兜了个圈子，扯圆场子，双手作拱道："嗨，各位！兄弟今天初到贵处大码头。来得慌，去得忙，未带单张草字，草字单张，一一问候仁义几堂。左中几社，各台老拜兄，好哥弟，须念兄弟多在山岗，少在书房，只知江湖贵重，不知江湖礼仪。哪里言语不周，脚步不到，就拿不得过，抬不得错，篾丝儿做灯笼——（原）圆（谅）亮、（原）圆（谅）亮……"

这一席川味浓郁的行话，把人们吸引住了。他耍了几趟拳脚后，又扯起把子：

"嗨，兄弟！兄弟今天卖这个膏药，好不好呢？好！跌打损伤，一贴就灵。要不要钱呢？"他在胸口上"啪"的一巴掌，"不要钱，兄弟决不要钱！"说时，脚在地上一顿，"只是饭馆的老板要钱；栈房的幺师要钱；穿衣吃饭要钱；盘家养口要钱；出门——盘缠钱；走路——草鞋钱；过河——渡船钱；口渴——凉水钱……站要站钱，坐要坐钱；前给茶钱，后给酒钱；前前后后哪一样不要钱？穷居闹市无人问，富在深山有远亲。有钱能使鬼推磨。莫得钱，亲亲热热的两口子都不亲……"他把这一席深受大家欢迎的话说完，一套拳也打完了，他托起一个亮晶晶的银盘，里面装满膏药，"各位父老兄弟，帮帮忙！"说时，绕场子过来卖。但看的人多，买的人少。他转了一圈，只卖脱了两张。正沮丧间，只见一个满脸横肉的黑胖子带两个保镖样的壮汉拨开人群挤了过来，把腰一叉，用手指着卖打药汉子的鼻子喝问："虾子哪儿来的？这么不懂规矩？"只听旁边有人小声道："熊三爷来收摊子钱了……"卖打药的忙赔着笑，从行头上取出一包"强盗"牌香烟，双手递过去，笑道："熊三爷，请烟！我还未开张；等会儿再来孝敬你老人家。"

"你跟老子少在这麻达果子①的！"熊三爷大手一摆，一双牛牯眼瞪得溜圆，"在老子的地盘上不交钱就摆摊子？哼，没那么撇脱！拿一个大板（银

---

① 麻达果子：川话，意为装蒜。

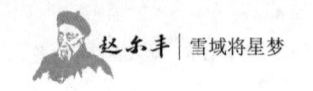

圆）来！"

"嗨嗨、嗨嗨！"卖打药的汉子满脸赔笑。与其说是在笑，不如说是在哭，"等会儿嘛，等会儿嘛！"

"闲话少说！"叫熊三爷的黑胖子毫不通融；大手一挥，他手下的两个泼皮走上前去，将人家的行头甩了……尹昌衡看到这里，怒不可遏，就要往里冲。马忠一把拉着他，给他使眼色，意思是说，局势刚刚恢复平静，扯谎坝的堂子野，良莠混杂……都督答应过我们，出来绝不暴露身份的嘛！尹都督这才强压着怒火，由马忠等卫士"押"着离开了人头攒动的广场。在往回走的时候，尹都督不忘嘱咐马忠，要他等一会儿务必来好好收拾作恶的熊胖子……见副官连连点头答应，他心中才好受了些。

从后门一进入深墙广院的皇城，顿时，喧嚣杂乱的人间万象便远离了自己。年轻的尹都督心情始则轻松了些。但当他独自沿着逶迤于茂林修竹中的碎石小路向明远楼走去时，东大街成衣店老板娘那个姣好的形象又刀劈斧砍般浮现眼前。他不禁喃喃自语："傅师爷不知把事情办成没有？"

黄昏时分。成都东大街鑫记成衣店结束了一天的功课，关了铺子。

当夜幕张开巨大的黑色羽翼将天地迅速弥合拢来，蝙蝠在屋檐下窜来窜去之时，一缕晕黄的菜油灯光从板壁缝里浸了出来，在街檐上拽得长长的。

"噼噼啪啪！"静夜里，鑫记成衣店里的算盘打得啪啪作响。借着高高的柜台上那盏油壶灯，看得分明，打算盘的是这家店的店主温得利。他算盘打得好，账也做得妙，可一副长相实在是对不起人，更对不起如花似玉的娇妻张凤莲。虽然他才四十岁，可那又瘦又黑的脸上，皱纹多得像切散了的萝卜丝，一把一把的。塌鼻子，龅牙齿，二指宽的寡骨脸上戴副铜边、镜片如鸽蛋般的眼镜，还高度近视，镜片厚如瓶底，且缺了一条镜腿，用细麻绳代替，扣在耳朵上。不用说，一看就是个啬家子①；下巴上有几根虾米胡子，看起来脏兮兮的。他瘦小，一件厚实的黑色长袍穿在他身上，像耗子拖笋壳。任何人只要看

---

① 啬家子：吝啬鬼。

到他和太太张凤莲在一起，必然会想起古已有之的俚句："一朵鲜花插在牛屎上。"他们夫妻对照鲜明，一个丰腴水灵，艳若桃李；一个枯槁瘦弱，猥琐不堪。

算盘噼啪声中，温老板咧开嘴笑了，露出焦黄的牙齿。从他一举一动中可以看出，温老板是个很会做生意的人，镜片后的眼神很有些狡黠。今天他又赚了一笔。温老板喜欢算盘、柜台、账本。对于祖上给他留下的这份家业，他倾注的深情远远胜过娇妻。他常常宁愿一个人待在铺子里，一直盘桓到深夜。个中的隐秘只有他和张凤莲知道。他实在是怕和太太在一起睡！他不仅毫无阳刚之气，而且阳痿。因此，张凤莲嫁过门虽有四载，膝下尚无子女。二十出头的张凤莲犹如一朵盛开的鲜花，离不开雨露的滋润。睡在一起，张凤莲总是激情难抑，每晚都要追索他。这就让白天在生意场上得意的温老板一钻进被盖，一碰到娇妻曲线丰腴、无比美妙的躯体便产生出一种胆怯。心里鼓起不征服她不算男人的雄心壮志而去努力冲击，最初，是力不从心。接下来，越来越不行。这时，张凤莲往往有难以自抑的呻吟。这在温老板看来，是娇妻在发泄对他的不满，在表示某种对他的轻蔑。于是，他便想方设法折磨她。可是折磨到后来，温老板发现，这正是张凤莲情急之下甘愿承受的。折磨她的结果往往是，绵软丰腴的张凤莲得到了某种满足，而"轻如鸿毛"的自己反而累得精疲力竭，甚至自己把自己折磨得昏死过去。这就让心比天高而性极无能的温老板自尊心受到极大的打击。羞怯、自愧……像一把钝锉，一次更比一次深长地锉噬着他那滴血的心。

一旦发现折磨娇妻其实正是张凤莲需要的，自私的温老板连随之带给她的这点可怜的快意也收了回去。但是，既是夫妻，温老板又爱面子，便要睡在一起。只要睡在一起，永远没个够的张凤莲，你打她也好，骂她也好，她就是不达目的誓不罢休！这是多么恼人的事啊！温老板觉得张凤莲像根越来越强劲的常春藤，生机勃勃，爬到自己身上，千方百计地要吮吸。她的肉体的每一部分都充满了渴求。他快被她缠死了！温老板怕夜晚，怕张凤莲。

该睡的时候了，温得利正对着一盏油灯愁肠百转。

"噼！噼！噼！"突然，有人敲门，越敲越急，越敲越横蛮。温老板被敲得火起，扯起鸭公嗓子喝道："不长眼睛吗？不看啥时候了？铺子早关门了。要谈生意，明天来！"

"温老板请开门！"铺门外的声音很横，"我们是军政府的。"温得利一下惊呆了。怔了一下，他吆喝徒弟王二快去开门，门打开，进来位绅士模样的中年人，后面跟着两个背枪的卫兵。绅士五十来岁，很舒气，着青缎面长袍，外罩黑马褂，戴红顶黑瓜皮帽，瘦高个，戴副眼镜。看着茫然不知所措的温老板，军政府来人微笑着自我介绍："我是军政府的傅师爷，尹都督专门要我来同你商量一件事情。"温得利先是一惊，看堂堂的傅师爷说话如此和气，一颗悬在嗓子眼的心才"咚"的一声落进胸腔里，僵硬的身姿这才活了过来，舌头也活络了："啊，久仰傅师爷！"说时对傅师爷恭恭敬敬地作了一揖，一边请傅师爷坐下，一边说道："天这么黑了师爷大人还出来办事，实在辛苦之至！"

说着，他转身隔着门帘，向内院喝道："王二，咋个这么不懂规矩？这么尊贵的客人来了，还不晓得上茶吗？"

"师父！"内院传出徒弟怯怯的回声，"我立马烧水，马上就来。"

"千万不要泡茶！"傅师爷坐在一把靠背椅上，用手制止，看了看关上门显得窄狭的铺面，又东看西看的，小声说，"我单独同你谈个事就走，都督在等回话。不要打紧打张的。"模样有些鬼祟，说着，看了看站在屋里的两个卫士。两个卫士会意，赶紧退出去，随手轻轻关上了门。温老板见状，不无诧异，也关上了通往内院的小门……

隔着一个小小的天井，张凤莲还未睡着。她这时寂寞地躺在一张大花床上，瞪着一双美丽的大眼睛，望着漆黑的夜幕。白天同尹都督的眉目传情历历在目。她是双流县人，离成都不过三四十里，父亲是个裁缝，因而同鑫记成衣店老板温得利认识。前年，温老板的原配病死。父亲图人家温得利那份家产，嫌自家吃口多，做手少，当温得利托媒人来提亲，指名道姓要娶张凤莲，父亲哽都不打一个，收了一笔厚礼，将自己如花似玉的女儿送给温老板当填房。三年多来，对于自己有名无实的婚姻，她苦不堪言，日胜一日。想不到今天，看上自己的竟是仪表堂堂、声威赫赫的都督尹昌衡！想到尹都督临走时给自己的暗示，她不禁脸发烧，周身燥热。

第十七章 动人春色何须多

近在咫尺的铺面上发生的一切她当然听得清清楚楚。当她听这位不速之客说是尹都督派来的，像是被打了一针兴奋剂，立即意识到傅师爷此行来完全是为了自己。及至后来他们关了前后门时，她赶紧起床，蹑手蹑脚梭到壁后偷听。

"……尹都督宣布就任的吉日在即，"是傅师爷的声音，"听说温老板你太太剪缝手艺高明，都督要我今晚就接她去。价钱嘛，好商量！"

"温张氏有啥子手艺啊！"丈夫不知是没有听懂，还是在熬价钱，鸭公嗓子有种奇货可居的意味，"给都督做就任的衣服？她不得行！"

"温老板这你就不要管了！"傅师爷的语气明显有了教训意味，"俗话一句，青菜萝卜，各人所爱。温老板瞧不起你内人的手艺，只要尹都督瞧得起，哪个还有啥子说的？！"说完，威严地咳嗽一声，其意自明。

"那对嘛！"温得利开始下梯子，嘴也变得很甜蜜，"既然都督大人有心，小民愿尽义务。"

"好，懂事！"师爷说时，铺门开了，两个兵走进了铺子。

"拿来！"只听师爷吩咐。一阵银洋的叮当声和开首饰盒的轻微声响过后，只听师爷对丈夫说："温老板，你数数，这是大洋两千元作定金。这个翡翠戒指，是都督特意叫送你内人的礼物……"

"咋个担当得起！咋个担当得起！"见钱眼开的温得利，这会儿语气满是惊喜，"傅师爷，你老人家请稍候。我去开导开导内人，不然，她肯定不得去！妇人家有啥子见识……"张凤莲听到这里，心中一阵狂喜，赶紧先丈夫一步回到屋里稳起。

当美貌少妇张凤莲跟着丈夫出来时，低着头，噘起嘴，一副夫命不敢违，很不情愿，很可怜的样子，雨打梨花般的不胜羞怯。傅师爷暗暗佩服尹都督有眼力。灯光下看得分明，张凤莲有一张鹅蛋形的脸，皮肤白皙光润。丰茂的黑发在脑后绾成一个髻，眉毛又黑又细，在斜斜地插向鬓角时，突然向上挑起。毛茸茸的睫毛下，一双又大又黑的眼睛波光盈盈。棱棱的鼻子，小小的嘴，身材稍高。尽管穿的是宽大的深蓝色圆角夹袍，但还是看得出她的细腰、丰臀、隆乳，全身洋溢着一种慑人的魅力。

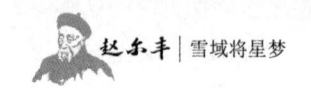

稍作过场，成衣店老板娘便跟着傅师爷出了门。漆黑的夜里，得了一笔横财的温老板喜滋滋的，亲自把娇妻送上了早候在门外的一乘绿呢小轿里。

一声"起——"，两个卫士提着有军政府字样的灯笼在前引路。

两个轿夫抬起轿子跟了上去。那光景，犹如当时一首竹枝词描绘的样子："二人小轿走如飞，跟得短僮着美衣。一对灯笼红蝙蝠，官亲拜客晚才归。"

尹都督在皇城军政府有间卧室。二十七岁的他尚未婚，因军务、政务繁忙，他常常不回家，宿在这里。此时此刻，彼此爱慕的一对俊男俏女坐在一间屋里。门窗紧闭，淡紫色的金丝绒窗帘低垂，万籁俱寂，竹梢风动。屋里的一对青年男女，彼此凝视，忘了悬殊的身份，在相互吸引中，大有今夕是何夕的醉意。

本来，军政府是点电灯的。成都唯一一家私营电灯公司——启明公司负责保证军政府的电力供应。可尹都督卧室里今夜没有亮电灯。两只高高的枝子形烛台上一边点了一支大红蜡烛。在温馨的氛围中，坐在高靠背沙发上的张凤莲含着幸福的微笑打量着室内的摆设。迎窗有一张黑漆锃亮的写字台，写字台上堆着公文。右边斜放着一张意大利进口的大衣柜，衣柜上嵌有一面椭圆形的穿衣镜。左边靠墙是一溜书柜，里面装满了线装书和烫金外文书。红豆木地板上铺着地毯。屋子中央，是一张黄澄澄的铜质双人沙发大床。床的档头有一面明光锃亮的镜子，从镜子里看去，床上铺着一张牙黄色的缎子被，一对白府绸枕头上，绣着两个色彩斑斓的戏水鸳鸯。对面摆着一张淡黄色的小圆桌，桌上铺着雪白的桌布。桌子中央，放有一个胭脂色的长颈玻璃花瓶，里面插了一束吐着鹅黄牙蕾的蜡梅，散发着缕缕沁人心腑的芳香。

一股热浪头情不自禁打上张凤莲心间，这是一个多么知疼知热的可爱的人啊！

她再抬起头打量着近在身边的他——温暖舒适的卧室里，尹都督脱了军装，穿件雪白的衬衣，套了件鸡心形红毛线背心，坐在那束蜡梅花旁边，雄姿英发，正用一双漆黑的星眼上下打量着她，满含柔情。张凤莲觉得，似有一种无法抗拒的电波正从他身上放射出来！她心甘情愿被烧死过去。

第十七章 动人春色何须多

"噢！"年轻都督说话了，声音很好听，浑厚清亮富有磁性，"我还没有问你，你叫什么名字？"

"张凤莲。"

"好名字。"都督说着轻轻嘘了口气。听得出来，他在努力克制自己的情绪。

"啪"的一声，熄了一支红烛，屋里的光线又黯淡了一些。两人的头抬得更直，目光开始交织。尹都督忽地站了起来，向她走了过去，坐在她旁边的沙发上，放低声音问："凤莲，你知道我为什么叫你来吗？"

如此亲切的称呼让她吃了一惊，张凤莲看定刚才还在梦中，现在却真真切切坐在身边，鼻息可闻的可心人——年轻英武有情有意的尹都督，正含情脉脉地看着自己，阵阵逼人的令人震颤的气息扑面而来，她不禁心跳如鼓，香腮滚烫，星眼闪亮，没有说话，只是会意地点了点头。

"你愿意吗？"这句如此坦露的话，在张凤莲听来，更是石破天惊。一时，她不知该怎样回答才是，看着坐在身边的可心人，怔怔的。

"怎么？"尹都督瞪大了眼睛，口气有些急切，"你不愿意？"

"都督，我愿意。我求之不得！"张凤莲喜极而泣。

"不要叫我都督，叫我尹昌衡。或者，亲热一点，叫我昌衡。"

"昌衡！"张凤莲一时千娇百媚，"我唱一首竹枝词给你听，你就明白了我的心。"

"你唱！"尹昌衡伸出手，突然握住了她丰腴的玉手。作为回报，张凤莲也把尹昌衡的大手越握越紧。猛然间，一首饱含情意的《竹枝词》从她香甜的小嘴里幽幽响起，沁人心脾：

> 藤子缠树树缠藤，钥匙缠锁锁缠门。
> 豇豆缠的包谷秆，小妹缠的有情人……

尹都督没有想到张凤莲的声音这么好听，唱得这么动人！她用一首四川乡下广为流传的《竹枝词》，含蓄地将自己的心迹表露得明白无遗。年轻的都督再也忍不住了。他站了起来，说："我现在就让你来缠！"说着，大步走了上去，轻舒双臂，一把抱起她无比美妙的身躯，一步步向那张铜质双人沙发大床走去。她立时瘫软在他身上，情不自禁抱着他的颈子。夜风识趣，赶紧透进窗棂，"噗"地吹熄了那支早该熄灭了的摇曳的大红蜡烛。

赵尔丰的卧室宽敞舒适，古色古香，很简洁。临窗摆着一张宽大的签牙桌。桌子正中摆着一尊洁白的玉瓷菩萨。菩萨两边摆着两个青花鼓肚小耳瓷罐，罐里装满了他爱吃的萨其马等点心——尽管身处富庶的成都，长期戍边的他还是保持着作战养成的吃饭不正点、爱吃零食的习惯。一扇扇雕刻着麒麟等传统图案的窗棂上，裱糊着雪白的夹江宣纸。地板正中摆有一间硕大的雕花木床。除了靠墙的一长溜中式书柜，床边上有两对带茶几的黑漆雕花太师椅，整间卧室没有什么摆设，显得空荡荡的。作为清廷的封疆大臣，官至一品的原四川总督的卧室是这个样子，未免显得寒碜。

一缕印度香，从一个无头的蟾蜍肚里袅袅升起。赵尔丰仰躺在一张马架子上，一动不动，像是熟睡了过去。这张马架子，还是他经营康藏时，要卫士张占标做的，结实、粗糙。平时放在帅帐里，休息、思谋时，他总爱躺在上面。这张马架子陪着他熬过多少难挨的岁月，渡过多少难关，从绝望中夺取了多少胜利！久而久之，他不仅对这马架子有了感情，而且，私心认为它是个吉祥物。因此，年前升任川督要回成都时，他别的都舍得丢弃，偏偏不远千里，把这"破玩意儿"带了回来，放在卧室里，同自己须臾不离。然而，这"吉祥物"如今却没有了一点灵气！

这会儿，他仰躺在马架上，长久地凝视着天花板上垂下来的那盏电灯，因电压不足，红扯扯的，像哭红的眼睛，像流的血……最近的一幕幕，像旋转的多棱镜，在头脑里闪过来晃过去。事情越来越糟了！自从自己精心策划的兵变被尹昌衡一举扑灭，让他寝食难安的消息便接踵而至……特别是，自己招抚乱兵的罪证被尹长子拿着了！他感到灭顶之灾在向自己逼近。最近，他越来越多地把自己关在卧室内，不分白天黑夜地躺在这张马架子上苦思冥想，可总找不到摆脱困境的办法。特别是，那张有着自己漂亮签字，似白鹤飞翔的一张张告示,也就不分白天黑夜在头脑里嗡嗡旋转,时而变幻出尹昌衡那张英气逼人的条形脸,时而幻化成来逮捕自己的铁镣手铐……是的,尹长子一旦腾出手来,就会来收拾自己,这是肯定的。

悲哀!远的不说,我赵尔丰经营康藏七年,雪山草地,刀光剑影……虽经百战,最后总是胜利!难道我堂堂的赵大帅最后竟会栽在尹娃娃手里?让一步?急流勇退,回康区!可是,迟了——尹昌衡已用军政府的名义通知自己:"留成都,等待军政府清理问题……"尹昌衡虽然现在没有攻打督署的足够兵力,但尹长子不是蒲伯英!久处人家的地盘内,自己的命运随时有如草上的露水。与其束手就擒,不如死里求生——"自古华山一条路","狭路相逢勇者胜"!看来,为今之计,只有火速给傅华封去信,要他把布防在康区的十一营精锐边兵抽调出六营,由他亲自率领,火速赶来成都同尹长子决战,拼个你死我活!既然你尹昌衡要我赵尔丰的命,我赵尔丰也管不了许多——傅华封一走,西藏事起,西南边陲很可能又要决堤似的崩溃……

"嚓、嚓、嚓!"赵尔丰虽然仰躺在马架子上,闭着眼睛,但饱经战阵的他从这脚步声就一下便听出是卓玛。卓玛这个美丽飒爽、侠肝义胆、忠贞不贰的藏族姑娘,到成都后入乡随俗,虽按老妻的意愿换上了汉家姑娘服装,但风貌依旧。听!她穿的虽是一双平底布鞋,但走路风快,鞋底叩打在碎石铺就的花径上,急骤而又有节奏。

门无声地开了。卓玛轻步进屋,再轻轻关好门。看大帅就那样躺在马架子上睡着了,悲哀、难过,交织成一股感情的浪涛涌上她的心扉。赵尔丰虽年过花甲,却有超人的阳刚之气。在康藏,战事频仍,冰天雪地,戎马倥偬,大帅夜夜都要同自己同宿同眠。升任川督,来到温柔富贵之乡成都,大帅反而独居一室,独宿独眠。并非大帅浓情别移,是大帅心情不好。她知道,大帅除结发妻子李氏而外,只有她一个妾。大帅发妻李氏比大帅还大两岁,而大帅从来无心别要。大帅不是个寻花问柳的人。大帅一到成都,精神上的弦就绷得很紧。形势紧张,间不容发,一波未平,二波又起……今夜大帅召自己来,显然,是因为大帅在惊涛骇浪中颠簸多日,犹如饱受战火创伤的一叶小舟,今夜需要避入温暖的港湾。这是多么难得啊!今夜,她要尽可能地给大帅温暖,安抚他那

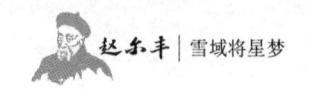

颗悲伤的心。

她趋步来到床前，大帅还保持着多年军旅养成的习惯，每天起床后，自己动手，将被子折得四棱四角的。她忽然眼睛一亮，看见了压在被子上的是自己的那件皮袍。见皮袍如见阿妈面。慈祥的阿妈摇着经轮，似乎正向自己走来。卓玛不由得回想起了与阿妈分别时的场景。那是跟着大帅离开康区前夕，阿爸杀了自家的羊，阿妈亲手做了袍，他们不远千里，专门骑着马将羊皮袍送了来。

阿妈将他们送到打箭炉的郭达山下，不再送，下了马。大帅也立即滚鞍下马。

"大帅！"阿妈屈身流泪道，"再走就是汉区，恕不再送。大帅保重！"赵尔丰很感动，送阿妈金银财宝，阿妈一概谢绝。大帅说，待回成都，理清头绪，就派人去接一对老人家来成都享福……阿妈摇手说："老马舍不得离开生它养它的辽阔的草原，久居山野的藏人离不开那片雪山草地……"大帅不再劝，神情怅然。

转过身来，阿妈拉着自己的手，流泪了。阿妈说："从此后，我们隔着千道山，万道水，你要好生服侍大帅，见它如见阿妈……"说着，郑重地把皮袍送到自己手上。阿妈最后摩挲戴在自己颈上的小佛龛，摸了一遍又一遍。好像要把自己的女儿刻在心间。然后，阿妈低首，摊开双手，向大帅行了告别礼后，顶着一轮血红的落日，微微佝偻着背，摇着经轮，蹒跚着脚步，向着那雾霭横烟的苍茫的崇山峻岭走去……阿妈走了。可是，那难忘的场面和阿妈对自己的叮嘱刀劈斧砍般永在心间。

随大帅到成都后，自己专门请裁缝给皮袍缝了面子，放在大帅的卧室里，嘱咐大帅早晚不要忘记披。大帅倍加爱惜。这会儿，卓玛双手捧了皮袍来到大帅身边，将其轻轻抖开，反复摩挲，洁白的羔皮面，绒绒的羊毛，很温暖。卓玛将皮袍轻轻搭在大帅身上。然后，坐在对面的一把太师椅上，静静地打量着大帅。

烛光幽微。眼前的大帅同在康藏时判若两人。他憔悴得厉害，那张有棱有角的四方脸瘦了一圈，满头银丝，眼窝凹下去，白胡子有三寸长，在变尖了的

第十七章　动人春色何须多

下巴下聚成尖尖的一小撮。生性俭朴的他，穿了一件灰不灰、蓝不蓝的旧长夹袍，领扣脱落……这就是往日脚蹬一下，地都要抖三抖，马上高呼一声，山鸣谷应的赵大帅么？这会儿分明是个潦倒的老人。可他睡在马架子上的身姿，那一副虎死威不倒的神情，仍然保持着赵尔丰固有的气质。

静静地躺在马架子上的大帅突然睁开了眼睛。那双深陷的豹眼一旦张开，仍虎虎有生气，但当他看着坐在对面的卓玛时，那双豹眼突然变得柔和了，变得明亮起来。他没有说话，就这样静静地凝视着卓玛，灯光黯淡，但看得分明：眼前的藏族姑娘卓玛已全然是汉家女儿打扮，只是仍戴着银晃晃的小佛龛；头上的多条小辫梳成了一条油松大辫子，从脑后垂下，再从颈子上绕过来，搭在高耸的胸脯上；那张可爱的光洁得如红玛瑙的脸上，一双黑菩提般的眼睛透着温存恬静的笑意。性格刚愎、很少动情的大帅顿时感到有一股暖流汩汩地流过心扉，他情不自禁地摩挲着她盖在自己身上的皮袍。

见大帅醒了，卓玛赶紧给他沏上一碗盖碗茶，放上他最爱喝的茉莉花茶，再从一个青花瓷罐里，取出萨其马。

"大帅，请吃宵夜！"卓玛做完一切，就要退下时，大帅说："卓玛，你坐在我身边来，我有话对你说。"大帅伸出一只瘦骨嶙峋的手，拉住卓玛的手。

卓玛一怔，让大帅握着自己的手，顺手拖过一把椅子，依偎在他身边。

"卓玛！"躺在马架子上的大帅还是保持着那固有的姿势，目光悠悠地望着天花板，好像要看穿去，望见什么，"你跟着我到成都已有半年了吧？"

卓玛望着忧思重重的大帅，点了点头。

"想阿妈吗？"

"想！"大帅这句问话像帘钩，蓦然钩开了刚刚合拢的思念的帷幕。那多少次在梦中出现的情景恍若眼前：皑皑的雪山，翱翔的雄鹰，奔腾的骏马，盛开的野花……

"我最近老做梦，"卓玛情不自禁地陷入了沉思，神情骇异，"梦中我回到家中，每见阿妈必让我吃杯糖，呛①白酒。按我们藏人的解释，做此梦，必

---

①　呛：饮。

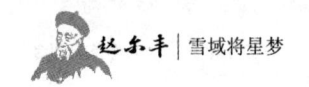

死!"赵尔丰闻言大惊,一下从躺椅上弹了起来,坐直身子,握紧她的手,急切地说:"不会的!不会的!按我们汉人的解释,梦,往往同现实相反。"说着,轻轻嘘了口气,复又躺了下去,说:"我准备派人送你回去,同家人团聚。"

"大帅要回康区去?"卓玛用一双黑菩提般的亮眼睛看着赵尔丰,又惊又喜又疑。

赵尔丰摇头。

"是我不好?"卓玛小心翼翼地问。大帅紧闭着眼睛,无限痛苦地摇了摇头。

"是大帅不喜欢我了?"大帅又摇了摇头,一只始终握着她的手,握得更紧。

"那我不走!"卓玛噘着嘴,稍停片刻,她忽然悟出了什么,神情急切地说,"大帅就不能让傅华封带边兵打回来,救你?"

"聪明。"赵尔丰心中暗暗赞叹。他何尝没有想到这一步,而且已经这样做了。这是他目前唯一可下的一步棋。但是,局势瞬息万变。纵然傅华封尽力回救,但要从千里冰封的康区,不远千里,一路打通武装同志军遍布的川藏线,打回成都,救出他赵尔丰,谈何容易!政治斗争的残酷,以及其间的军事韬略,岂是短短几句话能对眼前这位藏族姑娘说得明,道得清的?

"回不去了!"赵尔丰叹了一口气,无可奈何地摇了摇头。

看着卓玛不解的神情,他说道:"现在,尹昌衡已派军队将我团团包围。一走出督署,他们就会要我赵尔丰的命!你跟着我,要掉脑袋的!"

大帅的一颗心,卓玛完全明白了。她用自己一双健壮、温暖的手将大帅那只枯瘦的大手握在手中,越握越紧。看着大帅一副病恹恹的样子,卓玛那一双黑菩提似的大眼睛渐渐湿润了。

"大帅,你不要赶我走!卓玛生是大帅的人,死是大帅的鬼……"说着,她的头俯下去,点点热泪滴在了赵尔丰那青筋暴露、瘦骨嶙峋的大手上。

"啪嗒"一声,大帅顺手拉熄了电灯开关,一边喃喃地说"一切全看傅华封的了",一边紧紧地把卓玛抱在了怀里……

第十八章 雨城大决战

清晨。

一阵江风吹过，轻轻揭开了雾纱。川滇边务代理大臣傅华封站在雅安城楼上，举着望远镜向金鸡关方向眺望。若是晴天，那道崇山峻岭上的险关清晰可见。这是成都西行路上第一个"一夫当关，万夫莫开"的险隘。

从望远镜中看去，树林茂密呈青黛色的山上，云雾流动，民军紧张备战的身影时隐时现。数不清的人在扬锹挥镐，在战壕里构筑昨天激战后被摧毁的工事。好些受了轻伤的民军留在阵地上，往头上、身上缠着绷带。看得清楚，这些民军——同志军的武器很差，钢枪很少，大都拿刀矛火枪……战壕里有好些前来送饭送水的当地农民，也是一个个衣衫褴褛，头缠白帕子，手挎竹筐……这些当地农民，有的在把金黄的热气腾腾的玉米粑往民军手上递；有的大妈在给伤员裹伤……一副水乳交融，亲密无间的样子。民军大受鼓舞，个个摩拳擦掌，士气高昂。

镜头转到山下。傅华封心中顿时冷了半截，山上的"乌合之众"与山下训练有素的边军在士气上形成了鲜明的对照！袅袅云烟中，装备好得多的边兵们一个个抱着锃亮的九子钢枪，像一群被打惊的鸟，躲在林中，一副狼狈不堪、畏畏缩缩的样子，长官们也不知躲到哪里去了。这样的部队能冲上险峻的金鸡关？能打胜仗？这还是在康藏攻无不克战无不胜、威名赫赫的边军么？久经战阵的傅华封当然知道，战争的胜负，往往在于军心！尽管昨天晚上，他同前线指挥官们一起研究出了一系列督战方案，并宣布，在今天拿下金鸡关的决战中，立功者，士兵重奖，军官升三级。但这会儿，开战在即，前线的官兵们却是这个样子，他不禁对今天这场关键之战，充满了担心。

日前，接到赵尔丰要自己火速率边军星夜驰援成都的命令，他立即遵命，留凤山驻扎康区，自己分兵一半，率边军五营急速东行。原以为边军的装备、训练、实战经验都是中国军队最好的。川省民军虽多，不过是些乌合之众，遇边军会一触即溃，一周内边兵到成都不成问题。可他很快领略了"乌合之众"的强硬。兵到大相岭即遇到雅安大袍哥罗子舟率领的上万同志军顽强阻击。山高弯多，光靠火力不行，每一段山路都要经过肉搏。记得他在指挥部队向大相岭冲击时，民军打了一个反冲锋。为首一个大汉，挺着亮晃晃的扑刀，一边大喊"刀枪不入"，一边把胸脯拍得山响，带头冲来，气势慑人……

向来敢战的前营管带"夏老虎"带敢死队一个反击，打退了民军，打死了那大汉，剥开他血淋淋的褴褛的衣衫，自己到场一看，吸了口冷气——民军们哪有什么"刀枪不入"的法宝！只不过是在胸口上捆了一刀大草纸，"民不畏死，奈何以死惧之"！当民众为着一种信仰，为了一个心中的政权而奋不顾身，奋勇作战，舍生忘死时，这样的民众岂是边军能征服的！但是，"滴水之恩，亦当涌泉相报"的古训深入傅华封的心。抱着"即使肝脑涂地，也要报赵尔丰大帅知遇之恩"的思想，他指挥部队苦战，奋勇向前，伏尸累累，好不容易过了大相岭，当部队逶迤蛇行在荥经县绵绵的山路上时，又遇到民军数次顽强阻击。好不容易打到雅安金鸡关下，在打了两场攻坚战后，边军损失惨重，却还是打不过去。

第十八章　雨城大决战

今天只有拼了！无论付出多大的代价，都要打过金鸡关。得报，尹昌衡日前已派他的得力战将彭光烈，率主力川军第二师来雅安阻截，可能今天或明天就到。若再打不下来，彭光烈的援军一到，自己率的五营边军则进退维谷，后果不堪设想。

一切全看"夏老虎"率领的敢死队今天这一仗了！傅华封不由得把手中的望远镜又移了移。镜头中出现的是，金鸡关下的一个浅浅的树林。"夏老虎"率领的敢死队已做好了冲击的准备。约五百人，个个都是双枪，肩挎九子钢枪，腰别连枪，手拿寒光闪闪的大刀，身着短褂，窄衣窄袖，黑纱包头……敢死队在喝壮行酒。

绰号"夏老虎"的这个边军中最为凶悍善战的前营管带夏虎，在这寒冷的早晨，根本就没有穿衣服，壮实的身板上只套了件黑坎肩，敞开胸襟，亮出黑黢黢的胸毛。背上刺有一条张牙舞爪的青龙。臂膀门扇般宽，四方脸上块块横肉饱绽，扫帚眉下，有双凶眼，串脸胡又浓又粗又硬，有如钢针。他正用大拇指将提在手上的连枪的机头一会儿张开，一会儿关上，并从裤兜里掏出怀表不断看时间，显出一副急不可耐的样子。

傅华封不由得松了口气，以手加额，暗暗祈求老天保佑。

"轰！轰！轰！"猛然间，边军开始了炮击。傅华封赶紧端起手中望远镜看去，紧接着格林炮几声试射，金鸡关下枪声骤响。爆豆般的子弹和格林炮声混合起来，发出声声惊人的轰轰巨响，带着森然的死亡气息，暴风骤雨般刮向民军仓促构筑的工事上。在浓烟烈火和呛人的硝烟中，敢死队在前开路，边军开始了集团冲锋。

上千名边军端着上了刺刀的九子钢枪，呐喊着，漫山遍野向金鸡关制高点冲去。民军用所有武器开始拼命还击。阳光照耀下，只见山坡上到处燃起片片火光。仰攻的边军死伤累累，队形有些乱了。但是，"夏老虎"率领着他的敢死队，这时像射出的一支利箭，从右边硬插了上去。于是，在金鸡关右侧的制高点上，展开了血肉横飞的肉搏战。跟在敢死队后面的大部边军见状，精神大振，复又一跃而起，大声呐喊着，向上冲去……

民军不支，开始后退……

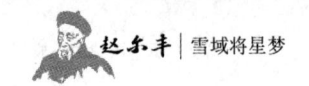

"好——！"傅华封话未落音，顿时，手抖了起来。望远镜里出现了及时赶到的军政府主力部队——他们头戴大盖帽，身穿黄色制服，手端快枪，呐喊着，像一阵黄色风暴，漫山遍野而来，枪击刀劈——在军政府彭光烈率领的及时赶到的一个师主力部队暴风骤雨般凌厉打击、压制下，夏老虎的敢死队鬼哭狼嚎，向山下溃退。民军气势大振，卷土重来，会同主力部队席卷而下，声震天地……

胜利的天秤，刚刚翘过来，转瞬间，又翘了过去。边军一两千人，惊慌失措，争相逃命。有些腿长的跑到了冰冷的羌江里，在齐腰深的水里为争夺几只渡船逃命而互相殴打，甚至射击。

"完了，可惜夏虎的敢死队！"傅华封无力地垂下了望远镜。

夜幕姗姗降临。

一天的激战已经停息，雅安城笼罩着可怕的寂静。边军在强大打击下不支，全数龟缩进雅安城内。

这时，在金鸡关下，一间四合院里，灯火辉煌，戒备森严。军政府第二师师长彭光烈正会同当地同志军首领、哥老会头目们召开紧急军事会议。出席会议的有二师各团、营长，还有民军首领罗子舟、罗老十兄弟和哥老会头目李永忠等十余人。

宽敞的堂屋里，几根粗大的蜡烛和两盏马灯交相耀映。明亮的灯光下，看得分明。参加会议的军官、首领们，围坐在两张拼凑起来的八仙桌两边，上首坐着头戴大盖帽，戎装笔挺，浓眉大眼，显得很精神的彭光烈。会议从晚饭后开始，到现在已进行了三四个小时，意见很不统一。

以团长谷中为首的军队派和以李永忠为首的民军派意见尖锐对立。

焦点不是其他，而是在对待俘虏这个问题上。军队派认为一切以打掉傅军东援为目的，对待俘虏应采取不杀不辱，让其反戈以立功受奖的政策。

民军首领们则认为，边军作恶多端，捉住不杀对不起死去的兄弟。傅华封部现在不过两三千人，川军民军加起来两三万人，轰都要把东援边军轰垮。他们坚持"以牙还牙，以血还血""若其存糍粑心肠，网开一面，对不起死了的那么多兄弟，也问不过自己的心"。

川军军官们认为，"边兵人不多，但万万不可小视！不要说是长人家威风，灭自己志气，真正摆开打，我们十个打人家一个怕都不得行。他们现龟缩在城内，占尽地势。特别是占了制高点苍坪山，俯视城外，如芒刺在背。今天得便宜，是打了人家一个措手不及。现在，他们有了充分准备。若硬打，要是再杀俘，这就无异于为渊驱鱼，为丛驱雀！兵书有言'兵置于死地而后生'！"这话分明有教训意味。

"少在我们这些粗人面前，孔夫子卖文章——文屁儿冲天！说来说去，就是怕死嘛！"一个绰号"叫鸡公"的民军头领粗话连篇，反唇相讥："与其这样，还打个球仗？"这一来，会上两派各执一词，意见尖锐对立，并带有个人情绪。空气中弥漫着浓浓的茶味、叶子烟味。有些人挣起说话，把嗓子都吼哑了。

彭光烈看了看坐在对面的罗子舟。这个头上缠张白帕子，满脸串脸胡的红脸汉子正慢条斯理地低着头裹一支叶子烟，好像什么都没有听到。彭光烈知道，民军骨干基本上都是袍哥。袍哥重义气，讲辈分。此时，只要这位龙头大爷随便支吾一声，这些闹喳雀一样的兄弟伙们保证咋说咋对。想到这里，彭师长从荷包里摸出一个银晃晃的烟盒，"啪"的一声弹开烟盒，挨次给每个人散烟。烟是和气草，况且是大名鼎鼎的彭师长散的烟！

会场上气氛一下子就缓和了。

"罗老兄！"当彭师长把烟递给罗子舟时，说了一句哥老会行话，"你看公说公有理，婆说婆有理。究竟咋个弄？听你哥子一句！"

"哎呀！彭师长，你把我拱得那么高！"红脸汉子罗子舟受宠若惊，他接烟在手时，一拍胸口，"人家彭师长过的桥，比我们这些人走的路还多。咋个在这矮子充高个？也不脸红？"雅安袍哥大龙头骂了一通属下后，场上鸦雀无声，刚才还同二师的军官们叫板的同志军首领们，这时一个个闭口无言。罗子舟这就一锤定音，表态道："没得说，听彭师长的。彭师长说的，就是我说的！"

彭光烈感激地看了一眼深明大义的罗子舟，看民军首领们都眼看着自己，略为沉吟。

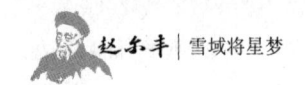

彭光烈是个大高个，一张黑红的国字脸，一副又黑又粗的眉，身板挺起像副门板，表面上五大三粗，其实很精明。他抬起头来，说话了，语调很恳切："清朝余孽——川滇代理边务大臣傅华封带兵来救赵尔丰是拼了命的。赵尔丰是傅华封的恩师。傅华封一路上杀了我们不少兄弟，现在总算被我们团团围困。好些兄弟报仇心切，又认为，傅华封手中充其量也不过两三千人。我们这边有两三万人，以多打少，稳拿。不清算边军的罪恶，出不了心中的气！我明白兄弟们的心！但这是只知其一不知其二。在座的都不是外人，我不妨告诉大家实情，军政府正处在危险中。坐困成都的赵尔丰现手中有三千百战精兵。军政府虽说有几个师，但有的师仅仅只有个名头，武器、训练都是问题。军政府要对付的敌人很多，除傅华封这边就不说了，还有叶荃正率陆军五营，由驻地宁远、西昌方向朝成都快速开进。此外，还有驻建南的巡防军两路，一路由绰号'马狮子'——统领马守成率领；一路由'司豹子'——统领司武率领，各统兵五营，也都在加紧向成都挺进……总体来看，赵尔丰的力量要大过我们。

"我手中这支军队是军政府唯一的主力。行前，尹都督再三嘱咐我，最迟在三天内解决傅华封部，迅速将部队拉回成都，对付新的威胁，不然就危险了……"彭师长透露的机密，让民军首领们感到震惊。

"彭师长，你看是不是这样子？"彭光烈话音刚落，外貌与四川乡下一般农民无二的雅安龙头大爷罗子舟在脚上敲了敲叶子烟杆，红脸上的一双眼睛显得有些狡黠，"话不说不明，火不拨不亮。情况确实紧急！我们要两三天内拿下雅安，仗火得这样打——双管齐下，你来硬的，我来软的。拿下'夏老虎'固守的苍坪山制高点，杀鸡给猴看——算你们正规部队的事。走通内盘，让边军内乱，设法让城里的内伙子给我们打开城门，算我们这些土包子的事。彭师长，你看这样要得不？"

"嗨呀！"彭光烈一听大喜，知道这些袍哥有通天本领，便笑言一句，"对嘛，强龙压不过地头蛇，就这样定了，听你哥子的！"民军首领们看自己的大龙头为他们长了脸，一个个也兴高采烈。彭师长同罗子舟交换了一下眼色，宣布散会。罗子舟留下来，又同彭光烈商量了一些细节。

第十八章　雨城大决战

这天晚上，就在彭光烈和罗子舟在金鸡关下商量第二天的作战计划时，傅华封却正在城内举行一场别开生面的宴会。

雅安是川西平原边缘的一座古城，是川藏间的枢纽，也是军事重镇。城的四面都矗立着城墙，高约五丈，厚达两丈，很是坚固。边军进攻失利后全数撤进城内固守。此时此刻，城内城外无声无息，外松内紧。

雅安教堂坐落在后北街，是一座德国传教士的教堂，哥特式建筑，在鳞次栉比的中式建筑中显得鹤立鸡群，枕山面江，很安全，也很幽静——傅华封的临时行辕设在这里。

当大厅里两组枝形灯架上多支粗大的红烛点亮时，哨官以上的军官已按时来到，并依官位大小，在那张铺着雪白的长条桌旁各就各位。

明亮的烛光，打蜡的地板，壁上耶稣蒙难像，嵌着红绿玻璃呈几何图形的窗，以及摆在军官们面前的银晃晃的盘子、酒杯……无不充溢着浓郁的西洋味。然而，这些刚从"蛮荒之地"出来的大兵们却没有丝毫的好奇、陌生、兴奋。按说，出席这样的宴会，他们总是要大声武气的。然而今天，一个个的脸上都霉得起冬瓜灰。正中壁上挂的座钟走得嗒嗒响，差一刻晚八点。心事沉重的将佐们这时全都在焦急地等待着主帅。他们希望足智多谋的傅大臣给他们挽救危局的灵丹妙药，给他们希望，给他们出路。

主帅傅华封快步走了出来。他今天一反以往的绅士风度，神态严峻，身着传统的边军军服，头戴标有二品顶戴的伞形红缨帽，穿得胜褂，肩挎连枪，身姿笔挺，给人一种偃文修武的感觉。当他凛然站到桌子上首时，看大家起立，手往下压了压，他稳稳落座，看将佐们也坐下后，拧起清秀的钳子似的眉毛，用一双吊梢眼环视左右。

"诸位！"傅华封正襟危坐，声音低沉有力，"今天，彭光烈打了我们一个措手不及，进而将我们包围，大家感到担心吧？我可以告知大家，这就叫'塞翁失马，安知非福'！"看将佐们满脸不解，傅华封又是一副众人皆浊我独醒的样子。"本大臣可以告慰各位，别看彭光烈做出一副气势汹汹的样子，其实是吓人的。诸位可能不知道，驻建南的叶荃、'马狮子'、'向豹子'等部，正奉赵大帅'勤王令'，统领大军，向成都风雨兼程。我方合起来兵力有五万之众。

尹昌衡说起来有三个师，其实是虚的，他不过就彭光烈手中这点家当。也好，他们把我们包围在雅安，我们就是把彭光烈的部队粘在雅安，让成都空虚，好让叶荃他们打进成都。待叶荃等部到达成都之日，就是军政府灭亡之时！届时清点战果，我东征边军当属首功。"傅华封说到这里，场上不知是谁带头鼓起掌来。气氛大变——原先霜打了般的边军将佐们这会儿有了些活气。傅华封环顾左右，将手往下压了压，示意安静。

"雅安，"他提高了声音，"自古就是易守难攻的战略要地！我五营边军更是百战精兵。我们要借雅安这个坚城将彭光烈部粘在这里，待成都光复，赵大帅挥师西进，我们与大帅援军来个夹击，彻底埋葬彭光烈部，创战争奇迹。在座都是赵大帅一手提拔的百战将才。国难显忠臣。此正是诸位大显身手之时，建盖世奇勋之机！"傅华封充分发挥了他口才好的特点，让一些原先很是沮丧的军官们一下来了劲。

"怕个球！"夏老虎激动地站了起来，唾沫四溅地说，"今天没有打下金鸡关，是彭光烈那虾子人多，来得突然，打了我个出其不意。这下子好了，我像根钉子似的钉在苍坪山上，让他来攻，不杀得他龟儿彭光烈啊呵连天，算他命长！"场上一些军官受到鼓舞，摩拳擦掌，嗷嗷怪叫。

看目的达到，傅华封故作调侃道："彭光烈将我团团围困，我自岿然不动。今天晚上，我请诸位吃顿雅安砂锅雅鱼，这是雨城一绝，给大家鼓鼓劲！"

军官们听到这话，欢呼起来，场上的气氛变得轻松起来。

傅华封这就掉过头去，挥了一下手。随即，大厅的门开了，几个胖大伙夫咚咚抢步进来，他们用双手提着很有些重的荥经砂罐耳子，将"咕嘟"沸响的荥经大砂锅拄到桌上。

接着上来几个清秀弁兵，在每个军官面前放了两瓶"雅曲"烧酒，再往一个个酒杯里斟上酒。

"好香！"军官们个个垂涎欲滴，胸脯起伏。

"客气话就不说了！"傅华封最了解他的这些下属，酒杯都不举，挥了一下手说，"各位随意，待打了胜仗再好好来庆祝！"部下们开始狼吞虎咽起来。

雅安砂锅鱼，确是难得的美味。雅鱼，又称丙穴鱼，只长在雅安一段的羌江内。江水是雪山上的冰雪融化的,江水湍急寒冷,清澈见底,一般生物很难生长。雅鱼只吃青苔和一些浮游生物,故产量极少,因而世人一般不知。雅鱼肉之嫩、味之美,与鲈鱼、鲟鱼相比,有过之而无不及。砂锅里滚沸的雪白薄嫩的玉兰片,是雅安山里质量极好的笋片晒成的,就是那豆腐,也极细嫩,煮而不烂入口就化,将这些佳品合在一起,再用荥经的砂锅、羌江的水一烹饪,可是难得的美味。

军官们吃好了,临走时,被酒精烧红了眼睛的夏老虎,特意走到傅大臣面前提劲:"傅大臣,你,你就放心。有我夏老虎在,苍坪山就在。苍坪山在,雅安就在。要是彭光烈来攻,看老子不整得他龟儿子跳!"

"好!"傅华封在黑暗中皱着眉,用手扇了扇喷到面前的酒气。

宴后,傅华封脱去军服,坐在洋人那张雕有无花果花纹的锃亮的书桌前的高靠背椅上,要弁兵取来文房四宝,拿一支狼毫小楷,饱蘸墨汁,就着烛光,展开素笺,竭力定着神思——长期舞文弄墨的傅举人,秉性极好,虽戍边多年,即使在这样的非常时刻,还能坚持写作。他准备抓紧时间写几节《康藏书简》。思路刚同昨天接上,"傅帅!"卫士长王冲隔帘喊报告,打断了他的文思。

喟然一声轻叹,傅华封掷笔,唤:"进来!"

门帘一掀,卫士长进来了。摇曳的烛光下,看不清身材高大的卫士长的脸,只见他的手上捏着一个水淋淋的木牌子。

"手头捏了个啥东西?"傅华封问。

"是彭光烈他们从羌江上游放下来的,满河都是。"卫士长说着,把湿漉漉的木牌子举了起来。傅华封就着烛光一看,不禁大惊。木牌上赫然写着:"赵尔丰已被我军政府擒拿。奉劝边军弟兄不要再为赵逆卖命!"

"傅帅,这是真的吗?"卫士长问。

"假的,纯粹是乱我军心!"傅华封气急败坏,急问卫士长,"这些木牌子,你是咋处理的?"

"幸好是晚黑,"卫士长的语气不无表功之意,"这些木牌子刚刚漂来,就被我们发现了,我已命人全部捞了起来,毁了,弟兄们中很少有人看见。"

"啊,好!不然会乱了军心的。"傅华封这才吁了一口长气,不胜欣慰。略为沉吟,他嘱咐卫士长,"王冲,你做得对,我给你记功!革命军诡计多端,你要多多留心,注意他们还要搞些啥子鬼名堂!"

卫士长答应后去了,可他的情绪给完全破坏了,《康藏书简》无论如何再也写不下去了。

夜幕垂垂。一株虬枝盘杂的黄桷树亭亭如盖,遮了半条街——这是在雅安后街,平时极清静。这时,天有些晚了,河风飕飕,寒气袭人。僻静的后街上,没有一个人,家家关门抵户。

然而,那株枝叶遮盖了半条街的黄桷树下,还拽着一缕怯怯的、点点金箔似的光。树下,有个守摊子的老人,他头戴一顶毡窝帽,手揣在袖筒里,坐在一个矮凳上,佝偻着背。看见他便会让人想起"守株待兔"这个成语。雅安后街人叫他"王二爸"。这样背静的地方,又是这个时候了,谁还会来照顾王二爸的生意?

粗大的树干旁,有一间东倒西歪的民房——那便是王二爸的家。

王二爸摆的是个小烟摊。

这么晚了,天这么冷的,王二爸还在等着买主么?就在这时,死一般静寂的夜幕中,有脚步声由远而近。王二爸猛然抬起头,一双泡泡眼里突然闪出一束机警的光。

"嗨!巾老!"声到人到。王二爸应声抬起了头,一缕晕黄的微光怯怯地舔在一个边军军官胸前。看不清他的脸,只见一双白皙的女人似的手,从玻璃匣中渐次摸出三包"强盗牌"洋烟,在手掌中拍响,随即,一串老人熟悉的袍哥语言轻轻飘进耳鼓:"依苗草、耳子草、散钱花通通洗白。"

"舒气人言语要拿周正,"王二爸听了暗号,两眼放光,袍哥语言说得溜溜圆,"我不是巾老,是衍身。"

"管你巾老、衍身;闲事少管,走路伸展。"

"说得脱,走得脱,银洋刚够!"这个边军军官弯腰掏钱了。借着灯光可以看清,这人不正是边军敢死营的军需官白申吗?当王二爸伸出一只瘦骨嶙峋的大手接钱时,没有说话,只做了一个手势。白军需官看清了,老人这只握着钱

第十八章 雨城大决战

的手上,一只大拇指直端端指向黄桷树下他穴居的那个偏偏房。这是示意来人进他的家。瞬间,灯熄了。当灯笼重新亮时,白军需已不见了,像驾了地遁。

白申钻进了大黄桷树旁王二爸那间偏偏房子——其实,里面可不像外面那样烂,屋内很深,像一个耗子洞,又安全又严密。

小屋正中一星摇曳的烛光下,坐在白申对面的是雅安袍哥大龙头罗子舟和一个他带来的伙计。白申是个革命青年,早在成都读军校期间,就秘密加入了同盟会;受董修武的委派,毕业后分配到康藏赵尔丰的边军后,他秘密加入了哥老会,一直深藏不露。当他随傅华封部过大相岭后,情况严峻了。这时,他接到同盟会指令,迅速同雅安哥老会龙头老大罗子舟联系……这会儿,他向罗子舟详细报告了部队情况后,用三句行话概括了雅安边军的情况:"水深、堂子野、东西烫!"

"白军需官落教、舒气!"红脸汉子罗子舟听完后说了一句袍哥语言,又说,"你告知的事情重要得很。我会马上原封原样报告彭师长。现在我们是在同傅华封二龙抢宝——这个'宝'就是时间!得宝者生,失宝者亡。彭师长说,明天无论如何得想方设法把雅安拿下来。要拿下雅安,就要看苍坪山拿不拿得下来。要拿下苍坪山,就要把夏老虎拿掉!白军需官不晓得你有没有把夏老虎拿掉的办法?"

"有。"白申沉思着点点头,语气很坚定,"蛇无头不行,鸟无翼不飞!不把夏老虎这根主心骨剔了,边军敢死队那些莽子不得拉稀。请大龙头转告彭师长,明天拿夏老虎的事包在我身上。"

"咋拿?"罗子舟那张红脸膛上,一双很深很犀利的眼睛瞪得彪圆,"你要把夏老虎毛了①?!"长得像根嫩莴笋似的白军需官坚定地点了点头。

罗子舟盯着白申,半天没有回过神,他实在不敢相信面前这个白面书生能杀得了夏老虎。白申却面露决绝之情,看着雅安哥老会大龙头,一字一顿地说:"拿掉夏老虎不容易。明天,请彭师长在望远镜里注意观察我的一举一动,注意配合!"说着,掏出怀表看了看,说:"时间不早了,若没有什么事,我回

---

① 毛了:杀了。

去了！"

"好！"罗子舟说时，一口气吹熄了灯。

当白军需官流里流气地哼着《小寡妇上坟》，一摇一摆地走在苍坪山的山道上时，雅安后街王二爸那盏兔儿灯也熄了。

黎明姗姗来迟。这注定是惨烈的一天。

时针已指向九点，但雅安上空仍然天低云暗。灰蒙蒙的云团在苍坪山上不安地翻腾、漫卷；大地一片静默，只有日夜奔腾的羌江在呜咽咆哮。

"咚、咚、咚！"——苍坪山上开始冒起了团团浓烟。总指挥彭光烈披着大氅，隔江站在一个高坎上，举起望远镜向远处看去。在大炮轰击中，边军在一夜之间竟奇迹般地挖出了纵横交错的战壕。这边炮声一响，那边他们立即俯身提枪，身姿狸猫般敏捷，迅速进入战斗位置，恰到好处地利用着山上的一草一木。

炮声中，边军夏老虎固守的苍坪山不祥地沉默着。

可惜，炮击没有对苍坪山形成威胁，也没有形成气势。因为格林炮只有两门，炮弹也不多了，不能形成压制。炮击不久，扇面的轰击就只能改为有重点的打击。在稀稀拉拉的炮声中，昨夜潜过河去的军政府主力部队，一跃而起，开始向苍坪山作波浪似的冲击。

无数面有大红"汉"字的旗帜，随着千百只粗喉咙发出的呐喊，以排山倒海的气势向苍坪山席卷而去，而苍坪山仍然沉默着。第一个浪头很快卷到了山下。冲击部队分成了若干小股，官兵们利用地形地物，时而卧倒，时而躬腰，向前猛突。可是，就在通过山下那片开阔地时，山上枪声骤响，爆豆似密集的枪弹瓢泼似的朝山下扫来。一排一排官兵像被镰刀割倒的禾苗，纷纷倒在地上，倒在血泊中……

彭光烈的心猛地揪紧了。他咬紧牙，双手牢牢地把着望远镜看去。都说边军难打，固守苍坪山的夏老虎率领的敢死队更难打！彭光烈今天算是领教了——龟孙子们果然厉害，他庆幸自己昨夜埋下了一个绝妙的伏笔。

山上的边军纷纷爬出工事，站在前沿，指着山下一片狼狈的革命军，举枪在手，又唱又跳，趾高气扬，好不得意！突然，山腰部那片神秘的密丛中，跃起一支革命军突击队，约二百人，似神兵天降，奋不顾身大声呐喊着向上冲去。山风吹来，听得清他们喊出的口号声：

"赵尔丰已被我擒获，边军弟兄们不要再为他卖命！"

"缴枪不杀！立功受奖！"……

猝然而来的打击，特别是他们喊的这番口号，动摇了夏老虎部队的军心，有的拖起枪往后退……混乱中，突击队中有一部分官兵已突到前沿，同边军展开了激烈的肉搏战，彭光烈似乎听见了肉搏战发出的"吭吭嚓嚓"声。

这时，山下的第二个浪头趁势开始向上冲击，边军的整个阵脚松了、乱了。"快、快！"彭光烈情不自禁地攥紧了拳头。千钧一发之时，突然，彭光烈的镜头中出现了一群边军军官带着督战队呼啸而来。大刀片子闪动间，一连杀了两个兵，边军止着了溃退。一个样子特别凶顽的边军军官，举起手中的连枪不断吆喝，边军们醒悟过来，恢复了战斗序列。苍坪山上边军清脆的九子钢枪又发出那种持续的、可怕的、海潮般的声响。战斗在几分钟内出现了逆转——山下突击队被压在距苍坪山阵地两百米的一片平崖下，处境极为严峻；而最先突上去的百来名军人，被夏老虎部压在距敌军前沿阵地不到百米的狭窄的开阔地上遭受屠杀。枪弹从苍坪山的四面八方向他们射去——身穿黄哔叽，头戴大盖帽的官兵，有的不顾一切，挺着上有刺刀的毛瑟枪往上冲，被流星般的子弹打中跌倒在地……这一个非死即伤的悲惨场面猛烈地叩打着彭师长的心。

就在这过筋过脉之时，彭师长的镜头里出现了白申。他一出现就做了一个总指挥能看懂的手势。彭光烈知道，白申在提示他注意。只见白申走到了一株百年楠木树下，走到了那个模样特别凶恶的军官面前。无疑，白申紧贴的那个军官就是夏老虎；这么冷的天，夏老虎提着手枪，亮着胸膛，指挥着他的敢死队对孤军深入的突击队进行屠杀。夏老虎因为杀得兴起，像一头嗜血的狼。

白申向彭师长反复示意——站在我身边的就是夏老虎——向我开炮，向目标开炮！彭光烈心跳不已，白申是要舍身同夏老虎同归于尽。彭师长跳下石磴，跑到炮兵前面，大声命令，"听我的命令！"说时用手中的望远镜套着目标，他要炮兵们将两门格林炮按他报出的射击参数，一齐瞄准目标。

彭师长在等待时机，一旦白申走开，他就命令开炮。

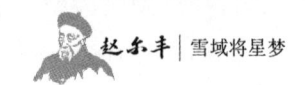

可是，一个意外情况发生了。一个刚才冲到阵地上去，被捉着了的突击队员双手被背剪绑起，被押到了夏老虎面前。只见夏老虎不由分说，从站在身边的一个卫士手里，接过一把亮晃晃的大刀，高高举起，白光一闪，那个被俘虏的突击队员顿时身首两异。

白申的情绪显然一下失去了控制，他猛地掏出了手枪。白申上前一步，拍了一下夏老虎的肩。就在夏老虎掉过头来时，白申的枪开火了。"夏老虎"中弹，握在手中的刀先掉到地上，他用手紧紧扣着胸口。血，不断地从他的大手里涌出来。夏老虎倒地前瞪着一双惊愕的铜铃眼，看着白申，想说什么，却踉跄了一下，像个沉重的麻袋，终于倒在了楠木树下。也就在这时，夏老虎的卫士们向白申乱枪齐射——白申一手捂着胸口，一手高高举起，转过身来，向着彭光烈，向着山下的弟兄们，向着奔腾的羌江不断挥手。他那张白净的脸上露出一丝微笑，慢慢倒在了苍坪山上。

"打！"彭光烈热泪盈眶，大声命令，"对准那些龟儿子，有多少炮弹统统都给我砸出去！"

"咚、咚、咚！"一阵地动山摇，山下进攻的部队重新开始猛烈攻击。固守苍坪山的守军因为失去了主帅军心涣散，继而作鸟兽散。成千上万的革命军、同志军一跃而起，像股股开闸的潮水，势不可挡地向苍坪山刮了上去……

革命军攻进了雅安，雅安教堂外枪声骤响。傅华封躲在窗后用望远镜望出去，教堂已经被革命军团团围困。所幸卫士长王冲率领卫队二百来人，占据了制高点，他们个个都是神枪手，利用地形地物，打得相当顽强。在纵横交错的火力面前，革命军伏尸累累，如潮的攻势被阻遏了，枪声骤然止息。很快，三百米外的广场上，革命军推出了威力强大的两门格林炮，对准了教堂。

"傅华封听清！边军弟兄们听清！"革命军开始喊话，"赵尔丰已被我军政府俘获。边军弟兄们不要再为赵尔丰当替死鬼！"

"欢迎边军弟兄们过来，缴枪不杀，立功受奖！"

可是，这边无动于衷，那边又喊：

"我们现在点起一炷香，香完你们若再不投降，我们将用炮轰！"

"炮轰之时，玉石俱焚。生命宝贵，边军弟兄们勿执迷不悟！……"

对面话刚落音,这边傅华封的几个卫士拉起枪就往那面跑,他们投降了。

"王冲!卫士长!"傅华封急得大喊,"开枪,你怎么不开枪?对这些叛逆格杀勿论!"傅华封歇斯底里地怒吼道。

"傅帅!"背后门一响,傅华封应声掉过头来,见王冲站在面前,他头上负了伤,血透绷带。手里提着的连枪的枪管还在冒烟。

"对那些叛逆你为啥不开枪?"傅华封对卫士长暴跳如雷。

"傅帅,不行了,你看着的,不听招呼了。"又高又大的卫士长看着傅华封,无奈地说道,"他们要求我来求你放大家一条生路!"

"你们意欲何为?"傅华封一惊,拧起一副钳子似的眉毛,对卫士长厉声喝问。往日像猫一样温驯的卫士长今天一反以往,毫无顾忌了,昂起头,对他的咆哮不理不睬,脸上闪过一丝冷笑,"弟兄们说大势已去,不想为赵尔丰去抱着忠孝牌坊死,他们要傅帅倒拐!"

"你们要投降?"傅华封嘶声呐喊,"不行!除非你们把我杀了!"

"那么,"王冲一声冷笑,"就休怪弟兄们对不起傅帅哟!"卫士长言语间有明显的要挟意味。

"好呀,好、好个王冲你!"傅华封气得手直打抖,指着卫士长的鼻子正要大骂,门"砰"地被撞开了,卫士们一拥而入,用枪指着傅华封——兵变了。

哈哈哈,傅华封突然仰头扬声大笑,霍然转身,用手指着卫士们,"罢罢罢,事已至此,你们自去投诚吧。"说着泪如雨下,面向东方,"咚"地跪下,披头散发,撕心裂肺地呐喊:"恩师赵大帅,我对不起你啊!非华封不忠,而是人心不古。华封独木难支,心有余而力不足啊!让我以死谢大帅!"说着拔出手枪,举到头上,就要自杀。说时迟那时快,只见一个人影闪出,他手上的枪被眼疾手快的卫士长一把夺了过去:"彭师长带话过来,不能让你死。"王冲歪酸地说:"彭师长说,尹都督打过招呼,要留傅大帅另有借重!"说时,已有卫士爬到教堂顶上,使劲摇起了投降的白旗。

第十九章 扬眉剑出鞘

"糟糕!"田征葵"咚"地一脚踏进五福堂来,向着无公可办,整天枯坐堂内的赵尔丰拍着手,连连呻唤:"完了,完了!"

"征葵,有事慢慢说!"赵尔丰竭力镇定着自己的情绪。多事之秋,灾祸频仍。他怔怔地看着自己目前唯一的亲信——手握三千巡防兵,也捏着自己性命的巡防军统领田征葵,表面沉静,心跳如鼓,等着他报来。

田征葵是一个魁梧奇伟的大块头。头上包黑纱大包头,穿青布战服,背连枪,腰挎战刀,典型的边军将领打扮。他脸瘦,五官端正。年近花甲,动作却像猫一样轻灵。向来遇事沉着的田征葵,这会儿只说了一句"我东援边军完了",便颓然坐到一把太师椅上。

赵尔丰一切都明白了,耳朵不由得"嗡"了一声,全身都有些麻木。他伸出手,下意识地摸着颔下一把银须,满是皱纹的瘦脸上苦涩地一笑，问："傅华封完了？"

"完了，"田征葵说，"他被他的卫队裹胁着投降了。"

赵尔丰捋着银须的手微微有些颤抖。

"叶荃他们那几路呢？"良久，赵尔丰又幽幽地问。其实，他这是明知故问。

"看傅华封他们失败，叶荃他们也退了。"

"退到哪里去了？"

"退回云南去了……"

半晌无言后，赵尔丰说："靠他们，靠不着。天助自救者，征葵！"赵尔丰显得很沉着，"天无绝人之路！"正想给极度沮丧的田征葵打打气，门外响起了一阵急促的脚步声。

"大帅！"卫士长何麻子隔帘禀报，"新任军政府总督尹昌衡求见！"

"来得正好，"赵尔丰猛地提高声音，"我就知道他要来，人在哪里？"

"官厅里。"

"去把姓尹的给我带来。"

卫士长领命离去后，赵尔丰对巡防军统领说："征葵，善者不来，来者不善。你去布置一下，亮出我们的威风来，让姓尹的瞧瞧！"

"是！"田征葵明白赵尔丰的意思，领命布置去了。

赵尔丰这就站了起来，竭力振作精神。这一刻，他杀气腾腾，露出困兽犹斗的神情。

庭院深深的督署花园石板甬道上响起了皮靴叩地的橐橐声。二十七岁的年轻都督尹昌衡戎装笔挺，带着军官陶泽琨、卫官朱璧彩迈着大步而来。一踏进中门。嘀，在通向五福堂长长的甬道两边的夹道上站满了杀气腾腾的边军，他们一个个端着上了刺刀的九子钢枪，向尹昌衡怒目而视，气势汹汹。

尹昌衡心中一声冷笑，昂首挺胸，视而不见，来到五福堂前时，赵尔丰的卫士长何麻子停步，宣布："大帅有令，只准尹都督一人入内。两名军官请跟我去客厅休息。"

"好嘛，客随主便！"尹都督轻蔑地一笑，对陶、朱二位军官说，"你们先

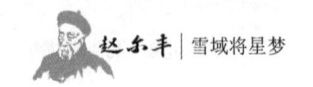

去客厅喝茶,等我!"说着,跟何麻子上了五福堂。

一进门,始感到一双阴冷、犀利的豹眼正居高临下盯着自己!尹昌衡抬起头毫不躲闪地迎上赵尔丰阴冷凌厉的目光。衣着向来随便的赵尔丰,今天在穿着上是下了一番功夫的。他没有着官服,而是身着一件黑绸夹袍,外罩一领描龙绣凤的缎子马褂,一条银白的大辫子拖在脑后;深陷的豹眼毫不隐讳地流露出敌意和警惕。赵尔丰威风犹存,却分明是色厉内荏,强弩之末。尹昌衡脸上浮起一丝笑,这是胜利在握的笑。他站在敌手面前,身姿颀长笔挺,手扶指挥刀,英气逼人。他们在进行心理较量:一个在堂上,一个在堂下;一个年老深沉,一个年轻英俊。这是一场意志的较量,二人僵持着谁也没说话,四目对射,双方都从对方的神态中感到一种强硬。

过了一会儿,赵尔丰用手指了指对面那把镶金嵌玉,垫着红绸垫的黑漆太师椅示意尹昌衡坐。

尹昌衡稳稳落座在那把太师椅上,身姿笔挺,两手扶着刀把,抬起头来,注视着赵尔丰,目光炯炯。

"老夫业已告退,"不等尹昌衡说明来意,赵尔丰先发制人,他说,"贵都督日理万机。今竟放下军务政务,屈来寒舍,不知有何见教?"

"大帅!"不想意气风发的新任都督并没有针锋相对,而是言辞恳切地说道,"你和次帅是昌衡的先后上司,特别是次帅,对昌衡有知遇之恩。我今天一来是拜望季帅;二来是代表军政府表明一个态度。"

"什么态度?"

"期望季帅履行月前与军政府达成的协议。"

"我与贵都督并未达成任何协议。"赵尔丰即使到了这时候仍颐指气使,态度生硬。

"本届军政府是前任军政府的继续!"看赵尔丰执迷不悟,尹都督的口气渐趋强硬,"难道你同蒲殿俊订的条约这么快就忘了吗?"

"啊,你是要赶我去打箭炉?"赵尔丰轻咳一声,看尹昌衡未置可否,他说,"当初我与蒲殿俊达成协议,让我赵尔丰去为军政府守西大门是有条件的。"说着捏起手指一一报来后说:"现在一条都未兑现,比如说要拨多少多少

第十九章 扬眉剑出鞘

钱给边军等等都不兑现。我要走时，你们不让我走，现在却要赶我走。这冰天雪地的，路途遥远，岂不是要置老夫于死地?!"

"识时务者为俊杰，消息想必你已知悉!"尹昌衡看着赵尔丰冷然一笑，"大帅不要再心存侥幸。你是知道的，傅华封率领的边军一从康地进到四川，寸步难行，好容易走到雅安，打了一仗最后不得不向我投降。叶荃等部也退了回去……事到如今，在成都，大帅是没啥戏好看的，没有啥好等待的了，大帅你是孤家寡人了!"

"难道你们就不能放过一个向军政府交了权的老人?"尹昌衡的话打中了赵尔丰的要害，他顿时有些委顿，哀哀地说，"现在康区冰天雪地，老妻又有病在身，你叫我们如何走?你对我赵尔丰何必威逼太急?"

"季帅!"尹都督不禁叹了口气，口气缓和下来，"你弟兄都做过我的上司，有些感情。特别是你季帅，经边七年，功勋卓著，因而，我现仍然尊重你，确不想与你为难。但局势是严峻的。现四川省军政府虽已成立，但因你在成都督署内稳起，手中又握重兵，无形间形成了新旧两个政府。有些人打起你的旗帜，还在为非作歹!再说，重庆日前成立了'蜀军政府'，川北、川南也成立了军政府。你不走，他们不答应;你不走危及我四川的统一，我尹昌衡也要背姑息养奸的罪名!"

"照这么说，我是必须走了?"赵尔丰冥顽不化，一声冷笑。

"只能如此!"尹昌衡刀截斧砍。

"你是来逼我、威胁我!"赵尔丰火了，"那就决一死战!"

"你拿什么同我决战?"

"你看吧——!"随着赵尔丰手指的方向望去，堂外甬道两边是站得整整齐齐、虎彪彪的边军。赵尔丰神情很得意，"他们都是跟我多年的百战之兵。不要以为援军不到，我赵尔丰就是好欺负的!哼，真打起来，说实话，不仅要把成都打得稀烂，鹿死谁手，还不一定。"尹昌衡知道，赵尔丰并不是在这里危言耸听，他手中的三千边军确是虎狼之师。凭军政府手中现在的兵力同赵尔丰开战，确无胜利把握。

"大帅的这三千边军确系精锐，"尹都督成竹在胸，开始施计，"然而，大

379

帅只知其一，不知其二。"看赵尔丰抬起一双豹眼看着自己，满脸狐疑，便侃侃言道："为兵之道，赏罚两柄。进则有赏，退则有罚——如此，方能挥洒自如，如臂所指。大帅今非昔比，你的职已失，权已落；现在是坐守危城。大帅现在的命运，恕我直言，如草上的露珠一样危险！"

"什么意思？"赵尔丰皱着眉毛，简直弄不清尹昌衡葫芦里卖的什么药了。

"我今天来，并非逼你。"尹昌衡见时机已到，转换了语气，"我是想同你商量一个万全之策。既然你不愿去康区，那为大帅和四川全局计，我倒有一个折中之法，舍此别无他途。不知你愿接受否？"

"说来听听！"赵尔丰拗起头，捋起颔下那把白胡子。

"很简单，将你手中的三千巡防军变一下旗号。"

"啊哈！要本帅俯首向你交出兵权？"

"不是，"尹都督摇摇头，"不过是个形式而已。"看着满腹狐疑的赵尔丰，他便展开说了下去："这三千边军不过是穿军政府的衣，拿军政府的饷，打军政府的旗；实质上仍然是你赵大帅的部队，完全听从你的命令。大帅想想这于你缓急之间是不是一个好办法！你现在没有财政来源，欠了他们三四个月的军饷，官兵们早有怨言。如果不这样办，你这三千精锐还能维持多久？我这是为你着想，完全是为大帅好！"赵尔丰低头默想，对尹昌衡的建议他虽心怀疑虑，但事已至此，想想，缓急之间，确也不失为一个办法……默思良久，他吐了口气，态度和缓了，"硕权，"赵尔丰说，"我理解你的难处。为了让你把事情搁平，把军政府都督当下去，那就暂时依你说的办吧！"

事不宜迟，趁热打铁。尹都督立即召集三千边军训话。站在五福堂外，看着站了满满当当一院子，里三层外三层的边军官兵，尹都督扬起洪钟般的嗓门："……边军弟兄们，赵大帅恩准，从今以后，你们名义上就是军政府的官兵了。给养、饷银，完全由军政府负责供给。赵大帅欠你们的饷银，军政府马上补发！"有奶便是娘，场上边军欢呼起来。瞟一眼冷着脸站在一边的赵尔丰，尹昌衡心中暗暗一笑，"不过！"他强调，"你们仍然完全接受赵大帅指挥。"他话中有话，"你们不愧为大帅一手栽培起来的仁义之师！尽管大帅现已坐守孤城，无权无势，你们对大帅仍忠心耿耿，殊为难得……"

尹昌衡告别时，说出的一番话，更让赵尔丰吃了一颗定心丸。

"大帅，好了！这一来难题解决了。"年轻的都督说时红着脸一笑，"我的婚期因俗务缠身，一推再推；老母再三催促，准备即日完婚。若大帅不嫌弃，请届时光临！"

"颜机小姐不是还在广西吗？"赵尔丰一怔。

"老母已派人接去了，就在这几日可到成都。"

"郎才女貌，门当户对！"赵尔丰轻轻击掌，一副很赞赏的样子，"都督看得起老夫，焉有不来朝贺之理？一定来，一定来，哈哈，好事，好事！"这时，赵尔丰的态度与刚才迥然不同，很殷勤，一定要把尹硕权送出中门。赵尔丰在花径上龙骧虎步，抚须笑道，说的话竟有几分诙谐风趣："借你们四川人的话说，'大登科金榜题名，小登科洞房花烛夜'，你与颜小姐真可谓珠联璧合，天生一对。"说完哈哈大笑。

在督署中门，两个对手礼数周到地作别。尹昌衡带着陶、朱二人刚刚消失在花园尽头，田征葵影子似的来到赵尔丰面前。

"大帅！"目视着尹昌衡的背影，巡防军统领咬牙切齿道，"你真的相信他的这些鬼话？"

"哼！尹娃娃现在是怕我先动手，想稳住我。"一丝阴笑挂上赵尔丰的嘴角，"我过的桥比他尹娃娃走的路还多，想跟我玩花招，还太嫩了些！他那一点小把戏还能骗得了我？哼！"

"真毒呀！"田征葵牙疼似的说，"你别说，尹娃娃还真想得出。他既想稳住大帅，又使出离间计，让边军官兵同我们离皮离骨的……"

"他做梦去吧！"赵尔丰恨声道，"我就给他来个将计就计。抢时如抢宝！我要让他活不过今夜！"说着挥起手，往下一劈。田征葵完全懂了。

两人往回走时，小声商量起什么。说着说着，不禁枭笑起来。

夜已深。饱受磨难的九里三分的锦绣成都已经沉睡。

新任都督尹昌衡的府第寂然无声。高墙外，打更匠打响了三更，"当——当——当！"更声枭枭，竹梢风动，有种说不尽的悠长、凄迷。

府内后院，一缕昏黄的灯光从一扇窗棂里泻出，拽到鱼池假山上——尹昌衡都督正黉夜执案批阅公文。

电灯早已停息。成都唯一的一家私营电厂启明电厂因兵乱破坏，至今尚未恢复正常供电。虽说电厂对都督府等几个要害部门特别优待，但过午夜后也拉了闸。尹都督宽大锃亮的办公桌上，现在点的是两支大红蜡烛。烛光幽微跳跃，使年轻的都督于朦胧中显得格外英武沉稳：他那一米八几的身材结实匀称，四肢修长，肩宽腰细，五官端正，隆准剑眉黑发，双目清亮有神——不管从哪方面看，他都是个无可挑剔的美男子。

这时，只见他剑眉微锁，盯着桌上的两封电报，凝神沉思。电报都是下午收到的，一封是南京来的，一封是重庆"蜀军政府"来的；让他一喜一忧。南京向他通报：鉴于清廷已被推翻，拟于最近在南京成立"中华民国临时政府"，孙中山先生任临时大总统。孙中山是他心目中的一盏明灯，是中国唯一的完人，这让他无限欣慰。重庆的电报则是蜀军政府对他呼吁成渝两个军政府合并的回应，电文中一句话让他很感动："……今日之事应以国计民生为重，不应为个人谋私利……为川局计，我等公推尹昌衡为统一的四川军政府都督，原我蜀军政府都督张培爵为副都督。"

但是，蜀军政府有一个统一的先决条件，那就是要求他务必处决双手沾满川人鲜血的原川督赵尔丰！

赵尔丰其罪当诛吗？尹昌衡抬起头来，凝视着摇曳的红烛。是的，赵尔丰滥杀无辜，生性残酷，是个货真价实的"屠夫"；而且，他就任川督后，为保全自己头上那颗红顶子，一手制造了震惊全国的"成都血案"；四川军政府蒲殿俊等人对他那样宽待，他在交权后却又后悔，制造了兵变，将一个锦绣成都变成了人间地狱；及至日前又密令傅华封率边军回援；数次兴风作浪，妄图复辟，实在是罪大恶极！但是，他在康藏转战经边七年，上山一匹骡子，下山一匹马，艰苦卓绝……立下了盖世奇勋。功罪相抵，似不该诛吧?！该怎么办呢？尹都督一时委决不下。愁肠百转中，他突然感到肚子饿了。他从衣服荷包中掏出一个金壳瑞士怀表看了看，不由得皱了皱剑眉。翠香怎么还不送宵夜来？往天这个时候，酒菜早就摆上了桌。他精力过人，在这非常时期，常常要通宵达旦工作。他可以两三天不睡觉，白天黑夜连轴转，却唯独不能少了酒！他善饮，且酒量过人，特别爱饮绵州大曲，兴致来时，一口气可独饮四瓶。他是个"爱书爱酒爱剑爱美人"的人。

翠香到哪里打晃晃去了？啄瞌睡去了？……不可能！翠香是姨太太杨倩的贴身丫头。杨倩是个对自己体贴，对丫头严厉的主子！而翠香又是个很听话的丫头，咋会有这等粗疏之事？这样的事从未有过。尹昌衡越想越狐疑；他下意识地看着门，脸色有些愠怒。忽然，他听见了轻微的脚步声传来。庭院中，花径上，脚步声由远而近。他凝神静听，却越听越不对劲。

尹昌衡是一九〇四年进四川武备学堂的高才生，一年后，被清政府保送去日本东京陆军士官学校步科学习，留学六年；他是个训练有素的专业军事干才，凭一副受过职业训练的耳朵，他听出了，来人不是翠香。翠香总是穿双绣花鞋，走路脚步爱擦着地皮。猛地，他露出几分惊讶；他听出来了，来人是杨倩！她怎么亲自来了？

"哪个？"只听门外镖师武七和卫兵莽声莽气地喝问。

"连我都听不出来了嗦？"杨倩的声音脆声声的，尾音拖得很长。听得出来，她很不高兴。

"死女子！"杨倩人还未进屋，声音却飘过来了，"你硬是赵巧儿送灯台——一去不回来喃！"

"啊，是太太嗦？"只听门外镖师武七压低声音说，"三更都过了，我们劝都督息着，他咋都不听。太太来得正好，快去劝劝都督！"

随即，门"呀——"地轻轻开了。杨倩转身关门，头都未抬又开骂："翠香，啥时候了，还不转去？鬼迷心窍了嗦？"她认定这个有些姿色的丫头在同丈夫调情。丈夫风流倜傥，她深知。太太颜机因在广西，尚未完婚，经颜家老太爷同意，尹昌衡从广西回成都后先娶了杨倩为妾。日前他却又对成衣店老板娘——那个绝色少妇很着迷，两人很是缠绵了些日子，杨倩也只能睁只眼闭只眼。然而对自己的丫头，她却管得很严。在这方面，不管是妻还是妾，不管是富婆还是穷女子，都是要认真较劲的。

杨倩转过了身来。灯光下看得分明，杨倩容貌姣好，刚从暖室出来，只穿

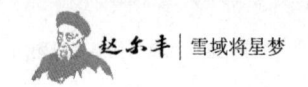

了件银狐色夹旗袍,这就把她颀长、苗条而又丰满的美妙身姿展露得淋漓尽致。一双顾盼流动的杏眼,伏在弯月似的黛眉下面;剪的是齐耳短发,香腮红喷喷的;越发显得青春勃勃,光彩照人。此时此刻,年轻的都督看着杨倩,不禁心驰神往。

二十七岁的都督,先娶侧室,这有个故事。一九〇九年,尹昌衡在日本结束了六年的学业回国,按规定要去北京武英殿参加会试,当时,只有三岁的小皇帝爱新觉罗·溥仪被他的生父——摄政王载沣抱着,煞有介事地坐在镶金嵌玉的御椅上。兵部尚书应昌坐在殿下任监考,主考官是号称"北洋三杰"之一的段祺瑞。

段主考开始唱名,点到尹昌衡时,他喊:"尹——昌!"无人应。同班同学、好友李烈钧、唐继尧拉了拉尹昌衡的衣襟,可他就是不应。段祺瑞连喊两遍,见无人应,毛了!圆张一双鹰眼,虎视一番殿下待考的学子们,高举朱笔,威胁道:"尹昌未到吗?我再点一道,三点不到就除名!"话刚落音,尹昌衡大步走上前,捋捋马蹄袖,跪在红地毯上说:"想来大人刚才点的是小人名,只因少一个字,所以不敢答应。"

"糊涂!"段祺瑞说,"你最后那个字能叫吗?"他猛然醒悟,自己最后那个"仪"字犯了皇上的讳,便说:"那请大人赐名!"

"就叫尹昌好。"

"昌是我们尹家的大排号……"

"这个,"段祺瑞语塞,他有些不耐烦了,说,"那你自己取个名!"

尹昌衡心中狂喜,他太想给自己取个名!但"身体发肤受之父母",原来想改也改不成,现在可终于有了个改名的理由。

尹昌衡出生时,是难产,把母亲折腾得在床上死来活去。父亲尹仕忠站在产房外愁极了,猛见门外大树高枝上立有一只大鸟,五彩斑斓,极为俊逸,疑为凤凰,便指着闪闪发光的大鸟说:"凤凰,我妻肚中娃若是你投胎,就放心去吧!我们会好好待他的!"母亲闻言也频频点头。"凤凰"听懂了似的,忽地冲天而去。

"哇——"的一声,娃娃终于落地。父亲便给他取名"昌仪",号"凤来"。

尹昌仪读书极有天赋，又用功，强学博记，且能融会贯通。长大后，他始对自己的名和号都不满意，"仪"字缺少力度，"凤来"他更厌恶。《明史》有载，宰相施凤来迎合魏忠贤，名列"阉党"，恶贯满盈，自己岂能与这个奸相同名！他一直对自己的名字有所抵触，总想着要改掉它，现在机会来了，他紧紧抓着，应声对段主考说："那就叫尹昌衡吧，衡心的衡！"

"可以。"主考大人恩准。尹昌衡为自己争了个满意的名，却同李烈钧、唐继尧一起被朝廷"涮"了！他们在日本留学时秘密加入同盟会军事组织——"铁血丈夫团"，虽未被朝廷拿着证据，但他们反清的言行却被内奸一一记录在案，密报朝廷。考后，朝廷以他们成绩不合格，不予录用！然而，尹昌衡却被广西巡抚张鸣岐看中，延聘他去做广西陆军学校教务长。不久，因他同当地同盟会关系密切，被张鸣岐客客气气驱逐了。

临走被颜缉祜招为未来女婿的尹昌衡，回到成都一安顿下来，就讨了年轻貌美的杨倩做侧室……

"看我做啥子？家花哪有野花香！"杨倩满含醋意。

"你在喊翠香？"尹昌衡说，"翠香在哪嘛？我肚皮都饿得贴到肋巴骨了！"

"她没有给你送酒菜来？"姨太太不无惊异，"死女子，简直在臊皮！"说时，出水芙蓉般的杨倩看着夫君嫣然一笑，娇嗔地噘起嘴，"看我等会再找死女子拿话来说。"说着，袅袅婷婷走上来，偎在丈夫身边，用一双美目含情脉脉地看着他，"三更都过了，还不睡？人家等你等得毛焦火辣的，晓得不！"说着，取下发髻上一支银夹子，调皮地拨瞎了一支红蜡烛，屋内光线骤然黯淡了许多。年轻的都督猛然间心跳如鼓，趁势挽住了娇妻的细腰。

"你硬是要学关二爷秉烛待旦嗦？"杨倩扬眸粲然一笑，越发水灵娇媚。尹昌衡把她抱得更紧了，清晰地感到她那丰腴的肌体在微微颤动，他开始有些不能自持。

杨倩娇嗔地打了一下他的手，吁吁轻喘道："回家嘛！"

"好，回家！"年轻的都督这就站起身来，挽起娇妻往厅外走去。出了门，刚到宽宽的阶檐上，一阵冷风刮来。尹都督喊声"不好"，赶紧把杨倩往屋内一推，自己顺势躲到柱后。说时迟，那时快，一只飞镖"嗖"的一声插到他躲着的大红柱上。

"刺客,哪里走!"晨光熹微的天幕上,只见镖师——燕子武七从檐下忽地跃起,箭一般射到院中那株虬枝盘杂的百年古柏上;他一声怒喝,劈手去拿刺客。两人开始激烈交手。武七个子比刺客小得多,但手段明显高强:出手千钧,招招式式都是杀招。两人在大树上腾挪跳跃,拳来脚往,让一株两人合抱的大树也瑟瑟发起抖来。

卫兵慌了手脚,举枪要打。

"憨包儿!"尹都督一声断喝,"这都打得吗?你没看两个人缠在一起!"看卫兵放下了枪,他才放心转身招呼杨倩,"快出来看啊!武七平素正愁找不到对手,今晚对了!"说时,卫官朱璧彩带领大队卫兵赶到堂前;内中不乏神枪手,举枪就要打,被尹都督一律挡着。他要大家放放心心欣赏这场精彩的擒拿格斗。

几个回合后,刺客想溜。武七哪肯放过!就像猫抓到了耗子,不忙弄死,先要弄在嘴里慢慢把玩……武七突然跃到空中,"嗨"的一声,抡起的右手像把关大刀,倏忽一闪,砍在了刺客颈上。

大块头刺客惨叫一声,像个沉重的麻袋,落到地上。

"绑起来!"卫官朱璧彩大声命令。卫兵们正待上前,"慢——!"

尹都督大步走上前去,一把提起刺客。那家伙颈项已不能转动,连声哀告:"都督饶命!"听声音耳熟,借着熹微的天光一看,尹都督大骇:"啊!这不是赵尔丰的卫士长——草上飞何麻子嘛!"

"都督大人饶命。"何麻子叩头如捣蒜。

"算事。"尹都督说,"不过,你话要说清楚。我同你无冤无仇,你为啥要来杀我?"

"小的是奉赵尔丰之命!"

"啊!"尹昌衡大大吃惊了,万万没有想到赵尔丰以怨报恩,如此狠毒。他问:"赵尔丰是咋个给你交代的?"

"他说,你诓他交出兵权,是要他的命。与其你要他的命,不如他先把你的命要了!"说到这里,何麻子欲言又止。

"还有什么?都说出来!"尹都督厉声喝道,"要活命,你就要老老实实!"

第十九章　扬眉剑出鞘

"赵尔丰还说，尹都督是四川的一根'定神针'。杀了你，要不到几天，四川的天下又是他赵尔丰的。"

"嗯！"尹都督心中有数了。看来，赵尔丰亡我之心不死！不杀赵尔丰，四川不得清静！

"你在外面候我多久了？"尹昌衡又问。

"天一黑，我就摸进后院猫起。看燕子武七和卫兵守得紧，一直没有下手的机会。"何麻子倒也老实，毫不隐瞒，"适才看都督和太太一同出来，心想，这正是下手的机会，我……便下了手，实该万死！请都督怜悯我上有八十老母，下有妻儿，饶命！"说着，跪在地上，叩头如捣蒜，把头叩碰得"砰、砰"山响。

"算了！"尹都督看何麻子一副可怜相，叹了一口气，"你也是身不由己。我放了你。"说着，吩咐燕子武七："你把他的颈子掰过来。"

"不忙！"杨倩轻步上前，女人家心细，她问，"何麻子，我问你，你是不是把我的丫鬟翠香杀了？"

何麻子闻言如遭雷击，畏怯地看了看杨倩，低头不语，浑身瑟瑟发抖。

这时，卫兵在假山后发现了翠香的尸体。看惨死的丫鬟衣衫不整，在场的人都明白了。

"何麻子，你禽兽不如！"尹都督立刻变脸，指着草上飞大骂，"你要杀我，是受赵尔丰威逼，还情有可原。可你做出这等不要脸的事不说，还杀人灭口！没得说，杀人抵命……"话未说完，草上飞运起轻功，忽地蹿起，上了大树，就要越墙逃命。看燕子武七和卫兵要动手，尹都督咬牙挥手制止，冷笑一声："何麻子看刀！"话未落音，已从皮带上摸出一把匕首，手一扬，白光一闪。只听"噗——"的一声，何麻子立时栽下树来。卫兵掌烛一看，匕首正中何麻子后脑；草上飞连哼都没有哼一声便断了气。

"把草上飞悄悄埋了。"尹都督吩咐卫官朱璧彩。说着，环视在场的所有人，郑重交代："此事，务必不要走漏风声！"在场的人无不唯唯连声。

成都和平街尹府迎宾馆张灯结彩。二十七岁的四川省军政府都督尹昌衡今

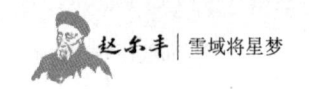

天与大名士颜楷之妹颜机举行婚礼。

一早，迎宾馆门外各种车辆便熙来攘往，热闹非常。军政大员、达官贵人络绎而入。雕梁画栋的大花厅内，彩礼堆成了山；笺花宴摆了几十桌。

尹都督是新派，民间迎新的好些繁文缛节都免了；但拗不过两家老人，唯独新娘坐花轿这一项没有免。天刚亮，尹太夫人便派出了声势浩大的迎亲队伍去颜家接新娘。有抬花轿的，有打锣敲鼓的，有拿花凤旗，有放鞭炮的……浩浩荡荡共约百人。一路上，他们竭尽张扬，引得长街上千人百众争相观看。

迎亲队伍到了颜府。在鞭炮齐鸣、锣鼓震天声中，八个头戴喜帽，身穿绿绸短褂，前后白洋布背心上各绣有一幅冰盘大小、飞马图案的轿夫，将花轿抬进门，半截放进堂屋。新娘颜机也是新派，免了凤冠霞帔、红绸顶盖；身着一件华贵的花绸夹旗袍，大大方方地先在堂屋里参拜了祖宗神位，再拜辞父母，这才上了花轿，八抬八扶，吹吹打打，出了颜府，一路吆吆喝喝到了尹府迎宾馆。

在吹鼓手们吹打出的轻快、活泼的民间乐曲声中，身着长袍马褂，头戴插有金花的博士帽，身背大红缎带，胸前别有一朵绒做大红花，一副传统中式打扮的尹都督满面喜色，迎到门外，卷起轿帘，扶出新人；在鞭炮齐鸣、锣鼓喧天声中，一对新人手挽手进了红漆大门。

一对新人刚进花厅，几十张笺花桌上座无虚席的客人们鼓起掌来。一对新人站在席前向客人们致意。啧啧，真是郎才女貌，真资格的英雄配美女！客人们热烈议论起来。众人都是第一次见新娘。她要比新郎小十多岁。站在长身玉立的新郎身边，显得娇小玲珑，清秀端庄，冰清玉洁。一条质地很好的绲边鹅黄暗花旗袍恰到好处地勾勒出她身姿的苗条丰满。乌黑丰茂的头发在脑后绾成一个髻，越发衬出她皮肤的白皙，五官的秀丽。她侧着头，微微靠着丈夫的肩，一双又大又黑的眸子里，有几分憧憬，有几分惊喜……整个看去，显得神态贤淑，雍容华贵。

新郎身着长袍马褂，披红戴花，喜气洋洋；那笔挺的身姿，昂藏的举止处处透露出非比一般的身份。

结婚仪式异常简单。新郎发表了简短的欢迎词和来宾致辞后，司仪便宣布上席。按照传统的规矩，新婚夫妇款款而来，要挨桌向客人们敬酒，而此时，司仪宣布了一个惊人的消息：赵尔丰派他的儿子老九、老四双双送来贺礼！客人们注意到，新郎闻讯含笑点头。这就引得客人们纷纷交头接耳，议论纷纷：赵尔丰送礼，尹都督收礼！这件事说明大局已定，干戈化为玉帛，锦城已离战乱远去。接下来，成都又该歌舞升平，再现"温柔富贵之乡"的繁荣与宁静……

正当客人们纷纷起立，高举酒杯，为这对珠联璧合的新人大唱赞歌时，徐炯来了；他一来就大煞风景。

这位执教四川高等学堂，出任过日本留学生监督的名士姗姗来迟；穿一件灰不灰蓝不蓝的旧布袍大步闯进花厅，一副怒气冲冲的样子，见谁也不理。尹都督夫妇赶紧迎上去，请老师上座。他却僵在那里，手把瘦脸上的那副鸽蛋般的铜边眼镜托了托，大庭广众之下，对新郎发作了：

"尹昌衡！"他大声吼道，"你这个时候结婚？我看你是脑壳发昏！赵尔丰在那里虎视眈眈，要你的命……"

客人们大惊。偌大的花厅里，顿时清风雅静。

"言重了，徐先生！"新郎笑道，"我已经同赵尔丰说好了，没事，请放心。若有啥子不放心，我们三天后再谈。今天是我的大喜日子，请先生入座吧！"

"三天？"不意徐炯不依不饶，冷笑一声，"恐怕三天后赵尔丰早已砍了你的头！"说着不无讥讽地言道："不过，你砍头也还值得，毕竟当过几天都督。我们这些替你打旗旗的人喃，是白白陪你死……"徐炯在那里说得唾沫四溅，尹都督的脾气却好得很，一边摇手一边说："不会，请放心！"梭在后面坐着的赵老九、赵老四怕火烧到自己头上，赶紧溜了。张澜等人见徐炯闹得太过分，赶紧上前，将暴怒的徐子休劝了出去……真个是"宰相肚里能撑船"，经这一闹，尹都督竟跟没事人一样，酒宴照样热热闹闹举行。

夜幕，潮水似的涌起。

迎宾馆后院别有天地。朦胧的灯光中，只见围坐在一张张八仙桌后的都是军官。他们济济一堂，大碗喝酒，大块吃肉，嘻哈连天，热闹非常。尹都督特别关照过:"不必送礼。营以上的军官务必给个面子——吃请!"

夜渐深,军官们没有一个离去。刚才尹都督派人来传话:"军官们都不要走!他要同大家见面,有要事说……"有细心的军官发现,花园前后都是站了岗的。

夜晚十一时,尹都督送走了客人,匆匆跨进后花园。军官们赶紧起立。身穿长袍马褂的新郎神色陡变,异常严峻,他招招手,要大家安静,顿时,场上鸦雀无声。尹都督用一双炯炯有神的眼睛扫视全场后,说话了,声音低沉有力,字字千钧:"今晚有紧急任务需诸君完成——捉拿赵尔丰!只许成功,不许失败!"

"是!"军官们一个个跃跃欲试,神情满是兴奋和急切。

"听我的命令!"尹都督显然成竹在胸。至此,军官们方才醒悟,都督这时候结婚,其实是耍的一个拖刀计。军官们着实佩服足智多谋的尹都督。

很快,周详具体的战斗任务得以落实。尹都督要大家立即回到各自兵营,将部队拉到指定位置,并特别嘱咐刚由雅安回来的彭光烈在率部进入指定战斗位置之时,将两门格林炮拉到东城墙上需注意的一应事宜……

"现在是晚上十一时半,"尹都督要大家对了对表,发布命令,"两小时后,战斗打响,所有部队围而不打。届时,赵尔丰的部队若朝下莲池方向跑,务必不要理,随他们去。彭(光烈)师长只能让部下将大炮朝督署上空打。不要伤人,目的是打乱赵尔丰的军心。还有没有问题?"

"没有问题!"军官们异口同声。

"陶泽焜来没有?"尹都督点名。

"就他一个人没有来,"有军官应道,"他是个急性子,数次给都督建议捉拿赵尔丰,都督不准,他怄气。今听说都督结婚,他更气,没有来。"

"好得很!"尹都督说,"我们现在就需要这样有血气的军人,我马上亲自去请。"说着,挥着拳头,语调激昂,"各位听清了……活捉赵尔丰,给即将诞生的民国送我川人厚礼,就在今夜!"

"听从都督驱驰!誓死效忠军政府!"军官们同仇敌忾,举手宣誓。

第二十章 雪域将星，今晨陨落

夜寒冷漆黑，伸手不见五指。

赵尔丰病了，病得很厉害。虽然请了太医，服了药，高烧退了些；但，头还是针扎一般疼。夜色朦胧时，他赶走了所有的人；他说他要清静。今夜，寒风瑟瑟，万籁俱寂，竹梢风动，倍感凄清。他的思绪进入梦境，随着静夜，潜得很深很深。

云烟袅袅中，亮出金碧辉煌、经幡招展的冷谷寺。寺后，陡峭的山壁上挂下飞瀑泻银的长流水。寺前，茵茵绿草铺向天际。刚从寒冷的雪原走来，初升的太阳温存地抚摸着他的脸。他情不自禁抬起头来。哦！一串打着响亮鸽哨的庙鸽，在冷谷寺金光灿灿的庙顶上盘旋，好像是一群生着金翅的神雀……

"大帅不宜东行！"披着红袈裟的冷谷寺活佛跌坐红地毯上，打卦后，喃喃有词。

"这就是说，我从成都来，不宜再回成都去？"语气是不以为然并带有讪笑的意味。

"是！"活佛如老僧入定。

"笑话了！成都是我的发祥地，怎么就不能回去！"藏僧打卦痴说妄语，他根本就没有把藏僧的话放进心里去。

他独自骑追风雄骏，来到一处开满了格桑花的绝美之地。正流连忘返间，忽有一令人闻之丧胆的沙哑声传进耳鼓："赵尔丰还命来！"惊恐间他抬起头，见已毙命的乡城桑披寺枭首披头散发，形如恶鬼，手拿一对铜锤，骑一匹怪兽，风驰电掣而来……于是，他落荒而逃。骏马飞驰，耳边风声呼呼。雄骏忽然立起，扬鬃嘶鸣！枭首已经追近，而面前是万丈悬崖。眼一闭，牙一咬，勒紧马缰，狠扬一鞭——雄骏扬起四蹄，向崖对面飞去。可是，崖太宽，只叩上了马的前蹄。一声绝命的惊呼中，雄骏驮着自己向万丈悬崖下坠去……

这一坠，竟让自己落到山东蓬莱的海滩上。在蓬莱仙阁下，绵长的海岸线起伏着丰满的曲线，黄沙如金屑铺展开去，一望无边。平静的大海，像一匹横无际涯的绿绸，在天边微微起伏。海上有点点白帆滑行，湛蓝的天上有海鸥翔集……

赵尔丰怦然心动，翻身下马，跪在海滩上，双手掬起一捧黄沙，像回到了母亲温暖的怀抱，不禁潸然泪下。忽然，歌声响了起来，甜蜜、宽厚、缠绵，富有磁性；却不见人，分明是海妖的歌声。调子是熟悉的沂蒙山小调，文辞实实在在却又诡谲陌生，听来句句让人醍醐灌顶：

> 你从蓬莱阁上走出去
> 你从雪山草地走回来
> 紫蟒袍陡变枷锁
> 居玉宇忽堕地狱
> 哎嗨儿哟——只因是，不撞南墙不回头……

赵尔丰百感交集，欲分辩，却说不出话来。正着急间，突有人问："三弟，你为何在这里？"抬头一看，竟是二哥尔巽，他打扮殊异，羽扇纶巾，俨然一鸿儒。赵尔丰惊问:"二哥,你不是在东北为官吗?何至于此?"二哥长叹:"名利是枷锁……我已急流勇退,专心做学问……三弟别来可好?"

"不好,头都快掉了!"正哀叹间,缥缥缈缈中有人催,"次珊,快走!慢了吾师发怒!"

二哥慌了抽身要走。情急之中,他一把拉着尔巽衣襟,哭道:"二哥救我!"

"'赵'字少'肖'① ——走"!二哥说完,扬长而去。

"二哥、二哥,你不能丢下我!"

"大帅、大帅!"

"季和、季和!"赵尔丰猛然惊醒,冷汗涔涔。摇曳的烛光下,只见发妻李氏、妾卓玛跪在床前踏板上,哭得泪人一般。老九、老四瑟缩一边,像受了惊骇的一对小兔。

"出了什么事?"赵尔丰情知不好,一下撑起身子,靠在床头,强打精神。

"落黑以后,"发妻抽抽泣泣,"军政府调大兵将督署围得水泄不通,并撒进大批传单,人心惶惶……"

"传单何在?"

老九上前,双手捧上一张。卓玛赶紧举起烛台。赵尔丰接过,就着微弱的烛光,颤抖着手看下去:"军政府今夜集合数万精兵捉拿赵尔丰。所取只赵逆一人,与诸君无关。你们如深明大义,将赵尔丰捉出来献者,官升三级,兵有重赏。如因是旧长官,不愿叛他,可由下莲池撤退,听候军政府整编。"

赵尔丰看完传单,两把撕得粉碎。一张因发烧而腓红的瘦脸上豹眼环张,他喝道:"叫田总兵来!"

"田征葵已经脚板上抹油——溜了!"儿子老九小声说。赵尔丰听了这一句,顿时气得说不出话来,仰在床挡头喘气。这时,大炮响了。"轰——轰!"一道道金蛇似的炮弹,犁开夜幕,带着可怕的啸声, "呼、呼"地掠过院子……顿时,只听院中人声嘈杂,脚步声杂沓,如决堤洪水向下莲池方向跑

---

① "赵"字繁体为"趙"。

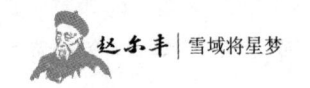

去。显然，署中三千边军在争相逃命。

"我命休矣！"赵尔丰长叹一声，气喘吁吁。

"爹爹，我们扶着你撤吧！"儿子老四趋步上前，赵尔丰连连摇手制止。他喘过气，头靠床头，在忽闪闪的烛光下，直勾勾地看着两个儿子，神情是从来没有过的专注。

但是，这种种伤时感怀的柔情，随即为一种决绝之情所代替。

"来！"他向老四招了招手，声音悲戚，"我给你说！"

"爹爹，你说！"老四"扑通"一声跪在他的面前。

"赶快带上他、她们！"赵尔丰吃力地用手指着小儿子、老妻和妾，"带上他们快去东北，投靠二伯……"

"我们不能丢下你走！"屋内至亲失声痛哭。

"再不走，就都完了！"赵尔丰说着猛然掀开被子，一骨碌而起，气得在地上跺脚。老妻和卓玛都坚决不走。赵尔丰这会儿定定地看了看跟了他一辈子的老妻李氏——发妻年轻时的音容笑貌，这会儿在他眼前烟云般地流逝，心中自有无限感慨。

赵尔丰不再勉强发妻和卓玛走，但逼着老四、老九快走。

最后的时刻来到了。

赵尔丰由卓玛扶着，坚持把老四、老九送到后门。情知这是诀别，两个儿子双双向他们跪下作别。他们兄弟一声"保重"出口，老妻失声痛哭。还是卓玛沉着，她手脚利索，已为他们兄弟打好了包袱、装了足够的盘缠。漆黑的夜幕中，赵尔丰哆嗦着，伸出一双热得烫人的手，上前一一扶起两个儿子，紧紧拉着他们的手，贴近看了看他们的面容。然后，猛然丢手，手一挥，大喝："快走！！"两个儿子相跟着快步出了后门，随即，双双融进了黑夜。

赵尔丰心上一块石头这才落地，又像浑身被抽了筋软弱无力。卓玛未扶稳，他踉跄一下，退后一步，靠在一棵桂花树上。这才发现督署内，他赖为干城的三千精兵，从上至下，跑得一个不剩。侧耳静听，炮声早已止息；偌大的督署里，静得吓人。富有作战经验的他当然知道，一张死亡的网正在向他收拢来！他再次留恋地环视自已辉煌过的督署。此时，黑夜深沉，寒风呼啸，落叶敲窗……有一种说不出的悲凉。

他让老妻和卓玛扶着，回到卧室。他坚持要老妻和卓玛躲到一边去。说是军政府是冲着他来的，不关她们的事。在这，就会祸及她们。再说，一会儿，那些军人动手，很吓人！他也不忍心她们看……结果，只劝走了老妻。

熄了灯。赵尔丰静静地躺在床上，大睁着眼睛，望着莫测深浅的黑夜。卓玛跪在脚踏板上，依偎在他身边；用年轻姑娘一双青春饱满的手，将他一只滚烫的青筋饱绽的老人的手紧紧地握在手中，贴到脸上。她尽可能地用自己的爱心、温情去安慰、熨帖一个行将走完人生历程，走上绞刑架的年过花甲的老人。

"大帅！"决心以自己年轻生命作赌注的藏族姑娘卓玛，一边悄悄从身上拔出进口德造二十响驳壳枪，张开机头，顶上子弹；一边喃喃细语。她说的话很朴实很动人很温情："大帅，我保护你。有我卓玛就有大帅你……"

"卓玛！"赵尔丰这个时候还在坚持，"你走！你还年轻，犯不着同我一起死在这里！"

卓玛不依："临别阿妈时，她要我好生服侍大帅。我们藏人说话算数，一片真心可对天！我卓玛生是大帅的人，死是大帅的鬼……"卓玛这一番出自真心的话语掷地有声。少顷，黑暗中响起了轻微的啜泣声。是谁在哭？啊，是号称"屠夫"的赵尔丰大帅在哭，这是卓玛第一次听见大帅的哭声。而且，哭得是如此伤心！侠肝义胆、温柔多情的藏族姑娘大大惊异了。

杂沓的脚步声由远而近。脚步声轻微、警惕……似一张捕鱼的大网在渔夫手里开始收拢。卓玛放开大帅的手，转过身来，隐身黑暗中，警惕地执枪在手，睁着一双明亮的大眼睛，竭力要看穿夜幕，寻找着就要出现的敌人。

"咚"的一声，赵尔丰卧室门被踢开了。只见一个黑影一闪，一个手握鬼头大刀的敢死队员一下闯了进来。

"砰！"卓玛手中的枪响了，那个冲进来的黑影应声栽倒在地。

"砰、砰！"红光一闪一闪，外面敢死队员也开枪了，这些枪声吸引了卓玛的注意力，而这时，卧室后门的一扇窗户无声地开了。一个高大的身影像片树叶，轻盈地飘了进来。卓玛闻声刚要转身，一道白光闪过，敢死队队长陶泽焜手起刀落，卓玛姑娘顿时香消玉殒。

一切抵抗都停止了。

敢死队一拥而进。

陶泽锟命队员掌灯。烛光摇曳中，只见赵尔丰躺在宽大的象牙床上，气喘吁吁，脸色蜡黄，眼窝深陷。他只穿了件青湖绉棉滚身，额头热得烫人——谁能想到，这个躺在床上病病恹恹一副可怜相的老人，竟是半年前声威赫赫，马上一呼，山鸣谷应的赵尔丰赵大帅！

"把他弄起走！"陶泽锟眼都不眨一下，大声下达命令，"抬回军政府受审！"四名彪形大汉应声而上，两人抓手，两人抓脚，一下把赵尔丰从床上提了起来，软抬着去了皇城军政府。

辛亥年（1911）十二月二十二日，黎明姗姗来迟。

难得的冬阳冉冉升起。背衬着蓝蓝的天空，飞檐斗拱的皇城像镀了一层金。那红墙黄瓦，那风铃，那城门洞前的"为国求贤"坊……全都凝神屏息，似在倾听，在等待什么重大的事件发生。

军政府已擒拿了"赵屠夫"，并要公审的消息像长上了翅膀，顷刻间传遍了九里三分成都市的两百多条大街小巷。

"走啊，去看公审'赵屠夫'那龟儿子！"

"天网恢恢，疏而不漏。天报应啊！"……大街小巷响起了杂沓的脚步声，人们议论纷纷。雅的，俗的，各种议论归结到一点——强烈要求军政府处决"赵屠夫"，为死难者报仇雪恨！

人们潮水似的向皇城坝涌去。

当戎装笔挺的尹都督率领军政府大员们从明远楼里鱼贯而出，站在玉砌栏杆前朝下望，偌大的皇城坝上已是人山人海。

尹都督在明远楼前的一把高靠背椅上正襟危坐，神态严峻。他的身后簇拥着军政府大员们。

身着青湖绉棉滚身的赵尔丰被带出来了，他面朝尹都督，盘腿坐在一块红地毯上。聚集了几万人的皇城坝上顿时清风雅静。

第二十章　雪域将星，今晨陨落

"赵尔丰！"响起尹都督那特有的洪钟似的声音，不用任何扩音设备，坝子上都听得清，"你抬起头来！"

一颗低垂着的须发如银的头，缓缓抬了起来。深陷的眼窝内，突然迸发出光芒！那是一双多么仇恨的眼睛！

"尹娃娃！"气息奄奄的赵尔丰突然指着尹昌衡大骂，"你言而无信，竟然设计，装了老子的桶子！……"一副虎死威不倒的样子。

"赵尔丰住嘴！"尹都督勃然震怒，没让他把话继续说下去。尹都督居高临下，历数赵尔丰的罪恶：为升官发财，杀人如麻，用堆积如山的白骨铺成了高升的路；以无辜者的鲜血，染红了你头上"封疆大臣"的顶子，挣得"屠夫"骂名。在四川人民如火如荼的保路运动中，为讨好清廷，保住自己的"顶子"，竟一手制造了震惊全国的"成都血案"；为复辟，策划了兵变，让锦绣成都遭受空前浩劫。接着，密令川边总兵、川滇代理大臣傅华封带兵回援，图谋颠覆军政府，直至拒绝军政府的最后规劝，恩将仇报，派卫士长何麻子阴谋杀害军政府都督……真是，罄南山之竹，书罪无穷；决东海之波，流恶难尽。赵尔丰你硬是用自己的手给自己掘了坟墓。尹都督越说越激动，越气愤。场上万人拍手称赞："说得好！"

数完罪状，尹都督问："赵尔丰，以上数罪，历历在案。你是服，还是不服？"

"我既服也不服！"赵尔丰端坐不动，竟是一副桀骜不驯的样子。

"如何服，如何不服？"

"你刚才所言句句是实。然，论人是非，功过都要计及！焉能以偏概全，一叶障目，不见泰山？"赵尔丰雄词抗辩，"纵然你上述件件属实，但我在康藏建下的殊勋你为何今日只言片语不提？"说着，凄然一笑，"非我言过其实。扪心而问，若不是我赵尔丰在康藏艰苦卓绝奋战七年，今天中国版图已缺一角矣！我今为鱼肉，你为刀俎。要杀要剐，任随你，我只是不服。"

尹都督长叹一声："赵尔丰，你的功绩，川人岂有不知？可说是点点滴滴在心头。正因如此，我日前是如何劝你？然而，你却阳奉阴违，罪上加罪。时至今日，我纵为川督也救不了你！"看赵尔丰抬起头，满脸的不解，尹昌衡苦

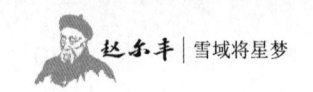

笑一声,"你可听说过,我们先行者孙中山先生的名言——'世界潮流,浩浩荡荡;顺之者昌,逆之者亡。'并非我与你有何过不去!时至如今,对你如何处置,当以民意为是!"

赵尔丰性格刚烈,是个明白人,听了这番话,哑声道:"好。"声渐低微,"尔丰以民意为准!"

尹都督霍地站起身来,面向台下黑压压的人群,扬声问:"我同赵尔丰的话,大家可都听清?"

"听——清——了。"

"怎样处置赵尔丰?大家说!"

"杀!——杀!"台下千人万众异口同声;相同的口号,此起彼伏,像滚过阵阵春雷。

赵尔丰眼中仇恨的火花熄灭了,那须发如银的头慢慢、慢慢垂了下去。

尹都督转身,问赵尔丰:"你都听见了?"

"听见了。"

"可还有话说?"

"没有了。"停了一下,复抬起头来,说,"老妻无罪!"那双深陷的眼睛里,竟是热泪涟涟。

"决不连累!"

"多谢了!动手吧!"赵尔丰闭上眼睛,坐直了身子。他须发如银,串串热泪在那张憔悴、苍老的脸上滚过,顺着瘦削的脸颊往下淌。

尹都督朝站在一边的陶泽焜点了点头。

阳光照在陶泽焜身上。敢死队长好大的块头!几乎有尹都督高,却比都督宽半个膀子。一张长方脸黝黑闪光,两撇眉毛又粗又黑,两只眼睛又圆又大又有神,脸上长着络腮胡。身着草黄色的新式军服,脚蹬皮靴;一根锃亮宽大的皮带深深插进腰里,两只袖子挽起老高,越发显得威武有力。

"唰"的一声,陶泽焜粗壮的右手扬起了一把镶金嵌玉的窄叶宝刀——那是赵尔丰须臾不离的宝刀,据说是一个朋友送他的。刀叶很窄犹如柳叶,却异常柔韧,可在手中弯成三匝。虽削铁如泥,可一般人不会用。陶泽焜会用,这宝刀是他昨晚逮赵尔丰时缴获的。

陶泽焜上前两步，不声不响地站在赵尔丰身后。突然，伸出左手在赵尔丰颈上猛地一拍。就在赵尔丰受惊，头不禁往上一硬时，只见陶泽焜将手中的柳叶宝剑猛地往上一举，抡圆，再往下狠劲一劈。瞬时间，柳叶钢刃化作了一道寒光，阳光下一闪，像道白色闪电，直端端射向了赵尔丰枯瘦的颈子。霎时，那颗须发如银的头，"唰——"地飞了出去，骨碌碌落到明远楼阶下，两目圆睁。随即，一道火焰般的热血，迸溅如雨柱……顿时，场上掌声如雷，欢呼声四起。

尹昌衡走上前去，一把抓起那根雪白如银的发辫，提起赵尔丰那颗死不瞑目的头，要副官马忠牵过他的火红雄骏来，翻身上马，带着队伍游街示众。他要竭尽张扬之能事。他知道，这颗人头对赵尔丰死党有何等的威慑力！

日上三竿。尹都督所过之处人山人海。他骑在一匹火红雄骏上威风凛凛，由一营卫队簇拥着前进。一个彪壮的骑兵，用竹竿挑起赵尔丰的首级，走在最前列。沿袭战场上惯例，尹都督身边有匹备马，由一个卫士牵着跟进。

马蹄嗒嗒，口号声声。那是何等壮观的场面啊！万人拥戴中，年轻有为的尹都督举起手来，频频向欢呼口号、对他感恩戴德的乡亲们挥手致意。阳光在卫士们闪闪的枪刺上镀上了一层金。

谁也没有注意到，这时就在对面高屋顶上，一个黑大汉正举枪瞄准沉浸在喜悦中的尹都督。黑大汉身材高大，嘴里衔着一根油浸浸的大辫子，缓缓抬起手中的九子钢枪，眯起一只眼睛，一根手指勾动了扳机——"砰！"枪声响时，身手敏捷的尹昌衡应声藏到了马肚子底下；头上戴的那顶大盖帽却被打飞。

"砰、砰！"紧接着又是两枪。走在尹都督身边的备马和牵马的卫士都被当场打死。训练有素的卫士们循声望去，只见谋杀未遂的黑大汉正在房上飞奔，跨墙越屋如履平地。队官朱璧彩赶紧命一队人护着都督；他指挥卫士们从四面围紧刺客。然后搭成人梯，上房的上房，瞄准的瞄准……很快形成了一张严密的网。刺客身手不凡，可惜他所在的高屋与其他的房子是断开的。他插翅难飞，很快被拿住了。这不是赵尔丰的贴心卫士张德魁嘛！他被五花大绑，但环眼暴张，脸上的络腮胡根根直立，犹如钢针。他恨眼看着尹都督骂声不绝，一副视死如归的样子。

尹都督命令,停止巡行,卫队押着刺客原路返回。

成千上万的人又涌回到了皇城坝。"都来看啊,看尹都督审判阴谋暗杀自己的赵尔丰的贴心卫士张德魁!""看今天的第二颗人头落地。"人群中吵吵嚷嚷着,热闹极了。

尹都督坐在刚才审判赵尔丰的地方,对着场下的千人百众。被五花大绑的张德魁被卫士押上来了。他毫不畏死,骂声不绝,像头暴怒的雄狮。

尹昌衡很冷静,默默地打量一番刺客,吩咐卫士:"把绳子给他解了。"

哎呀,这是怎么回事?场上场下,无论军民都惊愕不已。这个身手不凡的大块头不是要置你于死地吗?好容易才将他逮着的嘛………

"听见没有?"尹昌衡有些愠怒,喝令卫士,"将他手上的绳子解了!"

"都督!"候在他身边的副官马忠急了,闪身而出劝阻道,"这个张德魁罪该万死。先是在成都兵变中打主力,今日竟又谋杀都督。放了他怎么行?"

"这样明知必死,却不怕死的人倒是真汉子。"尹都督语气里竟有几分赞赏,他断然挥了一下手,喝道,"解开他手上的绳子!"卫士们无奈,只得上前解开刺客手上的绳子。顿时,场上千人百众鸦雀无声。只见被解绑的张德魁在尹都督面前昂起头,毫不领情,桀骜不驯。

"张德魁!"尹都督并不恼怒,问道,"你先在较场指挥兵变,继则在街上阻击我,顶风而上,这是何为?"

"你竟敢造反,继而谋杀主官!"张德魁言之凿凿,理直气壮,"我是大帅卫士。自然服膺大帅命令,我先是替大帅效命,继则替大帅报仇。我只是后悔,月前在东较场和刚才都没有一枪结果了你!"

尹都督看马忠等人在旁恨得咬牙切齿,摩拳擦掌就要上前动手,笑着制止。

"你说得有些道理,"尹昌衡看着张德魁,"但是,你没有杀到我,我却捉着了你,是你该死。"

"要杀要剐任随你!"大块头张德魁脑壳硬起,"我做这些事就没有想过要活的。少啰唆,快动手。我张德魁二十年后又是一条汉子。"

第二十章 雪域将星，今晨陨落

尹都督看了看场上场下，他知道，人群里还有好些赵尔丰余孽。自己能否正确处理好这个人，对瓦解赵尔丰死党至关重要。

"我不拿都督的权势压人，"尹昌衡说，"我们当众讲理，你说赢我你就杀我，反之我就要杀你，如何？"

"对嘛！"张德魁还是那副横撒撒的样子。偌大的皇城坝上下，人们怀着极大的兴趣注视着这场别开生面的辩论。

"你先说。"尹都督示意。

张德魁说来说去还是刚才那几句。

"张德魁，你糊涂透顶！"尹都督猛然发作，指着硬着头的大块头呵斥，"不要以为你这样做是侠士行为，其实你是个莽子！"张德魁不由得吃了一惊，掉过头来，怔怔地看着盛怒的尹都督。

"……赵尔丰罪恶累累！"尹都督一一列举了赵尔丰的罪行后，强调，"巴蜀父老人人欲对其人食其肉、寝其皮。我杀他，非我与他有何私仇，而是他罪有应得！"说着指着场上黑压压的人群，"请父老乡亲们回我一句，赵尔丰该不该杀？"

"该杀——！"场下千万人齐应，声震天地。

"张德魁！"尹都督喝问，"你都听见了吗？"赵尔丰贴身卫士气焰萎了些，低着头，嘴还犟，"我是粗人，我说不过你，你杀吧！"

"好，你承认输了！"尹都督说着厉声吩咐，"带下去！"马忠带两名卫士应声而上，就要去拿大块头。

"不要你们拿，好汉做事好汉当！"张德魁扭了扭蛮实的身子说，"我自己走！"说着跟着马忠等人就要走。

"张德魁！"不意尹都督又将他喝着，说，"我敬你是条汉子。况且，原先你是非不明，各为其主，也在情理之中，我免你的罪。"说着要身边的队官朱璧彩拿来一个用红纸封好的长条子。

"你拿着，"尹都督说，"这是四百块大洋，是军政府送你回山东老家与亲人团聚的路费、安家费！"

大块头闻此言如被雷击。起先，他怔怔地看着和颜悦色的尹都督，始则相

401

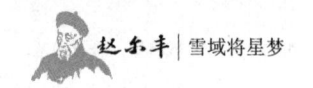

信是实，继而趋前两步，"扑通"一声跪在尹昌衡面前，哭了。

张德魁说："德魁愚钝，德魁知道错了。若都督不弃，德魁愿追随都督，知恩报恩。以后赴汤蹈火，在所不辞！"尹都督这就欣然离座，上前扶起痛哭流涕的大块头张德魁，抚慰道："知错改了就好。弃暗投明者，军政府一律欢迎。你以后就当我的卫士，这四百大洋你拿去任意处置……"话未说完，皇城坝上，人们对尹都督的宽宏大量赞叹不已，当场就有好些赵尔丰余孽前去向军政府坦白投诚。

尹都督在皇城坝义服张德魁这一幕，顷刻间让赵尔丰苦心结成的死党群体土崩瓦解，灰飞烟灭。

晨曦初露，偌大的尹府还在安睡。在牛乳色的晨雾和淡淡的夜幕笼罩中，府中那茂林修竹、亭台楼阁才刚刚现出朦胧的剪影。一阵急促的皮靴声从府内一路响了起来，像往常一样，军务政务缠身的年轻都督又起了个绝早。他迈着均匀的步伐，出家门，下台阶，从等候在那里的副官马忠手上接过缰绳，翻身上了那匹火红的雄骏——身为都督，他仍然不坐很有派头的八抬大轿，而是动则骑马。

副官马忠率一班卫士赶紧上马跟上。尹都督一行骑着马，顶着淡淡的夜幕和牛乳色的晨雾，往皇城军政府而去。长街上寂然无声。今天，戎装笔挺，长身玉立的尹都督不像往日，没有了说说笑笑的兴致。他剑眉紧锁，沉浸在很深的忧思里。这可是从未有过的啊！马忠暗示卫士们不要打扰都督的沉思。

尹昌衡处于一种紧张的思索中。情况少有的严峻！川局刚刚理出一个眉目，而西藏狼烟再起，边关告急，西南局势剧烈震荡。年前，先是涌向拉萨的川军拥戴钟颖为"平西大将军"，软禁联豫后，同藏军与罗长倚的残余在拉萨整日激战。后达赖采取"赎买政策"，收购了钟颖部的所有枪支，将他们经印度送回内地。

捡顺了川军，西藏上层在英国支持下，重新武装，训练了藏军，做好充分准备后，挥师向康区大举进犯。面对藏军大举入侵，只剩六营的边军兵老械劣，且军力不敷分配，只好且战且退……唯一能战之将，边军统领凤山日前竟为藏军掳去，现今生死不明！

第二十章 雪域将星，今晨陨落

皑皑的雪山，呼啸的枪声，惊心动魄的呐喊，袅袅升腾的狼烟，东进的藏军……此时此刻呼啸而来，压在尹昌衡心上，重如千钧磐石。

"都督，军政府到了！"走在身边的副官马忠一声轻唤，将尹昌衡从沉思中唤醒。他抬起头来，只见一轮血红的朝阳喷薄而出，缕缕牛乳色的晨雾正在散去，霞光拽着长长的彩笔，正在皇城内外尽情地涂写。

好瑰丽的早晨！明远楼上风铃叮当，红墙内，蓊蓊郁郁的参天古木中，一群群白鹤亮开双翅，披着晨光，在绚丽的天幕背景上，排着整齐的队列，正向着无垠的天际升腾、升腾……

他勒着马，目光逡巡过去，当"为国求贤"牌坊闯入眼帘时，蓦然一怔。牌坊后面西侧冰冷的地上，躺着赵尔丰的尸体，头朝西北，脚向西南。一颗血迹模糊，须发如银的头放在他的右肋上。牌坊上贴有军政府告示，幅高一尺多，宽二尺余，上写几行大字："十八之变，赵逆作俑，今已枭首，谢我万众！"

一缕朝阳从"为国求贤"牌坊上斜掠过来，端端照在赵尔丰面目如生的首级上。于是，他的脸半边在明里，半边在暗里。光线正好从他棱棱的鼻梁上分开。看得分明，他的眼睛很深，很黑，很横，圆睁着。一丛银白的胡须下，是桀骜不驯的下巴，桀骜不驯的嘴唇……赵尔丰虽然死了，仍透出一种逼人的气势！年轻的都督不由得暗暗惊叹，想着赵尔丰的一生，不胜唏嘘。

"都督！"又是副官马忠将他从沉思中唤醒，"军政府大员们都来了，正在等你去主持紧急会议！"尹昌衡这才想起，他今天是要专门召开一个研究西藏问题的重要会议。他准备请准中华民国北京中央政府，自己率军西征平叛！

年轻的都督不由得用靴子叩了叩座下火红雄骏，手中轻抖缰绳，驱马缓缓向皇城内走去。此时，朝阳泼进了古色古香的皇城。城中那些茂林修竹，掩隐其中的亭台楼阁……全都泛出动人的金光。前面，红柱根根，殿宇重重，移步换景，曲径通幽。年轻都督尹昌衡，忧思重重，向那皇城深处走去、走去。

修订再版 后记

长篇小说《赵尔丰——雪域将星梦》经修订后即将再版。这是继 1997 年 1 月北京十月文艺出版社出版之后的第四个版本；不知不觉间，27 年过去了。这本书的不断再版，于我是一个提高、升华、肯定；其间一个个意含深隽的故事，相当值得记忆和回味。

这本书的第一个编辑，是著名作家母国政。

20 世纪 80 年代，文学浪潮不时涌现，凡是经历过这段时期且对文学感兴趣的人，对母国政这个名字应该不会陌生。当时，他是一个当红作家。他写作发表的大量中短篇小说很有特色，相当引人注目。比如他的获奖小说《家庭炊事员》，表面上说的是些家庭琐事，实际上挖掘开拓很深，好读好看且给人深刻启迪。

他在编了我这本书之后不久就退休了。记得他曾经笑着对我说："我这一生都为他人作嫁衣裳。退休后，有时间了，就可以

修订再版后记

写写我自己的了。"我相信，以他的才华、经历和勤奋，退休后会有更多更好的作品问世；他的创作定会像高山顶上一泓开闸的湖水，激越飞迸。在我们这个普遍高龄的社会里，一般而言，60岁至70岁的这十年，可谓花样年华，完全可以由自己支配，享受退休生活。然而，就在他刚刚进入人生的第二春，却天不假年，壮志未酬。让我在扼腕叹息时，不禁想起这本书第一次出版时的前前后后。

当时，初涉文坛，还很年轻的我，觉得母国政这个大作家、名作家离我很远，高高在上；我还不知道他是北京十月文艺出版社的大编辑，写作仅仅是他的副业，更不敢奢望他会成为我的书的编辑。

有熟悉我的人说我"出道早，出名早"。其实，那时进行业余创作的我，写得多写得勤写得杂是事实，虽然发表的也多，却没有什么大的收获。就像我们一句四川话所说的："门门懂，样样瘟。"我逐渐悟出了一个道理，之所以如此，是自己没有认识到自己的优长，没有找对主攻方向。于是，我根据自己的实际状况，在写作上适时做了重心轻移。过后，我写出了表现国共大陆最后决战的《成都残梦》，此书由四川文艺出版社于1992年4月出版。出版之后轰动一时。不仅新华书店订了很多，成都若干书摊书店还出现了读者排队买此书的热闹景象。此书畅销，在全国第四届书市上销量名列前茅。此书经全国多家报刊转载，迄今有多个版本。我在网上看到，中国文史出版社这些年来，两次出版，不知加印了多少次，改名为《蒋介石在大陆的最后日子》，印得很漂亮很大气，书上都有"品牌"二字。

时于北大毕业，在四川文艺出版社做编辑，本书的责编熊宏，说这本书是我的成名作，我承认。这本书我不是从概念出发，不是想当然地把蒋介石和他身边那帮人写成一戳就倒的纸人纸马，而是站在大的国际国内的背景下展开人物故事；在故事情节环环紧扣的同时，特别注意写人。比如写到蒋介石的失败，有其必然也有偶然，还有他性格上的缺陷。书中的胡宗南、"四川王"王陵基等，也莫不如此。这样就有了一种立体感。文学，说到底，是人学。

由此，我进一步确立了自己的写作方向，即着力写作近百年来巴蜀大地上的重要人物、重大事件。循着这条线，我又先后创作出版了《辛亥大都督尹昌

405

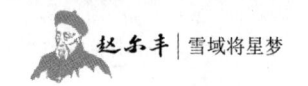

衡》《张献忠——大西皇帝梦》和川军抗战系列书，都取得成功。至此，清廷在川最后一任都督、性格复杂、人生命运大起大落、绰号"赵屠夫"的赵尔丰自然而然进入了我的视线。

但是，这个人很不好写。因为，就随手可以找到的史实史料，不足以给写这个人强有力的支撑；更麻烦的是，这些史实史料的结论，往往一句"镇压辛亥革命运动的刽子手"以蔽之。这很不公正。

就以他入川之后的人生轨迹看去——先是就任历史上"匪患"从未绝过的永宁道。在永宁道上，他表现出相当的才具，但性操切，手段残忍。因此，在他治理好了永宁"匪患"的同时，落下了一个"屠夫"骂名。之后，他临危受命，先后就任建昌道、川滇边务大臣……步步高升。

他任建昌道时向朝廷上奏"改土归流"（改世袭的封建土司制为中央集权的流官制）之策，表现出了特别的才具和高瞻远瞩。得到准许后，他首先在康区废除土司制，实行中央集权的流官制；同时，办教育、兴实业、大力发展经济……提高了人民生活水平。当西藏上层在帝国主义的怂恿下叛乱，他再次临危受命，率军平叛，身先士卒，马到功成，捍卫了祖国的领土完整和尊严。而就是这样一个经边七年、功勋赫赫，马上一呼，山鸣谷应，脚在地上跺一跺，地都要抖三抖的赵尔丰赵大帅，在辛亥（1911）革命年间，被手忙脚乱的清廷像派救火队员似的派到四川任总督。在川省总督任上的他，虽百般机变，却一反以往，全不管用，短短几个月时间就栽了下来，身首两异，成了清王朝的殉葬品。如今来看，他无疑是一个功过分明，功大于过的人物，是一个悲剧性人物，也是文学画廊上一个不可多得的人物。

仅有这样的认识，对于形成文学作品文学形象，还是远远不够的。因为，那段历史对我而言，还是太遥远了些，赵尔丰被杀头时，我父亲都还没有出生。在反复的构思、惨淡经营中，一个早就埋伏在我心中的故事和故事中那个侠肝义胆的动人的藏族姑娘突然出现了；这就像一束火苗燃起，将我思想上早就架好的"木柴"轰地一下点燃了，迅即燃起漫天大火。这时，只有在这时，我才开始一泻如注地创作。

这个故事、这个侠肝义胆的藏族姑娘是我少年时，在成都众多的茶馆里，

修订再版后记

不止一次从说书人那里听来的，当时没有特别留意，只是感动。而且听一次感动一次，不意层层加深，不知不觉埋在了记忆深处。故事说的是，当赵尔丰在成都"走麦城"，反正之后的大汉四川军政府都督尹昌衡派兵将他团团包围，誓要捉拿赵尔丰。关键时刻，赵尔丰身边的三千百战精兵，从上到下跑得一个不剩；最后只有他从康藏带回来的姑娘（在书中我给她取名卓玛）坚持留在他身边，保护他。赵尔丰要她走，她不走，说："我生是大帅的人，死是大帅的鬼；我们藏族人说话算数，一片真心可对天。"就是这个侠肝义胆的藏族姑娘，为保卫赵尔丰，明知是死，却死而无怨无悔，非常感人。我万万没有想到，平时的积累，多年埋藏于胸的这个故事人物，关键时刻发挥了作用，救了急。

我在写作上有个特点，一本书构思的时间很长，而一旦构思成熟，写起来就很快，一般也就几个月的时间。而《赵尔丰》这本书，也就三十来万字，我却前后写了三年，中间大病两场；这本书我写得特别经心，写得特别久。

写完后，我就像赶考一样，战战兢兢地将书稿寄给了素来敬仰的北京十月文艺出版社。很幸运，遇到了母国政先生。他对这本书给予了高度评价，认为"写了重要人物，重大事件，有出色的小说描写和技巧……"。这样的肯定，更多地让我认识了自己，认识到路走对了。书出之前，我选了一个章节在《四川文学》发表，引起向来嗅觉敏锐的重庆大型文学季刊《红岩》的注意，《红岩》的编辑看了我的书稿后，很重视，原本要给我这本书与周克芹获首届茅盾文学奖的《许茂和他的女儿们》同等待遇，以一期整个的版面发表，可不知何故最终流产；最后，《红岩》在1996年第三期，以《赵尔丰之死》为题，在头条位置发表了10万字，也算是长篇了。当时影响很大的《成都晚报》，用两个月的时间，配图天天刊出这本书的部分章节……书出版后，获第三届（1988—1998）四川文学奖。此书还先后入选《四川五十年文学作品选》《四川改革开放三十年文学作品选》。

这本书是渐渐热起来的。在这本书由平淡转为热烈的过程中，我领略到了"群众的眼睛是雪亮的""群众是真正的英雄"，以及前辈大师级作家巴金名言"广大读者是我的衣食父母"的正确；由此我的写作方向更明确，也更有了信心。

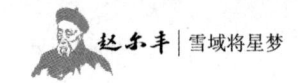

这本书出版之后，被当时在西藏昌都援藏的四川干部王怀林偶然看到，他非常喜欢，却一时买不到，借来一本看了多遍。这本书同时启发、催生了他之后写作有关康藏的一系列书的灵感。三年后，他回到四川，做甘孜州州委常委、宣传部部长。这时，这本书的主人竟找上门来要他还书。原来，这书的主人是西藏自治区党委宣传部副部长，王怀林虽然舍不得，但还是将这本书还给了主人。有了这样的机缘，最终在他的推动下，这本书得以在一般不出历史小说的四川美术出版社出版，并且是插图版本。再后，成都时代出版社以《清末最后一任四川总督》为名再次出版。

27年中，这本书的故事还有很多。比如，书一出版，当时北京燕山出版社总编辑、赵尔丰的曾孙赵衍，急切地看了这本书后，从北京十月文艺出版社要到我的地址，特别给我来了信。他对这本书表示了首肯和感谢。因为当时好些人一说到赵尔丰"赵屠夫"都不以为然；让热爱四川，写了好些川戏川菜相关内容的他，感到很不公正；到四川，总感到抬不起头来。他认为我这本书，展现了一个真实的赵尔丰。信中，他还给我透露了一些珍贵的史实，比如，赵尔丰的妻子李氏出身陕北名门，她是因为提出"精兵简政"受到毛主席高度肯定，当过陕甘宁边区政府副主席的李鼎铭的姑姑……

又比如，当时成都刚开始实行"一户一表"，僧多粥少，安装电表很难，而我去当地电业局申请时，竟然遇到了很多这本书的读者，他们当即批准我的安装申请，"照顾"了我。我去银行、邮局、医院也多次遇到这样的事。这是多么让人高兴，于我是一种幸福，让我在更深的意义上理解了"金杯银杯，不如老百姓的口碑"的含义。

这本书每个版本都有些不同，都有特色；每个责编也都付出了各自的心血和努力。

我这本即将由四川人民出版社再版的书，由资深编辑王定宇做责编，这是我的荣幸。她为了尽可能把这本书做得最好，煞费苦心。就版式而言，她与相关同志商量后，不厌其烦地做了两个版本，征求我的意见。我挑选的版式与她中意的版式相同……这本书值得期待。

这里，我还要特别对看过第一版《赵尔丰——雪域将星梦》，表示非常喜欢的读者朋友说，这个版本，我并没有做大的改动，只是对有些枝节、字词做了些许的修改、润饰。整体没有动。

　　写完这篇后记，夜已经深了。我习惯性地步出书房，来到阳台上，朝四下眺望。我们这一带很安静，显得很有些疏朗。这是冬去春来的晚上，四周远远近近的灯光燃成了珠串，就像天上的流星；天上的流星和地上的华灯连成一气，分不清哪是星哪是灯，极富诗情画意，引人遐想。特别是，不远处塔子山上的崇楼丽阁，在串串灯光勾勒下，显现出成都特有的一种古典美……

　　我们这座正大步迈进新一线特大城市的成都啊，宏大、阔气、意韵深厚、美轮美奂！生于斯长于斯、以写作近百年间巴蜀大地上发生的重大事件、重要人物为己任的作为作家的我，理应更加努力，写出更多更好，为广大读者喜闻乐见的作品，为祖国的文学画廊增光添彩。

2024 年 3 月 18 日

内容简介

赵尔丰是清末四川最后一任总督。这位清朝的封疆大吏，是一个历史悲剧性人物，是一个性格复杂的人物，也是一个中国文学画廊上不可多得、别具风采的人物。

他嗜杀戮，性残忍，在辛亥革命中扮演了不光彩的角色，被川人称为"赵屠夫"。

他经边七年，艰苦卓绝。他在川边实行改土归流，废除土司制；兴实业，办教育，大力推行各项建设，发展了康区的经济文化。

为了维护祖国的尊严和领土完整，他以高龄之身受命于危难之际，身先士卒，爬冰卧雪，百折不挠，粉碎了帝国主义勾结西藏上层企图分裂祖国的阴谋。

在轰轰烈烈的四川人民的保路运动中，在历史夹缝中，他虽然百般机变，但最终还是成了清王朝的殉葬品，被推上断头台，身首两异。

本书第一次全方位地、形象生动地把这个独特复杂的历史人物，推上了文学舞台。